PROFILERKA

Mojej Mamie

Grażyna Molska

PROFILERKA

Prószyński i S-ka

Copyright © Grażyna Molska, 2024

Zdjęcie na okładce
TVP

Redaktor prowadzący
Anna Derengowska

Redakcja
Magdalena Wołoszyn-Cępa

Korekta
Dagmara Powolny, Grażyna Nawrocka

Łamanie
Agnieszka Kłopotowska

ISBN 978-83-8352-378-1

Warszawa 2024

Wydawca
Prószyński Media Sp. z o.o.
02-697 Warszawa, ul. Rzymowskiego 28
www.proszynski.pl

Druk i oprawa
POZKAL

PROLOG

Listonosz, Leon Patejuk, mężczyzna już niemłody, jedzie rowerem asfaltową drogą pełną dziur. Rower sunie lekkim slalomem, nie wiadomo, czy żeby ominąć dziury, czy dlatego, że mężczyzna jest pod wpływem. Tak się zdarzyło, że w ostatnim domostwie, do którego zajechał, pokosztował bimbru przechowywanego przez parę lat w dębowej beczce zakopanej w ziemi. Prawdziwy majstersztyk, trzeba przyznać. Z niejednej beczułki już pijał, ale takiego bimbru jeszcze nigdy.

Po obu stronach drogi rozciąga się gęsty świerkowo-sosnowy las. Listonosz pedałuje z coraz większym trudem, próbując pokonać wznoszący się przed nim pagórek. Na ogorzałym czole i na skroniach pojawiają się spore krople potu.

Jest słoneczny i upalny czerwcowy dzień. Wokół panuje cisza; oprócz przyśpieszonego oddechu mężczyzny słychać jedynie brzęczenie owadów. Rowerzysta wjeżdża na wzniesienie i zatrzymuje się. Opiera rower o drzewo, na którym wisi udekorowana sztucznymi kwiatami skrzynka z szybką. Zza szybki wyziera figurka Matki Boskiej.

Patejuk rozgląda się konspiracyjnie, po czym sięga do kapliczki. Zza świętej figurki wyciąga małpkę wódki i kieliszek. Ociera rękawem pot z czoła, nalewa alkohol, wznosi szkło w kierunku Maryi i wypija jednym haustem. Zagryzając trunek kawałkiem chleba, uśmiecha się do siebie rozanielony. Może to nie tamten bimberek, ale zawsze procent. Poprawiwszy na plecach pustą już torbę, chowa butelkę na miejsce, żegnając się przy tym nabożnie.

Jedzie dalej, już jakby lżej, zwłaszcza że ma teraz z górki. Po chwili słyszy wystrzał dobiegający z prawej strony lasu. Zwraca głowę w tamtym kierunku zdziwiony, ale nawet nie zwalnia. Pewnie jakiś leśniczy coś odstrzelił, choć o tej porze roku i dnia?

*

Anna biegnie w szalonym pędzie przed siebie. Gałęzie drzew i gęstych krzewów podszytu smagają ją po twarzy, ale nie czuje tego. Upał w samo południe jest nie do wytrzymania, lecz to w tej chwili jej najmniejszy problem. Słyszy za sobą kolejny strzał, na szczęście chybiony. Między drzewami w oddali widzi nadzieję na ocalenie. To asfalt! Droga, może niezbyt uczęszczana, ale jednak. Musi się tylko jeszcze bardziej spiąć i przyśpieszyć.

Kobieta przeskakuje przez wykrot i stawia nogę tak nieszczęśliwie, że krzyczy z bólu. Zatrzymuje się na chwilę, by spojrzeć na stopę. Może być zwichnięta, ale to nic, to nie jest teraz ważne. Przerażenie i szok powodują taki wyrzut adrenaliny, że nie czuje bólu. Zmusza się do kontynuowania ucieczki, przebiega kilka metrów, jednak wyraźnie zwalnia tempo i nie może nic na to poradzić. Słyszy za sobą trzask łamanej gałązki, a po kilku sekundach drugi strzał.

Przystaje. Coś się zmieniło. Ma wrażenie, jakby jakaś ciepła ciecz spływała jej po plecach, ale przecież nic ją nie boli, więc nie ma pojęcia, co to może być. Dziwne.

Teraz jednak nie czas, żeby to sprawdzać. Zrywa się ponownie do biegu. Z każdym krokiem asfaltowa droga jest bliżej, tak, zaraz się na niej znajdzie. Żeby tylko pojawił się jakiś samochód! Wtedy będzie ocalona.

Wybiega z lasu wprost pod koła roweru, choć go już nie widzi. Próbuje krzyczeć, lecz z jej ust wydobywa się nieartykułowany bełkot. Dlaczego? Dlaczego ciało odmawia jej posłuszeństwa? Oczy przesłania jakaś mgła, kobieta traci ostrość widzenia, pojedyncze drzewa zlewają się w jedną zieloną masę, gubiąc kontury.

Chyba upadła na plecy. Synku! Nic się nie bój. Zaraz się spotkamy, czekaj na mnie. Tak bardzo cię kocham...

Kątem oka rejestruje jeszcze nieskazitelny błękit nieba, a potem zapada ciemność.

Zaskoczony listonosz Patejuk zatrzymuje się, odrzuca rower i podbiega przerażony do Anny.

– Co? Z choinki się urwała, a...? – Nachyla się nad leżącą na wznak kobietą i ją rozpoznaje. – Jezusie Nazareński, Anija?! Co tobie?! – krzyczy przerażony, zaciągając.

Patejuk chce pomóc jej wstać, dotyka twarzy, tarmosi za ramiona, ale kiedy dostrzega szybko powiększającą się plamę krwi, która wypływa spod pleców kobiety, odskakuje od ciała jak oparzony. Rozgląda się wokół ze strachem, jest w szoku. Jeszcze nie dowierza temu, co widzi.

Fakt, wypił dzisiaj może kapkę za dużo, ale przecież... Patrzy na ciało kobiety i jej zastygłe, szeroko otwarte oczy. Żegna się lękliwie, a to, co go przeraża bardziej niż widok ciała, to nienaturalna i złowroga cisza.

Wszystko staje się jakby nierzeczywiste, nie słychać śpiewu ptaków ani żadnych innych dźwięków. Tak jakby świat się zatrzymał i czas stanął w miejscu. Tylko upał trwa niezmiennie, a gorące powietrze zamyka mężczyznę w coraz bardziej duszącym uścisku.

28 CZERWCA, PIĄTEK

Ledwie wyrwała się z Warszawy po męczącym śledztwie. Uratowało ją to, że wzięła urlop z miesięcznym niemal wyprzedzeniem, więc „Antek", a naprawdę Janek Antoszczak, szef komendy stołecznej, nie mógł nic na to poradzić. Powinna jedynie dokończyć profil. Na szczęście już poukładała sobie wszystko w głowie, wystarczy tylko przerzucić to na laptop.

Jechała w kierunku północno-wschodnim do Augustowa, miejsca, w którym na starość osiadł jej ojciec. Myśli o nim nigdy nie były neutralne, zawsze budziły emocje. Tyle ich dzieliło i łączyło jednocześnie. Właściwie sama już nie wiedziała, co do niego czuje. Miłość? Nienawiść? Czy tylko zwykłą niechęć?

Z każdym kilometrem zbliżającym ją do miasta napięcie rosło. Coraz częstsze widoki soczystej zieleni lasów i szarobłękitnych luster jezior po obu stronach drogi nie zmieniały jej ponurego nastroju ani na jotę.

Z zamyślenia wyrwał ją telefon. Spojrzała na wyświetlacz komórki leżącej na sąsiednim siedzeniu: „Tata". Przez krótką chwilę wahała się, czy odebrać. Ale jeśli tego nie zrobi, tym bardziej będzie wydzwaniał. Ściszyła płynącą z radia piosenkę Perfectu *Odnawiam dusze*. Czy to w ogóle możliwe? Czy można odnowić sobie duszę?

– Wyjechałaś już? – Głos ojca zabrzmiał chropawo, ale wciąż mocno i autorytarnie.

– Jasne, przecież obiecałam, że będę po południu.

– Z tobą nic nigdy nie jest oczywiste, wolałem się upewnić.

W reakcji na jego zgryźliwy ton Julia przewróciła oczami, próbując opanować szybko narastającą irytację.

– Litości, nie zaczynaj znowu, proszę.

– Dobrze już, dobrze. A! I nie jedz nic po drodze, przygotowałem dziczyznę na obiad. Marek z Kubą też już jadą. On przynajmniej zadzwonił. To czekam.

Dźwięk przerwanego połączenia sprawił, że odetchnęła. Jak wytrzyma z nim pod jednym dachem całe dwa tygodnie? Wprawdzie o niebo ważniejszy od ojca był teraz Kuba, jej syn, jednak sama myśl, że będzie przebywała z ojcem razem w jednym domu tak długo, budziła w niej niechęć. Nigdy by się na to nie zgodziła, gdyby nie obecność Kuby. Tęskniła za nim każdego dnia.

Jako matka poniosła totalną klęskę. Przegrała w sądzie batalię o opiekę nad synem. Najgorsze było to, że obiektywnie rzecz biorąc, uznała decyzję sądu za słuszną. Z jej nieprzewidywalną profesją, ciągłymi wyjazdami i nieobecnością w domu nie miała szans zapewnić dziewięciolatkowi takiej opieki, jakiej wymagał. A choć o Marku, jej byłym, można by powiedzieć wiele, sumienności i odpowiedzialności nie można mu było odmówić. Julia wiedziała, że Kuba jest w dobrych rękach, ale... No właśnie. Jak drzazga w palcu uwierało to małe „ale". Niby nic wielkiego, opiłek, jednak trudno z nim normalnie funkcjonować. Tęsknota za synem niszczyła, dekoncentrowała, sprawiała fizyczny ból, uderzający ze szczególną mocą rankami i wieczorami, gdy Julia zasypiała samotnie.

Po ponad trzech godzinach nieprzerwanej jazdy minęła rogatki Augustowa. Ojciec dopiero po przejściu na emeryturę sprzedał willę na Kamiennej Górze w Gdyni i wrócił w rodzinne strony. Ten jego ruch akurat dobrze rozumiała. Też nie chciałaby mieszkać w tamtym domu, gdzie złe wspomnienia oblepiały ściany, wychodziły z każdej szafy i z kątów. Wzdrygnęła się.

Zdołał tak długo w nim wytrzymać chyba jedynie dlatego, że cały czas był na morzu, brał wszystkie rejsy, jakie się dało, prawie nie schodził na ląd. Do domu wpadał na krótko i tylko wtedy, kiedy musiał. Ona nigdy później tam nie przyjechała i była wdzięczna cioci Romie, że ją przed tym ustrzegła.

Minęła otwartą bramę i zaparkowała przed świeżo odmalowanym domem, pokrytym nową dachówką. Prezentował się naprawdę nieźle, ojciec musiał sporo zainwestować.

Stefan Barski wyszedł jej naprzeciw. Z jego postawy wciąż biły energia i siła, tylko włosy zmieniły barwę na srebrzystą. Niedawno stuknęła mu siedemdziesiątka, a mimo to wciąż był atrakcyjnym facetem. Ciekawe, czy myślał jeszcze o kobietach, czy był później z jakąś na dłużej. Nie miała pojęcia. Rzadko się widywali, a jeśli już, nie rozmawiali o sobie. Między nimi stał mur od czasów jej dzieciństwa.

Wychowała ją siostra ojca, ciocia Roma. Julia prawie całe życie spędziła w Warszawie, nie licząc wakacyjnych wypadów do Augustowa, które skończyły się wraz ze śmiercią dziadka. Stało się to w czasach, gdy jeszcze studiowała. Lubiła dziadka Władka, babci w ogóle nie pamiętała.

Uśmiechnęła się niepewnie, a ojciec wziął ją w ramiona. Poczuła się dziwnie, ale w gruncie rzeczy przyjemnie, jakby jej tego... brakowało? Zaskoczyła ją własna reakcja.

– No jesteś! Jaką miałaś drogę? Straszne korki?

– Nawet nie. Tylko bezpośrednio przed Łomżą, ale później jechało się nieźle.

– Zrobili wreszcie nowe drogi. Daj, wezmę twój bagaż.

Na podwórko wjechał samochód Marka, a kiedy się zatrzymał, wyskoczył z niego Kuba z plecakiem. Na jego widok Julia rozpłynęła się w uśmiechu, a w brzuchu poczuła łaskotanie motyli, jak na widok pierwszej miłości. Przytuliła chłopca z całych sił, próbując opanować wzruszenie. Ależ on wyrósł. Czas naprawdę pędził. Marek z bagażami podszedł do nich.

– Cześć, jak się masz? Dobrze cię widzieć. Naprawdę wzięłaś urlop?

– Wyobraź sobie. Sama nie mogę uwierzyć, że to się udało.

– Mamo! Będziesz z nami żeglować? – Kuba podekscytowany spoglądał na matkę, a ona rzuciła pytające spojrzenie ojcu.

– Zobaczymy. Nie wiem, czy dziadek zniesie kobietę na pokładzie.

Barski popatrzył na nią przenikliwie, a potem przeniósł wzrok na wnuka. W jego oczach pojawiły się wesołe ogniki.

– A co powiecie na spływ kajakowy Czarną Hańczą?

Julię zaskoczył ten pomysł, ale na Kubie propozycja zrobiła wrażenie. Nieprzekonana spojrzała na ojca.

– Tato, jesteś pewny? Hańcza chyba nie jest łatwą rzeką... Marek? Co ty na to?

– Stefan wie, co mówi. Jest w końcu kapitanem żeglugi wielkiej i nie tylko. Przypilnuje was. A Kuba ma już swoje lata i przydadzą mu się jakieś mięśnie, bo na razie ćwiczy tylko kciuki.

Barski się roześmiał.

– Już ja o to zadbam, u mnie Kuba szybko zapomni o internecie. No, wejdźmy do domu, pogadamy przy obiedzie. Kuba, pomóż tacie przy bagażach.

*

Karol wpatrywał się w ekran komputera. Sprawdzał właśnie pocztę. Zdążył już polubić tę sielską piątkową atmosferę w augustowskiej komendzie. Policjanci zajmowali się bardziej sobą niż pracą; ci starsi przeglądali gazety, a ci młodsi siedzieli przyssani do ekranów komputerów. Inni pisali zaległe raporty, popijając kawę. I właściwie nie miał im tego za złe, uważał, że jeśli sytuacja na to pozwala, można sobie lekko odpuścić. Tylko ten upał nie kapitulował. Od paru dni dokuczał niemiłosiernie, a wiatraki pracujące na biurkach jedynie wprawiały w ruch powietrze, nie dawały chłodu. Komendant podobno walczył o założenie klimy w budynku, ale czy coś mu z tego wyjdzie, tego nie wiedział nikt.

Do pokoju wszedł Tomek, lekko tęgawy starszy aspirant o dobrodusznej twarzy. Ocierając pot z karku, stanął nad komisarzem.

– Cześć! Zobacz, co zdobyłem, szefie! Oryginalne haczyki na szczupaka za pół ceny. Namiotko rano zadzwonił, że dzisiaj będą, to poleciałem. Wziąłem też dla ciebie. Łowimy jutro? – wyrzucił z siebie rozemocjonowany.

Karol uśmiechnął się w duchu, słysząc ten lekko śpiewny akcent, charakterystyczny dla ściany wschodniej.

– A jak myślisz? Jasne! Sobota bez ryb jest jak tort urodzinowy bez świeczek. Ile ci wiszę?

– Zapomnij. Postawisz piwo i będziemy kwita.

Karol skinął głową na zgodę i spojrzał w monitor, bo właśnie przyszedł mail. Kliknął w niego i przeczytał.

– Julia Wigier poprowadzi jesienią w Warszawie szkolenie z profilowania. Pracowałem z nią przy sprawie „Krawca". Opowiadałem ci, pamiętasz?

– Tak. Mówiłeś, że gdyby nie ona, tobyście go nie złapali. W Warszawie może i się na co przydała, ale u nas? Chwalić Boga, okolica spokojna, trup ściele się tylko na dyskotekach albo w patologii. Same proste sprawy.

– A jednak wysłałbym cię na to szkolenie.

– A na co mi to?

– Oj, Tomek, Tomek... Licho nie śpi. Nigdy nie wiesz, co się może zdarzyć. Nawet tutaj. A co masz w głowie, to twoje.

Do pokoju wsunął się nieśmiało najmłodszy z zespołu, Włodek Szkarnulis, przypominający patyczaka z powodu wzrostu i żylastej sylwetki. Ale chłopak, z pochodzenia Litwin, był bystry i ciekawy świata. Karol wiązał z nim spore nadzieje i zdążył go polubić.

– Też racja, ale to jest nadzieja naszej komendy, jego wyślij! – Tomek klepnął po plecach młodszego aspiranta, który się jeszcze bardziej zgarbił.

Na biurku komisarza zadzwonił telefon. Karol odebrał i po chwili jego twarz przybrała marsowy wyraz.

– Przyjąłem. Zaraz będziemy. Niczego nie ruszajcie, zabezpieczcie teren! – rzucił w słuchawkę i spojrzał na chłopaków.

– No i wykrakałem. Zbierajcie ludzi, mamy robotę.

W oczach Szkarnulisa zamigotał błysk podniecenia i radości, że coś się wreszcie dzieje.

*

W litewskiej restauracji w Sejnach rozsiadło się sporo ludzi. Andrzej ledwie zdołał zająć wolny stolik i Matas był mu za to wdzięczny. Bardzo liczył na udany interes z kuzynem. Znali się z Andrzejem i wspierali od dziecka. Matas mieszkał w rodzinnym domu w Puńsku. Andrzej wyniósł się z piętnaście lat temu do Augustowa, ożenił się i rozkręcił dobrze prosperujący biznes. Ale wciąż utrzymywali stały kontakt.

Matas spojrzał na Andrzeja siedzącego naprzeciwko. Wydawał mu się jakiś nieswój. Czekali na zamówione danie od czterdziestu minut i zaczynali się niecierpliwić. Przypomniało mu się, że kuzyn już w dzieciństwie stawał się kapryśny, kiedy dokuczał mu głód, więc pewnie dlatego był nie w humorze. Nagle otulił ich rozkoszny zapach czenaków, które zawsze zamawiali w tej restauracji. Kelnerka stanęła przy ich stoliku i podała gorące gliniane garnuszki. Andrzej zaciągnął się zapachem mięsno-warzywnej zawartości zapiekanej w piecu i wyraźnie się ożywił. Matas uśmiechnął się pod nosem.

– To jest to! Nie ma jak nasze czenaki. Pachną jak te, które robiła babcia, pamiętasz?

– No pewnie! Tylko tu takie robią. Ale u twoich teściów też jest niezła wyżerka, nie możesz narzekać.

– Niby tak, ale jakoś kością w gardle staje. No i czenaków nie upieką. E! Szkoda gadać.

– Co ty taki nie w sosie? W interesach coś nie idzie? Chyba nie chodzi o moje zamówienie? – Matas się zaniepokoił. Zamieszał łyżką w garnuszku i podniósł ją do ust. Sparzył się w język. – Aua! Kurka wodna, zawsze zapominam, że to takie gorące! – zawołał i się roześmiał.

– Nie martw się! Wszystko w najlepszym porządku. Jutro twój samochód będzie do odbioru u mnie w komisie. Mówię ci, istne cacko ci załatwiłem.

– Coś ty?! Już jutro? Super! Musimy to opić. Zamówię butelkę.

Uszczęśliwiony Matas podszedł do kelnerki i szepnął jej coś na ucho. Po paru minutach postawiła przed nimi fachowo zmrożoną butelkę czystej, zgrabnymi ruchami rozlała gęstą ciecz do kieliszków i zostawiła ich samych. Mężczyźni na widok trunku wyraźnie się rozluźnili.

Matas złapał za szkło, a w jego ślady poszedł kuzyn.

– Jest okej! – Andrzej roześmiał się, puszczając oko do Matasa. – Żeby tylko tak z babami dobrze szło, jak w interesach, to świat byłby piękny! To pod ten nasz biznes!

*

Komisarz Karol Nadzieja pochylił się nad ciałem Anny. Krew zdążyła już zakrzepnąć i zwabić roje much. Stojący za nim Szkarnulis przeżegnał się ukradkiem prawą dłonią ze złączonymi trzema palcami w charakterystyczny dla prawosławnych sposób.

Teren został odgrodzony taśmą, choć na tej zapomnianej przez Boga i ludzi drodze wiodącej przez puszczę był to raczej zbędny zabieg. Policjanci z ekipy dochodzeniowo-śledczej wraz z technikami już zaczęli wykonywać swoje rutynowe czynności.

– Czy ktoś zadzwonił po patologa? – Karol rzucił pytanie w przestrzeń, ale nikt się nie odezwał. – A więc nie – odpowiedział sam sobie.

Wyciągnął komórkę i wybrał numer Longina. W tym czasie Tomek Dziemianiuk przesłuchiwał listonosza zaciągającego śpiewnie, gdy opowiadał z przejęciem, co się stało.

– Wracał ze służby, to i napił się, jak częstowali, a co? Nie wolno? Ale kiedy jo zobaczył, jak wypadła prościusieńko pod koła, tak i wytrzeźwiał całkowicie! Nikogusieńko nie widział, tylko wcześniej wystrzał słyszał. Wpierw to nie poznał ja, że to córka Szułowicza, starego leśniczego. Jezusie, to nieszczęście! Chłop chyba znowu wylewu dostanie!

Patejuk zaczął pijacko łkać. Tomek, zakłopotany, zadał szybko następne pytanie, żeby facet nie rozkleił mu się zupełnie.

– Uspokójcie się, Patejuk. To twierdzicie, że zmarła nazywała się Szułowicz? Imię?

– Mówił, że Szułowicz jej ojciec, a ona Janonis po mężu miała... Anija Janonis. Znał jo od dziecka, Boże moj, toż wierzyć się nie chce, żeby takie nieszczęście...

– Gdzie mieszkała?

– A w Augustowie, w bloku gdzieś. Za mąż wyszła za Litwina, Janonisa, co to ma komis i samochodami handluje. I chłopaczka mają, teraz półsiroto zostanie.

Otarł łzy rękawem. Do mężczyzn podszedł komisarz Nadzieja.

– Co tu mogła robić? Nie domyśla się pan?

– A toż z kilometr od szosy leśniczówka Szułowiczów stoi. Może do nich szła? Ale czemu nie samochodem? Toż samochód miała przecie, rajdowała jak istny szatan.

– A wie, co to za samochód? – Tomek zadał kolejne pytanie. Zapisywał skrzętnie, co zeznawał listonosz.

– A czerwony taki...

– O markę chodzi, nie o kolor.

– Na markach się nie zna, całe życie, ło, na rowerze.

Nadzieja dał znak głową Tomkowi, żeby skończył z Patejukiem, i przywołał gestem Włodka.

– Idziemy do leśniczówki. Znasz tego Szułowicza? – zapytał Tomka Karol.

– Ze słyszenia tylko. Brat matki pracuje w nadleśnictwie, coś wspominał. Kiedyś to była podobno ważna persona, teraz na emeryturze.

Nadzieja, Dziemianiuk i Włodek Szkarnulis weszli do lasu. W skupieniu zaczęli przeczesywać poszycie w poszukiwaniu tropów, które naprowadziłyby ich na trasę, jaką pokonała ofiara przed śmiercią. Po dłuższej chwili Włodek zawołał podekscytowany:

– Mam coś!

Nadzieja podbiegł pierwszy, za nim Tomek. Włodek dotknął brunatnych plam na mchu. Na palcach wyraźnie czerwieniły się krwawe ślady.

– Świeża.

– Tu już była ranna. Sprawdźmy dalej.

Szli znowu z dala od siebie. Po jakimś czasie Karol przykucnął i zaczął przyglądać się czemuś uważnie. Przywołał chłopaków.

– Wołajcie techników, niech tu któryś przyjdzie. Mamy łuskę. Wygląda na to, że z broni myśliwskiej, ze sztucera, na oko chyba kaliber siedem sześćdziesiąt cztery.

Dziemianiuk pochylił się, żeby lepiej widzieć znalezisko.

– Tak, też tak myślę. Ale przecież nikt nie poluje o tej porze dnia. Przypadkowe postrzelenie raczej odpada.

Karol spojrzał na Tomka w zamyśleniu.

– Zgadza się, nieciekawie to wygląda.

Szkarnulis skończył rozmawiać przez telefon i podszedł do kolegów.

– Technik z fotografem już tu idą. A swoją drogą, to dziwne. Żeby strzelać do kobiety w biały dzień, w samo południe, prawie przy drodze? Przecież mógł go ktoś zauważyć.

– Może i ktoś coś widział. Ale okolica jest ustronna. Przez cały czas, kiedy staliśmy na tej drodze, nie przejechał ani jeden samochód. No dobra – na widok zbliżających się technika i fotografa Karol zwrócił się w kierunku leśniczówki – chodźmy tam. Może się czegoś dowiemy.

Po kilku minutach ich oczom ukazał się stylowy drewniany budynek z zabudowaniami gospodarczymi. Wyszli na niego od tyłu i od razu zauważyli zaparkowane tam czerwoną toyotę i jeepa. W obejściu nie było widać żywej duszy. Szkarnulis, idący z tyłu, zatrzymał się, nasłuchując bacznie.

– Słyszycie?

Tomek odwrócił się w jego kierunku.

– Co? Nic nie słyszę.

– No właśnie. Jakoś tu dziwnie... aż ciarki chodzą, taka cisza, jakby grobowa...

Komisarz, skupiony na budynku i samochodach, nie zwrócił uwagi na słowa Włodka.

– Ktoś musi być w domu, samochody stoją. Ten czerwony to pewnie auto ofiary. Tomek, spisz numery i sprawdź je.

Dziemianiuk posłusznie podszedł do toyoty i sięgnął po komórkę. Włodek spoglądał to na dom, to na las.

– Myśli szef, że biegła z domu?

– Bardzo możliwe, ale jeszcze nic nie myślę.

Nadzieja obszedł tył leśniczówki i zmierzał do drzwi od frontu, za nim Szkarnulis. Dziemianiuk został sam.

– Szlag, nie ma zasięgu! Ani kreseczki.

Odszedł kilka kroków w bok, wpatrując się wciąż w ekran komórki, kiedy nagle o coś się potknął. Spojrzał w dół i zamarł na moment.

– Co jest, kurwa?!

Pod jego nogami leżał duży wyżeł krótkowłosy w bajorku brunatnej cieczy.

Karol z Włodkiem weszli do korytarza leśniczówki obitego boazerią. Jedną ze ścian zdobiły ciasno porozwieszane okazałe poroża. Stojąc w wejściu, komisarz zawołał:

– Halo! Jest tam kto? Policja!

Żadnego odzewu. Nadzieja wyciągnął broń, odbezpieczył ją i ruszył do przodu. W jego ślady poszedł Włodek. Zachowując środki ostrożności, przeszli korytarzem i dotarli do wejścia do kuchni po lewej stronie. Stanęli w progu i znieruchomieli. Szkarnulis zrobił się biały niczym płótno, znowu się przeżegnał.

– Jezu...

Karol bez słowa schował broń.

– Co to ma być, do diabła?

W ułamku sekundy ich mózgi zarejestrowały stół i leżące na nim przedmioty: gazetę, blok rysunkowy z kredkami, miskę pełną truskawek i butelkę oraz szklankę z niedopitą colą. Dalej okno przysłonięte firankami i zastawiony doniczkami parapet, kuchenkę, na której stały dwa garnki, a obok okazały piec kaflowy i dopiero później krwawy rozbryzg na ścianie. Ale to, co ich wprost zmroziło, to widok dwóch ciał.

Starszy mężczyzna siedział na podłodze, oparty plecami o szafki, a jego oczy wpatrywały się mętnie w przybyszów.

Niedaleko od niego, w pobliżu stołu, leżał chłopiec, zwrócony twarzą do ziemi. Z tyłu jego głowy ziała czarna dziura, a nad zakrzepłą krwią latało kilka wielkich much zwabionych jej odorem. Głęboką ciszę zakłócało jedynie ich natrętne i obrzydliwe bzyczenie.

Nadziei z trudem przyszło zachowanie spokoju. Szkarnulis ledwie sobie radził z odruchem wymiotnym, próbując rozpaczliwie złapać oddech. W końcu wybiegł z kuchni, zderzywszy się w progu z Dziemianiukiem. Tomek wszedł dalej, zdziwiony zachowaniem kolegi.

– Szefie?! Co z nim?

Spojrzał na stojącego wciąż w bezruchu Karola, nic nie rozumiejąc.

– Szefie, za domem leży... – Jego wzrok dopiero teraz padł na ślady masakry, do której doszło w kuchni. – Matko Przenajświętsza!

Nadzieja za nic nie potrafił poukładać sobie tego w głowie. Wiele już widział, to nie było jego pierwsze miejsce zbrodni. Czasem nawet myślał, że już nic nie jest w stanie go ruszyć. Ale coś takiego?! Martwe dziecko z dziurą w głowie? Zupełnie nie rozumiał, to wykraczało poza wszelkie pojmowanie.

Od razu pomyślał o Ince. Swojej jedynej, ośmioletniej córce, która po śmierci Marty stała się jego oparciem i ostoją. To ona nadawała sens jego życiu i wyznaczała w nim cel. Na drugim miejscu była praca, choć w obliczu takiego zdarzenia powinien rzucić wszystko, żeby dorwać skurwiela, który urządził taką jatkę.

Karol pochylił się nad ciałem chłopca, uważając, by nie zadeptać śladów. Przyglądał się ranie postrzałowej głowy. Tomek Dziemianiuk wciąż stał nieruchomo niedaleko drzwi.

– Chłopak dostał z bliska. Jakiś Dziki Wschód normalnie. Jak można zabić dziecko?

– To pewnie dzieciak Janonisowej. Patejuk zeznał, że miała syna.

Tomek westchnął. On też miał dzieci, dwóch synów w wieku szkolnym.

– Prawdziwy horror. Jak se pomyślę, że mojego Maćka albo Łukasza mogłoby coś takiego spotkać...

Dopiero teraz Tomek ruszył się z miejsca, by podejść do sztucera leżącego pomiędzy ciałami mężczyzny i chłopca. Wciągnął rękawiczki i sięgnął po broń, by dokładnie jej się przyjrzeć. Potem odłożył ją na podłogę, w to samo miejsce, kiedy nagle coś mu mignęło. Przy nodze stołu połyskiwała łuska. Obejrzał ją i podał komisarzowi.

– Ten sam kaliber co w lesie.

– Tak. Przynajmniej mamy narzędzie zbrodni, ktoś załatwił wszystkich z tej samej broni.

Karol podszedł do ciała starszego mężczyzny i dotknął jego czoła.

– To pewnie ten leśniczy, Szułowicz. Ciało jeszcze całkiem nie ostygło, musieli zginąć niedawno.

– Wtedy, kiedy Anna Janonis wybiegła na szosę.

Włodek pojawił się w progu kuchni, wciąż upiornie blady.

– Tak. Pewnie tak. Ktoś załatwił leśniczego, potem wnuka, a córkę Annę, która uciekła, dopadł na końcu w lesie, ryzykując, że zostanie zauważony. Sprawdźmy resztę domu. Technicy powinni już tu być.

Karol wyszedł z pomieszczenia, a za nim Włodek.

– Sprawdzę piętro – oznajmił Tomek i wbiegł po schodach na górę.

– Ja salon, a ty, Włodek, piwnicę.

Karol wszedł do salonu, w którym, podobnie jak w korytarzu, od razu dała się zauważyć kolekcja rozwieszonych w kilku rzędach poroży. Mimo że do pewnego stopnia nawet mógłby zrozumieć ideę myślistwa, to jednak nigdy nie powiesiłby w domu czaszek martwych zwierząt. Wrażenie łagodziły nieco kwiaty zieleniące się w każdym rogu salonu i w oknach. To pewnie zasługa kobiety. No tak, Szułowicz musiał mieć żonę. A więc gdzie ona jest? Może się rozstali? Patejuk o niej nie wspominał.

Pod ścianą stał duży stół nakryty obrusem, na którym rozłożono zastawę obiadową dla pięciu osób. Bukiet polnych kwiatów zdobił dumnie całość. Szułowicz spodziewał się kogoś na obiedzie. W tym momencie komisarza dobiegł krzyk Dziemianiuka z góry.

– Jezusie Nazareński!

Karol wypadł z salonu i pokonawszy schody po dwa stopnie, wbiegł na górę. Stanął obok Tomka i zobaczył to, co tak poruszyło aspiranta.

Kobieta, w wieku może sześćdziesięciu paru lat, leżała na wznak na łożu małżeńskim, całkowicie ubrana. Wyglądała jak pogrążona we śnie. Jedynie fioletowe zasinienia na szyi i ślady krwi na jasnej bluzce świadczyły, że to był nie zwyczajny sen, ale wieczny.

Nadzieja zbliżył się do zmarłej.

– To pewnie żona. Właśnie zastanawiałem się, co z nią. Dziwne, ale nie została zabita z broni palnej, jak reszta.

– Dziwne?! To chore! Takie rzeczy się tu nie zdarzają! – wykrzyczał zbulwersowany Tomek.

– A jednak. Wrzuć na luz, stary. Nie jesteśmy pod ochroną. – Komisarz podszedł do Dziemianiuka i klepnął go przyjacielsko w plecy. – Żyjesz tu jak u Pana Boga za piecem i wydaje ci się, że nic złego nie może się stać. Ale to tylko naiwna iluzja. Dobra, dzwoń do żony, że nie wrócisz na noc, bo szybko stąd dzisiaj nie wyjdziemy.

*

„Odpocznij w malowniczym otoczeniu natury. Pozwól sobie na chwilę wytchnienia z dala od codzienności i skorzystaj z uroków otaczającej przyrody. Nowoczesna strefa wellness pomoże Ci zregenerować ciało i umysł, a doskonała kuchnia, pełna wybornych smaków, i komfortowo wyposażone pokoje dopełnią Twój wymarzony relaks".

Wydąwszy lekko wargi, Monika odłożyła na ladę recepcji ulotkę zachęcającą do korzystania z luksusów, które oferował czterogwiazdkowy hotel nad samym jeziorem. Rozejrzała się zniecierpliwiona. Sterczała tu już od dobrych paru minut i nikt się nie pojawiał. W końcu wyszła jakaś dziewczyna.

– No, nareszcie. Dlaczego nie ma tu nikogo z obsługi? Czekałam chyba z dziesięć minut. Proszę zawołać panią Joasię ze spa. Byłam u niej, ale drzwi zastałam zamknięte, a jestem umówiona.

– Z tego, co mi wiadomo, Joasia musiała się dzisiaj zwolnić. To nagła sprawa. Jej dziecko zachorowało, więc... Rozumie pani. Bardzo przepraszamy.

– Nie! Nie rozumiem! Chyba są telefony? Mamy dwudziesty pierwszy wiek! Powinniście w takiej sytuacji poinformować klientki i odwołać jej wizyty. Jak pracujecie na wizerunek tego hotelu?!

Do recepcji podeszła kierowniczka spa. Gdy zauważyła Monikę, na jej twarzy zakwitł sztuczny, zawodowy uśmiech.

– Pani Moniko! Jak miło panią widzieć. Joasi nie ma, ale ja zaraz panią przyjmę, proszę za mną. I to będzie zabieg gratis w ramach przeprosin.

Kierowniczka rzuciła dziewczynie z recepcji mordercze spojrzenie za plecami Moniki, która już udobruchana, ruszyła w kierunku gabinetów spa. Miała na dzisiejszy wieczór plany i zamierzała wyglądać spektakularnie. Co prawda Piotr trochę ją już nudził, ale na razie nie poznała nikogo na tyle ciekawego, żeby z niego rezygnować. Postanowiła, że tego wieczoru wyluzuje się całkowicie, zapomni o całotygodniowym napięciu, które zafundowała jej praca. To wieczne stanie na baczność, uważanie, by nikt nie posądził jej, że swoje miejsce w prokuraturze zawdzięcza tylko ojcu, udowadnianie sobie i otoczeniu, że na nie zasługuje. Czasami miała tego szczerze dość, dlatego dzisiaj sobie odpuści.

*

Julia siedziała na łóżku w pokoju na piętrze. Marek wrócił do Warszawy zaraz po obiedzie, wymówiwszy się pracą. Wyglądał nieźle, ale pożegnała go bez żalu. Po tym wszystkim, co przeszli: bolesna zdrada, rozwód i sądowa batalia o Kubę, nie potrafiła wykrzesać żadnych uczuć do faceta, którego kiedyś kochała. Ani dobrych, ani złych. Tym lepiej dla niej.

Rozejrzała się po bezosobowym pokoju, którego jedynymi zaletami było to, że teraz należał tylko do niej i że z okna roztaczał się imponujący widok. Gdyby ów krajobraz został namalowany, z pewnością okrzyknięto by go rasowym kiczem. Zachód słońca nad jeziorem.

Wstała i przez dłuższą chwilę kontemplowała pejzaż i ciszę. Słońce właśnie zaszło, ale upał wcale nie zmalał. Powinna wskoczyć do jeziora i popływać. Zaraz to zrobi, ale najpierw zapali.

Wróciła do łóżka, gdzie leżał jej plecak. Wyciągnęła iqosa i heetsy. Załadowała i zaciągnęła się z niekłamaną przyjemnością. Nie chciała tego robić przy ojcu, bo zawsze reagował gwałtownie, choć sam palił fajkę. Uważał jednak, że kobiety nie powinny palić. Taki męski punkt widzenia. Śmieszyło ją to i wkurzało, lecz nie zamierzała z nim kruszyć o to kopii.

Wyjęła z plecaka duży portfel, a z niego zniszczoną już mocno fotografię. Ze zdjęcia patrzyła na nią młoda, jasna kobieta, jakby w aureoli światła. Efekt ten wynikał w dużym stopniu ze złej jakości fotografii, ale też z tego, że kobieta miała blond włosy. Zdjęcie zrobiono w plenerze z pewnej odległości, więc twarz była ledwie widoczna.

Julia uśmiechnęła się do siebie. Mama. Osoba, której właściwie nie pamiętała i nie poznała. Chłonęła każdy szczegół fotografii, czując coraz większy chłód w okolicach żołądka. Tajemnica śmierci mamy zdeterminowała całe jej życie, wpłynęła na wybór zawodu. Wszystko dlatego, żeby dowiedzieć się, co się naprawdę wtedy stało. Na razie z miernym skutkiem.

*

Longin Szablewski nie przykładał nigdy wagi do swojego wyglądu. Chodził w wyświechtanej marynarce, koszulce polo i rozczłapanych sandałach. Swoje najlepsze lata męskie miał już za sobą, choć daleko mu było jeszcze do starości. Niedawno skończył pięćdziesiąt sześć lat i wciąż żył samotnie. Nie udało mu się zbudować trwałego związku z żadną kobietą. Może dlatego, że po Weronice nie spotkał już nikogo, kto wzbudziłby w nim uczucie choćby po części tak silne jak wtedy.

Nie potrafił o niej zapomnieć i szukał jej w każdej nowo poznanej kobiecie. W końcu się poddał i niczego od życia nie oczekiwał. Na szczęście praca dawała mu satysfakcję, oddawał się jej bez reszty, a kiedy miał do czynienia z czymś więcej niż tylko zwyczajnym zgonem, poziom adrenaliny podskakiwał, dając miły zawrót głowy. Uwielbiał ten stan, czuł wtedy, że żyje naprawdę, a jego wiedza i doświadczenie przekładały się czasem na wyniki śledztwa.

Dlatego zaraz po telefonie Karola wsiadł do swojego rozklekotanego, poobijanego chevroleta i przyjechał do leśniczówki niesiony entuzjazmem i przyjemnym oczekiwaniem na to, co tam zastanie.

Teraz stał, już całkowicie skupiony, nad zwłokami starszej kobiety i kończył oględziny. Miał tu frapującą zagwozdkę; sprawa nie była oczywista, a takie przypadki lubił najbardziej. Kiedy do pomieszczenia wszedł Karol, Longin zaczął mówić, nie podnosząc nawet głowy.

– Ciekawa sprawa z tą kobietą. Bardzo ciekawa. Była duszona, ale jakby tego było mało, zadano jej kilka ciosów ostrym narzędziem. O tu, popatrz. W samo serce. Kiedy je zadawano, jeszcze żyła, czyli że co? Duszono ją potem? – pytanie zadał bardziej sobie niż komisarzowi. – Tego jeszcze nie wiem, ale się dowiem. Zabieram ją i wszystkiemu dokładnie się przyjrzę. Wreszcie coś interesującego – zamruczał znowu do siebie.

– A tamci?

– Tamci? Prosta sprawa. Każde zginęło od strzałów z broni palnej, ale to przecież wiesz. Kobieta z lasu oberwała w plecy, nie zmarła od razu. Na twarzy, rękach i nogach widoczne są liczne otarcia naskórka. Dzieciak dostał w tył głowy z bliska, nawet nie poczuł. A facet w kuchni, trafiony w serce, żył jeszcze chwilę, zanim się wykrwawił. Szczegóły dostaniesz po sekcji.

– Jakiego narzędzia zbrodni mamy szukać, jeśli chodzi o żonę leśniczego? Mówiłeś, że użyto czegoś ostrego. Chodzi o nóż?

Szablewski właśnie zmierzał do wyjścia, ale kiedy padło pytanie, zatrzymał się i zamyślił na moment.

– Jeszcze dokładnie przyjrzę się ranom, lecz moim zdaniem nie był to nóż. Bardziej coś jakby... szpikulec do lodu? Jak z tego filmu *Nagi instynkt*, coś takiego.

– Zaczekaj na prokuratora, będzie niedługo. I tak nie możesz zabrać ciał, technicy nie skończyli, a poza tym góra chce wszystko zobaczyć.

Szablewski wyglądał, jakby został obudzony z pięknego snu. Skrzywił się z niesmakiem na hasło „prokurator".

– Daj mi spokój, wiesz, że nie znoszę urzędasów. Wolę siedzieć w prosektorium, wszystko sobie przygotuję w spokoju i akurat przywiozą ciała. Popracuję w nocy, przynajmniej nikt nie będzie zawracał mi gitary. Chyba zależy ci na czasie?

– Wiadomo.

– No to żyj i daj żyć innym, i się odczep.

Longin podniósł rękę w geście pożegnania, zabrał swą nieodłączną torbę i wyszedł. Zrezygnowany Karol nie zaprotestował i w duchu zgodził się z patologiem.

*

Po wyfroterowanym parkiecie toczą się z głuchym odgłosem perły, podskakując przy tym i obierając różne kierunki. Jedna z nich zatrzymuje się u stóp dwuletniej dziewczynki w piżamce trzymającej w ręce misia. Dziecko patrzy z przerażeniem na coś, co znajduje się dalej, a odgłos rozsypujących się paciorków przybiera na sile i przeradza się w kakofonię. Dziewczynka zatyka uszy, zamyka oczy i zaczyna krzyczeć na cały głos.

Julia zerwała się gwałtownie, obudzona własnym krzykiem. Czuła, jak strużki potu spływają jej po plecach aż do majtek. Usiadła na łóżku, próbując przypomnieć sobie, gdzie jest. Pod wpływem ruchu ekran leżącego obok laptopa rozświetlił się, pokazując ukończony poprzedniego wieczoru profil. Akta ostatniej sprawy ze zdjęciami z miejsca zbrodni leżały rozsypane na podłodze.

Przypomniała sobie. Przyjechała do ojca, żeby spędzić urlop z synem. Zasnęła nad laptopem, sprawdzając jakieś szczegóły związane z ostatnim śledztwem i dopracowując profil. Miała jeszcze pewne wątpliwości. Powoli uspokoiła oddech.

– Weź się w garść. To tylko sen – powiedziała do siebie na głos.

Odgłos trzaskającego okna, które pod wpływem przeciągu z hukiem się zamknęło, sprawił, że aż podskoczyła i zerwała się na równe nogi, by je zamknąć. Ciemne niebo rozświetliła na chwilę błyskawica, a po paru sekundach lunął gwałtowny deszcz i zagrzmiało. Wielkie krople waliły z impetem o parapet, wdzierając się w ciszę pogrążonego we śnie domu.

Patrzyła przez chwilę z zachwytem na ulewę i błyskawice, które raz po raz rozcinały nocne niebo, tworząc świetlny show nad wodami jeziora. Widowisko było fascynujące, ale i tak nie zatarło wrażenia, jakie wywarł na niej sen.

Śnił jej się nie pierwszy już raz, jednak wolałaby, żeby się rozwinął. Za każdym razem widziała tylko sypiące się perły, choć czuła, że to nie jest cały obraz. Czy uda jej się kiedyś zobaczyć więcej? Jej podświadomość musiała przecież coś jeszcze zarejestrować i w jakimś zakamarku mózgu pewnie kryła się informacja, do której Julia wciąż nie miała dostępu.

Rozebrała się, szybko wskoczyła do łóżka i nakryła się kołdrą po sam czubek głowy. Robiła tak od dziecka i choć nie bała się burzy, to pod kołdrą czuła się bezpieczna.

Nagle usłyszała pukanie, po chwili w drzwiach stanął ojciec. Podszedł bliżej.

– Śpisz?

Julia milczała, próbując oprzeć się pokusie, żeby udać, że jednak śpi. W końcu wygrało coś w rodzaju przyzwoitości i usiadła na łóżku.

– Jak można spać podczas takiej burzy? Grzmoty mnie obudziły.

– Może zajrzyj do Kuby, też mógł się obudzić.

– Masz rację.

Barski zapalił światło, a jego wzrok padł na zdjęcia leżące na podłodze. Na ich widok twarz mu stężała.

– Obiecałaś nie zabierać tego paskudztwa ze sobą.

– Przyjmij wreszcie do wiadomości: to paskudztwo to całe moje życie!

– Całe życie?! Przecież masz syna... miałaś rodzinę. No właśnie, miałaś. – Ostatnie słowa wypowiedział z goryczą.

Na chwilę zapadła cisza, po czym ojciec skierował się do drzwi. Na odchodnym rzucił: – Chciałem tylko powiedzieć, że cieszę się, że tu jesteś.

*

– Nie czekaj na mnie, jeszcze nawet nie dojechałam! Nie mam pojęcia, kiedy skończę. Też jestem wkurzona, wrzucili mi tę sprawę pół godziny temu!

W tym momencie rozmowa została przerwana. Monika cisnęła telefon ze złością na siedzenie obok. Deszcz lał jak z cebra, wycieraczki nie nadążały ze ścieraniem litrów wody wylewających się na szyby srebrnego bmw, które prowadziła. Powiedzieć, że była wściekła, to jakby nic nie powiedzieć. Trzęsła się ze złości. Nie dość, że plany na wyluzowanie się tego wieczoru wzięły w łeb, to jeszcze godziny spędzone u kosmetyczki i w spa poszły się bujać. A wszystko dlatego, że jakiś stary ramol dostał zawału czy coś w tym stylu.

Wezwali ją w trybie pilnym, bo na nią padło jako na najmłodszą w prokuraturze i najłatwiej dostępną! Szef przydzielił właśnie ją do sprawy, która wynikła nagle i od razu stała się priorytetowa. Nic więcej nie wiedziała. Na dodatek musiała w nocy, i to w czasie burzy, przedzierać się przez las wąską asfaltową drogą pełną dziur!

Wytężała wzrok, usiłując się zorientować, czy nie powinna już skręcić. Las po obu stronach był gęsty i czarny, a rozświetlające drogę błyskawice nadawały mu groźny i nierzeczywisty charakter.

Prawie przegapiłaby skręt; minęła właśnie drzewo z zawieszoną skrzynką z figurką Matki Boskiej, za którym był wjazd na leśną drogę wiodącą do leśniczówki, ale go nie dostrzegła. Podjechała do przodu, a potem się cofnęła, by wreszcie zauważyć coś, co w ciemności można było wziąć za kapliczkę, i wjechać gdzie należy.

Po kilku metrach samochód wpadł w głęboką dziurę zalaną wodą i ugrzązł. Tego było zdecydowanie za wiele! Monika krzyknęła na cały głos ze złości i z bezsilności:

– Nie! Błagam! Tylko nie to!

Próbowała kilka razy wyjechać z dziury, ale nic z tego. Nie chciało jej się wierzyć, że to się dzieje naprawdę. W czerwonej sukience z dekoltem i ze złotymi szpilkami na stopach jechała właśnie na imprezę, gdy zadzwonił do niej szef prokuratury.

Oczywiście nie wzięła ze sobą nawet parasolki. Miałaby teraz wyjść i przedzierać się przez las w takim stroju w taką pogodę?! Oparła dłonie na kierownicy i opuściła głowę, próbując się uspokoić. Może uda jej się wezwać jakąś pomoc?

Zaczęła po omacku szukać telefonu, uważając przy tym na swoje świeżo zrobione tipsy. W końcu znalazła komórkę i z nadzieją wybrała numer. No oczywiście, brak zasięgu. Co ona sobie wyobrażała?! Naiwna idiotka! Pieprzona Puszcza Augustowska!

Miała serdecznie dość wszystkiego: małego miasteczka, w którym żyła od dzieciństwa, przeklętych lasów i jezior, oczekiwań matki i ojca wobec niej, głupiego Piotra i siebie! Powinna była dawno wziąć dupę w troki i spylać stąd dokądkolwiek, a najlepiej do Warszawy. Tam nigdy nie spotkałoby jej coś takiego.

Dając w myślach upust nagromadzonym emocjom, obejrzała się na tylne siedzenie. Nie zobaczyła nic, co mogłoby choć trochę osłonić ją przed ulewą. No cóż. Przecież nie będzie tu siedzieć do rana.

Zdjęła swoje złote szpilki od Diora, na które wydała prawie całą pensję, i schowała je do torebki, a torebką będzie próbowała osłonić włosy. Reszta i tak przemoknie. Telefonem postara się oświetlić sobie drogę i może jakoś się dotelepie do tej cholernej leśniczówki. Gdyby wściekłość uskrzydlała, Monika przeleciałaby właśnie nad lasem i znalazła się na miejscu w ułamku sekundy.

*

Roman Kłodowski, od siedmiu lat komendant policji powiatowej w Augustowie, zmagał się z nadwagą. Jego wielki brzuch, od którego zyskał ksywkę „Kałdun", przeszkadzał mu coraz bardziej. Dlatego zdecydował się na dietę, tyle że przez nią stał się drażliwy i męczący dla rodziny, dla pracowników pewnie też. Ale to było mniej ważne. No i jeszcze ten Nadzieja. Był mu solą w oku, Kłodowski nie cierpiał faceta od samego początku. Typowa warszawka. Najmądrzejszy z całej wsi. Żeby chociaż pokazał, że coś potrafi, udowodnił, że jest lepszy od nich.

Teraz będzie miał pole do popisu. Cztery zabójstwa, w tym dziecko. Takiej sprawy Kałdun nie pamiętał, jak żyje, a przekroczył już szósty krzyżyk i widział niejedno.

Prawdę mówiąc, trochę się martwił. Od tej pory będą na cenzurowanym: media i władze zainteresują się od razu sprawą i zaczną naciskać. Skończy się spokojne życie. A kto oberwie pierwszy, jeśli nie znajdą sprawcy i powinie im się noga? On. I tylko on.

Na dodatek wciąż miał za mało ludzi. No i jeszcze zamiast doświadczonego prokuratora Małyszki, którego trafił zawał, przysłali jakąś siusiumajtkę, co to nigdy nie prowadziła żadnej poważnej sprawy. Jeśli w ogóle jakąś prowadziła. Córeczka wysoko postawionego w warszawskiej prokuraturze tatusia. Na psa urok, gorzej być nie mogło.

Zobaczywszy, co się stało w leśniczówce, Kałdun złamał swoje niezłomne postanowienie o rzuceniu palenia. Kończył właśnie papierosa, który smakował jak nigdy. Nie dość, że dieta, to jeszcze odstawienie fajek. Ale lekarz naprawdę go nastraszył. Tusza i nałóg stanowiły fatalną mieszankę dla jego ciśnienia, serca i wyników badań. Nie chciało mu się nawet o tym myśleć, więc nie będzie. A od jednego papierosa przecież nie umrze.

Widok, jaki zastali policjanci w leśniczówce, złamałby każdego, nawet najbardziej doświadczonego lekarza, był o tym przekonany. Obok stał komisarz Nadzieja, palili razem na zewnątrz, ale pod daszkiem, podczas gdy w środku technicy kończyli czynności. Z ciałami czekali na prokuratorkę, jednak tej wciąż nie było. A burza szalała w najlepsze. Ciemność dookoła rozrywana raz po raz przez iluminacje błyskawic podbijała upiorność tej nocy.

Dziemianiuk ze Szkarnulisem wrócili z obchodu najbliższej okolicy przemoczeni do suchej nitki.

– Przeszukaliśmy prawie wszystkie zabudowania, nic ciekawego nie znaleźliśmy, ale w takiej burzy to żadna robota jest. Jedna buda zamknięta na kłódkę, trzeba by się włamać – zameldował Dziemianiuk.

– Diabli nadali, deszcz zmyje ślady. Jak trzeba się włamać, to trzeba, przecież to miejsce poczwórnej zbrodni. Co pan na to, komendancie? – zapytał Nadzieja.

Kałdun był tego samego zdania, jednak nie chciał tak od razu zgadzać się z komisarzem.

– Nie mamy nakazu, ale... kto wie, kiedy ta prokuratorka tu dotrze. Do roboty, chłopaki, znajdźcie jaki łom i rozwalcie, co trzeba. Nie ma czasu na deliberowanie.

– Tak jest!

Tomek z Włodkiem, świecąc latarkami, odeszli w stronę solidnej drewnianej szopy zabezpieczonej żelazną sztabą, na której wisiała spora kłódka. Tomek wziął po drodze łom.

– Ale nam się sprawa trafiła, tyle trupów...

– Pytanie dlaczego? Kto i dlaczego to zrobił? – zastanawiał się Włodek.

– Kto? To jakaś bestia musi być, nie człowiek – stwierdził Tomek.

Stanęli przed drzwiami szopy. Dziemianiuk przymierzył się z łomem, zanim zaczął się mocować.

– Człowiek, człowiek, żadna bestia. Ty, a może to jakieś porachunki gangsterskie? Przemytnicy? – podsunął Szkarnulis.

Tomek spojrzał na Włodka ze zdziwieniem.

– Zaraz przemytnicy. Zresztą oni inaczej załatwiają swoje sprawy, nie rozwalają od razu całej rodziny, bo i po co? A jeżeli nawet przyjąć tę hipotezę, to co stary człowiek po udarze, szanowany leśniczy, mógłby mieć z nimi wspólnego? Weź mi pomóż, bo cholerstwo nie chce puścić.

Szkarnulis jakby się ocknął. Po chwili udało im się wyważyć sztabę zabezpieczającą drzwi. Otworzyli je i włączyli oświetlenie.

Na środku pomieszczenia stał okazały nowiuteńki mercedes-benz sprinter 2500 cargo van. Za nim znajdowały się jakieś półki i stół z częściami samochodowymi i narzędziami. Wyglądało to na domowy warsztat samochodowy.

– Ożeż w mordę! Niezła bryka. Przydałaby się. Nie posądzałbym Szułowicza o taki samochód! – Tomek niemal przysiadł z wrażenia.

– A widzisz! Pozory mylą. Nigdy nie wiadomo, co siedzi w drugim człowieku, a im bardziej szanowany, tym bardziej podejrzany. Dobrze byłoby otworzyć to cudo, bo nic nie widać.

Rzeczywiście, mogli zobaczyć tylko to, co w kabinie kierowcy, ale tam było czysto. Cały tył zaś był bez szyb.

*

Karol obserwował spod oka komendanta spoglądającego co jakiś czas na zegarek. Skończyli palić i weszli do domu. Teraz czekali już tylko na prokuratorkę.

Dochodziła północ, kiedy za drzwiami leśniczówki dało się słyszeć jakieś poruszenie, a potem do środka weszła kobieta w towarzystwie posterunkowego.

Wyglądała, jakby dopiero co ukończyła runmageddon, tyle że pomyliła stroje. Bose nogi umazane miała błotem, czerwona sukienka była w opłakanym stanie, a włosy, wcześniej upięte chyba w kok, teraz zwisały w żałosnym bezładzie. Ściskała pod pachą przemoczoną torebkę. Przypominała zmokłą kurę po przejściach.

Karol z Kałdunem na jej widok na chwilę zaniemówili, a ich zaskoczone miny najwyraźniej rozwścieczyły przybyłą. Gdyby wzrok mógł zabijać, padliby właśnie trupem. Przedstawiła się lodowato:

– Prokurator Monika Pawluk.

Komendant szybciej odzyskał rezon; podszedł, wyciągając rękę na powitanie.

– Kłodowski, komendant KPP w Augustowie. Martwiliśmy się już o panią. Posterunkowy, znajdźcie jakieś suche okrycie. – Odwrócił się w stronę Karola. – A to komisarz Karol Nadzieja, poprowadzi śledztwo.

Prokuratorka podała mu rękę bez uśmiechu, potem przywitała się z Karolem, cały czas zachowując się w sposób, jakby jej wygląd w ogóle nie miał znaczenia. Karol z Kałdunem próbowali ukryć lekkie rozbawienie, co nie uszło jej uwadze.

– Co panów tak bawi? Proszę zaprowadzić mnie na miejsce zbrodni.

– Oczywiście. Ale... może chociaż włoży pani buty? Ma je pani?

Komendant zadał to pytanie pełen dobrej woli, ale Pawluk odebrała je chyba jako złośliwość. Mierząc policjantów wzrokiem ciskającym błyskawice, wyjęła z torby złote szpilki i wcisnęła je na ubłocone stopy.

– Możemy iść.

Karol pomyślał, że ta na oko trzydziestoparoletnia osóbka na pewno nie ułatwi im pracy.

29 CZERWCA, SOBOTA

Komenda przypominała dzisiaj poligon, a piątkowy luz i spokój stały się teraz odległym wspomnieniem. I tylko upał był ten sam, a może jeszcze większy? Nocna burza przyniosła lekką ochłodę jedynie na chwilę.

Karol złapał kilka godzin snu, ale za mało, by powiedzieć, że jest wypoczęty i wyspany. Ratował się kolejną kawą z nowego ekspresu, dumy komendanta, jednak to nie kofeina trzymała go w stanie najwyższego napięcia.

Trzymał w ręku fotografie z miejsc poczwórnej zbrodni oraz zdjęcia ofiar. Świadomość, że dysponował marnym zespołem, na który składali się dwaj niedoświadczeni młodzi chłopcy, a z ramienia prokuratury śledztwo miała prowadzić najmłodsza prokuratorka, jaką kiedykolwiek spotkał w robocie, nie dodawała energii. I jeszcze kwestia szefa, który bynajmniej nie był jego przyjacielem.

Jak z takimi zasobami ludzkimi skutecznie prowadzić śledztwo? W Warszawie przy tego typu sprawach dysponował całym zespołem profesjonalistów. Ale teraz był tu i musiał sobie jakoś radzić.

Westchnął i podszedł do obwieszonej starymi rozporządzeniami i okólnikami tablicy. Jej stan najlepiej pokazywał, że do tej pory trudne sprawy szczęśliwie ich omijały. Zirytował się na ten widok.

– Co to, kurwa, jest? Weź, Włodek, zrób z tym porządek.

Szkarnulis bez słowa pozrywał papierzyska z tablicy i wyrzucił je do kosza, a Karol przyczepił do niej zdjęcia Anny Janonis, Ireny Szułowicz, starego Szułowicza, a na koniec zdjęcia chłopca.

– Deszcz zmył ślady. Jeśli zabójca przyjechał samochodem, to po śladach opon do niego nie dojdziemy. Mamy narzędzie zbrodni. Sztucer znaleziony w kuchni. Z tej broni zginęli: Maciej Szułowicz, jego wnuk Jacek i córka Anna Janonis. Co z badaniem broni?

Rzucił pytanie w przestrzeń, ale Tomek mile go zaskoczył.

– Dzisiaj będą wyniki.

– I pies też – dodał Włodek.

– Racja. Pies też został zastrzelony. Pewnie zabójca chciał go uciszyć. Zakładam, że zabito go z tego samego sztucera, ale pewności na razie nie mamy. Longin ustala bezpośrednią przyczynę zgonu Ireny Szułowicz, która jako jedyna została zamordowana inaczej: duszono ją i zadano kilka ciosów narzędziem typu szpikulec do lodu. Dobrze byłoby je znaleźć. Tomek, co z mężem Anny?

– Czeka na przesłuchanie. Zgarnęliśmy go z mieszkania, nie bardzo kumał, co jest grane.

Drzwi pokoju się otworzyły i wszedł Kałdun z dwoma policjantami.

– Muszę przerwać. Przydzielam wam dwóch dodatkowych ludzi, więcej nie mam. Chłopaki z prewencji: starszy aspirant Leszek Ranuszkiewicz i aspirant Piotr Sawko. Nie możecie spartolić tej roboty. Za chwilę będziemy mieli na głowie wszystkich świętych: szefostwo z województwa, media lokalne i krajowe. Komisarzu – zwrócił się do Nadziei – odpowiada pan za to śledztwo głową. Zrozumieliśmy się? Aha, i jeszcze jedno. Ta prokuratorka to zielona jest jak szczypiorek na wiosnę, więc możecie liczyć tylko na siebie. To już nie przeszkadzam.

Kałdun wyszedł, zapadła cisza. Karol odchrząknął i kontynuował:

– Dobra, panowie, witajcie na pokładzie. Tomek z Włodkiem zapoznają was ze szczegółami sprawy. Niech każdy zastanowi się nad motywem. Trzeba ustalić, czy coś zginęło, a jeśli tak, to co. Nie możemy wykluczyć rabunku. Sprawdźcie konta bankowe rodziny. Ranuszkiewicz, ty się tym zajmiesz. Piotrek, pojedziesz z Tomkiem do leśniczówki sprawdzić tego vana. Włodek, komórki ofiar. Wyciągnij billingi. Chcę wiedzieć, kto do nich dzwonił, o której i tak dalej. Aha, i porozmawiaj z technikami, ustal, czy znaleźli coś w samochodzie Anny i w jeepie Szułowicza. Tyle na razie. Pod koniec dnia spotykamy się znowu. Chcę już jakichś konkretów!

*

Andrzej Janonis siedział w pokoju przesłuchań przerażony i załamany. Jeżeli policja mówiła prawdę, to znaczyło, że jego żona i syn nie żyją. Był w szoku, nie wierzył. Przecież takie rzeczy się nie zdarzają! Nie im, nie jemu. I dlaczego mieliby…? Nic z tego nie rozumiał, a głowę rozsadzał mu piekielny ból, jakby młot pneumatyczny chciał rozkruszyć jego mózg. Stanowczo za dużo wczoraj wypił z Matasem, nawet nie wie, ile poszło butelek, bo na jednej się oczywiście nie skończyło. A teraz posadzono go w jakimś pokoju z lustrem i kazano czekać. Chciało mu się pić i spać, bolała go głowa, ale to było nic w porównaniu z bólem, który szarpał jego wnętrznościami. Wciąż nie wierzył, że to prawda.

Drzwi się otworzyły i weszła młoda kobieta, a za nią facet.

– Prokurator Monika Pawluk – przedstawił kobietę facet, a ona, milcząc, zajęła jedno z krzeseł pod ścianą.

– Komisarz Karol Nadzieja, prowadzę śledztwo w sprawie... w sprawie śmierci pańskiej rodziny. Teścia i teściowej oraz pańskiej żony i syna.

Andrzej spojrzał na policjanta szklanym wzrokiem, próbując się skupić. Co on mówi? Dlaczego powtarza te brednie? Z jego oczu spływały łzy, ale zupełnie tego nie czuł. Zorientował się dopiero, patrząc na minę policjanta. Andrzej chciał zaprotestować, lecz nie zdołał wydobyć z siebie żadnego dźwięku, jakby odebrało mu głos. Komisarz podał mu kubek z wodą. O, tak. O tym marzył. Wypił wodę duszkiem i odstawił kubek.

– Panie Janonis, bardzo mi przykro, współczuję, ale muszę zadać panu kilka pytań. Pana bliscy zostali zamordowani i żeby złapać sprawcę lub sprawców, muszę z panem porozmawiać. Czy pan rozumie, co do pana mówię?

Andrzej skinął tylko głową. Czyli to prawda. Komisarz nie odpuszczał.

– Musimy ustalić, kiedy i dlaczego pańska żona pojechała do teściów. Czy w ogóle wybierała się do nich?

Z oczu Janonisa nadal płynęły łzy, kurde, nigdy tyle nie płakał, co teraz, przed tym facetem. Otarł łzy rękawem. Musi wziąć się w garść. Odchrząknął.

– Byliśmy zaproszeni na obiad – zaczął prawie szeptem. – Ja... ja nie chciałem jechać i nie pojechałem, nawet się o to pokłóciliśmy. Gdybym pojechał, to może to wszystko... może by się nie stało?

Janonis patrzył przed siebie niewidzącym wzrokiem, jakby zaglądał do wewnątrz.

– Co pan ma na myśli? Domyśla się pan, co tam się wydarzyło?

– Nie mam pojęcia! W głowie mi się to wszystko nie mieści!

– Dlaczego pan nie pojechał?

– Już mówiłem. Posprzeczaliśmy się. Zresztą Anka też nie chciała jechać. Zrobiła to ze względu na matkę, żeby nie sprawiać jej przykrości.

– O której żona z synem wyszli z domu? Co pan robił potem?

– Wyszli gdzieś po jedenastej. Mieli jeszcze wstąpić do apteki po leki dla teścia. Ja wyszedłem chwilę po nich, przed dwunastą byłem w firmie. Pogadałem z Robertem Bielikiem, moim sprzedawcą, podpisałem kilka faktur, no jednym słowem, odwaliłem papierkową robotę. A potem zadzwoniłem do znajomego.

– Nazwisko?

– Matas Sawukanis. To mój kuzyn. Zjedliśmy razem obiad w Sejnach, trochę wypiliśmy pod wspólny interes i wróciłem do domu.

– O której?

– Chyba przed piątą. Dokładnie nie pamiętam, byłem trochę wypity.

– Co było dalej?

– Dalej? Nic. W domu nikogo nie było. Usiadłem w fotelu i zasnąłem. Obudziłem się nad ranem.

– Jak wam się układało ostatnio? W małżeństwie.

Andrzej się zawahał; przed oczami stanęła mu Anka, kiedy widział ją ostatni raz.

– Od jakiegoś czasu Anka ubzdurała sobie, że chce się wynieść z Augustowa. Nie rozumiałem tego, miała wszystko...

– Kłóciliście się?

– Czasem tak. Nie chciałem się stąd wyprowadzać. Mam komis samochodowy, interes świetnie się kręci, a w Warszawie musiałbym zaczynać od zera. Dla żony było bez różnicy, jako farmaceutka mogła pracować w każdym mieście.

– Dlaczego chciała wyjechać?

– Właściwie to nie wiem. Zawsze ciągnęło ją do dużego miasta. Twierdziła, że tu się dusi, ale podejrzewam, że chciała być dalej od ojca.

– A to dlaczego?

– Pan go nie znał. To był facet, który nigdy nie odpuszczał. Żona wbrew jego woli skończyła farmację, a on chciał, żeby poszła w jego ślady. Ciągle jej to wypominał. Dopiero później swoje nadzieje przerzucił na Jacka i trochę złagodniał. Ale po wylewie stał się znowu nie do zniesienia.

Andrzejowi załamał się głos. Nie, o czym oni w ogóle gadają? Dlaczego musi tu siedzieć? Chce zobaczyć Jacka.

– Chcę go zobaczyć... syna... Błagam.

– Jeszcze nie teraz. Ciała są u patologa. Przyniosę panu wody.

Komisarz wstał i wyszedł, za nim prokuratorka. Andrzej już tego nie widział. Pochylił głowę nad blatem i zupełnie się rozkleił.

*

Karol udał się w stronę dystrybutora wody, Pawluk za nim.

– Nie podoba mi się ten Litwin. Trzeba go porządnie przycisnąć, a nie niańczyć. Chyba zna pan statystyki? W dziewięćdziesięciu procentach przypadków winny zabójstwa jest współmałżonek lub członek najbliższej rodziny. Tu cała rodzina wymordowana, więc zostaje nam on.

– Nie osądzam ludzi tak szybko. Ten człowiek jest... był ojcem i nie sądzę, by zabił własne dziecko!

Karol nalewał właśnie wodę do kubka, starając się opanować narastającą irytację. Pawluk umilkła, ludzie oderwali się od pracy i przysłuchiwali tej wymianie zdań.

Szczęśliwie do biura weszli Dziemianiuk i Sawko, kierując uwagę zebranych na kartony z papierosami i wódką, które przytaszczyli. Na pudłach widniały napisy wykonane cyrylicą: „masło solone" i „mleko zagęszczone".

– Szefie, van z szopy należy do Andrzeja Janonisa. W środku znaleźliśmy kontrabandę.

Prokuratorka zajrzała do pudeł, na jej twarzy pojawił się triumfujący uśmiech. Rozejrzała się po twarzach policjantów ze źle skrywaną satysfakcją. Karol się odwrócił i bez słowa skierował kroki do męskiej toalety. Dopadły go jeszcze jej słowa.

– I co? Mówiłam! Komisarzu?! Wychodzi na moje. Przestańmy się cackać, trzeba wziąć faceta w obroty.

Karol zamknął za sobą drzwi, podszedł do umywalki i odstawił kubek z wodą. Spojrzał w lustro tępym wzrokiem, próbując się opanować. Co za bezduszna głupia baba! Sięgnął do kieszeni, w której trzymał swój pakiet ratunkowy na stany lękowe i ataki paniki. Zaczął brać benzodiazepiny jeszcze przed śmiercią Marty i do tej pory nosił je w kieszeni. Powinien przestać, wiedział o tym, ale może jeszcze nie teraz. Łyknął tabletkę i przemył twarz zimną wodą, kiedy przyszło mu coś do głowy. Rano, po przeczytaniu maila o szkoleniu z profilowania, wspominał Julię. Jak opowiadał Tomkowi, prowadzili razem trudne śledztwo. Julia była świetną profilerką i w ogóle osobą. Oddawała się pracy bez reszty, nigdy nie nawalała i się nie poddawała. Postać naprawdę wyjątkowa.

Przydałby mu się taki ktoś na pokładzie, bo wiedział, że to nie jest zwyczajna sprawa. Może zgodziłaby się pomóc? Nawet na odległość, mógłby jej wysłać zdjęcia z miejsca zbrodni. Zadbał o to, żeby technicy zrobili swoją robotę bez pudła. Tak, nie miał nic do stracenia. Sięgnął po telefon.

*

Julia zaparkowała swoją szarą toyotę nad Czarną Hańczą w Maćkowej Rudzie w umówionym ze Staszkiem Gibasem miejscu. Staszek, stary znajomy, pomagał jej ojcu w organizowaniu spływu, w którym zresztą miał wziąć udział wraz z nimi.

Z samochodu wyskoczył Kuba, a za nim Barski. Staszek czekał już na nich obok przywiezionych przez siebie trzech kajaków.

– Cześć, chłopie, niezłą pogodę zamówiłeś. Ale na wodzie komary tną jak szalone po tej burzy. – Staszek podszedł do Kuby i podał mu dłoń na powitanie.

– Posmarowałem się, dziadek dał mi taki specjalny spray, jakiego używają leśnicy.

– Cześć, Staszek! To co? Zrobimy dzisiaj pierwszy etap z Maćkowej Rudy do Frącek. Szesnaście kilometrów wystarczy dla dzieciaka na pierwszy raz.

Julia, która wyszła z samochodu dopiero teraz, zbliżyła się do mężczyzn i podała rękę Gibasowi.

– Proszę, proszę, kogo my widzimy! Mała Julia! Ile to lat minęło, od kiedy przyjeżdżałaś na wakacje? A teraz, odkąd dziadkowie pomarli i twój ojciec tu osiadł, ciebie ani widu, ani słychu.

Julia uśmiechnęła się do Gibasa, którego zawsze lubiła.

– Wolę nie liczyć.

– Coś nie ciągnie cię w nasze strony.

– Jakoś się nie składało. Nie sądzicie, że szesnaście kilometrów to za dużo na jeden raz dla chłopca?

– O nie, mamo, *please*! – zaprotestował Kuba z żalem i pretensją.

– Nie martw się, da radę. Zresztą będziemy odpoczywać, to nie wyścigi. Lepiej pomyśl o sobie, czy ty dasz radę. – Staszek uśmiechał się przekornie.

– Masz rację. Ja na pewno wymięknę.

– Dzisiaj mamy spokojny odcinek, dopiero jutrzejszy z Frącek do Dworczyska i dalej będzie wymagający, ale za to jaki piękny. Kuba, zabrałeś wszystko? Zaraz wodujemy – zakomenderował Barski.

Skierowali się w stronę kajaków. Staszek z Barskim zwodowali pierwszy z nich, kiedy natrętnie rozdzwonił się telefon Julii. Zdziwiona spojrzała na wyświetlacz. Zarejestrowawszy kątem oka źle skrywaną dezaprobatę ojca, odebrała telefon i odeszła od brzegu. Mężczyźni popatrzyli za nią.

– Julka? Julia Wigier? Karol Nadzieja, witaj! Dzwoniłem do firmy, a tam powiedzieli, że jesteś na urlopie... aż nie chce się wierzyć. Ty i urlop to dwa wykluczające się chyba zjawiska, które nie występują w przyrodzie.

Julia roześmiała się szczerze. Karol zawsze potrafił trafić w samo sedno.

– Rzeczywiście, chyba masz rację. Ale udało mi się jednak urwać.

– To beznadziejnie trafiłem. Myślałem, że skuszę cię wyjazdem do Augustowa.

Teraz Julia zaśmiała się na cały regulator, a Karol był zupełnie zdezorientowany. Kompletnie nie pojmował, o co jej chodzi.

– Co w tym takiego śmiesznego?

– Przepraszam, wybacz, ale właśnie jestem w Augustowie.

– Nie! Nie wierzę! Jakim cudem?

– Mój ojciec tu mieszka, ale co ty tutaj robisz?

– To dłuższa historia, trochę się wydarzyło przez te trzy, nie, chyba już cztery lata. Teraz mieszkam i pracuję w Augustowie, tak się porobiło. I mam niezły pasztet: poczwórne morderstwo. Tutejsi śledczy nie są doświadczeni, na dodatek wcisnęli mi prokuratorkę małolatę, nie wiem, jak ja z takim zespołem dam radę. Więc pomyślałem o tobie.

Julia w reakcji na te słowa wyprostowała się i spojrzała w stronę kajaków. Napotkała surowy i zaniepokojony wzrok ojca. Odwróciła się do niego plecami.

– Kiedy to się stało? – Wstrzymała oddech.

– Wczoraj, dlatego od razu dzwonię. Wiem, że gdybyś się zgodziła pomóc, chciałabyś zobaczyć wszystko na świeżo. Cała rodzina wymordowana, w tym dziesięcioletni chłopiec.

Julię zmroziła informacja o zabójstwie dziecka. Zerknęła ukradkiem na swojego roześmianego syna, trzymającego wiosło i rozmawiającego ze Staszkiem. Początkowo miała odmówić, ale teraz zmieniła zdanie. Wiedziała, że takie sprawy czasami ciągnęły się w nieskończoność, a nic się przecież nie stanie, jeśli tylko rzuci okiem na miejsce zbrodni. To jeden z najważniejszych elementów jej pracy: zobaczyć miejsce zbrodni na żywo, najlepiej z ciałem. W każdym razie zdjęcia to już nie to samo.

– Dobrze, przyjadę i się rozejrzę. Gdzie się spotkamy?

– Może w centrum Augustowa, koło kościoła?

– Za jakieś pół godziny, muszę dojechać z Maćkowej Rudy.

– Będę czekał. Dzięki!

Julia się rozłączyła i ze smutkiem spojrzała w kierunku Kuby. Czuła na sobie spojrzenie ojca, który jakby przeczuwał, co się za chwilę stanie. Trudno, będzie musiał zaakceptować jej decyzję. Prawdę mówiąc, jej udział w spływie od początku nie był dobrym pomysłem, a Kuba czuł się świetnie w towarzystwie Staszka i dziadka. Na wodzie to oni mieli autorytet, ona się nie liczyła.

– Synku, nie mogę płynąć z wami, wypadło mi coś pilnego. Spotkamy się w domu, dobrze?

– Dobrze, mamo.

– Nie mówisz poważnie. Gdzie musisz jechać?! Przecież masz urlop!

Julia pocałowała Kubę, który wolałby, żeby tego nie robiła przy innych, i nie wydawał się zmartwiony jej decyzją.

Szła już w kierunku samochodu, pomachała im tylko na odchodnym. Barski westchnął ciężko, a Staszek jej odmachał.

– Daj spokój, widocznie to coś ważnego.

*

Józef Hryszkiewicz, krzepki mężczyzna o sękatych, spracowanych i mocnych dłoniach, z zapamiętaniem rąbał drzewo przed swoim domem obitym białym sidingiem. Wyprostował się na chwilę i rozejrzał po podwórzu, a potem spojrzał w niebo. Było czyste, bez jednej chmurki, słońce prażyło coraz mocniej. Lubił prognozować pogodę i z reguły się nie mylił. Choć ostatnimi laty dało się zauważyć wyraźne rozregulowanie: częste zmiany ciśnienia i przepływających frontów powodowały, że przewidywanie pogody nie było już takie łatwe. Czuło się ocieplenie, zwłaszcza zimy nie były już takie, jak powinny.

Martwił się, że w związku z tym również drzewostan się zmieni i za kilka lat świerk zostanie zupełnie wyparty, a w puszczy pozostanie sama sosna. Las był jego życiem, miał go we krwi. Tu się urodził i tu chciał umrzeć. Las żywił go, dawał mu pracę, schronienie i odpoczynek. Józef znał w nim każdą polanę i każde drzewo; wiedział, gdzie rosną rydze, a gdzie prawdziwki, kurki czy brzozaki. Potrafił zebrać miód od leśnych pszczół i założyć wnyki w takim miejscu, żeby coś się złapało. Wiedział, która roślina leczy, a która truje.

Po podwórku chodziły kury, obszczekiwane od czasu do czasu przez Szarika. Szczęśliwie teraz pies drzemał na progu budy, więc ptaki korzystały.

Przed wejściem do domu stał dziecięcy wózek i przewrócony rowerek jego wnuka. Bożena jak zwykle nie posprzątała. W rogu podwórka, pod lasem za stodołą, walały się pordzewiałe maszyny, ale obok stał sprawny leśny traktor.

Mężczyzna wrócił do pracy. Wziął zamach siekierą, by rozłupać kolejny klocek, kiedy z lasu wyłonił się jego jedyny syn, Fabian, ciągnąc wózek wyładowany kradzionym drzewem. Urodził się z prawą nogą krótszą, więc lekko utykał. Teraz otarł pot z czoła, podszedł do ojca i wyciągnął papierosy.

– Może i starczy na dzisiaj? Upał taki, że tchu złapać nie można.

Hryszkiewicz zły odłożył siekierę.

– Co starczy? Co starczy?! A w zime dupe grzać to pierwszy by chciał! Byś się tak nie bebłał cały dzień, toby i już starczyło. – Zapalił papierosa, którym Fabian go poczęstował. – I narządziłbyś mnie wreszcie krajzege, to bym nie musiał sie tak mordować. – Józef wyrzucił synowi ze wschodnim zaśpiewem swoje żale, a potem już łagodniej dodał: – Idź dla matki, powiedz, coby kartaczy odgrzała. Całkiem mnie już kałdun zassało.

Fabian w milczeniu skierował się w stronę domu i wtedy zauważył wjeżdżający na podwórze policyjny radiowóz. Zaniepokojony zawołał ściszonym głosem do ojca:

– Ojciec, policja! Drzewo zobaczo.

– Kurwa ich mać, do chałupy! To przez te masakre u Szułowiczów. Sam bede z nimi gadać.

Dziemianiuk z Sawką zaparkowali wóz i wysiedli, rozglądając się dookoła. Kątem oka Tomek zarejestrował wózek z drzewem oraz pośpieszne zniknięcie Fabiana za drzwiami domu.

Podeszli do Józefa przy akompaniamencie wściekłego ujadania psa. W oknie domu poruszyła się firanka.

– Dobry! Józef Hryszkiewicz?

– Cichaj, Szarik! A kto ma być?

Pies natychmiast się uspokoił, jakby rozkaz pana zwalniał go już z obowiązku zachowania czujności, i wszedł do budy.

Hryszkiewicz podał policjantom swą wielką łapę na powitanie, spoglądając spode łba. Dziemianiuk rzucił okiem w stronę wózka z drzewem.

– Komuna dawno się skończyła, a wy dalej państwowe traktujecie jak niczyje! Macie szczęście, że my tu w innej sprawie.

– Pewno o Szułowiczów chodzi... – Józef westchnął ociężale, po czym sięgnął po kolejnego papierosa, uprzednio poczęstowawszy policjantów, ale oni zgodnie odmówili.

– Dobrze ich pan znał?

– Pewno, że znał, toż my ich sąsiady! A jak stary, znaczy sie Maciej Szułowicz, jeszcze na chodzie buł, to razem my pracowali.

– Co może pan o nim powiedzieć?

– A bo ja wim? Do lasu zawsze go ciągło. On na tym punkcie, panie, to chyba chory buł. Wiecznie tylko o lesie gadał. A nowego leśniczego jeno krytykował: że za dużo drzew na ścinke daje, że za mało sadzi, za dużo sprzedaje i tak w kółko. Nie lubił młodego leśniczego.

– Jak się nazywa wasz leśniczy?

– Hubert Dąbek.

– Szułowicz miał z nim jakiś konflikt?

– A ciągle koty darli, ale ja wim, czy to takie poważne buło?

– A pan? Gdzie pan był wczoraj przed południem? – zapytał Tomek, patrząc Hryszkiewiczowi w oczy. Nie dostrzegł w nich żadnego lęku.

– Gdzie miał być? W lesie.

- Ktoś to może potwierdzić?

Hryszkiewicz podrapał się po głowie, próbując sobie przypomnieć.

- Rano z podleśniczym gadał.
- Kiedy ostatni raz widział pan Szułowicza albo jego żonę? – wtrącił się Sawko.
- Z Szułowiczem gadał we wtorek, przyszed tu i awanture zaczoł, że mu niby ryby podbieramy z jego oczka. Bo dzierżawił tamoj to oczko w lesie. On awanturny mocno sie zrobił. Dawniej taki nie buł.

Józef nie zauważył, że z lasu wyszły Bożena, jego najstarsza córka, z siostrą Sylwią. Wokół nich ganiało stadko dzieci: trzech chłopców w wieku od pięciu do dziewięciu lat i dwuletnia Ola, najmłodsza Sylwii.

Córki niosły kobiałki pełne jagód. Na widok policji przystanęły zaniepokojone i zdezorientowane. Umorusane jagodowym sokiem dzieci z krzykiem wpadły na podwórko. Najmłodszy z chłopców, Piotruś, podbiegł do dziadka, nie zwracając uwagi na obcych.

- Dziadek! A w lesie my znaleźli tlupa!

Na dźwięk tego słowa obaj policjanci aż się wyprostowali i spojrzeli na dziecko zaintrygowani.

- Co za banialuki mi tu? Bożena! Co on gada?!

Bożena, blondwłosa dwudziestoośmiolatka o pospolitej twarzy, z lekką nadwagą, ubrana w kuse spodenki i bluzkę na ramiączkach, podeszła do ojca.

- A nie! Na polance przy oczku, tam gdzie się kąpiemy, danieluk leży. Śmierdzi jak zaraza jaka.
- Danieluk mówisz? Trzeba leśniczemu zgłosić.

Dziemianiuk, widząc, że nastąpiło pewne rozprężenie, postanowił zapytać o żonę Józefa.

– Żona w domu? Jeszcze z nią byśmy porozmawiali. I tak będziecie musieli przyjść na komendę do Augustowa złożyć zeznania.

Hryszkiewicz skinął tylko głową, a policjanci skierowali się do domu. Józef spoglądał za nimi z niepokojem.

*

Karol skończył rozmowę telefoniczną z technikiem, który zawiadamiał, że znaleźli prawdopodobnie drugie narzędzie zbrodni. Mietek, jeden z policjantów, przeszukiwał piwnicę leśniczówki. W koszyku z różnymi akcesoriami natknął się na dziwne narzędzie około dwudziestocentymetrowej długości z ostrym, szpikulcowatym zakończeniem z widocznymi śladami krwi. Wszystko wskazywało na to, że tego szukali. Teraz należało tylko sprawdzić, czy widoczna na narzędziu krew jest ludzka, czy może zwierzęca.

Nadzieja już w lepszym humorze wyszedł z biura. W korytarzu natknął się na roześloną Monikę Pawluk. Bez wstępów przypuściła na niego atak.

– Gdzie się pan podziewa? Czekam tu na pana, powinniśmy kontynuować przesłuchanie.

– Pani wybaczy, ale jest sporo rzeczy do ogarnięcia.

– Powinien pan relacjonować mi na bieżąco wszystkie nowe ustalenia.

– Właśnie zamierzałem to zrobić. Wygląda na to, że znaleźliśmy drugie narzędzie zbrodni, czekamy na potwierdzenie z laboratorium.

Nadzieja wrócił do biura i rozejrzał się po pomieszczeniu. Prokuratorka weszła za nim. Karol dostrzegł siedzącego przed komputerem Ranuszkiewicza. Kiwnął na niego ręką, żeby podszedł.

– Sprawdziłeś konta ofiar? Coś ciekawego?

– Nie bardzo. Szułowiczowie mieli konto wspólne. Regularne wpływy z emerytur, regularne wydatki. Anna Janonis i jej mąż prowadzili konta oddzielne. U ofiary nic ciekawego, u męża dzieje się więcej, ale też nic, co wzbudzałoby podejrzenia.

– Okej. To przesłuchasz teraz, razem z panią prokurator, Janonisa. Przydusicie go na okoliczność kontrabandy.

Nadzieja, uśmiechając się łobuzersko, wyszedł z biura, zostawiając zaskoczoną Monikę i podwładnego. Ranuszkiewicz pierwszy oprzytomniał i ruszył w kierunku pokoju przesłuchań. Za nim, chcąc nie chcąc, podążyła Pawluk.

Karol prawie wybiegł z budynku, zadowolony, że tak gładko pozbył się prokuratorki i że za chwilę spotka się z Julią. Wsiadł do samochodu i ruszył ostro spod komendy.

Kiedy minął plac targowy i stanął na światłach, sygnalizując skręt w prawo, spojrzał na zegarek. Miał jeszcze z dziesięć minut do spotkania, całkiem sporo. Nagle zmienił decyzję i sprawdziwszy, że za nim nikt nie stoi, zamiast pojechać w prawo, skręcił w lewo.

Po chwili wjechał na podwórko przed swoim domem, a właściwie domem odziedziczonym po dziadkach Marty. Mieszkali w nim od dwóch lat, przez ten czas poczynił pewne remonty i choć mogłoby być dużo lepiej, Karol przyzwyczaił się już do tego, co jest.

Wysiadł z samochodu. Kierując się do domu, usłyszał dobiegający z ogrodu głos Inki. Uśmiechnął się. Dziewczynka z kimś rozmawiała. Podszedł bliżej i zobaczył ją przemawiającą do kota.

– Puść to! Nie widzisz, co robisz? Całą rabatkę mi zniszczysz.

Patrzył na nią z radością. Inka odwróciła się nagle, jakby wyczuła jego wzrok na plecach. Na ułamek sekundy na jej twarzy pojawiło się zaskoczenie, by błyskawicznie ustąpić miejsca radości. Mała podbiegła do niego.

– Tato! Już skończyłeś? To super! Zobacz, zakwitły piwonie, mama się ucieszy, to jej ulubione. Pójdziemy do niej dzisiaj?

Komisarz posmutniał, co Inka od razu wychwyciła.

– Nie wiem, nie dam rady, wpadłem tylko na chwilę zobaczyć, co robisz. Mam poważne śledztwo na głowie, więc wrócę późno. Musisz być teraz wyrozumiała dla mnie, kochanie, to może potrwać. Mogę na ciebie liczyć?

Uśmiech Inki zgasł, lecz po chwili spojrzała mu w oczy.

– Ale co z mamą? Jutro...

– Tak, pamiętam, ale nie chcę cię rozczarować. Może być różnie. Obiecuję, że się postaram, okej?

Skinęła głową bez przekonania.

– To już wiem, że nic z tego.

– Ej! Nie mów tak. Naprawdę się postaram, ale wiesz, że... – Nie skończył, zirytował go upór córki. – Muszę lecieć. Dzwoniłem do babci, prosiłem, żeby się tobą zajęła przez najbliższe dni.

– Sama umiem o siebie zadbać – powiedziała cicho, patrząc za odchodzącym ojcem.

Karol nie obejrzał się, ale już żałował, że potraktował ją zbyt szorstko. Po kim ona miała tę zaciętość? Nigdy nie odpuszczała.

*

Olgierd był niespokojny. Od paru godzin nie mógł się skontaktować z Anią, choć przecież umówili się, że przyjdzie do niego do hotelu dzisiaj o czternastej. Nie przyszła, a jej telefon nie odpowiadał. Coś się stało, czuł to każdym nerwem.

Postanowił pójść do jej domu i sprawdzić. Nigdy jej nie odwiedzał, ale znał adres. To było ryzykowne, jednak w tej sytuacji nie widział innego wyjścia.

Stał teraz na osiedlu i szukał numeru jej bloku. Szybko go odnalazł i próbował zgadnąć, do której klatki powinien wejść, kiedy zobaczył siedzącą w oknie jejmość w średnim wieku mocno przy kości. Obrzucała go taksującym i świdrującym spojrzeniem. Mogłaby pracować w służbach. Ciekawska niewiasta zainteresowała się nim oczywiście i zapytała z wyraźnym wschodnim akcentem.

– A kogo szuka?

Uśmiechnął się czarująco, jak to on potrafił, bo wiedział, że to zawsze działa na kobiety.

– Orientuje się pani, gdzie mieszkają państwo Janonisowie?

– A w tej klatce, drugie piętro.

Skłonił się jej.

– Dziękuję pani.

– A proszę bardzo...

Wszedł czym prędzej do środka, żeby tylko nie dać jej pretekstu do dalszego wypytywania, na co wyraźnie miała ochotę. Wspiął się na drugie piętro i stanął przed drzwiami Janonisów. Przyłożył ucho, żeby sprawdzić, czy jest ktoś w domu. Zza drzwi nie dobiegał jednak żaden dźwięk.

Nacisnął dzwonek. Nikt się w środku nie poruszył. Zadzwonił drugi raz, potem trzeci i czwarty.

Poczuł narastający w głowie zamęt na granicy histerii. Co się stało? Dlaczego nikogo nie ma w domu? Przecież u rodziców miała być wczoraj, więc gdzie się podziewała? W pracy też jej nie było, sprawdził wcześniej. Wszystko zaczęło mu się wymykać, jakby tracił grunt pod nogami. Zbiegł ze schodów i opuścił klatkę. Nie oglądając się za siebie, poszedł w kierunku hotelu.

*

Julia rozglądała się po kuchni Szułowiczów, patrzyła na miejsca obrysowane kredą, gdzie do wczoraj leżały ciała ofiar. Na widok zaschniętej krwi zesztywniała, a w głowie pojawił się obraz znany jej ze snów. Rozsypujące się po podłodze perły i szybko powiększająca się kałuża krwi. Jednak ten drugi element był nowym detalem, niepojawiającym się w snach, tak jakby miejsce zbrodni w leśniczówce uruchomiło coś w jej podświadomości i wyrzuciło nowy element układanki na powierzchnię.

Nabrała powietrza, żeby dać odpór nadciągającej fali niepokoju. Odwróciła się na moment od kuchennej scenerii pod pozorem wyciągnięcia dyktafonu z plecaka.

Karol, stojący obok, chyba nie zauważył jej reakcji, a może nie dawał tego po sobie poznać. Wyjął lateksowe rękawiczki, teczkę z raportem i ze zdjęciami z miejsc zbrodni.

– Trzymaj. Zebraliśmy już ślady, ale wolę dmuchać na zimne. Nigdy nie wiadomo, czy technicy czegoś nie przegapili. Kazałem zrobić zdjęcia na „cebulkę", mamy też dokumentację filmową, tak jak uczyłaś. Będziesz miała komfortowe warunki, pełen wgląd we wszystkie szczegóły.

Julia skinęła głową i zajrzała do teczki. Przebiegła szybko wzrokiem treść raportu, potem uważnie przyjrzała się zdjęciom.

– Na razie nie chcę znać waszych hipotez, same nagie fakty.

– Jasne.

Do kuchni wszedł młody policjant i nieśmiało przystanął na progu.

– To Włodek Szkarnulis. Bystry chłopak. Chcę, żeby zobaczył, jak pracujesz – przedstawił podwładnego Karol.

– Julia Wigier. – Podała chłopakowi rękę, a potem w skupieniu nałożyła rękawiczki.

Mężczyźni obserwowali, jak wykonuje kolejne czynności, co przypominało odtwarzanie rytuału. Julia położyła raport na stole, a potem rozłożyła zdjęcia. Po dłuższej ich analizie wybrała zdjęcie chłopca i przeniosła wzrok na miejsce, gdzie leżał. Włączyła dyktafon i zaczęła mówić cicho, w pełni skoncentrowana. Czasem robiła dłuższe przerwy i spoglądała w raport lub na zdjęcia.

– Dwudziesty dziewiąty czerwca, oględziny miejsca zbrodni w leśniczówce pod Augustowem. W piątek dwudziestego ósmego czerwca dokonano poczwórnego zabójstwa na rodzinie... – zerknęła do raportu – Szułowiczów. W kuchni leśniczówki znaleziono dwie ofiary: dziesięcioletniego Jacka Janonisa i jego dziadka, sześćdziesięciodziewięcioletniego Macieja Szułowicza. Chłopiec zginął... od strzału w tył głowy. – Julia zamilkła na moment; po chwili zebrała się w sobie i kontynuowała: – Zabójca zapewne nie miał odwagi zabić dziecka, patrząc mu w oczy. To może wskazywać na związek emocjonalny z ofiarą. Chłopiec przed śmiercią prawdopodobnie siedział za stołem i rysował. Świadczą o tym pozostawione kredki i niedokończony rysunek... No i położenie ciała, blisko stołu. Kto zginął pierwszy? Dziadek czy wnuk? Możliwe, że sprawca zabił dziecko tylko dlatego, żeby pozbyć się świadka. – Julia znowu musiała zrobić krótką przerwę. Mówienie o chłopcu sprawiało jej ból.

Zamknęła oczy, ale pod powiekami znów pojawił się obraz szybko powiększającej się plamy krwi i pereł. Otworzyła oczy, by odepchnąć przeszłość, nabrała powietrza. W tym momencie dobiegł ją dźwięk komórki młodego policjanta, który paradoksalnie pomógł jej wrócić do rzeczywistości. Chłopak wyszedł z kuchni, żeby odebrać telefon.

– Sztucer, z którego zastrzelono ofiary, leżał w pewnej odległości od ciała Szułowicza i Jacka, właściwie pomiędzy nimi. Czy zabójca przyniósł broń, czy posłużył się bronią należącą do gospodarza? Jeśli to drugie, to oznaczałoby, że nie planował zbrodni, że doszło do niej pod wpływem emocji. Choć obraz miejsca zbrodni na to nie wskazuje... Jak dostał się do środka? Podstępem? Czy był to ktoś znajomy i gospodarze go wpuścili? Kolejna sprawa to brak śladów walki. – Wyłączyła dyktafon i podeszła do stołu. Znowu przyjrzała się zdjęciom. Tym razem skupiła się na tych przedstawiających Irenę Szułowicz. Obróciła się do Karola.

– Zaprowadzisz mnie do miejsca, gdzie ją znaleźliście?

– Chodź. Była na górze w sypialni.

Wyszli z kuchni, w korytarzu dołączył do nich Włodek. Wspięli się po schodach. Julia, patrząc to na zdjęcie, to na wnętrze sypialni, starała się w wyobraźni porównać rzeczywistość z tym, co widziała na fotografii.

Na łóżku, w miejscu, gdzie leżała martwa Irena, wciąż widać było wgłębienie. Z jednej strony na wysokości klatki piersiowej leżącego wcześniej ciała można było dostrzec zaschnięte plamy krwi. Julia włączyła dyktafon, zbliżyła się do łóżka i zaczęła nagrywać, nie zważając na obserwujących ją mężczyzn.

– Zabójca ułożył ręce ofiary wzdłuż ciała i zamknął jej oczy. – Zastanowiła się przez moment. – Sprawcy zależało na tym, żeby kobieta wyglądała po śmierci godnie. Musiał odczuwać związek emocjonalny z ofiarą. – Rozejrzała się. – Pokój pozostawił w idealnym porządku. Irena i okoliczności jej śmierci mogą stanowić klucz do tej tragedii. – Zamilkła i pogrążyła się w myślach.

Odezwał się Włodek.

– Naprawdę uważa pani, że to morderstwo jest kluczem do zagadki?

– Na razie opisuję to, co widzę, i zadaję pytania. Na tym to polega. Kiedy zbiorę pełniejszy materiał, więcej informacji, spróbuję opracować profil psychologiczny sprawcy i zdefiniować motyw. Wbrew pozorom z tych szczegółów można wysnuć trafne wnioski, a nawet na ich podstawie wskazać zabójcę. Trzeba tylko umieć patrzeć.

– Wierzyć się nie chce. – Włodkowi błyszczały oczy z ekscytacji.

– Dlaczego? Jeśli znasz mechanizmy, według których działają mordercy, jesteś bystrym obserwatorem i prawidłowo wyciągasz wnioski, wiele rzeczy staje się wręcz oczywistych.

Karol podszedł do szafki nocnej ofiary. Oprócz lampki stała na niej pusta szklanka. Zajrzał do szufladki, gdzie znalazł okulary, długopisy, chusteczki do nosa i opakowanie rohypnolu. Zaskoczony i poirytowany wyjął lek.

– Cholera! No nie! Nie wierzę! Jak oni to sprawdzali?! Przecież nikt tu nawet nie zajrzał! – Zabezpieczył lek i otworzył szafkę, z której wypadły kobiece pisma i krzyżówki, a na końcu gruby, ładnie oprawiony notatnik. Otworzył go i podał Julii, która po chwili zaczęła czytać na głos:

– „Szósty stycznia dwa tysiące dwudziestego trzeciego. Czwartek. Dzisiaj święto Trzech Króli. Byliśmy rano w kościele, a potem przygotowałam obiad. Jak cudownie, kiedy cała rodzina zasiada do wspólnego posiłku. To chyba największe szczęście. Po południu poszłam z Anią i Jacusiem na spacer. Mróz nieduży, śniegu niewiele. Zupełnie jak nie w styczniu. Ania przez cały dzień była jakaś nieobecna, nie wiem, co się z nią dzieje. Nic mi nie powiedziała, zawsze była zamknięta w sobie. Trochę się tym martwię. Czuję, że coś jest nie tak".

Julia podniosła wzrok znad kartek pamiętnika i spojrzała na Karola zamyślona.

*

Zofia nie mogła dojść ze sobą do ładu od momentu, gdy usłyszała, co się stało z sąsiadami. Znali się od tylu lat, sama nie pamiętała od ilu. Różnie się układało, wiadomo, jak to z ludźmi. Nie byli ani specjalnie dobrzy, ani szczególnie źli. Jedno było pewne: nie zasługiwali na taki koniec. Nikt nie zasługiwał.

Może nie przepadała za Maciejem, ale Irena była dobrą, wrażliwą kobietą. Zofii nie podobało się jedynie to, że za bardzo ulegała we wszystkim Maciejowi. Ale w innych sprawach Irena stawała na wysokości zadania, a kiedy Zofię dopadały kłopoty, nieraz ratowała ją z opresji.

Wytarła mokre oczy chusteczką. Stała przy płycie w swej starej, dawno nieodnawianej i przybrudzonej kuchni. Zawsze zazdrościła pięknej kuchni Irenie, ale ona była w innej sytuacji. Maciej świetnie zarabiał, no i mieli tylko jedno dziecko. Ona miała troje i kiedy Bożena z Sylwią podrosły, od razu zaczęły się wnuki. Jej córki nie umiały wybrać sobie mężczyzn na życie, dorobiły się gromadki dzieci i wychowywały je same. To był krzyż Zofii i wieczne zmartwienie, ale nie mogło się równać z tym, co przydarzyło się Szułowiczom. Jakby z oddali dobiegł ją głos młodego policjanta.

– Jak wam się układało? Z Szułowiczami? To byli dobrzy sąsiedzi?

Zofia spojrzała na Dziemianiuka, a potem przeniosła wzrok za okno.

– Chyba dobrzy, innych nie mieliśmy, to trudno powiedzieć.

Zofia starała się mówić poprawnie po polsku, zdradzał ją tylko lekki śpiewny akcent. Gwarę zostawiała sobie na rozmowy z mężem i dziećmi.

– Wciąż nie mogę uwierzyć. Zwłaszcza Ireny mi żal, to była dobra kobieta. Pomagała nam nieraz... Dla dzieciaków w każde święta przynosiła prezenty, dobrze z nami żyła. A jaka z niej gospodyni była, gotowała jak marzenie! Często przepisy od niej brałam. – Głos jej się załamał i znowu się rozkleiła. Odwróciła się plecami do zakłopotanych policjantów.

Dziemianiuk szybko zadał kolejne pytanie, by skoncentrować jej uwagę na czym innym.

– Gdzie pani była i co robiła wczoraj rano i do południa? Może widziała pani kogoś obcego? A może swojego, kto by szedł do Szułowiczów?

Zofia zastanawiała się chwilę.

– Wczoraj to wstałam raniutko, jak zwykle, koło piątej. Zrobiłam obrządek, a potem dla męża i syna śniadanie naszykowałam. Jak stary z Fabianem poszli do lasu, to dzieciakom śniadanie podałam, no a potem zabrałam się za obiad. Ot, cały czas w kółko robota. Córki też pracują, to w domu wszystko na mojej głowie. Ale nikogo nie widziałam. Nawet byłam z rana pod domem Szułowiczów, bo mąki chciałam pożyczyć, ale zawarte było. Pewno jeszcze spali, to nie chciałam budzić. Oni na starość to dłużej spali.

– O której to było?

– Trochę po ósmej, bo w radiu słyszałam.

– I niczego ani nikogo pani nie zauważyła? Może jakiś obcy samochód?

– Nie. Wszystko było jak zawsze.

Policjanci kiwnęli głowami i wstali, zbierając się do wyjścia.

– Dziękujemy. Dostaniecie z mężem wezwanie na komendę, trzeba oficjalne zeznanie złożyć. Córki też zaraz przesłuchamy.

Zofia Hryszkiewiczowa milczała, zadumana. Kiedy policjanci stali już w progu, jakby coś sobie skojarzyła.

– Powiedziałam, że wszystko było jak zawsze, ale nie... Teraz dopiero, jak o tym myślę... Pies! Nie było go, bo nie zaszczekał nawet i go nie widziałam. A przecież on zawsze latał w obejściu i do mnie przybiegał. I taka dziwna cisza była...

*

Robert Bielik przemierzał augustowskie targowisko, przeciskając się czasem między licznymi kupującymi. Lubił to miejsce. Handlowano tu, czym się dało: warzywami, swojskim nabiałem i wędliną, rybami, obłędnie pachnącym chlebem pieczonym na liściach tataraku, miodem, sadzonkami kwiatów, używanymi i nowymi ciuchami, starociami, „biżuterią" z Litwy i Ukrainy, „oryginalną" chemią z Niemiec, chińszczyzną oraz drobnicą typu „mydło i powidło" pochodzenia wschodniego.

W rogu placu stał kiosk z wyłożoną na zewnątrz ladą, z której krzyczały do przechodniów nagłówki kolorowych pisemek, za szybą zaś cisnęły się gry, filmy, krzyżówki, kosmetyki, papierosy i tym podobne.

Z daleka widział Ryśka i jego ojca, łysawego wuja Heńka, brata matki. Wujek popijał kawę plujkę, a Rysiek patrzył wokół, wachlując się jakimś pismem. Słońce dawało popalić. Robert też to czuł, a zwłaszcza jego ogolona na pałę głowa. Podszedł do kuzyna.

– Siema, Rysiek!

– Siema, kuzyn! Dobrze, że jesteś! Przyniosłeś? Nie mamy już ani jednej paczki, wszystko poszło jak ciepłe bułki!

Podali sobie ręce. Robert podszedł do wuja, który poklepał go po policzku.

– Sie wie, że przyniosłem, myślisz, że ja tu towarzysko albo po gazetkę? – Roześmiał się, zdejmując z ramienia torbę sportową. Podał ją Ryśkowi, a ten ojcu. Wuj zajrzał do środka.

– Tylko dwadzieścia wagonów?

– To końcówka, następny towar pojutrze.

Niezadowolony wuj sięgnął po wagon papierosów, wyjął z niego kilka paczek i położył je pod ladą, żeby były pod ręką, ale nie na widoku. Resztę przełożył do swojej torby, odwróciwszy się dyskretnie bokiem. Z woreczka zawieszonego na piersiach pod polówką wyłuskał kilka setek. Wręczył Robertowi pieniądze, a ten sprawnie schował je do kieszeni, rozejrzawszy się wcześniej dyskretnie. Zrobił to już wcześniej, teraz się tylko upewniał. Znał tu wszystkich z widzenia i każdą nową twarz wyławiał z tłumu, oceniając, czy może stanowić zagrożenie.

Rysiek wyciągnął paczkę papierosów od Roberta i go poczęstował, potem wziął sam.

– Trzeba spróbować tego towaru.

Zaciągnęli się i milczeli przez chwilę, zwłaszcza że jakaś kobieta poprosiła wuja o krzyżówki i krem do rąk.

– Lepsze od oryginalnych – stwierdził Rysiek, kiedy kobieta się oddaliła.

– Przecież byle czego wam nie wciskam.

Robert znowu się rozejrzał i postanowił, że trzeba wracać.

– Dobra, będę się zbierał. Następnym razem bierzecie tyle samo czy więcej?

– Ojciec tyle samo, a ja wezmę z dziesięć razy tyle. Załapałem kontakt na hurtownika w Warszawie. Tylko prośbę mam. Połowę gotówki dostaniesz, jak opchnę towar, może być?

Robert dostrzegł niepokój w twarzy Ryśka, więc żeby go jeszcze podkręcić, udał, że mu to nie pasuje.

– Niby czemu mam cię kredytować, co? Mogę już nie zobaczyć towaru ani kasy.

Wyczekał chwilę, bawiąc się zaskoczonymi minami Ryśka i wuja, po czym się roześmiał.

– No dobra, żartowałem! Rodzina to podstawa, nie? No, kuzyn, wreszcie zaczynasz główkować jak człowiek, a nie jakiś kołek. W końcu ileż można siedzieć na bezrobociu?!

Na twarzy Ryśka pojawiła się ulga, też się roześmiał. Wuj tylko machnął ręką.

– Trzymaj się, Robert, i matkę pozdrów od nas.

Uściskali go na odchodnym i Robert wmieszał się znowu w tłum. Śpieszył się do komisu, choć Andrzej jeszcze się tego dnia nie odezwał. I nie musiał, Robert wiedział, co ma robić. Nie od dziś pilnował interesu.

*

Longin nie czuł zmęczenia, choć prawie nie spał tej nocy. Zdrzemnął się godzinkę nad samym ranem, kiedy skończył sekcję Ireny, reszty ciał nawet jeszcze nie tknął. Nie było kiedy. Za późno mu je przywieźli. Ale najważniejsza część pracy została zrobiona.

Przypadek Ireny był niecodzienny i kręcił go najbardziej. Mimo zmęczenia dopływ adrenaliny sprawiał, że energia rozsadzała Longina. Teraz była u niego profilerka z Warszawy, co patolog doceniał, a nawet czuł się mile połechtany, mogąc wykazać się wiedzą przed takim audytorium.

Za nią, jak duch, stał ten młody Litwin od Karola. Swoją drogą, miły i bystry chłopak. Longin lubił tych, którzy chcieli słuchać, zwłaszcza że tak rzadko miał okazję się popisać swoimi umiejętnościami.

– Najciekawszy jest przypadek Ireny. Zastanawia mnie duszenie. Zobaczcie.

Podszedł do jednego z przykrytych ciał i odsłonił zwłoki kobiety. Kątem oka sprawdził reakcję Julii, ale nie zrobiło to na niej żadnego wrażenia.

– Musiałem ustalić kolejność zdarzeń. Czy najpierw zadano jej ciosy, a potem ją duszono, czy na odwrót. No więc duszono najpierw. Widzicie te wybroczyny na szyi? Gdyby dusił ją po śmierci, co samo w sobie nie miałoby żadnego sensu, siniaków by nie było. A bezpośrednią przyczyną zgonu był cios prosto w serce. Już pierwszy pozbawił ją życia. Ten ktoś nieźle orientował się w anatomii. Wszystko wskazuje na to, że ją dusił, ale z niewiadomych powodów nie osiągnął celu, więc użył narzędzia. Swoją drogą, musiał je mieć przy sobie.

Julia przyglądała się obrażeniom na ciele Ireny, podobnie Włodek.

– To rzeczywiście dziwne. Wygląda, jakby zabójca brał pod uwagę, że nie uda mu się udusić ofiary. Albo nie był zdecydowany, którą metodę wybrać. Karol mówił, że znaleziono ponoć to narzędzie.

– Tak, w skrzynce w piwnicy leśniczówki. Na razie nie wiemy, czy ślady zabezpieczone na narzędziu to ludzka krew. Komisarz powinien już tu być z tym szpikulcem.

Szkarnulis spojrzał na zegarek, a wtedy drzwi prosektorium się otworzyły i wszedł Karol Nadzieja. Zabezpieczone szydło do skór podał patologowi.

– Cześć wam, jeszcze raz. Sprawdź, czy pasuje. Masz już może raport? – zwrócił się do niego.

Longin wyjął szydło z torby na dowody i chwilę mu się przyglądał, po czym przymierzył do jednej z ran ofiary. Coś zamruczał do siebie z zadowoleniem.

– Pasuje idealnie.

Policjanci spojrzeli po sobie z lekkim triumfem.

– Raport? Niby kiedy miałem go napisać? Człowiek nie wie, w co ma ręce wsadzić! Myślisz, że ja się tu obijam? Oka nie zmrużyłem dzisiejszej nocy, a ten chciałby raport! – oburzył się patolog.

– Dobra, stary, tak tylko zapytałem. Zadzwoń, jak będzie gotowy.

Longin spojrzał na Karola z lekkim wyrzutem, ale lubił go, więc już mu wybaczył.

– Czy mówiłem, że Irena zginęła pierwsza? I to jakieś dwie, trzy godziny przed pozostałymi.

Oznajmił to z nieukrywanym zadowoleniem; wiedział, że ta informacja powinna zrobić na nich wrażenie.

– Tak podejrzewałam. Ułożenie zwłok i sposób, w jaki zginęła, świadczą o tym, że zabójca musiał ją dobrze znać. Jeśli można tak powiedzieć, nie chciał zrobić jej krzywdy, darzył ją szacunkiem. Nie wiem tylko, jak to możliwe, że mąż wcześniej nie odkrył jej śmierci.

– O której według ciebie zginęła? – zapytał poruszony Karol.

– Między ósmą a dziewiątą, pozostali zginęli prawie równocześnie, między jedenastą a dwunastą.

Do sali wszedł Józek, młody pracownik prosektorium, w białym fartuchu. Longin zdenerwował się, że wlazł akurat teraz, kiedy omawiali tak ważne sprawy.

– Józek! Nie teraz. – Pokręcił głową z dezaprobatą, a chłopak wycofał się na palcach.

Nadzieja nawet tego nie zauważył. Rozważał, co ostatnia informacja o czasie zgonu ofiar wnosi do sprawy.

– Skoro wszyscy, poza Szułowiczową, zginęli między jedenastą a dwunastą, to musimy sprawdzić, co robił Janonis do dwunastej, bo wiemy tylko tyle, ile nam powiedział. Że Anna z chłopcem wyszła z domu około jedenastej, a on po nich.

Oboje, Julia i Włodek, skinęli głowami. Longin poczuł się już przez nich zapomniany i to go trochę zirytowało, choć rozumiał, że muszą iść dalej, a on był tylko jednym z elementów, narzędziem pomocniczym w rozwiązaniu zagadki zabójstw. Poczuł na sobie spojrzenie Julii, która wyciągała do niego rękę. Zdjął szybko rękawiczki i podał jej dłoń.

– Dziękuję panu, bardzo nam pan pomógł. – Uśmiechnęła się, a on pomyślał, że dawno nie widział u nikogo tak pięknego i smutnego jednocześnie uśmiechu.

*

Karol zostawił Julię pod opieką Szkarnulisa. Mieli znaleźć aptekę, w której pracowała Anna Janonis. On tymczasem podskoczył do komisu jej męża. Parkował właśnie, kiedy zobaczył ogolonego na łyso faceta rozmawiającego z jakimś wysokim gościem. Wyglądało na to, że ten łysy to pracownik komisu. Pewnie Bielik.

Nadzieja zaparkował i poszedł w stronę budynku, rozglądając się po stojących tu samochodach. Niezła oferta, na bogato – pomyślał.

Łysy pożegnał klienta i podszedł do komisarza.

– Fajne bryki, co? Wybrał pan już coś? Te autka, co pan widzi, to nie wszystko. Jeśli tylko ma pan jakieś specjalne życzenia, zobaczymy, co da się zrobić.

Nadzieja bez słowa pokazał Łysemu blachę, a ten na jej widok jakby przybladł.

– Komisarz Karol Nadzieja, pan Bielik?
– Tak, a o co chodzi? Coś nie tak, panie władzo?
– Mam kilka pytań.
– To może wejdźmy do środka.

Karol wszedł za Bielikiem do budynku. Po chwili znaleźli się w nowocześnie urządzonym biurze, którego Karol nie spodziewałby się w tym miejscu. Standard wyposażenia nie był może z najwyższej półki, ale jak na komis samochodowy biuro robiło wrażenie.

Za sporym biurkiem zawalonym papierami pysznił się okazały fotel prezesa, przy jednej ścianie stał regał ze starannie poustawianymi segregatorami, a pod drugą przeszklona gablota z miniaturami modeli samochodów najlepszych marek. Po przeciwnej stronie, trochę w rogu, znajdował się kącik dla gości: stolik z wygodnymi fotelami oraz telewizor na ścianie. Bielik zaproponował właśnie to miejsce. Karol usiadł i spojrzał na spiętego Roberta.

– Może napije się pan kawy?

– Nie, dziękuję. Chcę tylko porozmawiać.

– Dobrze, w takim razie niech pan pyta.

– Jakim szefem jest Andrzej Janonis?

Bielik jakby odetchnął, a może tylko tak mu się zdawało. W każdym razie komisarz odniósł wrażenie, że napięcie, jakie malowało się na twarzy Bielika od momentu, kiedy dowiedział się, że rozmawia z policjantem, zeszło, a twarz mężczyzny się rozluźniła. Zastanowił się chwilę, po czym zaczął mówić:

– Nie mogę narzekać, pracuję tu od początku, kiedy szef założył komis dwanaście lat temu. Ma rękę do interesów, trzeba przyznać. Co prawda ostatnio chyba trochę odpuścił, nie wiem dlaczego. Może przestało mu się chcieć, a może jakieś kłopoty.

– Jakie kłopoty?

– Chyba rodzinne. Wiem tyle, co z obserwacji, szef nie jest wylewny. Od jakiegoś czasu chyba mu się nie układa. Ale o co właściwie chodzi? – Bielik spojrzał pytająco na komisarza.

Karol nie odpowiedział; wyciągnął paczkę papierosów, wykonując pytający gest, czy może zapalić. Bielik kiwnął głową i sięgnął po popielniczkę.

– Nie wie pan o niczym?

– Co mam wiedzieć? Coś się stało szefowi? Nie dzwonił jeszcze dzisiaj.

Nadzieja przypalił papierosa, przyglądając się badawczo Robertowi.

– O której Janonis przyszedł wczoraj do firmy?

– Chwilę przed dwunastą, wyszedł przed pierwszą.

– Skąd ta pewność?

– Po prostu o dwunastej miałem umówionego klienta. Facet przyszedł punktualnie, a szef zjawił się chwilę przed nim.

Karol widział, że Bielik znowu się niepokoił, bo wiercił się w fotelu.

– Może pan wreszcie powie, o co chodzi.

– Rozmawiał pan wczoraj z szefem?

– Niewiele, byłem zajęty. Podpisał papiery, zamieniliśmy kilka zdań. Był wyraźnie nie w sosie.

– Domyśla się pan, z jakiego powodu?

– Pokłócił się ze swoją ślubną.

– O co poszło?

– O jakiś obiad u teściów, nie wiem dokładnie.

– Wczoraj zamordowano jego żonę, syna i teściów. Pański szef został zatrzymany, na razie w charakterze świadka.

Nadzieja obserwował, jak Bielik zmienia się na twarzy. Wyglądał, jakby strzelił w niego piorun.

*

Apteka mieściła się przy Wojska Polskiego, prawie na obrzeżach miasta, w odnowionym drewnianym domku o architekturze typowej dla całej ściany wschodniej.

Julia z uznaniem odnotowała fakt, że na dachu zamontowano panele słoneczne. Zwracała uwagę na wszelkie przejawy troski o środowisko, przejmowała się stanem świata, zwłaszcza w kontekście zmian klimatycznych. Coraz większym niepokojem napawały ją ekstremalne susze i pożary, powodzie i huragany, o których tak często słyszała w wiadomościach, ale też wymieranie gatunków i zanik dotychczasowych pór roku.

Najbardziej obawiała się, że przyjdzie kiedyś taki dzień, gdy z kranu nie poleci woda. Nie będzie mogła wziąć prysznica, zaparzyć herbaty i tak dalej. I za każdym razem, gdy napełniała czajnik wodą, prała czy się myła, czuła radość, że woda jeszcze jest.

Przechadzała się pod apteką w oczekiwaniu na Karola. Szybko znaleźli z Włodkiem miejsce, gdzie pracowała ofiara. Młody policjant przed chwilą odebrał telefon wzywający go do komendy, a Karol właśnie parkował obok jej samochodu.

Wysiadł i posłał jej uśmiech. Wydawało jej się, że lekko postarzał się przez te cztery lata, ale siwizna na skroniach i kilka zmarszczek tylko dodały mu pewnej szlachetności. Starzał się jak dobre wino i właściwie miała wrażenie, że jeszcze wyprzystojniał. Szczęśliwie nie przytył.

– Długo tu wystajesz?
– Parę minut. Wchodzimy?
– Tak.

Weszli do apteki, w której nie było żywego ducha oprócz na oko czterdziestoparoletniej farmaceutki w doskonale wykrochmalonym białym fartuchu.

Stara szkoła – pomyślała Julia. – Kto w tych czasach krochmali cokolwiek?

Kobieta uśmiechnęła się do nich miło. Karol podszedł bliżej i od razu pokazał odznakę.

– Komisarz Karol Nadzieja i psycholog policyjna Julia Wigier. Możemy chwilę porozmawiać?

– Elżbieta Ekiert. Proszę, czym mogę państwu służyć? Chyba nic nie przeskrobałam – zaśmiała się. – Właśnie miałam zamykać.

Wyszła zza lady, podeszła do drzwi i odwróciła zawieszkę „otwarte" na „zamknięte". Stanęła twarzą do Julii i Karola.

– Pracowała pani z Anną Janonis, zgadza się?

Ekiert skinęła głową. W reakcji na imię Anny i użycie czasu przeszłego jej twarz się zmieniła, a uśmiech przygasł.

– Jak to „pracowała"? Stało się coś?

– Nie mamy dobrych wiadomości. – Karol spojrzał na kobietę ze smutkiem. – Anna Janonis została wczoraj zamordowana wraz z synem i rodzicami...

Julia obserwowała ze ściśniętym sercem, jak okrutnie brzmiące wiadomości docierają do farmaceutki jakby w zwolnionym tempie. Ekiert patrzyła, nie widząc i nie rozumiejąc sensu słów, które przed chwilą padły.

Kobieta zachwiała się. Na szczęście Karol złapał ją pod ramię, by zapobiec upadkowi. Julia zauważyła pod ścianą zbiornik z wodą i jednorazowymi kubkami. Podała Elżbiecie wodę, a ta upiła kilka łyków. Po chwili spojrzała na nich przytomniej.

– Już? Już lepiej? – zapytała Julia. Farmaceutka skinęła głową.

Karol postanowił zadać pytanie.

– Czy Anna była wczoraj w pracy?

Ekiert powoli pokręciła głową i spojrzała na Karola, jakby nie rozumiała, o co pyta.

– Jak to „zamordowana"?! Przecież... przecież jeszcze wczoraj z nią rozmawiałam. Była tu, wpadła po leki dla ojca.

– O której?

– Około dziesiątej.

– Na pewno o tej porze? Nie później? – naciskał komisarz.

– Na pewno. Dopiero otworzyłam i ona zaraz przyszła.

– Była sama czy z synem? – dopytała Julia.

– Weszła sama, ale widziałam Jacka na zewnątrz.

– Coś mówiła?

– Była zdenerwowana po kłótni z Andrzejem. Nie chciał jechać z nią do rodziców. Boże, to niepojęte, Ania nie żyje, Jacek...

Farmaceutka wydawała się kompletnie przybita wiadomością o śmierci koleżanki.

– Co może pani powiedzieć o mężu ofiary?

– Nie znam go zbyt dobrze. Wydaje mi się, że bardzo kocha Annę. To znaczy kochał... i przepadał za synem.

– Dlaczego nie chciał jechać z żoną?

– Nie dogadywał się z jej rodzicami, zwłaszcza z teściem. Zresztą Ania też narzekała na ojca. Weszła z nim w konflikt, odkąd go zawiodła i nie została leśnikiem, czego sobie życzył.

– Czy według pani Janonis mógł zabić swoją żonę? – Karol zadał to pytanie, uważnie obserwując jej reakcję.

– Co? Nie... Nie wiem, ale dlaczego...

Elżbieta patrzyła na rozmówców przerażona, jakby sens pytania dopiero teraz zaczął do niej docierać. Julia zauważyła, że pytanie chyba uświadomiło coś kobiecie i nie mogła kategorycznie wykluczyć tej ewentualności. Postanowiła dłużej jej nie męczyć. Podała jej swoją wizytówkę.

– Gdyby pani sobie coś przypomniała, proszę o telefon. Wszystko może być ważne.

Ekiert wzięła wizytówkę bez słowa, kiwnęła tylko głową.

*

Komisarz z Julią przechodzili szybkim krokiem przez park miejski położony w centrum Augustowa. Karol odnotował, że było tu tego dnia więcej ludzi niż zwykle i że to pewnie pierwsi turyści. O tej porze dnia upał wyraźnie przybrał na sile. Roznegliżowani wczasowicze chowali się w cieniu starych parkowych drzew, obsiadając wszystkie ławki i oblegając fontannę.

Minęli budynek Augustowskiej Organizacji Turystycznej, nowoczesną szklaną budowlę postawioną pośrodku Rynku, przecięli zapchaną samochodami Trzeciego Maja i weszli w ulicę Wierzbną. Karol poczuł głód, ale myślami wciąż był przy sprawie. Ocierając pot z czoła, spojrzał na zegarek.

– Janonis kłamał. Zeznał, że Anna wyszła z domu około jedenastej, a tu się okazuje, że do apteki przyszła o dziesiątej. Coś ukrywa?

– Nie wiem, ale to się nijak nie zgadza. Po kłótni mógł pojechać za nią i... tylko wciąż nie mogę zrozumieć, dlaczego miałby zabijać teściów i własne dziecko – odparła Julia.

Karol zasępił się, nie przychodziło mu jednak do głowy żadne sensowne wytłumaczenie, za to kiszki grały mu już marsza na cały regulator.

– Fakt. Nie wygląda na szajbusa. Mam pomysł, może wrzucimy coś na ząb? Proponuję bar Jędrek, to świetne miejsce, najlepsze żarcie w tym mieście i chyba nie tylko. Obgadalibyśmy sprawę na spokojnie, co ty na to? Znasz tę miejscówkę? – zapytał.

– Nie.

– No coś ty? To gdzie ty chodzisz?

– Ostatnimi laty rzadko bywam w Augustowie, a kiedy jestem, praktycznie nie jadam poza domem. Ojciec by mi tego nie darował. Wracając do śledztwa, wydaje mi się, że ta farmaceutka wie coś, czego nam nie powiedziała.

Zadzwoniła komórka Karola. Odebrał, wykonując przepraszający gest w stronę Julii. Kiedy się rozłączył, miał już plan.

– Dzwonił Tomek Dziemianiuk. Za chwilę przyjdą z młodym do Jędrka i zjemy razem. Nie pożałujesz. – Uśmiechnął się szeroko na myśl o tutejszej kuchni. – Założę się, że tak wielkich i soczystych schaboszczaków w życiu nie jadłaś!

Julia roześmiała się, widząc jego ożywienie i niekłamany zachwyt nad kotletami. Uświadomił sobie, że lubi patrzeć, jak Julia się śmieje, a tak rzadko to się zdarzało.

Cieszył się, że się zgodziła pomóc w śledztwie, ale chyba nie tylko dlatego. Nie zamierzał się jednak nad tym teraz zastanawiać.

*

Siedziała w pokoju przesłuchań wraz z Leszkiem Ranuszkiewiczem i podejrzanym. Przesłuchiwali go od jakiegoś czasu i Monika czuła się w tej roli znakomicie. Nawet nie podejrzewała, że to takie proste i tak dobrze sobie poradzi z zadaniem.

Janonis kręcił. Już sam fakt, że przemycał fajki i wódkę, mówił jej wiele o facecie. Nigdy też nie przepadała za Litwinami. Matka zawsze mówiła, że Litwin nie jest nam przyjazny, a każdy Polak na Litwie musi zapisywać swoje imię i nazwisko w ich narzeczu. A u nas choćby w Puńsku jest liceum, które prowadzi naukę w języku litewskim. To ją wkurzało. Powinniśmy odpłacać im pięknym za nadobne i nie zgadzać się na litewski w polskich szkołach, tak jak oni nie zgadzali się u siebie na język polski. Spojrzała na Janonisa z lekką pogardą.

– To przyznaje pan, że przemycał papierosy oraz wódkę i handlował nimi nielegalnie?

Podejrzany westchnął z rezygnacją i skinął głową.

– Proszę potwierdzić pełnym zdaniem.

– Tak, przyznaję. Przemycałem papierosy i wódkę i nimi handlowałem. Chce mi się pić, mogę dostać jeszcze wody? I coś bym zjadł, od wczorajszego obiadu nie miałem nic w ustach.

Bezczelność Litwina tylko ją rozjuszyła. Co on sobie wyobraża? Zero pokory, ależ ma tupet! Nie zamierzała tego tolerować.

– To nie stołówka! Jeśli będzie pan współpracował, szybciej pan stąd wyjdzie.

Zapadła cisza, a po chwili Ranuszkiewicz wstał i wyszedł bez słowa z pokoju. Litwin spuścił wzrok. Zmierzyła go nieprzyjaznym spojrzeniem, nachyliła się w jego kierunku i przez zęby wyszeptała:

– Niech się panu nie wydaje, że się z tego wywinie. Siedzi pan po uszy w szambie.

Janonis spojrzał na nią zaskoczony i przerażony.

– Jestem podejrzany? Oprócz tej kontrabandy nic więcej nie mam na sumieniu! Co pani myśli, że ja...?!

Widziała, że wreszcie coś do niego dotarło. Przestraszył się, i słusznie. Dobrze, że Nadziei przy tym nie było, bo certoliłby się z nim jeszcze ruski rok, a ona załatwi sprawę ekspresowo.

Była z siebie zadowolona. Jej pierwsza poważna sprawa zakończy się pełnym sukcesem. Ojciec wreszcie będzie musiał przyznać, że jest świetna.

– Chcę adwokata! W nic mnie nie wrobicie! Nie macie żadnych dowodów!

– Dowody się znajdą...

Powiedziała to z dziką satysfakcją, patrząc Litwinowi prosto w oczy.

*

Wnętrze baru samoobsługowego składało się z trzech połączonych ze sobą pomieszczeń. W centrum, na wprost wejścia, znajdowała się duża lada, nad którą wisiało pokaźne menu. Za ladą urzędowała szefowa przyjmująca zamówienia i kasująca należność. Mąż szefowej stał w wejściu do kuchni i niczym dyrygent koordynował zamawianie dań i ich wydawanie.

Karol słyszał właśnie jego gromkie pokrzykiwania: „schabowy z ziemniakami i młodą kapustą!", „podwójne kartacze i pół pomidorowej!" i tak dalej.

W barze mimo dość późnej godziny było sporo ludzi. To dlatego, że pojawili się już turyści. Normalnie o tej porze lokal się wyludniał. Augustowianie obiad jadali wcześnie, między dwunastą a czternastą. Obsługa baru była tak doskonale zorganizowana, że nigdy, nawet przy największych kolejkach, nie czekało się tutaj dłużej niż parę minut na swój posiłek. I za każdym razem, kiedy ludzie kończyli jeść i odnosili naczynia, kobieta w fartuszku już przecierała na lśniąco zwolniony stolik.

Karol lubił to miejsce, czuł się tu jak w domu, a jedzenie... Prawdę mówiąc, jego żona nigdy nie nauczyła się tak dobrze gotować, a przecież tu się urodziła i wychowała.

Zamyślił się na parę sekund, kiedy nagle Tomek postawił przed nim schabowego z młodą kapustą i ziemniaczkami. Poczuł, jak uruchomiły się jego ślinianki. Przełknął ślinę i spojrzał na talerz. Coś pięknego.

Wszyscy mieli już swoje dania. Tomek i Włodek rzucili się na kotlety, a on poszedł w ich ślady. Julia przyglądała się im z rozbawieniem, po czym i ona spróbowała.

– Nie przesadziłeś ani trochę. Jest genialny!

– Wiedziałem! Zresztą tu wszystko mają znakomite, a jakie zupy! I porcje. – Karol popatrzył na Julię zadowolony. Kiedy zbliżali się do końca posiłku, ściszonym głosem zapytał Dziemianiuka: – Pawluk podpisała nakaz przeszukania mieszkania Janonisów?

– Bez wahania. Jest na niego cięta. Jeśli nawet tego nie zrobił, to i tak łatwo się nie wykręci. Baba jest przekonana o jego winie.

Tomek miał rację. Prokuratorka od razu osądziła Janonisa.

Karol wytarł usta chusteczką.

– Rzeczywiście, słabą ma sytuację: marne alibi, nieścisłości w zeznaniach, kontrabanda i na dodatek kłótnia z ofiarą na chwilę przed jej śmiercią. Wystarczy, żeby go przyskrzynić.

Julia zmarszczyła czoło.

– A co z motywem? Za wcześnie, żeby cokolwiek wyrokować. Czy wiemy już, do kogo należała broń?

– Do starego Szułowicza.

Dziemianiuk wstał, żeby odnieść talerze. Kiedy wrócił, Julia zaczęła głośno analizować.

– Skoro zabójca posłużył się bronią ofiary, to raczej nie planował zabójstwa. Z kolei Irenę dźgnął szydłem, które potem odłożył do skrzynki z narzędziami. Może da się ustalić, czy przyniósł je ze sobą, czy wziął właśnie z tej skrzynki?

Szkarnulis, który do tej pory się nie odzywał, poruszył się na krześle.

– Dzwoniłem do laboratorium. Na sztucerze i szydle znaleziono jedynie odciski Szułowicza, więc szydło też należało do niego, a zabójca musiał działać w rękawiczkach. No i potwierdzili, że ślady na szydle to krew Ireny Szułowicz.

– Tak czy inaczej, sprawca wiedział, gdzie co się znajduje w tym domu. Musiał znać rodzinę i topografię miejsca. Bywał tam często. To zawęża krąg podejrzanych.

– Nie wiem, czy to ważne, ale Hryszkiewiczowa zeznała, że była chwilę po ósmej rano u Szułowiczów. Nikt jej nie otworzył. I nie widziała psa, a podobno zawsze do niej przybiegał.

Spojrzeli na Tomka z zainteresowaniem. Włodek zerknął pytająco na Julię, a potem na Karola.

– Czy to znaczy, że pies już wtedy nie żył?

– Niewykluczone. Albo ktoś go gdzieś zamknął.

Tomek pokręcił głową.

– Raczej nie, szczekałby wtedy, a Zofia Hryszkiewicz powiedziała, że uderzyła ją panująca wokół cisza, zupełnie tak jak nas.

*

Leszek Ranuszkiewicz wyszedł z komendy lekko zdegustowany zachowaniem prokuratorki. Nigdy nie widział u kogoś takiej zaciętości, zwłaszcza u młodej przecież kobiety. On był chyba parę lat młodszy od niej, ale nie więcej niż jakieś cztery, może pięć, i zupełnie jej nie rozumiał. Zresztą nie miał charakteru szeryfa bezwzględnie walczącego i wymierzającego sprawiedliwość, a do policji trafił zupełnym przypadkiem.

Po liceum jego życie zmieniło się o sto osiemdziesiąt stopni. Wtedy jego ojciec uległ wypadkowi w tartaku, co skończyło się wózkiem inwalidzkim. Mama pracowała jako pielęgniarka, a młodsza siostra chodziła do podstawówki. Zamiast na politechnikę w Białymstoku Leszek musiał pójść do pracy.

Wybrał policję, bo kolega ojca tak mu doradził. Zaczynał od krawężnika, teraz, po ponad dziesięciu latach, miał już stopień starszego aspiranta. Niedawno skończył trzydziestkę i studia, o których myślał w liceum, oddaliły się na zawsze. Obecność komisarza Nadziei w ich komendzie obudziła w nim chęć pójścia w jego ślady. Ale żeby zostać oficerem, jak on, musiałby skończyć szkołę policyjną w Szczytnie. Niedawno postanowił, że tak właśnie zrobi, dopóki jeszcze mu się chce.

Wszedł do policyjnego warsztatu samochodowego, gdzie technicy badali samochód Anny Janonis. Przywitał się z Bronkiem i Kostkiem.

– Cześć, chłopaki! Znaleźliście coś ciekawego?

Bronek wychylił się z czerwonej toyoty, gdzie zbierał odciski palców, i podniósł rękę na powitanie. Kostek podszedł do stołu i wziął zabezpieczone przedmioty znalezione w samochodzie. Podał je Leszkowi.

– Cześć, stary! Czy ciekawego, to już wy ocenicie. Są tu różne śmieci: papierki po cukierkach, puste butelki plastikowe i takie tam. Sam zobacz.

Leszek podniósł woreczki na wysokość oczu i przyjrzał się im. Na jego oko przedmioty te nie wniosą nic do śledztwa, ale o tym zdecyduje Nadzieja.

– Chyba macie rację, nic ciekawego.

Kostek się uśmiechnął i z miną czarodzieja sięgnął po większą papierową torbę.

– To cię bardziej ucieszy.

– Co to?

– Torebka ofiary. Znaleźliśmy ją na tylnym siedzeniu.

Aspirant zajrzał do worka, w którym znajdowała się brązowa skórzana torebka.

– Dziwne, że zostawiła ją w samochodzie. Żadna kobieta nie rusza się nigdzie bez torebki.

– Może zapomniała?

Bronek wrócił do zbierania odcisków palców. Kostek podał mu kolejne zabezpieczone przedmioty.

– W torebce znaleźliśmy portfel, a w nim trzysta złotych i drobne, dowód osobisty, kartę bankową, leki, a także telefon komórkowy. Niestety, jest rozładowany.

– Dzięki. Tak sobie myślę, że może ktoś ją zaskoczył, gdy wysiadała z samochodu?

– To niewykluczone, bo drzwi od strony kierowcy były lekko uchylone – zgodził się Kostek. – To masz już jakąś hipotezę. Szybko zamelduj, żeby szef widział, że masz łeb nie od parady. Wiesz, jak jest – zaśmiał się Kostek, a za nim Bronek.

Leszek im zawtórował, ale pomyślał, że mają rację. Policja to instytucja hierarchiczna, gdzie żeby zostać dostrzeżonym, należało się czymś wyróżnić. To śledztwo stwarzało takie możliwości, więc trzeba się uaktywnić.

*

Longin siedział za zdezelowanym biurkiem i z apetytem wcinał bułkę z szynką, popijając ten niewyszukany posiłek lurowatą herbatą. Spojrzał na zakrwawiony fartuch, którego nawet nie zdjął do jedzenia. Nie było sensu, jeszcze nie skończył.

Patrzył zamyślony na stary komputer, małe radio przyniesione z domu i stos papierzysk. Nie wyrabiał się z pisaniem raportów, a ciała z leśniczówki zaburzyły normalny rytm jego pracy.

Westchnął ciężko, kiedy do prosektorium wszedł jego pomocnik Józek. Nawet go lubił, tyle że chłopak za dużo gadał. Teraz zabrał się do zmywania krwi z pustego stołu i jak zwykle wpadł od razu w słowotok, którego Longin nie słuchał i który traktował jak byczenie natrętnego owada.

– To się szef narobił przez całą noc i wciąż końca nie widać. A i tak nie dostanie szef za nadgodziny. I jeszcze ze szpitala dzwonili, żeby zrobić sekcję na cito tego młodego, co go przywieźli przed południem. Ja nie wiem, jak i kiedy szef to wszystko da radę. Dzisiaj sobota, co my tu jeszcze robimy, a przecież nikt nam za to nie zapłaci.

Szablewski sięgnął po drugą bułkę; szczęśliwie zrobił sobie więcej, jakby przeczuwał, że coś się wydarzy.

Nagle spojrzał w stronę Józka i dopiero teraz zauważył, że wszystkie stoły były puste i lśniły czystością, a Józek zmywał ostatni. Poderwał się na równe nogi i podbiegł do stołów.

– Gdzie masz tę młodą Janonis?
– No jak, gdzie? W lodówce razem z resztą. Zaraz przywiozę nowych, robię dla nich miejsce.
– Przecież jeszcze nie skończyłem, dawaj mi ją na stół!
– No przecież... Z szefem to tak zawsze. Do nocy stąd nie wyjdziemy, a ja w niedzielę robić nie będę. Dzień święty trzeba święcić, do kościoła iść, a nie...

Machnął ręką, ale posłusznie poszedł w stronę lodówek. Szablewski wrócił do biurka i przyznał w duchu rację Józkowi. Nikt mu za tę pracę po godzinach nie zapłaci, ale prawdę mówiąc, wolał siedzieć w chłodnym prosektorium niż samotnie w pustym, rozgrzanym domu.

*

Karol z Julią jechali nieoznakowanym samochodem, przed nimi Włodek i Tomek, którzy jako miejscowi lepiej wiedzieli, jak najszybciej dojechać na osiedle, gdzie mieszkali Janonisowie.

Nadzieja wciąż myślami krążył wokół sprawy. Po dobrym obiedzie humor zdecydowanie mu się poprawił i miał wrażenie, że jego szare komórki dostały potężnego kopa energii.

Spojrzał na zadumaną Julię. Dopiero teraz zwrócił uwagę na jej doskonały profil, prosty, zgrabny nos, czarne rzęsy niepomalowane żadnym tuszem i długą, niemal łabędzią szyję. Dlaczego wcześniej tego nie zauważył, nie miał pojęcia.

– To jest niezła zagwozdka. Między zabójstwem Ireny Szułowicz i zabiciem psa a czasem zgonu reszty rodziny są trzy godziny różnicy. Anna, Maciej i Jacek zginęli prawie jednocześnie, między jedenastą a dwunastą. To co? Maciej nie zorientował się, że jego żona nie żyje? – wreszcie odezwał się Karol.

– Właśnie. Też się nad tym zastanawiałam. Może sprawca gdzieś go przetrzymywał? Zabił psa, potem Irenę, a wcześniej obezwładnił Macieja Szułowicza i gdzieś go zamknął. To był słaby fizycznie starszy człowiek po wylewie.

– Ale w domu nie znaleźliśmy żadnych śladów wskazujących, że tak właśnie było.

– Bo nie sprawdzaliście pod tym kątem. Zresztą sam widziałeś, jak oni szukają. Szafka nocna była nietknięta. Poza tym sprawca nie musiał go wiązać. Wystarczyło, że gdzieś go zamknął albo trzymał na muszce. Ale ja też wciąż nie mam jasnego obrazu, jak doszło do tej zbrodni – podsumowała Julia.

Wjechali na osiedle i zaparkowali pod blokiem, obok samochodu Dziemianiuka. Ekipa techniczna już czekała.

*

Elżbieta po wizycie policji nie mogła się pozbierać. Wiadomość o brutalnej śmierci Ani i jej rodziny zupełnie ją przybiła. Nie umiała sobie tego poskładać. Teoretycznie wiedziała, że zdarzają się morderstwa, ale nigdy nie dotknęły jej osobiście. I nie tu, nie w Augustowie, mieście spokojnym, pełnym przyjaznych, dobrych ludzi. Tylko takich znała, nie spotykała się z agresją.

Co się mogło stać i jak? Dlaczego do tego doszło? Kto mógłby chcieć zabić dziecko? Anię? Piękną i wspaniałą, dobrą, pełną życia, kochaną dziewczynę? Cały czas miała ją przed oczami, przed chwilą przecież rozmawiały, a teraz? Leży gdzieś martwa, na jakimś stole sekcyjnym. Wstrząsnął nią dreszcz, choć upał cały czas dawał się we znaki.

Ela wyszła z domu do ogrodu, gdzie jej mąż piekł karkówkę na grillu. Była sobota i mieli przyjść znajomi. Właśnie skończyła z nimi rozmawiać. Krzysiek jak zwykle wszystko przygotował na tip-top. Na ogrodowym stole rozłożył obrus, talerze, sztućce, pomidory, chleb, piwo, musztardę i inne potrzebne rzeczy.

– Kryśka z Heńkiem dzwonili, że się spóźnią, ale najlepiej by było, gdyby w ogóle nie przychodzili. Nie mogę dojść do siebie po tych wiadomościach.

Wpatrywała się przez chwilę w karkówkę, zupełnie jej nie widząc, po czym usiadła w swoim ulubionym wiklinowym fotelu. Krzysztof gestem zaproponował jej piwo, a ona skinęła głową.

– Policja pytała mnie o Andrzeja. Czy uważam, że mógł zabić Ankę. Wyobrażasz sobie? To jakiś absurd.

– Nie. Nie wyobrażam sobie i też nie mam ochoty z nikim się teraz spotykać. Szkoda, że nie możemy odwołać Heńków. Ostatnio ciągle przesiadywaliśmy u nich, więc nie wypada – powiedział Krzysiek.

Pociągnął spory łyk piwa, Ela również, po czym przyłożyła zimną szklankę do czoła.

– I co? Policja podejrzewa Janonisa?

– Bez sensu, ale wiesz, jak to jest. Kiedy ginie żona, zawsze podejrzewają męża. Przynajmniej tak jest w kryminałach i w życiu pewnie też – westchnęła.

Krzysztof odwrócił się nagle w stronę mięsa, poczuwszy swąd spalenizny.

– No nie, taka piękna karkówka! Niech to szlag!

Ela patrzyła obojętnie, jak odwrócił mięso i próbował zeskrobać spaloną warstwę. Częściowo mu się to udało. Potem polał karkówkę piwem i spojrzał na nią zadowolony.

– Za parę minut będzie gotowa.

Jak mógł myśleć teraz o karkówce?

– Straciłam apetyt. – Podciągnęła nogi pod siebie, wyjęła papierosy i zapaliła. Popatrzył na nią z dezaprobatą, ale nic nie powiedział.

Był wojującym przeciwnikiem palenia, sam nigdy nie uzależnił się od żadnej używki. Tym łatwiej było mu pouczać innych. Pan doktor bez skazy. Tej strony swojego męża nie znosiła.

Ona popalała, bo to lubiła i robiła mu trochę na przekór. Uważała, że wszystko jest dla ludzi, jeżeli tylko potrafią zachować umiar. Zaciągnęła się intensywnie, potrzebowała tego teraz jak nigdy.

– Ten Andrzej kręci jakieś krzywe interesy, ale nie uwierzę, że zabił całą rodzinę! Pamiętasz, jak pomógł nam z samochodem? Facet jest zupełnie normalny – odezwał się Krzysiek.

Elżbieta słyszała go jakby z daleka, zmagając się ze swoimi myślami. Czy powinna powiedzieć o tym policji? Spojrzała na męża niewidzącym wzrokiem, a on to zauważył.

– Co?
– Nie wiesz wszystkiego.

*

Terenowy samochód Staszka Gibasa podjechał pod dom. Wracali ze spływu zmęczeni, ale zadowoleni. Zwłaszcza Kuba był zachwycony, a to Barskiemu wystarczało. Chciał uszczęśliwiać swego jedynego wnuka. Patrzył na niego z dumą. Będą z niego ludzie.

Wysiedli z samochodu, Staszek wypakował ich plecaki i wiosła.

– Dzięki za wszystko, Staszku. Gdyby nie ty, nie mielibyśmy nawet jak wrócić.

– No co ty. Żaden problem. Zresztą i tak mam po drodze.

– Wejdziesz? Przegryziemy coś na ciepło. Zrobiłem gulasz z dzika, wyszedł pierwsza klasa.

– Nie, naprawdę, nie dzisiaj. Późno się zrobiło, a mam jeszcze sprawę do załatwienia. Innym razem. No jak, Kuba? Trzymasz się jeszcze?

Chłopiec wygramolił się z samochodu trochę ociężale po wyczerpującym fizycznie dniu.

– Chyba tak, ale ręce mi odpadają.

Staszek z Barskim się zaśmiali.

– Nie od razu Kraków zbudowano, ale dałeś radę. Dziadek może być z ciebie dumny. Jutro zrobimy jeszcze dłuższą trasę, musisz porządnie zjeść i się wyspać. Wpadnę po was o siódmej.

Pożegnali się, Gibas wsiadł do samochodu i odjechał. Zabrali plecaki i wiosła i weszli na posesję. Barski zauważył, że Kuba rozgląda się zaniepokojony. Domyślił się, kogo wypatruje.

– Mama jeszcze nie wróciła. Nie ma jej samochodu.

Widział rozczarowanie chłopca i zaczęła w nim narastać irytacja wymieszana z gniewem. Nie spodziewał się tego po własnej córce.

Jak mogła być tak bezduszna? Przyjechała, by spędzić urlop z synem, i już pierwszego dnia dała nogę. Co z niej za matka? Nie wiedział, co powiedzieć wnukowi, jak ją wytłumaczyć. Serce go bolało na widok jego smutku.

– Mogła chociaż zadzwonić...

Musi przydzielić mu jakieś zadanie, żeby nie miał czasu na zastanawianie się. To zawsze działało.

– Zanieś wiosła do szopy, a potem przynieś trochę zieleniny z ogródka. Zaraz zjemy kolację – powiedział surowym tonem, choć wcale nie chciał, żeby tak to zabrzmiało.

– Nie poczekamy na mamę? Gdzie ona właściwie jest? Może do niej zadzwonimy?

– Nigdzie nie będziemy dzwonić. Przecież ma telefon, jakby chciała, sama by zadzwoniła. – Dotarło do niego, że powinien się opanować. Złość na Julię nie mogła być kierowana w stronę wnuka, a tak się właśnie działo. Dodał już łagodniej: – No, nie przejmuj się, pewnie niedługo wróci. Leć z tymi wiosłami.

Kuba kiwnął głową i poszedł jak zbity psiak do szopy. Barski patrzył za nim dłuższą chwilę, potem przeniósł wzrok na jezioro za domem.

Słońce chyliło się ku zachodowi, rozlewając się nad horyzontem zjawiskowym szkarłatem z odcieniami różu. Choć widział już niejeden piękny zachód słońca na niejednym morzu, ten widok zapierał dech. Kochał to miejsce, może dlatego, że się tu wychował? Nie wiedział, ale jednego był pewien: nie zamieniłby się na żadne inne piękne widoki, lazurowe wybrzeża ani siódme i ósme cuda świata.

W już trochę lepszym nastroju poszedł w kierunku wejścia.

*

Józef siedział na schodach przed domem, popijając zimne piwo, i wbijał zamyślony wzrok w rozpościerającą się przed nim ścianę lasu. Policjanci teraz będą tu węszyć i wypytywać. Nie dość, że widzieli kradzione drewno, to jeszcze o mało co się nie wydało, że Hryszkiewiczowie kłusują.

Pechowo dzieciaki musiały zobaczyć padłego danieluka przy jeziorku i wygadać akurat, kiedy policja tu była. Zapalił papierosa, kiedy z domu wyszła Zofia.

– Gdzie Fabian?
– Łazi gdzieś.
– Pewnie znowu te swoje wnyki stawia. Żeby sam w nie nie wpad. Teraz to wąchać tu bedo... Dość mamy kłopotów.
– Nie kracz. A jeść trza. Gdyby nie wnyki, co byś do garka włożyła, a?

Skrzypnęły drzwi i z domu wyszła Bożena. Przysiadła się do ojca i sięgnęła po jego piwo, ale się z nim odsunął.

– No daj łyka!
– Weź se, jest jeszcze jedno w lodówce.

Bożena wzruszyła tylko ramionami i zapaliła papierosa. Posiedzieli chwilę w milczeniu, patrząc na las.

– Ale masakra z tymi Szułowiczami. – Bożena w końcu przerwała ciszę. – Pod sklepem tylko o tym gadajo.
– Trza się pomodlić za ich dusze. Boże, cała rodzina do piachu pójdzie... i ten dzieciak, co on komu winny?
– Wiadomo, że nic. Ale to tak blisko od nas, że aż strach. A co, gdyby to do nas przyszli?

Bożena spojrzała na ojca, a Zofia z przerażeniem się przeżegnała. Józef tylko prychnął.

– Banialuki gadasz. Musi co Szułowicze zalazły komuś już tak za skóre, że sie wreszcie doigrali. A ten ich zięć? Przecież on tu to swojo kontrabande trzymał. To pewnie przez to.

Znowu zapatrzył się na las, wydmuchując kłęby dymu, a kobiety trochę uspokojone pokiwały głowami.

*

W niewielkim mieszkaniu Janonisów panował niemal ścisk. Na szczęście technicy składali już sprzęt i zbierali się do wyjścia. Julia wyszła z salonu, który był po prostu największym pokojem w mieszkaniu. Oprócz niego były jeszcze dwa: sypialnia i pokój chłopca.

Mieszkanie z reguły wiele mówi o właścicielach, ale te wnętrza cechowała bolesna nijakość. Jakby żyjąca tu rodzina była całkowicie wyzbyta wszelkich cech charakterystycznych i indywidualnej osobowości.

Typowa i nietypowa zarazem. W salonie dominował monstrualny telewizor, obok stały skórzane fotele i kanapa, w oknie wisiały nijakie zasłonki, była też meblościanka z Ikei, a na jej półkach ułożono parę książek o tematyce motoryzacyjnej. Kilka kwiatków doniczkowych, będących na granicy śmierci z pragnienia, straszyło na parapecie okiennym. Nie czuło się kobiecej ręki, tak jakby tu żadna kobieta nie mieszkała.

Jedyne fotografie, jakie wisiały na ścianie w przedpokoju, przedstawiały Jacka w różnych fazach swojego krótkiego życia. Jedno zdjęcie małżeńskie Anny i Andrzeja stało samotnie na półce w salonie.

Podobnie bez charakteru przedstawiała się sypialnia. Cała w bieli, z podstawowymi meblami i przedmiotami, białą szafą z przesuwanymi drzwiami i nieciekawym pejzażem na ścianie.

Julia weszła do pokoju Jacka, który po bieli ścian poprzednich wnętrz uderzył ją kolorem. Na jednej ze ścian ktoś zręcznie namalował wszystkie planety Układu Słonecznego, co sprawiało wrażenie iście kosmiczne. Pozostałe, utrzymane w niebieskich i jasnozielonych barwach, przysłonięte były mapami lasów i jezior wokół Augustowa oraz wielkimi zdjęciami żyjących w puszczy gatunków zwierząt.

Łóżko chłopca, wciąż niezaścielone, z porzuconą niedbale piżamą, tworzyło bolesny kontrast z obrazem, jaki pamiętała z kuchni leśniczówki. Ścisnęło ją w żołądku. Nie mogła przestać porównywać Jacka z Kubą i myśleć o tym, co by zrobiła, gdyby to jej syn znalazł się na miejscu Jacka Janonisa. Próbowała odpychać te myśli.

Pod oknem stało biurko z jasnego drewna. Leżały na nim poukładane równo zeszyty, książki i laptop. Myśl, że chłopiec nigdy już tu nie wróci, przygniotła ją ponownie. Julia zaczęła przeglądać jego zeszyty.

Dobiegały ją pokrzykiwania Włodka przeszukującego łazienkę i Karola przetrzepującego meblościankę w salonie. Niczego ciekawego nie znaleźli.

Otworzyła zeszyt do języka polskiego. Jacek miał ładne, równe pismo, dużo ładniejsze od pisma Kuby. Zeszyty były porządnie oprawione i kolorowe. Przeglądała kartkę po kartce, aż trafiła na wypracowanie. Już po kilku zdaniach zorientowała się, że znalazła informacje na temat relacji w tej rodzinie. Zgadzały się z tym, co wywnioskowała, oglądając mieszkanie Janonisów.

Weszła do salonu akurat w chwili, gdy zaaferowany Tomek Dziemianiuk wyłonił się z kuchni, trzymając jakiś pakuneczek zawinięty w folię.

– Znalazłem to w zamrażarce! – obwieścił triumfalnie i podał Karolowi, który rozwinął powoli folię.

Ich oczom ukazał się gruby plik pieniędzy. Nadzieja nawet się specjalnie nie zdziwił.

– No proszę, ciekawy schowek sobie znalazł.

– Niezła kasa, jakiś rok naszej pracy.

Julia podeszła bliżej i przysiadła na skraju skórzanego fotela.

– Też coś znalazłam. Wypracowanie Jacka na temat „Dlaczego lubię swoją rodzinę". Najciekawszy fragment na końcu, spójrz. – Podała mu otwarty zeszyt.

Nadzieja przelatywał wzrokiem tekst, a co ciekawsze urywki czytał na głos.

– „[...] Z całej rodziny najbardziej lubię Dziadka, a potem Babcię. Oni zawsze mają dla mnie czas. Dziadek opowiada mi o zwierzętach i polowaniu, zabiera na ryby. [...] Przestałem lubić moją rodzinę, bo Tata ciągle pracuje, a kiedy jest w domu, kłóci się z Mamą. Nie chodzimy już razem na spacery do lasu. Mama często jest smutna i zamyślona i nie bawi się ze mną jak dawniej".

Karol spojrzał na Julię zaskoczony.

– Do licha, działo się tu coś niedobrego.

Słowa Jacka znowu przypomniały jej Kubę i poczuła, że on mógłby napisać podobne wypracowanie. To ją przygnębiło.

Spojrzała na zegarek i zamarła. Zupełnie straciła poczucie czasu. Jak zwykle sprawa pochłonęła ją całkowicie, zresztą inaczej nie potrafiła pracować. Tu nie dało się odbębnić roboty od godziny do godziny, o piętnastej czy szesnastej powiedzieć „wychodzę" i wrócić do domu, by zająć się własnymi sprawami. Nie w tym zawodzie.

– Muszę jechać. Kuba na pewno wrócił ze spływu.

Wstała i ruszyła w stronę drzwi.

Zajechała pod dom, kiedy prawie całkiem się ściemniło, a nad jeziorem błyszczał księżyc i odbijał się w jego tafli. Przystanęła oszołomiona widokiem. Znad wody dobiegał rechot żab, który zawsze działał na nią kojąco. Noc wcale nie przyniosła ochłody. Julia najchętniej wskoczyłaby teraz do jeziora, żeby nagromadzone przez ten dzień koszmarne wrażenia zostawić na jego dnie.

Światło paliło się tylko w salonie, więc ojciec jeszcze nie spał. Podeszła bliżej i usłyszała ulatującą przez uchylone okno arię *Duo des fleurs* z opery *Lakmé* Léo Delibes'a.

Zaskoczyło ją, że ojciec słucha jej ulubionego fragmentu. Czyżby też lubił tę operę, czy to tylko przypadek? Rzadko ze sobą przebywali, niewiele o sobie wiedzieli, a na pewno nie znali swoich upodobań.

Zwalczyła przemożną chęć wykąpania się w jeziorze, bo pomyślała, że może Kuba też jeszcze nie śpi. Chciała go zobaczyć, przytulić, poczuć jego bijące serce.

Weszła do salonu. Ojciec siedział w głębokim fotelu i grał sam ze sobą w szachy, pykając fajkę. Znieruchomiał na chwilę, kiedy zdał sobie sprawę z jej obecności, ale się nie odwrócił. Zbliżyła się, rozglądając po pokoju.

– Gdzie Kuba?
– Na górze. Śpi.
– Spływ się udał?

Odwrócił głowę w jej stronę.

– Sama go spytasz, jak znajdziesz czas oczywiście.

Znowu wrócił do szachów, ale ramiona zdradzały tłumiony gniew. Nie odpowiedziała na zaczepkę, wiedziała, że tak będzie. Nie zamierzała się jednak tłumaczyć ani robić nic, żeby przełamać narastające między nimi lody.

Odwróciła się i poszła na górę. Cicho wślizgnęła się do pokoju syna. Księżyc oświetlał całe pomieszczenie. Kuba leżał na wznak, trzymając w ręce mapę terenów Puszczy Augustowskiej. Na ten widok ścisnęło jej się serce i okropne wspomnienia tego dnia wróciły ze zdwojoną mocą.

Podeszła do chłopca, odgarnęła lekko spocone włosy z jego czoła, nachyliła się i go w nie pocałowała. Odłożyła mapę i usiadła na brzegu łóżka. Wpatrywała się w spokojną twarz swojego dziecka, słuchając jego równego oddechu. Widok śpiącego Kuby uspokajał ją i uszczęśliwiał. Uśmiechnęła się do siebie, a potem wstała, wyszła na palcach i przymknęła drzwi.

Przeszła do swojego pokoju obok i podeszła do okna. Znowu wpatrywała się w jezioro i księżyc. Po chwili jej myśli wróciły z arkadii do koszmaru z leśniczówki.

Przypomniała sobie o pamiętniku Ireny Szułowicz. Powinna przeczytać go uważnie.

Wróciła do łóżka, gdzie położyła plecak. Wyjęła z niego dyktafon, pamiętnik, laptop i papierosy. Zapaliła i zaczęła czytać. Po paru minutach zadzwonił telefon.

– Cześć, to znowu ja – usłyszała w komórce głos Karola. – Wybacz, ale mam bombę.

Julia usiadła, a serce zabiło jej szybciej.

– Halo, słyszysz mnie? – dopytał.

– Słyszę, mów.

– Dzwonił patolog, skończył sekcje wszystkich ofiar, przeczytałem właśnie raport. Okazało się, że Anna Janonis była w trzecim miesiącu ciąży. Chciałem, żebyś wiedziała. Przepraszam, że o tej porze. Chyba jeszcze nie śpisz?

Julia się uśmiechnęła.

– Skąd. Dobrze, że zadzwoniłeś. Dobranoc.

Rozłączyła się i chwyciła za dyktafon, żeby nagrać myśli, które ją zaatakowały od razu po usłyszeniu tej informacji.

– Klucz do morderstw tkwi w rodzinie i jej tajemnicach. Poznaliśmy właśnie pierwszą. Anna była w trzecim miesiącu ciąży, jednak z wypracowania jej syna wynika, że małżeństwo Janonisów przeżywało poważny kryzys. Czyżby więc to nie mąż był ojcem jej nienarodzonego dziecka?

30 CZERWCA, NIEDZIELA

Barski szedł wolnym krokiem uliczką prowadzącą do domu. W ręce niósł siatkę z drobnymi zakupami zrobionymi w pobliskim sklepie. Spożywczak był czynny zawsze, również w niedziele i święta, więc nigdy nie musiał się martwić, gdyby zapomniał czegoś kupić.

Lubił tę wczesną porę, kiedy dzień leniwie się zaczynał i nie trzeba było się śpieszyć. Całe życie wstawał wcześnie, a do należytego funkcjonowania wystarczało mu od czterech do pięciu godzin snu.

Od jakiegoś czasu szybciej się męczył, nie miał już tej kondycji co dawniej. Jeszcze parę lat temu potrafił przepłynąć jezioro kilka razy, dzisiaj po dopłynięciu na drugi brzeg i powrocie opadał całkowicie z sił.

Zbliżał się do ogrodzenia. Pomyślał o kawie, którą za chwilę wypije, z najlepszego ekspresu, który zafundował sobie na siedemdziesiątkę. Bez dobrej kawy życie nie miało smaku.

Stefan wszedł do domu i od razu skierował się do kuchni. Kiedy wyjął zakupy i usiadł z filiżanką boskiego napoju, by poczytać gazetę, zadzwonił telefon. Spojrzał na wyświetlacz. Roma. Dał ją na głośnomówiący, bo potrzebował rąk, żeby nabić fajkę.

– Cześć, braciszku, złapałam cię przy kawie?

– Jak zwykle o tej porze.

– No tak, ale teraz, kiedy są Julia z Kubą, twoje rytuały mogły ulec zmianie. I jak jest? Spływ się udał?

Barski westchnął.

– I tak, i nie. Julia w ostatniej chwili zostawiła nas na lodzie, a raczej na wodzie. Nie rozumiem jej. Przyjechała tu na urlop, żeby pobyć z synem, a ona albo siedzi w tych swoich koszmarnych śledztwach, albo znika na cały dzień! Kiedy śmiem coś powiedzieć, rzuca się na mnie niemal z pazurami. Nie umiem z nią już rozmawiać.

– Chyba nigdy nie umiałeś, zresztą niewiele mieliście okazji, żeby się do siebie zbliżyć.

Barski zapatrzył się w ulatujące kłęby szarosinego dymu, posmutniał.

– To prawda. Ona chyba cały czas ma do mnie żal.

– Lata mijają, a w tych sprawach nic się nie zmienia. Może przyjadę? Mogłabym z nią porozmawiać, no i pomogłabym trochę, co ty na to?

– Dzięki za dobre chęci, ale na razie nie. Dam ci znać, jak już nie będę dawał rady.

– Jak uważasz, ale może przydałabym się w naprawie waszych relacji? Zastanów się.

– Jeśli do tej pory się to nie udało, to dlaczego teraz by miało?

– Nie wiem. Może dlatego, że wszyscy się starzejemy? Czasu coraz mniej. No dobrze, ale nie będę więcej nudzić. Powiedz jeszcze tylko, jak Kuba? Urósł, co?

Na dźwięk imienia wnuka Barski przypomniał sobie o jego istnieniu. Spojrzał na ścienny zegar, który wskazywał właśnie szóstą trzydzieści jeden.

– Roma, kończę. Czas budzić chłopaka! Zrobiło się późno. Za pół godziny przyjedzie po nas Staszek Gibas, a Kuba jeszcze śpi! Wczoraj dał z siebie wszystko, ambitny jest jak czort. Nie wiem, po kim on to ma.

Usłyszał śmiech siostry.

– Nie wiesz? Myślałby kto! No to leć, braciszku, i zadzwoń później.

Stefan rozłączył się i niemal wybiegł z kuchni w stronę schodów. Pokonał je po dwa stopnie, ale już na górze musiał się zatrzymać. Złapał się za serce, które zakłuło przeszywająco. Twarz wykrzywił mu grymas. Co jest? Czy powinien coś z tym zrobić? Nie cierpiał lekarzy, ale może...

Wziął kilka głębszych wdechów, po czym powoli podszedł do drzwi pokoju wnuka i je uchylił. Obrazek, który zobaczył, mile go zaskoczył. W łóżku Kuby leżała przytulona do pleców syna Julia. Oboje spali kamiennym snem.

*

Przed dwuwieżowym kościołem w Augustowie stał spory tłum ludzi słuchających mszy odbywającej się we wnętrzu przybytku. Zapowiadał się znowu słoneczny i upalny dzień. Już rano termometr wskazywał dwadzieścia sześć stopni Celsjusza.

Tomek nie mógł się skupić na słowach księdza, przez głowę przelatywało mu mnóstwo myśli, a wszystkie krążyły wokół wydarzeń w leśniczówce. Spojrzał na swoich synów: siedmioletniego Maćka i dwunastoletniego Łukasza stojących posłusznie między rodzicami.

Sceny zbrodni uparcie przelatywały mu przed oczami, a on zastanawiał się, co by zrobił, gdyby to jego syn zginął.

Co by zrobił? Nie starczało mu wyobraźni. Przejmowała go zgroza i modlił się w duchu, by nigdy nie musiał przeżywać czegoś takiego, co teraz Janonis.

Po co właściwie został policjantem? Kiedy o tym decydował, nie brał pod uwagę, że będzie miał do czynienia z takimi tragediami. Łapanie złodziei i oszustów, różnej maści przemytników czy sprawców licznych rozrób na dyskotekach to było zupełnie co innego.

Poczuł w kieszeni wibrowanie komórki. Wyciągnął telefon i napotkał gniewne spojrzenie Joli. Ale musiał odebrać, dzwonił Nadzieja. Odszedł na pewną odległość. W słuchawce usłyszał wściekły głos Karola.

– Gdzie jesteś, do cholery?!

– A gdzie mam być w niedzielę? W kościele jestem ze starą i z chłopakami – szepnął w słuchawkę.

– Żarty sobie stroisz? Zapomniałeś, jaką mamy sprawę? Każda godzina się liczy. To sytuacja nadzwyczajna!

Z czoła Tomka spłynęły na brew dwie krople potu. Przetarł je ręką.

– No wiem, że nadzwyczajna, ale stara by mnie chyba powiesiła za... Co ci będę mówił. Dobra, zaraz będę, już po kazaniu – zadeklarował, zasłaniając usta i rozglądając się na boki, by się upewnić, że nikt nie słyszy.

Rozłączył się i wrócił do rodziny, która szykowała się do wejścia do kościoła, by przyjąć komunię. Nie miał już na to czasu, choć też powinien to zrobić. Jola spojrzała na niego z dezaprobatą, na co wzruszył bezradnie ramionami. Ruszyła do budynku, a za nią chłopcy.

Wykorzystał ten moment i zamiast do kościoła poszedł w przeciwną stronę, w kierunku komendy. Nie chciał nawet myśleć, co go czeka po powrocie do domu.

*

Komenda w niedzielny poranek świeciła pustkami, co doprowadziło Karola do szału. Siedzieli tylko z Włodkiem, a on dzwonił kolejno do swoich podwładnych, usiłując ściągnąć ich do pracy. Chodził po pokoju jak tygrys w klatce i wydawał groźne pomruki.

– Nie, no nie rozumiem tych ludzi! Pierwszy raz w historii tej komendy mamy do czynienia z taką sprawą, odpowiedzialność ogromna i co? I pstro! W głowie im tylko kościół i rodzinne obiadki, zero poświęcenia czy ambicji. Z takim zespołem to ja mogę sobie pogwizdać! – Spojrzał na zegarek. – A czas ucieka.

Włodek siedział przy komputerze i coś sprawdzał. Podniósł głowę znad ekranu.

– Szefie, Sawko dzwonił, że będzie za pół godziny.

Wstał od biurka, wziął świeże wydruki i podszedł z nimi do komisarza.

– Tu są billingi z komórki Anny Janonis. Jeden numer często ostatnio do niej wydzwaniał, ona też łączyła się z nim w dniu śmierci. Rozmawiała całe dziesięć minut, od dziewiątej czterdzieści siedem do dziewiątej pięćdziesiąt siedem! To pewnie było po jej kłótni z mężem. Ktoś dzwonił do niej z tego numeru również po jej śmierci.

– Trzeba go namierzyć, jak najszybciej

– Zajmę się tym.

Do biura wszedł właśnie Leszek Ranuszkiewicz. Nadzieja spojrzał na niego i rzucił z przekąsem:

– Witamy kolegę, w samą porę. Już po kościele?

Na Leszku zjadliwość w tonie szefa nie zrobiła wrażenia. Podszedł do swojego biurka ze stoickim spokojem.

– No i nie zgadł szef. Skorzystałem z okazji, że mieszkam w tej samej okolicy, i podjechałem do Matasa Sawukanisa. Pomyślałem, że dobrze byłoby sprawdzić, czy potwierdzi zeznania kuzyna.

– No i?

– Zeznania się pokrywają, a te pieniądze, co znaleźliśmy w zamrażarce, to zapłata Sawukanisa za samochód. Matas powiedział, że Andrzej poza Anną świata nie widział i bywał o nią zazdrosny, ale jego zdaniem nie mógłby jej zabić. A jeśli chodzi o syna, to w ogóle niewyobrażalne. Tak powiedział. Spotkali się – zajrzał do notatek – w piątek koło trzynastej. Sawukanis nie zauważył w zachowaniu kuzyna niczego szczególnego.

– Sawukanis nie wydaje się wiarygodnym świadkiem. Zrozumiałe, że będzie trzymał stronę Janonisa, skoro jest z nim spokrewniony – wtrącił się Włodek.

Do biura weszli Tomek Dziemianiuk i Piotrek Sawko. Tomek jak zwykle pocił się niemiłosiernie i ocierał pot chusteczką. Nadzieja posłał im spojrzenie bazyliszka i demonstracyjnie spojrzał na zegarek.

– Witamy, witamy, nie za wcześnie, panowie?

– Szef odpuści, błagam! Wystarczy, że stara od rana kołki mi strugała na głowie z powodu obiadu. Teściowie ze szwagierką już tydzień temu się zapowiedzieli, a mnie nie będzie. Wie szef, jaka to obraza? A jak wrócę do domu, to oberwę jeszcze za kościół.

Karol machnął ręką zrezygnowany.

– Wolę nie wiedzieć. Dobra, chłopaki, do roboty.

Nadzieja podszedł do tablicy, na której w jednym słupku rozpisane zostały godziny śmierci ofiar, a w drugim – gdzie był i co robił w tychże godzinach Janonis. Komisarz spojrzał na to i zaczął się głośno zastanawiać, skupiając przy tym uwagę swoich ludzi.

– Póki co oprócz Janonisa nie mamy innego podejrzanego. Jego alibi jest pełne niewiadomych. Szułowiczową zamordowano koło ósmej. Gdzie wtedy był jej zięć? Czy w domu, jak zeznał? No i co robił między jedenastą a dwunastą, kiedy zginęła reszta rodziny? Gdyby zamordował ich około jedenastej, teoretycznie mógłby zdążyć do firmy na dwunastą.

Włodek podszedł bliżej tablicy.

– I po tym wszystkim ogarnął faktury, a później spotkał się z Sawukanisem? Zjadł zakrapiany obiad i wrócił do domu, gdzie spokojnie zasnął? – powątpiewał Szkarnulis.

– No właśnie, nie chce się wierzyć. Ale niejedno już widziałem. Trzeba dokładnie sprawdzić, co robił od rana, minuta po minucie.

*

Kiedy zadzwoniła Elżbieta Ekiert i poprosiła ją o spotkanie, Julia zgodziła się bez namysłu. Od początku czuła, że farmaceutka nie powiedziała im wszystkiego, co wiedziała o swojej koleżance. Ale pewnie musiała przetrawić informację o śmierci Anny i oswoić się z szokiem.

Ojciec z Kubą pojechali rano ze Staszkiem na spływ i na szczęście nie było już tematu jej uczestnictwa. Wiedziała, że dopóki nie stworzy profilu, nie weźmie udziału w spływie. Po prostu by nie mogła. Fakt, że pojechała na miejsce zbrodni, obligował ją do tego, żeby pójść dalej i pomóc Karolowi w śledztwie. A to oznaczało opracowanie profilu sprawcy na podstawie danych zebranych z miejsca zbrodni, okoliczności, zeznań świadków, bliższego poznania ofiar et cetera.

Może i miała urlop i powinna zająć się swoim życiem, ale jej umiejętności i możliwości pomocy powodowały, że czasami myślała o swoim zawodzie jak o profesji lekarza. Nie mogła w tej sytuacji pozostać obojętną i nic nie zrobić. Rodziny ofiar zawsze chciały się dowiedzieć, dlaczego bliscy ich zginęli, i poznać nazwiska sprawców. Oczekiwały ich ujęcia i wymierzenia sprawiedliwej kary. Aż za dobrze to rozumiała. A kiedy wśród ofiar zobaczyła dziecko, prawie w tym samym wieku, co jej syn, po prostu nie mogła odmówić.

Tłumaczenie ojcu swoich racji uznała za bezcelowe, on nigdy nie chwytał nic z tego, co robiła, nie przyjmował tego do wiadomości. Dlatego zamknęła się jeszcze bardziej. Uznała, że dzielącego ich od lat muru już nie przeskoczy.

Zbliżała się do restauracji położonej nad wodą przy porcie żeglugi. Z daleka doleciał ją zapach wędzonej ryby. Rozejrzała się i zauważyła stojącą nad brzegiem rzeki, kilka kroków od restauracji, wędzarnię na kółkach, w której wisiały sielawy, sieje i pstrągi przybierające złotawy kolor. Ponad nią rozsnuwał się leniwie siwy, pachnący dym.

Restauracyjny ogródek okupowali amatorzy piwa, dopiero po chwili w kącie spostrzegła samotnie siedzącą kobietę.

Rozpoznała Elżbietę, przed którą kelner właśnie postawił filiżankę kawy. Ekiert wpatrywała się w dal, może obserwowała wpływający do portu stateczek.

Nagle ludzie z ogródka zerwali się jak na rozkaz, robiąc przy tym niezłe zamieszanie, i po chwili miejsce opustoszało. Wszyscy pobiegli do portu. Julia podeszła do siedzącej plecami do niej kobiety.

– Mam nadzieję, że nie czekała pani długo – zagaiła uprzejmie.

– Ależ skąd. Kelner dopiero co przyniósł mi kawę. Też się pani napije?

– Chętnie.

Elżbieta ściągnęła wzrokiem kelnera, który szybko podszedł. Julia usiadła i rozejrzała się.

– Ładnie tu. Właśnie sobie uświadomiłam, że nigdy nie płynęłam tutejszym statkiem.

– Prawdę mówiąc, gdyby nie rodzina, która odwiedza nas latem, pewnie też bym nie popłynęła. Ale to świetny relaks, polecam.

Zamilkły na chwilę, w tym czasie kelner przyniósł Julii kawę. Ekiert wyciągnęła papierosy.

– Nie będzie pani przeszkadzało, jeśli zapalę?

Julia się uśmiechnęła i wyciągnęła iqosa.

– Ani trochę, też palę.

Elżbieta zaciągnęła się dymem z wyraźną przyjemnością.

– Jaka ona była? Zauważyła pani ostatnio jakieś zmiany w jej zachowaniu? – Julia przeszła do sprawy.

– Była otwarta i pogodna. Miała temperament... Dziwiłam się czasem, co ona właściwie robi w farmacji. Anna lubiła zmiany, przygodę. Zawsze ją gdzieś gnało, nie umiała usiedzieć na miejscu.

– Byłyście ze sobą blisko?

– Tak, dosyć. W końcu pracowałyśmy razem. Pytała pani, czy zauważyłam jakieś zmiany. – Spojrzała na Julię, jakby się zastanawiała, czy powinna powiedzieć to, co wie.

– Tak?

– To była jej tajemnica. W zeszłym roku poznała kogoś, turystę z Warszawy. I wpadła jak śliwka w kompot.

Wiedziałam o tym tylko ja. Miotała się, lecz nigdy nie widziałam jej tak szczęśliwej. Teraz zdecydowała, że odejdzie od męża. Ale to nie było proste, bo bała się, że straci Jacka.

– Dlaczego? Przecież jeśli nawet w sprawie rozwodowej sąd orzekłby jej winę, to sprawa o dziecko nie musiała być przegrana.

– Niby tak, ale wiedziała, że rodzina jej nie wesprze. Ojciec na pewno by ją skreślił. A mimo to nie chciała dłużej tkwić w tym układzie. Dawno przestała kochać Andrzeja, rzeczywiście niezbyt do siebie pasowali. – Elżbieta, nie dopaliwszy do końca, zgasiła bezwiednie papierosa. Patrzyła przed siebie, na wodę.

– Czy Anna w piątek powiedziała mężowi, że chce odejść? Dlatego się pokłócili?

– Tak. Kiedy przyszła do apteki, była wzburzona, ale i jeszcze bardziej zdeterminowana. Andrzej powiedział, że nigdy nie da jej rozwodu, podobno się wściekł. Ona mimo to pojechała do rodziców, żeby wyznać im prawdę.

– Zna pani nazwisko tego turysty?

– Nie, właściwie oprócz tego, że mieszka w Warszawie i jest jakimś artystą, nic więcej nie wiem. Znam tylko jego imię. Olgierd. Nazwiska nigdy nie wymieniła, a ja nie dopytywałam. – Zamyśliła się na chwilę. – Raz go tutaj przyprowadziła. Typ, który podoba się kobietom, z dużym wdziękiem, ale...

– Tak?

– Sama nie wiem. Miał w sobie coś... drapieżnego.

– Wiedziała pani, że Anna była w ciąży?

Elżbieta spojrzała na Julię zaskoczona i oniemiała. Zakryła usta ręką, żeby nie krzyknąć.

– Boże! To kolejna ofiara. Nie dam rady się z tym pogodzić. – Jej oczy się zaszkliły.

Julia spojrzała na farmaceutkę wzrokiem pełnym współczucia, ale nic już nie powiedziała.

– Przepraszam. Pójdę już, muszę wracać do apteki, choć po tym, co się stało, najchętniej bym tam wcale nie wracała. Za dużo wspomnień – westchnęła.

– Dziękuję. Proszę iść, ja zapłacę.

Farmaceutka odeszła. Julia uregulowała rachunek i wyszła z ogródka, kierując się do samochodu. Po drodze zadzwoniła do Karola. Odebrał po kilku sekundach.

– Myślałem, że dzisiaj odpoczywasz. Czyżbyś zrobiła już profil?

– No coś ty, mam za mało danych, nie chcę strzelać w ciemno. Ale spotkałam się z farmaceutką.

Powtórzyła mu, czego się dowiedziała, i dodała:

– Głowę dam, że ojcem dziecka był jej kochanek, Olgierd.

– Możliwe, i chyba wiem, jak go znaleźć. To rzuca zupełnie nowe światło na sprawę i daje mocny motyw Janonisowi.

– Rzeczywiście, chociaż okoliczności nie pasują mi do zbrodni w afekcie, a przecież jeśli dowiedział się o zdradzie dopiero co, działałby w emocjach. Chyba że...

– Chyba że wiedział o jej romansie wcześniej?

– No właśnie. Skoro Jacek widział, że coś w jego rodzinie nie gra, to mąż widział to tym bardziej.

– Tak. A jeśli wiedział, mógł wszystko zaplanować. Jego pracownik zeznał, że ostatnio odpuścił w interesach. Bielik domyślał się, że szef miał jakieś kłopoty rodzinne. Mogło chodzić właśnie o to.

– Oczywiście.

– Akurat dojeżdżam do Studzienicznej. Mają tu świetne ryby, może zjemy razem?

– Dobry pomysł. W domu i tak nikogo nie ma.
– Trafisz? Przy wjeździe po lewej jest cmentarz na wzgórzu. Za nim jezioro, a nad nim knajpa. Co wolisz? Sielawę czy sieję?
– Nie mam pojęcia. Zdaję się na ciebie.

*

Zaspała i długo snuła się po mieszkaniu bez żadnego celu, aż do chwili, kiedy ze zgrozą przypomniała sobie o obiedzie. Wszystko w niej aż stanęło na baczność.

Nie lubiła niedzielnych obiadów u matki, ale od czasu separacji rodziców postanowiła, że nie będzie się od nich wykręcać. Starannie się ubrała, włożyła najlepszą sukienkę i szpilki w obawie, że matka znowu skomentuje jej wygląd.

Violetta Pawluk nie należała do osób sympatycznych i łatwych we współżyciu, a w stosunku do córki zawsze miała wysokie wymagania zarówno co do wyglądu, jak i wykształcenia, a później kariery. Przywiązywała wagę do tego, co na zewnątrz, niespecjalnie się przejmując, co jej córka czuje czy myśli. Była apodyktyczna i skoncentrowana na sobie.

Dlatego ojciec w końcu tego nie wytrzymał i ostatecznie uciekł do stolicy. Początkowo udawał, że tego wymaga jego kariera prokuratora w Prokuraturze Krajowej, do której udało mu się, za pomocą swych szerokich koneksji, przeskoczyć z Prokuratury Okręgowej w Suwałkach. Ale Monika wiedziała, że to chytry wybieg. Kiedy pracował w Suwałkach, też bywał w domu jedynie w weekendy.

Po awansie do Warszawy nic się nie zmieniło, oprócz odległości z domu do pracy. Gdyby chciał, mógłby wracać co sobotę do Augustowa. Ale nie chciał i właściwie mu się nie dziwiła.

Może miał kogoś? Tego nie wiedziała i prawdę mówiąc, niewiele ją to obchodziło. Gorzej, że została z matką sam na sam, a to stanowiło nie lada wyzwanie.

Zaparkowała swoje bmw przed domem w kształcie pudełka, o typowym stylu – a właściwie jego braku – z lat sześćdziesiątych. W oknie lekko poruszyła się firanka.

Monika wzięła głęboki wdech i ruszyła w stronę ozdobnych, kiczowatych drzwi, zza których dobiegało wściekłe ujadanie na wysokich częstotliwościach tak niemiłych dla ucha. Skrzywiła się pod wpływem jazgotu i pomyślała, że dom stanowi kwintesencję tego, co uosabiała jej matka. Styl „na bogato", na wysoki połysk, pozbawiony zupełnie gustu.

Przekroczyła próg rodzinnego domu i już w korytarzu stanęła twarzą w twarz z Violettą Pawluk, trzymającą pod pachą maleńkiego yorka, źródło hałasu.

Matka stała niczym posąg w obcisłej sukience, podkreślającej jej nienaganną figurę, z nalakierowanym tapirem na głowie, i patrzyła na nią surowo. Jej twarz przypominała maskę, tak ciężka była od fluidu i pudru. Zasznurowane usta, pomalowane czerwoną szminką, stanowiły cienką kreskę, a nad oczami czerniły się narysowane brwi. Z wypielęgnowanych dłoni biła jaskrawa czerwień paznokci.

York nadal ujadał, choć jego pani cierpliwie przywoływała go do porządku, patrząc na córkę z wyrzutem.

– Chociaż raz mogłabyś przyjść punktualnie.

Monika sprawiała wrażenie przestraszonej dziewczynki przyłapanej na jakimś przestępstwie. Zaczęła się tłumaczyć:

– Przepraszam, ale na Wojska Polskiego zrobił się korek, zaczął się sezon i w mieście jest pełno turystów...

Violetta machnęła tylko lekceważąco ręką.

– Korek w niedzielę? Nic już lepiej nie mów, trzeba było wcześniej wyjść z domu. Ciągle to samo. No siadaj, wszystko i tak jest już pewnie zimne.

Podeszły do nakrytego na dwie osoby stołu, gdzie pośrodku stała waza z rosołem. Matka usiadła wraz z yorkiem, a przy jej nakryciu, obok głębokiego talerza, Monika zauważyła miseczkę dla psa.

Violetta nalała zupę do talerzy. Piesek się uspokoił. Zaczęły powoli jeść lekko ciepły rosół.

Matka przelała trochę zupy do psiej miseczki, podmuchała i zaczęła karmić yorka łyżeczką. Monika skrzywiła się na ten widok, ale powstrzymała się od komentarza.

– Co tak patrzysz? Pusia uwielbia rosół. – Po chwili zapytała: – Jak twoja sprawa? Dajesz radę?

– Dlaczego nie mam dawać rady? W końcu jestem prokuratorką.

– Jesteś, jesteś, ale gdyby nie ojciec, to nie wiem, jak byś...

Monikę początkowo zatkało, po czym aż się zapieniła z irytacji.

– Przestań! Może ojciec coś kiedyś załatwiał, ale teraz sama sobie radzę i nie mam zamiaru wysłuchiwać...

– Dobrze już, dobrze. Podobno to bardzo skomplikowana sprawa, poczwórne morderstwo. Wiesz, jaka to szansa dla ciebie? Nie myśl sobie, że dostałaś tę sprawę przez przypadek. Ojciec jak zwykle trzyma rękę na pulsie. Cokolwiek by o nim mówić, to w kwestii kariery możesz na nim polegać. Taka szansa zdarza się czasem tylko raz, jeśli nic nie zepsujesz, może cię wywindować nawet do Warszawy, kto wie.

Matka wyraźnie się rozmarzyła, co Monikę jeszcze bardziej wkurzyło, ale też uświadomiło jej, że Violetta ma sporo racji.

– Dlaczego miałabym coś zepsuć? Prędzej policja da ciała niż ja, spokojna głowa. Te prowincjonalne kmiotki nie są specjalnie bystre, a ten ich komisarz! Nie wiadomo, za czym goni, kiedy sprawa jest właściwie ewidentna.

– Bardzo dobrze, im szybciej ją zamkniesz, tym lepiej. Zobaczysz, jak twoje akcje pójdą w górę. A zmieniając temat: kiedy zamierzasz przyprowadzić tu tego swojego faceta? Piotra, zdaje się, tak? Spotykacie się już chyba z pół roku, to coś poważnego?

– Nie wiem, okaże się.

– Podobno startował w wyborach samorządowych? To znaczy, że jest ambitny. Takich mężczyzn powinnaś się trzymać.

Monika wydęła usta, przewróciła oczami i zmieniła temat.

– Co jest na drugie?

– Pierś z indyka i gotowane warzywa.

No tak, należało się tego spodziewać. Matka prowadziła tak zwany zdrowy tryb życia i jadła to, co aktualnie promowali wszelkiej maści dietetycy.

– Wiem, że nie przepadasz, ale to przynajmniej jest nietuczące i lekkostrawne. Powinnaś brać przykład z Pusi, zobaczysz, jak się będzie zajadała.

Monika zrezygnowana dolała sobie zimnego już rosołu i pomyślała, że od matki pójdzie do restauracji na coś, czym się przynajmniej naje.

*

Po beznadziejnej sobocie i w związku z brakiem kontaktu z Anią Olgierd obudził się późnym przedpołudniem w hotelowym pokoju w koszmarnym nastroju. Znowu rozważał różne prawdopodobne opcje tłumaczące, co mogło się stać.

Może została u rodziców? Może na wieść, że chce zostawić męża, zamknęli ją gdzieś i zabrali jej telefon? Z tego, co opowiadała Anka o swoim ojcu, wiedział, że facet byłby do tego zdolny. Tak, teraz wydało mu się to całkiem możliwe i prawdopodobne. Ta koncepcja zdecydowanie poprawiła mu nastrój. Wstał, wziął prysznic i się ogolił. Poczuł dziki głód, co go ucieszyło, bo wczoraj z nerwów praktycznie nie mógł nic zjeść. Po lunchu postanowił spróbować znaleźć leśniczówkę Szułowiczów.

Wyszedł z pokoju i usadowił się w hotelowym ogródku restauracyjnym. W sąsiedztwie siedziało parę osób. Hotel położony w lesie nad brzegiem jeziora oferował ciszę i piękny widok, czym wabił turystów znużonych miejskim życiem. W tle widać było leżaki i maleńki port na użytek gości hotelowych.

Powinni razem z Anią korzystać z tych atrakcji już od wczoraj.

Studiował kartę dań, kiedy do jego stolika podeszła młoda kelnerka.

– Wybrał pan coś?

– Jakoś nie mogę się zdecydować. Co pani poleca?

Chyba bardziej z przyzwyczajenia niż z potrzeby uśmiechnął się do niej czarująco. Wychodził z założenia, że uśmiech nic nie kosztuje, a łatwo zjednuje ludzi, zwłaszcza kobiety, co często się przydawało. Dziewczyna go odwzajemniła.

– Może dziczyznę? To nasza specjalność i goście sobie chwalą.

– Niech będzie w takim razie. I wodę niegazowaną.

Kelnerka kiwnęła głową i odeszła. Gdy odprowadzał ją wzrokiem, usłyszał głos jakiejś młodej kobiety siedzącej za jego plecami.

– ...tak, „Poczwórne morderstwo w leśniczówce!", taki dałabym tytuł. Albo może lepiej „Makabryczna seria"? No nie wiem, jeszcze się zastanowię... Nie, to koniecznie na pierwszą stronę. Nie mam zdjęć z miejsca zbrodni, jedynie z wynoszenia ciał, no i zdjęcie Anny, tej, która wybiegła na drogę i zmarła na rękach listonosza. Aha, i damy zdjęcie chłopca, jej syna... No pewnie, że żywego! To będzie mocne! Morderstwo dziecka zawsze działa. Będziemy jedyni!

Olgierd odwrócił się nieznacznie, żeby przyjrzeć się kobiecie. Miała przed sobą otwarty laptop, ale nie udało mu się nic zobaczyć. Na dźwięk imienia „Anna" i hasła „leśniczówka" znowu poczuł niepokój.

Powinien zapytać tę dziewczynę, o co chodzi. Poprosić o nazwisko zamordowanej kobiety. Dziewczyna już się zbierała do wyjścia. Postanowił pójść za nią i wtedy zadzwonił jego telefon.

Spojrzał na telefon i ciśnienie mu podskoczyło na widok słowa „Anna" na wyświetlaczu. Uradowany odebrał. Wreszcie! Wszystko jest w porządku.

– Ania?! Nareszcie! Co się z tobą działo? Umierałem z niepokoju... – Cisza w telefonie znowu go zaniepokoiła. – Halo? Słucham? Kto mówi? Policja?!

*

Starszy posterunkowy Mietek Zaręba nie był zadowolony z przydzielonego mu zadania. Nie dość, że w niedzielę od samego rana musiał pełnić służbę, to jeszcze gdzie? W leśniczówce! Miejscu sławnym już na całą okolicę z poczwórnego zabójstwa.

Bał się wejść do środka, za nic nie chciał sam przebywać w takim miejscu. Co to, to nie. Postanowił stać na zewnątrz, przed drzwiami. Od czasu do czasu może się przejdzie dookoła domu, ale miejsce było odludne, więc właściwie po co?

Dobrze, że żona przygotowała mu kawę w termosie i bułki, ale już zdążył je z nudów zjeść, a kawa się kończyła. Nalał resztkę do zakrętki termosu i zapalił papierosa. Popatrzył w czyste niebo, potem na ścianę lasu.

Swoją drogą, fajnie tu sobie mieszkali, nie to co on, w bloku. Niedawno dopiero kupili z żoną od znajomych małą działeczkę pod Augustowem, na której uprawiali warzywa. Lubili oboje grzebać w ziemi, no i własne pomidory, ogórki, marchewki, nawet ziemniaki inaczej smakowały niż te ze sklepu.

Spojrzał na zegarek. Dopiero za trzy godziny miał go ktoś zmienić. Co tu robić? Gdyby chociaż dali kogoś do towarzystwa, toby jakoś zeszło. Normalnie tak powinno być, lecz u nich zawsze brakowało ludzi.

Nagle usłyszał jakiś trzask. Złamana gałązka? Nadstawił uszu, ale nie, chyba mu się zdawało albo przeszło jakieś zwierzę. Wypalił papierosa do końca, kiedy poczuł parcie na pęcherz. Nie. Do domu nie wejdzie. Najlepiej załatwić sprawę gdzieś tu, w krzakach, w pobliżu przecież i tak nie ma żywego ducha.

Zszedł ze schodów i skierował się w lewo, gdzie rosło kilka krzewów czarnego bzu. Zdobiły je kiście kwiatów słomkowego koloru.

Najwyższa pora, by zrobić z nich syrop – pomyślał. – Szkoda, że teraz nie mógł ich nazrywać. Nalewka z kwiatów czarnego bzu to był dopiero specjał. Najlepsza ze wszystkich nalewek, jakie pił. A wypił ich sporo, można powiedzieć, że w tym temacie stał się znawcą i koneserem.

Kiedy zapinał rozporek, poczuł uderzenie w tył głowy. Przez parę sekund miał wrażenie, że spada w czarną otchłań. Osunął się na ziemię i zniknął w kwitnącym fioletem łubinie.

*

W barze rybnym Pod Chmurką za drewnianymi stołami siedziało sporo ludzi, w większości turystów. Julia z Karolem kończyli jeść sielawę na papierowych talerzykach.

Julia miała przed sobą piękny widok na jezioro, ale nie zwracała teraz na to uwagi. Mówiła z ożywieniem, Karol słuchał, jednak odnosiła wrażenie, że myślami wędrował gdzie indziej.

– Irena w pamiętniku dużo miejsca poświęcała córce, mężowi i wnukowi. Nie wiedziała o romansie. Czuła jedynie, że córka ma jakieś kłopoty i że dotyczą jej małżeństwa. O zięciu prawie nie wspominała, jakby nie istniał. Sporo pisała o chorobie męża, który ponad rok temu miał wylew i został częściowo sparaliżowany. Wyszedł z tego dość szybko, ale nadal powłóczył nogą i rękę miał nie do końca sprawną. Irena żyła w jego cieniu. Wspominała też o kontaktach z miejscową zielarką. Sądzę, że warto byłoby z nią porozmawiać.

– Dobry pomysł, ale najpierw odwiedzimy następcę Szułowicza, leśniczego Dąbka. Czy Irena pisała coś o stosunkach sąsiedzkich? Nie znalazłaś żadnej wskazówki, która naprowadziłaby nas na motyw tych zabójstw?

Julia westchnęła i zapatrzyła się przez chwilę na jezioro.

– No właśnie nie. Też na to liczyłam. To wygląda trochę tak, jakby żyli na bezludnej wyspie.

Komisarz pokiwał głową, wyglądał na zmartwionego.

– Co jest? – zapytała.

– Nie, nic.

– Przecież widzę, że się czymś martwisz. Mnie możesz powiedzieć. – Nie odpuszczała.

– Myślę o Ince. Obiecałem jej, że dzisiaj pójdziemy na grób jej matki.

Julia, zaskoczona, aż wyprostowała się na ławie.

– Marta nie żyje? I dopiero teraz o tym mówisz?

– Nie było okazji. – Westchnął ciężko i spojrzał jej w oczy. – Zmarła rok temu. Rak. – Spojrzał na jezioro, a Julia próbowała się pozbierać po szokującej wiadomości.

Poznała kiedyś żonę Karola. Sprawiła na niej bardzo dobre wrażenie. Ładna, ciepła, miła, łagodna, wyrozumiała. Idealna żona dla policjanta. Spojrzała ze smutkiem na Karola. Musiał przeżyć koszmar. Jak dawał sobie radę sam z córką?

– O chorobie dowiedzieliśmy się przed Bożym Narodzeniem, a w czerwcu... To Marta chciała koniecznie wrócić w rodzinne strony. Sprzeciwiałem się, bo tu nie miała szans na taką opiekę lekarską jak w Warszawie, ale była nieugięta. Chyba od początku wiedziała... a potem... i ja tu zostałem. Zresztą nie było do czego ani do kogo wracać. Miałem sprawę... i podpadłem, właściwie mnie tu zesłali.

– Zamilkł na chwilę.

Julia siedziała jak wbita w ziemię.
- Znowu robię to samo. Najpierw zaniedbywałem żonę, a teraz zaniedbuję dziecko. Rzadko bywam w domu. W tym zawodzie nie powinienem mieć w ogóle rodziny.
- Doskonale cię rozumiem.
- Jak to? Przecież u ciebie wszystko się układało.
Spojrzała na niego z gorzkim uśmiechem.
- Minęły cztery lata. Przez ten czas się pozmieniało. Marek mnie zdradzał, rozstaliśmy się. Najgorsze, że to jemu sąd przyznał opiekę nad Kubą. Zostały mi tylko weekendy i urlopy. A mówiąc zupełnie szczerze, i tak nie dałabym rady opiekować się Kubą na co dzień. Przecież jestem w ciągłych rozjazdach po Polsce. Gdzie trudniejsza sprawa, tam ja.
- Powinnaś być z nim teraz. Masz urlop, a ja...
- Tak jak ty z Inką. Nic nie poradzimy na to, że mamy taką pracę.
- Masz rację. Teraz już za późno. Idziemy?
Kiwnęła głową i chwyciła za plecak.

*

Wyszedł z pierwszej klatki bloku Janonisów. Przesłuchał prawie wszystkich tutejszych mieszkańców. Leszek robił klatkę trzecią.
Piotr Sawko wyciągnął z kieszeni papierosy i zapalił. Kiedy zobaczył wychodzącego z bloku Ranuszkiewicza, podszedł i częstując kolegę fajką, zapytał:
- I co? Masz coś?
- Nikt nic nie widział, nikt nic nie wie, chociaż wszyscy ich oczywiście znali. W piątek rano większość ludzi była już w pracy.

– U mnie to samo.

– Nie od razu Kraków zbudowano. Może w ich klatce nam się poszczęści.

Podeszli do środkowej klatki schodowej. Z okna pierwszego piętra obserwowała ich od jakiegoś czasu niemłoda kobieta. Zgasili papierosy i kiedy mieli wejść do bloku, obserwatorka ich zaczepiła:

– A do kogo?

– Również do pani. – Leszek pokazał blachę. – Otworzy pani.

Kobieta, nie okazując żadnego zdziwienia, kiwnęła tylko głową, ale nie ruszyła się z okna.

– A co chco wiedzieć?

– Najpierw jak się pani nazywa.

– Maria Świstun.

– W piątek rano była pani w domu?

– A gdzie tam.

– A mąż?

– Piąty rok idzie, jak na cmentarzu leży.

– Czyli nie widziała pani w piątek wychodzącego z domu Andrzeja Janonisa?

– A dlaczego nie widziała? Widziała.

– No ale mówiła pani, że nie było pani w domu – stwierdził Sawko.

– Rano nie było, ale jak wychodziła, to go spotkała. I jeszcze raz go widziała po południu, jak wracał napity do domu, całkiem w lepszym humorze.

– A o której widziała go pani rano?

– Przed siódmo musiało być, bo szła na targ.

– Czyli pan Janonis wychodził przed siódmą z domu? A potem spotkała go pani, jak wracał do domu po południu, tak? – uściślił Leszek.

– Nie inaczej.

Spojrzeli na siebie zadowoleni. Mieli wreszcie kogoś, kto widział rano Janonisa. Ranuszkiewicz zwrócił się jeszcze do kobiety:

– Dziękujemy. Zapraszamy jutro o dziewiątej na komendę, musimy mieć to, co pani nam powiedziała, na piśmie. To bardzo ważne.

– No jak takie ważne, to już sami wiedzą najlepiej.

Sawko wszedł do klatki, a za nim Ranuszkiewicz.

*

Mietek powoli otwierał oczy. Zobaczył nieskażony żadną chmurką błękit nieba nad sobą. Jasność raziła niemal boleśnie, więc na chwilę znowu przymknął oczy. Nie wiedział, co się stało, gdzie jest ani co tu robi.

Kiedy spróbował się wreszcie poruszyć, od razu poczuł łupiący, ostry ból z tyłu czaszki. Leżał więc przez dłuższą chwilę bez ruchu, usiłując sobie coś przypomnieć. W końcu się udało, obrazy zaczęły wracać. Tak, był przy leśniczówce na służbie, zupełnie sam, podszedł do krzaków bzu, żeby się wysikać, kiedy dostał czymś w tył głowy.

Musi zadzwonić, zaalarmować kolegów. Sięgnął do kieszeni, ale nie znalazł swojej komórki. Może wypadła? Powinien się podnieść. Mocno się wysilił, żeby usiąść, w głowie kręciło się jak na karuzeli.

Po paru minutach wreszcie udało mu się stanąć. Rozglądał się po ziemi, ale nigdzie nie dostrzegł telefonu. W pewnej chwili coś go tknęło. Złapał za kaburę i zamarł.

– Kurwa! Zasrane moje szczęście! Awans mam już z głowy.

Był załamany. Nie dość, że ktoś przywalił mu w łeb i obrabował go z telefonu, to jeszcze ukradł jego broń. Co teraz? Na dodatek musi wejść do leśniczówki, żeby wezwać pomoc.

*

Dziemianiuk stał przed drzwiami domu Bielików i rozmawiał z ojcem Roberta. Stary Bielik patrzył na niego niezbyt przyjaźnie i twierdził, że syna nie ma w domu, ale jego ciało i twarz jakby przeczyły temu, co powiedział. Tomek intuicyjnie wyczuwał, że facet kłamie.

– A mówił, kiedy wróci?

– On nam się nie opowiada, żyje swoim życiem. Jak wróci, to będzie, i tyle.

– To pan mu powie, jak już wróci, żeby zgłosił się na policję. Pytania mamy. Tylko proszę pamiętać, to ważne – podkreślił.

– Co mam nie pamiętać, powiem.

Bielik bez choćby „do widzenia" zamknął policjantowi drzwi przed nosem. Tomek stał przez chwilę niezdecydowany i wkurzony. Już on by sobie pogadał z tym Bielikiem, ale nie miał nakazu, żeby wejść do domu.

Spojrzał w okna. Na piętrze dostrzegł lekki ruch firanki. Ktoś go obserwował i założyłby się, że to młody Bielik. Tylko czego się boi? Coś tu śmierdzi. Nie podobało mu się to.

Zszedł ze schodów, dotarł do furtki i znowu się odwrócił. Teraz już nic się nie działo. Kiedy dochodził do samochodu, zadzwoniła jego komórka. Nieznany numer.

– Starszy aspirant Dziemianiuk, kto mówi?

– Tomek, to ja, Mietek...

– Mietek? Co jest? Skąd dzwonisz? Co to za numer?

– Dzwonię z leśniczówki Szułowiczów. Miałem tu służbę i ktoś walnął mnie w łeb...
– Co ty mówisz?! Kto?
– Nie mam pojęcia, nikogo nie widziałem. Ale najgorsze, że zabrali mi broń i komórkę...
– Kurwa! Mietek! To masz przejebane.
– Myślisz, że nie wiem?
– Dobra, czekaj na mnie, jadę z Augustowa, więc chwilę to potrwa.

Dziemianiuk przyśpieszył kroku, wsiadł do zaparkowanego niedalcko nieoznakowanego samochodu i odjechał z piskiem opon. Firanka w oknie na piętrze znowu się odchyliła, ale tego już nie zobaczył.

*

– Emilka! Twoje zdrowie! Aleś jedzenie naszykowała, to przechodzi ludzkie pojęcie! Nikt tak nie gotuje w całej okolicy i w promieniu tysiąca kilometrów! – Siedzący naprzeciwko Emilki Stefan Jurkiewicz, nadleśniczy i szef Huberta Dąbka, zachwycał się zdolnościami kulinarnymi jego żony. Stefan podniósł kieliszek i zwrócił się do Huberta: – Chłopie! Nieźle ci się trafiło, zawsze to mówię. Z taką żoną masz szanse na wszelkie awanse. – Zaśmiał się z własnego dowcipu, a za nim wszyscy goście.
– Ale żeś rymnął! Jeszcze trochę wypijesz, a cały wiersz ułożysz. Ale co racja, to racja. Emilka, twoje nieustające! – Leśniczy Sylwek z sąsiedniego nadleśnictwa Głęboki Bród podniósł kieliszek, a inni poszli w jego ślady. Także Hubert.

Był dumny ze swojej żony i z jej kuchni, docenianej przez znajomych oraz rodzinę. Dzięki umiejętnościom kulinarnym Emilki on nierzadko punktował w pracy, kiedy podejmował leśniczych i nadleśniczych oraz dyrektorów z Lasów Państwowych.

– Nie musisz mi mówić, codziennie chwalę Najwyższego za taką żonę! Emilka, twoje zdrowie!

Emilka skromnie się krygowała, ale pochwały sprawiały jej przyjemność, bo komu by nie sprawiały? Uśmiechnęła się do męża i gości, podziękowała i też podniosła kieliszek.

Wszyscy wypili do dna i zagryzali mięsem albo innymi frykasami ustawionymi ciasno na stole. Siedzieli na zewnątrz pod zadaszoną altaną, bo w drewnianym domu panował zaduch od gotowania, pieczenia i upału oczywiście. Na zewnątrz, w cieniu, mimo wszystko było chłodniej i przynajmniej od czasu do czasu zawiewał lekki wiatr.

Na chwilę zaległa cisza, po czym nadleśniczy Jurkiewicz spoważniał i zagadnął:

– A zmieniając temat, słyszeliście o Szułowiczu? Dowiedziałem się wczoraj, ale nie znam żadnych szczegółów. Wciąż jestem w szoku. Co tam się stało?

Wszyscy nadstawili uszu. Szwagier Huberta, Bronek z Białegostoku, mający już nieźle w czubie, wyskoczył z teorią.

– Musi co jakaś gangsterka ich załatwiła, bo jak inaczej? Tyle ludzi załatwić za jednym zamachem? I dziecko?

– Bronek! Uspokój się, co ty tam wiesz, byłeś przy tym? – próbowała go powściągnąć jego żona Alina.

– Nie mam pojęcia, nie umiem sobie tego poskładać. Nie wiem, co o tym w ogóle myśleć – powiedział Hubert.

– Podobno tę jego córkę ktoś ścigał, a ona uciekała przez las i wypadła na szosę?

– Podobno.

– Mówię wam, że to jakieś porachunki gangsterskie. Mało to przemytników tu się kręci? Może stary Szułowicz widział coś, czego nie powinien?

– Fakt, że to najprędzej mogłoby się stać – przyznał Radek.

– Ale dlaczego zabijaliby dziecko? Co dziecko im mogło zrobić? – zapytała retorycznie mocno przejęta Emilia.

– Może nie chcieli zostawiać świadków – dorzucił Bronek. – Jezu, takie historie jak z filmu. Niezłą tu macie bonanzę. Hubert, polej, bo na trzeźwo nie da się tego rozkminić.

Hubert spojrzał na stół i stwierdził, że butelka czystej właśnie opustoszała.

– Skoczę po flaszkę.

Wymknął się do domu, by wyciągnąć z lodówki następną butelkę. Na imieninach Emilki zawsze pękało sporo alkoholu, na co był przygotowany. Niech wiedzą, że u niego gość stoi najwyżej; postaw się, a zastaw się. Nie zamierzał oszczędzać i nawet nie musiał. Ich sytuacja finansowa ostatnio się poprawiła, nie było już tak źle, jak jeszcze dwa lata temu, kiedy zbierał kasę na leczenie mamy.

Ta dyskusja o Szułowiczach trochę go przygniotła. Nie chciał, żeby zdominowała uroczystość, ale co zrobić. Cała rodzina wymordowana, oprócz zięcia Szułowicza. Trudno się ludziom dziwić, że chcą o tym pogadać.

Wrócił do gości, kiedy na podwórko wjechał samochód, choć Hubert nie spodziewał się już nikogo więcej. Wszyscy zaproszeni od godziny byli na miejscu.

Z samochodu wyszli jacyś obcy: wysoki, dość młody mężczyzna i ładna kobieta. Może zagubieni turyści – pomyślał, chociaż rejestracja samochodu była lokalna.

Mężczyzna zbliżył się do niego i się przedstawił, pokazując policyjną odznakę:

– Komisarz Nadzieja z komendy w Augustowie i psycholog policyjna Julia Wigier. My w sprawie zabójstwa Szułowiczów. Chcieliśmy porozmawiać. Widzimy, że nie w porę, przepraszamy.

Hubert, lekko zaskoczony, podszedł bliżej, wciąż trzymając zmrożoną butelkę wódki w ręce.

– Oczywiście, nie ma problemu. Żona ma dzisiaj imieniny. – Podniósł wyżej butelkę i uśmiechnął się, jakby tłumacząc, dlaczego ją trzyma. – Ale jestem do dyspozycji, tam chyba będzie najlepiej.

Hubert wskazał na drugą altankę na skraju lasu, gdzie było miejsce do przesiadywania przy ognisku. Nadzieja z Julią spojrzeli w tamtym kierunku.

– Świetny pomysł. – Skinęli głowami przyglądającym się im z zaciekawieniem gościom i poszli w stronę lasu.

Hubert odstawił butelkę na stół i pobiegł za nimi.

– Może państwo coś zjedzą? Mamy różne pyszności, Emilka, moja żona, świetnie gotuje, może coś przyniosę?

– Dziękujemy, ale właśnie zjedliśmy obiad. Dobrze pan znał Macieja Szułowicza?

Dąbek uśmiechnął się smutno i pokiwał głową. Usiedli za stołem w altance.

– Co pan może o nim powiedzieć? Miał jakichś wrogów? Był z kimś w konflikcie?

– To widzę, że policja też nic nie wie, tak jak my. Rozmawialiśmy o tym na chwilę przed waszym przyjazdem. – Westchnął ciężko. – Maciej był leśnikiem z prawdziwego zdarzenia. Kochał las ponad wszystko i na nim zależało mu najbardziej. Nie ma już teraz takich ludzi. Wiele się od niego nauczyłem. Do wylewu można się z nim było dogadać, ale potem... – Machnął ręką z rezygnacją. – Szkoda gadać. Nikt go nie lubił, bo każdemu coś tam wypominał, czepiał się.

Julia przyglądała się młodemu leśniczemu, na jej oko miał około trzydziestu pięciu lat.

– Na przykład kogo się czepiał?

– Choćby swoich sąsiadów, Hryszkiewiczów. Wszyscy wiedzą, że kłusują, kradną drzewo, pędzą bimber. Strażnicy z nadleśnictwa od lat z nimi walczą. Ale jeśli spojrzeć tak po ludzku, Hryszkiewicz nie utrzymałby rodziny tylko z pensji pracownika leśnego. Wie pan, żyjemy tu w małej społeczności, czasem trzeba przymknąć oko. Ostatnio doszło między nimi do ostrej kłótni. Szułowicz dzierżawił oczko wodne i zarybiał je od paru lat za własne pieniądze. A Hryszkiewicz wciąż podkradał mu ryby. Maciej się wściekł i groził policją, lecz nie zdążył spełnić swojej groźby.

Nadzieja pokiwał głową.

– Miał jeszcze innych sąsiadów? – zmienił temat.

– No tak, jakieś trzysta metrów od leśniczówki mieszka „Holender", tak mówią na niego miejscowi, ale naprawdę nazywa się Jesse van Dijk. Ożenił się z miejscową i założył agroturystykę. Maciejowi nie podobał się taki sąsiad, obcy. Miał pretensje, że pod nosem chodzą mu turyści i śmiecą. Podobno Holender skarżył się, że Maciej psuje mu interes i odstrasza ludzi.

– A jak się odnosił do pana?

– Do mnie? Początkowo traktował mnie jak syna, któremu chciałby przekazać pałeczkę. Ale później, kiedy zaczął się we wszystko wtrącać, nasze drogi się rozeszły.

Zaczął mnie wtedy ostro krytykować, a miał znajomości na górze.

Do siedzących w altanie policjantów i męża podeszła Emilka z talerzem różnych ciast.

– Przepraszam, nie chcę przeszkadzać, ale proszę spróbować moich wypieków. Może kawy się państwo napiją?

Julia spojrzała na Karola, miała wyraźną ochotę. Nie widząc sprzeciwu komisarza, kiwnęła z uśmiechem głową.

– Chętnie, dziękujemy i dużo zdrowia z okazji imienin!

– Och, dziękuję.

Już miała odejść, ale po chwili, jakby coś ją gryzło, postanowiła zabrać głos.

– To straszne, co się stało. Wszyscy jesteśmy przybici. Niby się bawimy, normalnie żyjemy, lecz... Nie wierzę, że zrobił to ktoś miejscowy. To niemożliwe. Nikt nie podniósłby ręki na dziecko! Wiecie państwo, tu żyją dobrzy ludzie. Nie anioły, co to, to nie. Każdy ma jakieś grzeszki na sumieniu, ale to nie są mordercy.

Ostatnie zdanie powiedziała pełnym przekonania tonem i odeszła. Przez chwilę milczeli, a kiedy komisarz już miał zadać pytanie, zadzwoniła jego komórka. Odszedł na moment w głąb lasu, a po niespełna minucie wrócił. Julia poznała po jego mowie ciała i napięciu w twarzy, że coś się stało.

– Niestety, musimy jechać. Proszę przeprosić małżonkę, ale kawy napijemy się kiedy indziej. Którędy stąd najbliżej do leśniczówki Szułowiczów?

Dąbek zastanawiał się tylko parę sekund, po czym wskazał kierunek.

– Najkrócej to będzie drogą przez las, jakieś pięć kilometrów, bo szosą dużo dalej.

Pokiwali głowami, podziękowali i poszli w stronę samochodu. Nadzieja jeszcze przystanął, jakby coś sobie przypomniał.

– Jeszcze jedno. Co pan robił w piątek od ósmej do dwunastej?

– Co, myśli pan, że ja? Że ja mógłbym...

– To rutynowe pytanie, każdemu je zadaję.

– Ach, tak. Wyjechałem do nadleśnictwa do Augustowa trochę po ósmej. Stamtąd wyszedłem – zastanowił się chwilę – po dziesiątej, a do domu wróciłem po jedenastej. Przyjechali kupcy po drzewo, już na mnie czekali.

– Rozumiem. To na razie wszystko. Do widzenia.

– Do widzenia.

Hubert stał jeszcze jakiś czas, odprowadzając wzrokiem policjantów, a w głowie kłębiło mu się tysiąc różnych myśli. W końcu wrócił do stołu do nawołujących go gości.

Nadzieja dołączył do Julii, która była wyraźnie zaniepokojona.

– Co się stało?

– Sama zobaczysz.

*

Jechali rowerami bardziej dziurawą niż asfaltową szosą przecinającą stary las. Wracali z kościoła, pogrążeni każde we własnych myślach. Mąż jechał z przodu, widziała tylko jego szerokie plecy. Zastanawiała się przez chwilę, jakie byłoby jej życie, gdyby wyszła za kogoś innego, ale szybko odepchnęła te myśli. Koniec końców przeżyli razem kawał czasu, a Józek nigdy jej nie zawiódł. Pracował ciężko w lesie, utrzymując całą rodzinę, i zawsze potrafił zorganizować coś ekstra jako dodatek do pensji. Jedzenia nie brakowało im nigdy, las żywił ich przez cały rok.

Nie mogła narzekać i nie wyobrażała sobie życia bez lasu. W pewnym momencie mąż się odwrócił i zagadał:

– A co sie tak wlecze?

– A co tak szybko jedzie? Pali sie czy co?

– Może sie i pali. Robote mam.

– Jako robote? Słyszał, co ksiondz mówił: niedziela dzień święty, do sklepów nie wolno chodzić i robić też nie wolno. Panu Bogu to się nie podoba.

Skręcili w leśną dróżkę prowadzącą do domu.

– Ksiondz ksiendzem, ale piniendzy to nam ksiondz nie da ani w niczym nie pomoże, ino sam ręke co rusz wyciąga. A jeść trza. Ty mie lepiej powiedz, co na obiad.

– Zapomniał? Przecie rybów z Fabianem przynieśliśta tyle, że przerobić nie idzie. Galarety do słoików narobiła, na zime bendzie jak znalaz, dużo zamroziła, ale świeżych też dobrze pojeść. Już usmażone, jeno podgrzać. Sylwia pewno kartofle nastawiła, to bendziem zara jeść.

Wjechali na podwórko, gdzie biegały wesoło ich wnuki: Wojtek, Piotrek i Franek, a na schodach siedziała Bożena, paląc papierosa.

– Nie drzyjcie się tak, do cholery! Idźcie bawić się dalej.

Chłopcy na chwilę przycichli, a Franek zapytał:

– Mama, a możemy iść nad jeziorko się kąpać? Tak gorąco...

– Sami? Wykluczone. Wiecie, że dzikie psy włóczą się po lesie. Dwa tygodnie temu zagryzły dziecko ze Szczebry.

– No to ty z nami chodź! – prosił dalej. – Obiecałaś, że pójdziemy.

Zofia z Józefem odstawili rowery i podeszli do domu. Zofia spojrzała znacząco na córkę. Bożena odpowiedziała na to wzruszeniem ramion.

– Dobra, dobra, jak będziecie cicho, to pójdziemy po obiedzie. I poproście ciocię Sylwię, żeby poszła z nami.

Zofia pozbierała porozrzucane na trawie zabawki chłopców, a Józef przysiadł obok Bożeny na schodku i wyciągnął papierosy.

– Gdzie Fabian? – zapytał.

– A co? Czy ja za nim chodze? Od rana gdzieś się włóczy, a zapytaj go, to jak oparzony wrzeszczy, że nie moja sprawa. To jak nie moja, to nie moja.

Bożena wypuściła z płuc kłąb dymu i zamilkła. Hryszkiewicz, nie komentując, zapalił papierosa.

– A we wsi była? Co te plapery* gadajo?

Wojtek z Piotrusiem odbiegli za dom, a Zofia zawołała za nimi:

– Nie odchodźcie daleko, zaraz będzie obiad.

Bożena spojrzała na rodziców i podzieliła się tym, co usłyszała w sklepie.

– A gadajo, aż huczy! Ale gówno wiedzo, sama policja też gówno wie. Kręco sie jak w przeręblu i nic. A Patejuk, ten, co to mu Janonisowa pod rower wpadła, chodzi jak jakiś bóg. Teraz to on ważny dopiero.

Zofia wzruszyła ramionami i skierowała się do kuchni.

– Chodźcie do domu i pozbierajcie dzieciaki, zaraz podam obiad.

---

* Plotkarze (gwara suwalska).

*

Szkarnulis siedział w komendzie od rana, zapominając nawet o jedzeniu i zabijając głód kolejnymi kubkami kawy z nowego ekspresu. W pokoju przesłuchań czekał kochanek Anny Janonis. Namierzył go, dzwoniąc pod numer, o którym rano rozmawiał z komisarzem Nadzieją.

Facet odebrał i okazało się, że to niejaki Olgierd Woliński, który przyznał, że był w bliskiej relacji z ofiarą. Podobno nie wiedział, że Anna nie żyje, do momentu, kiedy zadzwonił do niego Włodek.

Nie tracąc czasu, Szkarnulis ściągnął go do komendy. Miał nadzieję, że ustali jego alibi na czas zabójstw i może dowie się czegoś ciekawego.

Wszedł do pokoju z kubkiem wody, który postawił przed Wolińskim, a sam usiadł naprzeciwko. Olgierd wydawał się autentycznie załamany, siedział ze spuszczoną głową, a kiedy wszedł policjant, nawet jej nie podniósł. Włodek postanowił nie tracić czasu.

– Od kiedy jest pan w Augustowie?

Woliński podniósł głowę, wzrok miał przytomny.

– Od piątku. Przyjechałem koło południa. Jeszcze w drodze zadzwoniła do mnie Ania. Była już wtedy po rozmowie z mężem. Płakała, powiedziała, że zareagował agresywnie i nie da jej rozwodu.

Zamilkł. Włodkowi wydawało się, że w tym, co mówi i jak mówi, jest wiarygodny, że nie kręci.

– I co było dalej?

W oczach mężczyzny pojawiły się łzy, ale się opanował.

– Pocieszałem Anię, że to jego pierwsza reakcja, że później na pewno zmięknie. Ania zdecydowana była powiedzieć o nas również rodzicom. Jechała do nich z Jackiem na obiad. Kiedy nie zadzwoniła do trzeciej, zacząłem się niepokoić. Miała być około drugiej u mnie w hotelu. Tak się umawialiśmy. Po czwartej zadzwoniłem, ale nie odbierała. Myślałem, że może mąż uwięził ją gdzieś, może w mieszkaniu, zabrał jej telefon. W sobotę postanowiłem do nich pójść. Dzwoniłem, pukałem, bez efektu. Czułem, że stało się coś złego, ale nigdy bym nie pomyślał... Chciałbym ją zobaczyć... – wyszeptał na koniec.

– Nie jest pan rodziną.

– Bardzo pana proszę, zapłacę. Proszę zrozumieć, ona była dla mnie...

Oparł łokieć na stole i zakrył twarz ręką. Włodek przełknął ślinę.

– Nie chodzi o pieniądze, po prostu takie są przepisy.

Przypomniał sobie coś po chwili.

– Wiedział pan, że była w ciąży?

Reakcja Wolińskiego pokazała, że informacja go całkowicie zaskoczyła.

– Jak to? Czy ja...? Czy ono było moje?

Włodek obserwował, jak znaczenie tej informacji dociera do mężczyzny, jak uświadamia sobie, że zapewne był ojcem nienarodzonego dziecka.

– To musimy ustalić. Pobiorę pańskie DNA, jeśli nie ma pan nic przeciwko temu.

– Oczywiście, jestem do dyspozycji.

– Dzwonił komisarz, że prędko nie przyjedzie, a też pewnie będzie miał do pana pytania. Proszę przyjść jutro o dziesiątej, podpisze pan wtedy zeznania.

– Nie planowałem dłuższego pobytu, będę w tej sytuacji musiał przełożyć kilka ważnych spraw.

– I niech pan się zastanowi nad udowodnieniem swojego alibi. Może tankował pan na jakiejś stacji na trasie i ma rachunek? Może ktoś pana zapamiętał? Po mężu jest pan automatycznie drugim podejrzanym, rozumie pan.

Włodek wstał, a za nim Woliński. Wyglądał na zagubionego, jakby nie mógł zebrać myśli, a groźba podejrzenia o zabójstwo go nie dotyczyła.

– Ale przecież ja… no tak, dobrze, pomyślę. Z tego co pamiętam, rzeczywiście tankowałem.

Włodek patrzył na Wolińskiego i zastanawiał się, czy ten człowiek mógłby zabić swoją ukochaną, jej syna i rodziców. I nie wiedział.

Na logikę wydawało się, że to bez sensu, bo co zyskiwał? Nic. Zwłaszcza że Anna chciała z nim być, więc jaki miałby motyw? Z tym że w sprawach uczuć logika nie zawsze stanowiła najlepsze kryterium.

Nie mógł oprzeć się wrażeniu, że ten facet, choć brzmiał wiarygodnie, nie był tym, na kogo wyglądał. Tylko co miałoby z tego wynikać?

*

Teresa Orszańska, choć stuknęło jej niedawno sześćdziesiąt pięć lat, nie zamierzała spocząć na emerytalnych laurach. Wciąż tryskała energią i chęcią działania.

Zupełnie nie przypominała tradycyjnej babci i choć włosy skrzyły się siwizną, to szczupła sylwetka oraz styl, w jakim się nosiła, powodowały, że nie wyglądała na swoje lata. Wiele osób się na to nabierało i dawało jej przynajmniej dziesięć lat mniej, niż miała.

Może zawdzięczała to swojej pasji, którą była szeroko pojęta natura, ale przede wszystkim interesowały ją ryby. Pracowała jako ichtiolog w Wigierskim Parku Narodowym. Siedziały z Inką w kuchni i jadły obiad. Obok talerza Teresy leżał laptop, w którym poprawiała jeszcze swoje opracowanie dotyczące rozrodu i podchowu pierwotnej ryby – minoga rzecznego. Współpracowała przy tym projekcie z Uniwersytetem Warmińsko-Mazurskim w Olsztynie. Mimo że była zajęta, zerkała co jakiś czas na dziewczynkę, która w milczeniu siedziała nad talerzem osowiała i nieswoja.

Teresa wiedziała doskonale, o co chodzi. Mijała rocznica śmierci Marty, jej jedynej córki, mamy Inki. Jej niespodziewana choroba spadła na ich niewielką rodzinę jak fala tsunami, zabierając radość i poczucie sensu, a pozostawiając poczucie pustki i apatii.

Teresa od tej pory najgorzej znosiła poranki i noce, kiedy budząc się z lekkiego snu, uświadamiała sobie, że Marty naprawdę już nie ma, i ten czas po położeniu się do łóżka, gdy myśli tłukły się w głowie i nie pozwalały zasnąć.

Uciekała w pracę jeszcze intensywniej niż kiedyś i nie dziwiła się Karolowi, że robił to samo. Jedyną pociechę niosła im Inka, tak podobna do matki, że czasami Teresa, patrząc na nią, miała déjà vu.

Inka strasznie tęskniła za mamą, choć starała się tego nie pokazywać, a oni, Teresa i Karol, próbowali jakoś tę tęsknotę ukoić, jeżeli to w ogóle było możliwe.

Wczoraj rano poszły razem na mszę poświęconą duszy zmarłej, a potem na cmentarz, jednak dzisiaj Inka czekała na ojca, by pójść na cmentarz razem z nim.

Teresa nie wiedziała, jak pomóc dziecku i jak je pocieszyć. Spróbowała odwrócić jej uwagę.

– Chcesz jeszcze troszkę zupy?

– Nie, dziękuję, już się najadłam. Mogę iść na dwór?

– Liczyłam na to, że ci zasmakuje. Może nie gotuję za dobrze, ale w zupach nikt mnie nie przebije, sama to mówiłaś.

Inka wstała od stołu i odstawiła talerz do zlewu.

– Mhm, zwłaszcza w rybnych. Kiedy znowu zrobisz rybną?

– A chciałabyś? Niedawno przecież była. Może we wtorek?

– Może być. To lecę do ogrodu.

– Leć. Zaraz skończę pisać i do ciebie przyjdę. Może skoczymy potem na lody?

– Mhmm.

Dziewczynka kiwnęła głową bez nadmiernego entuzjazmu, co zaniepokoiło Teresę. Inka uwielbiała lody i nigdy nie miała ich dość. Orszańska spojrzała w laptop, niewiele jej już zostało. Zaraz skończy i zajmie się wnuczką.

*

Kiedy podjechali pod leśniczówkę, zobaczyli siedzącego na schodach Mietka, a obok niego Tomka. Zaręba trzymał się za owiniętą bandażem głowę.

Komisarz wyskoczył pierwszy z samochodu, za nim wysiadła Julia.

– Co tu się stało?

– Szefie, to nie jego wina. Ktoś podszedł go od tyłu, walnął czymś w głowę i pozamiatane. Zabrali mu komórkę i broń – tłumaczył kolegę Dziemianiuk.

– Ludzie! Trzymajcie mnie! Kałdun nas rozniesie na strzępy! Żeby tak się dać podejść? Gdzie to się stało?

Mietek ze zbolałą miną wskazał miejsce zdarzenia koło krzaków czarnego bzu.

– Tam, w tych krzakach.

– I nic nie widziałeś? Ilu ich było?

Mietek jak zbity pies pokręcił głową z rezygnacją.

– Nic nie słyszałem i nikogo nie widziałem. Nie wiem, jak mnie podeszli. Komisarzu, co teraz?

– Teraz Tomek zawiezie cię do szpitala, a ja zameldują Kałdunowi. To moja wina, powinno was tu być dwóch, ale brakuje ludzi. Nie ma co, lepiej daj na mszę, żebyśmy szybko znaleźli tego cwaniaka, co cię tak urządził. Ten napad wcale nie musi wiązać się z morderstwami. Może znalazł się taki geniusz, co pomyślał, że skoro wszyscy nie żyją, to może dałoby się coś zwędzić z leśniczówki?

– Niewykluczone – odezwała się Julia. – Musimy sprawdzić. Wchodziliście już do środka?

– No nie. Leżałem z piętnaście minut nieprzytomny, potem zadzwoniłem do Tomka.

– Tomek, zabieraj go do lekarza, a my sprawdzimy leśniczówkę.

Dziemianiuk, podtrzymując kolegę, zaprowadził go do samochodu i zaraz odjechał. Karol z Julią weszli do leśniczówki.

Już na pierwszy rzut okaz widać było, że salon został przeszukany w pośpiechu. Wszystkie szafki zastali pootwierane, szuflady powysuwane, a ich zawartość walała się rozrzucona na podłodze. Przystanęli pośrodku tego bałaganu.

– Śpieszył się. Mietek mógł w każdej chwili odzyskać przytomność. Sądzę, że napastnik działał w pojedynkę.

Gdyby było ich więcej, nie przejmowaliby się policjantem, zwłaszcza że zabrali mu broń. A ten bałagan wskazuje, że sprawca wolał szybko się uwinąć, zanim Mietek się ocknie i go zobaczy – stwierdziła Julia.

– Masz rację. Czego mógł tu szukać? Bo wyraźnie szukał... To jednak nie był chyba zwyczajny złodziej.

– Wygląda na to, że nie – powiedziała zamyślona Julia. – A może to jednak morderca? Może zostawił coś, co według niego mogłoby go obciążyć? W ferworze zabijania mógł o tym zapomnieć.

– Trudno będzie ustalić, czy coś zginęło. Jeśli w ogóle zginęło. Pytanie, czy sprawca znalazł to, czego szukał. Wezwę ekipę, może znajdą jakieś nowe ślady. Cholera, że też musiało się to stać akurat w niedzielę. Nie wiem, jak mi się uda tu kogoś dzisiaj ściągnąć. Wszyscy przecież teraz grillują albo jedzą właśnie deser u teściów.

– Sprawdźmy jeszcze górę.

Weszli na piętro do sypialni, przez którą przeszło podobne tornado jak na parterze. Karol skierował się do otwartej na oścież szafy, skąd wyrzucono wszystkie ubrania. Julia poszła od drugiej strony łóżka, gdzie coś przyciągnęło jej uwagę. Zauważyła otwarty schowek w podłodze. Niewielki fragment deski podłogowej został wycięty tak, żeby po włożeniu na miejsce nie rzucał się w oczy.

– Mam coś. Tu jest schowek...

Karol obszedł łóżko i podszedł bliżej.

– ...pusty niestety. Czyli napastnik znalazł to, czego szukał.

– Pod warunkiem że coś w nim było.

– No tak, tego się pewnie nie dowiemy, chyba że złapiemy tego ptaszka.

– Wyjdźmy stąd, zadzwonię po ekipę.

Kiedy znaleźli się przed leśniczówką, odezwał się jego telefon. Dzwoniła teściowa. Czego mogła chcieć? Z reguły nie zawracała mu głowy byle czym, nie była typową teściową i Karol zawsze to doceniał.

Tym bardziej się zaniepokoił. Miał nadzieję, że nic się nie stało. Odebrał.

– Karol! Nareszcie! Słuchaj, nie ma Inki ani jej roweru! Cały ranek siedziała markotna, domyślasz się dlaczego. Martwię się. Dzwoniłam na jej komórkę, ale nie odbiera. Powinieneś jej poszukać, mój samochód jest znowu w naprawie.

– Co, jeśli zdecydowała się pojechać na cmentarz? Dobra, wsiadam w samochód i jadę. Odezwę się.

Rozłączył się i spojrzał na Julię, nie próbując nawet ukryć zdenerwowania.

– Inka gdzieś pojechała, teściowa nie wie dokąd. Boję się, że mogła wpakować się na cholernie ruchliwą drogę, po której zasuwają tiry. A jeśli pojechała jakimś skrótem przez las, to też nie jest bezpieczna. W okolicy grasują dzikie psy. Muszę ją znaleźć. Z drogi zadzwonię po Sawkę i Ranuszkiewicza i spróbuję ściągnąć ekipę.

– Uspokój się i jedź, poczekam tu na nich. Zadzwoń, jak tylko ją znajdziesz.

Karol wsiadł do auta, Julia podeszła do niego.

– Zapomniałem, że zostawiłaś swój samochód pod komendą.

– Nie myśl teraz o tym. Dam sobie radę, jestem dużą dziewczynką. – Uśmiechnęła się.

Spojrzał na nią z wdzięcznością.

*

Józef szedł przez las, a za nim Fabian, utykając, próbował dotrzymać ojcu kroku. Na plecach dźwigał worek załadowany do jednej trzeciej objętości. W rękach obaj nieśli łopaty.

Lekko zwolnili, kiedy dotarli do oczka wodnego w środku lasu. Doszli do miejsca, gdzie Szułowicz, kiedy był jeszcze czynnym leśniczym, zbudował niewielki pomost służący najczęściej do łowienia ryb i trzymania łódki.

Teraz ząb czasu i warunki atmosferyczne sprawiły, że pomost lekko zbutwiał i ubyło w nim kilka desek. Z prawej strony, przy samym brzegu, miejscowi czasem palili ognisko w miejscu otoczonym kamieniami. Wokół walały się jakieś puszki po piwie, torebki po chipsach, kilka butelek. Ktoś musiał tu niedawno imprezować – pomyślał Hryszkiewicz i spojrzał na syna.

– A co ty taki niegadajuscy*?
– A o czym tu gadać?
– Dokiela** to dzisiaj łaził?

Fabian wzruszył tylko ramionami.

– Wnyki sprawdzał.

Hryszkiewicz przystanął na chwilę, przełożył łopatę do drugiej ręki i ogarnął wzrokiem śmietnisko.

– Musi co leśniczego dawno tu nie buło, już on by wyzbieroł cały ten fajans. Na szczęście dla nas, boby danieluka nalaz, a wtedy byśma byli w czarnej dupie.

Przeszli jeszcze parę metrów wzdłuż brzegu, kiedy ich nozdrza zaatakował ostry i mdlący zarazem smród rozkładającego się truchła. Zatkali nosy.

---

* Rozmowny (gwara suwalska).
** Dokąd (gwara suwalska).

– Cholera, ale capi. Taka marnacja! Masz to swoje sprawdzanie, z danieluka ino pecia* się ostała. Wyciąg go z tych wnyków – rozkazał stary.

Fabian posłusznie przyklęknął i krzywiąc się od smrodu, sprawnie uwolnił rozkładające się ciało zwierzęcia z wnyków.

Józef, nie tracąc czasu, zaczął kopać dół. Fabian obmył wnyki w jeziornej wodzie i schował je do worka. Potem poszedł w ślady ojca. Powinni się uporać z tym sprzątaniem w pół godziny.

*

Została sama w odstręczającym miejscu, które kiedyś było zapewne oazą szczęścia i spokoju, by na koniec przeistoczyć się w miejsce koszmaru dla mieszkającej tu rodziny. Julia aż się wzdrygnęła na myśl o tym, co tu się stało, i zapaliła papierosa. Powinna się czymś zająć w oczekiwaniu na ludzi od Karola.

Po paru minutach zeszła ze schodów leśniczówki i poszła w kierunku krzaków bzu, gdzie Zaręba został napadnięty. Pomyślała, że może znajdzie jakieś ślady pozostawione przez sprawcę. Bacznie przyglądała się wysokiej trawie i rosnącym tu gęsto łubinom. Poszerzała krąg poszukiwań, oddalając się od miejsca, gdzie rośliny zostały połamane przez leżącego Mietka.

W odległości około trzech metrów natknęła się na spore polano. Przyjrzała się mu uważnie i je podniosła. Na jednym jego końcu zauważyła niewielkie brunatne ślady krwi. Była

---

* Maź, błoto (gwara suwalska).

w domu. Zapewne znalazła narzędzie, którym napastnik zaatakował Mietka. Zadowolona zaniosła je na schody.

Zaczęła się zastanawiać, skąd oprych mógł nadejść, gdzie mógł się schować, by obserwować policjanta, nie będąc zauważonym. Starała się w myślach zrekonstruować tę sytuację.

Wolnym krokiem poszła w kierunku węgła domu i ustawiła się tak, jak by to zrobił intruz. Schowała się i wychyliła, by zobaczyć to, co mógł widzieć agresor. Miał stąd znakomity widok na schody i zarośla.

Nagle spojrzała pod nogi, bo coś błysnęło w słońcu. Schyliła się i podniosła srebrny medalik z kawałkiem łańcuszka. Przyglądała się, próbując dociec, czyj wizerunek przedstawia. Na pewno nie byli to zwyczajowa Matka Boska ani Jezus.

Medalik prezentował mężczyznę w stroju, który przypominał strój papieski, a nad jego głową widać było jakiegoś ptaka. Ciekawe znalezisko. Schowała medalik do strunowego woreczka, który na szczęście miała przy sobie.

Na podwórko wjechał samochód. Po chwili podeszli do niej Sawko z Ranuszkiewiczem.

*

Niepokój Karola narastał z każdą minutą i każdym pokonanym kilometrem. Oczyma wyobraźni widział córkę potrąconą przez samochód lub pogryzioną przez zdziczałe psy.

Wyrzucał sobie, że nie poszedł z nią na cmentarz. Wiedział przecież, jaka jest uparta. Powinien przewidzieć, że może się posunąć do złamania zakazu samodzielnego oddalania się rowerem od domu tak daleko.

Był prawie pewny, że pojechała szosą do Studzienicznej, gdzie na pięknym cmentarzu na wzgórzu w sosnowym lesie leżała Marta. Chciała, żeby tam ją pochowali, a nie na cmentarzu w Augustowie. Spokój tego miejsca zawsze ją urzekał.

Jechał na Studzieniczną, rozglądając się i wypatrując roweru Inki. Kiedy minął go w szalonym pędzie kolejny tir, aż walnął ręką ze złości w kierownicę. A Inki ani śladu. Dojeżdżał do przydrożnego baru i tknęło go, żeby zasięgnąć tu języka. Może ktoś ją widział. Jeśli w ogóle tędy jechała. Nie sądził jednak, żeby zdecydowała się przedzierać przez las. Byłoby jej dużo trudniej pokonać piaszczyste dróżki i mimo skrótu droga ta zabrałaby jej więcej czasu.

Wszedł do baru i zapytał właściciela o córkę, pokazując mu jej zdjęcie w telefonie. Nic z tego. Nie widzieli jej ani on, ani jego żona.

Wybiegł z lokalu i pojechał dalej. Może Inka jest już na miejscu. Oby! Właśnie wjechał w zakręt, a za nim... wreszcie! Tętno wyraźnie przyśpieszyło.

To była ona! Dziewczynka jechała poboczem po lewej stronie. Z koszyka z przodu wystawały główki różowych piwonii. Serce Karola podskoczyło z radości, ale w tej samej niemal sekundzie zobaczył jadącą wprost na dziecko rozpędzoną ciężarówkę. Zamarł na chwilę, nie wiedząc, co robić. Pozostała mu tylko myśl wysłana w przestrzeń: Boże, chroń ją!

Inka w ostatniej chwili skręciła z pobocza w rów, a podmuch wzbudzony przez przejeżdżającego tira sprawił, że rower się wywrócił.

Nadzieja zahamował gwałtownie i wyskoczył z samochodu. Po chwili był już przy niej przerażony, bo leżała nieruchomo z zamkniętymi oczami. Zdjął z niej przygniatający ją rower. Wokół leżały rozsypane i częściowo połamane piwonie. Po chwili Inka na szczęście otworzyła oczy.

– Dziecko! Co ty wyprawiasz?! Chcesz, żebym dostał zawału?

Przytulał ją długo z całych sił do piersi. Inka po jakimś czasie starała się wydostać z jego uścisku.

– Tato! Kwiaty!
– Jesteś cała?

Karol sprawdził, czy nie ma żadnych obrażeń; na szczęście oprócz zadrapań i paru siniaków wszystko było w porządku. Znowu ją przytulił.

– Nic mi nie jest, tylko kwiaty się połamały!

Inka była niepocieszona. Pomógł jej je pozbierać.

– Nie martw się, trochę je skrócimy, mama na pewno widzi z góry, jakie są piękne.

– Mama nie żyje i nie może nic widzieć. Sama słyszałam, jak mówiłeś, że po śmierci nic nie ma.

Rozpłakała się. Była teraz bezbronna i taka bezradna, że na ten widok poczuł dotkliwe szarpnięcie w klatce piersiowej. Przytulił ją ponownie, a ona już się nie wyrywała.

– Byłem głupi i zwyczajnie się myliłem. Czuję, że mama przy nas jest, zwłaszcza przy tobie. Umarło tylko jej ciało, ale dusza nie umiera nigdy, cały czas tu jest, teraz też. Wierzysz mi?

Inka skinęła głową. Słowa ojca powoli ją uspokajały. Ucałował ją, pozbierali się i poszli w stronę samochodu. Umocował rower na dachu.

– Jedźmy do mamy. I obiecuję, zawsze będziemy tu przyjeżdżać razem, choćby nie wiem co się działo. A ty obiecaj, że już nigdy bez mojej wiedzy nie pojedziesz nigdzie sama.

– Obiecuję.

Obdarowała go swoim najpiękniejszym uśmiechem.

*

Impreza imieninowa powoli dogorywała. Niezmiennie, odkąd tylko pamiętał, nawet w dzieciństwie, kiedy obserwował imprezy rodzinne, realizował się ten sam, rytualny już prawie scenariusz.

Bimber, wóda, bimber, wóda, bimber. I ten ostatni, jeśli starannie zrobiony, był w tych stronach preferowany. Alkohol kupny uważano za coś, po czym człowieka męczy kac, bo czegoś do niego dodają, a swojski bimber to przecież samo zdrowie.

Nie znał nikogo z bliższych czy dalszych znajomych, kto stroniłby od alkoholu, a impreza rodzinna czy jakakolwiek inna bez niego nie zasługiwała na miano imprezy. Oczywiście do tego musiała być porządna zagrycha. I zawsze była.

Hubert spojrzał w stronę stołu na kilkoro niedobitków żywo o czymś dyskutujących. Wśród nich siedział ksiądz Marcin, młody i równy gość z innej parafii. Poznali się kiedyś na corocznej pielgrzymce leśników i ich rodzin do sanktuarium maryjnego w Studzienicznej. Od tamtego czasu ksiądz Marcin odwiedzał ich dość często, jeździł z nimi na grzyby, chodził na jagody i bywał na rodzinnych uroczystościach. Dzisiaj też wpadł, ale mocno spóźniony.

Wszyscy mieli już porządnie w czubie, a niektórzy, jak Radek, byli regularnie sponiewierani. Jego żona, Mariolka, śmiejąca się z czyjegoś dowcipu do łez, żegnała się z wstawioną Emilką.

Teraz podeszła do niego. Hubert, który czekał coraz bardziej zniecierpliwiony na koniec imprezy, wysilił się na sztuczny uśmiech.

– Sssuper iimprezzza, dzięki, Hubercik. Pojedziemy...

Wystawiła policzek, żeby ją pocałował, co uczynił i odprowadził ich w stronę samochodu. Gdy Radek wpakował się za kierownicę, Dąbek się autentycznie przestraszył.

– Cholera, Radek! Pojebało cię?! Nie możesz prowadzić! Mariolka pojedzie, przynajmniej jeszcze kontaktuje. Wyłaź!

Wyciągnął Radka zza kierownicy i przesadził na siedzenie pasażera. Zapiął mu pasy, a Radek natychmiast zasnął.

Mariola zajęła miejsce kierowcy. Kiedy zamknął za nią drzwi, jeszcze ją poinstruował:

– Tylko jedź przez las, bo na drodze mogą cię złapać. I się nie rozpędzaj. Powoli jakoś zajedziecie, nie macie daleko.

Odjechali, a on wrócił do pozostałych gości. Na szczęście wszyscy byli zajęci sobą i nie zwracali na niego uwagi. Wykorzystał ten moment i wszedł do domu.

Rozejrzał się, czy nikt tu się nie zaplątał, i przeszedł do kancelarii, gdzie wyciągnął telefon i wybrał numer Roberta. Musiał się dowiedzieć, czy wszystko jest w porządku. Ta wizyta policji, choć z pozoru niegroźna, poważnie go zaniepokoiła.

Robert odebrał po kilku sekundach.

– Co jest?

– Policja u mnie była. Pytali o Szułowiczów.

– U mnie też byli, chodziło o Andrzeja. Ale spoko, to normalne.

– Normalne, ale zaczną teraz węszyć i jeszcze co wywęszą.

– Spoko, daj na luz, stary. Jedno jest pewne, trzeba się teraz przyczaić. Nie powinieneś dzwonić.

– Masz rację. Ty też nie dzwoń. Trzeba przeczekać.

Rozłączył się i wytarł spoconą głowę rękawem polarowej kurtki wiszącej na wieszaku od wiosny.

*

Julia przyjechała do domu, kiedy zapadł już zmierzch. W oknach nie paliły się żadne światła. A więc jeszcze nie wrócili. Wyjęła telefon, żeby zadzwonić.

Historia z Inką na szczęście skończyła się szczęśliwie. Teraz ją ogarnął strach; miała nadzieję, że nic się Kubie nie stało. Ojciec nie był przecież młodzieniaszkiem. Wyobraźnia zaczęła pracować i podsuwać najstraszniejsze wypadki, które mogły się im przytrafić.

Ojciec odebrał dopiero po kilku sygnałach.

– Tato? Gdzie jesteście? Wszystko w porządku?

– W jak najlepszym.

– To dlaczego nie wróciliście?

– Wpadliśmy na pomysł, żeby rozpalić ognisko nad wodą. No i się zeszło. Ale Staszek zna tu ludzi i załatwił nam nocleg w ośrodku.

– Może jednak po was przyjadę? Zawsze lepiej wyspać się we własnym łóżku.

– Nie ma sensu. Jest już późno, a to kawał drogi. Lepiej, żeby chłopak się zaraz położył. Musi wypocząć przed jutrem.

– Macie tam chociaż dobre warunki?

– Świetne. Dobrze się bawimy.

– Możesz dać mi jeszcze Kubę?

– Nie bardzo, poszedł pod prysznic. Powiem mu, że dzwoniłaś.

– No dobrze. To dobrej nocy i do jutra.

– Do jutra.

Uspokoiła się, ale też zrobiło jej się jakoś markotno. Weszła do pustego domu. Zamyślona usiadła w salonie na kanapie i wodziła wzrokiem po meblach i przedmiotach.

Wtedy przypomniała sobie o medaliku. Ciekawiło ją, kogo przedstawia. Podeszła do biurka ojca i zapaliła lampkę. Wyjęła zabezpieczony medalik i wytrząsnęła go z torebki na blat.

W szufladzie znalazła szkło powiększające i zaczęła przyglądać się uważnie znalezisku z obu stron. Niestety, wizerunek nic jej nie mówił. Zastanawiała się, jak najszybciej mogłaby ustalić, kogo przedstawia.

Chyba powinna odwiedzić jakiegoś księdza, on najprędzej mógłby coś powiedzieć. Tak, jutro to zrobi.

Wstała od biurka i podeszła do okna. Otworzyła je na oścież i poczuła woń jeziora. Wciągnęła powietrze głęboko do płuc. Noc znowu była upalna, a żaby niestrudzenie koncertowały.

Prawie wybiegła z domu w stronę pomostu. Zdjęła niecierpliwie ubranie i wskoczyła do wody. Jej ciało ogarnął miły chłód. Odpłynęła, zostawiając na brzegu wszystkie sprawy i smutki. Była tylko ona, woda i niebo.

1 LIPCA, PONIEDZIAŁEK

Teresa wstała wczesnym rankiem w świetnym nastroju. Wczorajszy wyskok Inki strasznie ją zdenerwował, ale telefon Karola z informacją, że znalazł dziecko całe, uradował ją tak, jak już dawno nic.

Krzątała się teraz po kuchni, szykując śniadanie. Na stole leżały drobne zakupy i lokalna gazeta „Głos Augustowa", którą Orszańska często czytała.

Rozkładała sztućce, gdy do kuchni weszła zaspana Inka.

– Cześć, babciu, która godzina?

– Wczesna, przed siódmą, mogłabyś jeszcze pospać.

– Nie. Trzeba obudzić tatę, musi być na ósmą w pracy. Pomóc ci przy śniadaniu?

– Dam radę, kochanie. Co chcesz do picia?

– Mam ochotę na kakao. To idę go obudzić.

Inka wyszła, a ona stała jeszcze przez chwilę i patrzyła za nią z uśmiechem. Potem sięgnęła po gazetę. Jej uwagę od razu przykuł krzyczący tytuł: „Makabryczna poczwórna zbrodnia w leśniczówce!".

Obok tekstu zamieszczono fotografię uśmiechniętego Macieja Szułowicza w mundurze leśniczego i zdjęcia z miejsca zbrodni. Orszańska przeleciała wzrokiem artykuł i aż przysiadła z wrażenia. Wprost nie mogła uwierzyć. Maciej Szułowicz zamordowany? I jego córka, wnuk, żona...

Odłożyła gazetę i spojrzała w okno zamyślona.

*

Na posesji zaparkowano dwa nieoznakowane samochody policyjne i jeden oznakowany. Po obejściu kręciło się paru policjantów. Karol Nadzieja z Tomkiem Dziemianiukiem stali na schodach leśniczówki.

– Trudno stwierdzić, czy coś zginęło, a jeśli tak, to co. Może chodziło o jakieś dokumenty?

– A może o kasę? Starzy nie lubią banków, wolą skarpetę.

– To prawda.

Z leśniczówki wyszedł technik. Pokręcił przecząco głową na pytające spojrzenie Karola.

– Przykro mi, stary. Nic nowego. Żadnych śladów ani nowych odcisków.

– Takie nasze przechlapane szczęście. Może chociaż znajdziesz coś na tym polanie? – Karol wskazał wzrokiem na leżący na schodach dowód w postaci kawałka drewna.

Technik pokiwał głową i bez słowa wrócił do środka. Tomek spojrzał na Karola.

– Widziałeś dzisiejszą gazetę? Niezły pasztet wysmarowała bździągwa jedna. Niczego nie uszanuje, kurwa jej mać.

– Znasz tę dziennikarkę?

– No pewnie. Z Augustowa jest, swołocz. Miałem z nią do czynienia. Uparta i bezczelna, nie cofnie się przed niczym. Bym jej kota popędził, aż mnie ręce swędzą.

– Z czwartą władzą nie warto zadzierać. Trzeba umieć z nimi gadać, bo tylko przeciwko tobie może się obrócić.

Dzisiaj rano teściowa pokazała mi ten artykuł. Nie wiedziałem, że dobrze znała starego Szułowicza. Podobno dawniej to był prawdziwy pies na baby. Do teściowej też startował, choć była szczęśliwą mężatką.

– No zobacz. Kto by pomyślał. Gadałeś już z Kałdunem o Mietku?

Karol wyciągnął paczkę papierosów i poczęstował Dziemianiuka. Zapalili.

– Jeszcze nie. Pomyślałem, że nie ma co go wkurzać w niedzielę. Jak Mietek?

– Zrobili badania, chłop ma twardy łeb, nic mu nie będzie. Jutro chyba go wypiszą. Ale martwi się. Musimy znaleźć gnoja, co go tak urządził.

Na posesję wjechał z impetem samochód, a z niego po chwili wygramolił się Kłodowski vel Kałdun.

Sapiąc, kierował się wprost na policjantów. Z daleka dało się zauważyć, że złość aż w nim kipiała.

– Co tu się, kurwa, dzieje?! Co wy, Nadzieja, wyrabiacie?! Ludzi nie umiecie upilnować? A ja się dowiaduję dopiero teraz?! Cały wydział aż huczy, a ja nic nie wiem!

– Nie chciałem w niedzielę głowy zawracać.

– Nie chciał głowy zawracać! Chyba dupy, nie głowy! Wy się o mój niedzielny spokój nie martwcie. Od tego jestem szefem, żeby wiedzieć, co się dzieje na mojej komendzie. I chciałbym się dowiedzieć, komisarzu, co to za babę ściągnęliście do śledztwa? Kto dał na to zgodę? Co wy mi tu jakąś samowolkę uprawiacie? – Spojrzał na Karola ze złością i dodał ironicznie: – Pani psycholog z Warszawy, wielkie mi co! Będą tu teraz jakąś szarlatanerię odstawiać i z fusów wróżyć, zamiast łapać morderców.

Komisarz z minuty na minutę coraz bardziej tracił cierpliwość, wysłuchując tyrady przełożonego. W końcu nie wytrzymał.

– Słuchać się tego nie da, pan wybaczy, szefie. Może tu, w Augustowie, nikt nie słyszał o profilowaniu, ale na świecie i w Polsce policja korzysta z tej dziedziny wiedzy już od paru dobrych lat. Czas się dokształcić, szefie! Trzeba iść z duchem czasu.

To powiedziawszy, Nadzieja odszedł w kierunku swojego samochodu, nie oglądając się za siebie.

– Pierdolony warszawiak, ważniaka mi tu zgrywa. A wy, Dziemianiuk, gdzie?!

Dziemianiuk bowiem bez słowa ruszył za komisarzem. Kałdun odprowadzał ich wzrokiem wściekły i bezradny.

*

Siedziała w ławce niewielkiego, drewnianego kościółka. Od kilku minut rozmawiała z księdzem Sajką, około siedemdziesięcioletnim mężczyzną o szczupłej sylwetce i zaskakująco młodym wyglądzie. Człowiek ten miał wypisaną na twarzy naturalną dobroć.

W kościele byli zupełnie sami, oprócz ptaków, co jakiś czas wlatujących i wylatujących przez otwarte drzwi świątyni. Przez okna padały snopy światła sięgające głównej nawy, gdzie siedzieli.

Ksiądz był proboszczem niewielkiej parafii, do której należeli Szułowiczowie, więc Julia postanowiła wypytać również o nich.

– Znał ich ksiądz dobrze?

– Na tyle, na ile ksiądz może poznać swojego parafianina. Anię, a potem Jacusia chrzciłem. Maciejowi i Irenie dawałem ślub, słuchałem ich spowiedzi przez lata, chodziłem na kolędy. Irena zawsze zapraszała mnie na swoje imieniny. W tak małej społeczności wszyscy tu się dobrze znamy.

– Mieli jakichś wrogów?

Zamyślił się na moment, potem pokręcił przecząco głową.

– Nie takich, żeby ktoś chciał ich wszystkich wymordować. Nie, co to, to nie. A co komu winne było to dziecko?

– Chłopiec mógł zginąć, bo widział zabójcę. Ale czy ksiądz uważa, że byli winni? Co takiego mieli na sumieniu?

– Och, nie, źle mnie pani zrozumiała. Dziecko zawsze jest niewinne, w takim rozumieniu. A dorośli, wiadomo, gromadzą na koncie różne grzechy. Obowiązuje mnie tajemnica spowiedzi. Mogę jedynie powiedzieć, że Irena i Maciej grzeszyli jak większość innych, zwykłych śmiertelników. A Ania... Ona już dawno przestała tu przychodzić.

Zapadła na chwilę cisza, zakłócana jedynie przez świergot ptaków i dźwięk piły z oddali.

Julia skierowała twarz w stronę padającego z okien słońca i przymknęła na moment oczy. Chciała poczuć ten spokój i dobrą energię bijącą z tego miejsca.

– Jaka tu błoga cisza, dawno nie czułam takiego spokoju.

Ksiądz Sajko spojrzał na nią uważnie.

– W domu Boga każdy znajdzie ukojenie... Zapraszam na mszę. – Uśmiechnął się.

Julia otworzyła oczy i odpowiedziała uśmiechem.

– Proszę się nie gniewać, ale nie chodzę do kościoła. Instytucja nie jest mi potrzebna do kontaktu z Bogiem. Czuję go bardziej w styczności z naturą, ze zwierzętami, patrząc w gwiazdy i tak dalej. Stamtąd czerpię siłę i podziwiam Stwórcę.

Sajko pokiwał ze smutkiem głową i spojrzał pytająco. Wyciągnęła z kieszeni medalik.

– Chciałam zapytać... czy może ksiądz wie, co to za medalik? Kogo przedstawia? Nie znam się na świętych i nigdy takiego nie widziałam. Zastanawia mnie ten ptak nad głową.

Ksiądz, wyraźnie zaskoczony i nagle jakby spięty, zbliżył medalik do oczu.

– Tak, to rzeczywiście niezbyt znany święty. Z początków chrześcijaństwa. Trzeci wiek naszej ery. Był papieżem i męczennikiem. Ten ptak to gołębica. Kiedy pojawiła się nad jego głową, lud odczytał to jako znak od Boga i wybrano go na papieża. Święty Fabian. – Spojrzał na nią zaniepokojony. – Skąd pani ma ten medalik? Czy ma związek z tymi... morderstwami?

– Nie mogę powiedzieć. Księdza wiąże tajemnica spowiedzi, mnie tajemnica śledztwa.

– No tak. Rozumiem.

– Mam wrażenie, że rozpoznaje go ksiądz.

– Jest jedna sprawa, która... ale nie, nie sądzę, żeby była... Może powinna pani porozmawiać z Felicją, naszą zielarką. Ona sporo wie o tutejszych ludziach.

Sajko wstał, dając Julii do zrozumienia, że chce się pożegnać. Julia poszła w jego ślady.

*

W koziarni znajdowało się kilkanaście samic kóz saaneńskich, typowo mlecznej rasy szwajcarskiej. Beata, siedząc na stołeczku, doiła Śnieżkę, najstarszą i najbardziej mleczną kozę. Kończyła właśnie udój, kiedy do zagrody wszedł jej mąż Jesse o typowej dla Holendrów urodzie. Wysoki blondyn o nieco bladych niebieskich oczach.

– Urbańscy dzwonili, za chwilę u nas będą – obwieścił. Odwróciła się w jego stronę.

– Już kończę. Pokoje naszykowane, tylko ręczniki muszę znaleźć, chociaż oni to zwykle mają swoje. A ci nowi? Kiedy przyjadą?

– Też dzisiaj. Kto wie, czy nie zaraz po Urbańskich.

– Trzeba sery przynieść na powitalny poczęstunek. Wiesz, jak Basia przepada za kozim. Śnieżka dzisiaj dała dużo mleka. Później wypuszczę kozy do ogrodu.

Beata wstała, pogłaskała Śnieżkę stojącą przy niej spokojnie i podała Jessemu wiaderko z mlekiem. Z zewnątrz dobiegł ich dźwięk wjeżdżającego na podwórko samochodu. Ruszyli do wyjścia.

Na posesję otoczoną z każdej strony lasem, sprawiającą wrażenie raju na ziemi, wjechał samochód Nadziei. Po chwili komisarz i Dziemianiuk podeszli do zaskoczonych gospodarzy.

– Jesse van Dijk?

Holender skinął głową. Komisarz wyciągnął blachę.

– Komisarz Nadzieja z policji w Augustowie i starszy aspirant Dziemianiuk. Chcielibyśmy porozmawiać o sąsiadach.

Beata, stojąca z tyłu za mężem, podeszła z uśmiechem bliżej.

– Beata van Dijk. Zaprosiłabym do domu, ale za chwilę przyjeżdżają turyści, więc...

– Nie trzeba, możemy porozmawiać tu, nie zajmiemy dużo czasu. Jakie stosunki łączyły was z Szułowiczami? Jak się układało?

– Prawdę mówiąc, niezbyt dobrze. To nie były wzorowe relacje sąsiedzkie. Jeszcze z panią Ireną można się było dogadać, to była miła i dobra kobieta, ale z leśniczym Maciejem... – Beata spojrzała wymownie na Jessego, który stał obok.

– To był, jak to się mówi? Oszołom? Coś mu się z głową zrobiło. Przychodził tu i się awanturował, nie podobały mu się nasze kozy, krzyczał na turystów, że las niszczą, panie, przez niego były ciągle jakieś...

– ...sytuacje – podsunęła mu żona.

– Ech, szkoda gadać. – Jesse machnął ręką z rezygnacją.

Pod dom zajechał samochód na obcych rejestracjach i wysiadło z niego małżeństwo Urbańskich z sześcioletnią Kasią. Basia Urbańska, lekko korpulentna, ale niebrzydka i energiczna kobieta, z miejsca zaczęła wydawać dyspozycje mężowi. Wypakowywali bagażnik, a właściwie on wypakowywał walizki, a ona stała obok i dyrygowała, obserwując ukradkiem mężczyzn rozmawiających z gospodarzami agroturystyki.

Holender podszedł do nich, żeby ich powitać. Beata pomachała Basi z daleka i została z policjantami. Wiedziała, że załatwi z nimi sprawę szybciej niż Jesse.

– Wracając do Szułowicza, nigdy go nie lubiłam. Znałam go od dziecka, tu się wychowałam. Rodzice mieszkają w Strzelcowiźnie, ponad kilometr stąd. Dawniej, kiedy Szułowicz był młodszy, zachowywał się wobec mnie, jakby... – Przerwała, bo nie chciało jej to przejść przez gardło, choć wiedziała, że powinna powiedzieć.

– Jakby co?

– No wie pan... jakby mnie podrywał, a przecież mogłabym być jego córką. Na szczęście nie posunął się dalej, może dlatego, że unikałam go jak ognia. A przy tym zadzierał nosa, miał się za kogoś lepszego. Dlatego ludzie go nie lubili.

– Gdzie państwo byli w piątek?

– No tutaj. To znaczy ja byłam na miejscu. Rano trzeba wydoić kozy, nakarmić kury, kaczki i tak dalej. Potem sprzątałam pokoje po zimie, już na przyjazd turystów.

– A mąż? – dopytywał Tomek.

– Jesse pojechał wcześnie rano do Augustowa na targ. Tam sprzedajemy nasze sery. Potem mąż robi zwykle zakupy i wraca w porze obiadu, około pierwszej, drugiej.

– Może zauważyła pani kogoś? Nikt się nie kręcił w pobliżu? Słyszała pani strzały?

– Nie, nic. Sprzątam zwykle w słuchawkach, słucham muzyki. Nikogo nie widziałam, przykro mi.

– A kiedy i jak dowiedzieliście się o zabójstwach?

Obok policjantów i Beaty przeszła właśnie Basia Urbańska, a za nią objuczony małżonek i Jesse, dźwigający jakieś torby. Urbańska rzuciła im krótkie spojrzenie, choć widać było, że ciekawość ją zżera, kiwnęła Beacie głową na powitanie i poszła w kierunku domu.

– Kiedy? Jakoś tak po południu. Bożena Hryszkiewicz tu przyleciała i powiedziała nam, że wszyscy nie żyją.

*

Bielik rozejrzał się po pokoju, w którym oprócz dużego telewizora i sprzętu grającego nie było nic godnego uwagi, bo przecież stara szafa i nakryta narzutą w tygrysy stara kanapa z wiszącym nad nią papieżem Janem Pawłem II nie stanowiły wyposażenia, którym mógłby się chwalić.

Był jednak tak przyzwyczajony do tego wystroju, że nie zauważał jego kiczowatego charakteru.

Zastanawiał się, co jeszcze powinien spakować. Wrzucił do torby podręczne rzeczy, kosmetyki, trochę ciuchów. Na górnej półce szafy wymacał pod ubraniami drewniane rzeźbione pudełko w stylu „pamiątka z Zakopanego", w którym trzymał lewe pieniądze. Wyjął wszystkie, a wtedy wszedł jego ojciec.

– Co ty robisz?

– Spadam stąd, dopóki sprawa Janonisa nie przyschnie. Przez to wszystko policja ma nas jak na widelcu. Nie ma jak prowadzić biznesu.

– A co matce mam powiedzieć? Przecież będzie pytała.

Robert wzruszył ramionami.

– Powiedz, że wyjechałem do Warszawy w interesach, a bo to pierwszy raz?

– Dokąd chcesz jechać?

– Ojciec, odezwę się. Lepiej, żebyś za dużo nie wiedział.

Stary Bielik zaniepokoił się, wyraźnie mu się to wszystko nie podobało.

– Robert, Robert... żebyś ty źle nie skończył. Po co to uciekać? Tylko zwracasz na siebie uwagę, jakbyś miał co na sumieniu.

Robert nic nie odpowiedział, wyjął z kieszeni część pieniędzy i wcisnął zaskoczonemu ojcu.

– Trzymaj, tata. Na wszelki wypadek.

Wyszedł z domu i wsiadł do samochodu. Wyjeżdżając z podwórka, skręcił w prawo. Nie zauważył, że na końcu ulicy inny samochód wolno ruszył w ślad za nim.

*

Bożena w nowej sukience i butach na obcasie wyszła z domu wraz z matką. Za nimi wypadły dzieci i zaraz gdzieś się rozbiegły. Zofia spojrzała na córkę z zadowoleniem.

– No, dobrze wyglądasz, powinnaś częściej się tak ubierać.

Uśmiechnęła się do córki, a ta lekko zawstydzona, żeby pokryć zmieszanie, zmieniła temat.

– Jak Sylwia wróci, to niech dzieciaków przypilnuje i mamie pomoże. Niech mama nie pozwala jej się tak obijać. A gdzie Fabian?

– A był tu... może w warsztacie? O której wrócisz?

– Późno. Przecież mama wie, że mam drugą zmianę. W sklepie skończymy pewnie o dziesiątej, a zanim dojadę tym rzęchem – spojrzała na stojący pod ścianą domu rower – to będzie jakaś jedenasta.

– Lepiej, coby Fabian po ciebie podjechał motorem. Strach tak po nocy samej.

Zofia miała zmartwioną minę, ale Bożena tylko się roześmiała, nie podzielając obaw matki.

– A bo to raz tak wracałam? Co mi tu może grozić? Wilki? Latem one niegroźne. Nie ma się czego bać. Fabian!

Rozejrzała się po podwórku, ale nigdzie nie mogła dostrzec brata.

– No co ty? Trzy dni temu wszystkich Szułowiczów wybili, a ty nic masz się kogo bać? Matko Przenajświętsza, toż to strach tu nawet w dzień. – Przeżegnała się ze zgrozą.

Bożena jednak już jej nie słuchała, ruszyła w kierunku warsztatu. Jeśli tam go nie będzie, to znaczy, że włóczy się po lesie.

Weszła do drewnianego szałasu, który brat przystosował sobie na warsztat, z porządnie ułożonymi narzędziami najróżniejszej maści i o wszelkim możliwym przeznaczeniu. Zastanawiała się czasem, po co mu to wszystko, przecież nic nimi nie wytwarzał. Ale skoro lubił, to jego broszka.

Zauważyła brata, stojącego w ciemnym kącie szałasu, tyłem do wejścia. Już chciała się odezwać, ale w ostatniej chwili zmieniła zdanie. Zauważyła, że Fabian zawija coś w szmatę i chowa do starego kosza. Nagle odwrócił się gwałtownie, jakby go przyłapano na gorącym uczynku.

– Co tu robisz?

– Co tam chowasz?

– Nic. Czego chcesz? – Podszedł do niej bliżej.

– Jak nic, kiedy widziałam, że coś chowałeś. Tajemniczy Fabio! – Roześmiała się i zrobiła krok w stronę kosza, ale on zastąpił jej drogę. – Nie bój się, wcale nie jestem ciekawa. Jadę do Augustowa, mam dzisiaj drugą zmianę. Chciałeś, żebym ci coś kupiła.

– A, już nieaktualne. – Pokuśtykał do stołu z narzędziami. – Albo dobra. Kup mi moje fajki, trzy paczki, kasę oddam ci jutro.

– Jak powiesz, co tam schowałeś.

– Nie twoja sprawa.

Wzruszyła ramionami, robiąc znudzoną minę.

– Już dobrze. Musisz zawsze być taki serio? Nudny jesteś, wiesz? – Wydęła wargi, odwróciła się i wyszła.

*

Nie wiedział, ile czasu minęło i jak długo wpatrywał się w jeden punkt na hotelowej ścianie. Miał poczucie, że znalazł się w jakiejś odrealnionej rzeczywistości, że to wszystko nie wydarzyło się naprawdę.

Na łóżku przed nim leżała gazeta z artykułem o zbrodni w leśniczówce. Miał ochotę krzyczeć, ale z gardła nie wydobył się żaden dźwięk. Narastał w nim coraz większy gniew, wzbierający jak wielka samotna fala. Na stole stała nienapoczęta butelka whisky, a obok szklanka. Chwycił ją i ze złością cisnął nią o podłogę, ale wykładzina skutecznie zamortyzowała jej upadek i szklanka pozostała cała.

Roześmiał się bezgłośnie. Przypomniały mu się słowa tego młodego policjanta, bredzącego coś o alibi. Wyjął portfel i wyrzucił całą jego zawartość na łóżko. Przeglądał różne kwitki, gdzieś pośród nich powinien być rachunek ze stacji. Ale nie, nie było. Co z nim zrobił? Przeszukał kieszenie spodni, potem marynarki, w której jechał. Bez efektu.

Z tajnej przegrody walizki wyjął porcję narkotyku i po chwili wciągnął kreskę. O tak, tego było mu trzeba, czemu od razu nie wpadł na ten pomysł? Opadł na poduszkę. Znieczulenie powoli zaczęło działać.

*

Przedzierała się samochodem przez las szosą czwartej kolejności odśnieżania. Nie miała pojęcia, czy jedzie w dobrym kierunku. Z naprzeciwka zbliżał się rowerzysta i podziękowała w duchu za to, że los jej go zesłał.

Zatrzymała się i opuściła szybę. Mężczyzna przyglądał się jej z zainteresowaniem.

– Przepraszam, jak dojechać do zielarki?

– A właśnie przejechała skręt, o tamoj! – odezwał się, zaciągając w charakterystyczny dla miejscowych sposób. – Przy tym drzewie z Bożo męko. Ale samochodem nie przejedzie. Będzie musiała tu zostawić, przy drodze, i piechoto iść. To niedaleko, to dróżko!

Uśmiechnęła się do niego z wdzięcznością.

– Bardzo panu dziękuję.

Cofnęła samochód o kilkanaście metrów i zatrzymała go na wysokości drzewa, gdzie wisiała skrzynka tonąca w plastikowych kwiatach. W środku widać było figurkę Matki Boskiej.

Pomyślała, że te liczne rzeźby Jezusa i Maryi, małe i większe kapliczki porozrzucane po tutejszych lasach, stanowią jakąś nieuświadomioną przez tutejszą społeczność pozostałość po pogańskich praktykach.

Na rozstajach dróg, na obrzeżach lasów i na polach ludzie od zawsze stawiali swoje bóstwa, a teraz Jezusa, jego matkę i czasem innych świętych, próbując zatrzymać i odegnać zło. Tak jak niegdyś Jaćwingowie żyjący na tych terenach. Swoją drogą, niewiele wiedziała na temat tego ludu, choć w dzieciństwie dziadek jej o nim opowiadał.

Zamknęła auto i ruszyła wskazaną przez rowerzystę ścieżką, którą zobaczyła dopiero teraz. Po dziesięciu minutach wyszła na polanę, na której skraju stał drewniany dom. Na zadaszonej werandzie suszyły się pęki ziół.

Podeszła do drzwi, zapukała, ale odpowiedziała jej cisza. Obeszła dom, zajrzała w okna. Nikogo. Wróciła pod drzwi, nacisnęła klamkę. Drzwi się otworzyły.

Zawołała, stojąc w progu, ale nikt się nie odezwał, wybiegł do niej tylko szary kot o zielonych oczach. Miauknął jakby z pretensją i zaczął się łasić do jej nóg. Nachyliła się, by go pogłaskać, i wtedy usłyszała głos.

– Dzień dobry, pani pewnie do mnie?

Obejrzała się. Stała za nią kobieta w średnim wieku o ładnej, szlachetnej twarzy, ubrana w markowy dres. Zupełnie nie przypominała zielarki z jej wyobrażeń. Julia wstała i uśmiechnęła się, usiłując ukryć zaskoczenie. Kobiecie towarzyszył sympatyczny pies rasy kundel. Trzymała naręcze jakiegoś zielska, które położyła na stole na werandzie.

– Wracam z łąki, proszę siadać. Z Fredem już się pani poznała, a to jest Ginger. – Wskazała na psa. – Napije się pani kawy?

Julia odzyskała rezon i wyciągnęła rękę na powitanie.

– Julia Wigier, jestem psychologiem śledczym, współpracuję z policją. Chciałam porozmawiać o rodzinie Szułowiczów. Wiem, że znała pani Irenę Szułowicz.

– Felicja Kostrzewska. – Kobieta zasmuciła się i wskazała Julii fotel. – Oczywiście, że ją znałam. Mój Boże! – Westchnęła i pokręciła głową. – Proszę poczekać, zaparzę kawę.

Weszła do domu.

Julia usiadła w wiklinowym fotelu i rozejrzała się. Musiała przyznać w duchu, że miejsce było urzekające. Przed nią rozpościerała się łąka, na której właśnie lądował bocian, dalej ciągnęła się ściana lasu. Ginger położył się u jej stóp, Fred zniknął w domu. Podobnie jak w kościele poczuła tu błogi spokój.

Zastanawiała się, czy byłoby ją stać na takie życie, jakie wiodła Kostrzewska. Zupełnie sama, nie licząc zwierząt oczywiście, na skraju puszczy. O tej porze roku to nic wielkiego, same przyjemności, ale jesienią i zimą? A zimy tu to nie przelewki, coś o tym wiedziała. Choć ostatnio i to zaczęło się zmieniać. Więc co robiła ta kobieta zimą samiuteńka na tym odludziu?

Drgnęła, gdy usłyszała kroki Felicji. Zapachniało kawą i czymś jeszcze, jakby cynamonem? Goździkami? Kardamonem? Chyba wszystkim po trochu.

Kobieta położyła pęk zielska na drewnianej podłodze werandy, rozścieliła na stole lniany obrus i podała kawę oraz rodzaj regionalnych ciasteczek polanych miodem.

Usiadła i popatrzyła przyjaźnie na Julię, po czym niepytana zaczęła mówić.

– Trzydzieści lat już tu żyję. Sama, ale nie samotna. Znam chyba wszystkich tutejszych, codziennie ktoś u mnie jest. A to po poradę, a to żeby pogadać. Nigdy się nie nudzę.

Julia spojrzała na nią zaskoczona, bo poczuła się, jakby Kostrzewska czytała jej w myślach i odpowiadała na zadane, acz niewypowiedziane na głos pytania!

Zielarka jakby nigdy nic zabrała się do układania ziół w pęczki i wiązania ich bawełnianym sznurkiem. Nagle spojrzała uważnie na Julię.

– Jesteś zagubiona, coś cię gnębi, czuję to. Jakieś nierozwiązane sprawy z przeszłości? Dopóki ich nie wyjaśnisz, nie odnajdziesz spokoju.

– Skąd pani...? Kto pani to powiedział?

Uśmiechnęła się ciepło.

– Nikt nie musiał mówić. W ludziach można czytać jak w książce. – Westchnęła i spojrzała przed siebie niewidzącym wzrokiem. – Moje życie dzieli się na „przed wypadkiem" i „po wypadku". Straciłam wtedy najbliższych... męża, syna... ale też coś zyskałam. Mieszkałam kiedyś w mieście, z którego po tym wszystkim uciekłam. Nigdy nie żałowałam tego kroku. Otworzyłam się na świat, na ludzi i przede wszystkim na przyrodę. Więcej widzę i chyba rozumiem. No ale rozgadałam się. Pytaj, proszę. I mów mi Felicja.

Julia była pod wrażeniem tej kobiety, w życiu nie spotkała kogoś tak prostolinijnego, emanującego dobrą energią i empatią.

– Jesteś niesamowita. Zaskoczyłaś mnie zupełnie. Z reguły to ja rozgryzam innych, w końcu jestem psychologiem, ale ty...

– Szewc bez butów chodzi. Najtrudniej pomóc sobie, wiem coś o tym.

Julia pokiwała głową i upiła łyk kawy. Po chwili poczuła na podniebieniu wszystkie przyprawy, które wyłapała powonieniem, ale nie tylko. Było ich więcej, a razem tworzyły nieopisany harmonijny smak. Ponownie spojrzała zdębiałym wzrokiem na gospodynię, a ona wzruszyła tylko ramionami.

– Chodzi ci o kawę? To moja tajemnica, ale wierz mi: pijesz najzdrowszą i najlepszą kawę na świecie.

– Nie mam co do tego wątpliwości! Nigdy nie piłam czegoś tak dobrego. „Dobra" to w zasadzie niewłaściwe słowo, ale kłopot polega na tym, że nie znajduję odpowiednich słów.

– Pomogę ci. Ambrozja, napój bogiń? Może być? – Roześmiała się, a Julia poszła w jej ślady.

Towarzystwo Felicji działało na nią jak balsam, czuła się wyluzowana i niemal szczęśliwa. Wyciągnęła swoje iqosy i wzrokiem spytała o pozwolenie. Felicja skinęła głową, a ona z przyjemnością zapaliła. Przypomniała sobie, po co tu przyszła, ale znowu Felicja ją uprzedziła.

– Nie mam pojęcia, czy to ma związek z tym mordem, ale zdradzę ci pewną tajemnicę, o której wiedzieli tylko

Szułowicz, Zofia Hryszkiewicz, ksiądz Sajko, no i ja. Otóż Maciej był ojcem Fabiana. Zofia za młodu była atrakcyjną dziewczyną, a Maciej jurnym leśniczym, któremu nie starczała własna żona. Podobno zgwałcił Zofię, tak twierdziła, a ja jej wierzę. Kiedy zorientowała się, że jest w ciąży, przyszła do mnie. W pierwszym odruchu chciała usunąć. Bała się, że mąż dowie się o wszystkim i zabije Szułowicza. Ksiądz, któremu wyznała prawdę podczas spowiedzi, i ja przekonaliśmy ją, żeby tego nie robiła.

Julia wyjęła zabezpieczony medalik i pokazała go Felicji.

– Czy widziałaś kiedyś ten medalik? Podobno przedstawia świętego...

– ...Fabiana. Tak, taki medalik Maciej podarował swojemu synowi z okazji chrztu. Na prośbę Zofii oboje zostaliśmy rodzicami chrzestnymi dziecka.

– Sądzisz, że do dzisiaj nikt nie poznał prawdy? A sam Fabian? Nic nie wie? Nadal sądzi, że jest synem Hryszkiewicza?

Zielarka zamyślona wzruszyła ramionami.

– Wszystko wskazuje na to, że tak.

– Czy Szułowicz interesował się synem? Pomagał finansowo?

– Początkowo tak. Zawsze marzył o synu, chciał mu przekazać swoje zamiłowanie do lasu. Kiedy się go wreszcie doczekał, nie mógł wpływać na jego wychowanie. Jedynie pośrednio, jako ojciec chrzestny. Kiedy jednak okazało się, że Fabian urodził się z jedną nóżką krótszą i kuleje, stracił zainteresowanie dzieckiem.

– Odnoszę wrażenie, że facet był nieciekawym typem.

– Można tak powiedzieć.

– A Irena? Nie wiedziała o jego skokach w bok?

– Jeżeli wiedziała, nie przyznałaby tego nawet przed sobą.

– Masz jakieś podejrzenia, kto mógłby ich zabić?

Felicja pokręciła głową.

– Nie mam pojęcia. Też się nad tym zastanawiałam, ale nic mądrego nie przyszło mi do głowy.

*

Zatrzymali samochód na parkingu o kilka samochodów dalej od Bielika. Jechali za nim aż tutaj od momentu, kiedy wyszedł z domu. Po co Robert przyjechał na targowisko w Sejnach? Ranuszkiewicz siedział za kierownicą, obok Sawko. Obserwowali, jak Bielik wyszedł z samochodu i udał się w kierunku vana na litewskich numerach, stojącego po drugiej stronie parkingowego płotu na terenie targu. Spojrzeli na siebie. Piotrek Sawko wysiadł z wozu.

– Nie podoba mi się to.

– Mnie też nie. Zadzwonię do Nadziei, ale myślę, że trzeba ich nadać Straży Granicznej. Przyda się przetrzepać to targowisko. Przemyt nie nasza sprawa, ale Bielika musimy zdybać.

– Dobra, dzwoń. Ja postaram się podejść do nich bliżej. Zadzwoń, jak będziesz miał wyraźne rozkazy.

– Okej. Tylko uważaj.

Sawko wyciągnął papierosa i zapalił. Pokazał ukradkiem na swoją broń pod kurtką.

– Spoko. Jakby co, to mam gnata. Przy okazji miodu kupię, bo mają tu niechrzczony. Pewnie już będzie mniszkowy.

– Ty teraz o miodzie nie myśl. Skup się na robocie.

Odwrócił się od Piotrka i zadzwonił. Obserwował kątem oka, jak Sawko zbliża się do podejrzanego, rozmawiającego z dwoma mięśniakami w pseudowojskowych strojach. Leszek mógłby się założyć, że to jacyś wschodni mafiosi.

*

Rozmawiali ściszonymi głosami, raz po raz rozglądając się na boki. Musiał ich jakoś przekonać, że kłopoty są przejściowe, że powinni się na razie przyczaić.

– Nu da... A szto my tiepier mamy diełat z tawarem, kak dumajesz? Każdyj dień dieńgi ubiżajut. U nas mus, coby priejechat granicu, im bystrieje, tym łuczszie[*] – tłumaczył Pietras.

– Nie ma zgody, Robert. Andriej miał zorganizować transport. Jak nie przywieziemy towaru na czas... Ty znasz Niemców, ornung[**] musi być. Cały biznes szlag trafi – dodał Astas.

Robert nie znał ich zbyt dobrze, dzisiaj spotkali się trzeci raz. Musiał wytłumaczyć im sytuację z Andrzejem i jakoś ich uspokoić, ale widział, że to niełatwe zadanie. Litwini wyraźnie się denerwowali, a u Pietrasa Robert zauważył pod kurtką broń.

– Jebał pies, taka to z wami, Paliakami, rabota[***]!

---

[*] Fonetyczny zapis wypowiedzi po rosyjsku: „No tak... A co teraz mamy zrobić z towarem, jak myślisz? Każdego dnia pieniądze uciekają. Musimy przekroczyć granicę, im szybciej, tym lepiej".

[**] Fonetyczny zapis niemieckiego słowa *Ordnung* – porządek.

[***] Fonetyczny zapis wypowiedzi po rosyjsku: „[...] taka to z wami, Polakami, robota".

Astas nie był w gorącej wodzie kąpany jak Pietras i ze złośliwym uśmieszkiem powiedział po polsku, którym władał całkiem nieźle:

– Spakojna*, Pietras! Robert zna reguły gry, nie zostawi nas na lodzie.

Roberta przeszedł dreszcz. W spojrzeniu Astasa i sposobie, w jaki to powiedział, kryła się zawoalowana groźba. Był tak skupiony na Litwinach, że nie obserwował otoczenia.

Bielik był w kropce i nie bardzo wiedział, co ma zrobić. Próbował wziąć ich na litość.

– Astas, ale co ja mogę. Nie mam kontaktu z Andrzejem, cały czas go przesłuchują, a psy siedzą mi na ogonie. Byli u mnie w pracy i w domu, pytali. Jak zrobię teraz jakiś ruch, mogą nas przyskrzynić.

– Nie budu jewo słuszat, Astas. Ja żdu piat minut**.

Pietras, nie spojrzawszy nawet na Roberta, wsiadł do vana od strony pasażera. Astas spojrzał na Bielika wkurzony.

– Ty myślisz, że to zabawa? Tu nie chodzi o jakieś pierdolone papierosy! Andrzej zdecydował się na cięższy kaliber biznesu. To jest broń, która musi jutro być u Niemców i nie ma zmiłuj. Nie masz wyjścia, Robert. Kombinuj ten transport.

Robertowi zakręciło się w głowie. Broń?! W co on dał się wkręcić?! Czy ten Andrzej zwariował?

Astas stał naprzeciwko i patrzył na coś za jego plecami. Robert odwrócił się, żeby sprawdzić, na co. W ułamku

---

* Fonetyczny zapis wypowiedzi po rosyjsku: „Spokojnie".

** Fonetyczny zapis wypowiedzi po rosyjsku: „Nie będę go słuchał, Astas. Czekam pięć minut".

sekundy zarejestrował dwóch pograniczników w mundurach. Spojrzał na Astasa, który rzucił nerwowe spojrzenie Pietrasowi. Tamten też zauważył nieproszonych gości. Dał Astasowi znak oczami, żeby wsiadł do samochodu. Ale w tym momencie strażnicy zdecydowanym krokiem podeszli do vana, zanim Astas zdążył się ruszyć.

– Chwileczkę, straż graniczna. Dokumenty proszę.

Astas zawahał się przez chwilę, po czym sięgnął do kieszeni. Wszystko wydarzyło się w kilka sekund.

Litwin wyciągnął broń i strzelił do strażnika, który poprosił o dokumenty, po czym wskoczył do samochodu. Pogranicznik upadł raniony w ramię.

Robert stał zszokowany, nie poruszył się ani o milimetr. W tym czasie facet ubrany po cywilnemu też wyciągnął broń, drugi strażnik stojący obok również. Jednocześnie Astas odpalił vana i ruszył do przodu z piskiem opon. Facet w cywilu strzelił w stronę kierowcy, ale ten uchylił się na czas i kula przeleciała nad jego głową, po czym utknęła w oparciu siedzenia. Pietras równocześnie wymierzył z broni do drugiego strażnika, lecz chybił. Ten w cywilu ponownie strzelił i tym razem trafił Pietrasa w obojczyk, ale samochód już ruszył z impetem, rozwalając wszystkie stoiska po drodze i siejąc panikę wśród handlujących.

Ludzie rozpierzchli się i pochowali, gdzie się dało, a ci, którzy zorientowali się w zagrożeniu dopiero teraz, rozbiegli się na boki. Pogranicznik trafił w oponę, samochodem zarzuciło, ale mimo to udało mu się wyjechać z targowiska. Nadawał już meldunek, pochylając się nad rannym kolegą, a Bielik stał i patrzył. Podchodził do niego policjant w cywilu, nie było sensu uciekać.

*

Zbliżał się do budynku komendy policji. Miał w głowie plan i zamierzał zrealizować jego pierwszy punkt. Wszedł do środka i rozejrzał się. Najpierw poszukał wzrokiem kamer; była tylko jedna i raczej go nie objęła. Zresztą nie stanowiła problemu, był przygotowany. Podszedł do tablicy ogłoszeń. Siedzący w dyżurce funkcjonariusz nawet na niego nie spojrzał, rozmawiał z jakimś wieśniakiem zgłaszającym kradzież roweru. Facet płaczliwym zaśpiewem narzekał na złodziei, dyżurujący policjant znudzonym głosem spisywał jego dane, by sporządzić protokół i odłożyć sprawę ad acta.

Na tablicy wisiały różne biuletyny i informacje typu: „Praca w policji", „Zaginął pies...", „Uwaga! Fałszywy wnuczek" i tym podobne. Nie to go interesowało. Po chwili znalazł ogłoszenie, o które mu chodziło. Zerwał je i przyczepił swoją kartkę, po czym spokojnie wyszedł z komendy.

*

Po porannej kłótni z Kałdunem emocje wciąż w nim buzowały. Współpraca z niekompetentnymi i niedouczonymi ludźmi wychodziła mu bokiem. Głupota załamywała go, odkąd zaczął samodzielnie myśleć; uważał, że generuje wiele zła i nie sposób z nią walczyć. Bo jak? Jak zmagać się z czymś, czego nie da się pokonać?

Karol spojrzał na siedzącą obok niego prokuratorkę. Przesłuchiwali znowu Janonisa, a właściwie robiła to Monika Pawluk, a on siedział zniecierpliwiony i obserwował.

– Radzę przyznać się do winy. Sąd uzna to za okoliczność łagodzącą. Współpraca z policją i prokuraturą oraz okazana skrucha mogą znacząco obniżyć wyrok.

Słyszał triumfującą satysfakcję w głosie Pawluk, która już dawno osądziła siedzącego przed nią mężczyznę. A on coraz bardziej się poddawał, wyglądał na zrezygnowanego. Karol właściwie mu się nie dziwił. Próbował sobie wyobrazić, co by czuł i myślał na miejscu Janonisa.

– Ale jak mam się przyznać do czegoś, czego nie zrobiłem?! Tak, chciała mnie zostawić, odejść z jakimś gachem, ale przecież... Tam zginęło moje jedyne dziecko! – Spojrzał w kierunku Karola, szukając u niego wsparcia.

– W feralny dzień widziano, jak wychodził pan z domu o siódmej. Jak pan to wytłumaczy? – zadał pytanie Karol.

– Wyszedłem do spożywczaka po bułki.

– Ktoś pana widział?

– Sklepowa.

Do sali przesłuchań zajrzał Szkarnulis i dał znak komisarzowi, żeby wyszedł. Karol zostawił prokuratorkę z Janonisem. Po chwili weszli do pokoju Nadziei. Tam komisarz wreszcie mógł dać upust gromadzącej się w nim od rana frustracji.

– Ta Pawluk coraz bardziej działa mi na nerwy! Jej w ogóle nie zależy na dojściu do prawdy! Uczepiła się jak rzep psiego ogona i piłuje do zmęczenia materiału. – Zaczął szukać po kieszeniach swoich tabletek, potem zajrzał do szuflady, ale ich nie znalazł. Gdzie je schował? Nie pamiętał, żeby je wyrzucił, choć miał zamiar to zrobić.

– A gdyby się przyznał?

– Nie wierzę, że to zrobił, a chcę znaleźć prawdziwego zabójcę. Zresztą nawet jeśli, to musimy mu to udowodnić, a na razie, no może oprócz motywu, nie mamy nic. Dlaczego mnie wywołałeś?

– Dorwali Bielika w Sejnach. Przyjechała straż graniczna i zrobiła się zadyma. Dwóch rannych, w tym jeden pogranicznik dość poważnie oberwał. Szczęście, że żaden cywil nie dostał, bo byłaby niezła afera.

Karol był trochę zaskoczony.

– W co ten Bielik się wpakował?

– Wygląda, że to handel bronią, pogranicznicy deptali im po piętach od jakiegoś czasu. Zgodzili się wypożyczyć nam Bielika tylko ze względu na naszą sprawę. Potem mamy im go wydać.

– To gruba rzecz. Kto by pomyślał.

Karol szperał już w drugiej szufladzie, gdzie wreszcie znalazł to, czego szukał. Wsadził tabletki do kieszeni i wyszedł na korytarz, za nim podążył Włodek.

Przed pokojem przesłuchań spotkali Pawluk. Komisarz spojrzał na lustro weneckie, za którym widać było Janonisa gapiącego się tępym wzrokiem w ścianę. Karol zwrócił się do Moniki:

– Proponuję odesłać go na dołek. Zaraz będziemy tu mieli Bielika. Jego zeznanie w sprawie alibi może być rozstrzygające.

Prokuratorka wzruszyła ramionami.

– To słaby świadek, umoczony podobno w mafijne biznesy. Będzie krył szefa. Dla sądu nie będzie wiarygodny.

Karol żachnął się, ale nic nie odpowiedział. Nie miał już sił bić się z tą kobietą. Zwrócił się do Włodka:

– Każ go wyprowadzić.

*

Po rozmowie z Felicją Julia postanowiła zaszyć się w jakimś spokojnym miejscu, żeby wszystko przemyśleć. Wróciła do Augustowa w okolice portu.

Informacje o ojcostwie starego Szułowicza i jego powiązaniu z rodziną Hryszkiewiczów rzucały zupełnie nowe światło na sprawę. Medalik znaleziony przy leśniczówce jasno wskazywał, kto mógł napaść na pilnującego budynku funkcjonariusza. Pod warunkiem że właściciel rzeczywiście zgubił święty wisiorek właśnie teraz, a nie wcześniej. Policja po zabójstwie przeszukiwała teren, ale jak wiadomo, mogła przeoczyć taki drobiazg.

Zajęła miejsce w najdalszym kącie średnio zaludnionego ogródka restauracji nad Nettą. Zamówiła kawę i wyjęła laptop, żeby popracować nad profilem. Pech chciał, że to co jej wychodziło, nie zgadzało się za bardzo z pozyskanymi informacjami. Tak czy inaczej, powinna powiadomić o swych odkryciach Karola. Nie rozmawiała z nim od wczoraj.

Patrzyła na wodę, jakby w niej mogła znaleźć odpowiedzi na zadawane w myślach pytania. Zapaliła, tym razem papierosa, bo wtedy zwykle lepiej jej się myślało. Czasami wracała do tradycyjnych papierosów, choć wiedziała, że powinna z nimi skończyć. Napisała jeszcze kilka zdań i sięgnęła po telefon.

Karol nie odebrał, więc zostawiła mu wiadomość. Wróciła do pisania, a kiedy zanotowała ostatnie zdanie, zamknęła laptop i spojrzała na zegarek. Zrobiło się późno. Cały czas z tyłu głowy miała inną myśl, niezwiązaną ze śledztwem. Chyba powinna spróbować, póki ojciec jest na spływie.

Zamyślona wstała od stolika z zamiarem wyjścia. Kiedy znalazła się poza terenem restauracji, usłyszała wołanie. Było skierowane do niej.

– Nie zapłaciła pani!

– Ojej! Najmocniej przepraszam! Zupełnie zapomniałam, zamyśliłam się, jeszcze raz przepraszam.

*

Oficer dyżurny rozmawiał od paru minut z mocno podpitym facetem podającym się za Olgierda Wolińskiego. Po całym dniu dyżuru miał już dość, a pijacy zawsze działali na niego jak płachta na byka.

Próbował jednak wykazać się cierpliwością. Za piętnaście minut kończył służbę i wolałby wyjść do domu bez awantur. Zwłaszcza że facet wyglądał porządnie.

– Człowieku, chcesz kłopotów? Radzę ci jak matka, idź do domu, prześpij się, a potem przyjdź, jeśli będziesz jeszcze miał na to ochotę.

– Alle paan mie nie słucha, panie, jaa muszsze ro-rosmawiać zee komi-misarzem, zee Nadziejo czy jakoś, ten drugi, jaakośś Szy... nnie, Szka... Szkarnulis, to ssprawa szycia i śmierci... zabili ją, zabili moją Aanie. – Zaczął płakać. – Ja tu, ja mam doowód, ja muusze rosmawiać...

Facet oparł się o ladę oddzielającą go od dyżurnego. Jedną ręką grzebał w kieszeni spodni. W końcu wyciągnął wizytówkę Szkarnulisa i położył przed nim.

– O! Z nim... z nim muszsze rosmawiać...

Dyżurny spojrzał na wizytówkę. Faktycznie, zobaczył na niej nazwisko Włodka. Tyle że Włodek chyba gdzieś wyszedł. Ale lepiej sprawdzić, może ktoś zejdzie do pijaka, a on wreszcie będzie mógł wyjść z roboty.

– Pan siądzie i zaczeka, zaraz po niego zadzwonię.

*

Przesłuchiwał Bielika wraz z Dziemianiukiem i Moniką Pawluk, choć ta ostatnia nie wydawała się specjalnie zaangażowana. Bielik próbował wyjaśniać, dlaczego znalazł się w Sejnach na targowisku.

– Te sprawy nas nie interesują – przerwał mu. – Opowiesz wszystko dokładnie pogranicznikom. Muszę wiedzieć, o której Janonis przyszedł w piątek do pracy i o której wyszedł.

Widział, że Bielik był wyraźnie zdziwiony, nie tego się spodziewał.

– No jak, o której? Przecież chyba powiedziałem, nie? Przyszedł chwilę przed dwunastą, a wyszedł jakąś godzinę później. Zresztą jak nie wierzycie, możecie sami sprawdzić.

– Niby jak? – Teraz Karol był zdziwiony.

Robert spojrzał jakby trochę z wyższością na policjantów.

– Powinno się nagrać.

– Macie monitoring?!

– Na to wychodzi.

– Dlaczego od razu nie powiedziałeś? I dlaczego Janonis o tym nie wspomniał?

– Mógł nie wiedzieć, założyłem kamery dopiero w czwartek wieczorem. Szef jakiś czas temu stwierdził, że dobrze by było mieć monitoring, bo mamy drogie samochody. W piątek nie zdążyłem mu nawet o tym powiedzieć... i wam też zapomniałem.

– Gdzie są te nagrania?

– No w firmie, na zapleczu.

Wyciągnął klucze i położył je przed komisarzem. Karol z Tomkiem popatrzyli na siebie zadowoleni.

*

Julia wpadła do domu i od razu skierowała się do salonu, gdzie stało biurko ojca. Dlaczego od razu go nie przeszukała? Cały czas męczyła ją myśl, że ojciec powinien mieć jakieś dokumenty. Była tego niemal pewna.

Zaczęła metodycznie przeszukiwać biurko. W dolnej szufladzie na samym dnie znalazła stary album ze zdjęciami i pudełko z masy perłowej. Patrzyła na nie przez chwilę, po czym otworzyła. W środku znalazła listy. Ręka jej zadrżała, ale ciekawość przeważyła.

Pierwszy był listem ojca do matki. Przeleciała go wzrokiem, czując się przy tym podle. Nie powinna tego robić, musiała jednak wiedzieć, chciała wiedzieć, co było między nimi.

Z listu płynęły słowa tęsknoty i miłości. Przejrzała kolejne, znalazła też listy od matki. Tu podobne słowa. A więc kochali się... Pozostałych listów już nie czytała.

Zabrała się do przeglądania albumu. Zatrzymała wzrok na zdjęciu ślubnym rodziców. Stanowili naprawdę piękną parę. Ona, blondwłosa piękność w klasycznej długiej sukni podkreślającej doskonałą figurę; on, wysoki brunet o jasnym spojrzeniu w mundurze oficera marynarki handlowej, w tłumie roześmianych gości.

Dalej znalazła zdjęcia ojca na statkach, w różnych portach, na jednym z nich była też mama. Na następnej stronie pojawiła się ona sama, miała tu może rok. Uśmiechała się do obiektywu. Wydawało jej się, że uśmiech odziedziczyła po mamie.

Przeglądała dalej fotografie, aż natknęła się na zdjęcie portretowe mamy. Nigdy wcześniej go nie widziała. Mama miała piękną twarz o regularnych rysach, uśmiechała się delikatnie, jakby lekko zalotnie.

Zamknęła gwałtownie album, a serce waliło jej jak młotem. Przejechała ręką po zroszonym czole i wstała od biurka. Przymknęła oczy, a pod powiekami cały czas widziała jej portret. Serce miała ściśnięte, a w gardle czuła suchość. Poszła do kuchni, żeby napić się wody.

Wróciła do salonu i wznowiła poszukiwania. Wyjmowała wszystko z półek i szuflad wielkiego ojcowskiego biurka. Przeglądała starannie opisane, pożółkłe teczki: „Rok 2005 – opłaty", „Urząd Skarbowy – zeznania podatkowe", „Umowy różne", aż w końcu wyciągnęła teczkę z głębi dolnej szuflady z prawej strony biurka opisaną jako „1983" bez żadnej dodatkowej informacji. Zamarła na chwilę.

Wiedziała, że to jest to, o co jej chodziło. Usiadła na kanapie, a teczkę położyła przed sobą. Zapaliła iqosa, przyglądając się znalezisku. Bała się zajrzeć do środka.

W końcu się zdecydowała i powoli zaczęła rozwiązywać tasiemki teczki. W środku znalazła powycinane z gazet artykuły. Zamknęła oczy. Nie, nie miała siły zmierzyć się z ich treścią. Jeszcze nie dzisiaj. Zamknęła teczkę, kiedy zadzwonił telefon.

Dzwonił Kuba. Serce ścisnęło jej się z radości. Kiedy odebrała, Kuba pełen entuzjazmu od razu zaczął mówić:

– Mamo! Jeszcze jeden mały odcinek i kończymy! Dziadek powiedział, że to spacerek w porównaniu z tym, co za nami. Ale mówię ci, dzisiaj to naprawdę było coś! Ręce mi odpadają!

Zaśmiała się ze szczęścia, słysząc, że jest taki radosny.

– Czy to znaczy, że żeby było fajnie, muszą odpadać ręce?

– Nie, no po prostu tu jest super! Żałuj, że nie popłynęłaś z nami. Nigdy nie widziałem takich widoków, tylu bocianów! Widzieliśmy też parę żurawi. Są naprawdę wielkie. Kąpałem się trzy razy, bo gorąco. Mógłbym tak pływać codziennie.

Julia w trakcie rozmowy zaczęła sprzątać bałagan, który zrobiła. Najgorsze, że nie pamiętała, gdzie co leżało. Ojciec prędzej czy później zorientuje się, że tu grzebała. Teczkę „1983" wepchnęła do plecaka.

– Naprawdę cieszę się, że tak ci się podoba. Ale dzisiaj wrócicie chyba do domu? Stęskniłam się za tobą.

– Tak, ale będziemy późno. Musimy dopłynąć do końcowego etapu i stamtąd wrócimy samochodem.

– Dobrze, kochanie. Zapytaj dziadka, o której będziecie. I czy przygotować wam kolację.

Czekała chwilę, aż Kuba rozmówi się z ojcem. Po chwili znowu usłyszała jego głos.

– Dziadek mówi, że powinniśmy być koło dziesiątej, ale zjemy tutaj, zaraz po spływie przy ognisku. Mają być ryby!

– Łał! To same atrakcje. Uważaj na siebie i do zobaczenia w domu. Całuję cię.

– Oki. To pa, mamo!

Rozłączył się, a ona stała przez chwilę zamyślona, patrząc przez okno na jezioro. Powinna załatwić jeszcze jedną sprawę. Wzięła plecak i wyszła z salonu.

*

Bożena wyczekała na moment, kiedy kierownik dyskontu gdzieś zniknął, i kiwnęła na Kryśkę. Trzeba korzystać, dopóki gościa nie ma. Już od dwóch godzin nie było okazji, żeby wyjść na fajkę. Teraz wymknęły się niezauważenie na tyły budynku, gdzie zawsze paliły. Obie wyciągnęły swoje papierosy. Krysia była podekscytowana.

– Jezu, ten nowy magazynier to jakiś głupek jest normalnie. Słyszałaś, co on mówił?

– No, podrywał cię jak nic. – Roześmiała się, a z nią Kryśka.

– Gdzieś mam jego zaloty, znalazł się casanova. Ty lepiej powiedz, co z tymi morderstwami. To wszystko prawda, co pisali w gazecie?

– No, jakiś horror. Ludzie mówią tylko o tym. Tę Ankę to zastrzelili na drodze, uciekała przez las, bo ktoś ją gonił.

– Jak żyję, nie pamiętam, żeby takie rzeczy się tu działy. Aż strach człowieka bierze. I jeszcze to dziecko... Kto mógł zrobić coś takiego?

– Skąd mam wiedzieć? Pojęcia nie mam. Ale zabili ich wszystkich z broni starego Szułowicza, to dosyć dziwne.

– Jak to? Ale dlaczego? Chcieli ich okraść?

Bożena pokręciła głową i wydmuchała kłąb dymu.

– Podobno nic nie zginęło. Ja myślę, że to jakaś zemsta musiała być. Szułowicz miał ze wszystkimi na pieńku, nawet z moim starym.

– Ty, a co miałaś mi powiedzieć? – Kryśka przypomniała sobie o tym, o czym koleżanka wcześniej jej napomknęła. Teraz Bożena trochę żałowała i próbowała sprawę bagatelizować.

– E, nic takiego.
– Nie, no powiedz. – Kryśka nie odpuszczała.

Bożena popatrzyła na nią i stwierdziła w duchu, że w końcu jej może powiedzieć. Rzuciła więc tajemniczo:
– Umówiłam się.
– Łał! Z kim?! I dopiero teraz mówisz? Opowiadaj!
– Na razie nie ma o czym. Ale jest przystojny i wygląda na to, że ma kasę.
– Jezu, to super! Może wreszcie znajdziesz kogoś na dłużej.
– Sama nie wiem. Wiesz, jak się taki dowiaduje, że mam dzieci, to od razu spyla.
– Kto to jest? Ktoś z Augustowa?
– Tak, jest kelnerem w Albatrosie.

Kończyły właśnie palić, kiedy drzwi się otworzyły i wyszła do nich starsza pracowniczka, Jadzia.
– Tu jesteście, tak myślałam. Kierownik was szuka.

Bożena zniecierpliwiona wywróciła oczami.
– No idziemy. Na pięć minut wyjść nie można, co za kutafon.

*

Na ekranie laptopa leciało, w przyśpieszonym tempie, nagranie z monitoringu. Kiedy pojawił się na nim klient, a na liczniku godzina dwunasta cztery, Tomek wcisnął tryb normalny.

Zobaczyli podjeżdżające pod komis auto Janonisa. Litwin wysiadł z samochodu i wszedł do budynku. Po niecałej godzinie, o dwunastej pięćdziesiąt sześć, wyszedł i odjechał.

Karol przyglądał się nagraniu wraz z Moniką Pawluk i Dziemianiukiem w sali odpraw. Komisarz zastopował i spojrzał na prokuratorkę.

– I co pani na to powie, pani prokurator?

Pawluk wzruszyła ramionami, Karol był niemal pewien, że kobieta wreszcie odpuści, jednak się pomylił.

– No dobrze, ma alibi, ale to go wcale nie wyklucza. Mógł zlecić te zabójstwa, a biorąc pod uwagę jego kontakty, wygląda to jeszcze bardziej prawdopodobnie. Zwłaszcza że miał motyw. Poczuł się zagrożony, żona właśnie mu powiedziała, że odchodzi z innym. Wszystko układa się w logiczną całość. – Uśmiechnęła się zadowolona ze swego wywodu.

– Nie bierze pani pod uwagę faktu, że żona powiedziała mu o swoim odejściu około dziesiątej, a Irena Szułowicz już wtedy nie żyła. Janonis nie miał nawet czasu, żeby zlecić komuś zabójstwo żony. Poza tym dlaczego miałby zabijać dziecko? Nie, to się nie trzyma kupy.

Karol wstał od stołu, zaczął nerwowo chodzić. Wkurzała go ta baba. Oczywiście znowu się usztywniła, jakby połknęła kij. Wciąż próbowała się bronić przez atak.

– Może się nie trzyma kupy, ale na razie jakoś nie przedstawił pan lepszej hipotezy. A dziecko mogło zginąć przez przypadek. Ale proszę, słucham, co pan proponuje? Jacyś inni podejrzani? – Spojrzała na niego wyzywająco.

Przez chwilę mierzyli się wzrokiem, dopóki ich pojedynku nie przerwało wejście Szkarnulisa. Karol przeniósł wzrok na podwładnego.

– Co masz?

– Woliński potwierdził swoje alibi. Przyniósł rachunek za tankowanie na stacji benzynowej ponad sto kilometrów od Augustowa dwudziestego ósmego czerwca o jedenastej czternaście.

Włodek podszedł i wręczył mu rachunek. Karol spojrzał i tylko kiwnął głową. Pawluk uśmiechnęła się z wyższością pod nosem, po czym wyszła bez słowa. Zostali sami, a on się w środku gotował. W końcu wybuchnął:

– Kurwa! Jesteśmy w punkcie wyjścia!

Podszedł do tablicy ze zdjęciami ofiar i podejrzanych: Janonisa i Wolińskiego. Wpatrywał się w nie intensywnie, jakby liczył na to, że znajdzie tam odpowiedź. Tomek miętosił nerwowo chusteczkę i ocierał pot z czoła, Włodek miał nieprzenikniony wyraz twarzy. Karol zaczął mówić bardziej do siebie niż do nich:

– Cały czas coś nam umyka. Od początku czułem, że to nie jest robota Janonisa, ale przecież zabił ktoś, kto ich znał. Nie ma innej opcji.

Odwrócił się do chłopaków.

– Wróćcie do początku, przejrzyjcie jeszcze raz wszystkie tropy i zeznania.

Wyciągnął komórkę i zobaczył nieodebrane połączenia i esemes od Julii. Przeczytał go: „Skończyłam profil i mogę wam go przedstawić. Odkryłam też coś ciekawego. Zadzwoń".

Zrobił to od razu, lecz tym razem to ona nie odebrała.

*

Julia znowu jechała leśną drogą, tym razem jednak wyasfaltowaną. Spojrzała na ekran nawigacji samochodowej, bo nie była pewna obranego kierunku. W końcu zgodnie ze wskazówkami głosu nawigacji skręciła w prawo w mniejszą przecinkę i po jakichś stu metrach napotkała barierkę ze znakiem „stop".

Zatrzymała się i wyjęła ze schowka mapę okolicy. Na szczęście ją miała. Upewniła się, że nie pobłądziła. Wysiadła i podeszła do barierki, żeby ją podnieść, ale nic z tego. Chcąc nie chcąc, wróciła do auta i zaparkowała je na poboczu. Zabrała tylko komórkę z siedzenia, zamknęła samochód i poszła dalej dróżką, która powinna ją doprowadzić do celu.

Spojrzała na telefon, zauważyła nieodebrane połączenie od Karola. Kiedy przystanęła, żeby oddzwonić, poczuła przez moment czyjąś obecność, ale może jej się zdawało? Nikogo nie zauważyła. Po kilku sygnałach Karol odebrał.

– No, nareszcie się złapaliśmy! Chyba straciłam zasięg, kiedy dzwoniłeś. Mam parę ciekawych informacji.

– Świetnie, może wskażą nam jakiś trop, bo nie możemy ruszyć z tą sprawą. I Janonis, i kochanek mają alibi.

– Wolińskiego nawet nie brałam pod uwagę, nie pasował do profilu, zresztą mąż Anny też nie.

Julia przystanęła na moment i obejrzała się za siebie, bo znowu miała to wrażenie, co przed chwilą, lecz i tym razem nikogo nie zauważyła.

– Julia?

– Tak, jestem. Powinniśmy się spotkać. Skończyłam profil.

– Cieszę się. Zapraszam do mnie, przygotuję coś do zjedzenia i wszystko przegadamy. Co ty na to? Spotkajmy się za dwie godziny, może być?

– Właściwie czemu nie? Stało się coś?

– Nie, dlaczego?

– Sądziłam, że będziesz chciał, żebym przedstawiła profil twoim ludziom.

– Zdecydowanie tak, ale najpierw wolałbym sam go poznać i się z tobą naradzić. Poza tym wystąpiły nieprzewidziane okoliczności, ale to jest już mój kłopot.

– Jakie okoliczności?

– Jak by to najłagodniej ująć... Myślenie mojego obecnego szefa tkwi ciągle w PRL-u.

– Chyba rozumiem.

– Powiesz mi, co odkryłaś?

– Ciekawą rzecz. Wyobraź sobie, że Fabian Hryszkiewicz nie jest synem swojego ojca.

– Tak? No i...?

– Nie byłoby to interesujące, gdyby nie fakt, że jego ojcem był Maciej Szułowicz!

– No to robi się ciekawie. Skąd o tym wiesz?

Julia skupiona na rozmowie nie usłyszała, że ktoś z tyłu do niej podbiegł.

– To dłuższa historia, powiedziała mi o tym zielarka...

Poczuła ból z tyłu głowy i zapadła ciemność.

*

Nadzieja, zdezorientowany, nie wiedział, co się stało. Julia nagle urwała rozmowę i się rozłączyła, potem już nie odbierała. Ponawiał próby kilkakrotnie, ale bez skutku. Czuł, że stało się coś złego. Tylko gdzie ona w ogóle była? Nie zapytał o to.

Do biura wszedł Włodek.

– Mógłbyś sprawdzić, gdzie ostatnio logowała się komórka Julii? I zawołaj Tomka, chciałbym porozmawiać z Zofią Hryszkiewicz.

– Się robi.

Wychodząc, Szkarnulis prawie zderzył się z zaaferowanym Dziemianiukiem.

– Dzwonili z laboratorium, mają już wyniki badań toksykologicznych. Mały Janonis miał we krwi sporą dawkę środka usypiającego. Tego samego, którego obecność stwierdzono w coca-coli w szklance i butelce stojącej na stole w kuchni.

Karol się ucieszył.

– Interesujące.

– No właśnie. To oznacza, że ktoś chłopaka wcześniej uśpił, czyli wiedział, że zabije. To nie mogło być tak, że ktoś wszedł i pokłócił się z Szułowiczem, w konsekwencji czego powystrzelał całą rodzinę. Wszystko zostało przemyślane i przygotowane wcześniej.

Włodek słuchał w skupieniu, potem zapytał:

– Co to za środek?

– Flunitrazepam, substancja czynna znajdująca się w rohypnolu.

Karol drgnął na dźwięk tej nazwy.

– To ten lek znalazłem w szafce nocnej Ireny Szułowicz.

Tomek dopowiedział, co wiedział na temat substancji:

– Flunitrazepam stanowi często składnik pigułki gwałtu. W połączeniu z alkoholem powoduje amnezję. Ale tak w ogóle działa mocno nasennie i przeciwlękowo.

Karol pokiwał z zadowoleniem głową.

– Dobra robota, Tomek. Ktoś musiał wcześniej przygotować tę colę. Wiedział, że Anna wraz z chłopcem przyjadą tego dnia do Szułowiczów. O tym wszystkim mogli wiedzieć Hryszkiewiczowie. Są najbliższymi sąsiadami. Zofia Hryszkiewicz miała częsty kontakt z Ireną. Była rano u Szułowiczów, nikt jej nie otworzył. Jeśli Zofia mówi prawdę...

*

Samochód Staszka Gibasa podjechał pod dom Barskiego. Najpierw wysiadł Stefan, za nim zaspany Kuba. Staszek siedział za kierownicą i się nie ruszał. Stary nachylił się do niego.

– Dzięki za wszystko. Jutro zapraszam na kolację. Mam nadzieję, że tym razem dasz się namówić?

Kuba patrzył w kierunku domu i jego ciemnych okien. Barski też to zauważył i w duchu zdążył już się wkurzyć na córkę, że jeszcze nie wróciła.

– Czemu nie, nawet chętnie. Cześć, Kuba! Zadowolony?

– Było super! Dzięki!

– To do jutra, Staszek. Muszę położyć chłopaka, późno już. Dobranoc.

Gibas uśmiechnął się i podniósł rękę na pożegnanie. Wycofywał samochód.

– Dobranoc!

Podeszli z Kubą do furtki. Widział, że chłopak nie potrafi ukryć rozczarowania.

– W oknach ciemno. Mama mówiła, że będzie na nas czekała.

– Może śpi.

– Wątpię. Tak wcześnie nigdy nie chodzi spać. Dzwoniłem do niej po ognisku. Nie odebrała.

– Zaraz zobaczymy. Może coś ją zatrzymało. Znasz ją. Zadzwonimy do niej jeszcze raz.

*

Zofia wyszła z domu i skierowała się w stronę kurnika. Zupełnie zapomniała zamknąć kury. Miała nadzieję, że nie zdążył się do nich wśliznąć jakiś lis czy inna cholera. Zajrzała do środka, ale kury spały spokojnie w komplecie.

Zamknęła kurnik i poszła do budy, przy której już podskakiwał na jej widok Szarik. Zawsze na noc spuszczała go z łańcucha. Kochała tego psa, miał już swoje lata, lecz wiernie służył i zawsze ostrzegał przed niebezpieczeństwem.

Uwolniła zwierzę, cieszące się teraz jak szalone z odzyskanej wolności. Pogłaskała je i spojrzała w jego wierne oczy.

Nagle Szarik zrobił się czujny i zastrzygł uszami, po czym z jego gardła wydobył się groźny głęboki pomruk, pochodzący aż z brzucha.

Zrozumiała, o co mu chodziło, dopiero gdy zobaczyła światła samochodu.

Szarik zaczął szczekać agresywnie, a ona wstała, wpatrując się we wjeżdżające na podwórko auto. Próbowała zgadnąć, kto to może być.

Podeszli do niej jacyś dwaj policjanci. Jednego rozpoznała, był u nich wcześniej. Szarik groźnie ich obszczekiwał.

– Pani weźmie tego psa.

– Szarik! Do mnie! Spokój! Do budy!

Pies spojrzał na nią rozczarowany, ale posłuchał i schował się w swym azylu.

– Dobry wieczór, komisarz Nadzieja, kolegę poznała pani wcześniej. Przepraszamy, że tak późno, ale musimy porozmawiać.

Przeszedł ją dreszcz, choć upał wcale nie zelżał. Nie miała pojęcia, czego chcieli, ale się wystraszyła. Wzruszyła ramionami.

– No jak mus, to widać i trzeba. Do domu zapraszam.

– Proszę nie robić sobie kłopotu, w taki ciepły wieczór przyjemnie na zewnątrz. A my właśnie z panią chcieliśmy porozmawiać. Najlepiej na osobności.

Czego mogli chcieć? Czemu tylko z nią chcieli gadać? – Myśli przelatywały jej przez głowę niczym tabun gazeli.

– Ze mno? A co się stało? Wszystko już powiedziała.

– To delikatna sprawa. Mamy informację, która może być istotna dla śledztwa, a dotyczy pani i zmarłego Macieja Szułowicza. Domyśla się pani, o co chodzi?

– Nijak, nie wiem.

– To może ja pani ułatwię. – Komisarz spojrzał na nią wymownie. – Syn pani, Fabian, jest synem Macieja Szułowicza, prawda?

– Jezusie Nazareński! A skąd...? – Zamarła na dłuższą chwilę. Skąd o tym wiedzieli? – No tak, prawda.

– Czy mąż o tym wie?

– A gdzież tam! Jakby się dowiedział, toby... – Zamilkła wystraszona tym, co chciała powiedzieć.

– Co „by"? Co chciała pani powiedzieć? Że mąż mógłby zabić?

Zofia spojrzała na policjanta oburzona.

– Nigdy! Pobić to tak, ale nie teraz, może kiedyś, dawniej. Teraz to już nie ten wiek. Szułowicz mnie zgwałcił. Chciała usunąć, choć to obraza boska, ale ksiądz mnie odwiódł od grzechu. Nigdy mężowi nic powiedziała, a i on się nawet nie domyśla. Wiem to. Na co to komu wiedzieć? Tylko nieszczęście może przynieść.

– No a syn? Czy on wie, a może się domyśla? Jakie były jego relacje z Szułowiczem? – wypytywał Nadzieja.

– Fabian? Nic mu nigdy nie powiedziała, a Szułowicz na pewno też nie. Mój stary mocno za Fabianem zawsze był, a Szułowicz, prawdziwy ojciec, na niego się wypioł. Grosza nigdy nie dał, choć ojcem chrzestnym był, toć przecie móg.

– Pani Zofio, a gdzie był mąż wtedy, w piątek rano i przed południem? Pamięta pani, pytałem już o to – odezwał się Dziemianiuk.

– No w lesie, znaczy w robocie, ale tak dokładnie gdzie, to nie wiem.

– A Fabian?

Wzruszyła ramionami.

– Toż on zawsze swoimi drogami chodzi. Ojcu pomaga w lesie. Pewnie razem byli, bo po śniadaniu poszli.

– A o której było śniadanie?

– Koło siódmej. Ale co wy? Ludzie? Co wam po głowie chodzi?!

– Mąż w domu? – naciskał młodszy policjant.

– Na piwo poszed do sklepu.

– A syn jest? – dopytał ten starszy.

Nagle, niczym duch z ciemności, wyłonił się Fabian. Podszedł do nich.

– A jestem. O co chodzi?

*

Chodził niespokojnie po pokoju w tę i z powrotem. I nawet płynąca z głośników ulubiona aria *Poławiaczy pereł* Georges'a Bizeta tym razem nie zadziałała uspokajająco. Zbliżył się do odtwarzacza i ściszył fonię. Usiadł w fotelu i nerwowo zaczął nabijać fajkę tytoniem. Zapalił, ale i to go nie rozluźniło.

Spojrzał na zegarek. Zadzwoni do Romy, chyba jej nie obudzi, a jeśli nawet, to trudno. Ale zanim to zrobił, spróbował jeszcze raz dodzwonić się do Julii. Jej telefon wciąż milczał. Wybrał numer do siostry, po chwili odezwała się jakby trochę zaspana.

– Stefan? Stało się coś?

– Chyba tak. Julia nie wróciła do domu. Dzwoniliśmy do niej z Kubą kilka razy, ale od szóstej nie mamy z nią kontaktu. Denerwuję się. Miała na nas czekać w domu. Wiem, że jest dorosła, że jest nieodpowiedzialna, lecz nie do tego stopnia.

– Zaczekaj, może po prostu ma problem z komórką albo coś ją zatrzymało?

– Gdyby miała problem z komórką, mogłaby przecież zadzwonić z innego telefonu. Wiem, że prowadzi tu jakąś sprawę, ale obiecała Kubie, że będzie wieczorem. Jest prawie dwunasta. Nie wiem, co robić.

– Wiesz, z kim prowadzi tę sprawę? Znasz tego policjanta? Powinieneś do niego zadzwonić.

Zirytował się.

– Skąd mam znać, przecież ona mi nic nie mówi.

– Bo wie, jak na to reagujesz.

– Och, proszę cię, chociaż ty nie zaczynaj. Podjadę na komendę i może się czegoś dowiem. Tylko że muszę zostawić Kubę samego.

– Kuba śpi? Na pół godziny możesz go zostawić. Albo poczekaj do rana.

– Nie wytrzymam do rana. Mam złe przeczucia. Dobra, tak zrobię, to śpij.

– Daj znać, jak się czegoś dowiesz.

– No jasne.

Rozłączył się, pozbierał rzeczy i zajrzał do wnuka, by się przekonać, czy rzeczywiście śpi. Szczęśliwie zmęczenie zrobiło swoje.

*

Karol dotarł właśnie w miejsce, gdzie ostatnio logował się telefon Julii, jak ustalił Szkarnulis. Oczywiście był to spory obszar, ale umówili się z aspirantem Mirkiem Kulą na leśnym parkingu, skąd zamierzali ruszyć.

Karol ściągnął Mirka z Suwałk, gdzie ten na co dzień służył i był opiekunem psa rasy bloodhound, najlepszego tropiciela ze wszystkich psów, cechującego się niezwykle czułym zmysłem węchu. Orion był jedynym takim psem w całej okolicy.

Mimo późnej pory Mirek stawił się punktualnie i czekał już na niego razem z Włodkiem. Karol rozłożył mapę sztabową i pokazał na niej teren, który ich interesował.

– Jeszcze dwie godziny temu na tym obszarze logowała się jej komórka, musimy go sprawdzić. Zresztą Orion będzie wiedział najlepiej, gdzie iść. Mam tu sweter Julii. – Otworzył worek strunowy i wyjął sweter, a Mirek podetknął go psu pod nos.

Orion pokręcił się trochę, ale po chwili zdecydowanie ruszył w jednym kierunku. Po paru minutach dotarli do miejsca, gdzie zobaczyli barierkę ze znakiem „stop" zakazującą wjazdu samochodom.

Orion wbiegł na drogę, a kawałek dalej przysiadł. Szczekaniem coś komunikował. Mirek podbiegł do psa, rozejrzał się w trawie i znalazł telefon. Nadzieja z Włodkiem byli już przy nim.

– Rozładowany.

– To telefon Julii, poznaję. Cholera jasna, źle to wygląda. – Karol się zmartwił. Przez głowę przelatywały mu różne scenariusze, ale żaden nie wydawał się prawdopodobny.

Prawdę mówiąc, nie miał pojęcia, co się mogło stać. Może po prostu zgubiła ten telefon? Ale gdyby tak było, to wróciłaby do domu, a wiedział przecież, że tak się nie stało. Rozmawiał z jej ojcem, który dostarczył mu jej sweter.

Orion wciąż siedział, Kula znowu dał mu do powąchania sweter Julii.

– Orion, szukaj. No, szukaj, piesku.

Orion wstał i bez entuzjazmu przeszedł parę metrów w drugą stronę. Po kilku metrach znowu usiadł i zaanonsował szczeknięciem, że coś ma.

Kula podszedł do niego wraz z innymi. Po chwili podniósł z trawy adidasa. Karol spojrzał na to ze zgrozą.

– To Julii! Wiedziałem, wiedziałem, że coś złego się stało! Kurwa! Dlaczego on nie szuka dalej?

Kula powtórzył manewr ze swetrem, ale Orion odszedł niedaleko i znowu wrócił na to samo miejsce.

– Nic z tego nie będzie. Musiała wsiąść do samochodu. Wygląda na to, że tu stał, widać ślady. – Poświecił latarką, pokazując wgniecioną trawę. – Pewnie wyszła z samochodu, bo nie mogła pojechać dalej, a potem wróciła... albo... nie wiem. Skąd ten but? Przecież nie mogła go ot tak zgubić. Chyba że...

– ...że ktoś uprowadził ją siłą? To chcesz powiedzieć? – zapytał coraz bardziej zdenerwowany Karol.

Mirek kiwnął głową.

– No tak, bo jak to wytłumaczyć?

Stali bezradnie w miejscu znalezienia buta. Włodek wziął od Karola mapę i oświetlił ją latarką.

– Stąd jest już blisko do leśniczówki i do Hryszkiewiczów. Może szła do nich? Tylko dlaczego przyjechała z tej strony? – zastanawiał się Włodek.

– Pojęcia nie mam. Mogła po prostu nie wiedzieć, że normalna droga do nich prowadzi z drugiej strony. Rozmawialiśmy około osiemnastej, mieliśmy się później spotkać, nie wspomniała niestety, gdzie jest i dokąd idzie. Przesłała mi zdjęcie medalika znalezionego przy leśniczówce. Podobno rozmawiała z zielarką, która jej zdradziła, że Fabian Hryszkiewicz jest synem Szułowicza, a potem rozmowa się urwała.

– Synem Macieja Szułowicza? – zainteresował się Włodek.

– Właśnie. Nieoczekiwany zwrot akcji. – Karol spojrzał na Mirka. – A pies? Nic więcej nie zdziała?

Kula pokręcił głową.

– No nie, przykro mi. Jeśli odjechała samochodem, a na to wygląda, to on nic nie poradzi.

Karol aż przysiadł ze złości i z bezradności. Nie wiedział, co dalej robić.

*

Jak zwykle na początku sezonu, kiedy wszyscy goście już się zjechali, przygotowała tak zwane powitanie. Oznaczało to imprezkę przy ognisku z alkoholem i zagrychą w postaci pieczonych nad ogniskiem kiełbasek.

Prawie wszyscy byli już na miejscu: Basia i Zygmunt Urbańscy, przyjeżdżający do Beaty i Jessego prawie od początków ich agroturystycznej działalności, a więc od około dziesięciu lat, i małżeństwo Zembalskich. Ci gościli tu pierwszy raz.

Danuta, około trzydziestoletnia, w piątym miesiącu ciąży, wydała się Beacie średnio ładna i średnio sympatyczna.

Jej mąż, Adam, chyba równy facet, wysportowany, wysoki, muskularny, trochę typ komandosa i na takiego pozujący. Chodził w stroju moro i wojskowych butach. Beacie chciało się trochę z tego śmiać, ale niczemu się już nie dziwiła i tolerowała ludzkie dziwactwa.

Najciekawszy gość jeszcze nie dojechał. Beatę rozpierała duma, że ich sobie wybrał i chciał spędzić u nich urlop piąty już raz. Dziennikarz i pisarz z Warszawy. Nie byle kto. Typ trochę ekscentryczny, ale można mu było wybaczyć. Ludzie twórczy nie są równi zwykłym zjadaczom chleba, mają swoje wymagania, grymasy i fantazje. Nawet nazwisko miał dziwaczne: Wenet, Artur Wenet.

Obserwowała swych gości spod oka, czujnie sprawdzając, czy mają wszystko, czego im trzeba. Kontrolowała, czy nie należałoby donieść na stół popitki, chleba, pomidora albo coś jeszcze, czego zabrakło.

Z natury była bardzo opiekuńcza, ale wiedziała też, że goście lubią i doceniają, gdy człowiek się o nich troszczy. A potem zostawiają lajki na stronie. Choć, prawdę mówiąc, nawet nie potrzebowali już reklamy. Mieli przez cały sezon zapełnione pokoje.

Do rzeczywistości przywołał ją głos Jessego wznoszącego kolejny toast:

– Za pogodę już piliśmy, za spotkanie też, zdrowie gospodarzy było, to teraz za wasz udany urlop!

Zauważyła, że Żembalscy zachowują się bardzo powściągliwie; Danuta oczywiście nie piła, a Adam opiekał kiełbaskę nad ogniem.

Może to dlatego, że słabo się znamy? Czują się tu jeszcze niepewnie – pomyślała.

Za to Urbańscy, a zwłaszcza Basia, zaśmiewali się prawie bez przerwy. Beata odezwała się, chcąc trochę poskromić męża:

– Jesse, zwolnij tempo, bo jutro wszyscy będziemy umierać.

– E tam! Przecież tu się pije jak nigdzie, kac nikomu nie grozi!

Prawdę mówiąc, zgadzała się z nim w tej kwestii, ale małżeństwo Zembalskich było pierwszy raz, nie chciała ich do siebie zrazić. Zygmunt wzniósł kieliszek.

– Trafiłeś w sedno, Jesse! Twoje zdrowie!

– Przypomniał mi się świetny kawał. – Baśka, która była już nieco wstawiona, znowu się zaśmiała. – Przychodzi baba do lekarza i mówi: „Panie doktorze, mam sklerozę", a on pyta: „Od kiedy?". A ona na to: „Co od kiedy?".

Wszyscy się roześmiali, a Baśka najgłośniej. Beata wyłapała, że Danuta ledwie się uśmiechnęła, pewnie tylko z grzeczności. Widać było, że nie czuje się w ich towarzystwie najlepiej. Jej mąż jednak zupełnie na to nie zważał.

Beata pochwaliła Baśkę za dobry dowcip.

– O Jezu, ale się uśmiałam! Ja to nigdy nie mogę spamiętać tych kawałów, a jeszcze opowiedzieć...

Zygmunt postanowił również się odezwać:

– To dorzucę jeszcze coś w ten deseń: facet ma jedną nogę na chodniku, drugą w taksówce. Pyta taksówkarza: „Panie, ja wsiadam czy wysiadam?". „Też nie pamiętam, ale dwadzieścia złotych się należy!"

Znowu rozległa się salwa śmiechu, a wtedy z ciemności wyłonił się wyczekiwany przez Beatę Artur Wenet.

Uśmiechnięty, niewysoki szatyn w dopasowanej różowej koszuli, modnej kurtce i wąskich spodniach. Typ metroseksualny. Danuta i Baśka spojrzały na niego zaciekawione.

Beata rzuciła się, by go przywitać, a w jej ślady poszedł Jesse.

– Panie Arturze! Nareszcie pan dojechał! Tylko pana nam brakowało! Wszystko już przygotowane! Domek czeka ten sam co zawsze!

– Witamy! Miło pana znowu widzieć! Szanowni państwo, Artur Wenet, dziennikarz i pisarz ze stolicy! – przedstawił Artura Jesse.

Wenet ze swobodą i z jakimś nieokreślonym wdziękiem, któremu ulegała Beata, przywitał się z gospodarzami, a później z ich gośćmi.

Jesse już przygotował i podał mu drinka, a Wenet wypił go zachłannie, prawie do dna, jak wodę.

– Chyba chciało mi się pić – stwierdził, gdy tylko oderwał szklankę od ust, i uśmiechnął się rozbrajająco.

W tym zamieszaniu niepostrzeżenie wymknęła się Danuta, szepnęła tylko Beacie na ucho, że musi się położyć. Oprócz Adama, no i Beaty, nikt nie zwrócił na jej odejście uwagi.

Zabawa dopiero się rozkręcała, a Wenet od razu znalazł się w centrum zainteresowania i wyglądało na to, że dobrze mu z tym.

*

Przez pierwszą minutę widziała jedynie ciemność. Okrutnie bolała ją głowa; dotknęła jej z tyłu i poczuła coś lepkiego. Krew? Nic nie pamiętała. Jej prawa ręka została przyczepiona do czegoś w ścianie, chyba kajdankami, bo czuła metal na nadgarstku. Co jest grane?

Najpierw musi sprawdzić, gdzie jest. W kieszeni spodni powinna mieć zapalniczkę. Chociaż przechodziła na iqosy, zdarzało się, że przepalała je papierosami, bo wydawały się mocniejsze. Pomacała kieszeń i wyczuła podłużny kształt.

Płomień rozświetlił ciemność. Znajdowała się w małym pomieszczeniu, murowanym od wewnątrz, bez żadnego okna. Faktycznie, ręka została przymocowana kajdankami policyjnymi, chyba jej własnymi, do wystającego ze ściany metalowego „uchwytu", nogi zaś związano jej kablem.

Postanowiła wstać, ale nie od razu jej się udało. Ruchy miała zdecydowanie ograniczone. Rozejrzała się teraz uważniej, choć zapalniczka nie dawała dużo światła.

Pod ścianą stał regał zastawiony rupieciami. Kiedy zbliżyła do niego płomień, dostrzegła ogarek świeczki. Spróbowała po niego sięgnąć, ale to nie było łatwe. Zgasiła zapalniczkę, bo musiała oszczędzać swoje jedyne źródło światła. Po kilku próbach udało jej się strącić świeczkę na ziemię.

Odniosła pierwszy sukces, kiedy udało jej się wreszcie zapalić ogarek.

W słabym świetle trochę dokładniej przyjrzała się wnętrzu. Przypominało starą ziemiankę, zamiast podłogi tylko ubita ziemia, strop wyginał się w kształcie lekkiej kopuły, a do wyjścia prowadziły trzy schodki, u których szczytu znajdowały się solidne, niewysokie drewniane drzwi.

Ziemianka wyglądała na dawno nieużywaną. Oprócz regału z żelastwem różnego kalibru, starymi oponami od roweru, smarami w starych puszkach i elementami aparatu do pędzenia bimbru w pomieszczeniu stały stary rower i wiosła, w tym jedno złamane, a na ścianie wisiały splątane sieci, przyrdzewiałe żelazne łańcuchy i tym podobne graty.

Usiadła, masując obolałą głowę. Przeszukała kieszenie spodni, ale oczywiście nic z tego. Zresztą ten, kto ją tak urządził, na pewno pozbył się jej telefonu – aż taki głupi nie był.

Zastanawianie się, kto to mógł być, nie miało teraz żadnego sensu. Powinna znaleźć wyjście z sytuacji.

Pierwsze zadanie i podstawowe: uwolnić się z kajdanek. Ponownie oświetliła teren i po chwili wypatrzyła zwój cienkiego drutu na regale. Jej serce szybko załomotało. Nadałby się, tyle że był poza zasięgiem.

Usłyszała skwierczenie i spojrzała w kierunku ogarka, którego płomień prawie się dopalał. Cholera, niedługo wytrzyma. Poczuła, że się poci. Nagle przyszedł jej do głowy pomysł. Na jednej z półek regału leżał łańcuch. Można by nim spróbować.

Złapała łańcuch i rzuciła jak lassem, usiłując strącić drut. Za pierwszym razem fiasko, podobnie za drugim, trzecim, czwartym. Ale nie odpuszczała. Za piątym razem kłębek drutu leżał na podłodze, lecz wciąż nie na tyle blisko, by mogła go dosięgnąć. Wyciągnęła się całym ciałem w jego kierunku; dosięgnęłaby go, gdyby miała wolne nogi. Zgasiła ogarek i po ciemku, jedną ręką, próbowała poluzować wiązanie krępujące jej kostki. Mocowała się parę długich minut, ale udało się.

Znowu zapaliła świeczkę i wyciągnęła się, próbując dostać nogą do drutu, by przybliżyć go do siebie. W końcu go miała!

Kiedyś ćwiczyła z kumplem uwalnianie się z kajdanek i otwieranie zamków samochodowych – drutem lub podobnymi niestandardowymi narzędziami. Teraz umiejętność ta się przydała. Ręka została uwolniona. W tym momencie świeczka głośno zasyczała ostatni raz i zgasła.

Julia wyjęła zapalniczkę i podbiegła do drzwi w nadziei, że dadzą się stosunkowo łatwo wyłamać. Pierwsze próby pokazały, że są solidne i zamknięte na głucho. W bezsilnej złości zaczęła walić w nie pięściami i krzyczeć z całych sił. Przecież ktoś w końcu ją usłyszy.

2 LIPCA, WTOREK

Karol spał kilka godzin niespokojnym snem. Przebudził się koło piątej nad ranem i od tej pory leżał z szeroko otwartymi oczami, gapiąc się w sufit. Nie potrafił sobie wyobrazić, co się mogło stać. Czyżby zabójca Szułowiczów grasował po terenie? Dlaczego miałby zaatakować właśnie Julię? Może wciąż obserwował leśniczówkę?

Nie, nie będzie dłużej się nad tym zastanawiał. Powinien pójść do zielarki, może ona coś wie, może coś zauważyła? Z nią chyba jako ostatnią rozmawiała Julia.

Wstał, wziął prysznic, ogolił się i szybko się ubrał. Zaparzył kawę, zrobił kanapkę, ale ledwie ją przełknął. Dobrze, że w domu została z nimi Teresa, przynajmniej Inka będzie miała opiekę. Napisał kartkę z wiadomością, że musiał wcześnie wyjść.

Dojechał do zielarki przed siódmą. Zastał ją wychodzącą właśnie z domu. Felicja zasmuciła się informacją o zaginięciu profilerki, nie potrafiła jednak pomóc. Nie miała pojęcia, gdzie Julia miała zamiar się udać.

Podziękował jej i pojechał do Augustowa. Skoro Julia w ostatnich rozmowach z nim i zielarką skupiała się na medaliku i Hryszkiewiczach, to znaczy, że tam należało szukać. Wiedział już, co powinien zrobić.

*

    Zofia nakarmiła zwierzęta i weszła do kuchni, gdzie siedziała rozmemłana Sylwia i paliła papierosa. Bolało ją, że najmłodsza córka za nic ma porządek i obowiązki. Jak ona poradzi sobie w życiu, kiedy jej, Zofii, już nie będzie?
    Na stole wciąż stały brudne talerze z resztkami jedzenia. Wokół biegały dzieci, na które córka nie zwracała żadnej uwagi.
    Po chwili dzieci hałaśliwie wybiegły na zewnątrz, została tylko mała Ola, bawiąca się misiem. W Zofii z każdą minutą narastała irytacja pomieszana ze zdenerwowaniem wywołanym nieobecnością Bożeny.
    – Gdzie Bożena? Jej łóżko nieruszone, roweru też nie ma... musi co wcale na noc nie wróciła.
    – A co to, ja za nią chodzę? Dosyć stara jest, robi, co chce.
    Obojętność Sylwii doprowadziła ją ostatecznie do wybuchu.
    – Ty mnie tak nie odpowiadaj! I byś tu ogarnęła, a nie siedzisz rozmemłana, a dokoła jak w chlewie. Boże! Dwie córki mam i żadnej pomocy! Do roboty sie iść nie opłaca! Kto to widział, żeby taka młoda i z zasiłku żyła!
    Zofia przysiadła na stołku i rozpłakała się bezradnie. Sylwia przewróciła oczami i zgasiła ostentacyjnie papierosa, ale wstała.
    – Jezu, przestań marudzić. Nie moja wina, że roboty nie ma.
    – Zadzwoń do niej na komórke.
    – Musze swoją doładować, poproś Fabiana.
    Zofia otarła łzy, westchnąwszy ciężko. Sylwia zbierała naczynia ze stołu.

– On też nie lepszy. A ja wiem, gdzie on łazi całymi dniami? Skąd piniondze ma? Tajemniczy taki, milczek. Za kim on się taki wyrodził, to ja nie wiem. Jak Bożena nie wróci do obiadu, to pojade do Augustowa.

– I gdzie tam pójdziesz?

– A do tego jej sklepu, może co bendo wiedziały.

– Jezu, matka, nie rób wiochy! Zreszto ona pewnie zaraz bendzie. Może gdzie sie łajdaczyła i wróci za niedługo. A bo to pierwszy raz?

– Nie wiem, czego się tak denerwuje, czuje jakiś taki strach...

Wstała, dźwignęła z podłogi małą Olę i przytuliła ją do siebie z całej mocy, aż mała się wystraszyła.

*

Przez szpary między deskami drzwi prześwitywało światło słoneczne, padając na twarz Julii śpiącej snem sprawiedliwego. Przez jej policzek wędrował właśnie pajączek, ale choć Julia potarła ręką tę część twarzy, nie przebudziła się. Pajączek dzielnie dotarł do skroni, by przedostać się na czoło, i tym razem się ocknęła. Obiema rękami przetarła twarz, co spowodowało, że pajączek spadł na ziemię.

Rozejrzała się, nie wiedząc, co się dzieje i gdzie jest. Dopiero po chwili wszystko wróciło. Wstrząsnął nią dreszcz. Zmarzła, siedząc tak bez ruchu. Spojrzała na zegarek. Dochodziła dziesiąta. Wstała i poskakała trochę, żeby się rozgrzać. Zaburczało jej w brzuchu; nie pamiętała, kiedy ostatnio coś jadła. Gorsze jednak było pragnienie. Musiała działać, żeby się stąd wydostać.

Zapaliła zapalniczkę i podeszła do regału. Coś tu musi być. Przeszukała dokładnie każdą półkę i znalazła starą lampę naftową. Ucieszyła się. Potrząsnęła nią, by się zorientować, czy w środku jest nafta. Zapaliła knot, ale nic z tego, od razu zgasł.

Szukała dalej. Wśród narzędzi znalazła stary pilnik i brzeszczot. Potem odeszła w stronę wioseł i roweru. Zapalniczka parzyła ją w palce. Zgasiła ją i chwilę odczekała, by ponownie zapalić.

W kącie leżały stare gazety, które przeniosła pod drzwi. Gdyby tak je podpalić, może drzwi by się zajęły? Przydałoby się znaleźć jeszcze coś, żeby móc rozpalić większy ogień, bo papier spali się zbyt szybko.

Wróciła w okolice roweru. W kącie zauważyła dwie butelki z przezroczystym płynem. Zaniosła je pod drzwi. Próby otwarcia butelek spaliły na panewce, zakrętki nawet nie drgnęły. Puściły dopiero po chwili siłowania się z nimi przez materiał T-shirtu. Powąchała ciecz i twarz rozjaśniła się jej w uśmiechu.

– Bimber, nieźle.

Teraz tylko należało znaleźć więcej łatwopalnych rzeczy. W pobliżu aparatu do pędzenia bimbru leżały stare szmaty. Ułożyła stosik z zebranych gazet i szmat, polała go bimbrem i podpaliła.

Gazety, jak przewidywała, buchnęły sporym płomieniem, by po chwili zacząć przygasać. Szmaty bardziej się tliły, niż paliły, dymiąc niemiłosiernie. Wkrótce ciasne wnętrze ziemianki wypełniło się czarnym dymem, który uchodził na zewnątrz jedynie przez niewielkie szpary w drzwiach i nad nimi. To był chyba głupi pomysł.

Julia zaniosła się kaszlem. Zakryła usta i nos koszulką, z oczu dym wycisnął jej łzy. Zdeptała szybko tlące się szmaty i przyjrzała się drzwiom. Ogień tylko z lekka je osmalił. Wymierzyła im potężnego kopniaka ze złości i natychmiast poczuła ból w palcach stopy, a drzwi ani drgnęły. Umorusana i wkurzona przysiadła na schodkach. Przecież musi być jakiś sposób! Myśl, kobieto! – krzyknęła do samej siebie.

*

Karol rozmawiał z prokuratorką, która jak zwykle przywdziała zbroję pryncypializmu i oschłego formalizmu. Przestał na to zważać, musiał ją jakoś przycisnąć, by zrobiła to, o co prosił.

– Podejrzewam, że to robota któregoś z Hryszkiewiczów. Znaleźliśmy medalik Fabiana Hryszkiewicza pod oknem leśniczówki, a po zabójstwie na pewno go tam nie było. Przeszukaliśmy wtedy wszystko bardzo dokładnie.

Monika zrobiła wątpiącą minę.

– Przecież była noc i lało jak z cebra. Coś o tym wiem.

– Tak, ale rano technicy sprawdzili jeszcze raz całe obejście. Fabian albo stary Hryszkiewicz mógł napaść na Mietka i ukraść mu broń. Pewnie przyszedł po coś do leśniczówki. Poza tym ustaliliśmy, że biologicznym ojcem Fabiana był Maciej Szułowicz. Stary Hryszkiewicz mógł się o tym dowiedzieć. To może być motyw. Muszę mieć ten nakaz przeszukania.

Monika wydęła pogardliwie wargi.

– Nie jestem przekonana... Jakiś medalik pod leśniczówką i fakt, że ojcem dwudziestoparoletniego byka okazał się ktoś inny, ma być podstawą do wydania nakazu przeszukania? Mętne to wszystko.

– Może mętne, ale i tak nie mamy za wiele tropów. Sama pani przyzna, że Janonisa musimy sobie odpuścić.

– Trzeba sprawdzić jego powiązania z przemytnikami. Nadal uważam, że mógł zlecić te zabójstwa.

Komisarz zaczął powoli tracić cierpliwość, ale nie mógł sobie pozwolić, żeby to okazać, skoro chciał dojść z nią do porozumienia. Postanowił zmienić taktykę i stać się bardziej przymilnym.

– Jedno nie wyklucza drugiego. Pani Moniko, zbadamy wszystkie powiązania Janonisa, obiecuję, ale teraz proszę podpisać ten nakaz.

Westchnęła ostentacyjnie, lecz podeszła do niego i powiedziała łaskawie:

– Już dobrze, podpiszę. Mam nadzieję, że nie na próżno.

*

Adam biegł leśnym duktem, co jakiś czas się zatrzymując, by wykonać przysiady lub skręty. Ze słuchawek płynęły najlepsze polskie szanty, których był wiernym fanem. Zlany potem zbliżał się do domu Jessego.

Podobała mu się ta okolica, no i w pobliżu mieszkał jego stary kumpel, Hubert Dąbek. Miał zamiar się z nim spotkać i powspominać dawne czasy. Kiedyś, zanim poznał Dankę, przyjeżdżał w te strony co roku, żeby żeglować na augustowskich jeziorach. Niestety, żona nie podzielała jego pasji, więc się skończyło.

Przed ogrodzeniem posiadłości agroturystycznej zauważył szarą toyotę. Czyżby ktoś przyjechał do Jessego? Zajrzał przez szybę; w stacyjce tkwiły kluczyki. Ruszył dalej i wbiegł na podwórko. Z budynku koziarni wyszedł akurat Jesse z wiadrem i zawołał do niego:

– Cześć, widzę, że jest forma!

Adam ściągnął słuchawki.
- Mówiłeś coś?
- Mówiłem, że jesteś w formie. Nieźle.
- To najlepszy sposób. Wódę trzeba wypocić i wszystko gra. Chociaż miałeś rację, rzeczywiście nie czuję kaca.
- To przez powietrze. Szkoda tylko, że biegasz w słuchawkach, nie słyszysz porannych ptasich śpiewów. Są obłędne.
- Fakt, siła przyzwyczajenia. Ktoś jeszcze do was przyjechał? Nowi turyści?

Jesse spojrzał zdziwiony.
- Nie, dlaczego? Nowi przyjadą dopiero za tydzień. Prawdziwe obłożenie mamy w drugiej połowie lipca. Czemu pytasz?
- Tam, przed waszym ogrodzeniem, przy dróżce stoi jakaś toyota na warszawskich numerach. W stacyjce są kluczyki. Myślałem, że ktoś do was.

*

Posprzątała kuchnię i zabrała się do robienia obiadu. Matka pojechała do Augustowa. Sylwia nie zdołała jej powstrzymać. Na pewno przesadzała z tym strachem o Bożenę. Bo co mogło jej się stać? Po prostu z kimś się przespała i teraz pewnie była w drodze do domu.

Już wczoraj Sylwia zwróciła uwagę, że siostra bardziej niż zwykle się wystroiła i założyła nowe kolczyki, które razem kupiły w Suwałkach u jubilera za pieniądze zarobione na jagodach. Starannie się umalowała i wyperfumowała. Aż tak by się nie wysilała, gdyby szła tylko do pracy. To było jasne, znała przecież siostrę nie od dziś.

Jednak dziwne było, że nie zadzwoniła. Nawet do niej. Z reguły, gdy zdarzały się takie sytuacje, uprzedzała, że wróci później. Sylwia odpędziła od siebie myśl, że matka miała rację. A mimo to, choć za wszelką cenę się przed tym broniła, i ją ogarniał lęk. Spojrzała na swoje dziecko, małą Olę, bawiącą się spokojnie na podłodze. Wzięła ją na ręce i przytuliła. Mała objęła ją i pocałowała w policzek.

– Mamusia...

W sercu Sylwii rozlało się przyjemne ciepło. Uśmiechnęła się do dziecka i pocałowała je w oczka.

Nagle usłyszała szczekanie Szarika, a potem silniki samochodów. Wyjrzała przez okno. Na podwórku parkowały trzy policyjne wozy, z których następnie wysypali się mundurowi.

Jezu! Czego oni chcą? I czemu ich aż tyle? Jej niepokój wzrósł.

Po chwili drzwi się otworzyły i stanęli w nich policjanci. Jeden pokazał odznakę i wyciągnął jakiś papier.

– Komisarz Karol Nadzieja. Mam nakaz przeszukania domu i obejścia. Kim pani jest?

– Sylwia Hryszkiewicz.

– Gdzie pani ojciec?

– W robocie, a gdzie ma być?

Komisarz dał znak drugiemu głową, a ten poszedł do pokoju i otworzył szafę, potem szuflady.

– A reszta? Brat? Matka?

– O co wam chodzi?! Czego szukacie?!

– Proszę odpowiedzieć.

Sylwia była coraz bardziej wystraszona. Oleńka to wyczuła i się rozpłakała.

– Fabian pewnie z ojcem, a matka pojechała do Augustowa. Czy dowiem się wreszcie, o co chodzi?

– Wszystko w swoim czasie.

Głos komisarza był łagodny, ale to jej wcale nie uspokoiło. Starała się jednak opanować, żeby nie wystraszyć za bardzo Oli. Pocałowała ją w czoło. Komisarz Nadzieja pokazał jej zdjęcie.

– Czy widziała pani tę kobietę? Była u was wczoraj wieczorem?

– Pierwszy raz ją widzę – powiedziała zgodnie z prawdą.

– U nas jej nie było.

– Co pani robiła wczoraj około dwudziestej? Gdzie pani była?

– W domu, pilnowałam dzieciaków.

Z pokoju wyszedł policjant i pokręcił głową.

Czego oni szukają? Przecież nie tej kobiety chyba. Nic z tego nie rozumiała. Że też musieli przyjechać akurat, kiedy była sama w domu.

Oleńka wciąż pochlipywała i tuliła się do niej. Do kuchni wszedł jeszcze inny policjant.

– Komisarzu, pan pozwoli na podwórko.

Nadzieja spojrzał w jej kierunku i uśmiechnął się uspokajająco.

– Proszę tu zostać.

Kiwnęła tylko głową, ale nie miała zamiaru go posłuchać. Otworzyła okno i przyglądała się, co robią. Miała stąd świetny widok i wszystko słyszała.

Policjant zaprowadził komisarza do budy Szarika. Pies był teraz przywiązany do płotu. Ciekawe, jak im się to udało. Policjant wyjął coś z budy i pokazał Nadziei.

– Pomyślałem, że zajrzę do tej budy. Pod latarnią zwykle najciemniej. I proszę, od razu natknąłem się na gnata. To broń Mietka, nie ma wątpliwości.

Sylwia nie wierzyła własnym uszom.

– Więc jednak. Ciekawe, kto ją ukradł, ojciec czy syn. Zabezpiecz broń.

Na podwórko wjechał nieoznakowany samochód, z którego wysiadł ojciec, a za nim policjant. Poznała go, był już u nich wcześniej. Pewnie pojechał po tatę do lasu na wyrąb. Wyszła z domu i podbiegła do ojca.

– Ojciec, o co tu chodzi? Czego oni od nas chcą? Przeszukujo chałupe...

– Wiem tyle co ty. Spokojnie, idź do dzieci. Ja tu pogadam z panami.

Wycofała się, ale do domu nie weszła. Wtedy spostrzegła idącego od strony lasu Fabiana.

Kiedy zauważył policjantów, przystanął; chciał się wycofać, ale było już za późno, bo go zobaczyli. Przez ramię miał przewieszony worek z wnykami. Nadzieja na jego widok zawołał:

– Dobrze się składa, że pan dołączył! Mamy do panów kilka pytań.

Nadzieja wziął od drugiego policjanta broń znalezioną w budzie.

– Znaleźliśmy to przed chwilą w budzie waszego psa. Co macie do powiedzenia na ten temat?

Widziała zaskoczenie ojca i ukradkowe spojrzenie, które Fabian rzucił w stronę budy, a potem ojca. Nie odzywali się.

– No co? Zamurowało? Mówcie, skąd to macie!

– Panie władzo, to nie nasze. Pierwszy raz widzę. Fabian, wiesz coś o tym?

– No co ojciec? Skąd ja mam wiedzieć?

Nadzieja pokazał im to samo zdjęcie kobiety, które pokazał jej.

– I tej kobiety też nie widzieliście?

Ojciec zbliżył oczy do zdjęcia i uważnie się przyjrzał. Pokręcił głową.

– Nie widziałem jej, przysięgam na Najświentszo Panienke!

Fabian, prawie nie patrząc, też zaprzeczył; wzruszył ramionami i powiedział spokojnie:

– Nie, nie widziałem.

Nadzieja, już nieźle wkurzony, rzucił do swoich policjantów:

– Zwijamy ich, na komendzie inaczej pogadamy. Jesteście aresztowani, na razie pod zarzutem napaści na policjanta i kradzieży jego broni i telefonu.

Założyli ojcu kajdanki, potem Fabianowi. Tego już było dla niej za wiele. Rzuciła się na policjantów jak w opętańczym szale.

– Zostawcie ich! Oni nic nie zrobili! Łapcie gangsterów, a nie porządnych ludzi! Tato! Fabian!

Ale na nikim jej wybuch nie zrobił wrażenia, jedynie na Oli, której płacz usłyszała pod domem. Samochody odjechały, a ona została zupełnie sama, niczego nie rozumiejąc, pełna obaw już nie tylko o Bożenę, ale też o ojca i brata. Rozpłakała się.

*

Stefan nie mógł znaleźć sobie miejsca w oczekiwaniu na jakąkolwiek wiadomość. Wziął różne prochy na uspokojenie, ale i tak nie przespał ani godziny. Chemia, jak zwykle, zawodziła.

Zabrał się więc do impregnacji łodzi, żeby zająć myśli czymś innym. Ciągle odkładał tę robotę na później, teraz uznał, że to dobry moment. Próbował zaangażować do pomocy Kubę, ale ten nie był zainteresowany. Siedział przybity na końcu pomostu od jakiegoś czasu. W końcu wnuczek przyszedł do niego.

– Nie wiem, jak możesz teraz to robić! Powinniśmy jej szukać, nie możemy tak siedzieć i czekać!

Pracował dalej, ale w duchu podobała mu się ta wojownicza postawa wnuka. Spojrzał na chłopca.

– Co ci mam powiedzieć? To mnie uspokaja. Nie wiem, co moglibyśmy zrobić, przecież nie wiemy, dokąd poszła. Gdzie mamy jej szukać? Dookoła same lasy. – Wytarł ręce w szmatę i podszedł do Kuby. – Musimy uzbroić się w cierpliwość. Rozmawiałem z tym komisarzem, z którym mama pracuje. Wywarł na mnie dobre wrażenie. Poczekajmy, zamówił psa do poszukiwań. Obiecał, że zadzwoni, jak tylko się czegoś dowie. Chodź, zrobimy sobie lemoniadę, co ty na to?

Niestety, jego uspokajające przemowy nie podziałały.

– Nie chcę żadnej lemoniady! Chcę, żeby mama wróciła!

Widział, jak chłopiec walczy ze sobą, żeby się nie rozpłakać. Odprowadzał go wzrokiem, kiedy wnuk pędził do domu. Dopadła go bezsilność, której nie znosił.

*

Zofia weszła do sklepu, szukając wzrokiem córki. Oczywiście Bożeny tu nie było. Podeszła do jakiegoś pracownika i zapytała o kierownika. Wskazał na zaplecze, ale od razu uprzedził:

– Nie może pani tam wejść. Wstęp dla osób niezatrudnionych jest wzbroniony.

– Jestem matką Bożeny Hryszkiewicz, muszę porozmawiać z kierownikiem. Widział pan ją może?

Mężczyzna wzruszył obojętnie ramionami.

– Nie widziałem, jestem od rana, a ona była chyba wczoraj. Dobra, to pani wejdzie, ale szybko.

Zofia weszła na zaplecze, gdzie pośród skrzynek z towarem stał prawdopodobnie kierownik i krzyczał na pracownika:

– Zostaw te banany! Mówiłem, żeby najpierw dać na sklep pomidory.

Zofia podeszła bliżej i dopiero teraz zwrócił na nią uwagę.

– Co pani tu robi? Jak pani weszła?

– Przepraszam, chciałam tylko o coś zapytać. Jestem matką Bożeny Hryszkiewicz, szukam jej.

Kierownik spojrzał na nią i uśmiechnął się ironicznie.

– A co? Zaginęła?

Zofia, bliska płaczu, pokiwała głową. Kierownik sklepu, chyba tylko ze względu na jej zdenerwowanie, jeszcze nie odszedł.

– Najlepiej spytać jej koleżankę, bo co ja mogę wiedzieć? Najbliżej to ona jest chyba z Krysią Malinowską, ale Kryśka będzie dopiero na drugą zmianę. Pani się tak nie martwi. Córka pewnie gdzieś zabalowała, młoda jest.

– A ta Krysia? Ma pan do niej numer?

Kierownik wyciągnął komórkę, po chwili znalazł numer telefonu.

– Ma pani czym zapisać?

Zofia kiwnęła głową i szybko wyjęła z torebki długopis i kartkę.

*

Szkarnulis przyjechał do Suwałk na spotkanie z profesorem neurologii i ordynatorem z Publicznego Szpitala Wojewódzkiego. Włodek badał kwestię choroby Macieja Szułowicza i znalezionych u niego leków, a profesor Antoni Jańczuk prowadził go podczas udaru i po nim.

Siedział teraz w gabinecie profesora w głębokim skórzanym fotelu i pił kawę z porcelanowej filiżanki. Lekarz okazał się miłym i kulturalnym mężczyzną o bystrych, mądrych oczach i siwej, wciąż gęstej czuprynie. Już w czasie rozmowy telefonicznej zaproponował spotkanie u siebie w domu, gdzie również miał gabinet.

Jańczuk zajmował miejsce naprzeciwko Włodka. Ubrany był w nieskazitelnie biały, na sztywno wykrochmalony fartuch lekarski, spod którego wystawała błękitna koszula doskonale harmonizująca z kolorem jego oczu. Przeglądał receptę wypielęgnowanymi dłońmi, a potem sprawdził opakowania leków znalezionych w leśniczówce.

– Tak, to ostatnia recepta, jaką mu wypisałem. Brak mi słów, by skomentować to, co się stało. – Zamyślił się na chwilę. – Pyta pan o te leki. W większości to leki poudarowe i przeciwdepresyjne. Pan Maciej zmagał się z głęboką depresją. To dość powszechne psychiczne następstwo udaru. Tyle że w jego przypadku doszło do zmian w mózgu, w tej części, która odpowiada za to, w jaki sposób myślimy, czujemy czy się zachowujemy.

– Co to oznaczało?

Włodek wyjął mały notatnik i zapisywał słowa lekarza.

– Że jego przypadek był cięższy niż tych pacjentów, którzy popadli w depresję, gdy uświadomili sobie, jak udar zmienił ich życie. To lżejszy rodzaj depresji, wynikający jedynie z psychiki, a nie ze zmian somatycznych. U pana Macieja nastąpiły zmiany w zachowaniu, których nie przyjmował do wiadomości. Nie chciał rozmawiać o swoich problemach, nie uczestniczył w terapii grupowej. Odrzucał propozycje pomocy ze strony rodziny i otoczenia, zamknął się w sobie. Cierpiał na przewlekłe bóle, co tylko pogarszało jego stan psychiczny, często popadał w rozpacz. Nie wykluczałbym myśli samobójczych, choć się do nich nie przyznawał.

– A rohypnol? Też pan mu go przepisał?

– To lek nasenny. Parę lat temu został wycofany. Dlatego nie mogłem mu go przepisać.

– No tak. Prawdopodobnie ten lek zażywała jego żona, bo znaleźliśmy go w jej szafce nocnej.

– Możliwe. Poznałem panią Irenę. Była bardzo oddana mężowi. Nigdy się nie skarżyła, choć życie z człowiekiem po udarze nie należy do łatwych.

– Panie profesorze, dziękuję. To chyba wszystko, przynajmniej w tej chwili nie przychodzi mi do głowy nic, o co powinienem jeszcze zapytać.

– Jakby była taka potrzeba, jestem do dyspozycji, proszę dzwonić.

Szkarnulis wstał, lekarz również. Podali sobie ręce na pożegnanie, doktor odprowadził go do drzwi.

*

Nadzieja włączył kamerę w pokoju przesłuchań i położył na stole medalik w strunowym woreczku. Hryszkiewicz popatrywał zdziwiony to na medalik, to na niego.

Po znalezieniu broni Mietka w psiej budzie komisarz był coraz bardziej pewny, że są na właściwym tropie. Miał nadzieję, że po tym, jak przyciśnie ojca i syna, dowie się, kto zabił Szułowiczów, i odnajdzie Julię.

– Poznaje to pan?

Józef zbliżył woreczek do oczu.

– To medalik Fabiana. Skąd go macie?

– Dobre pytanie. Medalik znaleźliśmy pod domem Szułowiczów. Ma pan pomysł, jak mógł się tam znaleźć?

– A mnie skond to wiedzieć? Spytajcie Fabiana. Móg go zgubić.

– Otóż to, tylko co tam robił? Po co chodził do Szułowiczów? A może razem poszliście do nich, co?

Hryszkiewicz się zdenerwował. Był ewidentnie zaskoczony takim obrotem sprawy.

– Co wy mi tu?! Jakie razem?! Nigdzie nie byłem! Po co mnie było do Szułowiczów chodzić?! Ja z nimi nie chciałem mieć nic wspólnego.

– Ale mieliście. To ja powiem, jak było. Dowiedziałeś się, że Szułowicz jest ojcem twojego syna, Fabiana. Wkurzyłeś się nie na żarty, przygotowałeś plan zemsty i poszedłeś wyrównać rachunki. A może poszliście tam razem z Fabianem?

Kiedy z jego ust padła informacja o ojcostwie Szułowicza, stary Hryszkiewicz rozdziawił gębę i patrzył na niego, jakby go zamurowało i nie rozumiał, co właśnie usłyszał.

Czyżby rzeczywiście nic nie wiedział? Czy byłby aż tak dobrym aktorem? Nadzieja przyglądał mu się trochę zbity z tropu.

– Co?! Co? Jaki ojciec Fabiana?! Co za brednie mi tu... nie no... jak żyję... jakieś bzdury. – Roześmiał się, a po chwili spoważniał. – To nie może być prawda, jakim cudem?

Nagle wstąpiła w niego złość.

– Niech powie, że to nieprawda! To niemożliwe! Zośka nie mogła...

– Pani Zofia swego czasu została przez Szułowicza zgwałcona.

Obserwował bacznie reakcję mężczyzny, który na ostatnią wiadomość ukrył twarz w dłoniach. Siedział tak nieruchomo przez kilka sekund, po czym zerwał się i znowu usiadł.

– Czemu dla mnie nic nie powiedziała, a?! Już ja by dla niego gembe obił i nie tylko! By mnie popamiętał, skurwiel, na całe życie! Tfu! Zawsze na baby łasy buł, szmondak jeden! Nawet na starość mu nie przeszło. Dopiero ten wylew go uspokoił.

Ledwie hamował gniew.

Mimo takiej reakcji Hryszkiewicza Karol postanowił kontynuować. Mówił spokojnie i dobitnie:

– Załatwiliście rodzinę Szułowiczów, ale potem okazało się, że musicie po coś wrócić na miejsce zbrodni. Poszliście znowu z Fabianem i wtedy on zgubił ten medalik. Napadliście na policjanta stojącego wam na drodze, przy okazji zabraliście mu broń i komórkę. A potem wzięliście to, po co przyszliście. Nie było tak? Co?! Broń schowaliście do psiej budy, a komórkę sprzedaliście. Zawsze to jakiś grosz. Co zrobiliście z Julią Wigier?! Tą policjantką, która przyszła do was wczoraj pod wieczór? Też ją zabiliście?!

Kosztowało go sporo wysiłku, żeby to powiedzieć. Sama myśl, że Julia mogłaby nie żyć, przerażała go, wydawała się nie do przyjęcia. Hryszkiewicz cały czas zaprzeczał, a na ostatni zarzut zareagował krzykiem.

– Jezusie Nazareński! Nikogo nie zabił! Czego od nas chcecie?! Jaka policjantka?! Na piwie był wczoraj, toż ludzie widzieli. – Wyglądał na rozżalonego, prawie się rozpłakał. – Nic nie zrobił! Panie władzo, miejcie litość! Ja nic nie wiem, żadnej policjantki nie widział, ja nie zabił Szułowiczów! Najświętsza Panienko, zmiłuj się nad nami. – Rozkleił się całkowicie.

Nadzieja spojrzał na niego i sam już nie wiedział, co ma myśleć. Wstał i wyszedł z pokoju. Przed lustrem weneckim stał Tomek Dziemianiuk. Komisarz spojrzał na niego pytająco.

– I co myślisz?

Tomek wzruszył ramionami.

– Pojęcia nie mam. Wygląda na to, że mówił szczerze. Chyba rzeczywiście nie wiedział, że nie jest ojcem Fabiana.

– Dobra. Bierzemy na tapet synka, a staremu damy czas. Posiedzi na dołku, to może zmięknie. Nie takich już widziałem. Nawet sobie nie wyobrażasz, jak ludzie potrafią grać i iść w zaparte. Wyprowadź starego tak, żeby nawet przez chwilę nie widział się z Fabianem. Całkowita izolacja.

Nadzieja raz jeszcze popatrzył na Hryszkiewicza, który wyglądał na załamanego.

– Coś się urodziło w międzyczasie? – zapytał Dziemianiuka. – Dzwonili z nadleśnictwa?

– Nie, szefie, cisza.

– Kurwa! Musimy z nich wydusić, gdzie ona jest.

Znowu spojrzał przez lustro na Hryszkiewicza.

– Leśnicy i pogranicznicy mogą długo jej szukać i nie znaleźć. Dałeś zdjęcie do mediów?

– Tak.

– Trzeba zrobić plakaty i powiesić na słupach. Albo rozdajmy zdjęcie okolicznym wójtom, niech oklejąswoje wioski. I najlepiej przyznać nagrodę, sam ją ufunduję. Może dziesięć tysięcy za jakąkolwiek informację, która się potwierdzi? Co? Jak myślisz?

– Przecież nie masz takiej kasy.

– Pożyczę. Zajmij się tym jak najszybciej. Sawko z Ranuszkiewiczem wrócili?

– Jeszcze nie.

– Daj znać, jak tylko ustalą bez żadnych wątpliwości, czy ojciec i syn mają alibi na czas morderstw.

Tomek kiwnął głową, a on poszedł do swojego pokoju. Musiał wziąć oddech i mieć chwilę, żeby pomyśleć.

*

Zofia wjechała na podwórko rowerem, mając nadzieję, że za chwilę powita ją Bożena. Zamiast tego usłyszała radosne szczekanie.

Szarik skakał i machał ogonem, jakby chciał się zerwać z łańcucha, by do niej podbiec. Rozejrzała się, ale roweru Bożeny nigdzie nie zauważyła. Z domu wybiegła zapłakana Sylwia, a za nią dzieci, też jakieś nieswoje, jakby przygaszone.

– Nareszcie! Czemu nie odbierasz komórki? Wiesz, co sie stało?! Policja tu była! Zabrali ojca i Fabiana. Zrobili nam rewizje, pełno ich było, a w budzie u Szarika znaleźli broń!

Zofia stała, słuchając potoku słów, i nic z tego nie mogła pojąć.

– Co ty gadasz?! Jako broń? Słodki Jezu, za jakie grzechy to wszystko? – Przeżegnała się, a z jej oczu polały się łzy. Otarła je szybko wierzchem dłoni i ciężko westchnęła. – Bożena zniknęła. Nie przyszła dzisiaj do pracy, czekała na nio.

Jej koleżanka nic nie wie, nikt nic nie wie. Podobno miała sie wczoraj po pracy z jakimś gachem spotkać. – Znowu zaczęła płakać, wręcz histerycznie.

Sylwia patrzyła na matkę bezradnie; ze zdenerwowania zapaliła papierosa.

– Oj, to może została u niego... Mama, znasz jo, czasem lubiła zabarłożyć. Może olała robote.

Ale słowa córki wcale jej nie uspokoiły. Nie dostrzegała dzieci stojących obok, cichych jak nigdy, wpatrzonych w niecodzienny obrazek. Pokręciła głową, ocierając płynące nieprzerwanie łzy.

– Dlaczego nie odbiera telefonu? Cały czas do niej wydzwaniała, aż mnie sie mój rozładował. Nie. Czuje, że stało sie coś złego – wyszeptała.

– Oj, nie kracz! Przecie mogła telefon zgubić albo też jej sie rozładował, albo nie ma zasięgu. Może być z tysiąc wytłumaczeń. Zobaczysz, że wróci i wszystko będzie dobrze. Co ona ma z tego życia? Jak kogo poznała, to może poszła na całość i wcale bym sie nie zdziwiła. Młodą jest sie tylko raz. Chodź, zjesz troche obiadu. Zostawiłam dla ciebie. Myślałam, że tu sama zwariuje.

Zofia jakby się trochę uspokoiła, wyjęła z torebki chusteczkę, otarła łzy. Spróbowała się uśmiechnąć do wystraszonych dzieci i córki. Szły w stronę domu.

– A co z ojcem? Mówił co? Czego ta policja sie czepia? Skond ta broń u Szarika? Może to pies jo przywlók. Jezu, Jezu, czemu nas tak karzesz. Biednemu to zawsze wiatr w oczy.

*

Fabian siedział ze spuszczoną głową, co jakiś czas wycierając nerwowo spocone ręce o spodnie. Karol obserwował go uważnie i czekał na odpowiedź.

– Pytam jeszcze raz: jak medalik znalazł się pod domem Szułowiczów? Chcę poznać twoją wersję.

Fabian podniósł wreszcie na niego wzrok. Był naprawdę wystraszony, choć próbował grać chojraka.

– Nie wiem.

– Nie wiesz? To ja ci powiem. Zgubiłeś go, jak przyszedłeś wymordować Szułowiczów.

Młody Hryszkiewicz poruszył się niespokojnie na krześle i spojrzał na niego niedowierzająco.

– Co pan?! Nikogo nie zabiłem! Przysięgam na Matke Bosko! To nie ja!

– A kto?

– Skond mam wiedzieć?! Przecież mnie tam nie było!

– Byłeś. Dowód leży przed tobą, sam się tam nie przemieścił. Jeszcze nie wiem od kogo, ale dowiedziałeś się, że twoim ojcem jest Maciej Szułowicz. Miałeś do niego żal, może się z nim pokłóciłeś, może chciałeś pieniędzy, a on cię posłał do diabła. Wtedy zaplanowałeś zemstę. Może nie chciałeś zabić wszystkich, ale tak wyszło. A może właśnie chciałeś. Za swoją krzywdę. – Spojrzał Fabianowi w oczy. – Potem wróciłeś po coś na miejsce zbrodni. Napadłeś na policjanta, zabrałeś mu telefon i broń. Nie wiem, co zrobiłeś z telefonem. Pewnie zdążyłeś go sprzedać.

W miarę rozwoju opowieści zdenerwowanie Fabiana rosło. Zachowywał się jak złapane w pułapkę zwierzę. Czoło zrosił mu pot, który otarł ręką. Oddychał coraz szybciej, jakby brakowało mu tlenu. Karol mówił dalej:

– Jeszcze nie wiem, czy zrobiłeś to sam, czy z ojcem. Może obaj to zaplanowaliście. Przyznam, że ta wersja wydaje mi się bardziej prawdopodobna. Sam nie dałbyś rady wszystkiego dokonać. Cztery zabójstwa z zimną krwią, napaść na policjanta i na policjantkę... – Zawiesił na chwilę głos. – Zdajesz sobie chyba sprawę, że już nie wyjdziecie z kryminału. To będzie trudne dla was... ludzi lasu. Wyobraź to sobie. Już nigdy, a przynajmniej przez wiele, wiele lat, nie zobaczysz lasu. A za zabójstwo dziecka kumple w celi nie dadzą ci żyć.

Karol mówił to obojętnym tonem, oglądając przy tym z uwagą paznokcie. Czuł, że młody za chwilę pęknie.

– To nieprawda! Ojciec nic nie zrobił! Nawet nie wiedział, że Szułowicz był moim...

– Ojcem? Ale ty wiedziałeś, prawda?

Chłopak zamilkł i wbił wzrok w stół. Karol odezwał się bardzo cicho, starając się nadać głosowi groźne brzmienie:

– Zacznij mówić prawdę. Co zrobiłeś z Julią Wigier?

W tym momencie do pomieszczenia wszedł Dziemianiuk i dał Karolowi znak, by wyszedł. Ten wstał i nachylił się do młodego Hryszkiewicza, rzucając mu na odchodnym:

– Jedyne, co możesz teraz rozsądnego zrobić, to powiedzieć prawdę. Prędzej czy później i tak ją poznamy. Ale wtedy nie będzie dla ciebie żadnych okoliczności łagodzących. Zastanów się. Zaraz wracam.

Przed pokojem przesłuchań czekali na niego Sawko z Ranuszkiewiczem i Tomkiem.

– Mówcie.

Sawko trzymał w ręce mały notesik, do którego zaglądał raz po raz, relacjonując, czego się dowiedzieli.

– Młody właściwie nie ma alibi. W piątek, w dniu zabójstw Szułowiczów, nie było go razem z ojcem. Nikt go nie widział, nie wiadomo, gdzie przebywał. Ze starym Hryszkiewiczem sprawa wygląda lepiej, ale nie do końca. Pracownicy wycinki utrzymują, że przyszedł na miejsce o ósmej i pracował około dwóch godzin. Po dziesiątej gdzieś zniknął na ponad godzinę. Twierdzą, ale nie są do końca pewni, że wrócił około dwunastej.

Nadzieja uśmiechnął się do swoich myśli.

– Czyli mogli współpracować. Gdzie Włodek? Miał przeanalizować połączenia z ich komórek. Muszę wiedzieć, czy do siebie dzwonili, a jeśli tak, to kiedy.

Nie zauważył, że podszedł do nich Kłodowski. Minę miał marsową, zaczął bez żadnych wstępów:

– Co jest grane? Miałeś raportować. Znów się dowiaduję od innych o tym, co tu się dzieje... że zaginęła ta wasza profilerka, czy jak ona się tam nazywa. Co tu, do cholery, jest grane? Komisarzu Nadzieja, do mnie.

Karol się wkurzył. Nie mógł teraz tracić czasu na pogaduchy z szefem.

– Nie teraz, szefie. Mam tu podejrzanego, muszę go jak najszybciej przycisnąć. Facet nie ma alibi na czas zabójstw Szułowiczów. Podejrzewam, że mógł ich zabić, miał motyw. On też prawdopodobnie napadł na Mietka. Możliwe, że wie, co się stało z Julią Wigier.

Widział, jak Kałdun już po pierwszym zdaniu nabrał powietrza w płuca, żeby zaprotestować, ale później odpuścił. Patrzył na komisarza z nieukrywaną niechęcią i wycedził wreszcie przez zęby:

– Daję wam godzinę. Obyście złapali zabójcę Szułowiczów, bo już zjechały się sępy. Sprawa zrobiła się głośna i przebiła się do mediów krajowych. Muszę zwołać konferencję. Módl się, żebym miał co na niej powiedzieć. Za godzinę w moim gabinecie.

Odwrócił się na pięcie i odszedł. Spojrzeli na siebie porozumiewawczo.

*

Julia obudziła się nagle, wyrwana z koszmaru sennego, który wciąż miała przed oczami. Widziała twarze ofiar z różnych miejsc zbrodni, również tych z leśniczówki. Na koniec ujrzała piękną twarz matki, widzianą na zdjęciu w albumie ojca.

Nie była pewna, co ją obudziło. Czy ten senny koszmar, czy jakiś odgłos. Nasłuchiwała. Po chwili usłyszała wyraźnie jakieś dziwne dźwięki, jakby szuranie czymś po ziemi. Przywarła do wyżłobionej brzeszczotem szpary w drzwiach i usiłowała coś dostrzec, ale zobaczyła tylko jakieś zielsko. Szuranie dobiegało jakby z tyłu ziemianki.

– Halo! Jest tam kto?! Tu jestem! Hej, ludzie! Uwolnijcie mnie! Jestem w środku, zamknięta! Hej! Jest tam kto?! Odezwijcie się!

Żadnej reakcji. Usłyszała jedynie, że dźwięki się oddalają. To ją podłamało. Nigdy się stąd nie uwolni, prędzej zdechnie z pragnienia i głodu, niż ktoś ją tu usłyszy. Gdzie ona w ogóle jest? Kto ją tu wsadził? I dlaczego to zrobił? Jakie miał intencje? Czy tu przyjdzie? Minęło tyle godzin. Ojciec i Karol na pewno jej szukają.

Nie, nie będzie czekać. Musi pokonać te cholerne drzwi. Wzięła pordzewiały brzeszczot, by kontynuować przerwaną pracę.

*

Wagonik kolejki wąskotorowej przedzierał się przez lasy Puszczy Augustowskiej. Dojeżdżali do drugiego przystanku, za chwilę zobaczą jezioro Wigry. Będzie stamtąd można podziwiać największe jeziorne wyspy w Polsce: Ordów i Ostrów.

Adam sądził, że Danka doceni tę atrakcję i wreszcie zmieni stosunek do tych okolic, ale już widział, że skrajnie się mylił.

Wokół było dość gwarno, w większości z rozrywki korzystały rodziny z dziećmi zachwycone atrakcją.

Danka siedziała z niezadowoloną miną, wiercąc się na drewnianej ławce i patrząc na niego tak, jakby to on był winien również tej niewygody.

– Boże, chyba miałam jakieś zaćmienie umysłu, że zgodziłam się na ten pomysł! Powinnam wiedzieć, że jak ty coś wymyślisz, to będzie jak zawsze, czyli beznadziejnie. Przecież ten złom będzie jechał cały dzień, ja tego nie wytrzymam. Do tego jeszcze taki upał.

Adam patrzył na nią, jak energicznie wachlowała się kolorowym czasopismem, i próbował nie reagować na jej zaczepki. Spojrzał na ścianę lasu. Potem przypomniał sobie, że w plecaku ma wodę. Zdjął plecak i podał jej butelkę.

– Masz, napij się.

Wydęła pogardliwie wargi i odepchnęła z irytacją jego rękę.

– Sam się napij, może nawodnisz sobie mózg i wreszcie wystąpią u ciebie jakieś procesy myślowe, bo na razie klapa na całej linii. Wymyślił! Gospodarstwo agroturystyczne, kozy, kurwa, serki, lasy i kolejka wąskotorowa! A jakby tego było mało, to jeszcze te makabryczne morderstwa, praktycznie obok nas! Co ja tu w ogóle robię?! Co ja z tobą robię? Chyba mnie pogięło, że wyszłam za taką ofermę.

Rozejrzał się dyskretnie, czy współpasażerowie usłyszeli jej pokrzykiwania. Powtarzał sobie, że powinien wykazać się cierpliwością i zrozumieniem, że Danka jest w ciąży i buzują w niej hormony, więc nie do końca odpowiada za to, co mówi, ale nie wiedział, jak długo to wytrzyma. Nachylił się do niej i wysyczał:

– Ciszej, uspokój się, nie jesteśmy sami. Dobrze wiesz, że Egipt w tym roku był niemożliwy. Te zamachy terrorystyczne, no i nasza sytuacja finansowa. Sama uznałaś, że trzeba znaleźć coś w Polsce. Nad morzem woda zimna, więc wybrałem jeziora. Przed ślubem tu przyjeżdżałem co roku i było super. Nie wiem, co ci się nie podoba.

Odwróciła od niego twarz, a natężenie wachlowania się wzmogło. Po chwili znowu zaatakowała, tym razem z innej beczki:

– Po coś ty w ogóle dzwonił na policję? Czego się wtrącasz? My tu jesteśmy na wczasach, jeszcze będziesz w coś zamieszany. Co cię obchodzi jakiś samochód?

– No bo to chyba nie jest normalne, że ktoś zostawia otwarty samochód z kluczykami w stacyjce na kilka godzin. Stoi tam przynajmniej od rana.

– No i co z tego? Nie twoja sprawa.

– Może nie moja, ale policji. Dlatego ją zawiadomiłem. A jeśli coś się stało? Nie można być na wszystko obojętnym i widzieć tylko czubek własnego nosa.

Zadowolony z siebie wypił potężny haust wody z butelki. Kolejka zatrzymała się na przystanku.

*

Wjechał w uliczkę domów jednorodzinnych na peryferiach miasta. Prawie pod lasem, na jej końcu, stał domek otoczony zadbanym ogródkiem. Na ogrodzeniu wisiała duża tablica z napisem „Pogotowie elektryczne. Szymon Borek". Przed domem stał samochód z takim samym napisem i numerem telefonu. Czyli elektryk jest na miejscu – pomyślał.

Zaparkował w sporej odległości od domu, tak by móc wszystko widzieć i nie zwracać jednocześnie na siebie uwagi. Zamierzał poobserwować dom, żeby upewnić się, że jest bezpiecznie.

Po chwili zauważył, że pod warsztat podjechał samochód. Kierowca wysiadł i skierował się do furtki. Trzeba będzie poczekać. Żaden problem, był do tego przyzwyczajony. Z radia leciała fajna muzyka, więc rozsiadł się wygodnie i lekko odchylił głowę. Obserwował okolicę spod półprzymkniętych powiek.

*

Karol chodził po pokoju niczym dzikie zwierzę w klatce, po czym usiadł. Udawał spokój, ale w środku każdy nerw miał napięty. Zmienił taktykę przesłuchania „na przyjaciela", to zawsze dawało efekty. Zresztą płodozmian, nie tylko w przesłuchaniach, zawsze dobrze robił.

– Może chcesz się czegoś napić? Kawa, herbata, woda, cola?

Spojrzał na Fabiana, ale ten pokręcił tylko głową.

– Wiem, że jesteś wystraszony, nigdy nie byłeś aresztowany. Też czułbym się kiepsko, rozumiem cię. I nie myśl, że my tutaj jesteśmy jakimiś potworami bez uczuć. Ale rozumiesz, zaginęła moja przyjaciółka i muszę ją znaleźć. Czuję, że możesz mi w tym pomóc.

Wpatrywał się w niego intensywnie, szukając jakiejś oznaki potwierdzającej, że idzie w dobrym kierunku.

– To może poprosze o kawe – usłyszał ciche słowa.

Ucieszył się, ale nie okazał tego przesłuchiwanemu, zachowując całkowitą obojętność.

– Kawę? Nie ma sprawy. Pijesz z cukrem?

Fabian kiwnął głową. Karol uchylił drzwi i zwrócił się do stojącego tam mundurowego:

– Poprosimy o dwie kawy z cukrem.

Podszedł do stołu, uśmiechnął się i usiadł.

– No widzisz. Dobra decyzja. Przy kawie zawsze lepiej się rozmawia.

– Nikogo nie zamordowałem.

Nadzieja patrzył na niego wyczekująco, ale Hryszkiewicz chyba nie miał zamiaru mówić więcej.

– Wiesz, to za mało. Jeśli nie masz nic na sumieniu, to tym bardziej możesz mi o wszystkim opowiedzieć. Pamiętaj, kłamstwem nic nie ugrasz.

Do pokoju wszedł mundurowy z kawami i postawił je na stole. Karol przysunął jeden kubek pod nos Fabianowi, drugi przyciągnął do siebie. Zamieszał i upił mały łyk. Postanowił zadać pytanie trochę z innej beczki, by odwrócić jego uwagę.

– Jak się dowiedziałeś, że twoim ojcem jest Maciej Szułowicz?

– Powiedział mi. Jakieś pół roku temu poprosił mnie, żebym przyszed do nich naprawić dach. Czasem brał mnie do drobnych robót. Zaczoł mnie opieprzać, że kradne z lasu drzewo, że zastawiam wnyki. Zatrzensło mnie ze złości. Powiedziałem mu, że to nie jego sprawa, a on, że jego, bo prawie by w te wnyki wlaz. Wkurzył się jak diabli, powiedział, że na wszystkich sie zawiód, jego córka chce wyjeżdżać do Warszawy, a własny syn, czyli ja, kradnie i kłusuje, i przynosi mu wstyd. Zamurowało mnie.

Zamilkł i popił kawę.

– I co dalej?

Wzruszył niedbale ramionami.

– Pokłócili my sie, ale nikomu ja nic nie powiedział. Matki bałem sie pytać, ojcu też nie mówiłem, bo za nerwowy jest. Potem przyszło mi do głowy, że jak Szułowicz jest moim ojcem, to coś mi sie od niego należy. Zawsze miał kupe kasy, a u nas ciągle bieda. Ale mnie wyśmiał, powiedział, że taki kulas i złodziej jak ja nie dostanie od niego złotówki.

Fabian spuścił głowę. Nadzieja pomyślał, że musiało go wiele kosztować opowiedzenie tej upokarzającej historii. Nie przerywał mu.

– To napisałem do niego list.

– Co w nim było? Groziłeś mu?

Ponownie wzruszył ramionami.

– Tak jakby. Napisałem, że jak mi nie zapłaci, to powiem o wszystkim jego żonie. I jeszcze...

– Co jeszcze?

– Że go załatwie. Ale przysięgam, chciałem go tylko nastraszyć! Nic im nie zrobiłem! Panio Irene to nawet lubiłem. Ona jedna była dla nas dobra. Anka nie zwracała na mnie nigdy uwagi, ale co tam. Przedtem mnie to nie bolało, nie wiedziałem, że jest mojo siostro... przyrodnio. Jak zgineli, zrobiło mi się głupio. Nie mieści mi się to wszystko w głowie.

– Zapłacił?

– W końcu tak, ale postraszył, że jak znowu bede go szantażował, to naśle na mnie policje.

– Nie masz alibi na czas tych zabójstw. Co wtedy robiłeś?

Popatrzył w kąt pokoju, potem odpowiedział z ociąganiem.

– Byłem w lesie, zastawiałem wnyki. Nikt mnie nie widział. Musi mi pan uwierzyć! Mówie prawde.

– Potem przypomniał ci się list i postanowiłeś go odzyskać.

Kiwnął głową.

Do pokoju wszedł Tomek i podał mu kartkę. Karol przeleciał wzrokiem kilka zdań skreślonych niedbałym pismem: „Dzwonił Adam Zembalski, turysta od Holendra Jessego van Dijka. Koło ich gospodarstwa od rana stoi obcy samochód. Podał numery, to samochód Julii. Kluczyki są w stacyjce".

Komisarz się zastanowił, potem odszedł z Tomkiem do drzwi i szepnął mu na ucho:

– Ściągnij samochód na komendę, niech technicy zdejmą odciski.

Wrócił do Hryszkiewicza, a ten kontynuował:

– Gdybyście znaleźli list, byście pomyśleli, że to ja ich zabiłem. To poszedłem po niego, ale tam stał ten policjant. Musiałem go unieszkodliwić. Nie wiem, co mnie podkusiło, że wziołem te broń i komórke. Pomyślałem, że komórke opchne za ładny grosz. A broń? Nie wiem. Z głupoty jo wziołem.

– Co zrobiłeś z Julią Wigier?! – Nacisnął na niego teraz, żeby go wystraszyć.

Fabian rzeczywiście wydawał się zbity z tropu i przestraszony.

– Ja? Ja nic nie zrobiłem. Nie wiem, nie widziałem jej!
– Nie kłam! Znaleźliśmy jej samochód! Są na nim twoje odciski palców!

Postanowił zablefować i zadziałało. Chłopak był przerażony.

– Ja... ja nie chciałem. Wracałem do domu, kiedy jo zobaczyłem. Szła do nas i gadała głośno przez komórke. Kiedy usłyszałem, że gada o Szułowiczu, o mnie i że on był moim ojcem, wystraszyłem sie jak cholera. Nie wiedziałem, co za jedna i czego tu chce. Nie zastanawiałem sie, walnołem jo, żeby sie uciszyła. Bałem sie, że rozgada ludziom cało prawde o ojcu. Potem zawlokłem jo do samochodu i zawiozłem do naszej ziemianki w lesie. Nie mogłem jej tak zostawić pod domem, musiałem sie zastanowić. Chciałem wypytać, co za jedna. Rano miałem wypuścić.

Wreszcie! Miał go! Karol wstał i prawie wykrzyczał:
– Gdzie ta ziemianka?!
– W lesie, trudno wytłumaczyć. Tylko ja z ojcem wiemy, gdzie ona jest. Kiedyś ojciec pendził w niej bimber.

*

Zrobiło się późno. Szymon Borek spojrzał na zegarek; miał jeszcze robotę, a klient wciąż dopytywał o różne szczegóły. Przejęty swoją budową, pokazywał mu plan domu jednorodzinnego. Szymon chciał się go wreszcie pozbyć.

– To na kiedy by pan dał radę? – spytał tamten prosząco.
– Najwcześniej na początku przyszłego tygodnia, teraz mam dużo zamówień. I tak wciskam pana między innych. Niech się pan nie martwi, damy radę. Zbiorę ludzi i materiały i zrobimy elektrykę raz-dwa.

– No dobrze, to będzie akurat. Zostawię panu te plany, żeby mógł się pan przygotować. Jakby co, to proszę o telefon. I dziękuję.

Klient wyciągnął do niego rękę na pożegnanie i wyszedł. Borek odetchnął. Wrócił do przerwanej pracy i wziął do ręki lutownicę. Zrobił się przyjemny spokój, który tak lubił. Z radia sączyła się cicho muzyka, leciała stara piosenka Niemena.

Usłyszał, że ktoś znowu wszedł, ale się nie odwrócił. To pewnie facet od pizzy, przyszedł trochę wcześniej. Nie widział, że mężczyzna, który właśnie wszedł, założył kominiarkę. Podszedł do niego całkiem blisko.

– Ma pan tę pizzę?

Borek odwrócił się, ale było już za późno, by cokolwiek zrobić. Mężczyzna w kominiarce błyskawicznie zarzucił mu drut na szyję i mocno zacisnął.

Szymon upuścił lutownicę, próbując się bronić. Jedną ręką chwycił za drut na szyi, drugą usiłował ściągnąć napastnikowi kominiarkę, ale ucisk drutu mu to uniemożliwił.

Szybko odciął mu dopływ powietrza, jego ruchy stały się wolniejsze, obraz przed oczami stracił kontury, aż w końcu zapadła ciemność i po chwili upadł bezwładnie na ziemię. Mężczyzna stał nad nim przez chwilę, a gdy się upewnił, że Borek nie żyje, zamknął drzwi od wewnątrz.

*

Wychodzili z budynku komendy wraz z zakutym w kajdanki Fabianem, kiedy do Karola podszedł jakiś chłopak.

– Komisarz Nadzieja?

– Tak – odpowiedział zdziwiony.

– Jestem Kuba Wigier. – Mały wyciągnął do niego rękę na powitanie. – Czy znalazł pan już moją mamę?

– Kuba? Miło cię poznać. Ale co tu robisz? Na dodatek sam?

Karol był lekko rozbawiony bojowością chłopca.

– Czekam na pana. Nie chcieli mnie wpuścić, to czekałem tu. Nie mogłem wysiedzieć bezczynnie w domu.

– Uparty jesteś.

– Znaleźliście ją?

– Dobrze trafiłeś, właśnie po nią jedziemy.

– Jadę z wami.

– Lepiej, żebyś wrócił do domu. Podrzucimy cię. Nie martw się, nic jej nie jest. Daję słowo, że jeszcze dziś ci ją przywiozę. Ale nie możesz jechać z nami.

Kuba ucieszył się wyraźnie na wiadomość o odnalezieniu mamy, ale nie w smak mu była taka odpowiedź Karola. Nie miał jednak wyjścia. W końcu kiwnął głową.

– No dobrze. Sam wrócę, mam rower.

Znowu podał Karolowi rękę i odszedł do stojącego pod budynkiem roweru. Karol ze Szkarnulisem i Fabianem wsiedli do wozu.

Po chwili wyjechali z miasta, kierując się na Sejny. Pół godziny później Fabian pokazał, gdzie powinni skręcić. Przez jakiś czas jechali leśnymi wertepami, potem musieli zostawić samochód, bo na miejsce można było dotrzeć jedynie na piechotę.

Szli w milczeniu. Fabian, skuty kajdankami z mundurowym, ich prowadził. Wreszcie wyszli na niewielką polankę i już z daleka zobaczyli kopczyk ziemianki. Fabian wyciągnął wolną rękę w jej kierunku.

– To już tu, tamten kopiec to nasza ziemianka.

Karol podbiegł bliżej, za nim reszta. Od razu zobaczył, że połowa drzwi ziemianki została rozwalona. Wpadł do środka, ale Julii tam nie było. Wezbrała w nim wściekłość. Podbiegł do Fabiana i chwycił go za gardło.

– Tak sobie z nami pogrywasz?!

Fabian był zaskoczony i przerażony.

– Nic nie pogrywam! Przysięgam, że tu jo zostawił! Musi co rozwaliła te drzwi i uciekła! Niech pan dobrze sprawdzi w środku, na pewno so ślady, że tu była. Przykuł jo do ściany jej kajdankami. W samochodzie były. Ale jak wydostała sie?

Karol wrócił jeszcze raz do ziemianki. Kiedy wyszedł, trzymał w ręku kajdanki i zapalniczkę Julii.

– Masz szczęście, a teraz módl się, żeby nic jej się nie stało. Włodek, dzwoń do Mirka Kuli, niech przyjedzie tu z psem.

W drodze do samochodu Nadzieja nagle coś sobie przypomniał i aż zaklął.

– Kurwa! Na śmierć zapomniałem o Kałdunie! Muszę wracać na komendę. Zabiorę Fabiana ze sobą. Ty zaczekaj przy drodze na Mirka, zaprowadzisz go do ziemianki. Przyślę ci jeszcze ludzi, żebyście zaczęli poszukiwania.

*

W sali konferencyjnej na piętrze komendy siedziało kilkunastu dziennikarzy. Sporo jak na augustowskie standardy. W dalekim kącie przysiadł również Woliński. Wszyscy czekali na komendanta.

Wśród zebranych można było dostrzec objawy lekkiego zniecierpliwienia. Jakiś dziennikarz odezwał się do Hanki Pietrewicz, która też już była na miejscu:

– Pół godziny spóźnienia, co oni sobie myślą? W redakcji czekają na materiał.
– To się nazywa szacunek do czwartej władzy.

Nagle w otwartych drzwiach pojawił się komendant Kłodowski, za nim prokuratorka Monika Pawluk. Zasiedli za stołem nakrytym zielonym suknem. Kałdun od razu włączył mikrofon i zaczął.

– Bardzo przepraszamy za opóźnienie, ale zatrzymały nas ważne sprawy związane ze śledztwem. Pani prokurator Monika Pawluk prowadzi śledztwo w sprawie zabójstwa rodziny Szułowiczów z ramienia prokuratury.

Monika siedziała sztywno i dumnie skinęła głową w kierunku zebranych. Kałdun kontynuował:

– Szanowni państwo, żeby nie przedłużać. Kilka słów o sprawie, potem postaramy się odpowiedzieć na pytania, oczywiście na te, na które będziemy mogli odpowiedzieć. Zabójstwo rodziny Szułowiczów to wielka tragedia, zginęły cztery niewinne osoby, w tym dziewięcioletni chłopiec. Śledztwo ruszyło natychmiast, cały czas trwają wzmożone i szeroko zakrojone działania dochodzeniowo-śledcze. – Komendant zauważył zaglądającego do sali komisarza Nadzieję i zawiesił na trzy sekundy głos. Był na niego wściekły, bo nie przyszedł na czas, tak jak mu kazał. Policzy się z nim później. Tymczasem ciągnął: – Moją decyzją rozszerzyłem zespół prowadzący tę sprawę o dwóch detektywów i profilerkę z Warszawy, która od samego początku bierze udział w śledztwie. Korzystamy tu, w Augustowie, z najnowszych metod i narzędzi śledczych, włączając nawet psychologa śledczego.

Komendant widział, jak Nadzieja wychodzi z sali. Wydawało mu się, że dostrzegł ironiczny uśmiech na jego twarzy, ale nie był pewien.

*

Karol zmierzał w kierunku policyjnego parkingu, na którym trzymali wozy z przestępstw. Powinien znaleźć tu samochód Julii.

Nie mógł słuchać spokojnie faryzeuszowskiego, obłudnego ględzenia Kałduna, który teraz chełpił się przed dziennikarzami, że zatrudnił do śledztwa profilerkę. Facet nie miał wstydu. Dlatego Nadzieja wolał nie tracić czasu na konferencji. Postanowił sprawdzić samochód; może znajdzie w nim coś, co go naprowadzi, a jeśli nawet nie, to i tak chciał choćby posiedzieć w jej samochodzie.

Miał nadzieję, że Kula dotarł już ze swoim psem na miejsce i niedługo zobaczy Julię całą i zdrową.

Gdy otwierał drzwi samochodu, zaczęło lać. Nic dziwnego, zbierało się na to cały dzień. Wsiadł do wozu i w zadumie patrzył przez chwilę na deszcz. Zajrzał do schowka, skąd wysypały się płyty CD i mnóstwo rachunków za benzynę. Upchnął to wszystko z powrotem. Na podłodze znalazł dokładną mapę terenu z zaznaczoną leśniczówką Szułowiczów i działką Hryszkiewiczów. Spojrzał na tylne siedzenie. Leżał tam plecak Julii. W środku były laptop, jakaś teczka, portfel i tym podobne rzeczy.

Zadzwoniła jego komórka. To był Włodek Szkarnulis.

– Włodek? I co? Dojechali już?

– Tak, ale zaczęło strasznie lać. Kula powiedział, że w tej sytuacji nici z poszukiwań.

– Dlaczego?!

– W deszczu ginie przecież ślad zapachowy.

– Faktycznie, nie pomyślałem. Jasny gwint! To co teraz?

– Kula mówi, że trzeba przeczekać deszcz, ale wtedy poszukiwania zaczną dopiero jutro, bo zaraz się ściemni.

– No ale przecież ślad zapachowy po deszczu chyba nie wróci?

– Podobno pies mógłby znaleźć ślad z powietrza, nie wiem, i tak musimy słuchać Mirka, on wie najlepiej, co może zrobić ze swoim psem.

– No dobra, to wracaj. Zawiadomię jej ojca. Może sama znajdzie drogę do domu. A tak na marginesie: znalazłem w samochodzie Julii jej laptop. Przed zaginięciem powiedziała mi, że skończyła profil. To jest co prawda jej prywatny komputer, ale powinniśmy poznać profil jak najszybciej. Przyjdź do mnie do domu, usiądziemy do tego razem. To na razie.

Wziął plecak z laptopem i poszedł do swojego samochodu. Nie miał zamiaru wracać na komendę. Z Kałdunem i tak był teraz na noże, więc wolał kolejne starcie z szefem przełożyć na jutro. Teraz należało jeszcze zadzwonić do Barskiego.

*

Julia przedzierała się przez gęsty i ciemny las. Od jakiegoś czasu lało, co nie pomagało jej w marszu. Na dodatek szła boso i choć starała się uważać, to i tak co jakiś czas nadeptywała to na szyszkę, to na wystający korzeń. Przystanęła, żeby rozmasować zbolałe stopy, i po chwili ruszyła dalej.

Nie miała pojęcia, w którą stronę powinna się skierować. Czasem odnosiła wrażenie, że nigdy nie wyjdzie z tego cholernego lasu.

Naraz przeszył ją ostry ból, aż zawyła. Prawa stopa nadziała się na wystającą ostrą gałąź. Usiadła i złapała się za nogę. Ściemniło się już, więc bardziej czuła, niż widziała, że stopa krwawi. Urwała kawałek rękawa swojego T-shirtu i przyłożyła materiał do krwawiącego miejsca. Nie miała nic lepszego, żeby obwiązać ranę i choć prowizorycznie ją zabezpieczyć.

Siły całkowicie ją opuściły. Może powinna gdzieś się schować przed deszczem i poczekać do rana? To byłoby rozsądne, jednak nie bardzo uśmiechała jej się taka perspektywa.

Rozejrzała się wokół siebie. Dwa metry od niej rosły jakieś duże liście. Może nadałyby się na opatrunek? Podczołgała się bliżej i zerwała dwa. Podejrzewała, że to liście paproci, ale nie miała pewności. Zresztą co za różnica.

Udało jej się owinąć stopę liśćmi i stwierdziła, że mogłaby to samo zrobić z drugą, bo liście stanowiły niezłą ochronę. Znalazła też solidny kostur, który okazał się dobrym wsparciem w czasie marszu.

Tak uzbrojona szła dalej. Pół godziny później ujrzała przed sobą rzedniejący las, a dalej pustą przestrzeń. Serce zabiło jej mocniej. Może wreszcie dotrze do jakichś zabudowań i ludzi?

Gnana nadzieją, szła coraz szybciej i po chwili jej oczom ukazał się spory fragment wyciętego lasu. Chmury trochę się przerzedziły, a spoza nich wyszedł księżyc. Przystanęła, podziwiając niespodziewane piękno chwili i tego miejsca. Wtedy usłyszała za sobą szelest.

Odwróciła się gwałtownie i zobaczyła trzy pary wpatrujących się w nią oczu. Ciała zdziczałych psów zdradzały gotowość do skoku, a pyski szczerzyły się, odsłaniając białe kły.

Tylko tego mi brakowało – przeleciało jej przez głowę. Ścisnęła mocniej swój kij, zrobiła ruch odstraszający psy i w tym momencie jeden z nich rzucił się na nią, a pozostałe dwa zaczęły wściekle ujadać. Ponownie zamachnęła się kosturem i udało jej się dosięgnąć pierwszego psa. Chyba go uderzyła. Zwierzę podkuliło ogon i uciekło, pozostałe dwa szczekały i próbowały podejść bliżej.

Zaczęła krzyczeć i wymachiwać kosturem coraz szybciej, by trzymać je na dystans. W którymś momencie poczuła, że kolejny psi napastnik oberwał. Ten też się wycofał, a wtedy i trzeci odpuścił.

Odetchnęła, choć nie miała pewności, czy zaraz nie wrócą. Odpoczywała chwilę, by po paru minutach zebrać się i pójść dalej.

*

Barski siedział z Kubą i ze Staszkiem w salonie za stołem. Gibas przyszedł wreszcie na tyle razy odkładaną kolację, choć czas nie był najlepszy na towarzyskie spotkania. Kiedy jednak Kuba przyniósł dobre wiadomości, że Nadzieja znalazł Julię i niedługo przywiezie ją do domu, Barski wziął się do przygotowania jedzenia dla większego grona osób. Sądził, że ugości komisarza wraz z odnalezioną Julią.

Niestety, sprawy się skomplikowały. Nadzieja właśnie zadzwonił, że Julia uciekła z miejsca przetrzymywania. Siedzieli teraz i się zamartwiali. Patrzyli na puste już talerze, na resztki mięsa na półmiskach.

W końcu odezwał się Barski:

– Uwolniła się, tyle że bez mapy i latarki, już nie mówiąc o telefonie, ma nikłe szanse na odnalezienie drogi do domu.

Przecież ona nie zna tych lasów, zresztą ja też nie. Poza tym nie wiadomo, w jakim kierunku poszła.

– Mam nadzieję, że znajdzie jakieś schronienie na noc, a może spotka kogoś, kto jej pomoże? Kuba, nie martw się tak. Twoja mama jest dzielna, nic jej nie będzie – próbował pocieszyć chłopca Staszek.

– Nie wiem, jak możecie tak siedzieć bezczynnie! Ona od wczoraj pewnie nic nie jadła! Ten Nadzieja dał mi słowo, że dziś przyprowadzi ją do domu.

Stefan spojrzał bezradnie na Gibasa, jakby szukał u niego ratunku.

– Przecież policjant nie jest duchem świętym ani jasnowidzem. Nie mógł przewidzieć, że mama się uwolni!

Staszek poruszył się na krześle.

– Późno się zrobiło, będę się zbierał. Jestem pewny, że wszystko dobrze się skończy. – Gibas spojrzał niepewnie na Barskiego, potem na naburmuszonego Kubę i wstał od stołu.

Barski poszedł w jego ślady, ale Kuba zastąpił im drogę.

– Proszę, pojedźmy jej szukać. Może mama wyjdzie gdzieś na drogę, a my akurat się na nią natkniemy? I tak nie pójdę spać, dopóki nie wróci.

– Może Kuba ma rację. – Gibas spojrzał na Stefana. – Jedźmy. Lepsze to niż siedzenie. Nie mamy nic do stracenia. Czy Nadzieja powiedział, w którym rejonie była ta ziemianka?

– Tak. W trójkącie Mikaszówka–Strzelcowizna–Płaska. Daleko i duży obszar, prawie same lasy. Beznadziejna sprawa, ale spróbujmy.

*

Karol kończył kolację. Teresa dolała mu herbaty z porcelanowego czajnika, a Inka uważnie mu się przyglądała. Pewnie czuła, że był z nimi tylko ciałem, bo przez głowę przelatywało mu tysiąc myśli na minutę związanych z Julią, komendantem, ze śledztwem. Powinien choć na chwilę się uaktywnić.

– Zaraz przyjdzie mój podwładny, Włodek Szkarnulis. Musimy razem popracować. To bardzo pilne. A wy? Jak spędziłyście dzień?

– Babcia była w radiu! Mówiła o Letniej Akademii Przyrody i zagrożonych gatunkach ryb! – wykrzyknęła podekscytowana Inka, jakby tylko czekała na to pytanie.

– Nic mi nie wspominałaś. – Spojrzał na Orszańską, a ona się uśmiechnęła z rezygnacją.

– Mówiłam, tylko nie pamiętasz albo nie słuchałeś. Wigierski Park Narodowy organizuje kolejny raz letnią akademię, dyrektor zlecił mi przygotowanie zajęć z ochrony ryb. Niedługo projekt rusza, więc wysłali mnie do Radia Białystok, żebym trochę poopowiadała w ramach promocji.

– No to chyba była niezła wycieczka, co? Podobało ci się w radiu? – Spojrzał na córkę z entuzjazmem, a ona kiwnęła poważnie głową.

Tak, dziennikarz, który rozmawiał z babcią, pozwolił mi wszystko obejrzeć i pokazał, co i jak działa. To było superciekawe!

– A ty? Jak śledztwo? Jeśli możesz coś powiedzieć. – Orszańska wiedziała, że zięć nie powinien opowiadać o śledztwie za wiele.

Nadzieja wytarł usta i westchnął.

– Szkoda gadać. Mam wrażenie, że kręcimy się w kółko. Na dodatek porwano Julię.

Teresa aż zamarła z wrażenia.

– Wiemy już, gdzie była przetrzymywana i kto ją porwał, ale kiedy dotarliśmy na miejsce, już jej tam nie zastaliśmy. Uciekła. Teraz pewnie błąka się gdzieś po lesie. Musieliśmy wstrzymać poszukiwania z psem przez deszcz. To przeze mnie, ja wciągnąłem ją w tę sprawę.

Zasępił się. Teresa siedziała zmartwiona, natomiast Inka słuchała z wypiekami na twarzy.

– Nie możesz brać odpowiedzialności za wszystko, co się dzieje. Jesteś tylko człowiekiem – dodała jeszcze Orszańska.

Wtedy usłyszeli pukanie i po chwili w drzwiach stanął przemoczony Włodek. Przywitał się z teściową Karola i Inką, a Nadzieja wstał i poprowadził go do salonu, po czym wrócił jeszcze na chwilę do kuchni i wyjął dwa piwa z lodówki.

Teresa z Inką zabrały się do sprzątania po kolacji.

– Może przygotuję chłopakowi coś do zjedzenia? Zapytaj go, czy jadł.

– Tak, masz rację. Nie pomyślałem o tym. Na pewno nie jadł, nie miał kiedy. Dzięki.

Uśmiechnął się do niej i pocałował Inkę w czoło. Wrócił do Włodka, położył na stole laptop Julii.

– Nie wiem, czy Julia byłaby zadowolona, że włamujemy się do jej komputera.

– Pewnie nie, ale chyba zrozumie? Wie, że w śledztwie czas jest na wagę złota, sama to mówiła. – Włodek próbował jakoś usprawiedliwić to włamanie.

– Tak czy owak, nie mamy wyboru. Dasz radę?

Szkarnulis siedział przed laptopem, próbując się do niego dostać.

– Nie jestem hakerem, musimy odgadnąć jej hasło.

Spojrzał na Karola i sięgnął po piwo. Napili się obaj. Nadzieja zaczął głośno myśleć:

– Kobiety zwykle stosują proste hasła: swoje imiona i daty urodzin albo bliskich. Poczekaj, może Julia... ona jest dwa lata młodsza ode mnie, więc rok urodzenia... osiemdziesiąty pierwszy.

– Dobra, wpisuję „Julia1981". Nie było czasu, żeby pogadać. Byłem u tego neurologa dzisiaj, profesora Jańczuka, który prowadził Szułowicza. Ciekawe rzeczy mi powiedział, tyle że dla śledztwa raczej bezużyteczne. Podobno leśniczy cierpiał na ciężką poudarową depresję. Lekarz mówił, że w jego mózgu zaszły zmiany powodujące, że jego osobowość była mocno zaburzona. Nic z tego, to nie to hasło.

– To wpisz imię syna. Kuba. Ma osiem lat, czyli „Kuba2016". Sprawa Szułowiczów mocno się skomplikowała. Wygląda na to, że ani stary, ani młody Hryszkiewicz raczej nie zabili. Młody nie ma alibi, lecz kiedy mówił, że stawiał wnyki, był naprawdę wiarygodny. Stary z kolei ma alibi lekko dziurawe, ale... A może to jego żona, Zofia? Może współdziałała ze starym?

– Bingo! „Kuba2016" pasuje.

– Super. Znajdź ten profil, pewnie jest na pulpicie. Pokaż.

Karol przysunął sobie laptop i przez chwilę szukał dokumentu. Znalazł go dość szybko.

– Jest. Wiesz, że Kałdun podczas konferencji przyznał, że zatrudnił do śledztwa profilerkę? Dobra nasza, teraz nie będzie mógł się z tego wycofać. Może coś do niego dociera?

Otworzył dokument i wczytał się w profil opracowany przez Julię. Zamilkł na chwilę, po czym zaczął czytać na głos:

– Posłuchaj: „Zabójca dobrze zna rodzinę i miejsce zbrodni, wie, gdzie trzymają broń i narzędzia. To mężczyzna w wieku pięćdziesiąt pięć–siedemdziesiąt pięć lat, osoba schorowana lub nie w pełni sprawna fizycznie, o czym świadczy sposób zadania śmierci Irenie. Nie miał wystarczającej siły, żeby ją udusić, dlatego dokończył dzieła ostrym narzędziem. Wiedział, że zabije, morderstwa popełniono z premedytacją. Świadczy o tym sposób popełnienia pierwszego zabójstwa...".

– No tak, i rohypnol w coli dla dziecka – wtrącił Szkarnulis.

– Julia o tym nie wiedziała, kiedy to pisała. Musiał zaplanować, że uśpi chłopca. I dalej: „Świadczy o tym sposób popełnienia pierwszego zabójstwa, czyli przygotowane narzędzie zbrodni i porządek w sypialni. Zabójca dobrze funkcjonuje w społeczeństwie, umiejętnie się maskuje, ale to osobowość mocno zaburzona, choć prawdopodobnie funkcjonuje w związku..." – Ostatnie słowa czytał coraz wolniej. Spojrzał na osłupiałego Włodka i zawiesił głos. W oczach Szkarnulisa widział to samo zaskoczenie, które czuł u siebie. – Myślisz o tym samym? Czy to możliwe? Dalej napisała: „Motyw to poczucie krzywdy i narastająca frustracja, żal do całej tej rodziny. Możliwe, że któryś z jej członków skrzywdził go świadomie bądź nieświadomie". Jezu! Byliśmy ślepi! Jak dzieci we mgle...

*

W środku lasu w powoli rozjaśniającej się ciemności pobłyskiwały światła latarek. Barski nie miał już siły wykrzykiwać imienia Julii, całkiem zachrypł. Kuba szedł blisko niego i wciąż się nie poddawał. Chodzili od paru godzin, oczywiście bez rezultatu. Robił to dla wnuka, bo nie bardzo wierzył w taki szczęśliwy traf, że akurat znajdą Julię. W końcu przystanął. Postanowił, że czas wracać.

– Nie dam dłużej rady. Musimy wracać.

Poszedł do nich Gibas.

– Tak, jedźmy do domu. Kuba jest cały przemoknięty.

Chłopak już nie oponował, też był wykończony.

– Ale wrócimy? Odpoczniemy i wrócimy. Trzeba jej szukać.

– Dobrze, ale najpierw trzeba się trochę przespać. Zobaczcie, już świta.

Deszcz przestał padać, gdy wracali do samochodu.

3 LIPCA, ŚRODA

Klęczała przed bocznym ołtarzem pod figurą Matki Boskiej, pod którą zapaliła świecę. Schowała twarz w dłoniach i modliła się żarliwie w ciszy.

W kościele nie było żywej duszy, a przez okno zaglądało wschodzące słońce. Z zewnątrz dolatywał rozbuchany i żywiołowy ptasi rwetes. Zofia podniosła głowę i wpatrywała się długo w wizerunek Matki Boskiej, a jej usta poruszały się w szeptanej modlitwie.

– Świenta Mario, chroń mojo rodzine. Panienko Najświentsza, spraw, coby wszyscy wrócili w zdrowiu, a zwłaszcza Bożena, by cała wróciła do domu...

Nagle świeczka zgasła bez żadnego powodu. Zofia zamilkła i rozejrzała się wokoło. Nie było przeciągu; poczuła ogarniające ją przenikliwe zimno. Była zdezorientowana i przestraszona. Otuliła się ramionami, potem szybko przeżegnała i wybiegła z kościoła, nie oglądając się za siebie.

*

Do domu wrócili wczesnym rankiem. Kuba wykończony zasnął na tylnym siedzeniu. Gibas przesiadł się do swojego samochodu i odjechał. Barski wyciągał zaspanego chłopca z samochodu.

– Mamo! Dziadek? Gdzie ja jestem? – mamrotał jeszcze wciąż przez sen.

– Przyjechaliśmy do domu.

– Gdzie mama? – Teraz dopiero Kuba się przebudził.

– Nie znaleźliśmy jej, ale zaraz będzie jej szukać policja. Chodź, położysz się.

Kuba szedł z dziadkiem niemrawo w stronę domu. Kiedy podeszli do zadaszonych schodków przed drzwiami, chłopiec zauważył na jednym ze stopni ciemnoczerwoną plamę.

– Dziadku! Co to jest?

Nachylił się i dotknął plamy palcem.

– Wygląda na krew.

Zaniepokoił się. Rozejrzał się dookoła, ale nic nie wzbudziło jego podejrzeń. Otworzył drzwi.

– Wejdź do domu i się umyj. Ja się rozejrzę.

Barski poszedł ostrożnie na tyły domu, w kierunku jeziora. Tam, koło pomostu, stała jego łódź. Powinna być odwrócona do góry dnem, tak jak ją zostawił, tymczasem ktoś ją przewrócił.

Podszedł ostrożnie, przygotowany na najgorsze, i wtedy zobaczył na dnie łodzi Julię śpiącą snem sprawiedliwego.

– Julia!

Barski nie zorientował się nawet, jak i kiedy znalazł się przy nim Kuba, który na widok mamy krzyczał i skakał z radości.

Julia otworzyła oczy i uśmiechnęła się. Wyglądała jak nieboskie stworzenie, ledwie można było ją poznać. Usiadła, a Kuba już był przy niej i tulił się niczym szczeniak. Barski westchnął z ulgą. Ogarnęły go spokój i uczucie szczęścia.

*

Hanka Pietrewicz kwitła i jednocześnie pękała z dumy, mając świadomość, że rozmawia z dziennikarzem pracującym dla ogólnopolskich tygodników i pisarzem w jednym, samym Arturem Wenetem.

Nie dość, że podobał jej się jako mężczyzna, to jeszcze jego pozycja w świecie dziennikarskim sprawiała, że kobieta unosiła się parę metrów nad ziemią z ekscytacji. Bo Wenet symbolizował to, o czym zawsze marzyła i do czego dążyła. Uosabiał spełnienie jej zawodowej kariery dziennikarskiej.

Poznali się w zeszłym roku podczas jakiejś imprezy w Augustowie. Okazało się, że Artur przyjeżdżał nad tutejsze jeziora od wielu lat, by pisać i wypoczywać.

Prawie zaraz po przyjeździe zadzwonił do niej i zaproponował wspólny lunch. Nie znalazłaby odpowiednich słów, by opisać swoje szczęście i rozbudzone nadzieje. Przyleciała na spotkanie jak na skrzydłach.

Siedzieli w hotelowej restauracji przy stoliku nad jeziorem. Ona w swojej najlepszej sukience, on wystrojony zgodnie z najnowszymi trendami mody. Pomyślała, że bardziej przypominał jakąś gwiazdę lub celebrytę niż dziennikarza.

Jedyne, co psuło Hance ten wymuskany wizerunek, to kiczowaty sygnet na palcu, zbyt długie pożółkłe paznokcie i mocno wytatuowane ręce. Ale tatuaże nosił teraz prawie każdy.

Uśmiechał się do niej czarująco i wypytywał o sprawę Szułowiczów.

– No, moja droga, zrobisz karierę, na takich sprawach wypływa się na szersze wody.

– E, może i napisałam o tym jako pierwsza i chyba nieźle mi to wyszło, ale zaraz potem temat podchwycili krajowi, a z nimi to przecież nie mam szans.

– Dlatego powinnaś wyrwać się z tej dziury. Mógłbym ci pomóc.

Serce zabiło jej szybciej; nie mogła uwierzyć w to, co usłyszała.

– Wszystko zależy od znajomości, a ja je mam. Szkoda, że przyjechałem dopiero wczoraj, to niecodzienna sprawa. Mają podejrzanych?

– Początkowo stawiali na męża ofiary, Janonisa, miejscowego biznesmena. Facet ma ciemne sprawki na sumieniu: przemyt fajek, alkoholu, a ostatnio doszedł podobno handel bronią. No i słabe alibi, a za to dobry motyw. Żona go zdradzała i była w ciąży z kochankiem. Chociaż nie wiem, czy o tym akurat wiedział. Potem okazało się, że jednak nie mógł zabić. Nagranie z monitoringu ostatecznie go wykluczyło. Kochanek od razu wypadł z kręgu podejrzanych ze względu na mocne alibi. Teraz policja przesłuchuje sąsiadów, ojca i syna, którzy, jak się okazało, mogli mieć motyw i sposobność.

Hanka przerwała na widok prokuratorki Pawluk w towarzystwie jakiegoś faceta; zajęli stolik niedaleko. Artur podążył za jej wzrokiem.

– O! Właśnie przyszła prokuratorka Monika Pawluk, prowadząca tę sprawę. – Spojrzała na Artura taksującego z zaciekawieniem Monikę. – Nie gap się tak, bo zorientuje się, że o niej mówimy.

– No i co? Jeśli nawet.

Do stolika podeszła ładna kelnerka, a Artur spojrzał na nią wnikliwie. Było w jego zachowaniu coś uwodzicielskiego, co nie uszło uwadze Hanki.

– Co zaproponowałaby nam pani na wczesny lunch?

Mówił to tak, jakby ją podrywał, co dziewczynę trochę speszyło.

– Sądzę, że coś lekkiego na tę porę dnia. Może sałatkę z awokado, suszonymi pomidorami, kozim serem i ze świeżymi ziołami?

Artur popatrzył na nią z aprobatą, a potem spojrzał na Hankę, która kiwnęła tylko głową.

– Brzmi zachęcająco. Macie do tego jakieś włoskie pieczywo? Może foccacia? A do picia poprosimy butelkę prosecco.

Kelnerka na dźwięk słowa „foccacia" jakby się spłoszyła. Hanka była pewna, że nie miała pojęcia, co to jest.

– Zobaczę, co da się zrobić.

Artur odprowadził dziewczynę wzrokiem, potem „wrócił" do Hanki. Ona podjęła temat, który interesował ją najbardziej.

– Naprawdę mógłbyś mi pomóc?

– Oczywiście, słońce. Parę telefonów i możesz przyjeżdżać do Warszawy. Teraz, jak wiesz, mam urlop, zamierzam wypocząć i trochę pisać. – Zmienił ton z lekkiego na poważny: – W takich sprawach najbardziej interesują mnie motywy, psychologia zbrodni.

Kiedy wypowiadał te słowa, znowu przeniósł wzrok na Monikę, która to wyczuła i spojrzała na niego. Hanka nie rozumiała, o co mu chodzi. Czyżby Pawluk wpadła mu w oko? Poczuła lekkie ukłucie zazdrości.

Zjedli lunch, ale musieli się obejść bez foccacii. Kelnerka przyniosła w zamian jakąś bułkę, co podobno Arturowi wszystko zepsuło. Stwierdził, że noga jego już więcej tu nie postanie.

Hanka pomyślała, że wydziwia; w końcu nie byli we włoskiej restauracji. Kątem oka zarejestrowała, że prokuratorka zbiera się do wyjścia. Towarzyszący jej facet płacił właśnie rachunek.

Artur nagle poruszył się niespokojnie.

– Muszę lecieć, zapomniałem, że miałem gdzieś być o tej porze.

Spojrzał na zegarek.

– Ureguluj rachunek, ja stawiam. – Uśmiechnął się znowu czarująco i wyciągnął pieniądze. – Zdzwonimy się.

Zaskoczył ją, więc nie zdążyła nawet o nic zapytać, tylko kiwnęła głową. Akurat przechodziła koło nich Monika. Hanka spojrzała teraz na jej towarzysza i go poznała. To był Piotr Sarnowski, miejscowy polityk.

Artur już wstał i rzucił tylko na odchodnym:

– Daj mi koniecznie znać, jak dowiesz się czegoś nowego!

– Jasne.

– A ja podzwonię w twojej sprawie. No to cześć!

– Cześć.

Była zdezorientowana i chyba rozczarowana. Nie tak to sobie wyobrażała. Ale pisarze bywają chimeryczni i dziwni.

*

Od chwili zapoznania się z profilem Włodka nie opuszczała ekscytacja i jednocześnie nie mógł wyjść ze zdumienia, w jaki sposób Julia wpadła na trop. Żaden z nich nawet nie pomyślał o takiej możliwości.

On sam, już podczas wizyty u profesora neurologii, powinien uświadomić sobie, kto jest sprawcą. Ale nic z tego.

Na dodatek powiedział Nadziei, że to, czego dowiedział się od lekarza Szułowicza, nie przyda im się w śledztwie. Koń by się uśmiał. Po połączeniu danych z profilu i wiedzy lekarskiej o stanie psychiki leśniczego wreszcie byli w domu.

Stał teraz wraz z komisarzem w pokoju konferencyjnym w komendzie i przedstawiał kolegom rozwiązanie. Tomek Dziemianiuk, Piotrek Sawko i Leszek Ranuszkiewicz słuchali z coraz większym zdumieniem.

– Wszystko układa się w logiczną całość i zgadza się z profilem! Rozgoryczony Szułowicz, w głębokiej depresji i z ciężkim zaburzeniem osobowości, nie wytrzymał i postanowił zabić nie tylko siebie, ale całą rodzinę. Był w wieku określonym w profilu. Miał niedowład ręki, dlatego przewidując, że może nie dać rady udusić żony, zabrał wcześniej ze skrzynki z narzędziami szpikulec, który potem odłożył na miejsce. Po zamordowaniu żony zaczekał na córkę i wnuka, którzy mieli przyjechać na obiad.

Włodek spojrzał na kolegów, a komisarz dodał:

– Dziecku zaserwował środek nasenny w coca-coli. Córkę, która go w jego mniemaniu zdradziła, zabił najpierw, gdy uciekała przez las. Kiedy wrócił do domu, zastrzelił śpiącego wnuka, a potem siebie. Żył jeszcze przez chwilę, więc odrzucił od siebie strzelbę wystarczająco daleko, żeby nas zmylić. Motyw też się zgadza: poczucie krzywdy i narastająca frustracja, żal do rodziny. W stanie zaburzenia osobowości nie działał racjonalnie. Nieważne, że krzywda była wyimaginowana. W jego odczuciu istniała naprawdę.

Karol umilkł. Wszyscy wciąż trwali w lekkim szoku. Takiego rozwiązania sprawy nikt się nie spodziewał.

– Ja piórkuję. Tego bym w życiu nie wymyślił – stwierdził Dziemianiuk.

– Ani ja – zgodził się Sawko.

– No dobrze. Ale mamy na to jakieś dowody? – przytomnie zapytał Ranuszkiewicz.

Karol uśmiechnął się blado i pokręcił głową.

– Na razie tylko profil, bez którego wciąż stalibyśmy w miejscu, i opinię lekarza. Musimy wrócić do leśniczówki i jeszcze raz dokładnie ją przeszukać. Tym razem pod tym kątem, może coś przegapiliśmy.

Postanowili nie zdradzać swojej hipotezy ani komendantowi, ani prokuratorce. Chcieli zyskać pewność w sprawie dowodów.

Nadzieja miał tylko wątpliwości, czy znajdą coś na tyle obciążającego Szułowicza, by prokuratorka i Kałdun nie zdołali podważyć tej hipotezy. Znając podejście komendanta do profilowania, był niemal pewny, że opracowany przez Julię profil do niczego go nie przekona.

Dla Włodka koncepcja, że zabił Szułowicz, stała się teraz oczywista i zły był na siebie, że nie dostrzegł prawdy wcześniej. Szczerze mówiąc, z lekka go to załamało. Jak ma wyjść na porządnego śledczego, jeśli nie zauważa oczywistych tropów? Jedyne pocieszenie, choć słabe, stanowił fakt, że inni również nie widzieli tego, co od początku było widoczne z daleka.

Od godziny przetrząsali leśniczówkę. Szkarnulis z Tomkiem skończyli właśnie przeszukiwać swoje części bez żadnego sukcesu. Weszli do salonu z niewyraźnymi minami.

– Słabo to wygląda, szefie. Skończyłem trzepać kuchnię, Włodek sypialnię. Czego my właściwie szukamy? – zapytał Tomek.

Włodek zauważył, że komisarz jest zirytowany i jakby zniechęcony.

– Jak znajdziemy, będziemy wiedzieli, że to jest to. Może jednak zostawił jakiś ślad. Przecież nie zrobił tego w przypływie chwili, starannie się przygotował.

Komisarz zamyślił się, przełożył jakiś dokument z jednej strony biurka na drugą. Włodek podszedł do półek z książkami.

– Te książki... przejrzał szef?

Nadzieja kiwnął głową.

– Z grubsza, ale przydałoby się zrobić to dokładniej.

Komisarz wziął do ręki stos pism łowieckich. Włodek sięgnął po album poświęcony Puszczy Augustowskiej i okolicom. Dziemianiuk podszedł do niego i zaczął przeglądać książkę *Ptaki polskie*. Na jakiś czas zapadła cisza. Włodek zainteresował się informacją znalezioną w albumie.

– Wiecie, że w naszej puszczy rośnie roślina pod nazwą zimoziół północny? Napisali tu, że „jest to relikt glacjalny", u nas rzadkość i pod ochroną, występuje w strefie arktycznej i subarktycznej. Za chwilę pewnie wyginie, a może już wyginął; klimat się ewidentnie zmienia na tropiki. Całkiem ładny kwiatek.

Komisarz nawet nie zareagował, jego uwaga skupiona była na łowieckim periodyku. Tomek wyciągnął rękę po książkę.

– Pokaż, jak wygląda. Znam to, jak się nazywa? Zimo... co?

– Zimoziół, baranie. – Włodek się roześmiał, a z nim Tomek.

Nadzieja zaczął się niecierpliwić; wstał z kanapy, trzymając w ręku ostatnie czasopismo ze stosu, i spojrzał na zegarek.

– Chyba trzeba się zbierać, nic tu nie ma. Przetrząsnęliśmy wszystko, każdy centymetr kwadratowy tego domu.

Leszek z Piotrkiem pewnie też nic nie znaleźli, bo już byśmy wiedzieli.

Kiedy mówił, z czasopisma wysunęła się złożona na pół biała kartka z zeszytu formatu A4 i poleciała wprost pod nogi Włodka. Schylił się, by ją podnieść. Kiedy ją rozłożył, zobaczył, że jest w całości zapisana czyimś rozjechanym, niepewnym pismem. Zdębiał na widok treści.

Nadzieja zaciekawiony podszedł i zabrał mu kartkę. Rzucił okiem i spojrzał na nich zszokowany.

– O kurwa...

Zaczął głośno czytać:

– „Muszą ponieść karę... zabiję ich wszystkich... zabiję całą rodzinę... Zabiję całą rodzinę... zabiję, zabiję już niedługo... to wszystko nie ma sensu..."

Tomek rozdziawił usta i dodał tylko:

– Ja pierdolę.

Spojrzeli na siebie z niedowierzaniem, po czym na ich twarzach pojawił się uśmiech. Mieli upragniony dowód.

*

Zofia siedziała sama w wysprzątanej kuchni. Sylwia poszła z dziećmi nad wodę, bo w domu przesiąkniętym zmartwieniem siedziały jak zbite psiaki. Nawet mała Oleńka, która przecież jeszcze niewiele rozumiała, reagowała na otoczenie lękliwie i płaczliwie.

Hryszkiewiczowa wpatrywała się w leżący przed nią telefon komórkowy. Może spróbuje jeszcze raz zadzwonić?

Robiła to już chyba ze sto razy, ale może coś się zmieniło i teraz Bożena odbierze?

Ale w najgłębszym zakamarku duszy wiedziała, że tak się nie stanie. Czuła, że jej córkę spotkało coś złego, i to poczucie było silniejsze od rozumu, którym próbowała sobie tłumaczyć, że przecież mogło się wiele wydarzyć i nie musiało to być akurat to najgorsze.

Mimo wszystko Zofia wzięła komórkę i wybrała numer Bożeny. Nic z tego. Westchnęła ciężko. Nagle usłyszała kogoś za drzwiami. Wróciła znowu nadzieja, wbrew wszystkim złym przeczuciom. Poleciała do drzwi uradowana. W drzwiach stał jej mąż.

Spojrzała na niego zaskoczona i rozczarowana.

– Co tu robisz? Wypuścili? A Fabian?

– Posiedzi jeszcze za to broń, co jo zwędził policji.

Zofia złapała się za głowę. Jeszcze tego jej brakowało.

– Jezusie Nazareński! Co on narobił?! Po co mu to było? Czy on oczadział?

Przysiadła na ławie i zaniosła się cichym płaczem. Józek usiadł obok niej, a w jego oczach dostrzegła niebezpieczne błyski.

– To jeszcze nic. Porwał policjantke i do ziemianki wywióz. A to wszystko przez ciebie! – Zofia zakryła usta z przerażenia i na chwilę zamarła. Hryszkiewicz dodał jeszcze: – Czemu dla mnie nic nie powiedziała?! Całe życie w kłamstwie... – Spojrzał na nią z takim wyrzutem, że serce jej się ścisnęło.

– Co?! Czego nie powiedziała?! – Ale dobrze wiedziała, o czym mówi Józek. Patrzyła na niego z lękiem, ocierając łzy.

– Czego? A o Szułowiczu, co cie gwałtem wzioł, a Fabian to tera nie mój syn?!

Wstał, podszedł do okna i stanął tyłem do niej. Nie wiedziała, jak go pocieszyć, bo cokolwiek by powiedziała, i tak jej wina zatajenia przed nim prawdy pozostawała nieusprawiedliwiona.

– Jak ja tera mam żyć? Wyszed na durnia i tyle... A Fabian... toż zawsze największa moja podpora buł...

Zapadła ciężka cisza. Zofia podeszła do Józka i położyła mu rękę na ramieniu.

– I czego sie martwi? Toż ty jego ojcem zawsze buł, jest i bendziesz. A gwałt. Ja mu to już wybaczyła, tera to on przed Bogiem bendzie sie tłumaczył. Dość mamy innych zmartwień. Fabian w więzieniu, a Bożena... Bożena zikneła. Od wczoraj jej nie ma, do pracy nie przyszła, nikt jej nie widział. Dzwonie do niej co i raz, oczy wypłakuje. W kościele rano była, modliła sie. Najświentszej Panience świeczke zapaliła, a tu jak mnie taki lodowaty ziąb nie przejdzie... jak nie z tego świata. Świeczka zgasła, choć nijak żadnego przeciongu nie było. Czuje, że coś złego... – Nie dopowiedziała, bo bała się wymówić głośno to, o czym myślała. Przeżegnała się bojaźliwie.

Józef słuchał tego z niedowierzaniem i ze strachem.

*

Wiatraki pracowały intensywnie na wszystkich biurkach, niestety z miernym efektem. W części otwartej biura Nadzieja zebrał wszystkich pracowników, włącznie z Kałdunem.

Nadszedł wreszcie czas, by obwieścić dobrą nowinę. Czekał tylko na Julię, bo chciał jej podziękować przy wszystkich.

Spóźniała się, czemu się wcale nie dziwił. Pewnie jeszcze nie doszła do siebie po tym, co przeżyła. Nie widzieli się od czasu jej zaginięcia. O szczęśliwym powrocie do domu dowiedział się od jej ojca dziś rano. Zadzwonił do niej później i rozmawiali bardzo krótko.

– Chłopaki, wygląda na to, że kończymy śledztwo w sprawie Szułowiczów. Cieszy mnie, że znaleźliśmy broń Mietka, no i winnego. Czekamy jeszcze na opinię grafologa, która, mam nadzieję, potwierdzi to, co podejrzewamy: że kartkę z leśniczówki napisał Maciej Szułowicz.

Dostrzegł wchodzącą Julię i spojrzał na nią z radością. Odwzajemniła uśmiech i podeszła bliżej. Karol kontynuował:

– Oto autorka naszego sukcesu! Bez jej trafnego profilu może nigdy nie wpadlibyśmy na pomysł, że zabił Szułowicz. Mieliśmy informacje, których nie umieliśmy połączyć w całość. – Zwracając się bezpośrednio do Julii dodał: – Tylko dzięki tobie możemy zakończyć śledztwo w piątym dniu od zbrodni!

Zaczął bić brawo, a w ślad za nim poszła reszta. Dopiero teraz zauważył Kałduna stojącego z tyłu, a który teraz zbliżał się do nich. Julia spuściła skromnie głowę. Komisarz widział, że nie sprawia jej przyjemności ten aplauz i czuje się nieswojo w takiej sytuacji.

– Dzięki, ale to naprawdę nic takiego.

– Komisarzu Nadzieja, może wreszcie przedstawicie mnie pani...

– Julia Wigier. – Wyciągnęła rękę do komendanta, a ten niezgrabnie ją ucałował.

– Komendant Kłodowski, miło mi panią wreszcie poznać. Tyle o pani słyszałem i rzeczywiście, informacje nie były ani trochę przesadzone. To zaszczyt dla nas, że zechciała nam pani pomóc w tym trudnym śledztwie. Zawsze stawiałem na fachowe siły.

Tomek ukradkiem posłał Karolowi znaczące spojrzenie, inni też mieli na twarzach dziwne uśmieszki.

Kłodowski – zupełnie niespeszony – ciągnął, zwracając się do zespołu:

– Dobra robota, panowie. Oczywiście macie jeszcze trochę pracy. Na dzisiaj chcę mieć pełny raport. A z panią Wigier musimy załatwić sprawy formalne. No i trzeba zapoznać prokurator Pawluk z ostatnimi ustaleniami. Jeszcze nie przyszła?

– Dzisiaj jej nie widzieliśmy – poinformował Karol.

– Nawet się nie dziwię. Dobrze, że znaleźliście tę kartkę, boby dalej obstawała przy swoim. No, to czekam na raport, trzeba zwołać konferencję prasową i odtrąbić sukces!

– Jak pani wpadła na ten trop? – zwrócił się Włodek do Julii, a ona się roześmiała.

– To jest to, o czym mówiłam. Trzeba zbierać obserwacje i dodać dwa do dwóch. Niczego nie zakładać ani się niczym nie sugerować. Często obraz zaciemniają nam nasze wyobrażenia, a suche fakty są od tego wolne. Ale to nie zawsze jest takie proste. W tym wypadku jasne było, że zabójca dobrze znał rodzinę. Najwięcej powiedziała mi pierwsza ofiara. Zabił ją ktoś słaby fizycznie, człowiek starszy albo w jakiś sposób niepełnosprawny, który nie miał dość siły, żeby ją udusić własnoręcznie. Przewidywał, że nie da rady, dlatego uzbroił się w ten szpikulec. A potem pozostawił ciało w całkowitym porządku, tak jakby chciał oddać mu należyty szacunek. Obcy człowiek by się tak nie wysilał. Szułowicz miał żal przede wszystkim do córki. Irenę zabił, bo w swoim planie postanowił skończyć z całą rodziną. To się nazywa „czystka w rodzinie". Czasem tak się zdarza, kiedy jeden człowiek świruje, postanawia się zabić, ale przedtem zabiera wszystkich ze sobą.

Karol widział, jak Włodek wpatruje się w Julię zachwycony. Kłodowski kręcił głową z niedowierzaniem, podobnie pozostali. Nadzieja był dumny z Julii i szczęśliwy, że wpadł na pomysł, żeby ją ściągnąć. Wolał nie myśleć, co by było, gdyby się na przykład nie zgodziła pomóc. Tomek drapał się po głowie.

– Naprawdę, aż wierzyć się nie chce.

– No widzisz, a nie chciałeś, żebym cię zapisał na kursy profilowania. Może teraz dasz się namówić? Przemyśl to.

Nagle wszystkie wiatraki na biurkach stanęły i zgasły ekrany komputerów. Spojrzeli zaskoczeni.

– Ki diabeł? Pewnie od tych wiatraków prąd padł, za duże obciążenie. Muszę do kogoś wyciągnąć rękę po prośbie, żeby założyć tutaj klimę, bo dłużej tak nie ujedziemy.

Kłodowski wyszedł. Komisarz Nadzieja skorzystał z okazji i podszedł do Julii, by wyjść z nią do swojego pokoju. Ludzie porozchodzili się do swoich biurek.

– Co z moim plecakiem? – spytała Julia, gdy już byli sami.

– Zupełnie przez to wszystko zapomniałem. Mam go w samochodzie. Wiesz, włamaliśmy się ze Szkarnulisem do twojego laptopa, wiedziałem, że tam jest profil. Nie masz mi za złe?

Uśmiechnęła się szelmowsko.

– Na twoim miejscu zrobiłabym to samo. Czy w plecaku była teczka?

– Chyba tak. Co powiesz na lunch i kielicha? Zasłużyłaś, no i musimy opić zamknięcie sprawy!
– Może później? Kuba czeka na mnie przed komendą. Przyjechaliśmy na lody, rozumiesz.
– Chciałem ci powiedzieć, że możesz być dumna z syna. Jest waleczny i uparty, nie daje się zbyć byle czym.

Uśmiechnęła się zadowolona.

– Wiem. Ojciec też mi mówił.
– Jedźcie na lody, a potem się odezwij. Będę czekał na telefon.

Spojrzał jej głęboko w oczy i zobaczył w nich jakiś nowy błysk. A może mu się tylko zdawało?

*

Hanka po lunchu poszła prosto do redakcji gazety, choć właściwie trudno było tak nazwać to miejsce. Lokal, w którym na co dzień tłoczyły się trzy osoby, przypominał bardziej małe mieszkanie niż profesjonalne biuro, a co dopiero redakcję.

Dysponowali trzema biurkami, każde było z innej parafii, a z pokoju wchodziło się od razu do małego pomieszczenia socjalnego z kuchenką, szafką i ze stolikiem. No i była jeszcze maleńka łazienka z toaletą.

Oprócz Hanki pracowali tu także dużo od niej starsza Marysia Laskowska i dużo młodszy Bartek Surmacz, student stosunków międzynarodowych uniwerku w Białymstoku.

Hanka jak zwykle wpadła do redakcji, a nie weszła, i od progu zawołała:

– Cześć wam! Co tu tak niemrawo? Siedzicie jak trusie i nosa nie wyściubiacie poza pokój! A tyle się dzieje!

Maria spojrzała na nią znad okularów zsuniętych na czubek nosa. Bartek nawet nie podniósł oczu znad komputera.

– A co takiego się dzieje, oświeć nas. Ktoś musi odwalać najgorszą robotę.

Maria przeciągnęła się i wstała od biurka. Przeszła do pomieszczenia socjalnego i wlała wodę do czajnika elektrycznego. Otworzyła okno i zapaliła papierosa.

Hanka usiadła za swoim biurkiem. Dopiero teraz Bartek na nią spojrzał.

– Dla mnie więcej się dzieje w necie niż w realu.

– Niby co tu takiego ciekawego? – dodała Maria. – Że paru zielonych znowu przykuło się do drzew, żeby zapobiec wycince?

– No a morderstwo Szułowiczów?! Przecież to prawdziwa bomba. Zresztą jak ktoś się godzi na odrabianie pańszczyzny, to pretensje powinien mieć tylko do siebie. Ja nie zamierzam całe życie jej odwalać – odparła Hanka. Włączyła komputer i zajęła się sprawdzaniem maili. Maria przyglądała się jej z lekką dezaprobatą. Po chwili Hanka rzuciła z ekscytacją: – Właśnie dostałam cynk, że policja znowu zwołuje konferencję prasową. Podobno rozwiązali sprawę! Marka jeszcze nie było? Przydałoby się kilka fotek.

– Naczelny gdzieś go wysłał. Chyba właśnie w sprawie zielonych. Bartek, chcesz coś? Kawy, herbaty? Ostatnia szansa, żebyś się załapał! Mam dzień dobroci dla bliźnich, korzystaj. Tobie, Hanka, nawet nie proponuję.

Bartek na chwilę się ożywił.

– Kawa, *please*! Zakuwałem do czwartej nad ranem, jutro ostatni egzamin w tej sesji.

Maria skinęła głową, wyciągnęła kubki z szafki nad kuchenką i wsypała do nich kawę, po czym zalała ją wodą.

– I masz rację, że nie proponujesz, bo właśnie wróciłam z lunchu. Spotkałam znajomego. – Hanka uśmiechnęła się do siebie lekko rozmarzona. – Z Warszawy. To dziennikarz i pisarz. Facet ustawiony, z kontaktami, naprawdę ktoś.

Maria przyniosła kubki i jeden z nich postawiła przed Bartkiem. Stanęła przed Hanką.

– Na takich trzeba uważać szczególnie. Wiem, co mówię. Pamiętaj, z reguły nic nigdy nie jest takie, na jakie wygląda.

Hanka udała, że się nie przejmuje jej słowami, jednak w duchu musiała przyznać jej rację. Też czuła, że Wenet nie był z nią do końca szczery. Ale może po prostu głowę zajmowały mu jego sprawy? Nie chciała się nad tym dłużej zastanawiać. W końcu, jeżeli miał ochotę jej pomóc, to dlaczego miałaby tę wyciągniętą rękę odpychać? Bez sensu.

*

Siedział w samochodzie, kiedy zadzwoniła komórka Szymona Borka. Sprawdził numer i odebrał.

– Pogotowie elektryczne, słucham.

– Oficer dyżurny z KPP w Augustowic. Chciałem zgłosić awarię na cito! Na komendzie padł prąd, może pan przyjechać, najlepiej od razu?

– A co się stało? Sprawdziliście korki?

– Tak, ale to jakaś grubsza sprawa.

– Taki ekspres to będzie drożej kosztować. – Uśmiechnął się pod nosem.

– Trudno. Awaria musi zostać usunięta jak najszybciej. Nie można pracować. To jak? Będzie pan?

– Oczywiście, już jadę.

Rozłączył się i przekręcił kluczyk w stacyjce. Zapalił silnik i powoli ruszył z parkingu. Po paru minutach podjechał pod komendę. Wysiadł z samochodu Borka z napisem „pogotowie elektryczne" i naciągnął czapkę z daszkiem głęboko na oczy. Na ramieniu miał torbę. Zamknął samochód i wszedł do budynku.

*

Nadzieja siedział w celi naprzeciwko Janonisa. Litwin wyglądał marnie, jak przysłowiowe siedem nieszczęść. Jego twarz wyrażała rezygnację i odrętwienie.

Mimo że facet miał swoje za uszami, Karol mu współczuł, bo pamiętał, co to znaczy stracić kogoś bliskiego. Przeszedł przez to niedawno, choć nie umiał sobie wyobrazić sytuacji, w której znalazł się ten człowiek. Właśnie powiedział mu, kto zabił jego rodzinę. Janonis był wstrząśnięty.

– Nie mieści mi się to w głowie! Dlaczego? Nie, to niemożliwe. Przecież on uwielbiał Jacka!

– On był chory, miał ciężką depresję i zmiany osobowości po udarze. Znaleźliśmy kartkę, na której napisał, że zabije całą rodzinę.

Janonis spuścił głowę. Odezwał się dopiero po chwili, jakby wciąż przetrawiał tę informację.

– Dlaczego z nimi nie pojechałem? Gdybym tam był, nie doszłoby do tego. Jak mam z tym teraz żyć?

– Nic by to nie zmieniło. Spodziewał się pana, więc zabiłby pana w pierwszej kolejności.

– A Jacek? Czy on wiedział, że...?
– Że umrze? Nie. Szułowicz podał mu wcześniej colę ze środkiem usypiającym.

Janonis nabrał powietrza, jakby brakowało mu tchu, zasłonił twarz. Karol poklepał go po plecach.

– Trzeba czasu.

Wyszedł z celi zupełnie rozwalony. Prosto z dołka poszedł na parking i pojechał na spotkanie z Julią. Po chwili siadali już przy stoliku nad Nettą.

– Przed chwilą powiedziałem o wszystkim Janonisowi. Zeszło ze mnie powietrze. Napiłbym się. Czegoś z procentem.

– No tak, rozumiem. Ale dobrze, że zamknęliście sprawę.

– To jedno jest pozytywne.

Czuł, że Julia mu się przygląda, i spojrzał na nią. Po jej twarzy błąkał się lekki, nieodgadniony uśmiech.

– Co jest?

Pokręciła głową.

– Nic. Po prostu dobrze znaleźć się wśród ludzi, w bezpiecznym, miłym miejscu. Z tobą.

Spojrzał na nią znowu, jakby się przebudził. Julia z rozpuszczonymi włosami i niezauważalnym makijażem wyglądała świeżo i ładnie, mimo niedawnych przejść i niewyspania. Miała piękne rysy i kształtne, kuszące usta. Przeszło mu przez myśl, że chciałby je pocałować.

Dlaczego wcześniej nic nie zauważył? A może widział, tylko nie dopuszczał tego do świadomości? Nie miał pojęcia.

Julia sięgnęła po plecak i trochę nerwowo zaczęła sprawdzać jego zawartość. Czuł, że wbrew pozorom jest spięta. Po chwili wyjęła z niego teczkę i zrobiła gest, jakby chciała ją otworzyć, ale zrezygnowała.

Spojrzał na nią pytająco.

– A... to stara sprawa, osobista. – Zamyśliła się na moment, po czym zaczęła mówić, chyba bardziej do siebie niż do niego. – Te wszystkie miejsca zbrodni... te twarze ofiar... one prawie stale są ze mną. Przychodzą także w snach. Wiesz, też się chętnie napiję. Może zamówimy szkocką?

Skinął głową.

Po chwili mieli już w rękach szklanki brzęczące kostkami lodu. Karol wzniósł toast.

– Za twój szczęśliwy powrót do domu! Może wreszcie się dowiem, jak się stamtąd wydostałaś, jak znalazłaś drogę?

Spojrzała na niego i upiła łyk alkoholu.

– To już nieistotne. Najważniejsze, że wyszłam z tego cało. I cieszę się, że udało mi się wam pomóc.

Zapalili. Patrzył na nią z podziwem.

– Gdyby nie ty... Jestem ci naprawdę wdzięczny za wszystko. A poza tym fajnie się z tobą pracowało. Szkoda, że tak krótko.

Julia odstawiła drinka i sięgnęła po szarą teczkę z napisem „1983". Ponownie dotknęła wiązania, ale zaraz cofnęła rękę.

– Ta teczka... znalazłam ją u ojca, boję się otworzyć, a jednocześnie umieram z niecierpliwości, żeby to zrobić. Tam w ziemiance stało się dla mnie jasne, że nie mogę dłużej czekać, muszę definitywnie rozwiązać tę sprawę.

Spojrzał na nią pytająco.

– O czym ty mówisz?

Dopiła drinka jednym haustem i zgasiła papierosa.

– Kiedy miałam dwa lata, moja mama... moją matkę zamordowano.

– Boże! Julka, co ty?

Kompletnie go zamurowało, zaciął się. Zupełnie nie wiedział, jak zareagować, co powiedzieć. Był w szoku. Nigdy wcześniej o tym nie wspomniała.

Julia patrzyła gdzieś przed siebie; po chwili zaczęła mówić:

– Mieszkaliśmy na Kamiennej Górze w Gdyni. Z okien rozciągał się widok na zatokę. Ojciec pływał, w domu bywał gościem. Kiedy to się stało, wszystko się dla nas skończyło. Miałam tylko dwa lata i prawie jej nie pamiętam. Potem wychowywała mnie siostra ojca. Zamieszkałam z nią w Warszawie. Ojciec wypływał w coraz dłuższe rejsy. Rzadko się widywaliśmy, nasze relacje do dziś nie są najlepsze. O śmierci mamy praktycznie nie rozmawiamy, to zawsze był i wciąż jest temat tabu. Jakby ona nie istniała. – Spojrzała na Karola i uśmiechnęła się z żalem. – Wszystko, co wiem o jej zabójstwie, usłyszałam od cioci Romy. Sprawę umorzono bardzo szybko, ale najpierw gdyńską milicję kryminalną, która prowadziła śledztwo, odsunięto i sprawę przejęli ludzie z Komendy Głównej! Wyobrażasz to sobie? Na dodatek stwierdzili, że chodziło o zwyczajny rabunek, a mamę zamordowano przez przypadek! Tyle że nic nie zginęło. Sprawca nie wziął nawet jej pierścionka z brylantem, który miała na palcu. To bardzo dziwna sprawa.

Słuchał jej historii coraz bardziej wstrząśnięty.

– No a ty?

Spojrzał na nią, a w jej oczach zobaczył ból i napięcie pomieszane z trwogą.

– Byłam wtedy w domu, ojciec przebywał gdzieś w rejsie. Podobno znaleziono mnie pod łóżkiem w sypialni rodziców. Nic nie pamiętam. Próbuję coś sobie przypomnieć, ale nigdy nic z tego nie wychodzi. Czasem wracają do mnie jakieś obrazy, najczęściej we śnie. Tylko że sama nie wiem, czy to są obrazy, które widziałam, czy tylko moje wyobrażenia o tym, co się stało.

– Szczęście, że ciebie nie dopadli.

*

Wracali z lunchu toyotą Piotra. Od momentu, gdy dowiedziała się, że Nadzieja dzięki profilowi rozwiązał sprawę Szułowiczów, straciła humor. Choć to za mało powiedziane. Tak naprawdę mieszały się w niej furia z irytacją doprawione szewską pasją. Teraz on zgarnie wszystkie laury, a jej zasługi zostaną przemilczane lub pominięte.

Piotr chciał zabrać ją do siebie, ale uparła się, żeby wracać do domu. Zajechali pod piękną willę, którą wybudował jej ojciec.

W sąsiedztwie nie było żadnych zabudowań, z dwóch stron dom otoczony był lasem, a z jednej graniczył z jeziorem. Położenie było idealne, nie wiedziała, jak ojcu udało się załatwić taką działkę. Wysiadła z samochodu, Piotr również.

– Nie zmienisz zdania? Może jednak?

– Nie, naprawdę nie dzisiaj. Mam jeszcze parę rzeczy do zrobienia. Wiesz, papierkowa robota. Dzięki za lunch. Chyba przejdę się na konferencję, nie dam im zagarnąć sukcesu tylko dla siebie.

– Jak chcesz. Jakby co, to wiesz, gdzie mnie szukać.

Widziała, że jest zły, liczył na więcej, lecz nie zamierzała się nawet tłumaczyć. Wsiadł w samochód i odjechał, a ona jeszcze przez chwilę odprowadzała go obojętnym wzrokiem.

Właściwie nie wiedziała, po co się z nim spotyka. Chyba tylko dla jego wpływów i pozycji, jaką miał w mieście. Taki obraz mężczyzny miała zakodowany od dziecka, o takim mężczyźnie z nabożeństwem wypowiadała się matka, taki był jej ojciec.

Weszła do domu. Z ulgą zrzuciła szpilki i podeszła do drzwi balkonowych. Otworzyła je i wyszła na taras. Popatrzyła na jezioro, ale było tu zbyt gorąco, żeby zostać.

Udała się na piętro do sypialni, a potem pod prysznic. Przyjemnie zmywał pot i stres nagromadzony od paru dni w związku z jej pierwszym śledztwem. Cieszyła się, że to już koniec, miała jednak poczucie porażki. A to ją frustrowało.

Wyszła z łazienki i nieśpiesznie zaczęła szukać stroju na konferencję. Powinna dobrze się prezentować i budzić respekt. Tego też nauczyła się od matki. Postawiła na szary kostium z bladobłękitnym topem pod żakiet. Zdecydowała, że upnie włosy w kok, by wyglądać poważnie. Do tego małe perłowe kolczyki. Kiedy się za nimi rozglądała, zadzwonił telefon.

Matka. Nie chciało jej się z nią rozmawiać, ale lepiej teraz niż później. Wiedziała, że i tak nie odpuści. Ustawiła komórkę na tryb głośnomówiący, by w czasie rozmowy móc się malować. Usiadła przed toaletką.

– Słyszałam, że zamknęliście sprawę Szułowiczów.

No tak, ale właściwie policja ją zamknęła.

– To nie zmienia faktu, że to ty prowadziłaś śledztwo z ramienia prokuratury i to jest twój niepodważalny sukces.

– Niby tak, ale cały czas byłam przekonana o winie męża, a tu taki zaskok. Samobójstwo połączone z wymordowaniem reszty rodziny. Nie wpadłabym na to. Nadal nie chce mi się w to wierzyć.

– Bo nikt by tego nie wymyślił, ale to nie ma znaczenia. Kto o tym wie? Te parę osób w komendzie? Jakiś komisarz? To się zupełnie nie liczy. Przed światem i w kręgach prokuratorskich to jest twoje osiągnięcie. Zamykasz sprawę po pięciu dniach od zabójstwa! To wspaniały wynik i bardzo ci gratuluję, córeczko! Daleko zajdziesz, ta sprawa już wypłynęła na szerokie wody. Ojciec będzie z ciebie dumny.

Uśmiechnęła się do siebie.

– Dzięki, mamo.

– Mogłabyś jutro wpaść do mnie na kawę. Upiekłabym sernik, ten, który lubisz. Z takiej okazji możemy wrzucić parę kalorii.

– Dobrze, zadzwonię rano i się umówimy. Pa.

Rozłączyła się i dotarło do niej, że poczuła się o wiele lepiej. Matka miała rację. To był jej sukces.

Z dołu dobiegł ją jakiś dźwięk. Znieruchomiała i zaczęła nasłuchiwać. Nie była pewna, czy jej się nie zdawało. Wstała i ostrożnie podeszła do drzwi sypialni. Cisza, ale po chwili znowu coś usłyszała. Czuła, że ktoś jest na dole. Włamywacz?

Zbliżyła się na palcach do szczytu schodów, cały czas wytężając słuch. Zdecydowała, że zejdzie na dół. Nie chciała wzywać policji, żeby się nie wygłupić, gdyby się okazało, że jednak nikogo tu nie było. W ręce trzymała telefon, więc jeśli jednak alarm okazałby się uzasadniony, zdąży wezwać pomoc.

Zeszła ostrożnie na parter i rozejrzała się po salonie. Nikogo. Odetchnęła. Wszystko było w porządku. Spojrzała na szeroko otwarte drzwi balkonowe. Pamiętała, że je przymknęła. Pewnie wiatr je otworzył i stąd ten hałas. Zamknęła drzwi i wróciła do sypialni.

*

Wkurzył się na siebie. Prokuratorka o mały włos by go przyłapała. Na szczęście usłyszał ją w ostatniej chwili i zdążył się ewakuować. Gdyby wyszła na taras, zobaczyłaby go. Na szczęście tego nie zrobiła.

Miał dziś pracowity dzień, ale tego wymagał jego precyzyjny plan. Kiedy go wykona, będzie już tylko odcinał kupony. Cenił dokładność i uwielbiał myśleć o sobie, że jest wirtuozem precyzji i staranności. Lubił przewidywać następne posunięcia przeciwnika, a nawet te posunięcia prowokować, zupełnie jak w szachach.

Uważał, że policja nie ma z nim żadnych szans. Zadowolony z siebie uśmiechnął się pod nosem na myśl, że za chwilę pogoni im porządnie kota.

*

Do budynku komendy weszli Józef Hryszkiewicz i jego żona. Rozejrzeli się niepewnie, zanim podeszli do oficera dyżurnego. Policjant przyglądał im się obojętnie. Józef zbliżył się do dyżurki.

– Przepraszam, my do komisarza Nadziei. Zastali?

– W jakiej sprawie?

– Chcieli zgłosić, no... córka nie wróciła do domu.

– Nie ma go. Od kiedy?

– Co od kiedy?

Józef nie bardzo rozumiał, o co pyta ten policjant. Peszyły go jego lustrujący wzrok i surowa obojętność.

– Od kiedy jej nie ma?

– No, od wczoraj. Na noc nie wróciła i w pracy też się nie pokazała.

– Ile córka ma lat?
– Dwadzieścia osiem.
– W tej sprawie nie musicie się spotykać z Nadzieją. Wystarczy u mnie zgłosić. Ale córka jest dorosła. Może robić, co chce. Nie ma co się przejmować, młodość ma swoje prawa.
Zofia stojąca za mężem poruszyła się niespokojnie.
– Ale panie oficerze, ja czuje, że coś złego wisi w powietrzu. Jej sie musiało coś stać! Szukajcie jej! Błagam!
Dyżurny spojrzał na nich zmęczonym wzrokiem.
– Odczekajcie jeszcze trochę, wtedy przyjmę zgłoszenie.

*

Hanka wyszła z redakcji po niespełna godzinie. Musiała zrobić drobne zakupy, bo ojciec na pewno nie zdążył pójść do sklepu. Po nocnym dyżurze w pogotowiu zwykle odsypiał pół dnia.
Mieszkali na Kasztanowej niedaleko Netty. Lubiła tę część miasta i swoją ulicę, która nazwę zawdzięczała zdobiącym ją po obu stronach chodnika starym, dorodnym kasztanowcom. Jesienią dzieciaki, i nie tylko one, miały tu prawdziwy raj.
Poważnie martwiła ją rozprzestrzeniająca się po kraju ofensywa szrotówka kasztanowiaczka, paskudnego motylka, który wraz z importowanymi rzeczami został przywleczony do Europy z Chin już w latach osiemdziesiątych. Ocieplenie klimatu sprawiło, że szkodnik rozmnożył się ekstremalnie i zaczął wżerać się w liście pięknych polskich kasztanowców, sprawiając, że pokrywały się rdzawymi plamami i opadały w pełni sezonu wegetacyjnego. Jak do tej pory nie

wynaleziono żadnego satysfakcjonującego sposobu, by się kasztanowiaczka pozbyć.

Ich dom należał kiedyś do rodziców ojca. Wciąż pamiętała dziadków, dobrych i zgodnych ludzi; często za nimi tęskniła.

Szła właśnie Kasztanową, uśmiechając się do swoich myśli. Wspominała chwile z dzieciństwa, kiedy mama była jeszcze zdrowa i razem spędzały całe dni w ogrodzie. A później wszystko się zmieniło i w ich życiu rozpętało się prawdziwe piekło.

Otworzyła furtkę i weszła na posesję.

Mama zaczęła pić, coraz częściej i coraz więcej; i nie pomogły żadne odwyki ani wszycia. Tak jakby chciała zapić ból po stracie drugiego dziecka – braciszka Hanki – i nie umiała się pogodzić z tym, co się stało. Przy okazji zapomniała zupełnie o żyjącym i bardzo jej potrzebującym dziecku.

Hanka weszła do kuchni, gdzie zastała ojca siedzącego za stołem przy szklance kawy. Położyła przed nim zakupy.

– Cześć, kupiłam parę rzeczy, pewnie nie byłeś jeszcze w sklepie.

– Niedawno wstałem. Ale wstawiłem kurczaka na obiad, za chwilę możemy jeść.

Weszła do sąsiedniego pokoju, by ściągnąć sukienkę, w której czuła się trochę jak w przebraniu. Wciągnęła dżinsy i włożyła adidasy, swój normalny strój, dający jej maksymalny komfort.

– Nie jestem głodna, dzięki. Zjadłam lunch ze znajomym dziennikarzem z Warszawy. Obiecał, że pomoże mi znaleźć pracę w stolicy. On tam wszystkich zna, jest nieźle ustawiony!

Weszła znowu do kuchni i usiadła przy oknie. Ojciec stał przy kuchence gazowej i zaglądał do garnków.

– Mogłaś uprzedzić.

Patrzył na nią, jak przegląda się w swojej puderniczce ze zbitym lusterkiem i poprawia makijaż. Usiadł naprzeciwko i zapalił.

– Nie sądziłam, że zrobisz obiad. Co mi się tak przyglądasz?

– Znowu gdzieś lecisz? A co to za jeden, ten dziennikarz? Znasz go chociaż? Czemu miałby ci pomagać?

– A czemu nie? Może mu się podobam? Nie przyszło ci to do głowy? – rzuciła zaczepnie, bo zawsze wkurzało ją to wypytywanie ojca. Miała przecież swój rozum i wiedziała, co robi.

– I co? On tak tylko dla twoich pięknych oczu robotę ci załatwi? Och, Hanka, życia nie znasz. – Westchnął ciężko, czym jeszcze bardziej ją wkurzył.

– A tata by chciał, żebym ja całe życie w tej dziurze tkwiła, tak? Dała sobie dzieci zrobić i życie rodzinne celebrowała? Sam widzisz, jak to jest z rodziną. Co ty z tego masz? Matka się rozpiła, a ty sam ten wózek ciągniesz.

Wstała poirytowana i spakowała kosmetyki do torebki, zbierając się do wyjścia.

– Nie, Hanka, ja chciałbym dla ciebie dobrego życia – powiedział spokojnie pomiędzy zaciągnięciami papierosem. – Mówię tylko, że powinnaś na siebie uważać. A na swoje życie nie narzekam.

Jego spokój sprawił, że irytacja i złość zupełnie jej przeszły. Dlaczego się tak denerwowała? Przecież wiedziała, że kocha ją nad życie i chce tylko jej dobra. Wiedziała i czuła to. Uśmiechnęła się do ojca przepraszająco.

– Lecę na konferencję prasową w sprawie Szułowiczów. Policja zakończyła śledztwo; ciekawa jestem, co się okaże. Zostaw mi kawałek kurczaka, zjem po powrocie. Na razie!

Wyszła z domu i w ogrodzie obejrzała się za siebie. W oknie zobaczyła zamyślonego ojca odprowadzającego ją wzrokiem.

*

Podekscytowana Julia w końcu odważyła się otworzyć teczkę. Siedzieli z Karolem kolejną godzinę i pili trzecią kolejkę whisky. Wcześniej coś zjedli, ale nawet nie zauważyła co.

Wyjmowała z nabożeństwem pożółkłe wycinki z gazet i jakieś papiery. Przed oczami miała teraz zachowany przez ojca artykuł z gdyńskiej gazety codziennej.

– Boże! To jest relacja gdyńskiego dziennikarza, który opisuje moment znalezienia mamy. To znaczy jej zwłok. „Kalina B. została znaleziona wczoraj rano przez obywatelkę Barbarę P., która przychodziła raz w tygodniu posprzątać mieszkanie. W salonie, gdzie znalazła panią kapitanową, stały butelka szampana i dwa kieliszki z niedopitym trunkiem". – Przeniosła zdumiony wzrok na Karola, który po chwili wziął wycinek, by samemu go przeczytać. – Wiesz, co to znaczy? U mamy ktoś był! Wiedziałam! Zawsze wiedziałam, że to, co ustaliła milicja, to jakieś wyssane z palca bzdury! To nie był żaden napad, nie chodziło o rabunek. Mama znała swojego zabójcę!

Chwyciła szklankę i wypiła potężny haust whisky. Odkrycie, a właściwie potwierdzenie jej przeczuć, znalezione w starej prasie, zrobiło na niej kolosalne wrażenie.

Karolowi też chyba udzielił się jej zapał. Odczytał dalszą część artykułu.

– „Pod łóżkiem w sypialni Barbara P. znalazła przerażoną dwuletnią córeczkę małżeństwa B. Wszystko wskazuje na to, że Kalina B. zginęła późnym wieczorem. Świadek, wyprowadzający psa na spacer, widział około dwudziestej drugiej mężczyznę w jasnym prochowcu wychodzącego z willi państwa B. na Kamiennej Górze. Czy mężczyzna w prochowcu jest zabójcą Kaliny B.?" – Karol przyjrzał się tekstowi pod artykułem i sprawdził datę wydania gazety. – Kto to napisał? – Po chwili znalazł odpowiednie informacje. – Gazeta z osiemnastego czerwca tysiąc dziewięćset osiemdziesiątego trzeciego, autor Andrzej Barański. Można by go odszukać, sprawdzić, czy pamięta tamto zdarzenie. Jeśli to opisał, to mógł być na miejscu zbrodni. Co tam jeszcze masz?

Julia trzymała w ręce dwa dokumenty, w które wpatrywała się jak zahipnotyzowana.

– Nie wierzę! To raport z sekcji zwłok, sporządzony przez patologa z Gdyni! Jest zupełnie inny od tego oficjalnego, który znajduje się w aktach sprawy w archiwum! Najwidoczniej ten raport ukryli albo zniszczyli. Tylko dlaczego? Od początku to wszystko nie trzymało się kupy. Odbijałam się jak od ściany; podjęłam już kilka prób, by wrócić do sprawy. Usiłowałam ją rozwikłać na własną rękę, ale nie było żadnych tropów. Teraz przynajmniej wiem dlaczego. Wszystkie dokumenty w archiwum zostały spreparowane przez Warszawę! Jak ojciec dotarł do tego raportu?

– „Ofierze zadano trzynaście ciosów prosto w serce ostrym narzędziem, prawdopodobnie sztyletem". – Karol czytał raport z sekcji. – „Brak śladów walki wskazuje, że ofiara mogła znać swojego zabójcę lub została zaskoczona. Badanie toksykologiczne nie wykazało obcych substancji. Treść żołądkowa..." Bla, bla, bla... O! A to co? Słuchaj: „Ostatnim posiłkiem ofiary były ostrygi"? – Spojrzał na nią zaskoczony. Ona też nie rozumiała, jak to w ogóle możliwe. – Z tego co wiem, za komuny nie jadało się ostryg! Więc jakim cudem?

Zabrzęczał jego telefon.

– Tak, Nadzieja, słucham. Tak, rozumiem, a która godzina? Aha, okej. Zaraz będziemy. – Rozłączył się i spojrzał na nią. – Musimy jechać, Kałdun się wścieka, że nas jeszcze nie ma. Zaraz zacznie się konferencja prasowa, na której obwieści swoje zwycięstwo. Zamknięcie bulwersującej sprawy morderstwa czworga osób, w tym dziecka, w ciągu kilku dni! To jest dopiero wyczyn. Że też musieli nam przerwać. – Wstał i spojrzał na nią zdziwiony, bo nie ruszyła się z miejsca. – Co jest?

– Nie mogę, nie teraz. Jedź sam. Muszę pomyśleć.

– Dobrze. Zadzwonię po wszystkim.

*

Kiedy podjeżdżał pod komendę, stwierdził, że na parkingu nie dałoby się wcisnąć szpilki, a co dopiero samochodu. Nie miał szans, żeby zaparkować. Pojechał więc na zamknięty parking policyjny, gdzie trzymali auta skradzione lub pochodzące z przestępstw. Zostawił tam swój pojazd i zaczął przedzierać się przez tłumek dziennikarzy. Po drodze natknął się na Tomka Dziemianiuka.

– Cześć, szefie, chyba jesteśmy spóźnieni.

Karol spojrzał na zegarek.

– Nawet jeśli, to nie więcej niż pięć minut. Przecież jeszcze nie wszyscy dziennikarze weszli.

Nadzieja zauważył kątem oka zbliżającego się do nich Olgierda Wolińskiego. Wyglądało, jakby chciał do nich zagadać, co nie bardzo uśmiechało się komisarzowi.

– Przepraszam, komisarzu, ja tylko na dwa słowa. Chciałem wam podziękować za dobrą robotę i tak szybkie rozwiązanie sprawy. Najgorsze są zawsze niepewność i niewiedza.

– Właściwie to nie do końca nasza zasługa. Bardzo pomogła nam nasza profilerka.

– W takim razie proszę jej przekazać specjalne podziękowania ode mnie.

– Oczywiście. Przepraszam, ale muszę iść, jestem spóźniony.

– Nie zatrzymuję. Też wejdę i posłucham.

Sala konferencyjna była zatłoczona, za stołem siedział Kałdun z prokuratorką Pawluk u boku. Kłodowski go zauważył i zgromił wzrokiem. Karol szybko się dosiadł.

– To niewątpliwy sukces. Rzadko zdarza się, żeby policja zamknęła dochodzenie w kilka dni, i to w tak skomplikowanej sprawie. Proszę to mieć na uwadze, bo taki przypadek jak ten zdarza się sporadycznie, a w Augustowie miał miejsce po raz pierwszy. Tym większy jest nasz sukces.

Na sali podniósł się las rąk, każdy z dziennikarzy chciał zadać pytanie. Kałdun udzielił głosu siedzącemu w pierwszym rzędzie.

– Artur Wenet, dziennikarz niezależny. Chciałbym zapytać, w jaki sposób policja wpadła na trop. To znaczy co spowodowało, że z podejrzanego męża ofiary przeniosła swoją uwagę na jedną z ofiar, czyli na Macieja Szułowicza. Bo to jest prawdziwy majstersztyk roboty policyjnej.

Karol widział, że dziennikarz wgapia się bezczelnie w Monikę. Zaobserwował też zaskoczenie komendanta, któremu to pytanie chyba było nie w smak. Po krótkiej chwili jednak już odpowiadał:

– No cóż, jak się okazuje, augustowska policja nie jest gorsza od policji stołecznej. Nie ukrywam, że pomogły nam nowoczesne metody profilowania. Nie chcę zdradzać więcej, bo to nasza kuchnia policyjna. Proszę o kolejne pytanie.

Głos zabrała nieoczekiwanie prokuratorka Pawluk.

– Należałoby dodać, że tak szybkie zakończenie śledztwa jest wynikiem sprawnego i skutecznego działania prokuratury, która przez cały czas kierowała działaniami policji. A profilowanie, no cóż, to jedynie metoda wspierająca, nie do końca jeszcze sprawdzona.

Karol wychwycił spojrzenie zszokowanego komendanta. Wyraźnie zabrakło mu słów, by zareagować odpowiednio szybko i dać odpór tej bezczelności prokuratorki. Pawluk patrzyła ponad ludźmi gdzieś daleko w przestrzeń, kiedy padło kolejne pytanie.

*

Julia weszła do domu z teczką pod pachą. Spędziła w ogródku nad Nettą chyba kolejne dwie godziny. Z kuchni wyszedł jej naprzeciw ojciec. Na jego twarzy malowało się nagromadzone napięcie. Zaatakował ją bez wstępów.

– Przeszukałaś moje biurko! Kto dał ci prawo grzebania w nie swoich rzeczach?! Jeśli czegoś potrzebujesz, mów! Wszystko ci dam, wszystko ci powiem, ale nie skradaj się jak złodziej! Nie znoszę tego! – Opadł ciężko na fotel. Widać było, że ten wybuch kosztował go trochę energii.

Rzuciła teczkę na stół oskarżycielskim gestem, wściekła nie mniej niż on.

– Tak?! Gdybym tego nie zrobiła, nigdy bym się nie dowiedziała o istnieniu tej teczki! Skąd miałam wiedzieć, że trzymasz takie dokumenty, skoro nigdy nie raczyłeś pisnąć nawet słowa? Nie jestem duchem świętym, żeby prosić o coś, o czym nie wiem, że istnieje! – Wyciągnęła papierosa z plecaka i drżącymi rękami zapaliła. Po chwili kontynuowała: – To nie jest tylko twoja sprawa. To była moja matka! Mam prawo wiedzieć, co się wtedy stało! Wszystko, co w życiu robię, robię po to, żeby zbliżyć się do rozwiązania zagadki jej śmierci! Myślisz, że skąd mój zawód? Bo jestem zboczona i uwielbiam żyć wśród trupów? Otóż nie! Liczę na to, że moja wiedza ułatwi mi dotarcie do prawdy.

Ojciec patrzył na nią skonsternowany i oszołomiony. Ona sama też była w szoku, bo pierwszy raz doszło między nimi do takiego starcia.

– Nie sądziłem, że...

Do salonu wszedł Kuba, a oni spojrzeli na niego, jakby zobaczyli go po raz pierwszy w życiu. Julia dopiero po paru sekundach wróciła do rzeczywistości.

– Dlaczego się kłócicie? Coś się stało?

Podeszła do syna i go przytuliła.

– Chodź do mnie. Nie kłócimy się.

Ojciec wstał nagle i pobiegł do kuchni, podszedł do kuchenki i zdjął garnek z palnika. Po całym domu rozlał się swąd spalenizny.

Kuba tulił się do matki. Dobiegło ich zrzędzenie Barskiego:

– Cholera jasna! I po pieczeni! Przypaliła się. Nieważne, zrobię coś na zimno. – Wychylił się z kuchni i powiedział do Julii dużo łagodniej: – Jesteś zmęczona, połóż się. Porozmawiamy o tym później, na spokojnie.

*

Rozmawiali w jednym z kawiarnianych ogródków w centrum Augustowa. Udało mu się zdybać Monikę Pawluk zaraz po konferencji i namówić ją na wywiad.

Wenet wiedział, jak zagadać, żeby zagrać na ambicji młodej prokuratorki. Widział ją już wcześniej i stwierdził, że powinno pójść z nią łatwo. Z daleka czuł jej kompleksy, stanowiła więc niezbyt wymagający obiekt do zdobycia. A przy tym była nawet niebrzydka.

Siedzieli przy małej czarnej, wokół prawie żadnych ludzi. Zabrał leżący przed nią dyktafon, bo rzekomy wywiad, którego i tak nie miał zamiaru publikować, uznał za skończony.

– No to, na moje ucho, mamy to. Nie będę już dłużej pani zamęczał. Może lampkę szampana? Zasłużyła pani!

Posłał jej jeden ze swych najbardziej zniewalających uśmiechów, a ona już była w siódmym niebie. Widział to wyraźnie. Najpierw jednak musiała się trochę pokrygować.

– Tak pan uważa? Może rzcczywiście. Ale jestem samochodem, nie bardzo mogę.

– Pani Moniko! To pani jest władzą, proszę o tym nie zapominać! Zresztą po lampce szampana żaden alkomat nic nie wykaże. To co? Taki sukces wymaga oblania, bez dwóch zdań.

Dziewczyna szybko pozbyła się oporów i w końcu kiwnęła głową. Poleciał do lokalu w poszukiwaniu kelnera.

Kiedy wrócił po chwili, był wkurzony. Co to za knajpa, żeby nie mieć nawet nędznego quasi-szampana, przecież nie musiałby być prawdziwy. Ważne, żeby były bąbelki.

– Skandal! Czy da pani wiarę? Nie mają szampana! Jedyny trunek oprócz kawy, jaki tu oferują, to piwo! Koszmar! Musimy zmienić lokal.

– Nie, zrobiło się późno, muszę wracać.

– Nie ma mowy! Porywam panią i uprzedzam: nie znoszę sprzeciwu.

*

Beata siedziała razem z Basią i Zygmuntem Urbańskimi na zadaszonym tarasie przy domu. Wystawiła już wszystko na kolację, głównie potrawy swojskiej roboty. Trzy nakrycia stały wciąż puste i to ją martwiło. Wolała, kiedy wszyscy jedli razem i przychodzili punktualnie. Postawiła ostatni półmisek.

– No, kochani, chyba zaczniemy. Państwo Zembalscy powinni zaraz zejść, ale nie będziemy czekać.

Zygmunt sięgnął od razu po półmisek i zaczął sobie nakładać kawałek pieczeni.

– Położyłaś małą?

Basia spojrzała na niego z dezaprobatą.

– Nie jesteś sam, mógłbyś najpierw podać kobietom. – Dopiero potem odpowiedziała: – Tak, zasnęła natychmiast. Była porządnie umęczona dzisiejszym dniem, tyle atrakcji!

Lekko skonfundowany Zygmunt wręczył półmisek Beacie, która śmiejąc się, podała go najpierw Basi.

– A gdzie ukrywa się nasz uroczy Artur? Nie zje z nami? Pewnie znowu coś pisze.

– Nie, wyszedł gdzieś. Pokój zamknięty na trzy spusty. Dziwne, on zawsze zamyka te drzwi, jakby nie wiem co tam trzymał. Kupuje dom w okolicy, więc może w związku z tym go nie ma – zastanawiała się Beata.

Na taras wszedł Jesse, niosąc schłodzone butelki z piwem.

– Artur poszedł na konferencję prasową policji. Bo wiecie, że zamknęli śledztwo?

Basia się ożywiła, zaciekawiony Zygmunt nadstawił uszu. Jesse zaproponował mu gestem piwo, a tamten chętnie sobie nalał.

W tym momencie na taras weszła spóźniona Zembalska i kiwnąwszy zebranym lekko głową, zajęła miejsce.

– Szybko się uwinęli, aż się nie chce wierzyć. I kto zabił? Złapali ich? – dopytywał Urbański.

– Rozwiązanie tej zagadki jest zaskakujące. Zabójcą okazał się podobno nasz sąsiad Maciej Szułowicz. Pozabijał rodzinę, a na końcu siebie – odparł Jesse.

Beata, która dopiero teraz poznała te rewelacje, posmutniała. Nie sądziła, że człowiek, którego znała praktycznie od dzieciństwa, okaże się mordercą.

– To bardzo smutne. Nie pojmuję tego. Został tylko ten jej mąż, Janonis. Współczuję mu, nie chciałabym być na jego miejscu. – Umilkła i zdawało jej się, że atmosfera zgęstniała. Spojrzała z troską na Danutę Zembalską.

– Podobno to choroba, ciężka depresja. Ale i tak nie mieści się w głowie, żeby tak wybić całą rodzinę – ciągnął temat Jesse.

Beata zwróciła się do Zembalskiej, słuchającej tych opowieści z niepokojem w oczach.

– A gdzie pan Adam?

Uśmiechnęła się trochę wstydliwie.

– No właśnie nie wiem. Myślałam, że mąż jest tu gdzieś na dole. Nie mam pojęcia, dokąd poszedł.

– Widziałem go z pół godziny temu, szedł w kierunku lasu – skonstatował Jesse.

Beata pomyślała, że mężczyźni czasami nie mają żadnego wyczucia.

*

Adam szedł przez las w kierunku leśniczówki Huberta. Miał plan, żeby go odwiedzić, kiedy tylko przyjechali. Jeszcze na początku łudził się, że Danka będzie chciała mu towarzyszyć, ale kiedy zrozumiał, że jego żona ma w całkowitym poważaniu to, co go kręci, postanowił, że nawet jej nie zdradzi, dokąd idzie.

Chyba zbliżał się do celu. Zanim Hubert został samodzielnym leśniczym, mieszkał w Augustowie, więc Adam nie widział jeszcze jego leśniczówki. Już się cieszył na to spotkanie.

Wyszedł z lasu i znalazł się na sporym podwórku przed ładnym drewnianym domem. W jego stronę prawie biegł uśmiechnięty od ucha do ucha Hubert. Padli sobie w objęcia.

– Cześć, stary! Dobrze cię widzieć. Parę lat minęło. Fajnie, że zadzwoniłeś.

– No minęło, czas leci jak oszalały. Nic się nie zmieniłeś! – Adam przyglądał się Hubertowi.

– Ani ty. Jak tam w małżeńskim stanie? Chyba dobrze, co?

Adam machnął ręką zniechęcony. Nie miał zamiaru udawać przed Hubertem, że jest lepiej, niż było. Przyszedł do niego, żeby, między innymi, się wyżalić.

– Małżonka woli egipskie plaże niż nasze jeziora, więc... co ci będę mówił.

Hubert spojrzał na niego uważnie i poprowadził go do altany na obrzeżach lasu. Obok niej było miejsce na ognisko. W altanie już czekało na nich jedzenie: ogórki kiszone, chleb, masło i kiełbaski na ognisko. Na środku stała schłodzona butelka czystej.

– Chodź, opowiadaj. To kiedy się hajtnąłeś? Tak czy inaczej, trzeba to opić. Nie wiadomo, kiedy znowu się zobaczymy, skoro jak mówisz, żona niechętnie tu przyjeżdża.

Dąbek rozlał wódkę do kieliszków.

– Dlaczego nie dałeś żadnego znaku wcześniej?

– Wiesz, jak to jest. Poznałem Dankę, zauroczenie, wszystko potoczyło się tak szybko; sielanka trwała rok, a potem dziewczyna zaszła w ciążę i koniec. Życie...

Dąbek słuchał coraz bardziej zdziwiony.

– Jak koniec? Co ty gadasz? Będziesz ojcem! To dopiero wyzwanie, ale nie jest tak strasznie, wiem coś o tym. – Sięgnął po kieliszki i podał Adamowi. – No to po maluchu, bo w gardłach nam zaschnie. – Hubert wzniósł swój kieliszek. – I za twojego potomka!

Wychylili i Dąbek od razu znowu polał.

– Oj, Adam! Tak się cieszę. Wrócił stary kumpel. Pamiętasz nasze polowania? Albo podrywy na dyskotekach? A żagle? Teraz coraz rzadziej żegluję, Emilka się boi. Podryw też się skończył, tylko wódka została od czasu do czasu. – Hubert posmutniał, Adam też.

– Tak, to były dobre czasy. Danka jest zupełnie inna niż ja, nie tego się spodziewałem. Najchętniej siedziałaby na jakimś basenie w hotelu w Grecji albo w Egipcie. Las to dla niej kleszcze i pająki, których się boi i brzydzi. Żeby jeszcze jakiś seks, ale ostatnio nie daje do siebie podejść i taka się zrobiła, ech, szkoda gadać. Mam już tego dość, tyle ci powiem.

Dąbek ze współczuciem kiwał głową. Kolejny raz wzniósł kieliszek.

– Na frasunek... trunek najlepszy. – Uśmiechnął się zawadiacko, czym wywołał uśmiech też u Adama. Obaj wychylili kieliszki. – A teraz coś na ząb. Proponuję po kiełbasce. Tam powinny być kije. – Kiwnął dłonią w kierunku terenu za altanką, wstał i poszedł we wskazaną stronę. Zniknął na chwilę, po czym wrócił, nie kryjąc zdziwienia.

– Wcięło, nie ma. Ktoś je chyba podprowadził, miałem tu cały zestaw, nie wiem.

– Nie ma sprawy, zaraz coś się zorganizuje. – Adam wyciągnął zza cholewki swego parawojskowego buta nóż myśliwski i oddalił się w poszukiwaniu kijków.

Zadzwoniła komórka Huberta, który zobaczywszy nazwisko Bielika na wyświetlaczu, odszedł wkurzony w drugą stronę. Ściszonym głosem zaczął ochrzaniać dzwoniącego:

– Co ty, kurwa, odstawiasz?! Pogięło cię? Nie dzwoń do mnie teraz, trzeba odczekać. Przecież wiesz, co się dzieje.

Rozłączył się, nie dając Robertowi dojść do słowa.

*

Kiedy Julia odespała parę godzin i zeszła pod wieczór do kuchni, Barski wciąż tam urzędował. Dopiero po kłótni dotarło do niego, że przez te wszystkie lata popełniał błąd, nie podejmując z córką tematu zabójstwa Kaliny. Właściwie z nikim nie potrafił o tym rozmawiać, a z córką szczególnie.

Tego wieczoru po raz pierwszy postawił się na miejscu Julii i zaczęło do niego docierać, co musiała przeżywać. Wcześniej wydawało mu się, że skoro była dzieckiem, to nie mogła nic pamiętać. A jeśli tak, to dla niej mama po prostu zmarła. Przecież to się zdarza, wcale nie tak rzadko, i dzieci, a potem dorośli jakoś z tym żyją. Jednak w przypadku jego córki sprawa wyglądała inaczej, a fakt, że w ogóle o tym nie rozmawiali, nie pomagał.

Wyszli razem nad jezioro, by na spokojnie zmierzyć się z tematem, którego unikali przez tyle lat. Słońce chyliło się ku zachodowi, rozlewając piękne plamy różu na horyzoncie.

– Teraz widzę, że to był błąd, ale nie miałem siły o tym rozmawiać. To było zbyt bolesne. Nadal jest. Poza tym chciałem cię chronić.

– Wiem, mnie też trudno o tym mówić, ale nie można tej sprawy po prostu zostawić. Przecież do dzisiaj nikt za tę zbrodnię nie odpowiedział! Nie mogę tego znieść. Dlaczego nic nie zrobiłeś?

Wzruszył ramionami. Patrzyli na wodę przez dłuższą chwilę, potem usiedli na pomoście. Barski westchnął ciężko.

– To nieprawda. Kiedy odsunięto milicję z Gdyni, a śledztwo przejęła Warszawa i poznałem ich zafałszowane raporty, wziąłem sprawę w swoje ręce. Wiesz, jakie to były czasy. Ale znalazłem kogoś na kształt prywatnego detektywa. Edmund Kryński był emerytowanym milicjantem, bardzo dobrym psem i miał świetne kontakty. Wydobył dla mnie ten raport z pierwszej sekcji, czytałaś. Stwierdzono wtedy, że Kalina, znaczy mama, zginęła od... zadano jej trzynaście ciosów nożem. Już pierwszy był śmiertelny, więc pozostałe były niepotrzebne.

– To się nazywa „nadzabijanie", świadczy o wściekłości mordercy i jego zaangażowaniu emocjonalnym. Musieli się znać.

Spojrzał na nią uważnie. Pomyślał z lekką dumą, że w tym, co robi, jest świetna.

– Wskazują na to zresztą te kieliszki szampana, o których pisał dziennikarz. Czy ten Kryński dotarł do raportu?

– Nie tylko do niego. Rzeczywiście, mama miała gościa, wcześniej musiała gdzieś z nim wyjść na kolację. Kryński sprawdził, że w tamtym czasie nie było lokalu w Trójmieście, w którym podawano by ostrygi oficjalnie. Ale na specjalne zamówienie ustosunkowanych osób to się mogło zdarzyć, na przykład w Róży Wiatrów przy skwerze Kościuszki. Edmund znalazł świadka, który widział mężczyznę wychodzącego późnym wieczorem z naszej willi. Wysoki, przystojny brunet w jasnym prochowcu. Tyle. Milicja powinna była sporządzić portret pamięciowy, ale nic z tego. Kiedy śledztwo przejęła Komenda Główna, zaczęli zacierać ślady i robić wszystko, żeby nie wykryć sprawcy!

– Ale dlaczego? Cały czas się nad tym zastanawiam. Przecież to bez sensu. Nie rozumiem.

– Powód mógł być tylko jeden.

Spojrzała na niego zaintrygowana.

– No pomyśl: zabierają sprawę miejscowej milicji, żeby ta nie ustaliła prawdziwego sprawcy, sami fałszują fakty, dowody, mylą tropy, no po co? Żeby chronić sprawcę. A więc? Musiał nim być ktoś, kogo znali; jeden z nich, najpewniej jakiś ubek!

Julia patrzyła z niedowierzaniem, ale widział, że przyjmuje taką koncepcję.

– Kryński miał kontakty w milicji i w służbach. Kiedy zaczął rozpytywać w sprawie mamy, napotykał mur milczenia. Aż w końcu jakiś wysoko postawiony gliniarz wziął go na stronę i postraszył, że jak będzie dalej drążył, to może się to dla niego źle skończyć. „Ta sprawa jest trefna", powiedział, „i dobrze ci radzę: daj sobie spokój, za dużo masz do stracenia". Edek się wycofał, ale przekazał mi to, co zdołał ustalić. Jest jeszcze jedna rzecz, o której powinienem ci powiedzieć. – Zauważył, że jest zmęczona. – Chyba rzeczywiście nadszedł czas. Ale zrobiło się późno, a ty ledwie siedzisz. Chodź, pójdziemy do domu. Położysz się, wyśpisz, a potem pogadamy.

Uśmiechnął się do niej. Pomyślał, że chyba nigdy nie był tak blisko z własną córką. Położyła mu głowę na ramieniu.

– Tak, masz rację. Jestem wykończona.

Po chwili wstali, a on objął ją ramieniem i zaprowadził do domu.

*

Damian Jagielski od dzieciństwa kochał ptaki i w tym kierunku rozwijał swoje zainteresowania. Ukończył ornitologię na Uniwersytecie Warszawskim i obecnie najczęściej zajmował się opracowywaniem ekspertyz ornitologicznych.

Należał do grupy ekspertów przyrodników działających na rzecz ochrony różnorodności biologicznej i awifauny na terenie całej Unii Europejskiej. Dzięki wieloletniej praktyce zdobył bogate doświadczenie, które pomagało mu w prowadzeniu prac ornitologicznych w zgodzie z zasadą zrównoważonego rozwoju, tak aby z jednej strony sprzyjać inwestycjom, a z drugiej chronić przyrodę.

Cieszył się, że mógł to robić, ale tutaj przyjechał z całą rodziną na urlop. Preferowali z Magdą aktywny wypoczynek, więc starali się dużo czasu spędzać na rowerach. Ich dzieci, przynajmniej na początku, wolały siedzieć przed laptopem lub komórką, ale ostatnio przekonały się całkowicie do takiej formy spędzania czasu.

Jechali poboczem drogi, wracając do Przewięzi, gdzie wynajmowali domek. Wszystkich dopadło zmęczenie; przejechali przynajmniej trzydzieści kilometrów. Wycieczka się przedłużyła, słońce zaszło już ponad godzinę temu.

Damian spojrzał przed siebie; żona jechała na czele, w środku dzieci Ala i Jurek, a on zamykał grupę. Krzyknął do Magdy:

– Za jakieś pół godziny najdalej będziemy na miejscu, a więc już niedługo. Zmęczeni bardzo?

Nikt mu nie odpowiedział. Magdalena odwróciła się na chwilę i zapytała dzieci:

– Alusiu, jak się czujesz? Wszystko dobrze? Jurek, a ty?

– Ja w ogóle nie jestem zmęczony, mógłbym jeszcze jechać i jechać.

– A ja chcę siusiu – pisnęła Ala.

– O nie! Znowu będziemy się zatrzymywać? – fuknął Jurek.

– Nic nie szkodzi, Aluś, zatrzymajmy się tutaj.

Magda wjechała w małą dróżkę prowadzącą do lasu i zeszła z roweru, a za nią pozostali. Ala rzuciła rower i szybko pobiegła między drzewa.

– Nie za daleko, kochanie! Przycupnij gdzieś za krzaczkiem!

– Muszę tam dalej, bo tu wszystko widać!

Ojciec patrzył za córką, uśmiechając się lekko. Taka mała i już taka wstydliwa. Podszedł do żony i podał jej swój bidon, by napiła się wody, bo jej był już pusty. Zaproponował gestem wodę Jurkowi, ale ten tylko pokręcił głową.

Nagle rozległ się porażający krzyk, który postawił ich wszystkich do pionu. Magda spojrzała na męża z przerażeniem, upuszczając bidon na ziemię, i pobiegła w kierunku córki. Damian rzucił się za nią.

Dobiegli do płaczącego dziecka, nie rozumiejąc, co się stało. Była cała i zdrowa. Spojrzeli w kierunku, w którym wskazywała, i wtedy to zobaczyli.

W odległości około dwóch metrów dostrzegli bose kobiece stopy. Damian podszedł bliżej i zobaczył przykryte brezentem ciało, spod którego wystawały jasne włosy.

Magda, krzycząc, chwyciła Alę w ramiona i zasłaniając jej oczy dłonią, odbiegła na bezpieczną odległość. Na miejsce doszedł zaciekawiony Jurek, któremu Jagielski natychmiast kazał zawrócić.

– Nie idź tam, nie chcesz tego widzieć. Nic tu po nas. Musimy wezwać policję.

4 LIPCA, CZWARTEK

Kiedy Karol odebrał w środku nocy telefon, nie mógł uwierzyć w to, co usłyszał. Mieli kolejne zabójstwo. W lesie znaleziono zwłoki kobiety. Ubrał się jak najszybciej, zaparzył kawę i wypił trochę, parząc się w język. Zostawił na stole kartkę z informacją dla Teresy i Inki i pojechał.

Po półgodzinie dotarł na miejsce, gdzie kręcili się już pierwsi technicy. Zabezpieczyli teren, ale nie ruszyli dalej z niczym, musieli czekać na brzask, bo w ciemnościach nie dało się pracować.

Od Tomka dowiedział się, że ciało znalazła rodzina z Krakowa, wracająca wieczorem z rowerowej wycieczki do Przewięzi. Rozejrzał się. Powinien pójść zobaczyć miejsce zbrodni, ale stwierdził, że lepiej poczekać, aż technicy zrobią swoje. Nie chciał zadeptywać śladów.

Niepotrzebnie tak się śpieszył. Zapalił papierosa i pomyślał, że nie ma szans na chwilę wytchnienia i spędzanie czasu z Inką. Jak to zrobić, skoro na tapecie wisi następne zabójstwo?

Usłyszał nadjeżdżający samochód. Wysiadł z niego Włodek Szkarnulis.

– Dzień dobry, szefie. Podobno zabójstwo? – zapytał.

– No nie wiem, czy dobry. Podobno. Jeszcze nie widziałem. Czekam na zielone światło od techników.

Niebo szybko jaśniało, za chwilę miało zrobić się całkiem widno. Chociaż tyle dobrego – pomyślał.

Podszedł do nich Tomek.

– Chyba możemy już pójść na miejsce – poinformował.

Po paru metrach zobaczyli przykryte brezentem ciało, spod którego wystawały kobiece nogi i włosy. Szkarnulis dyskretnie przeżegnał się po swojemu.

– Wiemy, kto to jest? – zapytał Karol.

– No nie. Niczego jeszcze nie ruszaliśmy, zobaczymy, co kryje się pod brezentem.

Stali tak przez chwilę, zatopieni we własnych myślach.

Ciszę przerwało nadejście zaaferowanego Longina Szablewskiego, który prawie biegł w ich stronę z rozwianym włosem, okularami na czubku nosa i w rozczłapanych sandałach. Na ramieniu trzymał traperski plecak.

– Ledwie dałem radę dojechać. Samochód mi się zepsuł. Musiałem prosić waszych, żeby podwieźli. Gdzie ta nieszczęśnica? – Spojrzał w kierunku, w którym patrzyli, i już miał odpowiedź. – No to świetnie, świetnie, zaraz ją zbadamy.

Karol pomyślał, że jedynie Longin wykazywał się dziwnymi jak na tę porę energią i zapałem do pracy. Stał teraz nad ciałem, przyglądając się chwilę, po czym się pochylił.

Co my tu mamy? Trzeba zdjąć ten brezent.

Fotograf zrobił jeszcze parę zdjęć. Poczekali, żeby dać mu skończyć. Kiedy kiwnął głową, Szablewski zabrał się do roboty. Włodek ruszył mu z pomocą i zdjęli ostrożnie materiał z ciała.

W pierwszym odruchu cofnęli się, zasłaniając nosy, bo z całą mocą dotarł do nich fetor rozkładającego się ciała. Karol wpatrywał się w zwłoki zszokowany.

– Cholera! Co to za jatka?! – Spojrzał na kolegów, jakby oczekiwał, że mu odpowiedzą.

Kobieta leżała na wznak, ręce miała rozłożone w kształcie krzyża. Od pasa w dół była naga, spódnica została podciągnięta. Ale tym, co zrobiło na nich najbardziej zatrważające wrażenie, była wielka, prawie już czarna dziura w miejscu prawej piersi.

Stali w milczeniu, patrząc na ten koszmarny widok. Włodek odwrócił wzrok. Longin kręcił głową z niedowierzaniem.

*

Noc minęła Danucie niespokojnie. Co jakiś czas się budziła, wyczekując i sprawdzając w telefonie godzinę. Potem znowu zapadała bardziej w coś w rodzaju letargu niż w sen.

O brzasku wstała, by napić się wody. Nie wiedziała, czy nie mogła spać, dlatego że nie wrócił, czy przez nieznośny upał. A może dlatego, że przeszkadzał jej brzuch.

Podeszła do okna, wachlując się czasopismem. Otworzyła je szerzej, by powdychać trochę rzeźwiejsze powietrze z zewnątrz. Zauważyła idącego w stronę lasu Jessego.

Ciekawe, gdzie się wybiera o tak wczesnej porze – zastanowiła się. Obserwowała go chwilę, dopóki nie zniknął między drzewami. Nagle usłyszała jakieś szmery dochodzące zza drzwi. Nasłuchiwała, trochę wylękniona.

Drzwi otworzyły się po cichu i stanął w nich Adam w stanie upojenia. Próbował jak najciszej wśliznąć się do pokoju, ale nie spodziewał się, że zastanie ją w stanie czuwania. Gdy zobaczyła go sponiewieranego, podrapanego na twarzy i w ciuchach w nieładzie, wezbrała w niej fala wściekłości.

– No nie! – Nie wytrzymała. – Teraz to już przegiąłeś! Co ty sobie myślisz?! Znikasz na całą noc i nawet nie zadzwonisz?! Przecież masz telefon, mógłbyś z niego zrobić użytek! Ale nie! Po co dzwonić do ciężarnej żony, najważniejsze, że ty się dobrze bawisz. Gdzieś się tak uwalił? Jak ty wyglądasz?!

– A co? Wyjść nie można? Ciągle byś mnie trzymała na pasku, a może ja nie mam ochoty? Może mi się znudziło wiecznie ciebie niańczyć i słuchać twoich narzekań! Nic ci się nie podoba, wszystko źle: las cię wkurza, bo komary, jeziora są do dupy, bo dno muliste, a jebana królewna najchętniej siedziałaby na hotelowym basenie!

Aż ją zatkało z oburzenia. Po raz pierwszy usłyszała od niego takie słowa skierowane pod swoim adresem. Wściekłość jeszcze się wzmogła.

– Ty... ty gnoju! Jak możesz tak do mnie mówić?! Nie myśl sobie, że będziesz mnie bezkarnie obrażać! Nieudaczniku jeden! Tak. Żebyś wiedział, wolałabym siedzieć w jakimś kurorcie, a nie w tych twoich gównianych lasach! – Poszła za nim do aneksu kuchennego. – Ale nieudacznik nie potrafi na to zarobić! Wszyscy znajomi jeżdżą po świecie, a my?! Do lasu! Nic wiem, co ja w tobie widziałam. Przecież ty nawet na nasze dziecko nie zarobisz. Cud, że w ogóle udało ci się je zrobić!

Kiedy padły te słowa, poczuła satysfakcję i jednocześnie uderzenie w twarz. Zatoczyła się i ledwie złapała równowagę.

– Ty! Ty suko! Jak śmiesz?!

Rozwścieczony wybiegł z pokoju, a ona rozpłakała się i usiadła na łóżku, trzymając się za palący policzek. To koniec – pomyślała.

*

Artur przyglądał się jej nagiemu ciału, okrytemu częściowo prześcieradłem. Nie spał już od paru minut i pomyślał, że mógłby zrobić jej kilka zdjęć. Zsunął delikatnie prześcieradło, by odkryć więcej. Tak, teraz było idealnie.

Wziął telefon i pstryknął kilka fotek. Później wstał z łóżka i zrobił jeszcze kilka, by objąć ją i wnętrze sypialni, które przypominało teraz pobojowisko. Wokół szerokiego łoża walały się części ich garderoby. Na stoliku nocnym stały niedopita butelka szampana i dwa kieliszki, a na podłodze leżały trzy puste butelki.

Nieźle wczoraj zabalowali, a seks z Moniką okazał się naprawdę niezły. Nigdy by nie przypuszczał, że jest taka temperamentna. Uśmiechnął się na wspomnienie ich miłosnych ekscesów i wrócił do łóżka. Tym razem zrobił sobie z nią selfie. Przejrzał zdjęcia i odłożył telefon.

Nie chciało mu się spać, więc postanowił, że ją zbudzi. Zaczął lekko całować jej oczy. Jego działania szybko przyniosły pożądany skutek.

Otworzyła je na pół szerokości, a twarz wykrzywiła w grymasie. Dopiero po chwili, gdy wyglądała już przytomniej, z zaskoczeniem spojrzała na niego, jakby się go tu nie spodziewała.

Widział, jak zaczyna sobie przypominać wczorajszy wieczór i wpadać w lekki popłoch. Próbowała wstać, ale zapewne ból głowy, który po wypiciu takiej ilości szampana musiała odczuwać, jej to utrudnił. Uśmiechnął się do niej swym najbardziej czarującym uśmiechem.

– Witaj, piękna, jak ci się spało? Bo mnie wspaniale.

Uśmiechnęła się niepewnie.

– Chyba wczoraj przesadziliśmy. Boże, moja głowa. Muszę wziąć jakiś proszek, bo nie wytrzymam.

Znowu podjęła próbę, by wstać, lecz przyciągnął ją do siebie i zaczął delikatnie całować jej twarz, czoło, oczy.

– Przy mnie nic nie ma prawa cię boleć! Jesteś cudowna. Wiesz, że boginie nie odczuwają bólu? Więc jak ty byś mogła?

Jej zaskoczona twarz rozjaśniła się w uśmiechu; widział, że jego słowa działają na nią jak balsam. Po chwili jednak, w źle pojętym poczuciu obowiązku, zaczęła szukać telefonu.

– Muszę odsłuchać pocztę. Normalnie nigdy nie wyłączam komórki, nie wiem, co mnie napadło. Która godzina?

Wenet uśmiechnął się pod nosem i obserwował ją uważnie. Była zabawna i taka przewidywalna.

– Nie mam pojęcia! Takie sprawy jak czas i praca są dla mnie, nie ja dla nich, Moniczko. Człowiek powinien być panem samego siebie, nie może dać się zniewolić. Wolność jest najważniejsza!

Monika wstała, wstydliwie zasłaniając nagość prześcieradłem, i sięgnęła po leżącą na podłodze komórkę. Włączyła ją; po chwili zaczęły przychodzić esemesy.

– O Jezu, kilkanaście połączeń z prokuratury i policji! Coś się musiało stać.

Była skupiona na telefonie. Odsłuchiwała sekretarkę, a on obserwował ją lekko rozbawiony. Ciekaw był, co zaraz powie.

– Znaleziono zwłoki kobiety w lesie. – Spojrzała na niego zdziwiona. – Jest kolejne zabójstwo. Nie, nie mogę wziąć tej sprawy. Formalnie jeszcze nie zamknęłam poprzedniej. Niech dadzą ją komuś innemu.

– Zaczekaj. To może być interesujące, powinnaś ją wziąć, Monisiu. Nie wolno ci spocząć na laurach po jednym sukcesie.

Patrzyła na niego zaskoczona jego zmianą frontu i faktem, że namawiał ją do pracy. Widział to w jej oczach i chciało mu się śmiać. Wstał, wciągnął slipy i skierował się do łazienki.

– Przed chwilą twierdziłeś, że wolność jest najważniejsza.

Odwrócił się do niej.

– Oczywiście, ale można różnie interpretować pojęcie wolności. Wytłumaczę ci to szerzej, ale później. Teraz wstajesz, dzwonisz do przełożonego, bierzesz prysznic i lecisz do pracy! Ja zrobię kawę, która postawi cię na nogi.

Zostawił ją kompletnie zdezorientowaną i wyszedł z sypialni.

*

Z wieży sączyła się cichutko muzyka. Aria z *Napoju miłosnego* Gaetano Donizettiego, *Una furtiva lagrima*, była jedną z jego kilku ulubionych pieśni o miłości.

Barski uważał, że jedynie muzyka potrafi poruszyć człowieka głęboko i prawdziwie, dotykając najdelikatniejszych strun w jego duszy. Żadna inna dziedzina sztuki nie działa w tak dojmujący sposób na emocje i nie trafia bezpośrednio w serce. Na niego działała jak żadna inna ze sztuk.

Wspominał Kalinę, ich miłość i młodość. Siedział za biurkiem, a przed nim leżały otwarta teczka z wycinkami i stare zdjęcia, na które skapnęła słona kropla, potem druga. Westchnął ciężko i otarł oczy. Zaczął składać pożółkłe dokumenty i fotografie.

Rana pozostawała głęboka i wydawała się wciąż niezabliźniona. Miał wrażenie, że już nigdy się nie zagoi, a on odejdzie z tego świata z wyrwą w sercu. Chyba dobrze, że Julia chce wyjaśnić tę sprawę. Teraz, po ponad czterdziestu latach, zabójca Kaliny nie odpowie już przed wymiarem sprawiedliwości; zbrodnia się przedawniła.

Z jednej strony oczywiście chciałby się dowiedzieć, kto to zrobił, choć z drugiej strony bał się tej prawdy. Bał się, że dowie się czegoś o Kalinie, czego nigdy nie chciałby wiedzieć. Może jednak powinien stawić czoła wyjaśnieniu?

Zadzwonił pozostawiony na stoliku telefon Julii. Spojrzał na wyświetlające się nazwisko: „Nadzieja". Zawahał się, w końcu jednak odebrał.

– Barski, słucham. Pewnie chciałby pan rozmawiać z Julią, ale ona wreszcie zasnęła, więc... Tak, rozumiem, lecz córka dużo przeszła i nie chciałbym... Wszystko rozumiem, niemniej ona jest przecież na urlopie. A nie może przyjść jutro?

Nie zauważył, że Julia stanęła na szczycie schodów.

– Kto dzwoni? Co się stało?

Zeszła na dół i odebrała mu telefon.

– Znowu jakieś morderstwo, to się nigdy nie skończy – powiedział bezradnie i poszedł do kuchni. Dobiegły go jej słowa.

– Tak, rozumiem. Dobrze, gdzie to jest? A, to nawet lepiej. Czekam na samochód.

Nie wytrzymał i wrócił do salonu.

– Naprawdę musisz jechać? Nie mogą się obyć bez ciebie?

– Może to źle zabrzmi, ale nie. Zrozum, tato, w mojej pracy najistotniejsze jest zbadać miejsce zbrodni, kiedy znajduje się tam ciało. A zresztą, co ci będę mówić.

– Mów. Powinniśmy jak najwięcej rozmawiać. Nie możemy popełniać dawnych błędów, zrozumiałem to dzisiaj. Nic o tobie nie wiem, nie wiem, na czym polega ta twoja praca, chcę zrozumieć.

Spojrzała na niego zaskoczona.

*

Józef Hryszkiewicz siedział w kuchni za stołem, na którym Sylwia postawiła śniadanie. Sama usiadła naprzeciwko i zamiast zjeść coś razem z nim, zapaliła papierosa.

Zofia siedziała bez ruchu przy piecu, nie zwracając uwagi na otoczenie. Spoglądał na nią co chwilę zmartwionym wzrokiem. Sylwia też nie potrafiła ukryć, że denerwuje się nieobecnością siostry i stanem matki.

Hryszkiewicz się martwił, już nie wiedział, czym bardziej: Bożeną czy Zofią? Najgorsze jednak było to, że nie wiedział, co ma zrobić i jak pocieszyć żonę. Patrzył na kręcące się po kuchni dzieciaki. I one czuły, że coś jest nie tak.

– Może byś chociaż umył ręce przed jedzeniem – zwróciła mu uwagę córka, ale chyba bardziej żeby coś powiedzieć, niż jakby rzeczywiście ją to obchodziło.

– A ty zjadłabyś troche, a nie paliła od samego rana.

W odpowiedzi Sylwia tylko wzruszyła ramionami. Zaczął jeść.

Zofia nadal się nie odzywała, zatopiona w swoich myślach. Wstała, machinalnie podeszła do kuchenki, na której gotowała się woda w czajniku, zalała kawę i podała kubek mężowi.

– Co to jest? – zapytał, choć wiedział, chciał jednak, żeby coś powiedziała.

– Kawa zbożowa, a co ma być?

Zofia odwróciła się plecami do męża i córki i zaczęła płakać; z minuty na minutę coraz gwałtowniej. Sylwia z ojcem spojrzeli znacząco na siebie, potem z troską na nią. Dzieci zamilkły. Przestraszony Franek podbiegł do babci i przytulił się do niej, ale ona jakby tego nie czuła.

*

Stali kilka metrów od ciała w oczekiwaniu na Julię. Palili nerwowo papierosy. Szablewski kipował do przenośnej popielniczki, a kiedy skończyli, Longin schował ją do kieszeni.

– Zawsze zabieram ją ze sobą, żeby nie śmiecić na miejscu zbrodni. – Spojrzał w niebo. – Będzie gorąc. Nic nowego. U mnie przynajmniej jest chłodno. – Zaśmiał się sarkastycznie. – Zawsze to jakiś plus.

Karol spojrzał w stronę drogi i zobaczył Julię idącą z Włodkiem. Wyglądała pięknie, zapatrzył się na nią chyba o całą chwilę za długo. Uśmiechnęła się i podała rękę Szablewskiemu na powitanie.

– Dzięki, że się zgodziłaś. Mamy tu niezły pasztet. Ledwie zamknęliśmy sprawę Szułowiczów, wpadło nam to. – Karol wskazał w kierunku miejsca zbrodni.

– Chodźmy zobaczyć. – Zaczęła szukać czegoś w plecaku, wreszcie wyciągnęła dyktafon.

Stanęli nad zwłokami. Julia, zasłoniwszy nos, wpatrywała się w ciało kobiety.

– Tak ją znaleźliście?

– Nie do końca. Była przykryta brezentem. – Karol wskazał na leżącą obok płachtę. – I dalej nic nie ruszaliśmy. Czekaliśmy na ciebie. Nie wiemy, kim ona jest, nie znaleźliśmy żadnych dokumentów, choć była przy niej torebka z portmonetką i pieniędzmi. Brakuje też komórki, jeśli ją miała. No i butów.

Julia skinęła w skupieniu głową. Obeszła ostrożnie zwłoki.

– Przyczyna śmierci?

– Nie jest oczywista. Podejrzewam uduszenie. Widzi pani te wybroczyny na szyi? Niestety, zaczął się rozkład, więc dokładnie będę mógł powiedzieć, jak do niej zajrzę.

– Jasne. Czasu zgonu też nie da się teraz określić?

– Za dużo zmiennych. Była przykryta, a są upały, więc pod spodem wytworzyła się dużo wyższa temperatura niż na zewnątrz. To przyśpieszyło sprawę. *Rigor mortis* już puścił. Muszę sprawdzić ADD, czyli sumę średnich temperatur ostatnich dni i tak dalej, no i policzyć wszystko dokładnie, to chwilę zajmie.

– Widzisz, co on jej zrobił? Jakiś świr normalnie.

Julia kiwnęła głową, ale jej uwagę przyciągnęło co innego. Podeszła bliżej ciała od strony głowy i pochyliła się. Wskazała na usta ofiary.

– Co ona ma w ustach? Widzieliście?

Włożyła rękawiczki i rozchyliła lekko otwarte usta kobiety. Były wypełnione czarną ziemią.

Nadzieja zaskoczony spojrzał na profilerkę, a Szablewski pokręcił głową z niedowierzaniem.

– Ziemia? Dżizas, co to ma znaczyć?

Kiedy zabierali ciało, Julia kończyła nagrywanie swoich spostrzeżeń.

– To nie jest jego pierwsze zabójstwo, nowicjusz by jej tak nie okaleczył. Choć technicy nie znaleźli śladów biologicznych, to zabójcą kierował motyw seksualny, na co wskazują rozsunięte szeroko nogi, brak bielizny. Brak śladów oznacza, że się dobrze przygotował i jest doświadczony. Do ust wepchnął jej garść ziemi, ciało też nią przysypał. Ziemia musi mieć dla niego jakieś znaczenie, ale za wcześnie, by coś stwierdzić. Ciało przykrył brezentem, może chciał zmylić policję albo utrudnić ustalenie czasu zgonu. Choć jednocześnie zostawił je kilka metrów od drogi, a więc chciał, żeby szybko zostało znalezione.

Karol podszedł do Julii.

– Ludzie przeszukują teren.

– Znaleźli coś?

Pokręcił głową.

– Na razie nic. Myślisz to co ja? Aż boję się głośno powiedzieć.

Spojrzała na niego i pokiwała głową.

– Kreśląc najbardziej pesymistyczny scenariusz, mamy do czynienia z niebezpiecznym psychopatą, działającym z pobudek seksualnych. Nie wiemy, z jaką częstotliwością będzie zabijał. Raz na rok, miesiąc, tydzień? Nie mamy czasu, musimy jak najszybciej poznać tożsamość ofiary.

– Myślisz, że zrobił to tutaj? Tak blisko drogi?

– Nie sądzę. Nie mógłby jej uprowadzić, zgwałcić, zabić, potem okaleczyć, nie narażając się na to, że ktoś go tu nakryje. Mimo wszystko ta droga jest ruchliwa. No i nie zauważyłam żadnych śladów krwi na liściach. Szukajcie miejsca, w którym stał samochód. Może coś zgubił, niosąc ciało.

*

Wenet wjechał na posesję agroturystyki i zaparkował obok samochodu Zembalskich. Wokół śpiewały ptaki, a z koziarni dobiegało wesołe beczenie.

Spojrzał w stronę auta Zembalskiego i zauważył go śpiącego na tylnym siedzeniu. Dziwne. Zastukał w szybę. Adam przebudził się i spojrzał nieprzytomnie. Zagadał do niego wesoło:

– Witam sąsiada! A co to? Niewygodnie z żonką pod pierzyną?

Z koziarni wyszła gospodyni Beata, trzymając kankę z mlekiem i uśmiechając się. Podeszła do nich.

– Dzień dobry, panie Arturze! A gdzie to się pan podziewał? Chyba nie nocował pan dzisiaj u siebie.

Odpowiedział jej złośliwym uśmieszkiem, bo nie znosił wścibstwa.

– Pani Beatko, już dawno wyrosłem z krótkich spodenek i nie muszę się tłumaczyć. Nawet przed mamusią tego nie robiłem.

– Ależ... Ja tylko... Przepraszam, jeżeli uraziłam. Zapraszam na śniadanie za pół godziny. A na obiad mamy dzisiaj świeże ryby!

Zawstydziła się i odeszła jak zmyta. Wenet spojrzał na Zembalskiego, który zdążył się rozbudzić i gramolił się z samochodu.

– Nie trawię wścibskich bab. Ale gotuje całkiem, całkiem.

*

Po powrocie z lasu Nadzieja zwołał ludzi i zarządził odprawę. Należało przemyśleć parę kwestii, uporządkować informacje i przydzielić zadania, by jak najszybciej ustalić tożsamość ofiary.

W odprawie uczestniczyli również Kałdun i Julia. Komendant wyciągnął z kieszeni miętusa i włożył do ust.

Karol widział, że szefa zdenerwowała znaleziona w lesie kobieta. Nie przerywając przyczepiania do tablicy zdjęć z miejsca zbrodni, wprowadzał w sprawę tych, którzy dopiero teraz dowiadywali się, co się stało.

– Na razie mamy same pytania, czekamy na wyniki autopsji. Ofiara została prawdopodobnie uduszona i zgwałcona oraz okaleczona. Sprawca odciął jej prawą pierś.

Spojrzał na Kałduna i uchwycił jego pełen grozy wzrok sugerujący, że on, Nadzieja, urwał się chyba z choinki. Brzuch komendanta zaczął groźnie falować. Kłodowski podszedł do Karola, nie ukrywając wściekłości.

– Co wy mi tu, Nadzieja?! Jaką pierś?! Co to ma być, do kurwy nędzy?! Chcecie mi powiedzieć, że... Zamknęliśmy sprawę Szułowiczów, a wy mi tu wyjeżdżacie z czymś takim?! Nie tutaj, nie w Augustowie! – Spojrzał z wrogością na Julię, potem znów na niego. – Może tam u was, w Warszawie, takie rzeczy się zdarzają, ale nie tu! Nie chcę nic mówić, lecz to się chyba za wami przywlekło! – Wypluł cukierek na dłoń. – Zaraza jakaś, cholera!

Wyszedł, trzaskając drzwiami. Na chwilę zaległa cisza, przerywana tylko dźwiękiem pracującego wentylatora.

– Nie ma co się przejmować, zaraz mu przejdzie. Stary musi to przetrawić. – Tomek uśmiechnął się lekko złośliwie.

Karol nie spotkał się jeszcze z taką reakcją na obiektywne fakty u żadnego szefa, a miał ich już kilku. Pokręcił tylko głową i kontynuował. Julia w ogóle nie dała po sobie poznać, że wystąpienie komendanta zrobiło na niej jakieś wrażenie.

– No cóż, faktom nie da się zaprzeczyć. W lesie nie znaleźliśmy śladów wskazujących na to, że zamordowano ją właśnie tam. Prawdopodobnie przywiózł ciało samochodem. Na poboczu odkryliśmy wyraźne wgniecenia trawy, ślad po kołach i połamane gałązki, które mogą świadczyć o wleczeniu zwłok. Czyli nie znamy miejsca zbrodni.

Spojrzał na zdjęcie ofiary i przeniósł wzrok na Julię.

– Wiem, że za wcześnie, by coś zakładać, ale mamy to szczęście, że wciąż jest z nami pani profilerka i na pewno mogłaby powiedzieć coś na temat tego okaleczenia zwłok.

Julia wstała i podeszła do niego.

– Rzeczywiście, za wcześnie na wysuwanie hipotez. Ale morderca zawsze zostawia ślady. Choćby sposób, w jaki porzucił zwłoki, zdradza sporo na temat jego osobowości, odzwierciedla potrzeby, które starał się zaspokoić, odbierając ofierze życie. Weźmy to okaleczenie. Nazywamy je mutylacją, a w tym wypadku mamy do czynienia z mutylacją agresywną, polegającą na okaleczaniu twarzy, narządów płciowych bądź piersi właśnie. Sprawcą w takiej sytuacji zawsze kierują emocje: złość, nienawiść, podniecenie albo upokorzenie. To symboliczna próba zdepersonifikowania ofiary.

Wszyscy słuchali, a Szkarnulis wręcz chłonął słowa Julii.

– Czy to znaczy, że sprawca ją dobrze znał i jej nienawidził? I dlatego zabił? – zapytał.

– Nie sądzę, choć nie można tego wykluczyć. W tym wypadku jednak uważam, że nienawiść sprawcy jest skierowana przeciw wszystkim kobietom, wini je za swoje nieudane życie, a złość wyładowuje na kobiecie, którą wybiera według sobie znanego klucza.

– Chce pani powiedzieć, że mamy do czynienia z seryjnym zabójcą?

– Za szybko na wyciąganie tak daleko idących wniosków, ale... nie możemy tego wykluczyć.

– Dlaczego włożył jej do ust ziemię? – zainteresował się Tomek.

– Nie chcę spekulować, muszę zebrać więcej danych. Na początku każdego śledztwa zadaję sobie cztery pytania: Co się wydarzyło? Jak i dlaczego to się wydarzyło? Kim jest ofiara? Dopiero po uzyskaniu odpowiedzi zajmuję się najważniejszą kwestią: kto tego dokonał? Wiele będzie zależało od wywiadu wiktymologicznego. Muszę się dowiedzieć, kim była ofiara, jaka była, w jaki sposób żyła, jakie miała zwyczaje, umiejętności czy problemy. Czy w przypadku ataku lub zagrożenia stawiłaby opór? Czy była agresywna i złośliwa w stosunku do ludzi? Jakie związki utrzymywała? Te informacje splatają się w nić, która może doprowadzić nas do sprawcy. Oprócz ofiary ważne są miejsce, czas, sposób zabójstwa, okrucieństwo ataku i stopień zaplanowania zbrodni. Każdy z tych elementów coś nam mówi o sprawcy. Diabeł tkwi w szczegółach. Jeśli coś przegapimy, to pogubimy się i nie będziemy w stanie zrozumieć rzeczy, które odkryjemy.

Słuchali jej z uwagą. Karol przeszedł do działania. Musieli jak najszybciej poznać tożsamość ofiary.

– Włodek z Tomkiem, zajmiecie się zaginięciami kobiet na terenie województwa zgłoszonymi w ostatnich dwóch tygodniach. Nie znamy wieku ofiary ani nie wiemy, kiedy zginęła, dlatego załóżmy okres dwóch tygodni. Leszek z Piotrem, wy ogarniecie zaginięcia z całego kraju. Nie możemy wykluczyć, że ofiara była przyjezdną, jakąś turystką.

Do pokoju wszedł oficer dyżurny, wszyscy spojrzeli w jego kierunku.

– Przepraszam, komisarzu, nie wiem, czy to ważne, ale w związku z tym morderstwem w lesie...
– Tak?
– Mieliśmy zgłoszenie zaginięcia.
– No dawaj. Kto i kiedy?
– Bożena Hryszkiewicz, zaginęła we wtorek, lat dwadzieścia osiem.
– Czy chodzi o córkę tych Hryszkiewiczów?

Oficer potwierdził. Karol patrzył pytająco to na Dziemianiuka, to na Julię.

– Dobrze, dziękuję. Trzeba to sprawdzić.

Oficer wyszedł, a Karol za nim. Wszedł do toalety i upewnił się, czy nikogo nie ma. Podszedł do umywalki i puścił zimną wodę. Obmywał twarz, szybko oddychając, czym narażał się na hiperwentylację, miał tego świadomość. Ale nadciągający atak paniki tym się właśnie objawiał i choć próbował go opanować, na razie nie wychodziło.

Z kieszeni wyjął tabletki, wydobył jedną, a po krótkim wahaniu wziął jeszcze jedną i wrzucił do ust. Nabrał ręką wody i popił. Czuł, właściwie był pewien, że za chwilę rozpocznie się prawdziwa jazda bez trzymanki, bo na ich terenie grasuje seryjny zabójca. Doskonale wiedział, co to oznacza i że z tym zasobem ludzkim, jakim dysponował, złapanie go będzie po prostu nierealne.

Dochodził do tego jeszcze komendant niewiele rozumiejący z dzisiejszego świata i niedopuszczający do siebie nawet faktów.

Patrzył długo w swoje odbicie w lustrze. Tabletka powoli zaczynała działać. Zakręcił kran i wytarł twarz papierowym ręcznikiem.

*

Sylwia usiadła na schodach przed domem, żeby mieć oko na dzieciaki, które teraz na otwartej przestrzeni wreszcie się ożywiły.

Nagle Szarik zaczął się szarpać przy budzie i wściekle szczekać. Najpewniej ktoś do nich szedł albo jechał. Po chwili usłyszała wjeżdżający na podwórko samochód. Wysiedli z niego dwaj młodzi policjanci. Z domu wybiegła matka.

– Znaleźliście ją?! Gdzie ona jest? Mówcie, bo dłużej tego nie wytrzymam! – zaatakowała ich bez wstępów.

Sylwia też miała przez moment nadzieję, że może Bożena się znalazła, ale widząc zakłopotanie policjantów, przeczuwała, że nie mają dobrych wiadomości.

– Pani Hryszkiewicz, nie wiem, jak to powiedzieć. Dziś w nocy znaleźliśmy ciało.

Zszokowana informacją kobieta znieruchomiała. Sylwia wystraszyła się, że matka zaraz upadnie. Po chwili Zofia wpadła w histerię.

– Ciało?! Jakie ciało? Gdzie jest Bożena, gdzie moje dziecko? – Rozpłakała się.

– Ciało kobiety, nie wiemy, czy to pani córka. – Grubszy policjant wytarł czoło chusteczką, a chudy kontynuował spokojnie:

– Proszę się uspokoić. To nie musi być pani córka, ale żeby to wykluczyć, ktoś z rodziny powinien zobaczyć zwłoki, żeby stwierdzić, czy...

Sylwia już się zdecydowała, nie mogła dopuścić, żeby matka w takim stanie oglądała jakiegoś trupa.

– Ja pojade. To na pewno nie jest Bożena, mamo, nie płacz.

Zofia niespodziewanie się opanowała.

– Ty zostań z dziećmi. Ja pojade, jestem jej matką.

Chudy policjant próbował jeszcze jej to wyperswadować.

– Lepiej, żeby pojechała córka, zwłoki są... to nie będzie przyjemny widok. Chodzi mi o to, że córka jest młodsza, silniejsza, łatwiej...

– Nie ma mowy. Powiedziałam, że pojade, i koniec dyskusji.

*

Na stole leżały przykryte zwłoki kobiety bez tożsamości. Longin siedział przy starym biureczku i zaczynał pisać wstępny raport, choć nie miał jeszcze wszystkich danych.

To była najmniej przyjemna i najnudniejsza część jego pracy, jednak to na raporty z utęsknieniem czekała zawsze policja. Nie było wyjścia.

Ktoś wszedł do prosektorium, ale Longin się nie odwrócił.

– Dzień dobry, przepraszam, że bez zapowiedzi, ale pomyślałam, że może już pan coś ma – usłyszał za plecami znajomy głos tej uroczej profilerki i wyraźnie się ucieszył.

Tak rzadko widywał tu żywe kobiety, na dodatek takie kobiety. Odwrócił się i choć przyszła nie w porę, uśmiechnął się do niej zachęcająco znad okularów.

– Dobrze, że pani jest. Dopiero co ją zaszyłem i zacząłem raport. Wiem, jak Karolowi zależy na czasie.

– To prawda. I co pan znalazł? – Wyjęła dyktafon. – Pozwoli pan, że będę nagrywać?

– Oczywiście. Potwierdza się to, co podejrzewałem: w okolicach tarczycy wystąpił krwotok, kość gnykowa została złamana, a płuca są obrzęknięte, więc bezpośrednią przyczyną śmierci było uduszenie. Ale ciekawsze jest okaleczenie, proszę spojrzeć.

Odkrył ciało, by niemal z radością, a na pewno z naukowym podnieceniem, pokazać jej obrażenia.

– Widzi pani, jak precyzyjnie to zrobił? Musiał dysponować bardzo ostrym nożem. To mógł być nóż myśliwski o długim ostrzu albo nóż do mięsa. W każdym razie fachowa robota.

Wpatrywała się w to miejsce uważnie.

– Faktycznie, nie robił tego po raz pierwszy. Widać u niego pewną rękę.

– Znalazłem jeszcze liczne powierzchowne nacięcia szyi, co może wskazywać, że przymierzał się do...

– Dekapitacji?

– Właśnie. – Był zachwycony, że nie przerażało jej to, co właśnie zostało powiedziane.

– Możliwe, ale mógł też się zabawiać – stwierdziła Julia. – Kiedy powstały te obrażenia?

– Po śmierci.

– Jeśli tak, przemawiałoby to za pańską koncepcją. Może nie miał odpowiednich narzędzi, żeby się do tego posunąć? Albo czasu, albo odwagi. Znalazł pan materiał biologiczny?

– Są ślady penetracji, ale zero materiału. Musiał użyć prezerwatywy.

Julia złapała dłoń ofiary i dokładnie się jej przyjrzała.

– Starannie wypielęgnowane paznokcie, na pewno nie pracowała fizycznie. Znalazł pan coś pod paznokciami?

– Nie. Nie broniła się, pewnie ją zaskoczył. Związał jej ręce, o tu widać ślady.

– A wiek?

– Między dwadzieścia osiem a trzydzieści dwa, w tym przedziale. Była zdrowa, znalazłem jedynie drobną wadę serca. Pobrałem próbki do toksykologii, ale na wyniki trzeba poczekać. To samo z brezentem, jest w laboratorium.

– Zna pan już czas zgonu?

– Po południu powinienem wiedzieć. Mam jeszcze coś na deser. Głowię się, co to może być. Jest ledwie widoczne, o włos a bym to przegapił.

Zadowolony z zaskoczenia, jakie zobaczył u profilerki, podszedł do biurka. Szukał przez moment, by w końcu znaleźć pod papierami szkło powiększające. Podszedł do stołu od strony głowy ofiary i zerknął na zaintrygowaną Julię.

Zbliżył szkło do prawego policzka, który, jak cała reszta twarzy, przybrał żółtawo-siny odcień i obrzmiał znacznie przez rozpoczynający się rozkład. Przez szkło można było dostrzec równoległe wgłębienia, coś jakby dziurki układające się w kształt łuku.

– Widzi pani? O tutaj. Dziwne te obrażenia, prawda? Jeszcze dzień, a stałyby się zupełnie niedostrzegalne. Rozkład zrobiłby swoje. To wygląda jak jakieś nakłucia? Nie wiem na razie, co o tym sądzić.

– Rzeczywiście. Kolejna zagadka.

*

W redakcji pracowały Maria Laskowska i Hanka Pietrewicz. Ta ostatnia była wyraźnie nie w humorze; wgapiała się uporczywie w laptop. Maria zastanawiała się, co jej jest. Dziewczyna nakierowała wiatrak na swoją twarz i co chwilę zerkała w telefon, jakby czekała na wiadomość.

Maria odezwała się pierwsza:

– Chyba wstałaś dziś lewą nogą. Co ci jest? Stało się coś?

– Co się miało stać? – Hanka się zaśmiała. – Wydaje ci się. Po prostu... nie wytrzymuję już tego upału.

Za dobrze ją znała, by uwierzyć w to wciskanie ciemnoty.

– Chyba jednak mi się nie wydaje, znam cię. Chodzi o tego dziennikarza?

Hanka zerwała się jak oparzona, nie chcąc pokazać ani przyznać, że starsza koleżanka trafiła w dziesiątkę i ją przejrzała. Przeszła do aneksu kuchennego.

– Zajmij się pisaniem, okej? I przestań bawić się w psychologa! – Chwyciła za butelkę, nalała wody do szklanki i duszkiem ją wypiła.

– Nie musisz być opryskliwa i możesz być ze mną szczera. Jestem przyjacielem, nie wrogiem.

O dziwo, słowa te podziałały. Hanka się uspokoiła i zrzuciła wreszcie obronną zbroję.

– Sorry, nie wiem, ale jestem faktycznie wkurzona. Powiedział, że zadzwoni dziś rano, a nie daje znaku życia. Jest już pierwsza.

– To facet ze stolicy. Dla takich rano może być o dwunastej. Wiesz, jak to jest.

Hanka rozpromieniła się wreszcie, podbiegła do Marii i ucałowała ją w policzek.

– Masz rację. Ty to zawsze wiesz, jak człowieka pocieszyć. Marnujesz się tutaj.

Wszedł zaaferowany Bartek. Od progu zawołał:

– Wiecie już?!

Spojrzały na niego zdziwione.

– Co mamy wiedzieć?

– Kolejne morderstwo! Policja znalazła w lesie pod Augustowem zwłoki kobiety.

– Znowu? Jak tak dalej pójdzie, przekroczymy średnią roczną wszystkich zabójstw popełnianych w Augustowie i okolicach!

– Fakt, że trochę dużo jak na nasze spokojne miasteczko – przyznała Maria.

– To pewny news? Skąd wiesz? – upewniła się Hanka.

– Myślisz, że tylko ty masz kontakty?

Hanka złapała za torbę i poszła w stronę drzwi.

– Dokąd idziesz? – zapytała jeszcze Maria.

– Przewąchać temat, na razie! Kupić wam kartaczy na obiad?!

*

Zofia Hryszkiewicz jechała do Augustowa z duszą na ramieniu. Przez całą drogę żarliwie się modliła. Przed budynkiem prosektorium czekali na nią ten komisarz Nadzieja i jakaś kobieta. Przedstawiła się, ale Zofia zapamiętała tylko imię.

Nic nie powiedzieli, jednak domyśliła się, że to musi być ta policjantka, co to ją Fabian porwał. Zofia powinna ją przeprosić, lecz nie miała teraz do tego głowy.

Drżała na całym ciele mimo gorąca i chciała się jak najszybciej dowiedzieć, mieć już to za sobą. Trudno. Wóz albo przewóz. Najgorsza była niepewność, stan ciągłego oczekiwania i paraliżującego niepokoju, które nie pozwalały człowiekowi normalnie funkcjonować ani niczym się zająć. Chciała, żeby to się już skończyło i żeby w prosektoryjnej lodówce nie leżała jej córka.

Weszli do środka. Przywitał ich śmieszny człowiek, ale bardzo miły. Przeszli do części z lodówkami. Szef prosektorium delikatnie zapytał:

– Jest pani gotowa? To nie będzie przyjemny widok, uprzedzam. Jeśli nie czuje się pani na siłach, nie musimy się śpieszyć.

Westchnęła ciężko i spojrzała mu w oczy.

– Miejmy to już za sobą.

Kiwnął głową i otworzył lodówkę. Przeżegnała się i zamknęła oczy. Kiedy je otworzyła, zobaczyła ciało i krzyknęła:

– O Święta Panienko!

Zabrakło jej tchu i osunęła się na podłogę. Podbiegł do niej komisarz i razem z kobietą pomogli jej stanąć na nogi, potem przeprowadzili do części, gdzie mogła usiąść. Szef prosektorium przyniósł szklankę wody. Wypiła parę łyków.

– Już lepiej?

Kiwnęła głową. Z wyrazu ich twarzy wywnioskowała, że czekali na coś w napięciu. W końcu do niej dotarło.

– To nie ona! To nie moja córka, rozumiecie? To nie Bożenka, Bogu dzięki! – Wzniosła oczy i ręce do nieba i rozpłakała się, tym razem czując niewysłowioną ulgę.

*

Siedzieli razem z Pawluk w jego gabinecie: on skwaszony i apatyczny, ona energiczna i bojowo nastawiona. Kłodowski nie miał jednak złudzeń i wiedział, że dziewczyna robi dobrą minę do złej gry. W końcu w śledztwie dotyczącym Szułowiczów niczym się nie popisała. A na konferencji potrafiła kłamać, żeby przedstawić swoje nieistniejące zasługi. Bezczelna karierowiczka.

– Macie już jakieś konkrety? – dopytywała.

Spojrzał na nią bez entuzjazmu, bębniąc palcami o biurko. Sięgnął do kieszeni i wyjął miętówkę. Strasznie chciało mu się palić i jeść. Ta cholerna dieta doprowadzała go do szału. Powinien dać sobie z nią spokój, bo i tak kilogramy nie spadają, a on się tylko niepotrzebnie męczy i chodzi wiecznie wkurzony.

– Nadzieja kręci się w kółko, ten warszawski desant zaczyna mi już działać na nerwy.

Ktoś zapukał i po chwili wszedł Sawko.

– Przepraszam, komendancie, ale jest już raport patologa. Chciał pan go zobaczyć.

– Dla pani prokurator przynieś drugi egzemplarz. Hryszkiewiczowa zidentyfikowała zwłoki? To jej córka?

Sawko pokręcił głową.

– Nie, to nie ona.

– Coś nowego się urodziło?

– Nie bardzo.

– Informujcie mnie o wszystkim.

Sawko wyszedł, a on wstał z fotela i podszedł do okna. Obecność prokuratorki też nie poprawiała mu nastroju. Jej zachowanie podczas konferencji jeszcze bardziej go do niej zraziło. Mruknął do siebie:

– Łatwo nie będzie. Pomór jakiś normalnie, chyba czas na emeryturę.

*

Teresa wreszcie mogła odebrać swój samochód. Naprawa przedłużyła się o ponad tydzień, bo musieli sprowadzić jakąś część, i prawdę mówiąc, czekała już z niecierpliwością, kiedy będzie mogła wsiąść do starego, wiernego peugeota.

Wybrała się razem z Inką do warsztatu, gdzie zastała zapracowanych Pawła Zaleskiego i jego pracownika Łukasza Wiśniewskiego.

– Dzień dobry – powiedziała od progu.

Zaleski odwrócił się gwałtownie. Z całej jego sylwetki przebijały jakieś przygnębienie i rezygnacja.

– Zależy, dla kogo dobry. Pani samochód jest już gotowy, pani Orszańska.

– Coś się stało?

– A, lepiej nie mówić. Łukasz się panią zajmie.

Łukasz wygramolił się właśnie spod samochodu i podszedł, wycierając ubrudzone smarem ręce.

– Dzień dobry. Chodźmy do auta, wszystko opowiem, co tam musieliśmy zrobić, i przejedziemy się próbnie.

Dał jej wzrokiem znać, że lepiej nie ciągnąć Pawła za język. W tym samym momencie zadzwoniła komórka Zaleskiego; ten odebrał i w miarę jak słuchał, jego twarz zmieniała wyraz na coraz bardziej wściekły.

Teresa właśnie zmierzała do wyjścia, gdy usłyszała krzyki właściciela warsztatu. Przystanęła wraz z Inką i Łukaszem.

– Co ty pieprzysz?! Załatwię cię, skurwielu! Co jej zrobiłeś?! Gadaj! Gdzie ona jest?! Nie rozłączaj się, popaprańcu!

Teresa była zszokowana zachowaniem Pawła, zwłaszcza że do tej pory nigdy się tak nie wyrażał. Nie rozumiała, co mogło aż tak go zdenerwować. Zobaczyła tylko, że kiedy skończył rozmowę, podbiegł do stolika stojącego w kącie warsztatu i zaczął szybko coś zapisywać.

*

Słowa profilerki wciąż pobrzmiewały w głowie Włodka. Jej wiedza mu imponowała; w przyszłości chciałby jej dorównać. Widział duży sens w profilowaniu i używaniu wiedzy psychologicznej w pracy policyjnej. Zwłaszcza przy skomplikowanych przestępstwach. Tyle że aby się taką wiedzą kierować, należało ją posiąść.

Siedział za biurkiem, na którym stał włączony wiatrak. Obok pracowali Tomek, Leszek i Piotrek. Zastanawiał się, co będzie, jeśli nie uda im się ustalić tożsamości kobiety z lasu. Daleko nie zajdą. Przypominał sobie sceny z miejsca zbrodni. Zastanawiał się, czy czegoś nie przeoczyli.

Znaleźli torebkę, ale czy na pewno została dobrze przeszukana? A może jest w niej coś, co mogłoby ich jakoś nakierować? Pewnie tylko przejrzeli ją zaraz po znalezieniu. Postanowił to sprawdzić, niewiele w końcu było do stracenia.

Wyszedł z biura i przyniósł torebkę ofiary w papierowej torbie. Włożył rękawiczki i po kolei wyjmował z niej zawartość. Przedmioty układał na biurku: paczkę chusteczek higienicznych, długopis, pilnik do paznokci, granatowy portfel, małe lusterko. Sprawdził jeszcze, czy na pewno wszystko wyjął. Wyglądało na to, że tak.

Sięgnął po portfel i zajrzał do środka. Znalazł banknot pięćdziesięciozłotowy, siedem złotych w bilonie i kartę płatniczą. Sprawdził wszystkie przegródki, ale nie było nic więcej oprócz świętego obrazka z Matką Boską Studzieniczańską.

Już miał zamiar odłożyć portfel, kiedy zauważył jeszcze jedną maleńką przegródkę. Upchnięto w niej karteczkę złożoną na czworo. Rozłożył ją. Na szczycie widniał drukowany elegancką czcionką napis, jakby logo, a poniżej adres:

„Agencja Nieruchomości KASJANOWICZ, ul. Rynek 15, 16-300 Augustów, tel. 87 644 32 23".

Jeszcze niżej na kartce ktoś odręcznie napisał plan dojazdu: „3 km za Głębokim Brodem skręcić w prawo, leśną drogą ok. 500 m w kierunku płn.-wsch.".

Zamyślił się. Sięgnął po długopis wyjęty z torebki i zauważył, że znajduje się na nim ta sama nazwa co na kartce: „www.agencjanieruchomosci.kasjanowicz.pl".

Serce zabiło mu szybciej. Czyżby miał trop? Musiał go sprawdzić jak najszybciej.

– Tomek, wracam za pół godziny. Muszę wyjść.

Rozmawiający przez telefon Dziemianiuk skinął tylko głową, że przyjął to do wiadomości.

*

Julia ponownie odwiedziła prosektorium, ale teraz towarzyszył jej Karol. Tym razem Longin dał znać, że wreszcie ustalił czas zgonu ofiary.

Przyglądali się, jak Szablewski rozpościerał swe pióra niczym paw, popisując się wiedzą i umiejętnościami. Karol odnosił wrażenie, że to obecność Julii powodowała takie ożywienie patologa.

– Musiałem uwzględnić różne parametry: masę ciała, stan odzieży, średnią temperaturę otoczenia, temperaturę zwłok w chwili znalezienia i stopień ochłodzenia ciała. Na to wszystko musiałem wziąć poprawkę, uwzględniając temperaturę, która wytworzyła się pod brezentem i była o kilka stopni wyższa niż temperatura otoczenia. Sprawdziłem średnie temperatury z ostatnich dziesięciu dni. Wszystkie dane wrzuciłem we wzory matematyczne, które z dość dużą precyzją pozwalają ustalić, od jakiego czasu ktoś nie żyje.

Nadzieja zaczął tracić cierpliwość, ale Julia słuchała z uwagą.

– Longin, litości, mów, co ci wyszło.

Patolog posłał mu niezadowolone spojrzenie.

– Co ci wyszło, co ci wyszło... Tak od razu do celu? Przyda ci się wiedza merytoryczna, którą tak chętnie się dzielę. Mógłbyś to docenić. Ale proszę, jak musisz wiedzieć natychmiast, to już mówię: zmarła około trzech dni temu, z wahaniem do dwudziestu czterech godzin w przód albo w tył. Zadowolony?

Zamilkł urażony, aż Karol wystraszył się, że wrażliwy na swoim punkcie Longin się obraził. Powinien jak najszybciej zatrzeć złe wrażenie.

– Jesteś najlepszym i najszybszym patologiem, z jakim pracowałem! Ale nie muszę ci tego mówić.

– Dobre słowo na swój temat zawsze miło usłyszeć. No, idźcie już, mam jeszcze robotę.

*

Szkarnulis wszedł do agencji nieruchomości. W biurze były tylko dwie osoby: jakaś kobieta około pięćdziesiątki, pracownica albo może i sama właścicielka Kasjanowicz, a naprzeciwko niej siedział mężczyzna, zapewne klient.

Włodek podszedł do tablicy z rozwieszonymi ofertami sprzedaży domków, działek i mieszkań, opatrzonymi zdjęciami. Przez chwilę wczytywał się w oferty, udając zainteresowanie.

Napięcie nie odpuszczało, chciał jak najszybciej dowiedzieć się, w jaki sposób karteczka z portfela ofiary mogła być połączona z tym biurem. Może zamordowana była klientką agencji? Zapewne tak, to by wszystko tłumaczyło i dawało nadzieję, że pozna jej tożsamość.

Kiedy klient wyszedł, kobieta podeszła do niego.

– Czym mogę panu służyć? – zapytała uprzejmie. – Jest pan zainteresowany czymś konkretnym czy dopiero pan szuka? Chodzi o działkę, może domek? Mamy bardzo bogatą ofertę. Jadwiga Kasjanowicz. Proszę siadać.

– Ja właściwie... młodszy aspirant Włodzimierz Szkarnulis z policji w Augustowie.

Pokazał jej odznakę. Kobieta spojrzała na niego zaskoczona, ale wyraźnie się ożywiła, słysząc, że jest z policji. To z kolei zdziwiło jego.

– Ojej! Czyżby... Znaleźliście ją?! – wykrzyknęła prawie z radością.

– Kogo? – Włodek był zupełnie zbity z tropu.

Teraz Kasjanowicz nie wiedziała, co powiedzieć. Usiadła za biurkiem.

– No jak to? Myślałam, że pan w tej sprawie. Chodzi mi o Agnieszkę Zaleską.

Kiedy Włodek nie zareagował na nazwisko, Kasjanowicz zorientowała się, że zaszła pomyłka.

– Agnieszka jest moją pracowniczką. Od poniedziałku nie pojawiła się w agencji. Jej mąż zgłosił zaginięcie na policji, więc myślałam, że pan w tej sprawie.

Zaczął już rozumieć. Wyjął długopis i karteczkę z torebki ofiary. Położył je przed Jadwigą.

– Może się okazać, że ja właśnie w tej sprawie. Poznaje to pani?

– Oczywiście. To nasze długopisy i kartka z adresem domu, którego sprzedażą zajmowała się Agnieszka. To jej pismo, poznaję. Skąd pan to ma?

Widział, że kobieta zaczyna coś przeczuwać, była przejęta.

– Co się stało?

– Chyba nie mam dobrych wiadomości. To znaczy znaleźliśmy zwłoki kobiety, a to... było w jej torebce.

*

Pawluk próbowała się skupić, choć nie bardzo jej się to udawało. Wyrazy i zdania składające się na raport patologa tańczyły jej przed oczami. Co jakiś czas spoglądała na zdjęcia z miejsca znalezienia ciała, ale i tak myśli uciekały swobodnie w zupełnie inne sfery.

Ostatnia noc wprawiła ją w dziwny stan oszołomienia. Nie mogła się nadziwić, że tak łatwo uległa ledwie poznanemu dziennikarzowi. Zresztą nawet nie wiedziała, kim tak naprawdę był. Nie wylegitymowała go przecież. Ale ewidentnie miał charyzmę i roztaczał tak niespotykany czar, że czuła się przy nim jednocześnie jak mała dziewczynka niezdolna mu się sprzeciwić i jak nieskończenie piękna kobieta. Wyzwolił w niej coś, czego dotąd nie znała, jakąś odwagę i większą pewność siebie.

Jej spokój ducha został doszczętnie zburzony. Nie wiedziała, co zrobić. Usłyszała delikatne pukanie.

– Tak? Proszę.

Do pokoju zajrzała sekretarka, gruba i niezbyt ładna.

– Pani prokurator, przepraszam, że przeszkadzam, ale kurier przyniósł to dla pani.

Weszła głębiej do pokoju i podała jej wielki bukiet czerwonych róż. Monika zdębiała.

– Jesteś pewna, że są dla mnie?

Sekretarka kiwnęła głową. Wśród kwiatów Monika zauważyła bilecik.

– Kurier powiedział wyraźnie.

Odczekała, aż sekretarka wyjdzie, by nie czytać bilecika przy niej. Z całej siły musiała się opanować, by ukryć zaskoczenie.

– Dobrze, dziękuję. Możesz wrócić do siebie.

– Poszukam jakiegoś wazonu.

Gdy drzwi się zamknęły, przeczytała z bijącym sercem tekst widniejący na kartoniku. „Dla bogini".

To mógł napisać tylko on i tylko on wpadłby na taki pomysł. Uśmiechnęła się na wspomnienie Artura.

Rozległo się ponowne pukanie. Była przekonana, że to znowu sekretarka, ale w drzwiach stanął Piotr. Aż przystanął na widok kwiatów, a ona musiała zebrać się w sobie, żeby nie zdradzić, że jest zaskoczona i spłoszona jego widokiem.

– Cześć! Co to? Świętujesz coś? Urodziny już miałaś. Imieniny? Nie, od kogo te kwiaty?

– A to... ojciec przysłał – próbowała przybrać obojętny ton. – Gratuluje mi pomyślnego rozwiązania sprawy i zakończenia śledztwa.

Wymyśliła kłamstwo na poczekaniu, a Piotr chyba łyknął to tłumaczenie i pocałował ją w policzek.

– To się ojciec postawił. Trochę to do niego niepodobne.

– Też się zdziwiłam, lecz docenia mój sukces i jest ze mnie dumny. Szkoda, że ty nie za bardzo – udała nadąsaną.

– No wiesz?! Gratulowałem przecież, proponowałem wczoraj wyskok wieczorny zakończony czymś miłym, ale się wykręciłaś. Pozwól, że cię zacytuję: „Kochanie, wybacz, ale jestem wykończona".

Roześmiała się krótko.

– No już dobrze, rzeczywiście. Wygląda na to, że wpadłam z deszczu pod rynnę, mam kolejną trudną sprawę.

– A ja przyszedłem, bo nie odbierasz. Dzwoniłem parę razy.

– Sorry, ale wiesz, jak to jest w pracy. Też nie odbierasz, kiedy jesteś zajęty. A ostatnio ciągle jesteś.

– Sama mi radziłaś, żebym startował w wyborach samorządowych. Teraz więc nie narzekaj, że mam dużo roboty. No ale już. – Przytulił ją. – Nie przyszedłem się kłócić. Co powiesz na wspólny wieczór dzisiaj?

*

Po wyjściu z prosektorium Zofia postanowiła się przejść. Nogi same zaniosły ją nad rzekę, więc usiadła w jakimś kawiarnianym ogródku, żeby pozbierać myśli. Po pierwszej euforii wrócił dawny niepokój. Bo jeśli Bożena żyje, to gdzie jest? Dlaczego się nie odzywa i nie odbiera telefonu? Coś się musiało stać. Znowu poczuła w głębi duszy ten tępy ból.

Od koleżanki Bożeny dowiedziała się, że córka miała się spotkać z kelnerem z Albatrosa, największej i owianej legendą augustowskiej restauracji. Postanowiła tam pójść, znaleźć tego kelnera i czegoś się dowiedzieć. Bo skoro mieli się spotkać, to może u niego została?

Wróciła do centrum miasta i stanęła przed budynkiem restauracji. Weszła do środka, rozglądając się za obsługą. Większość stolików była zajęta, a kelnerzy uwijali się pomiędzy nimi.

Nagle stanęła przed nią jakaś dziewczyna.

– Dzień dobry. Jest pani sama? Zaraz znajdę stolik, proszę za mną.

Chciała jej powiedzieć, że nie przyszła tu jeść, ale się poddała. Kelnerka szła przed siebie i obejrzała się dopiero przy stoliku pod ścianą. Posadziła ją przy nim, podała kartę i już jej nie było.

Zofia rozglądała się uważnie, w pewnej chwili dostrzegła młodego kelnera. Może to ten? Ale po chwili na sali pojawił się drugi mężczyzna z obsługi.

– Wybrała pani coś?

Zofia nie zauważyła, kiedy kelnerka wyrosła przed nią jak spod ziemi.

– Co? A tak. Nie, nie wiem, co pani poleca?

– Może danie dnia, golonko w piwie z młodymi ziemniaczkami?

– Oj, nie, to za dużo. Może jakąś zupe macie?

– Oczywiście. Może rosół? Albo kapuśniak z młodej kapusty? Mamy też smaczną koperkową.

Do Zofii docierało co trzecie słowo wypowiadane przez dziewczynę, na końcu usłyszała coś o koperkowej. Była rozkojarzona i chciała, żeby kelnerka dała jej wreszcie spokój.

– Dobrze, niech będzie.
– Ale co konkretnie? Koperkowa?
– Dobrze, koperkowa.
– A na drugie coś będzie?
– Na razie tylko zupę poproszę.

Kelnerka, lekko zdziwiona, oddaliła się, a Zofia sięgnęła do torebki i wyjęła z niej zdjęcie Bożeny. Kiedy zauważyła, że młodszy kelner zmierza do kuchni, podeszła do niego.

– Przepraszam pana, chciałam zapytać, czy zna ją pan. Bożena Hryszkiewicz.

Trochę zdziwiony kelner wziął zdjęcie do ręki i przyjrzał się uważnie. Pokręcił głową.

– Nie, nie znam. A dlaczego?
– Jestem jej matką. Od poniedziałku wieczór jej nie ma. Nikt nic nie wie. Przepadła, nie zadzwoniła od tego czasu. – Zofia się rozpłakała, choć walczyła ze sobą, by do tego nie dopuścić. – Podobno umówiła się z tutejszym kelnerem.

Młody mężczyzna objął ją troskliwie ramieniem i wyprowadził z sali. Po drodze minęli zaskoczoną kelnerkę z zupą koperkową. Zdezorientowana wróciła z talerzem do kuchni.

– Zaraz zapytam Staszka, to ten kelner na sali, może on coś będzie wiedział.

*

Bezpośrednio po opuszczeniu przybytku Szablewskiego Nadzieja odebrał telefon od Włodka Szkarnulisa. Chłopak prawdopodobnie wpadł na trop kobiety z lasu. Wiele wskazywało na to, że jest ona zaginioną pracowniczką Agencji Nieruchomości Kasjanowicz w Augustowie.

Czym prędzej przyjechali do agencji, gdzie Włodek na nich czekał, i zaczęli przesłuchiwać wstrząśniętą właścicielkę. Karol zapytał, kiedy ostatnio widziała Agnieszkę Zaleską.

– To było w poniedziałek przed południem.
– Jak się zachowywała? Może coś zwróciło pani uwagę?

Kasjanowicz zastanawiała się przez moment.

– Wszystko było jak zawsze. Tylko rano skarżyła się na ból głowy. Dałam jej tabletkę.
– Jaka ona była? – zapytała Julia.
– Spokojna i bardzo pracowita. Skrupulatna i ostrożna. Pracowała u mnie od dwóch lat i nigdy nie żałowałam, że ją zatrudniłam. Może tylko wykazywała trochę mało inicjatywy.
– Ile miała lat? – dopytał Karol.
– W marcu skończyła dwadzieścia dziewięć. Rok temu wyszła za Pawła Zaleskiego. Porządny chłopak, dorobił się własnego warsztatu samochodowego.
– Ma pani do niego telefon?

Jadwiga skinęła głową i podeszła do swojego biurka. Po chwili przyniosła Karolowi karteczkę z zapisanym numerem.

– Ma warsztat w Augustowie na Nadrzecznej.
– Jak minął wam tamten dzień? O której Agnieszka wyszła z pracy?
– Tego dnia był spory ruch, dużo klientów. Miałam dwa spotkania wyjazdowe, pokazywałam działkę, a potem domek pod Augustowem. W tym czasie ona pracowała w biurze. Dzwoniła do mnie przed siedemnastą z informacją, że jakiś klient jest zainteresowany domkiem koło Głębokiego Brodu i że tam jedzie. I to był ostatni raz, kiedy rozmawiałyśmy.

Rozpłakała się. Karol wstał i podszedł do drugiego biurka, które, jak się domyślał, należało do Zaleskiej.

– Czy to jest jej laptop? Musimy go zabezpieczyć. Czy udostępni go pani bez nakazu? Później go oddamy.

– Oczywiście, nie potrzebuję nakazu. Zrobię wszystko, żeby pomóc złapać tego... tego, kto jej to zrobił.

Kiedy już wyszli z agencji, Karol nie omieszkał pochwalić Włodka.

– No, Włodek! Dobra robota! Dzięki tobie anonimowa ofiara odzyskała tożsamość!

– Nic takiego. Tknęło mnie, żeby jeszcze raz zajrzeć do jej torebki, ale nie spodziewałem się, że mała karteczka doprowadzi do ustalenia nazwiska. Myślałem, że może była ich klientką.

– Skromny jak zawsze. – Zadowolony Karol pokręcił głową.

– Będą z ciebie ludzie – dodała Julia, a jej słowa sprawiły, że Włodek pofrunął pod niebiosa ze szczęścia, choć starał się tego nie okazywać.

– Jedziemy do jej męża. Posłuchamy, co ma do powiedzenia. – Karol wręczył Włodkowi laptop Zaleskiej. – Pędź na komendę i sprawdź go. Powinna mieć tam spisanych klientów. Niewykluczone, że wśród nich znajdziemy nazwisko mordercy.

*

Wracali z pobliskiego sklepu z zakupami, a po drodze zatrzymali się na lody. Po przeżyciach ostatnich dni, emocjach i stresie należało im się coś od życia.

Barski cieszył się, że wszystko dobrze się skończyło i że teraz mogą sobie tak leniwie spędzać czas. Miał też wrażenie, że wnuczek bardziej się z nim zżył, co cieszyło go najbardziej.

– Genialne te lody! – zawołał Kuba.

– Ba! U nas wszystko jest najlepsze. Powinieneś częściej przyjeżdżać.

– Jak będę stary, to też tu zamieszkam. Nie będę tylko polował ani jadł dziczyzny. Nie powinno się zabijać zwierząt.

Barski zaśmiał się zadowolony, że Kuba ma takie poglądy, bo w duchu przyznawał mu rację. Może też powinien skończyć z tą dziczyzną?

Dotarli prawie do domu, kiedy zadzwonił jego telefon.

– Ciocia Roma dzwoni. Weź zakupy i zanieś do kuchni.

Odebrał telefon.

– No cześć, staruszko!

– Ja ci dam staruszkę! Co tam u was? Słyszę, że jesteś w humorze.

– Właściwie tak. Wróciliśmy z zakupów. Cieszę się z chłopaka, ma naprawdę dobrze poukładane w głowie.

– A gdzie Julia?

– Zgadnij. Oczywiście, znowu prowadzi jakieś śledztwo. Zadzwonili przed południem i nie ma jej do teraz. Ona się wykończy, jak tak dalej pójdzie. I to ma być urlop?

– Julia wie, co robi. Taki sobie wybrała zawód.

– Tak, wiem. I dopiero teraz zrozumiałem dlaczego. Mieliśmy wczoraj scysję. Julia znalazła teczkę z dokumentami ze śledztwa w sprawie Kaliny. I dzięki temu po raz pierwszy zaczęliśmy o tym rozmawiać. Dotarło do mnie, że ona, tak jak ja, cały czas o tym myśli, że to w niej siedzi jak kolec.

Zamilkł, Roma też się nie odzywała.

– Roma? Jesteś tam?

– Jestem. Też się cieszę. Może wreszcie ruszycie z miejsca.

*

Beata była prawie gotowa z obiadem. Jesse stał przy grillu i pilnował ryb, które już dochodziły. Stół nakryła kolorowym obrusem, ozdobiła bukietem ogrodowych kwiatów. Ustawiła kieliszki. Do porządnego obiadu zawsze powinien być kieliszek wódki. Wtedy lepiej się trawi – tak przynajmniej twierdził jej ojciec – a dożył sędziwego wieku.

Zadowolona z efektu rozłożyła sztućce. Można zaczynać, tylko gości nie było.

– Za ile mam ich wołać? – zapytała Jessego.

– Możesz już. Chwilę potrwa, zanim się zejdą, a ryba prawie gotowa.

– Zacznę od Weneta, bo najdalej. Cały dzień siedzi u siebie.

Przeszła pod jego domek i zapukała, ale bez odzewu. Zapukała ponownie, tym razem głośniej.

– Panie Arturze! Jest pan tam?

Odpowiedziała jej cisza. Zdziwiona chciała już odejść, gdy drzwi gwałtownie się otworzyły i stanął w nich dziwacznie ubrany Wenet. Jaskrawa żółta koszula biła po oczach, a buty kowbojki z wężowej skóry ze ściętym obcasem i czubkami na pewno nie były odpowiednie na taki upał. No cóż – pomyślała – ludzie są różni i często dziwni.

Mężczyzna uśmiechał się szeroko.

– Jestem! Cóż nasza czarodziejka znowu wymyśliła?

Próbowała zajrzeć do domku, ale Wenet szybko zamknął drzwi. Nie czuła się do końca pewnie w jego towarzystwie.

– Zapraszam na spóźniony obiad, a właściwie już kolację. Mamy dziś ryby z grilla, jak zapowiadałam.
– Jest pani nieoceniona! Pisałem od rana i nawet nie czułem, że jestem głodny jak wilk! Gdyby nie pani, umarłbym z głodu.
Roześmiał się głośno, a ona mu zawtórowała.

*

Rozmawiali z mężem ofiary, Pawłem Zaleskim. Mężczyzna nie spodziewał się takich informacji, był to dla niego prawdziwy grom z jasnego nieba. Julia zaobserwowała, że podczas rozmowy zaciskał dłonie w pięści, jakby tam kumulował całe napięcie.
– W poniedziałek widzieliśmy się rano, potem tylko rozmawialiśmy telefonicznie, ostatni raz... – zajrzał do telefonu i pokazał połączenie – o trzynastej pięćdziesiąt. Mówiła, że ma dużo pracy i skończy koło szóstej. Powiedziała, że potem pojedzie do rodziców, do Moniek. Wiedziała, że byłem zawalony robotą w warsztacie. Dlatego nawet nie zdawałem sobie sprawy, że nie wróciła na noc. Dopiero kiedy zadzwonili jej rodzice... zaczęło się moje piekło.
– Nie dzwonił pan do niej wieczorem? Co pan robił?
Zaleski się żachnął.
– Siedziałem tu! Razem z Łukaszem. Mieliśmy pilną robotę. Kiedy płacą dwa razy tyle co normalnie, człowiek się nie zastanawia. Jak skończyłem, było późno, a Aga chodziła spać z kurami.
Skulił się i schował głowę w ramionach.
– Co pan robił później? – zapytał Karol.
– Poszedłem spać, koło pierwszej byłem w domu.

– Czyli żona miała swój samochód? Skoro wybierała się do rodziców. Co to za samochód?
– Wyszykowałem jej dziesięcioletniego volkswagena. Uparła się na tego garbusa. Jezu! Nie mogę!
Mężczyzna całkowicie się rozkleił.

*

Basia Urbańska uwielbiała wspólne posiłki i ogniska u Holendrów. Zawsze dobrze i swobodnie się u nich czuła. Smakowała jej kuchnia Beaty.

Gospodarze przejmowali się ich wygodą i starali się sprostać wszystkim wymaganiom. Bywała u nich już od tylu lat, że zdążyła się z nimi zaprzyjaźnić i szczerze ich polubić.

Na tarasie byli już wszyscy, tylko Zygmunt jeszcze nie zszedł. Basia wyciągała ości z ryby, obok siedział zasępiony Adam Zembalski. Danka w ogóle nie zeszła na posiłek. Wszyscy wiedzieli o ich kłótni. Za to Wenet, jak zwykle, tryskał humorem i ożywiał atmosferę.

Urbańska podała Kasi kawałek ryby bez ości i sama posmakowała. Była wyborna.

– Przepyszne te ryby, świetnie przyrządzone! Jesse, jesteś mistrzem!

– Eee, to nie moja zasługa, to Beatka, ja tylko pilnuję grilla.

– Śmiem twierdzić, że pani Beata jest niczym nieoszlifowany diament, który gdyby go oszlifować, byłby godzien królewskiej korony. Ale wiecie co? Dobrze, że jest nieoszlifowany, bo dzięki temu my korzystamy. Wznoszę toast na cześć naszej wspaniałej gospodyni!

Wenet uniósł kieliszek z wódką, a w jego ślady poszła reszta.

– Dziękuję, ale za dużo tych pochlebstw. Basiu, co z Zygmuntem? Nie przyjdzie do nas?

– No właśnie powiedział, że zaraz będzie. Nie wiem, co on tam robi, pójdę po niego.

Uśmiechnęła się do Beaty i poszła do domu. Wspięła się po schodach i wparowała do ich apartamentu. W pierwszym pokoju nikogo nie było, przeszła do sypialni. Na łóżku leżał otwarty laptop.

Stała przez chwilę niezdecydowana. W końcu podeszła do laptopa i dotknęła klawiatury. Ekran się rozświetlił i pojawił się obraz sadystycznego porno. Kobieta w skórze z pejczem zadawała razy mężczyźnie na czworakach.

Zakryła usta, by nie krzyknąć, tak była zszokowana. Nie mogła uwierzyć, że Zygmunt, jej mąż, oglądał takie świństwa. W ogóle go nie znała, nigdy by nie podejrzewała, że... Czy jej czegoś brakowało, skoro Zygmunt sięga po takie bezeceństwa?

Usłyszała szum wody w łazience i spłoszona wybiegła z pokoju. Za nic nie chciała go teraz spotkać. Nie widziała, że mąż właśnie wyszedł z łazienki.

– Basia?

Spojrzał w kierunku laptopa, którego ekran był rozświetlony.

*

Kiedy przyjechali pod dom w Głębokim Brodzie, zapadł już zmrok. Wysiedli z samochodu, a Karol zaświecił latarkę. Rozglądając się, poszli w stronę domu.

To było ostatnie miejsce, w którym prawdopodobnie przebywała Agnieszka Zaleska. Nie poznali wciąż nazwiska klienta, z którym się tu umówiła. Czy po spotkaniu pojechała do rodziców? A może do spotkania w ogóle nie doszło? A może zginęła tutaj? Na te pytania musieli znaleźć odpowiedź.

– Nie ma jej samochodu – stwierdziła Julia.

Tym bardziej prawdopodobne stawało się, że mogła tu wcale nie dojechać.

Stanęli pod drzwiami domu, Karol otrzymał klucze od Jadwigi Kasjanowicz. Po chwili weszli do środka.

Julia zapaliła światło. Ukazało się wnętrze domku letniskowego, który swobodnie mógłby uchodzić za całoroczny. Dom został wykończony, ale nie był urządzony. Na dole znajdował się połączony z kuchnią salon z kominkiem i wyjściem na spory taras, obok była łazienka.

Nie zauważyła śladów czyjejś obecności ani tym bardziej śladów walki.

– Nic tu nie ma – stwierdził Karol.

– Na to wygląda. Chodźmy na górę.

– W sumie niezły domek, może powinnaś się zastanowić, czy nie kupić tu czegoś.

Spojrzała na niego z pobłażaniem.

– Nie wiesz po co?

Na piętrze zobaczyli troje drzwi i korytarz. Wchodzili kolejno do pomieszczeń. Były tam dwa pokoje i spora łazienka. I tu nic nie znaleźli.

– Niestety – odezwał się Karol. – Na dziś limit szczęścia już nam się chyba wyczerpał. I tak mamy niezły urobek: nazwisko ofiary, miejsce pracy, mąż...

Julia pomyślała, że w domu jest chyba piwnica i że powinni to sprawdzić.

– Zdaje się, że to podpiwniczony dom. Poszukajmy drzwi na dół.

– Masz rację. Że sam na to nie wpadłem.

Roześmiała się tylko.

Na parterze znaleźli wejście do piwnicy. Kiedy je przekroczyli, ich oczom ukazało się duże pomieszczenie z wykafelkowaną podłogą. W rogu stał nowoczesny piec grzewczy. Ale Julia zatrzymała wzrok na dużej, zaschniętej już kałuży krwi na środku pomieszczenia.

Zaczerpnęła głęboko powietrza, miała wrażenie, że się dusi. Wróciły do niej obrazy z przeszłości. Rozsypujące się po podłodze perły turlały się w jej kierunku, a kałuża krwi szybko się powiększała. Zobaczyła leżącą kobietę z długimi jasnymi włosami. Jej twarz była podobna do twarzy mamy.

Zatkała sobie usta dłonią, żeby nie krzyknąć. Spojrzała na Karola, ale ten, skupiony na odkryciu, chyba niczego nie zauważył. Podeszła bliżej.

5 LIPCA, PIĄTEK

Starej żwirowni od dawna nikt nie użytkował i to mu bardzo odpowiadało. Dlatego ją wybrał. Zatrzymał się pośród zwałów piachu prawie pośrodku olbrzymiego terenu.

Wokół nie zauważył żywego ducha. Wysiadł ze starego volkswagena, po czym wyciągnął kanister z benzyną. Nałożył rękawice robocze i zaczął dokładnie polewać auto, a potem piasek, tak by mógł odejść na bezpieczną odległość.

Wyjął z kieszeni zapałki i zanim odpalił jedną, popatrzył jeszcze raz na zielony samochód. Uśmiechnął się pod nosem i rzucił zapaloną zapałkę.

Ogień buchnął błyskawicznie i sunął niczym lux-torpeda w kierunku samochodu. W jednej sekundzie volkswagen stanął w płomieniach. Mężczyzna rozejrzał się ponownie, ale w okolicy nie było nikogo. Poczekał, aż auto doszczętnie się wypali, po czym nieśpiesznie poszedł w stronę drogi.

*

Mała dziewczynka w piżamce wbiega do pokoju i kryje się pod łóżkiem. Po chwili do pokoju ktoś wchodzi. Dziecko jest wystraszone, widzi jedynie męskie nogi, które przystają na moment. Dziewczynka wstrzymuje oddech. Ktoś siada na łóżku i nogi nieruchomieją.

Po pewnym czasie nogi oddalają się i podchodzą do szafy. Dziecko przybliża się do krawędzi łóżka, by móc zobaczyć więcej. Widzi teraz prawie całą sylwetkę stojącego tyłem do niego mężczyzny.

Jest przerażone, ale nie może krzyknąć ani nawet się poruszyć, żeby nie zdradzić swojej obecności.

Mężczyzna otwiera szafę, wybiera jedną z wiszących sukienek i wdycha jej zapach przez parę minut. Na małym palcu mężczyzny widać błysk charakterystycznego sygnetu z czarnym oczkiem.

Julia zbudziła się gwałtownie, czując, jak kropelki potu z czoła spływają na skroń, a potem na poduszkę. Przez moment nie wiedziała, gdzie się znajduje. Dopiero po chwili zaczęła sobie przypominać: dom ojca, Kuba, urlop, śledztwo.

Usiadła i sięgnęła po plecak. Wyciągnęła portfel, a z niego zdjęcie matki. Musiała choć chwilę na nią popatrzeć, żeby się uspokoić.

Tym razem obraz ze snu, który zobaczyła, różnił się od wcześniejszych. Co chciał jej powiedzieć? A może raczej: co ona sama chciała sobie powiedzieć? Musi to rozwikłać. Wiedziała, że gdzieś tam głęboko w jej mózgu tkwi pożądana informacja.

Schowała zdjęcie i zapaliła. Sny i obrazy na jawie pojawiały się coraz częściej. Wprawiały ją w stan najwyższego niepokoju, ale i dawały nadzieję, że może dowie się więcej. Przecież musiała wtedy coś zobaczyć. Była pewna, że coś widziała, może nawet mordercę mamy. Czuła to każdą swoją komórką, lecz pamięć wciąż odmawiała współpracy.

Kołysała się w przód i w tył, obejmując ramionami kolana i patrząc w zamyśleniu na jezioro. Usłyszała odgłosy krzątaniny na dole i głos syna. Myśl o Kubie dodała jej energii, więc wstała z łóżka. Po chwili była już w kuchni, gdzie ojciec przygotowywał śniadanie, a Kuba, siedząc przy stole, coś żywiołowo opowiadał. Na jej widok zerwał się i podbiegł do niej.

– Mama! Wreszcie się obudziłaś!

Przytuliła się do niego, a jego bliskość sprawiła, że poczuła się wspaniale. Pocałowała go z czułością.

– Która to godzina, że już jesteście na nogach?

– Po dziewiątej. Napijesz się kawy?

Ojciec jak zwykle panował nad wszystkim w kuchni.

– Czytasz w moich myślach.

Barski nalał kawę i podał jej filiżankę. Usiadła za stołem, a Kuba obok niej.

– Dobrze spałaś?

– Męczyły mnie jakieś koszmary.

– Przy twojej pracy to się nie dziwię.

– Ale pospałam.

Spojrzała na ojca, potem na syna. Przyszedł jej do głowy pewien pomysł.

– Co byście powiedzieli na wspólny obiad z rodziną komisarza Nadziei? Karol ma córkę Inkę – zwróciła się do Kuby – jest prawie w twoim wieku. Poznałbyś koleżankę, może okazałaby się fajna? Co ty na to?

Kuba nie wydawał się zachwycony, ale podejrzewała, że po prostu wstydzi się przyznać, że cieszyłby się z towarzystwa koleżanki. Wzruszył ramionami.

– Dziewczyny są nudne. Ale jeśli ci zależy.

– A gdzie ten obiad? – dopytywał ojciec.

– W jakiejś restauracji. Jeszcze nie ustaliliśmy konkretów. Po prostu przyszło nam do głowy, że fajnie byłoby spędzić trochę czasu z dziećmi. Pewnie nie na długo, mamy znowu koszmarną sprawę, ale spróbujemy się urwać.

– No wypadałoby. Ale po co do restauracji? Przecież tam nie zjecie porządnie. Mam lepszy pomysł. Zaproś ich do nas. Przygotuję coś smacznego.

– Chce ci się stać przy garach?

– Wiesz, że dla mnie to nie problem. Poza tym przez cały rok siedzę tu sam. Z chęcią zobaczę nowe twarze.

Dopiero teraz dotarło do niej, jak bardzo musiał być samotny.

*

Karol kończył jajecznicę i dopijał kawę. Spojrzał na zegarek; powinien zaraz wychodzić. Naprzeciwko siedziała naburmuszona Inka i grzebała widelcem w talerzu. Teresa wstała, żeby dolać sobie kawy.

– Hej, Nusia! Co tam? Uśmiechnij się do taty, bo inaczej będę miał kiepski dzień.

Inka przywołała na twarz wymuszony uśmiech, ale widział, że była to raczej gra obliczona na zwrócenie na siebie uwagi.

Jego ukochana córka doroślała, stawała się humorzasta i coraz bardziej kobieca. Żal mu było, że tak szybko to się dzieje i w większości bez niego. Że nie widzi jej tak często, jak by chciał, że nie uczestniczy w jej problemach na co dzień, nie obserwuje, jak się zmienia.

– Ja też będę miała kiepski dzień.

– A to niby czemu? Co to za założenie?

- Żadne założenie, tylko realna ocena.

Zaśmiał się.

- Realna ocena? No nieźle, a na podstawie czego ta ocena, co?

Odezwał się jego telefon, a kiedy odbierał, uchwycił gest Inki mówiący: „A nie mówiłam?".

Dzwoniła Julia, zapraszała ich na obiad do domu swojego ojca. Wrócił do kuchni rozradowany.

- Mam niespodziankę! - zawołał od progu.

Dostrzegł zaciekawienie dziewczynki i pytające spojrzenie Teresy.

- Jaką?! - Inka nie wytrzymała.

- Jesteśmy zaproszeni na obiad do Julii. Dziś o pierwszej. Może być?

Inka zdawała się lekko rozczarowana, Teresa natomiast zainteresowana.

- My? Chciałabym to widzieć - skomentowała Inka jak stara maleńka.

- To zobaczysz! Więcej wiary, mała mądralo!

Sięgnął po słodką bułeczkę, pocałował Inkę w policzek i zaczął zbierać się do wyjścia.

- Gdybym nie zdążył po was przyjechać, spotkamy się na miejscu. Barski mieszka po drugiej stronie, nad Jeziorem Białym. Trzeba jechać Tartaczną. Masz już samochód?

- Wczoraj odebrałam. Ten Zaleski ma chyba...

Przystanął na dźwięk nazwiska.

- Zaleski? To mąż... A, nieważne. Znasz go dobrze?

- Właściwie nie. Drugi raz u niego robiłam, ale solidny jest. Dlaczego pytasz?

- Nic. Pogadamy później, teraz muszę już naprawdę lecieć. Ludzie na mnie czekają. Pa!

*

Piotrek Sawko relacjonował, co do tej pory zrobili.

– Chłopaki dały do badania krew z piwnicy. Założę się, że DNA będzie zgodne z DNA naszej ofiary.

W pokoju oprócz Karola i Sawki byli Tomek Dziemianiuk i Włodek Szkarnulis.

– Co jeszcze mamy?

– Zaleski zidentyfikował ciało, to jego żona. Poza tym technicy zabezpieczyli na miejscu sporo odcisków, ale świeżych jest niewiele i należą do kilku osób. Część do samej ofiary, która przecież tam bywała. Z pozostałymi będzie problem, pewnie zostawili je niedoszli kupcy i nie znajdziemy ich w bazie.

– A co z tym odciskiem podeszwy?

– We krwi odcisnął się tylko czubek buta. Technicy nie są w stanie na podstawie tego śladu określić rozmiaru. Podejrzewają, że to obuwie typu sportowego, ale nic konkretnego nie dało się ustalić.

– Cholera! A jakieś włosy, włókna? Coś musiał przecież zostawić!

Karol się zdenerwował. Po wstępnym sukcesie, czyli szybkim ustaleniu tożsamości ofiary i znalezieniu miejsca zbrodni, miał obawy, że utkną.

Zabójca musiał być szczwanym lisem, czuł to przez skórę. Zaczął chodzić po pokoju, kiedy weszła Julia. Całe szczęście, że miał ją znowu w zespole. Jeśli chcą znaleźć zabójcę, to tylko z nią.

– Cześć wszystkim! Na jakim jesteście etapie? Są jakieś ślady?

Przywitali się z nią, a Karol, westchnąwszy ciężko, pokręcił głową.

– Na razie nic. Czekamy na potwierdzenie, że to jej krew, choć to pewnie tylko formalność.

– Też tak sądzę. Być może zrobił to klient zainteresowany kupnem domu. Mógł zabić pod wpływem impulsu, który u niego wyzwoliła. Kluczem często jest sama ofiara. Dlaczego ją wybrał?

– Bo była ładna? – podrzucił Tomek.

– Niekoniecznie. Wydaje mi się, że ważniejsze było to, że stanowiła łatwy cel. Z tego, co ustaliliśmy, wyłania się portret osoby nieprzebojowej. Kasjanowicz powiedziała, że Agnieszka nie przejawiała inicjatywy, a więc była typem ofiary.

– Umówił się z nią, żeby obejrzeć dom. Byli sami, nikt nie mógł im przeszkodzić. Idealna sytuacja – stwierdził Karol.

– Ale nie możemy wykluczyć, że znał ją wcześniej. Może to ktoś z bliskiego kręgu? – dociekał Włodek. – Rodzina, znajomy, może ktoś, kto się w niej podkochiwał? Przecież z reguły zabijają najbliżsi.

– Z reguły tak jest i życzę nam, żeby i w tym przypadku tak było.

– A co z jej samochodem? Musiała tam czymś dojechać – zastanawiał się Piotr.

– Mogła pojechać z klientem-zabójcą, tylko że wtedy znaleźlibyśmy jej samochód w Augustowie, najpewniej przed agencją.

– Ale to dobre pytanie. To był volkswagen garbus, zielony, numery mam zapisane. Trzeba zgłosić do wszystkich posterunków w województwie, że go poszukujemy. Także do straży granicznej. – Karol zwrócił się do Włodka: – Zajmij się tym. Sprawdziłeś klientów z jej laptopa?

Włodek wyciągnął z kieszeni kartkę, podszedł do tablicy i wypisał nazwiska: Marian Lichacz, Zofia Poświętna, Anastazja Walasiewicz, Piotr Sarnowski, Zygmunt Urbański.

– Te osoby były w ostatnim czasie zainteresowane kupnem domu. Ta Walasiewicz mieszka w Białymstoku, Poświętna jest z Suwałk. No i kobiety możemy chyba sobie odpuścić. A trzej pozostali... jeszcze nie ustaliłem adresów. Do wszystkich są numery telefonów.

Piotrek coś skojarzył.

– Sarnowski to chyba polityk, startował w wyborach samorządowych. Coś mi się obiło o uszy.

– To na pewno wszyscy? Sprawdziłeś też tych, którzy interesowali się kupnem domu wcześniej, ale zrezygnowali? – upewniła się Julia.

– Sprawdzę ich, jak wykluczymy tych ostatnich.

Karol już wybiegał myślami do przodu, kombinując, co powinni teraz zrobić.

– Ja z Julią jeszcze raz przesłuchamy Zaleskiego, trzeba go bardziej przycisnąć.

– Mam inny pomysł – stwierdziła Julia. – Porozmawiam z rodzicami ofiary. Muszę się o niej dowiedzieć jak najwięcej.

Skinął głową na zgodę.

*

Kończył sekcję mężczyzny przywiezionego ze szpitala, gdy do prosektorium wszedł Józek.

– Została jeszcze ta kobieta, też ze szpitala. Dać ją na stół?

– Nie teraz, daj mi zaraz tę zamordowaną.

Józek podszedł bliżej.

– Ona już ma nazwisko: Agnieszka Zaleska.

– No tak, o nią mi chodzi.

– Ale po co? Przecież ona już jest zrobiona.

– Owszem, ale chcę jeszcze coś sprawdzić.

Józek pokręcił głową z dezaprobatą i wzruszył ramionami.

– Szef chyba przesadza. Za bardzo się szef angażuje. To i tak już jej nic nie pomoże.

Longin przyglądał się pomocnikowi z lekkim rozbawieniem.

– Jej faktycznie to już nie, ale jest rodzina! Nie pomyślałeś o tym? To żywi ludzie, którzy cierpią i chcą się dowiedzieć, co się przydarzyło ich córce, żonie. No, nie marudź.

Longin odszedł od stołu, zdjął rękawiczki, potem fartuch. Umył ręce. Józek zniknął; słychać było, jak wyciąga ciało z lodówki. Po chwili wrócił z wózkiem, na którym spoczywało ciało Agnieszki.

– Na który stół ją dać?

– Właściwie może zostać na wózku. Zawieź pana do lodówki i posprzątaj.

– Się robi, szefie!

Józek jakby chciał coś powiedzieć, ale się nie odważył. Podszedł do zwłok mężczyzny i przykrył je prześcieradłem. Longin odsłonił twarz Agnieszki i przyglądał się śladom na prawym policzku. Zrobił kilka zdjęć. Józek obserwował go spod oka.

– A po co to?

– Zastanawiają mnie te ślady. Za cholerę nie wiem, co to może być. Chcę wysłać zdjęcia koledze z Łodzi. Przerobił więcej dziwnych przypadków niż ja. Może wpadnie na jakiś pomysł.

Teraz Józek przyglądał się śladom, pocierając kciukiem brodę. Zastanawiał się chwilę i w końcu wypalił:

– Mnie to wygląda na zęby.

Longin zaskoczony przyjrzał się ponownie. Skurczybyk miał chyba rację. Spojrzał na chłopaka z uznaniem.

– Ty wiesz, że... że może masz rację? No tak. To mogą być zęby! A niech to! Masz oko, chłopie! Może będą z ciebie ludzie. Ale i tak to wyślę. Zobaczymy, czy się potwierdzi.

Józek pokraśniał z zadowolenia i zdecydował się zadać pytanie:

– Szefie, bo ja mam taką sprawę. Chciałem wcześniej, ale szef był zajęty. Chodzi o to, że dzisiaj piątek, a ja mam, no chciałem się spotkać z...

Spojrzał na niego rozbawiony.

– No wal prosto z mostu! Umówiłeś się z dziewczyną? To dobra wiadomość. Może chociaż ty ułożysz sobie życie. Możesz wyjść wcześniej, zasłużyłeś. Tylko najpierw zrób, co powiedziałem.

Chłopak uradowany niemal w podskokach odwiózł ciało mężczyzny do lodówki.

– Dzięki, szefie!

Longin patrzył za nim chwilę i myślał o sobie, gdy był w jego wieku. Kiedy i jak to minęło? Po śmierci Weroniki nie szukał już innej, zapamiętał się w swojej pracy. Ale kiedy wracał do domu, coraz bardziej doskwierała mu samotność. Nie życzył takiego życia Józkowi. To był dobry chłopak i zasługiwał na szczęście.

*

Karol nie lubił przesłuchiwać bliskich ofiar i choć miał świadomość, że często wśród nich kryje się zabójca, to większość po prostu cierpiała po stracie. Rozmowa z takim człowiekiem i przesłuchiwanie go przysparzały mu jeszcze więcej cierpienia. Ale nie mógł nic na to poradzić.

Pawłowi Zaleskiemu udało się coś osiągnąć własną pracą. Może nie była to oszałamiająca kariera, ale posiadanie własnego warsztatu samochodowego dawało jakieś podstawy dobrej egzystencji. Przynajmniej na początku drogi.

Załamany Zaleski siedział naprzeciwko i powtórzył to, co Karol usłyszał już wcześniej. Weszła prokurator Pawluk. Pomyślał, że ta kobieta, nie wiadomo z jakiego powodu, zawsze się musi spóźniać.

– Proszę sobie nie przeszkadzać. Dzień dobry.

– Dzień dobry – odpowiedział i zwrócił się do młodego mężczyzny: – To prokurator Monika Pawluk, będzie obecna na przesłuchaniu.

Paweł ledwie na nią spojrzał, zrezygnowany kiwnął głową.

– Powiedział pan, że dopiero we wtorek dowiedział się, że żona nie przyjechała do teściów.

– Tak, tak było. Zadzwoniła teściowa, pytając, gdzie jest Agnieszka. Najpierw dzwoniła do niej, ale Aga nie odbierała. Ja też dzwoniłem – powiedział cicho. – Potem zacząłem jej szukać, ale nikt jej nie widział. Na policji przyjęli zgłoszenie, jednak nic z tym nie robili. Aż wreszcie zadzwonił telefon i wyświetlił mi się jej numer!

Karol spojrzał na Zaleskiego zaskoczony.

– Co?! Jak to?

– No właśnie! Najpierw się ucieszyłem, ale okazało się, że to jakiś facet! Myślałem, że to czub, który znalazł jej komórkę i robi sobie jaja, ale nie. Dopiero teraz zrozumiałem, że to musiał być morderca! Gadał jakieś koszałki-opałki. – Wyjął kartkę z kieszeni. – Wszystko spisałem.

Podał Nadziei kartkę. Karol przebiegł oczami treść:

„Ja jestem katem i duchem-stwórcą. Ona leży w świerkowym lesie blisko drogi".

Spojrzał na Zaleskiego zdumiony, a ten ciągnął:

– Gadał coś jeszcze o księżycu w pełni i że dopełnił dzieła. Aha, i jeszcze coś o żywiole ziemi. Same brednie, to popapraniec jakiś. Ale tknęło mnie i zapisałem to, co zapamiętałem. Brzmiał jakoś tak dziwnie.

– Dlaczego pan od razu nam tego nie powiedział?

– Załamałem się, jak usłyszałem, że Agnieszka... że nie żyje. Wyleciało mi to z głowy. Dopiero później sobie o tym przypomniałem.

Monika wstała poruszona i wzięła kartkę, by ją przeczytać. Nadzieja pomyślał, że musi przekazać informacje Julii. Wszystko wyglądało bardzo niepokojąco i coraz bardziej obawiał się, że mają do czynienia z groźnym przeciwnikiem.

Skończył przesłuchanie i poszedł do biura, gdzie złapał Tomka, Włodka i Piotrka.

– Chodźcie do mnie, odłóżcie wszystko. Trzeba namierzyć komórkę Zaleskiej! Tomek, skontaktuj się z operatorem, chcę mieć billingi i miejsca, gdzie ostatnio się logowała.

Na stole położył kartkę Zaleskiego.

– To powiedział Zaleskiemu prawdopodobny zabójca, dzwonił z jej telefonu. Trzeba działać. Dajcie znać, jak coś ustalicie.

Policjanci wrócili do biurek, a on wpadł do toalety. Stanął przed lustrem. Miał wrażenie, że się dusi, naprawdę nie mógł złapać tchu. Serce kołatało mu jak oszalałe, a wewnątrz wszystko się trzęsło. Nawet mięśnie jakoś osłabły, a w głowie czuł karuzelę.

Musi nad tym zapanować, musi się uspokoić. Usiłował wziąć parę głębokich wdechów i spowolnić bicie serca.

Po śmierci Marty ataki paniki zdarzyły mu się już parę razy. Lekarz dał mu kilka rad, jak to dziadostwo opanować, i przepisał leki. Oczywiście Karol nie pracował nad problemem, bo kiedy ten mijał, zapominał o nim. Ale miał wrażenie, że jest coraz gorzej.

Puścił wodę i poczekał, aż poleci lodowata. Takiej się nie doczekał, ale kiedy była wreszcie zimna, wsadził głowę pod kran. Wyjął tabletki, lecz po namyśle schował je z powrotem.

Musi przestać brać i dać sobie radę samemu. Napił się zimnej wody i zamknął oczy. Powoli się uspokajało. Wytarł się ręcznikiem papierowym i spojrzał w lustro.

Weź się w garść, chłopie – powiedział do siebie w myślach.

Sięgnął po telefon i wybrał numer Julii. Chwilę czekał, lecz nie odbierała.

*

Dom Dadurów, rodziców Agnieszki Zaleskiej, znalazła bez trudu. Murowany budynek z dużym, choć zaniedbanym ogrodem prezentował się okazale.

Podeszła do drzwi i zadzwoniła. Po chwili stanął przed nią sympatyczny, mniej więcej sześćdziesięcioletni mężczyzna z posiwiałymi skroniami. Niebieskie, szczere oczy patrzyły przyjaźnie i uważnie. Julia wyciągnęła legitymację służbową.

– Dzień dobry. Julia Wigier, jestem psychologiem policyjnym. Ja w sprawie córki, pan Dadura? Tak?

– Tak, tak, proszę, proszę wejść.

Przeszli korytarzem i wprowadził ją do dość standardowo umeblowanego salonu: meblościanka, kanapa, fotele, duży telewizor, kominek.

– Proszę, niech pani siada, pójdę tylko po żonę.

Rozejrzała się i jej wzrok padł na zdjęcia stojące na kominku. Przedstawiały głównie Agnieszkę w różnych okresach życia: od kilkumiesięcznego niemowlęcia na rękach mamy, przez dziewczynkę przystępującą pierwszy raz do komunii, po wiek nastoletni w liceum. Na wszystkich fotografiach dziewczyna uśmiechała się radośnie. Stało tam też jej zdjęcie ślubne, ale o dziwo, bez pana młodego. Ktoś odciął część z Pawłem Zaleskim.

Julia patrzyła na nie zdziwiona, kiedy do pokoju wszedł Dadura, pchając wózek inwalidzki ze szczupłą blondynką. Kobieta wyglądała na zmęczoną i spiętą. Wpatrywała się intensywnie i badawczo w policjantkę.

Ta podeszła bliżej i podała kobiecie rękę na powitanie.

– Julia Wigier. Przepraszam za najście, ale sądzę, że powinniśmy porozmawiać.

Kobieta kiwnęła głową, podając drobną, zimną dłoń.

– Joanna Dadura. Znaleźliście ją? – zapytała z nadzieją.

Julię to pytanie zbiło z tropu.

– No tak. Zięć nic państwu nie przekazał? Bardzo mi przykro, ale... – Zdała sobie sprawę, że oni jeszcze nic nie wiedzą. – Ale państwa córka nie żyje.

Joanna krzyknęła, jej twarz wykrzywiła się w grymasie bezbrzeżnego bólu. Julia aż się skuliła. Dadura opadł na fotel i schował twarz w dłoniach. Joanna zaniosła się spazmatycznym szlochem i mąż szybko wyprowadził wózek z salonu. Potrzebowali paru minut, żeby minął pierwszy szok, choć zapewne liczyli się gdzieś w głębi duszy również z takim scenariuszem.

Wrócili oboje po pięciu minutach w miarę opanowani. Joanna zaczęła mówić niepytana.

– To była nasza jedyna córka, nigdy nie sprawiała kłopotów. Zawsze uśmiechnięta i spokojna. Jej obecność miała na wszystkich kojący wpływ. – Spojrzała Julii w oczy i uśmiechnęła się przez łzy. – Po moim wypadku była prawdziwym wsparciem, miała tyle cierpliwości. Gdyby nie ona... nie wiem, jak bym to wszystko wytrzymała. Mąż jest budowlańcem, czasem nie wracał do domu tygodniami. Agnieszka zawsze była przy mnie.

Julia patrzyła na tę dwójkę ze współczuciem. Joanna znowu zebrała się w sobie, ale jej głos drżał i co chwila się załamywał.

– I potem wyszła za mąż za tego... pożal się Boże przybłędę. Wtedy straciłam ją po raz pierwszy.

Julia spojrzała na nią zdziwiona, a mąż pokręcił głową z dezaprobatą.

– Nie wiem, co ona w nim widziała. A miała takiego fajnego chłopaka, po studiach, tak jak ona. Kochał ją bardzo, do dziś nie pogodził się z tym, że wyszła za tego... fajansiarza.

– Dlaczego fajansiarza?

– Nie dość, że z domu dziecka, to jeszcze gołodupiec. I co oni mieli? Wynajmowali dwa pokoje w Augustowie.

Dadura poruszył się niespokojnie; wyraz jego twarzy mówił, że nie zgadza się z opinią żony, ale nie potrafi jej się zdecydowanie przeciwstawić.

– Joasiu, daj spokój. To już teraz nie ma...
– Nie chcę się uspokoić! A ja wiem, czy to on jej tego nie zrobił?! To przez niego, nie upilnował jej!

Julia poczuła, że powinna wyjść. Przez matkę przemawiał żal do zięcia, przesłaniający chwilowo nawet rozpacz po stracie córki.

– Proszę przyjąć wyrazy współczucia. Gdyby cokolwiek się państwu przypomniało, cokolwiek, proszę o telefon.

Podała swoją wizytówkę Dadurze. Ten odprowadził ją do wyjścia, a przy drzwiach chwycił ją za ramię i przytrzymał.

– Złapiecie tego, kto jej to zrobił? Niech mi pani to obieca! Proszę.

Julia skinęła głową i powiedziała cicho, ale z całą mocą:

– Złapiemy, obiecuję. – Spojrzała w jego pełne bólu oczy. – Jak nazywa się ten były chłopak córki?

Popatrzył na nią trochę zdziwiony.

– Romek Kaczmarski.

Po wyjściu z domu przesiąkniętego bólem i żalem odetchnęła z nieukrywaną ulgą. Matka Agnieszki nie była łatwym człowiekiem, może dlatego córka była taka uległa.

Sięgnęła po telefon. Miała nieodebrane połączenie od Karola, więc oddzwoniła. Odebrał od razu.

– Dzwoniłeś, co się dzieje? – Wysłuchała jego wyjaśnień. – To ciekawe i niepokojące. Mam nadzieję, że uda się namierzyć telefon, ale nie obiecuj sobie zbyt wiele. Na pewno jest sprytny. A tak, zmieniając temat, wiesz, która godzina? No właśnie, zaraz pierwsza, jesteśmy umówieni z dziećmi! – Karol zaproponował wyjście z sytuacji. – Nie, tego nie możemy im zrobić, nic nie będziemy odwoływać. Ojciec się starał, pewnie pół dnia coś gotował, niech się spotkają. Może uda nam się później dołączyć. Dobra, jadę.

*

Po wczorajszej eskapadzie do Augustowa i początkowej radości, gdy się okazało, że to nie Bożena leży w prosektoryjnej lodówce, poczuła nieprzyjemny chłód w okolicy żołądka. Zofia znowu nie zmrużyła oka tej nocy. Codzienne obowiązki wykonywała jak automat, zatopiona w coraz czarniejszych myślach. Rano poszła do kościoła, ale i tam nie znalazła spokoju.

Wpadła na pomysł, żeby pójść do Felicji i opowiedzieć jej o swoim strachu, zrzucić ten ciężar z serca choć na chwilę. Zielarka zawsze umiała pocieszyć i znaleźć jakąś radę. Nieraz już pomogła jej w życiu. Teraz siedziały na tarasie, gdzie dobiegał ją zewsząd zapach suszących się ziół.

– Nie daję już rady, nie mogę spać, jeść. A najgorsze, że nikt nic nie wie. Zniknęła jak kamfora. Kelner, z którym Bożenka była umówiona, powiedział, że się widzieli. Była w dobrym humorze i spędzili miło czas. Po jakichś dwóch godzinach pojechała do domu. Od tamtego czasu do niego też się nie odezwała.

Felicja patrzyła na nią ze współczuciem i z troską w oczach.

– Powinnaś powiedzieć o tym policji. O tym, co od niego usłyszałaś. Wygląda na to, że był ostatnim, który ją widział przed zaginięciem. Jeśli mówi prawdę. I wiesz co? Trzeba jej szukać. Nie ma na co czekać. Może jej się co przydarzyło, gdzieś jest i nie może wrócić. Pomogę ci. Dasz mi jej zdjęcie, takie, żeby było dobrze widać twarz. Wydrukujemy ulotki ze zdjęciem i z numerem telefonu. Może ktoś ją później widział, może ktoś coś wie. Rozwiesimy je w Augustowie, na drzewach, słupach, w kościele, wszędzie, gdzie się da. Puszczę też informację na Fejsie w internecie.

Zofia rozpromieniła się, usłyszawszy ten plan.

– Fela, jesteś niesamowita. Dziękuję!

Objęła ją z wdzięcznością.

*

Naradzali się w pokoju odpraw: Karol, Julia, Piotr Sawko i Tomek Dziemianiuk, który rozwiesił na prośbę komisarza dokładną mapę terenu Suwalszczyzny i ziemi augustowskiej. Tomek przekazywał im ustalenia na temat logowania komórki Zaleskiej.

– Jej komórka jest wyłączona, ale kiedy facet dzwonił do Zaleskiego we wtorek, logowała się w okolicy Głębokiego Brodu. Wczoraj włączono ją na chwilę, logowała się bliżej nadleśnictwa Szczebra. Potem telefon wyłączono.

Spojrzeli na mapę, szukając wymienionych miejscowości. Sprawa wyglądała beznadziejnie, przynajmniej tak myślał Karol.

– Szukamy igły w stogu siana.

– Nie do końca, zawsze to jakieś wskazanie – zaoponował nieoczekiwanie Piotrek. – Trzeba sprawdzić, co jest na tym terenie, kto tam mieszka.

– Przecież facet nie musi tam mieszkać, chyba nie jest taki głupi, żeby dzwonić z własnego domu. Mógł po prostu tamtędy przejeżdżać i zadzwonić.

Julia, która dotąd słuchała ich w milczeniu, teraz się odezwała:

– Pewnie tak, ale jednak oznacza to, że to jego teren, jest z nim w jakiś sposób związany. Gdzie została znaleziona ofiara? Umiecie pokazać to miejsce?

Dziemianiuk chwilę przyglądał się mapie, po czym wskazał punkt przy drodze na Sejny, za Studzieniczną.

– Mniej więcej tutaj – zaznaczył miejsce na czerwono.

Piotrek podszedł bliżej mapy.

– To droga na Sejny – wskazał palcem – za Studzieniczną, a więc tworzy nam się trójkąt: Studzieniczna–Głęboki Bród–Szczebra.

Piotr połączył miejscowości czerwonymi kreskami, które utworzyły trójkąt. Julia się ożywiła i też podeszła bliżej.

– Ten obszar musi być mu znany, skoro tu zabił. – Wskazała na Głęboki Bród. – Tu zostawił zwłoki i stamtąd dzwonił. Nie ma wątpliwości, facet operuje na tym terenie, bo czuje się pewnie i bezpiecznie. A dlaczego? Bo dobrze go zna. Więc albo się tu wychował, może przyjeżdżał w te okolice od lat, albo po prostu mieszka. To, co właśnie robimy, nazywa się profilowaniem geograficznym.

Karol widział teraz, że mają rację.

Do pokoju wszedł Włodek trzymający jakieś zapiski. Spojrzał na mapę.

– Sprawdziłem do końca facetów z komputera ofiary, zainteresowanych kupnem domu, w którym zginęła.

– No i?

– Marian Lichacz z Białegostoku oglądał dom miesiąc temu i od razu zrezygnował. Sarnowski mieszka w Augustowie, nie dodzwoniłem się do niego, gość nie odbiera. I jest jeszcze Zygmunt Urbański. Wydaje mi się, że to jest dobry trop.

Spojrzeli na niego z zainteresowaniem.

– Dlaczego?

Włodek wzruszył ramionami.

– No nie wiem. Przeczucie? Facet mieszka w Warszawie, ale przyjechał tu z żoną i dzieckiem na urlop. Są od poniedziałku. Zatrzymali się w gospodarstwie agroturystycznym U Holendra, które znajduje się mniej więcej...

Podszedł do mapy i szukał przez chwilę, by wskazać miejsce, gdzie stał dom Holendra.

– Tu, koło Płaskiej.

Popatrzyli na mapę i Karol stwierdził to, co wszyscy widzieli.

– To w naszym trójkącie.

– No właśnie, a Zaleska odhaczyła oglądanie domu z Urbańskim dwudziestego ósmego czerwca. Nie wiemy, czy do niego doszło. Nie można wykluczyć, że nie i że umówił się z nią ponownie, i spotkał się w dniu jej śmierci.

Karol czuł coraz większe podniecenie, które zresztą udzieliło się wszystkim. Istniała duża szansa, że wpadli właśnie na dobry trop.

– Sprawdźcie go. Chcę o nim wiedzieć wszystko: co robi zawodowo, gdzie bywa, ile razy uprawia seks i z kim, jakie ma zainteresowania, ile zarabia! Wszystko! A my z Julią przejedziemy się do Holendra.

Przy drzwiach jeszcze się zatrzymał.

– Potem przesłuchajcie Sarnowskiego, a gościa z Białegostoku bym nie odpuszczał.

*

Teresa tylko przez chwilę była zakłopotana, że zięć tak ją wystawił, choć powinna się była tego spodziewać. Ten Barski wydał jej się bardzo przyzwoitym i kulturalnym człowiekiem. A kiedy jeszcze dowiedziała się, że przez lata pływał po oceanach jako kapitan, była naprawdę pod wrażeniem. Na dodatek okazał się świetnym kucharzem i kompanem.

Inka z Kubą początkowo zachowywali się, jakby każde z nich połknęło kij, i zamiast rozmawiać, wgapiali się w swoje telefony, coś tam pisząc. Teresa zauważyła jednak, że co jakiś czas zerkali na siebie z ciekawością. Była pewna, że za chwilę się rozkręcą.

Barski wniósł półmisek z mięsem, wcześniej zjedli wybitny chłodnik. Siedzieli w ładnie urządzonym salonie pełnym obrazów o tematyce marynistycznej i pamiątek, które właściciel przywiózł z wielu kontynentów i krajów.

Czuła się tu swobodnie, Barski nikogo nie udawał i miała wrażenie, jakby znali się od lat. Podał jej półmisek.

– Jest po drugiej, nie będziemy dłużej czekać. Proszę się częstować.

– Dziękuję. Mają znowu poważne śledztwo, więc nie wiadomo, kiedy i czy w ogóle uda im się do nas dołączyć. – Teresa próbowała tłumaczyć Karola.

– Z tatą tak zawsze. Obiecuje, a potem nie dotrzymuje – rzuciła Inka znudzonym tonem znad telefonu.

– Inka! – Babcia starała się ją trochę przywołać do porządku. Usiłowała odebrać wnuczce komórkę, ale ta schowała telefon za siebie, dała więc za wygraną.

– No co? Przecież to prawda.

– Z moją mamą jest to samo – stwierdził Kuba.

Barski spojrzał bezradnie na Teresę, a ona na niego. Uśmiechnął się.

– Dobrze już, dobrze. Nie narzekajmy na nich. Gdyby tylko mogli, na pewno już by tu byli. Częstujcie się.

*

Przyjechał do Augustowa, żeby trochę odetchnąć. Atmosfera u Holendra stała się po ostatniej kłótni tak gęsta, że można było ciąć ją nożem. Danka nie odpuszczała, a on nie miał ochoty się kajać. Dlatego postanowił się przewietrzyć.

Siedział w niewielkim parku w centrum miasteczka, przy rynku, w pobliżu fontanny, która dawała przyjemny chłodek. Przeczytał już cały „Głos Augustowa", a teraz wpatrywał się w wodę. Trochę rozmyślał, a trochę obserwował ludzi. Co jakiś czas ożywiał się na widok jakiejś ładnej dziewczyny. W sumie było z czego wybierać. Towar chodził pierwsza klasa.

Właśnie przed jego nosem przeszła niezła laska. Zatrzymała się, by sprawdzić coś w komórce, i poszła dalej. Przyglądał jej się z wyraźnym zainteresowaniem. Nie wyglądała na turystkę, miała może jakieś dwadzieścia pięć lat. Kiedy się oddaliła, podjął decyzję. Wstał z ławki i poszedł za nią. Postanowił, że ją zaczepi, w końcu nie miał nic do stracenia.

– Przepraszam, jest pani z Augustowa? – Uśmiechnął się sympatycznie.

– Tak.

– O! Nareszcie. Miałem wrażenie, że już nie spotkam żadnego autochtona. Przepraszam, ale chciałem się poradzić. Gdzie tu można zjeść świeżą rybę? – Roześmiał się. – W sensie nie mrożoną, ale usmażoną.

Dziewczyna początkowo patrzyła na niego trochę jak na świra, ale kiedy wybrnął ze „świeżej ryby", też się roześmiała i spojrzała na niego przychylniej.

– Wbrew pozorom to nie będzie łatwe. Nie wie pan, że nad jeziorami o świeżą rybę najtrudniej?

Patrzył na nią z coraz większym apetytem i nie krył, że mu się podoba.

– No właśnie zdążyłem się zorientować, że jest problem. Dlatego szukam kogoś stąd. To co? Jestem bez szans?

– Tak całkiem bez szans to chyba nie. – Uśmiechnęła się jakby zalotnie. – Znam dobre miejsce, ale w Studzienicznej.

– A to chyba niedaleko. Jadła już pani obiad? Może dałaby się pani namówić na rybkę?

Widział, że się jej spodobał i chyba coś z tego będzie, ale trochę musiała się podroczyć.

– Prawdę mówiąc, nie jadłam, ale muszę najpierw wpaść do redakcji, to w tej bramie.

Pokazała bramę, a on ucieszył się, słysząc taką odpowiedź.

– Jest pani dziennikarką?! Przepraszam, nie przedstawiłem się. Adam Zembalski.

– Hanka Pietrewicz.

– Pietrewicz? Gdzieś słyszałem to nazwisko. Nie! Czytałem! To pani! Pani napisała ten artykuł.

Wyciągnął gazetę z tylnej kieszeni spodni i pokazał jej. Dziewczyna była w siódmym niebie. Super, że przeczytał gazetę.

– No tak.

– Pani Haniu, a może po imieniu? Adam.

– Jasne. Hanka.

Podali sobie ręce.

– A więc, Haniu, idź do redakcji, a ja zaczekam w parku. Potem zapraszam cię do Studzienicznej. Jak ci się podoba taki plan?

Kiwnęła głową z uśmiechem i poszła do bramy. Wyciągnął rękę w zwycięskim geście.

*

Prowadził wóz i spoglądał co jakiś czas na siedzącą obok Julię czytającą zapiski Zaleskiego.
– I co myślisz? Co może oznaczać ten jego tekst? Jak to szło?
– „Ja jestem katem i duchem-stwórcą. Ona leży w świerkowym lesie, blisko drogi". I coś o księżycu w pełni, dopełnieniu dzieła i żywiole ziemi. – Julia zmarszczyła czoło i spojrzała na niego. – To psychopata, który do swoich morderstw dokłada swoistą ideologię. – Znów przeniosła wzrok na tekst. – Ten „żywioł ziemi". Może stąd w ustach ofiary ziemia? A sprawdziliście, kiedy była pełnia?
– Pierwszego lipca w poniedziałek, trzy dni przed znalezieniem ciała. Wtedy ją zabił, podczas pełni. Wszystko się zgadza. Longin bezbłędnie obliczył czas zgonu.
Zapatrzyła się przed siebie, na drogę, potem na las. Po chwili powiedziała cicho, ale dobitnie:
– Karol, mamy do czynienia z przebiegłym i bezczelnym osobnikiem. Bawi się tym, co zrobił. Posunął się do tego, że zadzwonił do męża ofiary, bo jest przekonany o swej bezkarności. Typowa osobowość narcystyczna. Jest inteligentny i ma przynajmniej średnie wykształcenie, jak nie wyższe.
– A wiek?
– Między trzydzieści a czterdzieści pięć lat, na pewno nie młodszy. Widać, że ma doświadczenie. Sposób, w jaki ją okaleczył, na to wskazuje. Jednocześnie wciąż eksperymentuje. Obawiam się, że to nie ostatnia jego ofiara. – Spojrzała

mu w oczy i dostrzegł, że jest poważnie wystraszona. – On się dopiero rozkręca.

Tego Karol również się obawiał, choć starał się tej myśli do siebie nie dopuszczać. Teraz, kiedy Julia potwierdziła jego lęki, wiedział, że czeka ich jazda bez trzymanki, a morderstwo Szułowiczów będzie przy tym błahostką, przysłowiową bułką z masłem.

Wjechali na podwórko Holendra. Podeszli do siedzącego na tarasie towarzystwa pijącego kawę. Karol rozpoznał z daleka gospodarzy i jedną turystkę.

– Dzień dobry! Przepraszam, że znowu nachodzimy, ale mamy sprawę. Podobno znajdziemy tu pana Zygmunta Urbańskiego?

Kobietom siedzącym na tarasie jakby odebrało mowę. Najszybciej oprzytomniała gospodyni.

– No tak, rzeczywiście, pan Urbański wynajmuje u nas apartament razem z żoną. – Wskazała na siedzącą obok turystkę. – To pani Barbara Urbańska.

Urbańska przybladła i wstała.

– Co się stało? Przecież Zygmunt jest w domu, więc nie rozumiem.

Julia podeszła bliżej i się przedstawiła.

– Dzień dobry, Julia Wigier. Nic się nie stało, proszę się nie denerwować. Po prostu musimy zapytać o coś pani męża. Może go pani poprosić?

Kobieta kiwnęła głową i weszła do domu. Gospodyni uczynnie zaproponowała, by usiedli.

– Może kawy? Tu, na tarasie, jest przynajmniej cień. Nie chcę być wścibska, ale to chyba nie w związku z tym ostatnim morderstwem, o którym piszą w dzisiejszej gazecie?

– Niestety, nie możemy tego zdradzić, ale kawy napijemy się bardzo chętnie – z uśmiechem odpowiedziała jej Julia.

Beata zniknęła w domu, a jej małżonek poszedł za nią. Po chwili na tarasie zjawił się uśmiechnięty i wyluzowany Urbański, ubrany w jasne lniane spodnie i lnianą koszulę. W słomkowym kapeluszu na głowie wyglądał jakby żywcem wyjęty z *Wiśniowego sadu*.

Brakuje mu tylko laseczki – pomyślała Julia.

Przywitali się, a ona od razu przeszła do rzeczy.

– Dobrze znał pan Agnieszkę Zaleską?

Spojrzał na nią zdziwiony, potem lekko rozbawiony.

– Nie, no skąd. Zaleska to pani z Agencji Nieruchomości Kasjanowicz? Po prostu jestem zainteresowany kupnem czegoś w tych okolicach, bo ileż można wynajmować? Lubimy z żoną te strony, przyjeżdżamy do Jessego i Beatki od wielu lat. Szukałem czegoś od pewnego czasu. Najłatwiej zrobić to przez agencję nieruchomości.

– I przyjeżdżał pan tu specjalnie z Warszawy, żeby obejrzeć dom?

Urbański oglądał wypielęgnowane paznokcie, jakby chciał zademonstrować swój luźny stosunek do tematu.

– Nie do końca specjalnie. Charakter mojej pracy sprawia, że bywam tu stosunkowo często.

– A czym się pan zajmuje?

– Najogólniej mówiąc, drewnem. Pracuję w niemieckiej firmie handlującej tym surowcem. W związku z tym dużo jeżdżę po kraju, często jestem w Niemczech. Nawiązuję kontakty, prowadzę negocjacje, dobijam targu. Augustów, Suwałki, całe tereny północno-wschodniej Polski mam pod swoją kontrolą.

Karol przyglądał mu się uważnie, próbując go rozgryźć.

– A co pan robił w ubiegły piątek, dwudziestego ósmego czerwca?

– Niech pomyślę. Przyjechaliśmy tu w poniedziałek, a to był piątek przed naszym przyjazdem. A tak! Byłem w Suwałkach, a potem w Augustowie. Mieliśmy zakrapianą imprezę biznesową. Podpisaliśmy dobry kontrakt z tutejszą firmą.

Policjanci starali się nie pokazać po sobie, że ta informacja zrobiła na nich wrażenie.

– W jakich godzinach odbywała się ta impreza?

– Wieczornych, ma się rozumieć. Ale wcześniej negocjowaliśmy w Suwałkach, zjedliśmy lunch, a potem obiad. Spędziłem tam praktycznie cały dzień. Potem imprezowaliśmy w Augustowie, można sprawdzić. Wróciłem do Warszawy, a w poniedziałek byłem tu z powrotem z rodziną. Ale o co właściwie chodzi?

– Czyli nie spotkał się pan wówczas z panią Zaleską?

– Nie, odwołałem to spotkanie, bobym nie dał rady. Miałem do niej zadzwonić w tych dniach. – Spojrzał na Julię. – Czy pani Agnieszka ma jakieś kłopoty?

– Pani Agnieszka została zamordowana – powiedział Karol.

– Jak to? I myślicie, że to ja? – Zaczął się śmiać i dopiero po chwili się uspokoił. Patrzyli na niego jak na dziwoląga. Facet spoważniał. – Przepraszam, ale to absurd.

– Być może – stwierdził spokojnie Nadzieja. – Rozmawiamy z wszystkimi klientami zainteresowanymi kupnem domu w Głębokim Brodzie. A co pan robił w ostatni poniedziałek, w dniu przyjazdu?

– Byłem tutaj. To znaczy po obiedzie pojechałem do Suwałk. Miałem spotkanie z klientem.

*

Kałdun stał przed lustrem weneckim i obserwował Pawła Zaleskiego przesłuchiwanego przez Monikę Pawluk. Patrzył na niego w zamyśleniu, zastanawiając się, czy ten człowiek mógłby zabić żonę w taki sposób. Nie chciało mu się w to wierzyć. Wyjął miętówkę i włożył do ust. Smak mięty przeniknął ślinianki i osiadł na kubkach smakowych.

Po chwili prokuratorka wyszła i podeszła do niego.

– I co pani o nim sądzi, pani prokurator?

Wzruszyła ramionami.

– Za szybko na wnioski. Wie pan, komendancie, alibi, które gwarantuje przełożonemu pracownik, nigdy nie będzie do końca wiarygodne. A to, że ktoś niby dzwonił do niego z telefonu ofiary... Nie możemy wykluczyć, że miał wspólnika, który dzwonił, żeby go uwiarygodnić, jeśli w ogóle ktoś dzwonił. Mógł przecież ją zabić i sam do siebie zadzwonić.

– Niby tak.

– Sprawdziłam go. Ludzie, którzy wychowali się w domu dziecka, z reguły są przetrąceni. Jako młodociany miał konflikt z prawem, zrobił z kolegami skok na sklep spożywczy.

– No dobrze, a motyw?

– Trzeba podrążyć, przecież na razie wiemy tylko to, co nam powiedział. Przepraszam, komendancie, ale muszę lecieć do prokuratury. Można go na razie puścić. Żeby tylko nie opuszczał miasta.

Pożegnała się, a on stał jeszcze chwilę, rozmyślając. Może miała rację? Wiedział z doświadczenia, że najczęściej sprawdzają się najprostsze rozwiązania.

*

Po wyjściu z komendy Monika wróciła do prokuratury. Parkowała właśnie pod budynkiem, kiedy rozdzwonił się jej telefon. To był Artur. Odebrała z postanowieniem, że musi zakończyć tę przygodę.

– Słucham?

– Witaj, piękna! Chciałem zapytać, jak się masz. Bo ja tęsknię.

Wyprostowała się lekko zbita z tropu; udała, że ostatniego wyznania nie usłyszała.

– Wszystko dobrze. Mam dużo pracy.

– Powinnaś się wieczorem odprężyć. Co powiesz na kolację połączoną z masażem relaksacyjnym?

Rozejrzała się wokół spłoszona, ale przecież siedziała we własnym samochodzie, więc nikt nie mógł ich usłyszeć. Ale i tak ściszyła głos.

– Artur, myślę, że to za szybkie tempo. Poza tym to nie powinno było się zdarzyć. Ja...

– Żałujesz? Życie jest za krótkie, żeby żałować. Trzeba brać, co ci daje, i nie chować głowy w piasek.

– Tak, ale nie powiedziałam ci, że jestem z kimś...

– Widocznie to nie jest satysfakcjonujący dla ciebie związek, skoro tak łatwo poszłaś do łóżka z kimś innym. Powinno ci to dać do myślenia.

Słuchała tego i nie mogła się nadziwić, jak celnie trafiał w samo sedno. Jakby wszystko o niej wiedział. A jednocześnie jego bezczelność aż pozbawiła ją słów. Monika zesztywniała.

– Rzeczywiście, masz rację – powiedziała z przekąsem. – Powinnam przemyśleć całą tę sytuację. Żegnam.

Wściekła wysiadła z samochodu i poszła w stronę budynku prokuratury. Gotowało się w niej z oburzenia i zarazem gdzieś głęboko wiedziała, że zwerbalizował tylko to, o czym myślała, ale bała się do tego przyznać.

*

Wracali z agroturystyki Holendra do Augustowa. Upał znowu dawał się porządnie we znaki.

– Podkręć klimę, bo nie da się wytrzymać – poprosiła. – Marzę o chłodnej wodzie w jeziorze. Choć po tych gorących nocach jest już pewnie zupa.

Otarła pot z czoła i szyi chusteczką, a Karol spełnił jej życzenie. Przez chwilę jechali w milczeniu, analizując to, co usłyszeli od Urbańskiego.

– On pasuje do profilu, nie sądzisz? – odezwał się w końcu Nadzieja.

– Nie można go wykluczyć. Wiek, wykształcenie, charakter pracy, który daje mu łatwość przemieszczania się, znajomość terenu. Pasuje. Trzeba sprawdzić jego alibi, pewnie znajdą się w nim dziury. Z Suwałk do Głębokiego Brodu nie jest daleko.

– Sprawiał wrażenie, jakby wcale nie przejął się przesłuchaniem. Każdy normalny człowiek zwykle się denerwuje, gdy się go pyta o alibi w sprawie morderstwa.

– To prawda. Może to potwierdzać jego narcystyczną naturę i pewność siebie. Ale też może być po prostu niewinny.

– I nie przejął się w ogóle informacją o śmierci Zaleskiej. Jeśli jej nie zabił, to nie zrobiłoby na nim żadnego wrażenia? Zachowywał się tak, jakby usłyszał najzwyczajniejszą rzecz na świecie. A przecież dowiedział się, że została zamordowana.

– Tak. To nie jest normalne.

– Coś wynika z twojej rozmowy z rodzicami ofiary? Jak oni się nazywają?

– Stanisław i Joanna Dadurowie.

Zadzwonił telefon Julii. Odebrała i ściszonym głosem powiedziała, że to Szablewski.

– Tak, Julia przy telefonie. Coś się urodziło? O, co pan powie? To ciekawe. Zęby, mówi pan. Bardzo możliwe. Dziękuję i do usłyszenia!

Rozłączyła się i spojrzała niego.

– Co się dzieje?

– Longin znalazł na prawym policzku ofiary dziwny ślad. Twierdzi, że to ugryzienie. A więc poza eksperymentowaniem z nożem użył też własnych zębów. Ale nie da się już teraz pobrać DNA.

– Jezu, niezły *freak*. Aż strach pomyśleć, co tu się może jeszcze wydarzyć.

– Nie martw się na zapas. Może uda nam się go namierzyć, zanim zdąży zabić kolejną kobietę. O czym to mówiliśmy? A tak, o Dadurach. Wyobraź sobie, że zięć nie poinformował teściów o śmierci ich córki. Dowiedzieli się ode mnie.

Spojrzał na nią zaskoczony.

– No coś ty? Dlaczego?

– Chyba dlatego, że matka Agnieszki go nie akceptowała. Posunęła się nawet do tego, że wycięła go ze ślubnego zdjęcia córki, które stoi u nich w salonie. Matka wspomniała o byłym chłopaku Agnieszki, który podobno bardzo ją kochał i nie pogodził się z faktem, że wyszła za innego.

To mógłby być trop, ale nie w naszej sytuacji. Nie pasuje do profilu, jest za młody. Ale i tak trzeba go sprawdzić. Nazywa się Roman Kaczmarski.

– Poproszę Włodka. Co robimy z dziećmi?

Spojrzała na zegarek.

– Jedźmy do nich. Już dawno po obiedzie, ale może załapiemy się na kolację. No i jakoś wyjdziemy z twarzą, mam nadzieję.

*

Piotr Sarnowski konferował w niewielkim biurze razem z Walerym Czarnotą, swoim konsultantem społecznym. Na biurku szemrał wiatrak, wszystkie okna były pozamykane, a żaluzje opuszczone.

O tej porze dnia słońce wdzierało się tu, nagrzewając małe wnętrze nie do wytrzymania. Powinien założyć klimę, ale wciąż były inne pilne wydatki i rzeczy do załatwienia.

Na jednej ścianie wisiała mapa regionu, na drugiej jego duże zdjęcia z trofeami z polowania. Najbardziej podobało mu się to z jeleniem, które wybrał na swój wyborczy plakat.

Rozmawiali ściszonymi głosami.

– Ja ci tylko mówię, konkurencja cały czas działa. Na dodatek stosują chwyty poniżej pasa, wszystko ci wyciągną, nawet jak nie masz nic na sumieniu.

Ktoś cicho zapukał do drzwi; podnieśli głowy. Do pokoju zajrzała Róża, jego sekretarka, supernabytek. Róża, już nie taka młoda, bo około czterdziestki, wiedziała, gdzie jest jej miejsce. Pracowała bez szemrania, zostawała po godzinach i nie próbowała się z nim spoufalać. Takich ludzi nie można wypuszczać z rąk.

– Przepraszam, ale muszę panom przeszkodzić.

Wyglądała na lekko zbitą z tropu, co go zaniepokoiło.

– Przyszli panowie z policji – wydusiła, jakby przyznała się do wstydliwej choroby. – Chcą z panem rozmawiać.

Był zdziwiony: może chodzi o jakiś problem z parkowaniem? Choć nie miał pojęcia, czy kiedyś mu się przydarzył, bo zwykle bardzo uważał.

– Walery, wybacz, nie wiem, o co chodzi. Dokończymy jutro.

– Ale co? Jakiś mandat? Chyba nie nabroiłeś? – dopytywał zaniepokojony.

Roześmiał się tylko.

– Przecież mnie znasz. Pojęcia nie mam, o co biega.

*

Leszek Ranuszkiewicz, zadowolony, zmierzał w kierunku biura. Przed chwilą Kałdun poinformował go, że ma pozostać w zespole komisarza Nadziei, zajmującym się teraz nową sprawą zabójstwa jakiejś kobiety.

Swoją drogą, trochę się działo w tym mieście ostatnio, jak nigdy wcześniej. Może dzięki tej sprawie uda mu się jakoś zaistnieć i pogadać później, jak się wszystko uspokoi, o studiach oficerskich w Szczytnie.

Biuro świeciło pustkami, zastał jedynie Piotra Sawkę, będącego również w zespole, jak przy sprawie Szułowiczów. Ucieszył się na jego widok.

– Cześć! Gdzie wszyscy?

– W terenie. Powinni niedługo wrócić. A ty? Co tu robisz?

– Kałdun znowu mnie przydzielił do Nadziei. – Podszedł do biurka. – Podobno sprawa jest rozwojowa.

– Bo ja wiem. Prokuratorka chyba będzie obstawać przy mężu, chociaż facet ma alibi. Karol kazał nam sprawdzać inne tropy. Wszystkich klientów, którzy byli zainteresowani kupnem domu letniskowego, gdzie Zaleska została zamordowana. Ja pilnuję jej komórki. Ktoś dzwonił z telefonu ofiary do męża po jej śmierci. Komisarz kazał mi filować, czy może znowu nie zostanie włączony.

Sawko wyjął z szuflady teczkę i mu ją podał.

– Tu masz raport z dotychczasowych ustaleń.

– Super. Dzięki. Zanim przeczytam, pójdę po kawę. Też się napijesz?

– Możesz zrobić. A właściwie przejdę się.

Kiedy wracali, na biurku Piotra zadzwonił telefon. Piotrek postawił kawę, rozlewając trochę, i odebrał. Leszek poszedł po papier i wytarł rozlany płyn.

– KPP w Augustowie, aspirant Piotr Sawko, słucham. Tak? Gdzie to jest? Może pani powtórzyć? – Wziął długopis i zaczął notować. – Proszę się uspokoić i powiedzieć mi po kolei, co się stało. – Spojrzał na siedzącego naprzeciwko Leszka i przewrócił oczami. Ale mówił cierpliwie do kobiety po drugiej stronie słuchawki: – Rozumiem. Dopiero przyjechaliście i zastaliście wybitą szybę. Czy coś zginęło? No to proszę dokładnie sprawdzić. Aha, są ślady czyjejś obecności. Świeże te ślady? Nie umie pani powiedzieć. Dobrze, proszę nie sprzątać, nic nie robić, żeby ich nie pozacierać – instruował dzwoniącą.

Leszek pomyślał, że to nie pierwsze i nie ostatnie włamanie. Raczej nie złapią sprawcy. Ale głośno tego powiedzieć nie mogli.

– Proszę o pani numer telefonu i adres. W tej chwili nie mam nikogo, późno się zrobiło. Może ktoś przyjedzie. Tak, sprawdzimy, przyjąłem pani zgłoszenie. Dobrze, proszę czekać, dziękuję.

Odłożył słuchawkę i wypuścił powietrze.

– Ale nakręcona baba. Jacyś warszawiacy przyjechali na działkę. Ona twierdzi, że ktoś się włamał, ale nie zauważyła, żeby coś zginęło. Strasznie pyskaty babsztyl.

Obaj wzięli po łyku kawy. Leszek się zastanawiał.

– To dziwne. Nic nie zginęło? To po co się włamywali? Gdzie to jest?

– Gdzieś koło Szczebry. Ale to nic ważnego. Nie wiadomo, kiedy się włamali. Właścicieli nie było od roku, a wiesz, jak to jest. Ktoś mógł się włamać nawet zimą.

– Może się tam przejadę. W sumie nie mam tu jeszcze nic do roboty.

Sawko spojrzał na niego jak na potłuczonego.

– Chce ci się? – Spojrzał na zegarek. – Późno już, prawie dziewiąta. Możesz pojechać jutro z samego rana i też baba będzie zachwycona. Będziesz miał po drodze z domu.

– Racja, jak to mówią, co się odwlecze... I co masz zrobić dzisiaj, zrób jutro!

Roześmiali się.

*

Tomek z Włodkiem rozmawiali z Sarnowskim, który z minuty na minutę wydawał się coraz bardziej zdenerwowany. Włodek zadał mu kolejne pytanie:

– Kiedy ostatnio był pan w tym domu? Znał pan dobrze Agnieszkę Zaleską?

– W ogóle jej nie znałem, a w tym domu byłem raz ze trzy tygodnie temu. Prawdę mówiąc, średnio mi się podobał.

Jedynie działka fajna, w głębi lasu, z dala od wścibskich sąsiadów. Ale nie zdecydowałem się jeszcze. Dlaczego pytacie o ten dom?

– Agnieszka Zaleska została tam właśnie zamordowana.

– Co? Zamordowana?! Ale co ja mam do tego?

– Co pan robił trzydziestego czerwca w godzinach popołudniowych? – zapytał Tomek. Widział, jak Sarnowski zmienia się na twarzy, która przybierała różne odcienie czerwieni.

– Słucham?! Pogięło was?! Pytacie mnie o alibi?! – Wstał rozjuszony i zaczął wykrzykiwać: – Nie, ja tego tak nie zostawię! Nie wiecie, z kim macie do czynienia! Dzwonię do prokuratury!

Patrzyli zaskoczeni, jak z wściekłością wyciąga komórkę.

*

Salon ojca ział pustką. Przystanęli zdziwieni, zauważywszy na stole naczynia wciąż nieposprzątane po obiedzie. Karol rozglądał się z ciekawością. Julia zdała sobie nagle sprawę, że nigdy tu nie był. Oczywiście jego uwagę przyciągnęły zdjęcia statków i morskich elementów wystroju pokoju oraz zdjęcie Barskiego w stroju kapitana.

– Gdzie oni się podziali?

Może poszli na spacer. Nie mówiłaś, że ojciec był kapitanem.

– Nie? Przecież mówiłam, że pływał.

– No tak, ale to przecież nie jest jednoznaczne. Mógł być bosmanem, pierwszym albo drugim oficerem.

– No tak.

Gdzieś spoza domu dobiegł ich śmiech dzieci.

– Są nad jeziorem. Chodźmy.

Przeszli za dom i zastali sielski obrazek. Ojciec i, jak się domyśliła, pani Orszańska siedzieli w wiklinowych fotelach przy stole zastawionym porcelaną. Ojciec kochał delikatne porcelanowe filiżanki i zwoził je z różnych stron świata. Julia dostrzegła też karafkę z nalewką, kieliszki i talerzyki z ciastem.

Barski z Orszańską zaśmiewali się z czegoś do łez, widać było, że dobrze się razem czują. W jeziorze, blisko brzegu, taplały się dzieci, a ojciec opowiadał kolejny dowcip:

– Dwie kumy wracają z cmentarza po pogrzebie męża jednej z nich, który zginął w wypadku dwudziestu górników na grubie. Ta druga pyta: „Pani Habrikowa, to ile żeście dostali za swojego chopa z PZU?". Wdowa mówi: „I tam...". „Pani Habrikowa, godojcie ile?" „No... dwadzieścia pińć tysioncow..." „Co?! Dwadzieścia pińć tysioncow za chopa?! A mój dupa uciek!"

Teściowa Karola roześmiała się znowu.

– Przestań, błagam, już nie mam siły się śmiać.

Barski sięgnął po karafkę i uzupełnił kieliszki nalewką. Usłyszeli pisk zadowolonej Inki i krzyki Kuby.

– Tereska, proponuję na... którą to już nóżkę? – Ojciec dopiero teraz ich zauważył. – No proszę, są nasi detektywi! Chodźcie, chodźcie, czekamy na was.

Dzieci też ich zauważyły, ale nawet nie wyszły z wody.

– Cześć, mamo! Nauczyłem Inkę nurkować! Od razu załapała, o co chodzi!

– Cześć, dzieci! Chodźcie do nas!

Karol podszedł do Stefana i się przywitał, a ona przywitała się z Orszańską. Barski wstał, żeby przynieść dla nich krzesła. Nadzieja poszedł za nim.

– Miło mi panią poznać – zwróciła się do niej Orszańska.
– Dużo dobrego o pani słyszałam.
– To na pewno przesada. – Julia spojrzała na dzieci.
– Widzę, że możemy uspokoić nasze wyrzuty sumienia. Cieszę się, że tak się dobrze bawicie.
Jej ostatnie słowa usłyszał Barski.
– To był świetny pomysł, żeby się spotkać. Co prawda to wy mieliście spędzić czas z dziećmi, trochę nie wyszło, ale przynajmniej się poznaliśmy i chyba Tereska i dzieciaki się zgodzą, że świetnie się razem bawimy.
– To super! – Karol dał wyraz swej radości. – Przepraszamy, ale nie dało się wcześniej. Wracamy z innej rzeczywistości. Ta nasza praca jest jednak nieprzewidywalna.

*

Światło księżyca zalewało urządzoną w spartańskim stylu sypialnię księdza Sajki. Zimna poświata wydobyła z ciemności duży drewniany krucyfiks wiszący na ścianie, stojący pod nią klęcznik, prostą szafę i jednoosobowe metalowe łóżko, a na nim śpiącego księdza.

Budzik na szafce nocnej wskazywał trzecią siedemnaście, kiedy za oknem rozszalał się koncert wiejskich psów.

Ksiądz przebudził się, otworzył oczy i przez chwilę nasłuchiwał. Kiedy szczekanie się nie uspokajało, usiadł na łóżku, po czym wstał i podszedł do okna. Przyglądał się tonącemu w lunarnym blasku ogrodowi, próbując zgadnąć, co pobudziło psy, kiedy dostrzegł ruszające się w głębi ogrodu światełko.

Zaniepokoił się. Narzucił szlafrok i wyszedł na zewnątrz. Okolica, dotąd spokojna i bezpieczna, po ostatnich morderstwach stała się mniej przyjazna.

Zapalił latarkę, którą kupiła mu kiedyś jego wieloletnia gospodyni. Lustrował nią miejsce, gdzie widział ruchome światło. Przecież mu się nie przywidziało.

– Jest tam kto?! – zawołał.

Nikt nie odpowiedział. Noc była gorąca i parna, jak przez cały ostatni tydzień. Źle to znosił i tęsknił za dawną, normalną pogodą.

Poszedł jeszcze kilka kroków w głąb ogrodu, ale nic nie wzbudziło jego podejrzeń, a i psy już się uspokoiły. Nawet jeżeli ktoś tam był, to już sobie poszedł. Tylko po co by tu przychodził? I tak tego teraz nie rozstrzygnie, lepiej wrócić na plebanię i złapać jeszcze parę godzin snu.

6 LIPCA, SOBOTA

Leszek Ranuszkiewicz podjechał pod dom letniskowy warszawiaków z samego rana. Piotrek miał rację, domek Jeżewskiej, zgłaszającej włamanie, znajdował się niedaleko, po drodze z jego domu do Augustowa.

Włamania do domków letniskowych zdarzały się właściwie coraz rzadziej, a jeszcze parę lat temu była to prawdziwa plaga. Przyjmowali mnóstwo zgłoszeń, ale wykrywalność tych przestępstw bliska była zeru, bo jeśli nie złapali włamywacza za rękę, trudno było takiemu coś udowodnić.

Złodzieje też oglądali seriale kryminalne i wiedzieli, jak nie zostawiać śladów, przynajmniej odcisków palców. A policja jak zwykle miała za mało ludzi, żeby zapanować nad tym procederem.

Jeżewscy, małżeństwo w wieku około czterdziestki, wyglądali na zamożnych ludzi, a ich dom i samochód też o tym świadczyły. Ona, ładna i zadbana brunetka, przywitała go na progu i od razu przeszła do rzeczy. Mąż trzymał się z tyłu.

– Weszli przez okno, a potem pewnie otworzyli drzwi od garażu od wewnątrz. Ale niech pan najpierw zobaczy, co zastaliśmy w domu.

Poprowadziła go do środka. Weszli do dużego salonu połączonego z otwartą przestrzenią kuchenną. Na stole walały się resztki uschniętej pizzy i puszki po napojach energetycznych i piwie.

– Ktoś tu sobie urządził wypas – stwierdził Jeżewski.

Rzeczywiście, włamywacz najwyraźniej zorganizował sobie wyżerkę i odpoczynek. Leszek rozejrzał się i podszedł do okien. W jednym z nich zbito szybę. Od wewnątrz leżało rozbite szkło. Przyjrzał się uważnie, na wszelki wypadek włożył rękawiczki.

– Niczego państwo nie ruszali?

– Nie.

– Sprawdzili państwo resztę domu, na górze i na dole?

– Na górze na szczęście nie było nikogo. Dlatego mogliśmy tu w ogóle nocować, bo inaczej nie wyobrażam sobie – stwierdziła Jeżewska.

– Coś zginęło?

– Na pierwszy rzut oka wygląda na to, że nie.

– To chodźmy jeszcze do garażu.

Tym razem Jeżewski poprowadził go przejściem wewnątrz domu. W pomieszczeniu znajdowało się sporo rzeczy. Pośrodku stała niewielka żaglówka przykryta brezentem, zajmująca dwie trzecie powierzchni garażu, a przy ścianach półki z akcesoriami do łowienia ryb i narzędziami ogrodniczymi. Leszek podszedł do drzwi i przyjrzał się im uważnie.

– Rzeczywiście, ktoś grzebał przy zamku. A więc drzwi były otwarte?

– No tak, jak już panu mówiłam przez telefon. Nie na oścież, ale nie były zamknięte na klucz, tak jak je zostawiliśmy.

Leszek kiwnął głową i podszedł do półek, obchodząc przykrytą łódź. Podniósł brezent, spod którego wyleciała chmara much. Odsunął się instynktownie.

– Skąd tyle much?

Spojrzał na podłogę i zauważył sporą ciemną plamę. Stojący za nim Jeżewski spoglądał zdziwiony.

– A co to?

Leszek schylił się i dotknął palcem zaschniętej mazi. Na rękawiczce został brunatny ślad, zbliżył dłoń do nosa.

– Wygląda mi na krew – stwierdził.

Ściągnęli brezent. Teraz widać było wyraźnie dużo większe rozmiary plamy. Nie wyglądało to dobrze. Powinien jak najszybciej zawiadomić komisarza i ściągnąć tu techników.

*

Obudził się zlany potem i chwycił za serce. W klatce piersiowej czuł przeszywający ból. Nie mógł złapać powietrza i wystraszył się, że zaraz się udusi. Próbował wołać, ale głos uwiązł mu w gardle i wydobył się z niego jedynie słaby jęk. To jeszcze bardziej go przeraziło.

Barski po wielkim wysiłku zdołał usiąść, ale wstać już nie dał rady. W głowie kręciło mu się jak na karuzeli. Sięgnął do mosiężnej lampki stojącej na szafce nocnej i złapał za jej kabel. Pociągnął i lampa spadła z hukiem na podłogę. Liczył na wnuka, że usłyszy hałas i przyleci.

Opadł z powrotem na poduszkę. Czyżby taki był jego koniec? Nie mógł się z tym pogodzić. Nie teraz, jeszcze nie. Nie pozamykał spraw, a zwłaszcza tej najważniejszej. Dyszał ciężko, a ból nie odpuszczał. Co jest, do cholery?

W końcu do sypialni, tak jak przewidział, wpadł Kuba, lecz natychmiast wybiegł, żeby zaalarmować matkę.

– Mamo! Obudź się! Dziadkowi coś się stało.

Po chwili usłyszał, że Julia wybiega ze swojego pokoju. Dobrze. Powinno być dobrze. Córka na pewno dopilnuje wszystkiego i wezwie lekarza. Odpłynął.

*

Zofia i Felicja pojechały rowerami do Strzelcowizny, uzbrojone w plakaty ze zdjęciem Bożeny, tekstem o jej zaginięciu i numerem telefonu. Felicja zajęła się projektem afisza i jego drukiem w Augustowie. Zamierzały zawiesić plakat na drzwiach kościoła, bo tam najwięcej ludzi będzie mogło go zobaczyć na jutrzejszych mszach. Oczywiście planowały rozwieszanie również w innych miejscach w całej okolicy.

– Tu chyba będzie najlepiej widoczny, no i da się przykleić – stwierdziła Felicja, przymierzając plakat do kościelnych drzwi.

– Powinnyśmy chyba zapytać księdza, a przynajmniej mu powiedzieć. – Zofia miała wątpliwości.

Z kościoła, jak na zawołanie, wyszedł ksiądz Sajko. Zbliżył się do nich z uśmiechem.

– Niech będzie pochwalony, co tu robicie? Już po porannej mszy.

– Pochwalony, chciałyśmy zawiesić plakat o Bożenie, może kto ją widział. Fela mi pomaga. Ksiondz nie ma nic przeciwko?

– Wieszajcie, oczywiście. To od kiedy jej nie ma?

– No od poniedziałku wieczór, a dzisiaj już sobota. Jej komórka cały czas wyłonczona. Coś sie stało, czuje to. – Łzy puściły się z Zofii oczu wbrew jej woli. – Już dłużej nie wytrzymam tej niepewności. Ciągle ino płacze i modle sie, ale to nic nie daje. Dopiero Fela wymyśliła, żeby te plakaty kleić.

– Nie upadaj na duchu, Zofio. Módl się, Pan Bóg jest miłosierny. I ja się za nią pomodlę, za jej szczęśliwy powrót do domu. W niedzielę odprawię mszę w tej intencji.

Zofia rozpromieniła się, słysząc te słowa.

– Ksienże proboszcze! Dzienkuje z serca! – wykrzyknęła żarliwie.

– A może ksiądz poprosiłby ludzi z ambony, żeby pomogli? – wtrąciła się Felicja. – Niechby rozpytali znajomych, rozkleili plakaty, gdzie mogą. Zostawimy księdzu część. Same nie damy rady, a dobrze byłoby je rozwiesić i w Studzienicznej, w Płaskiej, w Sejnach.

– Dobry pomysł. Zostawcie plakaty na plebanii.

– Nie wywdziencze sie ksiendzu – szeptała poruszona Zofia.

– Ludzie muszą sobie pomagać. – Ksiądz zamyślił się przez chwilę. – A co z Fabianem?

Zofia ciężko westchnęła.

– Siedzi w areszcie. Nie wiem, za co mnie Bóg pokarał takimi dziećmi. Po co on brał tą broń, co go podkusiło? I komórke... I jeszcze napad na policjanta.

Sajko pokiwał głową ze współczuciem.

– Dawne grzechy ojca się mszczą. Za zło wyrządzone przez ojców płacą dzieci. Trzeba to przerwać.

– Tylko jak?

*

Monika nie zamierzała puścić tej sprawy płazem. Kiedy usłyszała od Piotra, że policja go nagabywała i przesłuchiwała w sprawie zabójstwa kobiety z lasu, zagotowało się w niej z oburzenia. Od rana się nakręcała i obmyślała plan zemsty na Kłodowskim i jego durnych ludziach.

Komendant wezwał na dywanik dwóch geniuszy, Szkarnulisa i Dziemianiuka, którzy poprzedniego dnia nachodzili Piotra. Zaatakowała od razu:

– Jakim prawem przesłuchujecie pana Sarnowskiego?! Co na niego macie? Że chciał kupić jakiś dom? Przecież to nie przestępstwo! Czy zdajecie sobie sprawę, jakie szkody wizerunkowe może mu przynieść taka wizyta policji?! Trzeba trochę pomyśleć, zanim się coś zrobi! Należało przyjść z tym do mnie, zapytać, a nie podejmować działania na własną rękę!

Dziemianiuk poruszył się niecierpliwie, spojrzał na nią, potem na komendanta.

– To nie było na własną rękę. Komisarz kazał nam go przesłuchać. Sarnowski jest na liście osób, które potencjalnie miały największe możliwości, żeby zabić.

Zagotowała się. Gdyby mogła, zdzieliłaby tego głupka, ale niestety, nic z tego. Jej profesja do czegoś zobowiązywała.

– Słucham?! Czy pan słyszy, komendancie? Bo nie wierzę własnym uszom. Pański człowiek twierdzi, że Piotr Sarnowski mógł zabić naszą ofiarę?! Nie, no ręce opadają. Niech pan zareaguje, to pańscy ludzie!

Kałdun przysłuchiwał się jej do tej pory w milczeniu, nie zdradzając, że narasta w nim irytacja.

– Ale nie rozumiem, dlaczego tak pani broni jakiegoś polityka? Przecież jeżeli facet znalazł się blisko sprawy, to chyba logiczne, że trzeba go przesłuchać, zapytać o alibi, żeby go wykluczyć. Przecież to jest ABC naszej pracy i chyba dobrze pani o tym wie. Nie rozumiem pani wzburzenia, przecież ani on pani brat, ani swat.

– Może nie brat... – Nie skończyła. Zdała sobie sprawę, że się zagalopowała, a policjanci, widziała to po ich minach, już się domyślili. Komendant też wydawał się zaskoczony wnioskiem, jaki właśnie wysnuł, i skonfundowany.

– No cóż, nawet jeżeli, to przecież nikt nie może stać ponad prawem. A my nie zajmujemy się życiem prywatnym prokuratury.

Wzruszyła ramionami, wściekła na siebie, że sama zapędziła się w kozi róg. Musiała jakoś wyjść z twarzą z tej sytuacji.

– Na przyszłość chcę wiedzieć wcześniej, kogo macie zamiar przesłuchiwać. Może uda się wtedy zapobiec takim idiotycznym sytuacjom.

– Jak pani to sobie wyobraża? Chce pani opóźniać prace operacyjne i własne śledztwo?!

Już do niej dotarło, że się niepotrzebnie wygłupiła i że to oni mają rację. Nie odpowiedziała i wyszła z gabinetu. W drzwiach zderzyła się z komisarzem Nadzieją.

*

Zaplanował, że dzisiaj wybierze miód i nie będzie czekał ani dnia dłużej. I tak był spóźniony, powinien zabrać się do tego w połowie czerwca. Pogoda na szczęście dopisywała. Nałożył kombinezon pszczelarski oraz inne potrzebne akcesoria i wyszedł z budynku gospodarczego do ogrodu, gdzie znajdowała się miododajna pasieka, jego oczko w głowie. Od lat zajmował się pszczołami i miodem, który uważał za prawdziwe panaceum.

Nagle przystanął. Uderzyła go przejmująca, dziwna cisza. Uświadomił sobie, że nie słyszy ptaków. A przecież o tej porze zawsze śpiewały. Poza tym niby wszystko było jak zawsze, ale...

Przeżegnał się i wzniósł oczy do nieba w cichej modlitwie. Usłyszał biegnącą za nim Jadzię i odwrócił się.

– Proszę księdza! Nigdzie nie ma dymiarki! Przecież jak ksiądz ostatnio wybierał, sama ją chowałam, tam gdzie zawsze. Nie wiem, co się stało. Diabeł ogonem nakrył czy co?

Szli teraz razem w stronę pasieki.

– Niech Jadzia tylko diabła do tego nie miesza. Jak odłożyła na miejsce, to powinna być. No zobaczymy, może nie zaatakują i dymiarka wcale nie będzie potrzebna. Pewnie została przy ulach.

Doszli do pasieki i od razu rzuciło mu się w oczy, że z pszczołami coś się dzieje. Były dziwnie pobudzone.

– Co się stało, o co wam chodzi? Pszczółki kochane, przecież nic złego wam nie zrobię. Niech Jadzia trzyma się z dala, bo są zdenerwowane.

Wszedł w głąb pasieki i dostrzegł, że z ostatniego ula ktoś wyjął ramki i postawił obok.

– A to co? Kto to wyjął? Niech no Jadzia spojrzy, jakiś złodziej tu urzędował, ale przecież ramki są pełne miodu! Czemu je zostawił?

Ze zdziwieniem skonstatował, że wokół tego ula pszczoły nie latały. Jadzia stanęła obok, a na jej twarzy odmalowało się najwyższe zdumienie.

– Nie ma pszczół?

Podszedł bliżej do opustoszałego ula i zdjął pokrywę. To, co zobaczył, prawie zwaliło go z nóg.

Kobieca głowa z wytrzeszczonymi, martwymi oczami wpatrywała się wprost w niego. Rozpoznał ją! Boże najukochańszy, jak możesz dopuszczać do takich rzeczy?! Przeżegnał się, a potem złapał się za serce, miał wrażenie, że zaraz eksploduje. To była Bożena, córka Zofii. Jadzia też ją zobaczyła, krzyknęła z przerażenia i zakryła oczy.

W głowie miał mętlik, totalny chaos. Zaskoczenie wywołane makabrą i potwornością, jakiej dopuścił się ktoś na dziewczynie, którą znał od dziecka, było nie do opanowania i nie do pojęcia.

– Boże! Boże miłosierny! – Znowu się przeżegnał. – Wieczne odpoczywanie racz jej dać Panie, a światłość wiekuista niechaj jej świeci...

*

Na poboczu drogi w kierunku Suwałk stał patrolowy land rover defender straży granicznej. Jacek z Markiem zaczęli służbę wcześnie rano, ich dzisiejsza zmiana miała potrwać dwanaście godzin.

Jacek przeczuwał, że lekko nie będzie. Siedzieć cały dzień w samochodzie w taki upał to nie przelewki, nawet gdyby nic się nie działo. A tu zawsze coś się działo. Spojrzał na Marka, który nie wyglądał najlepiej. Nie wyspał się czy co? Znali się od lat i z niejednego pieca jedli już chleb. Marek sięgnął po napój energetyzujący i wypił połowę zawartości, jakby nie pił dwa dni. Jacek się domyślił. Spojrzał na kumpla spod przymrużonych powiek ze znaczącym uśmiechem.

– Co jest? Już od rana brakuje ci formy?

– Powietrze ze mnie zeszło. Przez ten upał, no i wczoraj trochę zabalowałem. – Popatrzył na Jacka z miną niewiniątka.

– To musiało być ostro.

– W sumie było. Teście obchodzili okrągłą rocznicę ślubu. Człowiek nigdy się nie nauczy rozumu. Wypijesz trochę i dalej już leci, sam nie wiesz, jak i kiedy. Zresztą co ci będę mówił.

– No tak. To lekko dziś nie będziesz miał, dwanaście godzin.

– No.

Jacek spojrzał w lusterko, zobaczył zbliżający się szybko samochód. Odniósł wrażenie, że na ich widok samochód jeszcze przyśpieszył.

– Ożeż w mordę! Widziałeś numery?!

Poczuł uderzenie adrenaliny, odpalił silnik i gwałtownie ruszył. Marek ledwie zdążył się zaprzeć nogami, żeby nie walnąć głową o deskę.

– To ludzie od Astasa!

– No to grzej, ile dasz radę. Nie zwieją nam tym razem.

Ścigali mercedesa na litewskich numerach, prawie doprowadzając dwa razy do wypadku innych uczestników ruchu. Na szczęście nic złego się nie stało. Z Jacka lał się pot; prowadzenie wozu w takim tempie i jednoczesne zwracanie uwagi na wszystko dookoła kosztowało go trochę wysiłku. Jednak nie odpuszczał.

Kiedy dojechali prawie do Suwałk, uciekający samochód gwałtownie skręcił w szalonym pędzie w mniejszą drogę, prowadzącą do starej żwirowni. Jacek doskonale znał to miejsce. Jego zdaniem ścigani popełnili błąd, ale dla nich lepiej, bo na szczęście nie musieli wjeżdżać do miasta.

Mercedes pędził przez teren żwirowni, wznosząc tumany kurzu, a kiedy Jacek przebił się przez jego zasłonę, zobaczył uciekinierów zakopanych w piasku. Kręcące się bezradnie koła samochodu buksowały, zakopując się coraz bardziej.

Jacek zatrzymał defendera i wyciągnąwszy karabinek, wyskoczył z samochodu. To samo zrobił Marek. Dopadli do mercedesa, zachodząc go z obu stron. W środku siedziało dwóch mężczyzn. Astasa rozpoznał od razu, drugiego nie znał.

– Wysiadać! – krzyknął do kierowcy, mierząc w jego głowę. – Już! Ręce! Kogo my tu mamy? – Udał miłe zaskoczenie. – Astas we własnej osobie! Wysiadaj, mówię!

Astas, chcąc nie chcąc, zaczął się gramolić z rękami w górze. Z drugiej strony Marek wyprowadzał pasażera. Obszukali ich. Przy Astasie znalazł broń, którą włożył za pasek. Wyciągnął kajdanki.

– Rączki z tyłu, Astas, o tak, dziękuję. I zapraszamy do naszego wozu. Marek, jak tam?

– Okej.

Jacek popchnął lekko Astasa w stronę defendera, a ten leniwie ruszył. Marek prowadził zakutego w kajdanki pasażera mercedesa.

– Panowie, o co chodzi? Ja nic nie zrobiłem! Nazywam się Bielik, Robert, pracuję w komisie samochodowym w Augustowie. Pan Astas kupił u nas ten samochód i odbywaliśmy jazdę próbną, kiedy zaczęliście…

– No jasne! Jazda próbna, a kupiony u was samochód jest na litewskich numerach! Mógłbyś się, chłopie, bardziej wysilić.

Odprowadzali Litwina i Polaka do swojego samochodu, kiedy Jacek zauważył parę metrów dalej spalony wrak samochodu.

– A to co? Jeszcze niedawno go tu nie było.

Marek podążył za jego wzrokiem.

– Pójdę sprawdzić.

*

Kiedy zadzwonił Leszek Ranuszkiewicz z informacją, że w domku letniskowym odkrył zaschniętą krew, Karola zmroziło. Co prawda nie znaleziono ciała i nie wiadomo było, czyja to krew, ale spodziewał się najgorszego. Dzień zaczął się ostro, a wydarzenia nabierały tempa.

W drodze do domku warszawiaków Włodek opowiedział mu o porannym dywaniku u Kałduna i ataku prokuratorki. Później zadzwoniła przerażona Julia, informując, że jest w szpitalu, bo jej ojca zabrała karetka. Lekarze podejrzewali zawał.

Jeżewska zaprowadziła ich do garażu, gdzie technicy zbierali ślady. Obejrzał plamę krwi i wyszedł z domku. Czuł, że zbliża się kolejny atak paniki, i bardzo tego nie chciał, musiał go opanować. Nie mógł pokazać ludziom swojej słabości. Łyknął tabletkę, którą na szczęście miał w kieszeni. Próbował myśleć o innych sprawach, patrzeć na las i głęboko oddychać.

Po paru minutach miał wrażenie, że jest lepiej. Podszedł do niego Włodek. Nadzieja zagadnął go pierwszy.

– Co zrobił z ciałem?

– Pojęcia nie mam. Może gdzieś zakopał?

Komisarz pokręcił głową. Jeżeli to była robota ich zabójcy, a był o tym przekonany na dziewięćdziesiąt dziewięć procent, to ciało powinni znaleźć niebawem. Facet nie ukrywał zwłok, chciał, żeby je znajdowali, chciał, żeby wiedzieli, co zrobił. Namawiał ich do podjęcia gry. Ale Karol nie powiedział tego głośno.

– Schemat działania jest praktycznie ten sam. Zwabia ofiarę do pustego domku letniskowego albo doprowadza siłą. Ma tu spokój, wie, że właściciele są nieobecni.

Zadzwonił jego telefon. To był Tomek, który został na komendzie.

Kiedy skończył rozmowę, jego twarz przybrała kolor płótna. Włodek przyglądał mu się przejęty, bo sporo usłyszał.

– Szefie? Co jest? Co się stało?

Musiał wziąć głęboki oddech i policzyć w myślach do pięciu.

– Mamy część ciała. Tomek jedzie na plebanię do Strzelcowizny. Tamtejszy ksiądz Sajko znalazł w pasiece, w jednym z uli, głowę kobiety. – Spojrzał na Włodka, jakby sam nie wierzył w to, co powiedział. – Dasz wiarę?! Tym razem posunął się dalej i odciął kobiecie głowę!

Włodek tylko przeżegnał się ze zgrozą. Nie mógł wydobyć z siebie głosu. Stali przez chwilę w milczeniu, patrząc na las. Karol w końcu się odezwał:

– Powinniśmy przeszukać lasy w tej okolicy. Mógł gdzieś tu porzucić zwłoki, tak jak poprzednie. Zadzwonię do Kuli po psy. Pogoda jest dobra, powinny tym razem złapać trop.

– Świetny pomysł – przemówił wreszcie skamieniały dotąd Włodek.

– Szkoda, że nie możemy teraz liczyć na Julię, jej ojciec wylądował w szpitalu z zawałem. Od razu podejrzewała, że mamy do czynienia z seryjnym. Nie chciała mówić tego głośno. Wiesz, co to znaczy?

Włodek skinął głową, choć Karol założyłby się, że ten „świeżak", będący dopiero na początku swej drogi policyjnej, nawet sobie nie wyobraża, co znaczy „seryjny". A ten, z którym mieli do czynienia, był wyjątkowo paskudny i nieszablonowy.

– Kałdun się wścieknie. Myślał, że w spokoju doczołga się do emerytury, a tu taki klops.

– Czeka nas niezła jazda. Zbieramy się, trzeba przesłuchać księdza.

*

Przed plebanią stały wozy policyjne, pasieka została ogrodzona taśmą, a wstępu do ogrodu pilnowało dwóch mundurowych.

Dziemianiuk przyjechał na miejsce pierwszy i zadbał, żeby ludzie, którzy nie wiadomo jak i skąd dowiedzieli się o horrorze, nie zadeptali śladów. Podszedł do księdza Sajki, który wyglądał nietęgo, i Tomek się temu nie dziwił. Nie dość, że starszy człowiek, to jeszcze przeżył taki koszmar.

– Komisarz Nadzieja już jedzie – powiedział, jakby to miało księdza podnieść na duchu.

Do plebanii zbliżały się dwie kobiety. Duchowny też je spostrzegł i zrobił się jeszcze bledszy. W jednej z nich Tomek rozpoznał matkę Bożeny Hryszkiewicz.

Teraz wydarzenia potoczyły się bardzo szybko. Zanim Dziemianiuk zdążył pomyśleć, zaniepokojone kobiety podeszły do nich. Zofia trzymała w rękach jakieś rulony. Ta druga zapytała:

– Coś się stało? Co tu robi policja?

Nie zdążyli odpowiedzieć, bo Zofia wpadła w histerię, jakby wiedziała, że chodzi o jej córkę. A przecież nie mogła tego wiedzieć.

– Prosze ksiendza, co tu sie stało?! Znaleźliście ją? Tak? Wiem, że ją znaleźliście! Czuje to! Chce ją zobaczyć! Chce zobaczyć moje dziecko!

Rozpłakała się tak rozpaczliwie, że Tomka przeszły dreszcze. Zupełnie nie wiedział, co zrobić.

Ksiądz objął ją troskliwie.

– Zofio, musisz być silna.

Odprowadził ją wraz z drugą kobietą w stronę plebanii. Dziemianiuk odetchnął.

To było najtrudniejsze w tej pracy. Rozmowa z ludźmi, którzy stracili bliskich. Tomek nie miał w tym jeszcze wielkiego doświadczenia. Rozmawiał parę razy z rodzinami ofiar wypadków samochodowych. W sumie co za różnica, ale jednak morderstwo... Nie, nie umiał sobie wyobrazić tego bólu.

*

Czekali na szpitalnym korytarzu przed OIOM-em. Po godzinie Kuba w końcu się znudził i zanim się spostrzegła, gdzieś poszedł. Zatopiła się we własnych myślach i z całą mocą dotarło do niej, że mogła go stracić. Uświadomiła sobie właśnie, że jej ojciec, który jawił jej się jako ktoś niezłomny i silny, jest tak naprawdę kruchy, a jego życie wisi na włosku.

Niby wiedziała, że ojciec nie jest już młody, a jednak nigdy o tym wcześniej nie pomyślała. Może właśnie dlatego, że odkąd sięgała pamięcią, zawsze uosabiał wigor, stałość, solidność i pewność. Choć rzadko się widywali, świadomość, że on jest, że trwa – dawała jej siłę. Co się stanie, gdy go zabraknie?

Wyciągnęła telefon. Powinna powiadomić ciocię Romę. Wybrała numer.

– Cześć, ciociu. Tak, dzięki, ale dzwonię, bo... tylko się nie martw. Chodzi o ojca. Dzwonię ze szpitala, tata jest na OIOM-ie. Nie, uspokój się, wygląda na zawał, ale szybko został przywieziony. Nic jeszcze nie wiem, czekamy. – Dłuższa chwila milczenia. – Może nie dzwoń, poczekaj, aż coś będzie dokładniej wiadomo. Dobrze, to przyjeżdżaj. No pewnie, dam ci znać, jak tylko się czegoś dowiem. To na razie i uważaj na siebie. Jedź ostrożnie.

Rozłączyła się i przez chwilę siedziała nieruchomo. Rozejrzała się, ale nigdzie nie dostrzegła Kuby. Już chciała pójść go szukać, kiedy drzwi OIOM-u się otworzyły i wyszedł lekarz. Podszedł do niej.

– Pani z rodziny?

– Jestem córką. Co z ojcem?

– Stan jest ciężki, zawał był rozległy. Musimy przewieźć ojca do kliniki w Białymstoku, potrzebna jest operacja i by-passy. W naszym szpitalu tego nie zrobimy.

Słuchała lekarza z rosnącym przerażeniem.

– Ale transport? W jego stanie?! Przecież to go może zabić!

– Nie mamy wyjścia, ale proszę się nie martwić. Ojciec ma silny organizm, a pierwsze niebezpieczeństwo zostało zażegnane.

Kiwnęła głową bezradnie i usiadła na krześle. On nie może umrzeć, nie teraz. Jeszcze nie.

*

Niewielkie, skromne biuro księdza Sajki, jak i cała plebania zupełnie nie przypominały większości plebanii w tym kraju. Ksiądz Sajko musiał należeć do wyjątków potwierdzających regułę. Jednak w tych okolicznościach to obchodziło go teraz najmniej.

Dopijali kawę, którą przyniosła gospodyni. Proboszcz milczał, a na jego twarzy odbijały się wszystkie poranne przeżycia. Karol postanowił przerwać milczenie.

– Zauważył ksiądz ostatnio coś niecodziennego?

Sajko siedział zamyślony, wpatrując się w okno. Wydał mu się bardzo kruchy.

– Nie, raczej nie. Ale w nocy...

– Tak?

– W nocy obudziło mnie szczekanie psów. Miałem wrażenie, że ktoś kręcił się po ogrodzie. Nawet wyszedłem, ale nikogo nie widziałem.

– O której to było?

– Dobrze po trzeciej. Gdy wróciłem do pokoju, spojrzałem na budzik.

– To pewnie wtedy podrzucił tę...

– Tak. To musiało stać się w nocy, bo wczoraj wieczorem poszedłem do pasieki i wszystko było jak zawsze.

*

Julia pakowała do torby podróżnej rzeczy przydatne w szpitalu. Była wykończona. Usiadła na łóżku i rozejrzała się po ojcowskiej sypialni.

Bezmyślnie otworzyła szufladę nocnego stolika. Wyjęła blister z tabletkami i jego okulary. Głębiej na dnie szuflady leżało jakieś zdjęcie.

Wyciągnęła je ostrożnie; rozpoznała mamę i siebie. Musiała mieć wtedy może rok. Mama przytulała ją i patrzyła z uśmiechem w obiektyw. Julia nigdy wcześniej tego zdjęcia nie widziała. Uśmiechnęła się, ale po chwili uśmiech zszedł z jej twarzy. Westchnęła głęboko.

Do pokoju wpadł Kuba.

– Mamo! Spakowałaś rzeczy dziadka? Chodź, musimy jechać. Inka dzwoniła, że na mnie czekają.

Zamilkł, widząc, że mama siedzi i nie reaguje. Podszedł bliżej i spojrzał na zdjęcie.

– Kto to?

Otrząsnęła się z odrętwienia i popatrzyła na syna przytomniej, po czym przeniosła wzrok na fotografię.

– To twoja babcia i ja.

Kuba zaintrygowany wziął zdjęcie do ręki i przyglądał mu się uważnie.

– Ale byłaś malutka, wcale nie jesteś podobna. To babcia? Czemu jej nie poznałem?

– Nie pamiętasz? Mówiłam ci kiedyś. Babcia umarła dużo wcześniej, zanim się urodziłeś. Odeszła, jak byłam bardzo mała.

Kuba spoważniał i przytulił się do niej.

– To znaczy, że nie miałaś mamy?

– Ciocia Roma mi ją zastąpiła, ale to nie to samo.

– Tęskniłaś za nią, tak jak ja za tobą?

Spojrzała na niego zdumiona. Nie spodziewała się tego.

– Tęskniłam, bardzo. Nawet dzisiaj tęsknię. Ale co to znaczy? Tęsknisz? Przecież codziennie rozmawiamy, wiesz, że jestem.

– No wiem, ale to nie to samo.

Nie podejrzewała nawet, że jej syn cierpi, że tęskni za nią, że jest mu jej brak. Przytuliła go z całej siły, a on się nie wyrywał.

– Pamiętaj, że nawet jeśli jestem zajęta i nie ma mnie przy tobie fizycznie, to jestem zawsze blisko. I zawsze będę. Jesteś moją największą miłością.

*

Na polanie pod lasem, w pobliżu domu letniskowego warszawiaków, wylądowała para żurawi. Ptaki przystanęły i wydały z siebie charakterystyczny klangor, potem zapadła cisza.

Żurawie majestatycznie przechadzały się, kiedy z oddali usłyszały ujadanie psów. Wzbiły się gwałtownie w górę i spłoszone odleciały, akurat w momencie, gdy na polanę wpadł zziajany jeden pies, a po chwili drugi; za nimi pojawili się policjanci, trzymający podopiecznych na długich smyczach. Po chwili na polanę weszła tyraliera mundurowych przeczesujących teren. Policjanci z psami podeszli do siebie. Jednym z nich był aspirant Mirosław Kula.

– Nic z tego. Za każdym razem wracają do domu i drogi. Ciało musiało zostać wywiezione gdzieś samochodem.

– Nie inaczej, ale przynajmniej mamy pewność, że nie ma go w okolicy. Dzwoń do Nadziei, że kończymy akcję.

Kula wyciągnął telefon i głaszcząc zziajanego psa, wybrał numer komisarza.

*

W redakcji gazety „Głos Augustowa" pracowali w milczeniu Maria i Bartek. Każde z nich zatopione było głęboko w swych myślach, nie słyszeli nawet lecącej z radia muzyki. W pewnej chwili Maria się ocknęła.

– Która to godzina? Już po dwunastej? Ależ śmiga ten czas, dopiero co przyszliśmy do pracy, a tu już południe minęło. Zrobię jeszcze kawę, napijesz się?

– Nie, chyba nie, dzięki – wymamrotał Bartek, nie odrywając nawet wzroku od ekranu komputera.

Maria wzruszyła tylko ramionami i pomyślała, że ta dzisiejsza młodzież jest niemożliwa, nie potrafi się odpowiednio relaksować. Wstała, przeciągnęła się i przeszła do socjalnego, by włączyć czajnik.

– Co się dzieje z Hanką? Miała wpaść dzisiaj, mówiła, że będzie o dziesiątej.

– Wiesz, jak z nią jest. Dzisiaj sobota, pewnie jeszcze śpi. A może coś znowu zwąchała. Za nią nie trafisz – stwierdził Bartek.

– Zawsze uprzedzała, jak jej coś wypadło. Zadzwonię do niej.

Wybrała numer, ale po chwili odłożyła telefon.

– Nikt nie odbiera.

– Może nie słyszy. Pewnie zaraz się zjawi.

– Obyś miał rację. Nie wiem dlaczego, ale czuję jakiś niepokój.

Wróciła do kantorka, żeby zaparzyć kawę. Pomyślała, że zazdrości Bartkowi spokoju, który wynikał, jak podejrzewała, z braku doświadczenia życiowego. Prawdę mówiąc, nie wiedziała, co lepsze.

*

Od razu ze Strzelcowizny Nadzieja przyjechał do patologa, któremu wcześniej przywieziono głowę Bożeny Hryszkiewicz. Zastał tam już Włodka Szkarnulisa. W prosektorium leżały dwa ciała, przykryte prześcieradłami. Longin stał przy biurku, na którym szukał czegoś wśród wielu papierzysk. Stojący obok niego Szkarnulis w pewnej chwili dostrzegł raport.
– O to ci chodzi? – Wyciągnął go spod sterty.
Longin wziął z jego rąk kilka spiętych kartek i zbliżył do oczu.
– No, jest! – krzyknął rozgorączkowany. Podał raport Nadziei. – Tu opisałem wszystko: dekapitacja, czyli obcięcie głowy bardzo ostrym narzędziem. Posprawdzałem trochę i myślę, że mógł to być nóż myśliwski, może kukri, który jest podobny do maczety. Głownia musiała mieć więcej niż dwadzieścia centymetrów. Coś między dwadzieścia pięć a trzydzieści osiem. Mogła to być po prostu maczeta, trudno powiedzieć. Gdybym miał narzędzie, mógłbym stwierdzić, że to właśnie nim się posłużono.
Nadzieja przeglądał raport, a Szkarnulis zaglądał mu przez ramię.
– Na określenie czasu zgonu pewnie nie ma szans.
Longin spojrzał na Karola znad okularów opuszczonych, jak zwykle, na czubek nosa.
– Przydałoby się ciało.
– Sprawca mógł wyrzucić je w tylu miejscach, że jeżeli nie pomoże nam przypadek, możemy go nigdy nie znaleźć.
– To, co mogę stwierdzić na pewno: ofiara nie żyła, kiedy pozbawił ją głowy. Natomiast czas zgonu mogę podać tylko w przybliżeniu: od czterech dni do tygodnia, nie dłużej. No

i jeszcze jeden drobiażdżek... – Zawiesił głos, żeby podbić napięcie. Odwrócił się do biurka i wyciągnął z szuflady zabezpieczoną w słoiku czarną ziemię. – Mieliśmy już z tym do czynienia. – Pokazał słoik. – W ustach znalazłem, jak poprzednio, garść ziemi.

– No tak, mamy podpis. Coś jeszcze?

Patolog wzruszył ramionami.

– Co byś jeszcze chciał? To mało? I tak zrobiłem, co się da, w tempie ekspresowym, i nawet nie wspominam, że dzisiaj sobota.

– Wiemy, stary. I doceniamy. Gdyby nie ty...

– No dobra, dobra. Idźcie już. Znajdźcie ciało, to powiem więcej.

*

Siedział od dłuższej chwili przyczajony w krzakach w ogrodzie prokuratorki. Stąd widział doskonale, co robi ona i ten jej pożal się Boże absztyfikant.

Uśmiechnął się na samo brzmienie tego słowa, które usłyszał w głowie. Absztyfikant. Kto teraz tak mówi? I skąd jemu się to wzięło? Nie wiedział i nie zamierzał tego zgłębiać, zwłaszcza teraz. Miał swoją misję, konkretne zadanie do wykonania i nie mógł tego spieprzyć. Musiał wybrać dogodny moment i zadziałać. Wydawało się, że okazja nadarza się właśnie teraz.

*

Chodzili po salonie i kłócili się już od dobrych pięciu minut. Monika dawno nie wkurzyła się tak bardzo na nikogo jak teraz na Piotra. To przez niego najadła się wstydu przed tymi prymitywami z policji. Że też dała się tak łatwo napuścić. A on wszystko bagatelizował i wymagał rzeczy niemożliwych.

– Co ty sobie wyobrażasz?! Wiesz, ile najadłam się przez ciebie wstydu?!

Zaperzył się i zaatakował.

– Wielkie rzeczy! Wstydu się najadła! A od kiedy chęć kupienia domu jest przestępstwem?! Jak dotąd to nie było karalne! A wiesz, co dla mnie oznacza nachodząca mnie policja? I to teraz?! Nie mogłaś temu zapobiec? Przecież to twoje śledztwo!

– Moje, ale nie jestem duchem świętym. Nie uprzedzili mnie, że mają zamiar cię przesłuchać! Nie muszą mi o wszystkim meldować co chwilę. Gdybym wiedziała, nie dopuściłabym do tego.

Wkurzało ją coś jeszcze. Usiadła na kanapie i przyglądała mu się badawczo.

– Co? – zapytał, zbity z pantałyku.

– Znałeś ją? Tę Zaleską? Podobno była niezła.

Prychnął z oburzenia i znowu zaczął chodzić po pokoju. Wydawało jej się jednak, że się zmieszał.

– Zwariowałaś?! Co ty sobie myślisz? Podejrzewasz mnie?!

Patrzyła na niego, jakby chciała go prześwietlić na wylot i poznać wszystkie jego myśli. Już sama nie wiedziała, co ma o tym wszystkim sądzić.

*

Kuba z Inką przyglądali się parze łabędzi, liżąc z zaangażowaniem wielkie lody.

– Ciekawe, który to tata, a który mama.

Inka popatrzyła na niego i się roześmiała. Poczuł się niepewnie.

– Nie wiesz, jak je rozróżnić? To proste. Trzeba rzucić chleb. Jak złapał, to samiec, jak złapała, to samica.

Wzruszył ramionami, trochę obrażony.

– Mądrala.

– No co? Tata mi tak wytłumaczył. – Śmiała się dalej, ale gdy odwrócił się od niej i spojrzał w kierunku budynku portu, spoważniała. Podjęła ugodowo: – No, nie obrażaj się. Mama to ta mniejsza, z mniejszą naroślą nad dziobem.

Kuba się odwrócił i spojrzał na nią badawczo.

– A gdzie twoja mama?

Dziewczynka posmutniała, a on się wystraszył. Nie rozumiał, co powiedział czy zrobił nie tak. Po chwili odpowiedziała, patrząc na łabędzie:

– Nie wiem. Tata z babcią mówią, że poszła do nieba, ale ja nie wiem, gdzie ona jest. Czasem ją widzę w snach.

Nie zauważyli, że z budynku portu wyszła Orszańska. Rozglądała się za nimi, trzymając w ręce bilety. Kiedy podeszła, zauważyła, że dzieci są jakieś markotne.

– Mamy bilety, za piętnaście minut wypływamy. Nasza trasa, uwaga, czytam: rzeka Netta, jezioro Necko, rzeka Klonownica, Jezioro Białe, dalej śluzą w Przewięzi dostaniemy się na Jezioro Studzieniczne. Tam będzie dwudziestominutowy postój przy sanktuarium maryjnym. Czas trwania rejsu: trzy godziny. Co wy na to? Podoba się?

– Znasz te jeziora? – spytała Inka.

– Nie bardzo. Płynąłem kajakami tylko Czarną Hańczą.

– No widzisz, a Inka jeszcze Czarną Hańczą nie płynęła. No chodźcie, możemy już wsiadać na statek.

Ruszyli za nią, kończąc jeść lody.

*

Tomek Dziemianiuk po porannej akcji na plebanii w Strzelcowiźnie z przyjemnością wrócił do komendy, by trochę posiedzieć za biurkiem. Mimo wszystko było tu ciut chłodniej niż na zewnątrz w pełnym słońcu, a wiatrak na biurku przynajmniej pozornie z lekka schładzał. Ale tak naprawdę nie chodziło wcale o upał.

W biurze oprócz niego siedział tylko Piotrek Sawko, reszta jeszcze nie wróciła. Tomek wypił kawę i zjadł wszystkie przygotowane przez żonę kanapki. Przypomniała mu się poranna reprymenda prokuratorki i całkiem zręczne odparcie ataku przez Kałduna.

Stary miewał jednak przebłyski zdrowego rozsądku, szkoda, że tak rzadko. Tomek podejrzewał, że po prostu facet odpuszcza; że zwyczajnie mu się nie chce, chyba że coś lub ktoś go wkurzy. A Pawluk go właśnie wkurzyła. Uśmiechnął się na wspomnienie poranka i głupiej miny prokuratorki. Potrafiła być irytująca, uparta i zwyczajnie zamknięta na inne rozwiązania.

Do biura weszli komisarz Nadzieja i Włodek.

– W starej żwirowni pod Suwałkami znaleźli doszczętnie spalonego volkswagena – oznajmił komisarz. – Właśnie go ściągamy, to może być samochód Zaleskiej.

Szkarnulis usiadł za biurkiem, Nadzieja przeszedł do swojego pokoju, kiedy Sawko krzyknął:

– Ożeż, kurka wodna!

Wszystkie oczy spojrzały na niego, Nadzieja cofnął się spod swoich drzwi.

– Co jest?

– Ktoś włączył komórkę Zaleskiej! Widzicie? Jest tutaj, w Augustowie, przemieszcza się.

Wskazał palcem na ekran monitora, na którym czerwony punkcik przesuwał się po mapie Augustowa. Byli zaskoczeni.

– Nie do wiary! Dobra, jedziemy! Piotrek! Zabieraj laptop, poprowadzisz nas. Tomek, weź swój samochód, pojedziesz z Włodkiem. Szybko!

Wybiegli z biura.

*

Beata wyszła z domu na taras, niosąc dwa półmiski z mięsem i ziemniakami. Za nią podążała Basia z salaterkami wypełnionymi sałatkami. Pochód zamykała Kasia, uważnie niosąca dzbanek z wodą, miętą i cytryną. Rozstawiły jedzenie na nakrytym stole.

– No zobacz, nikogo jeszcze nie ma, gdzie oni się podziewają? Przecież mówiłam, że obiad dzisiaj o trzynastej. Nawet Jesse gdzieś wyparował – narzekała Beata.

– Mówiłam ci, że Zygmunt zje w Suwałkach? – odezwała się Basia. – Pojechał coś znowu załatwiać.

Na taras weszła milcząca Danka Zembalska. Od razu wyczuły, że jest w złym nastroju. Basia spytała z troską:

– Źle się pani czuje? Stało się coś?

– Oprócz tego, że wali mi się małżeństwo, nic takiego się nie dzieje – odpowiedziała z wymuszonym uśmiechem.

Obie z Basią nie bardzo wiedziały, jak powinny zareagować, ale do tarasu właśnie zbliżał się Jesse, co odwróciło ich uwagę od niezadowolonej Zembalskiej.

– Gdzie ty chodzisz? Obiad już na stole, zaraz wszystko będzie zimne – burknęła z pretensją Beata.

– Spotkałem tego warszawiaka, co ma domek w lesie za szosą. Przyjechali właśnie na urlop, no i mieli włamanie.

– Boże, kiedy ludzie przestaną wreszcie to robić? – zapytała retorycznie Beata.

– Włamanie to nic. Była u nich policja. Podobno stwierdzili, że kogoś u nich zamordowano.

Kiedy tylko to powiedział, Beata zamarła. Nawet jeżeli to była prawda, nie powinien tego mówić przy gościach. Zganiła w duchu bezmyślność męża. Na efekty nie trzeba było czekać. Basia zatkała usta z wrażenia, a Zembalska zerwała się gwałtownie, by po chwili opaść bezradnie z powrotem na fotel.

– Nie, ja już tego dłużej nie wytrzymam! To jakiś horror jest, odkąd tu przyjechałam, wciąż słyszę tylko o morderstwach! To miał być spokojny urlop! Wyjeżdżam stąd natychmiast, nie zamierzam czekać, aż mnie tu zamordują! – wybuchnęła histerycznie.

Do tarasu zbliżał się uśmiechnięty Wenet.

– Przepraszam za spóźnienie! Dobrze mi się pisało i zupełnie straciłem poczucie czasu. – Na widok min kobiet zaniepokoił się: – Co się stało?

*

Po wygarnięciu sobie nawzajem wszystkich pretensji do Moniki i Piotra dotarło w końcu, że dłużej boksować się nie ma sensu.

Piotr zaproponował, że zawiezie ją pod prokuraturę, bo zostawiła tam swój samochód. Wychodzili z domu w dużo lepszych nastrojach.

– Nie rozumiem, dlaczego mi nie powiedziałeś – dociekała Monika.

– Bo to miała być niespodzianka!

– A nie pomyślałeś, że ten pomysł może mi się nie spodobać? Po co nam domek w takim miejscu jak Augustów? Gdybyśmy go kupili, nigdy byśmy nigdzie nie wyjechali, tylko siedzielibyśmy na dupie w jednym miejscu! Kompletnie poroniony pomysł.

– Wydawało mi się, że marzysz o domku. – Był szczerze zdumiony.

Zrobiła zniecierpliwioną minę i westchnęła ciężko, jakby chciała powiedzieć: „Co ty o mnie wiesz".

– No to przynajmniej już masz świadomość, że nie.

Podeszli do samochodu, a po chwili wyjechali za bramę i włączyli się do miejskiego ruchu. Nie było jeszcze korków, więc wkrótce wjechali w Trzeciego Maja i po niedługim czasie dotarli do prokuratury.

Początkowo nie zauważyli nieoznakowanego samochodu policyjnego parkującego za nimi. Dopiero gdy wysiadł z niego komisarz Nadzieja ze swoimi ludźmi, Monika spojrzała na nich zaskoczona.

– Co tu robicie?!

Nadzieja podszedł od strony Moniki, gestem przywołując Sawkę z laptopem.

– Muszę pani coś pokazać.

– Nie, no chyba pan przesadza, komisarzu. Śpieszę się – zaczęła się znowu irytować.

– Niestety, ale musimy przeszukać ten samochód i, być

może, pana Sarnowskiego. Wszystko wskazuje na to, że w samochodzie znajduje się komórka ofiary, Agnieszki Zaleskiej. Proszę spojrzeć na laptop.

– Słucham?! – wrzasnął wpieniony Sarnowski. – No tego już za wiele! To jest nękanie! Zgłoszę to do pańskich przełożonych! Podam do sądu!

Monika wzięła do ręki laptop od Sawki i szybko stwierdziła, że czerwony punkcik pokrywa się z miejscem, gdzie stoi samochód Piotra. Spojrzała na niego zdumiona i skołowana. Nie wiedziała, co o tym sądzić, ale poddała się.

– Proszę, tylko zróbcie to szybko.

– Monisiu, no co ty?! Pozwolisz im? Przecież ja nie mam żadnego telefonu ofiary! O czym oni bredzą?! To jacyś dyletanci!

– Przymknij się wreszcie! Niech przeszukają ten cholerny samochód. Jeśli nie ma tu telefonu, dadzą nam spokój.

Piotr, zaskoczony jej wybuchem, zamilkł.

Policjanci przeszukiwali samochód, zaglądali do schowka, pod siedzenie, do bagażnika. Piotr stał z triumfującą miną, ale kiedy jeden z policjantów znalazł komórkę z tyłu pod siedzeniem kierowcy, jego oczy zrobiły się okrągłe. Monika też się tego nie spodziewała.

– Chyba jednak musimy jechać na komendę i tam sobie wszystko wyjaśnić.

*

Niepokój Marii o Hankę jeszcze się wzmógł po rozmowie z jej ojcem. Okazało się, że dziennikarka nie nocowała w domu. A jeśli... Nie, nie powinna w ogóle tak myśleć. Na pewno nic jej się nie stało. To mądra dziewczyna i zdaje sobie sprawę z zagrożenia, więc może nocowała u jakiejś koleżanki, bo chłopaka nie miała. Przynajmniej Maria o tym nic nie wiedziała.

Maria nie miała dzieci, od kilku lat żyła samotnie po rozstaniu się z przemocowym partnerem. Dzięki pracy nie czuła samotności, codziennie czerpała siłę z energii swoich młodszych współpracowników. Gorzej będzie na emeryturze, ale wtedy znajdzie sobie jakieś zajęcie. Miała sporo zainteresowań, uwielbiała czytać, zwłaszcza literaturę faktu, bo współczesne powieści wydawały jej się zbyt postmodernistyczne. Interesowała się historią sztuki i marzyła o podróżach. Chciałaby zobaczyć na żywo dzieła swoich ulubionych malarzy: Caravaggia, Boscha, Fra Angelico, ale także ekspresjonistów i surrealistów z Magritte'em na czele, a znała je jedynie z albumów.

Bartek wyszedł po drobne zakupy na lunch, który zamierzali zjeść wspólnie w redakcji. Kiedy usłyszała, że drzwi się otworzyły, była przekonana, że wrócił, i nawet się nie odwróciła.

– Dostałeś wszystko?

– No właśnie zapomniałam spytać, co kupić.

Na dźwięk głosu Hanki wstała od komputera.

– Hanka! Ale mi napędziłaś strachu! Gdzieś ty się podziewała, nie mogłaś zadzwonić?

– Strachu? No coś ty! Komórka mi padła.

– To trzeba było zadzwonić z innej. Po Augustowie grasuje morderca, ty nie wracasz na noc, nie przychodzisz do pracy, to co mam myśleć?

Hanka objęła Marię radośnie za szyję.

– Skąd wiesz, że nie wróciłam na noc?

– Pierwsze, co zrobiłam, kiedy kolejny raz nie odebrałaś, to zadzwoniłam do twojego ojca. Zadzwoń do niego, bo się martwi.

Hanka odpaliła komputer, przeciągając się z rozkoszą. Przejrzała korespondencję.

– Dominika zrobiła imprezę, no i przeciągnęło się do rana. A tata spał, kiedy wróciłam. Wiesz, że znaleźli głowę następnej ofiary?

Marię zmroziło, gdy usłyszała tę informację, tak lekko rzuconą przez Hankę.

– Matko Boska! Co ty mówisz? Skąd wiesz?

– Mam swoje źródła. Głowę podrzucono w pasiece księdza na plebanii, nieźle, co?

– To straszne.

– No wiem, ale trzeba o tym napisać. Policja nie chce puścić pary, a kobiety trzeba przecież ostrzec. Ten psychol się dopiero rozkręca. – Otworzyła jedną z leżących na biurku kopert. – O! Dostałam zaproszenie na wernisaż niejakiego Wolińskiego w domu kultury. Coś o tym pisaliśmy. To chyba ten kochanek Anny Janonis.

*

Julia musiała się czymś zająć, żeby jak najdalej odepchnąć od siebie złe myśli. Stała przy otwartym oknie, wpatrując się w jezioro. Strach o ojca stawał się chwilami paraliżujący. Nie mogła się mu poddać.

Podeszła do tablicy, którą kupiła w Augustowie, by przyczepić na niej zdjęcia ofiar. Wiedziała już o dzisiejszych wydarzeniach, właśnie skończyła rozmawiać z Karolem. Zyskała pewność, że mają do czynienia z seryjnym zabójcą. Zapaliła papierosa i sięgnęła po dyktafon.

Nie mieli czasu. Skoro zabił już dwie kobiety w tak krótkim czasie, to oznaczało, że za chwilę mogą się pojawić następne ofiary. Włączyła nagrywanie i chodząc po pokoju, głośno myślała:

– Sprawca się rozwija, eksperymentuje. Pierwsza ofiara nosiła ślady nacięć na szyi, a druga została zdekapitowana. Na twarzy Zaleskiej znaleziono ślady zębów, na twarzy drugiej ofiary takich śladów nie było, co nie znaczy, że nie zostawił ich gdzieś na ciele. Od jak dawna zabija? W dzieciństwie pewnie dręczył zwierzęta, od tego zaczynał. Jako nastolatek prawdopodobnie kogoś zgwałcił i był brutalny. Tak rozładowywał swój gniew. Na terenie Podlaskiego nie ma śladów jego wcześniejszej działalności, brak nierozwiązanych zabójstw kobiet na tle seksualnym. Dlatego problem polega na tym, że zabójcą może być ktoś przyjezdny, turysta, który najprawdopodobniej gwałcił i zabijał wcześniej, ale w innej części Polski.

Maksymalnie skupiona na swojej analizie nie usłyszała ani nie zauważyła, że ktoś wszedł na górę i stanął w drzwiach jej pokoju. Kiedy się odwróciła, prawie podskoczyła na widok cioci Romy.

Potrzebowała chwili, by wrócić do rzeczywistości, a w tym czasie ciotka zdążyła zauważyć zdjęcia na tablicy. Padły sobie w ramiona.

– Cześć, ciociu, dobrze, że jesteś. Szybko przyjechałaś.

– Wsiadłam w samochód prawie zaraz po naszej rozmowie. Co z ojcem? Jak on się teraz czuje?

– Stabilny. Rokowania są nie najgorsze, ale musi przejść operację. Przewieźli go właśnie do Białegostoku.

Roma spojrzała wymownie na zdjęcia.

– A ty jak zwykle. Nie możesz przestać nawet w obliczu choroby ojca?!

– To jest mój sposób na stres i bezsilność. Nie mogę siedzieć pod drzwiami w szpitalu, to mnie wykańcza, muszę coś robić. Na dodatek mamy naprawdę poważną sprawę. Na terenie grasuje seryjny zabójca kobiet. Zabił już dwie w ciągu kilku dni. Muszę działać! Chodzi o życie nieświadomych niczego dziewczyn i kobiet. Policja nie da sama rady!

Roma kiwnęła głową z lekkim pobłażaniem.

– No tak, już zapomniałam, że musisz zbawiać świat. Raczej siebie – powiedziała w duchu.

*

Karol od pół godziny przesłuchiwał Sarnowskiego. Poprosił Pawluk, aby jako jego bliska znajoma nie brała w tym udziału. Polityk, bez osłony prokuratorki, spuścił wreszcie z tonu i stracił niedawną pewność siebie.

– Ile razy mam powtarzać, że nie wiem, skąd ta komórka wzięła się w moim samochodzie? Wszystko, co do tej pory powiedziałem na temat moich związków z Agnieszką Zaleską, było prawdą! Nie widziałem się z nią w dniu jej śmierci, zresztą przedtem też nie. Ktoś mnie wrabia, nie widzi pan tego?

– Niby kto? Jedynym, kto mógłby chcieć to zrobić, jest morderca. Czy sugeruje pan, że zabójca wybrał sobie pana? Żeby zrzucić na pana winę? Ciekawa teoria – skonstatował sceptycznie Nadzieja

– Nie wiem! Może ktoś znalazł gdzieś tę komórkę i wrzucił mi do samochodu! Nie mam pojęcia! Ale wiem jedno. Nikogo nie zabiłem!

– A co pan robił pierwszego lipca, to był poniedziałek, w godzinach popołudniowych?

– Już mnie o to pytaliście.
– Tak, ale pan nie odpowiedział.
– W poniedziałek po południu? Ale o której?
– Po siedemnastej. Gdzie pan był?
– W drodze do Puńska, jechałem do rodziców – odpowiedział po zastanowieniu.
– O której pan przyjechał?
– Nie pamiętam dokładnie, gdzieś koło dziewiętnastej.
– Chce pan powiedzieć, że droga do Puńska z Augustowa zabrała panu dwie godziny?
– Złapałem gumę po drodze, musiałem zmienić koło.
– Sprawdzimy. A późnym wieczorem i w nocy? Gdzie pan był?
– A co to ma do rzeczy? – zdziwił się.
– Proszę odpowiedzieć.
– Wróciłem do domu około dziesiątej. Mam teraz dużo obowiązków i siedzę do późna.
– Czy ktoś to może potwierdzić?
Sarnowski spojrzał na niego i pokręcił głową.
– No nie, mieszkam sam.
Nadzieja wstał, zbierając się do wyjścia.
– Przykro mi, ale wygląda na to, że potrzebny panu będzie adwokat.

*

Statek wolno dopływał do Studzienicznej. Zamyślona Teresa siedziała na górnym pokładzie. Wszystkie ławki na górze i pomieszczenia na dole były zajęte. Mimo że okres urlopowy jeszcze się na dobre nie zaczął, turyści zapełnili cały statek.

Inka z Kubą stali przy balustradzie na rufie, patrząc w pozostawianą przez silnik falę. Teresa wstała i podeszła do dzieci.

– Dopływamy za chwilę.

Kuba przyglądał się coraz wyraźniej widocznemu brzegowi.

– To jest ta Studzieniczna?

– Tak.

– To wszystko nazywa się tak samo? Jezioro i miejscowość?

– Miejscowość wzięła pewnie nazwę od jeziora albo odwrotnie. Prawdę mówiąc, nie wiem.

– Wiesz, że kiedyś do Studzienicznej przypłynął nasz papież, też takim statkiem? – spytała Inka.

– Dziadek mi mówił, że w Studzienicznej jest sanktuarium.

– Dzisiaj będziemy mogli je zobaczyć. Nie jesteście głodni?

Teresa spojrzała na wnuczkę. Inka wpatrywała się intensywnie w jeden punkt na jeziorze. Orszańska skierowała wzrok w tę samą stronę. Kilkanaście metrów od statku, blisko szuwarów, pływało coś o obłym kształcie w brunatnym kolorze.

– Babciu, widzisz to? Co to może być?

Usiłowała zgadnąć, kiedy nagle pod wpływem fali odchodzącej od statku z obłego kształtu uwolniła się ludzka ręka.

Teresa gwałtownym gestem zasłoniła dzieciom oczy.

– Boże! Nie patrzcie tam! Zamknijcie oczy!

Jej krzyk i wzburzenie sprawiły, że inni pasażerowie też dostrzegli worek, z którego wystawała ręka. Zaczęli panicznie krzyczeć i pokazywać sobie nawzajem potworne zjawisko. Powstał niezły chaos i zamieszanie, które trwały aż do momentu przybicia statku do brzegu.

*

Na solidnym dębowym stole przed szopą leżały części podzielonej już tuszy dzika. Pod nimi stała miednica na odpady, a na blacie miska na poćwiartowane mięso.

Adam zręcznie oprawiał pozostałą jeszcze część tuszy ostrym myśliwskim nożem. Obok Dąbek z butelką wódki w dłoni nalewał kolejnego kielicha.

– Odyńca musiałem odstrzelić, choć to nie sezon. Skurczybyk narobił sporych szkód w uprawach.

– Kiedy go strzeliłeś?

– Raniutko. Zaczaiłem się niedaleko leśniczówki Szułowicza. Kto by pomyślał, że stary zrobi coś takiego, ale prawda jest taka, że nieźle zaszedł mi za skórę. Niegodziwiec.

– Co ci zrobił? – Adam odłożył na chwilę nóż i wypili.

– Był pazerny. Jak odkrył, że zięć prowadzi pod jego nosem ciemne interesy, zażądał od niego kasy. Ze mną to samo. Kiedyś nakrył mnie na lewej sprzedaży drzewa. Potrzebowałem na leczenie mamy w Stanach. I tak jej nie uratowali, a ja zostałem z Szułowiczem na karku. Szantażował mnie, że ujawni sprawę, a wtedy wiesz, co by było. To przyłączyłem się do biznesu Janonisa, ale wymiękłem. To nie na moje nerwy – zaśmiał się. – Jak Szułowicz zszedł, co tu dużo mówić, odetchnąłem. Ale tej Anki i dzieciaka mi szkoda. – Przyglądał się sprawnym ruchom Adama. – Dobrze ci idzie, fach masz w ręku jakby co.

– Wiesz, że chętnie bym go zmienił? Dość mam już tego Mordoru w Warszawie.
– Mordor? Co to jest?
– Nie chcesz wiedzieć. Nowa forma niewolnictwa, szklane domy, w których pracują korpoludzie. Największe zagłębie korporacji w tym kraju, masakra! Nie wytrzymałbyś tam ani minuty.

Dąbek pokręcił głową zadziwiony, nalał znowu i stuknął swoim kubkiem w kubek kumpla.
– No to za twoją i moją wolność! Ona jest najważniejsza!

Wznieśli kubki z wódką i wypili.
– Obyś powiedział w dobrą godzinę. Z Danką to już chyba koniec. Po co ja się żeniłem? Chyba mi padło na mózg. Tyle towaru chodzi samopas, że tylko rwać. Choćby wczoraj w Augustowie poznałem świetną dziewczynę. A ja się męczę z taką, co niczego nie docenia i ciągle jej mało kasy.

Zadzwoniła komórka Dąbka. Odebrał i odszedł na dwa metry.
– Tak? Co ty pierdolisz?! Ja nie mogę... To niezły kocioł.

Rozłączył się i stał chwilę nieporuszony.
– Co jest? Stało się coś?

Dąbek wrócił do stołu i nalał sobie znowu, po czym duszkiem wypił. Otarł usta rękawem, patrząc z przerażeniem na Adama.
– Złapali Roberta Bielika.
– No i?

Wkurzył się.
– No i dupa! Jak piśnie o mnie słowo, to jestem załatwiony na amen.

*

Trzymała przy uchu komórkę, chodząc po salonie w tę i z powrotem. Z kuchni dolatywały odgłosy krzątaniny, Roma szykowała coś do jedzenia.

Julia była wdzięczna Teresie Orszańskiej, że wymyśliła wycieczkę statkiem i zabrała ze sobą dzieci. Dzięki temu Kuba nie musiał siedzieć w domu w atmosferze strachu i zdenerwowania. W końcu miał wakacje, powinien spędzać je beztrosko. Cieszyła się też z towarzystwa Inki, zwłaszcza że dzieci były sobie nawzajem potrzebne.

Rozmawiała właśnie z kolegą ze stołecznej komendy w sprawie seryjnego.

– Musisz sprawdzić wszystkie niewyjaśnione zabójstwa na tle seksualnym młodych kobiet. Górna granica trzydzieści pięć lat. Tak. Ofiary są blondynkami i mogą mieć usta wypchane ziemią. No, wyobraź sobie. Choć może tak być, że wcześniej tego nie robił. Dobrze, wiem, że to potrwa, ale im szybciej coś ustalimy, tym większe mamy szanse dorwać drania. Dobrze, dzwoń nawet w nocy. Cześć.

Rozłączyła się, a wtedy do salonu weszła ciocia Roma.

– Skończyłaś? Zanim pojadę do Stefana, zjemy coś. Ojciec ma tak zaopatrzoną lodówkę, że można nie robić zakupów nawet przez tydzień! Cały on.

Stała zamyślona na środku pokoju; nie docierało do niej za bardzo, co powiedziała ciotka.

– Halo! Tu Ziemia! Po jakich orbitach cię nosi?

Zamachała rękami przed jej oczyma, co przyniosło oczekiwany rezultat. Julia spojrzała na ciotkę półprzytomnie.

– Tak? Jestem. Przepraszam. Słyszałam, co mówiłaś, będziemy jadły.

– Tak, ale wcześniej chciałam ci coś dać. Robiłam porządki na strychu, więc zmuszona byłam przejrzeć stare szpargały. No i znalazłam coś, co powinnaś mieć.

Podeszła do swojej torby podróżnej stojącej pod ścianą w salonie. Wyciągnęła podniszczony album ze zdjęciami.

– Co to za album? – Julia otworzyła go na pierwszej stronie. – Mama?

Wpatrzyła się w zdjęcie portretowe około trzydziestoletniej kobiety. Po dłuższej chwili zaczęła przeglądać. Na następnej stronie trafiła na ślubne zdjęcia rodziców: z kościoła, przed ołtarzem, z imprezy weselnej. To musiał być tysiąc dziewięćset siedemdziesiąty trzeci rok.

– Pięknie wyglądali... mama z tatą.

– O tak. Przyjemnie się na nich patrzyło.

Dalej znajdowały się fotografie z Augustowa, wśród nich zdjęcie Romy i matki Julii, a także zdjęcie Romy i Barskiego przed augustowskim domem. Zdjęcia znad jeziora za domem. Na kolejnej stronie zdjęcia z Gdyni. Trzy zrobione w ogrodzie, w tle widziała ich willę na Kamiennej Górze, a na pierwszym planie towarzystwo bawiące się pod drzewem. Na stole jedzenie, alkohole. Na jednym ze zdjęć zobaczyła mężczyznę trzymającego rękę na ramieniu mamy. Oboje uśmiechali się szeroko, ona w letniej sukience, on w jasnym garniturze.

Przyglądała się zdjęciom długo, chłonąc tamten przeszły czas. Jej uwagę zwrócił sygnet na małym palcu lewej ręki mężczyzny. Poczuła się, jakby dostała obuchem w twarz, serce zabiło jej gwałtownie, a krew odpłynęła do stóp. Przypominał mężczyznę ze snu. Czy to możliwe? Była wstrząśnięta.

– Kim jest ten facet? – zapytała, siląc się na obojętność.

Ciocia zajrzała jej przez ramię.

– A, to... kolega Stefana. Chyba razem kończyli Szkołę Morską w Gdyni. Ale z tego, co pamiętam, nie pływał, chyba pracował na lądzie. Zaraz, jak on miał na imię? Mówili na niego... coś od lwa. Wiem, Leo. Nie pamiętam nazwiska.

*

Violetta Pawluk z Pusią na rękach i z włosem prosto od fryzjera osiągnęła właśnie najwyższy stopień wzburzenia. Monika siedziała na kanapie jak zbity pies.
– Jak mogłaś do tego dopuścić?! Nie rozumiem. Chyba nie masz zupełnie instynktu samozachowawczego! Żeby zostać odsuniętą od śledztwa?! Jak się ojciec dowie, to... wolę nie mówić. I przez kogo? – prychnęła ironicznie. – Nawet mi go nie przedstawiłaś. Boże! Przecież to może być morderca. – Zatkała usta dłonią, dotarła do niej powaga sytuacji. – Żyłaś z mordercą! To jakiś koszmar!

Pod wpływem wrzasków swojej pani suczka zaczęła ujadać. Monika poruszyła się, jakby coś ją uwierało.
– Piotr nie jest żadnym mordercą! Nie mam pojęcia, w jaki sposób komórka ofiary znalazła się w jego samochodzie, ale on nie ma z tym nic wspólnego! Przestań wydawać wyroki, jeśli nic nie wiesz na ten temat!

Wstała, coraz bardziej wkurzona. Pusia nadal ujadała, zeskoczyła z rąk swej pani na ziemię.
– Wiem wystarczająco dużo! Gdyby był niewinny, nie odsuwaliby cię od śledztwa. Nigdy nie miałaś nosa do ludzi! Nie wiem, w kogo ty się wrodziłaś!
– Mam wielką nadzieję, że nie w ciebie! – wykrzyczała jej w twarz i wybiegła z domu. Rozległ się huk zatrzaskiwanych drzwi.

Violetta została na środku salonu, osłupiała i zaskoczona gwałtowną reakcją Moniki. Ale zaraz jej uwaga skupiła się na biednej Pusi. Nachyliła się, by wziąć zdenerwowanego yorka ponownie na ręce.

– Moja Pusiuniu, kochana, no już, nie denerwuj się, maleńka! Już dobrze. Pani jest przy tobie.

*

Na brzegu jeziora zebrał się spory tłum gapiów. Wieść, że w wodzie znaleziono czyjeś ciało, rozeszła się po okolicy lotem błyskawicy. Policja oznaczyła teren, odgradzając ludzi. Trwała akcja wydobycia zwłok z wody.

Teresa stała z Inką i Kubą przy samochodzie Karola. Przyjechała też zaalarmowana Julia. Karol podszedł do nich.

– Pojedziecie z babcią Teresą do domu. My musimy zostać i zająć się śledztwem. Już dobrze?

Inka podeszła do Kuby i wzięła go za rękę.

– Nie martw się, tato, w końcu to tylko trup. Ty masz z nimi do czynienia co chwilę, a my widzieliśmy go tylko z daleka. Właściwie to nic nie było widać, tylko ręka wystawała. Kuba pojedzie do nas?

Julia uśmiechnęła się do Inki.

– Jeśli zgodzisz się go przygarnąć. Teresko, nie masz nic przeciwko temu?

– Skąd. Nie musisz pytać. Cieszę się, że Inka ma towarzystwo.

– Jeden z moich ludzi was odwiezie. Zaraz kogoś przyślę. Musimy lecieć. Do zobaczenia wieczorem, dzieci!

Julia pocałowała syna w czoło i chciała go przytulić, ale Kuba zrobił unik; wstydził się matczynych czułości.

Próbowała pokryć zmieszanie, uśmiechając się do Teresy, a w jej oczach dostrzegła ciepły blask i zrozumienie.

*

Sylwia odchodziła od zmysłów, kiedy dowiedziała się o Bożenie. Nie potrafiła przyjąć tego, co się stało, do wiadomości. Wszystkie dzieci wysłała do kuzynki do Sejn, nic im nie powiedziawszy. Ale one i tak czuły, że coś złego się święci. Czekała teraz na matkę, która jeszcze nie wróciła ze Strzelcowizny. Sylwia podejrzewała, że wzięła ją do siebie Fela, i była zielarce za to wdzięczna. Kobieta dała jej pewnie jakieś zioła na uspokojenie. Już ona wiedziała najlepiej, co i jak zrobić, żeby Zofia nie postradała zmysłów.

Ojciec pracował w lesie, niczego nieświadomy, bo przez brak zasięgu nie można się było z nim skontaktować. Zresztą powinien zaraz wrócić do domu.

Siedziała w wysprzątanej kuchni, wpatrując się w okno, i paliła papierosa za papierosem. Przed oczami przesuwały jej się różne obrazy. Najczęściej z dzieciństwa. Widziała siebie i Bożenę, jak beztrosko bawiły się w ogrodzie, rzucając w siebie wiśniami podczas ich zrywania, lub jak wracały z lasu z zabarwionymi na fioletowo od jagód ustami. Albo zimą, gdy ojciec urządzał im kulig czy kiedy ślizgały się po zamarzniętym jeziorze.

Przypominała sobie, jak razem, często kłócąc się i za chwilę godząc, ubierały bożonarodzeniową choinkę albo pomagały mamie piec sękacz z pięćdziesięciu jaj, litra śmietany, kilograma masła, cukru i mąki. Ścigały się, która dłużej wytrwa w obracaniu walca z ciastem nad paleniskiem.

Uśmiechała się do wspomnień, gdy rzeczywistość wróciła z pełną mocą, aż zabrakło jej tchu. Dotarło do niej, że Bożena już nigdy nie przekroczy progu tego domu. Przez okno ujrzała wchodzącą na podwórko matkę. Wybiegła jej naprzeciw. Zofia spojrzała na nią niewidzącym wzrokiem; wyglądała, jakby była na haju. Sylwia podeszła do niej i przytuliła się z całej siły. Rozpłakały się.

– Mamo, chodź do domu.

– Ja tego nie przeżyje! Odcioł jej głowe!

– Mamo, uspokój sie, prosze...

– To Bóg mnie karze, ale za co? Za co?!

W końcu wyczerpana Zofia dała się zaprowadzić w stronę drzwi wejściowych. Wchodząc do domu, Sylwia kątem oka coś zauważyła. Puściła matkę przodem, a sama się cofnęła.

Za ramą okienną tkwiła zatknięta koperta. Wyjęła ją. Na kopercie wydrukowano napis: „Państwo Hryszkiewiczowie". Zdziwiona oglądała ją z każdej strony.

*

Rozmyślała o ostatnich wydarzeniach z rosnącym niepokojem. Morderstwo rodziny Szułowiczów, potem tej młodej kobiety, a dzisiaj dotarła do nich potworna wiadomość o Bożenie Hryszkiewicz. Jak tak dalej pójdzie, nikt tu do nich nie przyjedzie. Zembalska już ogłosiła, że wyjeżdża.

Rozkładała w swej przytulnie urządzonej kuchni różnej wielkości sery przyniesione z serowarni. W sezonie turystycznym robiła ich więcej. Były wśród nich nabierające aromatu w miarę dojrzewania serki kwasowo-podpuszczkowe pleśniowe, były miękkie podpuszczkowe, delikatne i puszyste jak poduszeczki, robiące się twardsze w miarę upływu czasu, w smaku lekko kwaskowe i nieco pikantne. Zrobiła też sery dojrzewające, kozią mozzarellę i ricottę.

Do kuchni zajrzał Artur Wenet.

– Witam naszą gospodynię! Nie przeszkadzam?

– Proszę, panie Arturze, w czym mogę pomóc? Może pan głodny?

– Głodny? Po takim obiedzie? Nie ma opcji! Ale chciałem zapytać o te serki! Może zamówiłbym u pani większą ilość, żeby zabrać do Warszawy.

– Dobrze, że mówi pan wcześniej, bo tak z dnia na dzień nie dałabym rady. Ale z wyprzedzeniem to się uzbiera.

Dziennikarz wszedł w głąb kuchni, podszedł do blatu z serami.

– Uwielbiam te pani sery, no a tak zwana warszawka lubi wszystko, co jest eko. To jest teraz trendy. Jak sprezentuję naczelnemu taki serek, to od razu zaplusuję. Wie pani, jak to jest. O! A ten twardy ser, z czym go pani zrobiła? To jakaś nowość, nie jadłem go chyba.

– A tak. Ten jest z lawendą. – Sięgnęła po nóż. – Nie jadł pan, bo dopiero dojrzał. Odkroję kawałek, to powie mi pan, czy smakuje. Aua! Kurczę!

Zacięła się nożem, odkroiła sobie kawałek opuszki palca. Trysnęła krew. Artur rzucił się Beacie na pomoc.

– Ten Jesse jest niemożliwy, ma hopla na punkcie ostrych noży. Przecież ja niedługo wszystkie palce sobie poobcinam!

Podstawiła palec pod bieżącą zimną wodę.

– To nic nie da. Ma pani gdzieś zmieloną kawę?

Spojrzała na niego zaskoczona.

– Co pan? Chce teraz parzyć kawę?!

– Nie, ale mam genialny sposób na zatamowanie krwi!

Popatrzyła na Weneta jak na pomyleńca, ale wskazała mu szafkę. Wyciągnął puszkę z kawą, wziął szczyptę i posypał na jej ranę.

– Kawa ma właściwości higroskopijne, nasącza się krwią, by po chwili ją zatamować. Tworzy się brązowa otoczka, ale krew przestaje lecieć. Później można przemyć miejsce wokół rany i ją opatrzyć.

– Gdybym nie zobaczyła, tobym nie uwierzyła! Co to za dziwaczny sposób?

– Znam go od lat, nawet nie pamiętam, kto mi go sprzedał. Chyba moja babcia. Najważniejsze, że jest skuteczny.

– Rzeczywiście, krew już nie leci.

– Mówiłem. No to może spróbuję tego sera?

– Och! No pewnie, tylko niech pan uważa na nóż.

Odkroił kawałek i spróbował. Widziała, że mu smakuje.

– Genialny! Jak pani to robi?

Wzruszyła ramionami.

– Może się czegoś napijemy? I tak nie mogę się teraz do niczego wziąć. Proponuję odrobinę pigwówki na te wszystkie smutki.

– Smutki? A co się stało oprócz palca?

Westchnęła ciężko.

– No te wszystkie morderstwa.

– No tak, to faktycznie, napijmy się.

*

Patrzyła, jak Kasia cichutko bawi się lalkami na podłodze. Nie miała szczególnych planów na dzisiaj. Zygmunt pojechał znowu do Suwałk, a ona coraz bardziej się denerwowała. Dlatego zadzwoniła do swojej najbliższej przyjaciółki, przed którą nie miała tajemnic. Chodząc po pokoju, rozmawiała przez komórkę.

– Odkąd przyjechaliśmy, cały czas była mowa tylko o tych morderstwach. Najpierw ta nieszczęsna rodzina... – Ściszyła głos i wyszła na balkon, żeby Kasia nie słyszała, o czym rozmawia. – Lola! Mówiłam ci przecież, wszyscy wymordowani! I to pod naszym nosem! Nie muszę ci mówić, jak to nas nastroiło. Wszystkiego się odechciewa, na dodatek nasi gospodarze dobrze ich znali, więc zawsze schodziło na ten temat... No, a teraz: dwie kobiety, jedna po drugiej... No tak, tutaj! Nie, ja już zaczynam mieć naprawdę dość. Chcę wrócić do domu, ale Zygmunt oczywiście w dupie ma morderstwa. Jemu tylko kasa musi się zgadzać! Zapłacił za całe dwa tygodnie i nie będzie wcześniej wyjeżdżał. A wiesz, że go też pytali o alibi? To znaczy, że brali go pod uwagę! Wyobrażasz sobie? – Obgryzała z nerwów paznokcie, zapomniała już o córce, która cały czas przysłuchiwała się jej rozmowie. – Ale powiem ci, Lolka, że są jeszcze inne sprawy związane z Zygmuntem. No wiesz, on zawsze był dziwny, ale ostatnio to już całkiem. Czasem znika na całe dni, czasem też noce. – Wsłuchała się w odpowiedź przyjaciółki. – Jeśli już od wielkiego dzwonu uprawiamy, to ma takie dziwne wymagania. Zupełnie go nie rozumiem, o co mu chodzi. Czasem to się go boję, przeraża mnie. Nie wiem. Nie wiem, co robić...

*

Wszyscy obecni w komendzie zebrali się w pokoju konferencyjnym. Dziemianiuk, Szkarnulis, Sawko, Nadzieja i Julia. Karol kończył podsumowanie.

– Wyłowione ciało to na dziewięćdziesiąt dziewięć procent zwłoki Bożeny Hryszkiewicz. Ostatecznie potwierdzą to badania DNA, ale póki co patolog stwierdził, że głowa i cięcia na szyi oraz tułowiu pasują do siebie. – Powiódł wzrokiem po zebranych. Mieli marsowe miny. Zapadła cisza.

Julia podeszła do tablicy, gdzie wisiały zdjęcia z obu miejsc zbrodni, zdjęcia zamordowanych kobiet żywych i martwych, zdjęcie głowy Bożeny i jej tułowia wyłowionego z wody i tak dalej. Pod spodem przyczepiona została mapa terenu z zaznaczonym trójkątem, na którym działał seryjny.

– Już bez wątpienia mogę stwierdzić, że mamy seryjnego. Świadczą o tym – wskazała na zdjęcia domów, gdzie zamordowano kobiety – specyfika miejsc zbrodni, sposób pozbawiania ofiar życia, ziemia w ustach. Taki, a nie inny *modus operandi* jest niczym podpis, charakter pisma zabójcy. No i teren, na którym żeruje. Jak dotąd operuje w zaznaczonym przez nas trójkącie. Zwłoki Bożeny Hryszkiewicz zostały porzucone w Studzienicznej.

– A dlaczego tym razem odciął głowę i pozostawił zwłoki w wodzie? – dociekał Włodek.

– On się rozkręca. Na zwłokach pierwszej ofiary były ślady nacinania w okolicy szyi. W przypadku drugiej odważył się zrobić to, o czym myślał już wcześniej. A dlaczego tym razem wrzucił ciało do wody? Może to tylko jego widzimisię, a może coś więcej. Na razie trudno stwierdzić.

– Czy to znaczy, że będzie dalej zabijał? – dopytywał Sawko.

– Jeśli go nie powstrzymamy. I jestem przekonana, że robił to już wcześniej. Dowodzi tego sposób, w jaki postępuje z ofiarami. Okalecza je i sprawia mu to coraz większą przyjemność. Z każdą ofiarą posuwa się dalej. Nikt nie rodzi się zabójcą. Wbrew pozorom zabić nie jest łatwo. On się uczy, z każdym morderstwem ulepsza swoją metodę i ustawia poprzeczkę coraz wyżej. Dlatego uważam, że ma minimum trzydzieści pięć lat, a najpewniej jest około czterdziestki. Ma przynajmniej średnie wykształcenie, może żyć z kimś w związku. Niewątpliwie cechuje go urok osobisty, czym zdobywa zaufanie kobiet. Jest bardzo inteligentny. Morduje, by poczuć władzę nad ofiarą, dyktuje mu to jego potrzeba dominacji. Myślę, że wychowywał się w dysfunkcyjnej, niepełnej rodzinie, gdzie dominująca była kobieta. Matka, może babcia. On idealizuje matkę, a jednocześnie głęboko jej nienawidzi, co przenosi na inne kobiety.

– Czy myśli pani, że Sarnowski mógł to zrobić? Nie ma alibi na czas obu tych morderstw – dopytywał Dziemianiuk.

– Prawdę mówiąc, zdziwiłabym się. Chyba że by się okazało, że dużo podróżuje. Poprosiłam kolegów z Warszawy o sprawdzenie, czy na przestrzeni ostatnich piętnastu lat miały miejsce podobne niewyjaśnione zabójstwa w kraju. Jestem przekonana, że tak, a nasz zabójca nie mieszka tu na stałe. Bo gdyby tak było, mielibyśmy ofiary już wcześniej. To przyjezdny, jakiś niby zwykły turysta.

– To skąd zna tak dobrze teren? – zapytał znowu Piotrek Sawko.

– Pewnie przyjeżdża tu od dawna.

– Czyli że to ktoś, kto mieszka w trójkącie i wynajmuje albo posiada własny dom letniskowy?

W kieszeni Julii zawibrowała komórka. Wyciągnęła ją i spojrzała. Wyświetlił się nieznany jej numer.

– Na to wychodzi. – Skierowała się do drzwi. – Kontynuujcie, zaraz wracam.

Odebrała, gdy znalazła się za drzwiami konferencyjnego.

– Słucham.

– Witaj, Julio! Cieszę się, że mogę zamienić chociaż kilka słów ze znaną i piękną profilerką. – Dzwoniący mówił przez modulator, więc nie chciał, by rozpoznano jego głos. – Moją próżność mile łechce fakt, że tropi mnie taka sława.

Zatkało ją, a zwłaszcza jego bezczelność.

– Skąd pan...

– Skąd mam numer? Nie rozczarowuj mnie, Julio. Lepiej powiedz, jakie wrażenie zrobiły na tobie moje ostatnie dzieła.

Włączyła nagrywanie w komórce.

– Chyba się pan domyśla.

– Nie ukrywam, że przyjemnie obserwować poruszenie, jakie wywołują moje dokonania. Nie żegnam się, jeszcze się usłyszymy.

Rozłączył się, pozostawiając ją w kompletnym szoku. Musiała przyznać, że dała się zaskoczyć. Nie spodziewała się tego.

A więc na dodatek narcyz – pomyślała. Wróciła do pokoju i opowiedziała chłopakom, kto przed chwilą dzwonił.

– Jesteś pewna, że to on? Może ktoś sobie robi jaja?

Pokręciła głową.

– Wiem, że to on. Po prostu wiem. Sposób, w jaki mówił, nie pozostawia wątpliwości. Udało mi się nagrać jego ostatnią kwestię. – Włączyła odtwarzanie i po chwili usłyszeli zmieniony przez modulator głos seryjnego:

– „Nie ukrywam, że przyjemnie obserwować poruszenie, jakie wywołują moje dokonania. Nie żegnam się, jeszcze się usłyszymy".

Włodek wyciągnął słuszny wniosek.

– To znaczy, że nas obserwuje? Może podsłuchuje?

Julia spojrzała na niego, a potem na Karola i dopiero teraz dotarło do niej, co powiedział Włodek i co to oznacza.

– Niewykluczone.

– Nieźle sobie z nami pogrywa, skurwiel.

Do pokoju wszedł Kałdun. Jego mowa ciała zdradzała jakieś przygnębienie i brak zwykłej wojowniczości.

– Źle to wygląda, byłem na dywaniku u burmistrza. Nie muszę powtarzać, co powiedział. Na dodatek czekamy na nowego prokuratora. Trzeba go będzie wprowadzić w sprawę. Macie jakieś pomysły? Są jacyś podejrzani? Oprócz Sarnowskiego?

Karol wymienił znaczące spojrzenie z Julią i powiedział, co się wydarzyło.

– Do Julii dzwonił przed chwilą morderca, a Sarnowski siedzi na dołku, więc to na pewno nie on.

Kałdun patrzył na komisarza, jakby nie rozumiał do końca.

– Świat się kończy. Dobrze, wierzę, że wiecie, co robicie. Jeśli tak, trzeba go wypuścić, a Pawluk może wrócić do sprawy. No a skąd u Sarnowskiego komórka ofiary?

– Musiał mu ją podrzucić sprawca. Co oznacza, że jest bardzo sprytny i doskonale wie, kto jest zaangażowany w śledztwo – stwierdziła Julia.

Kałdun pokiwał głową. Do sali wszedł oficer dyżurny.

– Odprawę mamy, nie przeszkadzajcie nam teraz.

– Kiedy ja w tej sprawie.

Oficer niepewnie podszedł do Karola i podał mu list.

– Co to jest?

– Ranuszkiewicz pojechał do Hryszkiewiczów w związku ze znalezieniem ciała, no a oni znaleźli ten list. Był zatknięty za ramę okienną.

– Gdzie jest Leszek?

– Przyjechał z siostrą ofiary, spisuje jej zeznania.

Karol wziął woreczek z listem i położył na stole. Naciągnął rękawiczki i wyjął kartkę. W trakcie lektury jego twarz zmieniła się gwałtownie. Potem przeczytał treść listu na głos:

– „I zaszła kolejna Przemiana. Oto woda wzięła ją w swe posiadanie, otuliła ciało, by pogrzebać ją na zawsze. I dokonałem Dzieła w imię Drugiego Żywiołu!"

Znowu zapadła na chwilę ciężka cisza. Zdenerwowany Kałdun wyjął swoje cukierki, wziął jednego i wcisnął go do ust. Ale zaraz potem, krzywiąc się, jakby cukierek był z piołunem, wypluł go i podszedł do Karola.

– Nadzieja, dajcie papierosa. – Jego wzrok wyrażał bezradność.

*

Odwoził Julię do domu. Wreszcie wszyscy uświadomili sobie, z kim mają do czynienia; jak niebezpieczny był ten człowiek. Karola ogarnął prawdziwy lęk o nią. Powiedział nawet Kałdunowi, że powinna mieć ochronę, i ten, o dziwo, przyznał mu rację. Nie spodziewał się tego po komendancie. Był przygotowany na ostry sprzeciw i argumenty typu „przecież brakuje ludzi, a o ochronie to możecie sobie w Warszawie myśleć, nie tu, w Augustowie". A jednak Kłodowski też widział, że zagrożenie jest realne.

Siedzieli w samochodzie pod domem Barskiego. Wokół panowała cisza i spokój, mimo późnej już pory wciąż utrzymywał się upał.

– A jeśli przyjdzie po ciebie? Dostaniesz ochronę, Kałdun się zgodził. Nie jesteś tu bezpieczna.

– Nic mi nie będzie.

– Wiesz, że to bezczelny sukinsyn, przekraczający kolejne granice. Dzwoni do męża ofiary, rodzinie Hryszkiewiczów podrzuca list, facetowi prokuratorki komórkę ofiary, a na koniec dzwoni do ciebie! Czego ci więcej trzeba?!

– Patrzył na nią błagalnie, ale ona pokręciła głową, odgarniając z czoła niesforne kosmyki. Spojrzała mu w oczy.

– Nie, Karol, nie rozumiesz. Nic mi nie zrobi. Wiesz dlaczego? Jestem mu potrzebna. Wybrał mnie, żeby się chwalić swoimi wyczynami, to go kręci. Jego pycha potrzebuje lustra, kogoś takiego jak ja. On musi mieć publiczność. Mówiłam ci, że to psychopatyczny narcyz, jest próżny i to go zgubi.

– Przecież nie możemy mieć pewności, pierwszy raz mam do czynienia z takim typem. Nie darowałbym sobie nigdy, gdyby...

Uśmiechnęła się i ten uśmiech zupełnie go obezwładnił.

– Gdyby?

– Nie chcę nawet głośno tego mówić i nie mam siły przeżywać jeszcze raz tego samego, co podczas twojego porwania.

Zdziwił się, że naprawdę to powiedział, że wyznał coś, do czego nie przyznawał się nawet przed sobą. Tak, stała mu się bliska i bardzo mu się podobała. Nachylił się w jej kierunku i nagle poczuł smak jej ust. Rozkoszny, miękki, delikatny. Dalej wszystko potoczyło się błyskawicznie, niczym w transie.

Weszli do domu, nie pamiętał, jak znaleźli się na piętrze, i dopadli się w jakimś dzikim szaleństwie. Wyłączył myślenie. Kiedy oprzytomniał, leżeli obok siebie w jej łóżku spoceni i przyjemnie zmęczeni. Nie spodziewał się, że jest w nim jeszcze tyle namiętności. Po śmierci Marty żył jak mnich i nie myślał o kobietach. Skupił się na Ince i pracy, a jeśli myślał o przyszłości, to o samotnej.

Julia przywróciła mu wolę życia i poczucie sensu. Patrzył na jej kształtne ciało o doskonałych proporcjach, dotykał jedwabiście gładkiej skóry jak u dziecka i nie mógł uwierzyć, że ta kobieta przekroczyła czterdziestkę.

Całowali się jeszcze czule, jakby wciąż nie mieli siebie dość, śmiejąc się co jakiś czas radośnie. To, co się zdarzyło, było dla nich obojga zaskakującą niespodzianką. Julia sięgnęła po papierosa i zapaliła, zaciągając się z wyraźną przyjemnością. Przyglądał się jej z zachwytem.

– To było...

– ...odlotowe! – dokończyła za niego.

– Tak. I powinniśmy byli zrobić to już wcześniej.

Uśmiechnęła się przekornie.

– Nie wiem, na co czekałeś.

– Ja też nie wiem.

Spoważniała.

– Zawsze chciałam cię spytać o powód, dla którego jesteś w Augustowie. Co się stało tak naprawdę?

Westchnął i spojrzał ponad nią, gdzieś w dal.

– Najkrócej mówiąc, jestem na zesłaniu. Do odwołania. Pobiłem podejrzanego, gwałciciela dzieci. Skurwiel śmiał mi się w twarz na przesłuchaniu. Wiedział, że się wywinie, i nie wytrzymałem. Najgorsze, że czułem przyjemność, nie mogłem przestać. Przed oczami miałem Inkę.

Spojrzała na niego i pokiwała głową.
- Rozumiem cię.
- Wylała się ze mnie cała złość. W tym czasie umierała Marta.
- A on? Wywinął się?
- Niestety. Dyrektor teatru, ustawiony, a my mieliśmy tylko poszlaki i molestowaną siedmiolatkę, ale nie doszło do jej zeznań przed sądem. Skończyło się tym, że to on mnie pozwał.

Julia zamyśliła się na moment, Karol też zatopił się we własnych myślach.
- Dobrze zrobiłeś. Dzieci są najważniejsze.
- Jesteś niesamowita, pod każdym względem. Zawsze to wiedziałem.

Uśmiechnęła się i przyciągnęła go do siebie. Całowała delikatnie i namiętnie.

*

Monika leżała w wannie pełnej piany i próbowała odzyskać równowagę. Zamknęła oczy, a myśli przelatywały jej przez głowę w szalonym pędzie.

Ostatnie dni były chyba najintensywniejszymi ze wszystkich w jej dotychczasowym życiu. Poważne śledztwo, pierwsze takie w jej zawodowej karierze, zakończone sukcesem, poznanie słynnego dziennikarza Weneta i przespanie się z nim, i to wszystko w takim tempie! Nie poznawała samej siebie. Nie wiedziała, czy to tylko zauroczenie, czy coś więcej.

Wenet zrobił na niej wielkie wrażenie. Imponowało jej, że na każdy temat miał wyrobione nie zawsze popularne i oczywiste zdanie. I to jego myślenie o wolności osobistej, niemal anarchiczne. Do tej pory nawet nie przyszło jej do głowy coś takiego.

A potem historia z komórką ofiary w samochodzie Piotra. Strach, że facet, z którym spotykała się od pół roku, może być mordercą! Chociaż nie. Nie wierzyła w to, ale przede wszystkim wygłupiła się przed policją. Bez sensu. Nadal rosła w niej irytacja na samo wspomnienie o tym. I odsunięcie od śledztwa. Odebrała to jak policzek, choć tak naprawdę...

Zadzwoniła komórka leżąca w zasięgu ręki. Sięgnęła po nią z niechęcią. Spojrzała na wyświetlacz i zdziwiła się.

– Piotr?

– Ja. Wypuścili mnie.

Usiadła z wrażenia, aż trochę wody wylało się na podłogę.

– Chwała Bogu! Ale co się stało?

– Nic nie wiem, nawet nie pytałem. Żebyś wiedziała, jak obrzydliwie jest siedzieć w celi. Muszę natychmiast wziąć kąpiel. Ten Kłodowski mówił, że pewnie wrócisz do śledztwa. Mnie oczyścili i nie ma powodu, żebyś...

– Nie wiem, czy mam ochotę wracać do tej sprawy, dość mi już napsuła krwi. Ktoś dzwoni, muszę odebrać. Zdzwonimy się później, okej?

– Okej.

Rozłączyła się i odebrała drugie połączenie. To był Wenet.

– Artur?

– Witaj, piękna! Bardzo zmęczona śledztwem?

Zostałam odsunięta.

Zapadła cisza. Monika zapytała zaniepokojona:

– Halo? Jesteś tam?

– Tak. Coś nabroiła, że cię odsunęli? Nie, nic nie mów, wpadnę i wszystko mi opowiesz.

7 LIPCA, NIEDZIELA

Gdy obudził się w niedzielny poranek, czuł się lekki i radosny. Wszystkie dotychczasowe lęki, zmęczenie śledztwem i upałem, wejście w nową beznadziejną sprawę, w której tle czaił się szczególnie przebiegły i bezczelny seryjny, gdzieś uleciały. Nie pamiętał, kiedy ostatnio czuł się tak lekki, beztroski i, chyba mógł to powiedzieć, po prostu szczęśliwy.

Dziwił go aż tak wielki przypływ energii i świetnego humoru. Zrobił śniadanie dla Inki i Teresy złożone z pysznej jajecznicy na swojsko wędzonym boczku, świeżych bułek, pomidorów z cebulką i kawy zbożowej z mlekiem.

Były zaskoczone, że wstał tak wcześnie i kręcił się z werwą po kuchni, zarażając wesołością. Teresa przyglądała mu się podejrzliwie, ale chyba nie wpadła na najprostsze rozwiązanie.

Po śniadaniu zadzwonił do Włodka Szkarnulisa, który jako jedyny z całego zespołu nie miał żadnych obowiązków rodzinnych, był najbardziej dyspozycyjny i przede wszystkim chętny do pracy. Karol cenił to w chłopaku i lubił z nim pracować. Zaproponował, żeby pojechali razem do Stanisława Kalinowskiego, kelnera z Albatrosa, o którym dowiedzieli się od Zofii Hryszkiewiczowej.

Włodek zjawił się po dwudziestu minutach, a Karol ustalił, że Kalinowski dzisiaj nie pracuje i jest w domu.

Zajechali pod duży, stary dom z ładnym i zadbanym ogrodem. Chyba nie mieszka tu sam – pomyślał Karol. Zadzwonili do furtki i po chwili weszli na teren posesji. Na schodach pojawił się miły facet w wieku około trzydziestu paru lat.

Kiedy przeszli przez wszystkie wstępne fazy, siedzieli już pod ogrodowym parasolem i pili kawę. Kalinowski w szortach i spranym T-shircie nie zdradzał żadnych oznak zdenerwowania i od razu przyznał, że widział się z Bożeną w wieczór jej zaginięcia.

– Była tu po pracy. Najpierw poszliśmy na piwo nad Nettę, ale zgłodniała, a ja miałem szczupaka w galarecie z restauracji, więc ją zaprosiłem.

– I co było dalej?

– Zjedliśmy, pogadaliśmy, zrobiło się późno. To było nasze pierwsze spotkanie, więc nie chciałem przegiąć, ale chemia była. – Z żalem pokręcił głową. – Bożena była fajną dziewczyną. To horror, co ją spotkało.

– Sam pan tu mieszka? Nie za duży dla pana ten dom?

– Parę lat temu zmarła moja mama, ojciec już dawno. Mam tylko siostrę, ale ona poszła za mężem do Białegostoku. I tak zostałem tu sam jak palec. Bożena miała dzieci, ale mnie by to nie przeszkadzało. Miejsca u mnie dość, jak widać.

– O której wyszła? Odprowadził ją pan? – dopytywał Szkarnulis.

– Była prawie dwunasta. Nie mam samochodu, bobym ją odwiózł. Ale ona była z tych samodzielnych. Miała rower i stwierdziła, że da sobie radę, że to dla niej nie pierwszyzna wracać tak późno.

– I tak po prostu pan ją puścił?
– Zatrzymywałem, proponowałem, że może się tu przespać, ale nie chciała. Była ciepła księżycowa noc. Do tej pory nie czuliśmy nigdy zagrożenia, nie przyszło mi do głowy, że... Zresztą na siłę zatrzymać jej nie mogłem.
– Co pan zrobił, gdy wyszła?
– Poszedłem spać. Następnego dnia miałem dzienną zmianę, więc musiałem się wyspać.
– Czyli że nikt nie może potwierdzić pańskiej wersji? – upewnił się jeszcze Karol. Patrzył na Stanisława uważnie, a ten wzruszył tylko bezradnie ramionami.
– No nie... ale co pan? Dlaczego miałby ktoś potwierdzać? Myśli pan, że to ja?!

*

Jechali do Białegostoku każde zatopione w swoich myślach. Julia prowadziła, Roma siedziała na fotelu obok, Kuba z tyłu z nosem w telefonie. Niedziela to dobry dzień na jazdę samochodem, prawie żadnego ruchu, tylko w mijanych miejscowościach dało się zauważyć więcej aut w pobliżu kościołów.

Julię niosły jeszcze wydarzenia tej nocy. Uśmiechając się do siebie, wspominała cudne chwile z Karolem. Nie próbowała myśleć, co będzie dalej, teraźniejszość stanowiła wystarczające wyzwanie.

W takich sytuacjach pozwalała nieść się fali, by zobaczyć, co przyniesie kolejny dzień. Kupowała sobie trochę czasu, by nabrać dystansu i znaleźć najlepsze rozwiązanie problemu. Na razie miała je dwa: chorego ojca i seryjnego, który będzie dalej wydzwaniał, co do tego nie miała wątpliwości.

Znalazła miejsce na parkingu przed nowoczesnym Uniwersyteckim Szpitalem Klinicznym, gdzie leżał ojciec. Zanim odszukały jego oddział, minęło przynajmniej z piętnaście minut.

Ojciec leżał w jednoosobowej sali z łazienką. Na ich widok wyraźnie się ożywił i ucieszył.

– Jest lepiej, nie martwcie się. Właściwie już mógłbym wyjść. Nie wiem, po co mnie tu trzymają.

Roma wpatrywała się w brata zatroskana. Kuba stał w nogach łóżka, a ona usiadła obok na krześle.

– Nie struguj bohatera, czeka cię poważna operacja. Ale szpital ma bardzo dobrą renomę, profesor Winiewicz mówi, że masz silny organizm. Wstawią ci by-passy i będziesz jak nowy.

Roma zajrzała do szafki, włożyła do niej owoce.

– Przywiozłyśmy ci trochę owoców, schowam je tutaj, pamiętaj. Widziałam na dole sklepik, pójdę po wodę mineralną, bo nie masz. Chcesz coś jeszcze?

– Może kup jakieś krzyżówki.

– Dobry pomysł. Kuba, chcesz się przejść?

Kuba kiwnął głową i wyszli razem. Barski spojrzał na Julię.

– Nieźle nas wystraszyłeś, tato.

– Dobrze, że byliście w domu. Nie ma już o czym mówić. Teraz do przodu.

Kiwnęła głową, a ojciec uśmiechnął się do niej.

– Musisz rozwiązać sprawę zabójstwa mamy. Obiecaj mi to.

Spojrzała na niego zaskoczona.

– Obiecuję. Jak mogłeś pomyśleć, że odpuszczę?

– Wiesz, zaczęło do mnie docierać, ile straciłem, jaki byłem głupi. Całe życie od śmierci Kaliny tak naprawdę uciekałem.

Ta ciągła rozłąka z tobą niczego nie ułatwiła, a wręcz przeciwnie. Zamknąłem się z moim bólem. Nie myślałem o tobie, że ty... że możesz mnie potrzebować, że też cierpisz.

Słowa ojca spłynęły na nią niespodziewanie i podziałały jak balsam.

– Mówią, że nigdy nie jest za późno. Ja też ci niczego nie ułatwiałam.

Znowu się uśmiechnął.

– Mam wrażenie, że jesteś jednak do mnie bardzo podobna, jeśli chodzi o charakter.

– Nigdy wcześniej tak otwarcie nie rozmawialiśmy.

– Nie sądziłem, że to takie łatwe.

Julia wyjęła z plecaka album od Romy. Otworzyła na stronie ze zdjęciem Leo.

– Roma przywiozła mi ten album. To z czasów...

– Wiem, poznaję.

– Chciałam cię zapytać o niego.

Wskazała palcem mężczyznę z sygnetem na małym palcu. Przystojna twarz z wyraźnie zarysowaną szczęką i szczere spojrzenie prosto w obiektyw zdradzały silną osobowość. Barski przyglądał się przez chwilę.

– Razem kończyliśmy Szkołę Morską w Gdyni. W szkole trzymaliśmy się blisko, ale od czasu, kiedy zrobione zostało to zdjęcie, więcej już się nie spotkaliśmy. Dlaczego pytasz o niego?

Wzruszyła ramionami.

– Po prostu, chciałam wiedzieć, jak się nazywa.

– Leon Durtan, mówiliśmy na niego Leo. Nigdy nie pływał. Po szkole pracował w PLO* na lądzie i szybko

---

* Polskie Linie Oceaniczne.

straciłem go z oczu. Słyszałem, że wyjechał za granicę. To zdjęcie z imprezy, którą Kalina zrobiła z okazji mojego powrotu z półrocznego rejsu. Spotkałem go przypadkowo i zaprosiłem. Był u nas parę razy.

Schowała album do torby, pocałowała ojca w czoło i wstała.

– Będę się zbierać. Na terenie Augustowa i okolic grasuje seryjny morderca młodych kobiet. Muszę pomóc policji, bo sami mogą nie dać rady. Jest nadzwyczaj przebiegły.

– Tak. Rób, co musisz. – Patrzył za nią zamyślony. Gdy była przy drzwiach, zapytał jeszcze: – Myślisz, że mama... że miała romans?

Przystanęła i powoli się odwróciła. Zaskoczyło ją to.

– Nie wiem.

– Nie wierzę, nie ona. – Barski odwrócił głowę; zrobiło jej się go żal.

Na korytarzu natknęła się na powracających Romę i Kubę.

– Już wychodzisz? – spytała Roma z nutką pretensji.

– Zaczekam na was w samochodzie.

Po drodze na parking zadzwonił Grzesiek, na którego telefon czekała.

– Cześć, i co? Znalazłeś coś? – zapytała niecierpliwie.

– Żebyś wiedziała. Nawet kilka przypadków z ostatnich dziesięciu lat, dokładne zestawienie prześlę ci mailem. Ale to cię powinno zaciekawić: w dwa tysiące trzynastym roku mam ofiarę w wieku dwudziestu ośmiu lat, blondynkę z ziemią w ustach.

– Łał! Już dziesięć lat temu dorobił się tego podpisu.

– Najwyraźniej. Zwłoki znaleziono w Warszawie. Pół roku później podobna dziewczyna też w Warszawie, a rok później we Wrocławiu, w dwa tysiące piętnastym w Zielonej Górze, w dwa tysiące siedemnastym w Sopocie, w dwa tysiące dziewiętnastym w Lądku-Zdroju. To na razie tyle, sześć nierozwiązanych spraw, podobne okoliczności, typ i wiek ofiar, i ziemia w ustach! Od tylu lat w Polsce grasuje seryjny i nikt o tym nie ma bladego pojęcia! W głowie się nie mieści. Prześlę ci nazwiska policjantów, którzy prowadzili te sprawy.

Milczała zszokowana. Nie spodziewała się takiej skali zbrodni.

– To przerosło moje oczekiwania – powiedziała cicho.

– Moje też – przyznał Grzesiek. – Jak urlop? Chyba pracowicie?

– Niestety, na dodatek ojciec miał zawał, więc się dzieje. Mam do ciebie jeszcze jedną sprawę. Sprawdziłbyś pewnego człowieka? Wyślę ci zdjęcie, bo sprawa dotyczy końca lat siedemdziesiątych. Facet nazywa się Leon Durtan. Znajdziesz na to chwilę?

– Dla ciebie wszystko, wiesz o tym. Zresztą mam u ciebie dług.

Wsiadła do samochodu.

– Zapomnij. Nie ma mowy o żadnym długu. Zależy mi na tym Durtanie, to sprawa osobista.

– Wyciągnę na jego temat wszystko, co kiedykolwiek zostało zapisane. Trzymaj się ciepło, chociaż masz tam podobno upały, więc życzenie jak kulą w płot.

– Jesteś wielki, dzięki!

*

W sali odpraw w komendzie panowała duchota. Pootwierane okna nie poprawiały sytuacji. Przysiedli tu, żeby wymienić się informacjami, zastanowić się wspólnie nad dalszymi krokami, a przy okazji napić się kawy.

– Jeśli kelner mówi prawdę i Bożena wracała sama rowerem do domu, to sprawca musiał zgarnąć ją po drodze. Może przejeżdżał samochodem.

Nadzieja myślał o sprawie i jednocześnie przed oczami pojawiały mu się obrazy z ostatniej nocy. Tomek zaczął głośno analizować.

– A może ją śledził? Mógł ją sobie upatrzyć wcześniej. Zaproponował podwiezienie albo od razu ją obezwładnił i wciągnął do samochodu?

– Niewykluczone. A co z jej rowerem?

– Mógł wrzucić do jeziora razem z ciałem. Albo porzucił gdzieś w lesie. Nawet jeżeli ktoś już znalazł ten rower, nie przyjdzie mu do głowy, żeby to zgłaszać policji – stwierdził Włodek.

– No tak. Chyba że nagłośnimy sprawę roweru, może rodzina ma jakieś jego zdjęcie. Jeśli nie, podamy opis i poprosimy społeczeństwo o pomoc – zaproponował Karol.

– Możemy tak zrobić, ale nie liczyłbym na wiele – sceptycznie stwierdził Tomek.

– Pewnie masz rację, ale zróbmy to mimo wszystko.

– W restauracji potwierdzili, że na czas zabójstwa Agnieszki Zaleskiej Kalinowski ma alibi. Pracował wtedy. Więc to nie on – relacjonował swoje ustalenia Włodek.

Karol wstał i zaczął chodzić po pokoju. Zawsze tak lepiej mu się myślało.

– Sprawdziliśmy też byłego chłopaka Zaleskiej, Romana Kaczmarskiego. Jest od miesiąca w Stanach, więc możemy o nim zapomnieć. Ciekawe, czy ten bełkot mordercy o żywiołach coś oznacza – kontynuował Szkarnulis.

– Julia przeanalizuje oba teksty. Niewykluczone, że kryje się w nich jakaś wskazówka – odparł Nadzieja.

Do pokoju weszli podekscytowani Sawko z technikiem Jurkiem Wróblewskim. Ten drugi położył na stole wykręcone gniazdka elektryczne, listwę i miniaturowe pluskwy.

– Szefie! To nie do wiary! Jurek znalazł cholerne podsłuchy!

– Co?!

Wszyscy spojrzeli w osłupieniu na Sawkę i urządzenia. Wyglądali, jakby strzelił w nich piorun. Pierwszy zareagował Dziemianiuk.

– Tego tu jeszcze nie grali. Gdzie?!

– To są gniazdka z naszego biura i twojego. – Sawko zwrócił się do Karola. – Zmyślne urządzenie. Pracuje non stop, bo czerpie zasilanie z gniazdka, a że idzie przez GSM, ma praktycznie nieograniczony zasięg nadajnika. Można nas podsłuchiwać przez telefon. Dasz wiarę? Sprawdzimy jeszcze tutaj. Pytanie, kto i kiedy nam to zainstalował.

Szkarnulis jakby coś skojarzył. Nadzieja z niedowierzaniem kręcił głową.

– Stawiam na naszego seryjnego. Tylko on mógł się do tego posunąć.

– Wiem, kiedy to zrobił! W dzień konferencji prasowej w sprawie Szułowiczów padł prąd, pamiętacie? Wzywali elektryka. Dowiem się, co to za jeden, to on musiał za tym stać, założę się.

– Dobra, sprawdź to jak najszybciej. Trzeba też przejrzeć monitoring. A ty, Jurek, upewnij się, czy nasze samochody są czyste. Tak na wszelki wypadek – zadecydował Nadzieja.

Bezczelność seryjnego wydawała się nie mieć granic. Co jeszcze im szykował?

*

Danka Zembalska pakowała w pośpiechu walizkę. Jej wytrzymałość psychiczna osiągnęła kres. To koniec, koniec jej krótkiego małżeństwa. Ale chyba lepiej przeciąć ten wrzód, zanim ropa rozejdzie się po całym ciele niczym gangrena. Tak, była zwolenniczką radykalnych cięć.

Zastanawiała się, czy w ogóle kochała Adama. Wydawało jej się, że tak, przynajmniej na początku. A może to było jedynie zauroczenie? Teraz to już bez znaczenia, a skoro Adam nie potrafił zrozumieć jej potrzeb i upodobań, nie zamierzała się poświęcać tylko ze względu na dziecko. Jakoś sobie przecież poradzi.

Jej ojciec, do którego zadzwoniła i któremu o wszystkim powiedziała, już jechał jej z odsieczą. Wiedziała, że na niego może liczyć i że zawsze stanie po jej stronie. Od dziecka była jego oczkiem w głowie, spełniał jej życzenia i kaprysy, bronił przed matką. Podobnej postawy oczekiwała od innych mężczyzn, również od męża.

Do pokoju wszedł Adam.

– Co ty robisz?

– Chyba widać. – Nawet na niego nie spojrzała.

– Został nam jeszcze tydzień urlopu. Nigdzie nie wyjeżdżam.

Wyprostowała się znad walizki i choć wcześniej obiecała sobie, że nie dopuści do wybuchu, czuła, że poziom irytacji zaraz osiągnie najwyższy pułap.

– To sobie tu siedź! Nie zamierzam dłużej spędzać moich wolnych dni w takiej atmosferze, będąc wciąż sama i słuchając, kogo znowu zamordowali.

Adam wzruszył ramionami.

– Jak chcesz się stąd wydostać? Samochód jest jeden, a ja zostaję.

– Oczywiście, wiedziałam, że na ciebie nie można liczyć. Ale poradzę sobie.

– Zachowujesz się jak rozkapryszona księżniczka. Mam tego dosyć. To jest też mój urlop i spędzę go tutaj, zgodnie z planem.

Usiadła na łóżku, jakby opadła z sił. Wściekłość przerodziła się w bezradność.

– Pewnie, ty jesteś najważniejszy. Nie liczy się to, że będziemy mieli dziecko. – Nie wiedzieć czemu do oczu napłynęły jej łzy, choć wcale tego nie chciała. – To cię zupełnie nie obchodzi! Boże! Jak mogłam być tak głupia!

Adam spojrzał na nią i bez słowa wyszedł z pokoju. Siedziała tak jeszcze długo, dopóki ktoś nie zapukał do drzwi. To była pani Beata.

– Pani Danusiu, przyjechał pani ojciec.

– Tak? Dobrze, zaraz zejdę.

Poszła do łazienki i obmyła twarz zimną wodą, potem przypudrowała nos, który zdążył się zrobić czerwony. Nie pokaże światu, że wyjeżdża jako przegrana. Nigdy. Odjedzie z podniesioną głową.

Zeszła na dół z walizką. Na podjeździe stał samochód taty i on we własnej osobie. Elegancki, szpakowaty Filip Zadrożny podszedł do niej i przytulił ją mocno.

Musiała się wysilić, żeby się nie rozpłakać. Dlaczego inni faceci nie są tacy jak tata? – pomyślała z żalem. Wziął jej walizkę i zaniósł do bagażnika. Na tarasie siedział Jesse, a pani Beata szła do niej z koszykiem pełnym wiktuałów.

– Pani Danusiu! Przykro nam, że pani nas opuszcza, i to w takich okolicznościach.

– To nie państwa wina – przyznała wspaniałomyślnie, choć nie do końca tak uważała.

– Wiem, ale jednak przykro. Zapakowałam dla państwa trochę łakoci na drogę.

– Dziękuję, ale naprawdę nie trzeba było.

– Musimy już jechać, Danusiu. Na pewno wszystko wzięłaś?

– Tak.

Danka popatrzyła wokoło, jakby liczyła na to, że pojawi się Adam, ale widząc, że go nie ma, wsiadła do samochodu.

– Nie rozglądaj się. Zawsze mówiłem, że to tchórz i nie jest ciebie wart. Po powrocie przygotuję pozew rozwodowy, trudno. Nie martw się o nic. Do widzenia państwu – rzucił w kierunku Beaty i Jessego.

– Do widzenia! Szerokiej drogi – odpowiedziała Beata z niewyraźną miną.

Samochód, odprowadzany wzrokiem van Dijków, wyjechał poza bramę.

*

Włodek szybko ustalił, że podczas ostatniej awarii prądu wezwano niejakiego Szymona Borka, którego ogłoszenie wisiało na tablicy. Zadzwonił do niego, jednak kiedy nikt nie odebrał, postanowił z Tomkiem Dziemianiukiem pojechać do warsztatu i sprawdzić na miejscu, o co chodzi. Ustalili jego adres i parkowali właśnie przy posesji.

Drzwi jednak zastali zamknięte. Obok warsztatu stał dom, więc spróbowali i tam. Niestety, z takim samym rezultatem. Włodek próbował zajrzeć przez okno, ale niewiele dało się zobaczyć.

– Nikogo – stwierdził Tomek. – Nie ma samochodu. Może pojechał na wezwanie. Myślisz, że te podsłuchy Borek założył własnoręcznie? Przecież to porządny człowiek, działa w Augustowie od lat, wszyscy go znają.

– Nie mam pojęcia, ale trop prowadzi do niego.

– Dobra, to co robimy?

– Nie mamy nakazu, ale chętnie bym wszedł do środka. – Włodek zajrzał teraz przez zabrudzone okno do warsztatu.

Dziemianiuk rozejrzał się na boki; uliczka była całkowicie pusta, w przyległych ogródkach też nie było widać żywego ducha.

– Dawaj, wchodzimy, nie ma na co czekać – zaordynował Tomek i złapał za leżący na podwórku metalowy pręt. Na drzwiach warsztatu wisiała kłódka.

– Zaczekaj, po co się siłować. Daj mi chwilę.

Wyjął z kieszeni spodni mały zestaw wytrychów. Tomek wybałuszył oczy.

– No tego się po tobie nie spodziewałem, stary.

– Trzeba umieć sobie radzić w pewnych sytuacjach.

Po chwili weszli do warsztatu, gdzie nic nie wzbudziło ich podejrzeń. Jedynie radio grało cichutko.

– Nic tu nie ma – stwierdził Tomek. – Nie wiem, co powiemy, jeśli za chwilę w drzwiach stanie Borek. Policjanci, którzy włamali się do warsztatu...

Włodek podszedł do stołu, przy którym wcześniej pracował elektryk. Zauważył pod nim lutownicę.

– Co tam leży? – spytał.

Schylił się pod stół i pokazał Tomkowi lutownicę. Ten wzruszył ramionami.

– No i co? Pewnie mu spadła.

– Pewnie tak. Ale jest gorąca, nie wyłączył jej z prądu. No i zostawiłbyś grające radio?

Tomek znowu wzruszył ramionami.

– A bo to raz? Czasem gra u nas w kuchni przez całą noc. A o lutownicy zapomniał, pewnie się śpieszył.

Włodek zbliżył się do drzwi prowadzących do kolejnego pomieszczenia. Próbował je otworzyć, ale nic z tego.

– Co tam może być? Są tu gdzieś jakieś klucze?

Tomek rozejrzał się; dostrzegł skrzynkę na klucze wiszącą nad stołem. Była pusta.

– Nic tu nie ma. Chyba znowu musisz podziałać, i tak się już włamaliśmy.

Włodek bez słowa zaczął ponownie manipulować przy zamku. Tym razem trwało to parę minut dłużej. Kiedy drzwi stanęły otworem, zobaczyli niewielkie pomieszczenie bez okna.

Tomek włączył światło. Ujrzeli zwoje kabli i jakieś akcesoria elektryczne oraz dużą zamrażarkę. Podeszli bliżej.

– Po co mu tutaj zamrażarka?

Bez namysłu ją otworzył i znieruchomiał. Spojrzał z przerażeniem na stojącego z tyłu Szkarnulisa. W zamrażarce leżało wciśnięte ciało Szymona Borka.

O kurwa...

Włodek przeżegnał się szybko na sposób prawosławny.

*

Niepokój Julii wzrastał z każdą informacją docierającą do niej z policji. Potwierdzały to, co Julia z Karolem podejrzewali. Że mają do czynienia z wyjątkowo przebiegłą kanalią.

Wiedziała, że morderca nie przestanie zabijać i że ich czas na złapanie go, zanim zamorduje następną kobietę, coraz bardziej się kurczy. Musiała skupić się tylko na śledztwie.

Jak zawsze w takiej sytuacji wracała do ofiary.

Chciała znać odpowiedź na pytanie, kim była, jaką była kobietą. Czy miała ustalony porządek dnia? Czy była cwana i bystra, czy naiwna? Czy w zetknięciu z nieznajomym zachowałaby dystans, czy nawiązałaby kontakt wzrokowy i uśmiechnęła się? Czy stawiłaby opór w sytuacji zagrożenia? Czy była agresywna i złośliwa w stosunku do ludzi? Jakie związki utrzymywała? Czy spotykała się z mężczyznami, a jeśli tak, to jak często? Odpowiedzi pomagały w ustaleniu profilu sprawcy.

Wjechała na podwórko Hryszkiewiczów. Pies głośno ujadał, próbując zerwać się z łańcucha. Dlaczego ludzie to robią? Dlaczego są tak bezmyślni i nie potrafią wczuć się w położenie swego mniejszego brata? – pomyślała, patrząc ze smutkiem na szarpiące się stworzenie.

Z domu wyszła młoda kobieta cała w czerni. Na jej twarzy Julia dostrzegła oznaki płaczu i rozpaczy. Podeszła bliżej i przedstawiła się, próbując przekrzyczeć psa.

– Julia Wigier. Jestem psychologiem policyjnym. Pani jest pewnie siostrą Bożeny?

Postawa Sylwii nie zdradzała przyjaznego nastawienia. Spytała bez wstępów, dość obcesowo:

– O co chodzi?

– Chciałabym porozmawiać o siostrze.

Sylwia przyglądała się jej uważnie, nie odzywając się przez dłuższą chwilę.

– Czy to panią... Fabian...?

Julia uśmiechnęła się słabo na wspomnienie swojego porwania.

– Tak, ale to teraz nieważne. Teraz musimy skupić się na śledztwie, żeby znaleźć mordercę pani siostry.

Sylwia kiwnęła głową, a mowa ciała zdradzała, że jej stosunek do przybyłej zmienia się na przyjazny. Wyciągnęła paczkę papierosów i poczęstowała Julię. Ta wzięła jednego i zapaliły w milczeniu. Było w tym geście jakieś porozumienie, uczestniczenie we wspólnym rytuale, które zbliżało je do siebie.

– To dlaczego przyszła pani do nas? Przecież nie wiemy, kto ją zabił – odezwała się po chwili.

Julia spojrzała na nią i pomyślała, że jest rezolutną dziewczyną.

– Często, żeby wpaść na trop mordercy, należy poznać jego ofiarę.

– To niech pani pyta.

– Chciałabym się dowiedzieć, jaka była. Co lubiła, czego nie, co robiła poza pracą i wychowaniem dzieci, o czym marzyła. Może mogłabym zobaczyć jej pokój?

– Pewnie. Zapraszam.

Pokój Bożeny był niezbyt duży, ale mieściły się tu rozkładana kanapa, ława, dwa fotele przykryte skórami, szafa ubraniowa, szafka nocna przy kanapie i telewizor.

Na ławie leżały rysunki dzieci, wciąż rozrzucone były kredki i zabawki. W pomieszczeniu panował pewien rozgardiasz, na krześle wisiał zielony szlafrok, tu i ówdzie walały się części kobiecej garderoby. Sylwia się rozgadała.

– Kochliwa była. Marzyła, żeby się stąd wyrwać. Z każdym nowo poznanym facetem wiązała nadzieje, że odmieni swój los. Z pierwszym dzieckiem wpadła zaraz po szkole, nie miała jeszcze szesnastu lat. Jakoś żaden z jej facetów nie zostawał na dłużej. Nie miała do nich szczęścia. Zresztą ja też chyba nie mam. – Zaśmiała się smutno.

Spoglądała w okno, jakby szukała tam obrazu zmarłej siostry albo recepty na życie. Jej twarz wykrzywił grymas, udało jej się jednak powstrzymać płacz. Julia stała pośrodku pokoju; rozglądając się.

Sylwia wróciła do rzeczywistości.

– Może kawy zrobie? Będzie pani chciała rozmawiać z mamą?

Julia ściągnęła plecak i wyjęła dyktafon. Kiwnęła głową.

– Chętnie się napiję i porozmawiam, dziękuję. Rozejrzę się tu jeszcze.

– A prosze, nie ma tu nic ciekawego, pokój jak pokój.

Gdy Sylwia wyszła, Julia zaczęła nagrywać, żeby nie uronić nic z tego, co jej przyszło do głowy i czego się dowiedziała.

– Jestem w pokoju drugiej ofiary, Bożeny Hryszkiewicz. Jest siódmy lipca, niedziela. Pokój pozostawiony w nieładzie, dziewczyna nie była pedantką. Brak cech indywidualnych, można stwierdzić jedynie, że kobieta, która tu mieszkała, miała dzieci. O niej samej wnętrze mówi niewiele, wystrój typowy. Wygląd pokoju wskazuje, że jego właścicielka była niezorganizowana, nie radziła sobie za dobrze z życiem. Zdaniem siostry usilnie szukała partnera...
– W trakcie nagrywania Julia podeszła do szafy i zaczęła przeglądać stroje zmarłej. Potem zwróciła uwagę na szafkę przy kanapie. Otworzyła szufladę, w której znalazła jedynie powrzucane luźno rachunki i jakieś ulotki reklamowe. Zajrzała do szafki. Na półeczce leżał laptop nowej generacji.

– W szafce przy kanapie, na której zapewne spała ofiara, znajduję nowiutki laptop.

Wróciła Sylwia z dwiema kawami i postawiła szklanki na ławie. Zauważyła laptop siostry.

– Mama zaraz przyjdzie. Ciężko to wszystko znosi. Jest na lekach.

– To Bożeny?

– Tak. Długo odkładała kasę na to cudo. Godzinami siedziała na Fejsie, opisując wszystko, co się działo. Sęk w tym, że w tej dziurze nie działo się nic ciekawego. Ale jej to nie przeszkadzało. Chwaliła się przed koleżankami, że niby ma takie sielskie życie. Jak tylko kogoś poznała, to od razu wrzucała swoje foty.

– Mogę go odpalić?

– Pewnie. Może ja, znam hasło. To skrót od imion chłopców w kolejności ich narodzin: WojPioFra.

Sylwia sprawnie włączyła komputer. Na ekranie pokazały się zdjęcia Bożeny w różnych sytuacjach: z dziećmi, bez dzieci, z facetami, na pomoście, w jeziorze, w lesie na jagodach, na czyimś weselu. Julia przeglądała je uważnie.

– Czy Bożena korzystała z aplikacji randkowych?

– Jasne. Nawet parę razy się spotkała, ale nigdy nic z tego nie wyszło.

*

Wiadomość o znalezieniu ciała elektryka dopadła Karola w biurze. Przekazał ją Julii i żałował, że nie ma jej teraz przy nim. Martwił się o jej bezpieczeństwo, ale nie tylko. Najzwyczajniej tęsknił. Na szczęście nie miał czasu na myślenie.

Wsiadł w samochód i przyjechał do warsztatu Borka. Na ulicy stały już wozy policyjne, kręcili się ludzie z ekipy dochodzeniowej. Spora grupka gapiów, zaciekawionych obecnością policji i rozprzestrzeniającą się błyskawicznie informacją o znalezieniu trupa, przyglądała się zza policyjnej taśmy.

Karol natknął się na Dziemianiuka.

– Włamaliśmy się. Gdyby nie to, jeszcze długo moglibyśmy na niego czekać – obwieścił Tomek.

– Longin już jest? Coś powiedział?

– Przyjechał przed chwilą. – Zauważył wysiadającego z samochodu Kałduna. – Jest i komendant, może nas opierdolić za to włamanie.

Karol podążył za wzrokiem przestraszonego Tomka.

– Jakby co, powiedz, że o tym wiedziałem, ale nie sądzę, żeby się czepiał.

Przywitali się z przełożonym i weszli do warsztatu. Tam nad ciałem Borka pochylał się Szablewski. Kiedy znaleźli się przy nim, wskazał ślad na szyi ofiary. Bez zbędnych wstępów zaczął mówić:

– Garota. Uduszono go z zaskoczenia. Nie widać, żeby się bronił.

– O co tu chodzi? – zapytał Kałdun, jak zwykle dość naiwnie. – Po co ktoś by mordował elektryka? Facet nie był bogaty. Jakieś porachunki przestępcze?

– Sprawdzimy i taki wątek, może miał jakieś powiązania, choć nie wydaje mi się. Stawiam, że ktoś chciał się pod niego podszyć, by dostać się do nas na komendę.

– Ale skąd morderca mógł wiedzieć, że padnie u nas prąd?! Przecież nie jest jasnowidzem, do cholery!

– Jasnowidzem nie, ale co, jeśli sam to wszystko sprowokował? Julia Wigier miała rację. Mamy do czynienia z wyjątkowo pomysłową kreaturą – tłumaczył cierpliwie Karol.

– Co? Pan uważa, że ten seryjny to wszystko zaplanował?! Ale to jest... To się w głowie nie mieści – sapnął na koniec, przyswajając powoli słowa Nadziei.

– Jeśli o mnie chodzi, to skończyłem. – Longin zbierał się do wyjścia. – Zabrałbym ciało do siebie. Zobaczymy, czy jeszcze nam coś powie.

*

Szkarnulis postanowił przejść się po domach sąsiadujących z domem i warsztatem Szymona Borka. Na krótkiej, spokojnej bocznej uliczce wysadzanej lipami stało tylko kilka domostw. Panowała tu atmosfera bardziej wiejska niż miejska.

Domki okryte białym lub niebieskim sidingiem i otoczone kolorowymi kwiatami sprawiały schludne i sielskie wrażenie. Aż wierzyć się nie chciało, że mogło tu dojść do zbrodni.

Włodek rozmawiał już z większością mieszkańców ulicy, na koniec zostawił sobie najbliżej sąsiadujący skromny dom wdowy Pogłód, stojący naprzeciwko warsztatu.

Kobieta blisko siedemdziesiątki miała żywe, bystre oczy i łagodny uśmiech. Na wstępie poczęstowała go kompotem owocowym. Siedzieli pod starą lipą na ławeczce. Wdowa, wstrząśnięta informacją o swoim sąsiedzic, ocierała łzy chusteczką.

– Przypomina pani sobie, kiedy go pani widziała ostatni raz?

– Jakieś parę dni temu. Nawet myślałam, że wyjechał, chociaż przecie by mi powiedział. Dobrze tu żyliśmy – westchnęła.

– Zawsze pomógł, jak było co potrzeba, a ja nie pozostawałam dłużna. Bywało, że i obiad mu zaniosłam, ciasto upiekłam, no wie pan. On sam, ja sama. Już czwarty rok idzie, jak mój Marian, świeć Panie nad jego duszą... – Wzniosła oczy do nieba.

– A teraz sąsiada mi ubili! Co to za świat?

– To prawda. Źle się dzieje. Ale czy umie pani powiedzieć, co to był za dzień, kiedy go pani widziała?

Kobieta zastanawiała się tylko chwilę.

– To była środa, na pewno. Raniutko byłam u lekarza, a wracając, kupiłam świeże pączki i zaniosłam dla niego. Zrobił kawę i razem zjedliśmy. Szymek lubił pączki. Mówił, że tego dnia będzie miał sporo klientów. Potem już go nie widziałam.

– Nie zauważyła pani niczego podejrzanego? Niekoniecznie tego dnia, może wcześniej albo później? Czegoś, co się wcześniej nie zdarzyło?

Dolała mu jeszcze kompotu.

– Raczej nie, chociaż... – Głowiła się. – Sama nie wiem.

– Proszę mówić, nigdy nie wiadomo, co jest ważne.

– Widziałam parę razy samochód, który parkował trochę dalej od warsztatu. I długo tam stał. Najpierw myślałam, że to może jaki klient Szymka, ale klienci zawsze przyjeżdżali i zaraz odjeżdżali, a ten stał pół dnia i dłużej. I nie widziałam, żeby ktoś z niego wychodził, tylko siedział w środku.

– Co to był za samochód?

– A taki zielony.

– A marka?

– Nie znam się, ale taki garbaty, śmieszny trochę. A numer rejestracyjny był tutejszy, dobrze pamiętam. Pan pisze: BAU-trzy-trzy-cztery-sześć.

*

Zaproszenie na wernisaż malarstwa Olgierda Wolińskiego zaintrygowało Hankę. Normalnie nie poszłaby na taką imprezę, bo kultura niespecjalnie się sprzedawała. To nie były żadne gorące newsy, które ją i czytelników najbardziej kręciły. Ale wystawa w augustowskim domu kultury autorstwa byłego kochanka ofiary morderstwa to już co innego.

Dlatego kiedy zobaczyła na swoim biurku zaproszenie, od razu zdecydowała, że skorzysta. Wysłała też esemes do Weneta z informacją o wystawie.

Dziennikarz się ostatnio nie odzywał, co wprawiało ją w coraz większy niepokój i zły humor. Bardzo liczyła na jego pomoc w wypłynięciu na szersze dziennikarskie wody. No i facet jej się podobał. Sądziła, że ona jemu też, ale teraz sama już nie wiedziała.

Weszła do sali, w której zebrało się sporo osób jak na augustowskie standardy. Dyrektorka domu kultury najwyraźniej przeszła samą siebie i udało jej się ściągnąć niezłe audytorium, w większości kobiece. Pod ścianami rozstawiono stoły z przekąskami i winem, co ją zdziwiło, bo od dawna z powodu braku funduszy imprezy kulturalne nie miały takiej oprawy.

Na ścianach wisiały obrazy, na środku sali stała gospodyni i organizatorka wystawy, a obok rozpromieniony autor. Wpatrywał się w dyrektorkę jak w boginię, a ona kończyła właśnie pochlebną przemowę wstępną.

– Nieczęsto zdarza się, by w naszym mieście wystawiano prace, o które zabiegają najpoważniejsze w naszym kraju instytucje kulturalne i galerie. Malarstwo pana Wolińskiego prezentowane było w wielu krajach, tym bardziej jesteśmy zaszczyceni, że artysta zgodził się zagościć w naszych skromnych progach. – Spojrzała na Wolińskiego i zaczęła bić brawo, a tłumek poszedł w jej ślady.

Woliński skromnie pochylił przed nią głowę. Dyrektorka ciągnęła:

– Przygotowaliśmy drobną przekąskę, proszę się częstować. Najważniejsza jest jednak uczta duchowa, która niewątpliwie nas czeka. Zapraszam i oddaję głos artyście.

Woliński, już z kieliszkiem wina, uśmiechał się czarująco; znowu skłonił się szarmancko i podszedł do mikrofonu.

– Chciałbym podziękować pani dyrektor za gościnę w tym przyjaznym miejscu i powiedzieć parę słów. Z góry przepraszam za odrobinę wulgarności, którą się posłużę. Ale zacznę od powiedzenia: „Jedzmy gówno, miliony much nie mogą się mylić". To zdanie uświadamia nam, jakże trafnie, że istnieje coś takiego jak dyktatura mas, i jednocześnie, że większość niekoniecznie ma rację. Sztuka jest przestrzenią, w której nie ma miejsca na demokrację, zostawia je dla indywidualizmu. Nie każdy z nas jest przygotowany na odbiór sztuki współczesnej, abstrakcyjnej, takiej jak moja. Jest wszelako jedna cecha, która otwiera drzwi do przeżycia sztuki. To wrażliwość. Nie wątpię, że wszyscy tu zebrani właśnie tę cechę mają wysoce rozwiniętą.

Woliński skłonił się nisko i znowu rozległy się brawa. Hanka czuła w tych przemowach jakiś fałsz, jednak najbardziej dziwiło ją, że śmierć ukochanej kobiety spłynęła po nim jak po kaczce. Przynajmniej takie sprawiał w tym momencie wrażenie. Ale może to jedynie pozory, może po prostu musiał się czymś zająć. Jednak wiedziała, że gdyby to ją spotkało, nie chciałaby zostać w miejscu, gdzie wydarzyła się tragedia.

Zauważyła wchodzącego Weneta i jej myśli podążyły w jego kierunku. Sięgnęła po kieliszek i czekała, aż Artur ją dostrzeże.

Przyglądał się obrazom, po czym skierował się do stołu. Wtedy ją spostrzegł i zamachał. Odpowiedziała mu uśmiechem i podeszła. Po drodze minęła Wolińskiego otoczonego wianuszkiem starszych kobiet. Towarzystwo gawędziło o czymś zapamiętale, co jakiś czas rozlegały się wybuchy śmiechu.

Miała wrażenie, że Woliński jej się przygląda, ale kiedy spojrzała na niego, mówił coś właśnie do wystrojonej w biżuterię kobiety. Stanęła przed Arturem.

– Cześć, Hanka! Dzięki za info. – Spojrzał jej głęboko w oczy, aż przeszły ją dreszcze.

– Cześć, fajnie, że przyszedłeś. Prawdę mówiąc, jakoś to malarstwo do mnie nie trafia.

– Bo się nie znasz. Trzeba być przygotowanym do odbioru sztuki współczesnej. – Znowu się uśmiechnął i nachylił w jej kierunku, aż poczuła zapach jego wody po goleniu. – Powiedzieć ci coś? Do mnie też nie. – Roześmiał się.

Była zbita z tropu.

– Co też nie?

– Też do mnie nie trafia. Może się nie znam, ale dla mnie to są bohomazy, czuję tu jakieś łgarstwo.

Była zaskoczona i zarazem ucieszona, że nie jest sama w swojej opinii.

– Dlaczego się nie odzywałeś? Obiecałeś, że...

– Tak, tak, wiem, co obiecałem. Nie bądź nudną babą. Nie od razu Kraków zbudowano. Wszystko załatwię, nie martw się. Spadamy stąd? Bo wieje koszmarną nudą. – Skrzywił się.

Uspokojona, że Artur nie wycofuje się ze swoich obietnic, kiwnęła głową.

– Z chęcią. Przywitam się tylko z dyrektorką. Zaraz wracam.

– Dobra, zaczekam na zewnątrz.

*

Po rozmowie z wdową Pogłód Włodek dołączył do komisarza i Tomka, którzy czekali na niego w pobliskim ogródku kawiarnianym nad Nettą. Siedziała tam również Julia. Ucieszył się na jej widok. Lubił jej słuchać i obserwować ją przy pracy. Imponowało mu jej skupienie i logiczne rozumowanie.

Zamówili kawę i lody. Włodek kończył raportować, co usłyszał od wdowy.

– Podała mi numer rejestracyjny! Wyobrażacie sobie? Kobita koło siedemdziesiątki, a numer wyrecytowała jednym tchem. To samochód pierwszej ofiary, Zaleskiej, ten spalony. Więc teraz nie ma wątpliwości, że to robota seryjnego.

– Facet działa metodycznie i nie zostawia śladów – skonstatowała Julia.

– Nie dość, że podłożył podsłuchy w całej komendzie, to jeszcze w niektórych samochodach. Jurek znalazł je po porannej odprawie. Do ciebie zadzwonił z telefonu drugiej ofiary. Tu przyjeżdżał samochodem pierwszej, a potem go spalił wraz z nożem, którym odciął głowę Bożeny. I szukaj wiatru w polu. On z nas bezczelnie kpi! Zero śladów i dowodów – wkurzał się komisarz.

– Spodziewał się, że w końcu możemy trafić do Borka, chociaż gdybyśmy się nie włamali, to jeszcze by potrwało, zanim znaleźlibyśmy ciało – dodał Tomek.

– Sprawdziłeś, gdzie logowała się komórka Bożeny, kiedy dzwonił do Julii? – dopytywał Nadzieja.

– Tak. Niech szef zgadnie. Oczywiście w naszym trójkącie bermudzkim, w okolicach Szczebry.

– Kiedyś musi popełnić błąd, jest tylko człowiekiem. – Nadzieja wpatrywał się w rzekę.

Julia powiedziała z namysłem:

– Pozostawał nieuchwytny, bo zmieniał miejsca pobytu, mordował w różnych miastach: w Warszawie, we Wrocławiu, w Zielonej Górze, Sopocie i Lądku-Zdroju. Teraz wypłynął tutaj. Jest u szczytu swoich możliwości, dlatego podjął z nami grę. I to go może zgubić. Mam laptop Bożeny, była bardzo aktywna w mediach społecznościowych. Może tą drogą ją sobie wybrał, może tak się z nią kontaktował albo po prostu ją obserwował.

*

Kłodowski wrócił do komendy zupełnie przybity. Kolejne zabójstwo, tym razem elektryka, wytrąciło go zupełnie z jako takiej równowagi, do której udało mu się na chwilę dojść po zabójstwach Szułowiczów.

Wkurzała go ta warszawska para: Nadzieja ze swoją profilerką, ale głośno nie mógł nic powiedzieć, bo jego ludzie wpatrywali się w nich niemal z nabożeństwem. Na dodatek ta młoda prokuratorka, którą trzeba było przywrócić do śledztwa! Zero doświadczenia i tatuś z koneksjami w stolicy.

Siedziała potulnie ze spuszczonymi oczami. Patrzył na nią z ledwie skrywaną niechęcią, Włożył do ust miętówkę, choć najchętniej by zapalił.

– Miała pani szczęście, że tak się wszystko potoczyło. Rozmawiałem z pani przełożonym. Stwierdziliśmy zgodnie, że w zaistniałych okolicznościach może pani wrócić do śledztwa.

– Dziękuję, komendancie.

– Radziłbym jednak na czas dochodzenia zawiesić swoją znajomość z panem Sarnowskim. Jakkolwiek by patrzeć, był zamieszany w sprawę i dopóki nie złapiemy sprawcy... Rozumie pani. Rozsądnie będzie, jeśli pani się powstrzyma, żeby nikt nie mógł pani nic zarzucić. – Próbował uśmiechnąć się przyjaźnie, ale chyba mu nie wyszło.

– Tak, rozumiem, oczywiście – przyznała ze skruchą.

– No to do roboty. Nie ma czasu, mamy kolejne morderstwo na tapecie. Proszę się zapoznać ze szczegółami. Komisarz Nadzieja i moi chłopcy są do dyspozycji.

Wstał i podszedł do okna, dając znać, że może odejść. Miał już naprawdę dość tej roboty.

*

Jurek wcisnął „play" i na ekranie pokazał się obrazek sprzed komendy. W kadr wjechał stary van Szymona Borka z napisem „pogotowie elektryczne". Samochód zaparkował i wysiadł z niego mężczyzna w niebieskim kombinezonie i czapce z daszkiem nasuniętym na oczy. Wyjął z vana torbę z narzędziami. Zamknął samochód i nieśpiesznym krokiem zmierzał do komendy. Głowę miał pochyloną, tak że kamera w ogóle nie zarejestrowała jego twarzy. Kiedy zbliżył się do kamery, pokazał środkowy palec.

– Co za gnojek! Pogrywa sobie z nami! Van należy do zamordowanego elektryka i nie wiemy, gdzie jest. Pewnie skurwiel zaraz się go pozbędzie. – Nadzieja walnął ze złości otwartą dłonią w stół.

Obok siedział Dziemianiuk i wpatrywał się w ekran. Oglądali nagranie z monitoringu sprzed komendy z dnia, kiedy w budynku padł prąd.

– A nagrania z komendy? Nigdzie się nie nagrał tak, żeby można go było zidentyfikować? – pytał z nadzieją Tomek.

Jurek pokręcił głową.

– Nic z tego.

– Mimo to pokaż, może zdradzi go jakiś szczegół.

Karol wstał i wyszedł z pokoju. Wzbierała w nim wściekłość na typa i wkurzała go własna bezradność. Miał wrażenie, że traci grunt pod nogami.

Wpadł do toalety, prawie się dusząc, czuł zawroty głowy i kołatanie serca. Znowu dopadł go atak paniki. Nie da rady, jak tak dalej pójdzie. Nie może sobie na to teraz pozwolić.

Przemył twarz zimną wodą, próbując uspokoić oddech, ale wszystko na nic. Weźmie tabletki, musi. Już przeszukiwał kieszenie. Znalazł; łyknął dwie, popijając wodą z kranu.

Stał przez dłuższą chwilę, próbując opanować oddech. Sama świadomość, że wziął te prochy, sprawiała, że poczuł się lepiej. Wytarł twarz papierowym ręcznikiem. Kiedy wszedł Szkarnulis, zdążył się już opanować. Włodek przystanął; nie spodziewał się tu spotkać komisarza.

– Coś nie tak, szefie?

A więc jednak, chłopak był bystry. Karol popatrzył na niego bez słowa i pokręcił głową.

– Nie. W porządku. Coś wiadomo o vanie elektryka?

Włodek podszedł do pisuaru, ale chyba nie chciał sikać przy nim, bo nie zrobił nic więcej.

– Na razie cisza, nikt się na niego nie natknął. Ale całe województwo go szuka. Taki samochód to nie szpilka, jeszcze z tym wywalonym napisem. Prędzej czy później wypłynie. Warsztaty też powiadomione, gdyby próbował go przemalować.

Nadzieja kiwnął głową i poszedł do drzwi. Zatrzymał się jeszcze.

– Wiesz już, który z naszych dzwonił do Borka?

– Zenek Pietuszewski. Ale nie powiedział nic ciekawego. Zadzwonił do Borka, bo to jego ogłoszenie wisiało na naszej tablicy. Facet odebrał, przyjął zamówienie i przyjechał po piętnastu minutach. Zenek nie zapamiętał jego twarzy, tylko tyle, że facet miał czapkę z daszkiem. Nawet z nim nie rozmawiał, nie wylegitymował go. Wpuścił do środka i dalej się nie interesował. Właśnie kończył służbę.

– Nawet go nie wylegitymował? – Karol patrzył na Włodka ze zdumieniem.

Jasne, można się było spodziewać – tego już głośno nie powiedział, tylko pomyślał. Żyją tu w innym świecie. Kiedy nauczą się przestrzegać procedur, do licha?

*

Julia wróciła do domu, żeby popracować nad profilem, ale kiedy zobaczyła zmartwioną Romę, postanowiła przystać na jej prośbę i wypić z nią kawę.

Usiadły za domem nad jeziorem. Kuba siedział na pomoście i rozmawiał przez telefon. Ciekawe, z kim.

Rozmowa z Romą zeszła w końcu na temat mamy. Julia powiedziała jej o swoich ostatnich ustaleniach. Roma słuchała uważnie, ale widać było, że bardziej teraz obchodzi ją los brata niż dawno zmarłej bratowej.

Julia spojrzała na jezioro i jego spokojne wody. Upał cały czas doskwierał, ale nad wodą i w cieniu dawało się jakoś wytrzymać.

– Koledzy z komendy stołecznej znaleźli mi adres Kryńskiego, tego detektywa, który przewąchiwał temat mamy.

– To zadzwoń do niego. Chociaż po tylu latach... nie wiadomo, czy będzie miał ci coś ciekawego do powiedzenia, jeśli jeszcze żyje.

– No właśnie. Jeśli nawet żyje, to jest już wiekowy i nie wiadomo, w jakim jest stanie.

Zauważyła, że Kuba skończył rozmowę i idzie uśmiechnięty w ich stronę.

– Mamo, dzwoniłem do Inki. Czy mogę do niej jechać?

A więc chyba się zaprzyjaźnił. Ucieszyło ją to.

– Właściwie możesz. I tak muszę teraz popracować. Trafisz do niej sam?

– No pewnie.

– Tylko uważaj na siebie.

Przypomniały jej się telefon od seryjnego i obawa Karola o jej bezpieczeństwo. Pomyślała, że jej syn może być zagrożony.

– Albo nie, poczekaj. Odwiozę cię.

Zadzwonił jej telefon. To Karol. Wstała i przekazała Romie gestem, że musi odebrać. Poszła w stronę pomostu. Może są jakieś nowe tropy, a nie chciała o tym mówić przy nich.

– Karol? Coś się urodziło?

– Od czasu naszego rozstania nic. Z nagrań monitoringu nic nie wynika. Facet gra z nami w ciuciubabkę i cały czas to on pociąga za sznurki. Jesteśmy w totalnej defensywie.

Przystanęła i odwróciła się, by spojrzeć na Romę i Kubę. Potem jej wzrok przeniósł się na jezioro.

– Masz jakiś pomysł?

– Tylko taki, żeby przeczesać ten jego trójkąt. Chłopcy przygotowali spis domków i rodzin zamieszkujących ten teren. Podzieliliśmy się i chcemy sprawdzić wszystkich.

– To niegłupie. I chcesz, żebym z tobą pojechała? – Miała wrażenie, że jej głos zabrzmiał lekko prowokująco. Nie poznawała samej siebie. Nie sądziła, że w takich okolicznościach stać ją na flirt.

– Szczerze? Marzę o tym – usłyszała to, czego się spodziewała, ale mimo to odpowiedź Karola naprawdę ją ucieszyła.

– No nie wiem. Właśnie miałam zabrać się do analizy listów naszego seryjnego. Ale...

– Ale może...

– Może... mogę to zrobić w nocy – skończyła ciszej. – No i Kuba wybiera się do twojej córki, właśnie miałam go podwieźć.

– Mam lepszy pomysł. Będę u ciebie za chwilę, razem podrzucimy Kubę, a potem pojedziemy sprawdzać trójkąt.

– Rozłączył się.

Uśmiechnęła się do siebie, szczęśliwa, że go znowu zobaczy. Zakochała się? Czy to jeszcze możliwe? Może jej się tylko wydaje? Nie miała pojęcia.

Wróciła do Kuby i Romy.

*

Longin nie zazdrościł policji. Lubił komisarza Nadzieję i życzył mu jak najlepiej. Że też akurat jemu musiały się przytrafić takie morderstwa. Z drugiej strony – pomyślał – może całe szczęście, że jemu. Jakoś nie podejrzewał, by ktoś inny dał sobie radę przy tak złożonym śledztwie.

Patrząc na to ze swojego punktu widzenia, nie narzekał. Przypadki były ciekawe i stanowiły wyzwanie, a to lubił najbardziej.

Kolejna ofiara na jego stole nie pasowała do schematu. Po pierwsze, była płci męskiej i została zamordowana w inny sposób. Zupełnie inny *modus operandi*. Dlaczego Nadzieja utrzymywał, że to morderca kobiet zabił? Nie miał pojęcia. Ale przecież nie on prowadził śledztwo.

Spojrzał na twarz Szymona Borka. Taki młody, czterdzieści trzy lata. Facet miał przed sobą jeszcze kawał życia.

Westchnął. Przed rozpoczęciem sekcji lubił zaprzyjaźnić się z delikwentem. Dla niego każdy z nich miał swoją odmienną historię, którą Longin poznawał, krojąc nieszczęsne ciała i zaglądając do wnętrza. Dowiadywał się naprawdę wielu ciekawych rzeczy. Poznawał ich przyzwyczajenia, nałogi, choroby, sposób odżywiania, charakter, ba, nawet sposób myślenia. Ale zanim przystępował do sekcji, musiał się psychicznie nastroić i porozmawiać.

– Jesteś gotowy, ja też. Możemy powoli zaczynać. Najpierw ręce, zobaczymy, może coś zachowałeś dla mnie pod paznokciami. Byłoby dobrze, bo policja nie ma śladów, co jak sam rozumiesz, spowolni ujęcie twojego zabójcy. A nam przecież zależy, żeby go posłać najlepiej prosto na szafot.

Kiedy do niego mówił, pobierał spod paznokci zmarłego próbki do badań. To było najmniej inwazyjne działanie, dlatego od niego zaczynał.

– Na brud pod paznokciami zawsze można liczyć. Pytanie tylko, czy oprócz zwykłego brudu masz tam może DNA albo chociaż fragmencik niteczki z ubrania twojego oprawcy? Liczę na to bardzo. Myślę, że kiedy cię zaatakował, próbowałeś go dosięgnąć. No dobrze. Mamy to. A teraz wybacz mi, ale będę cię musiał pokroić.

Wstał i sięgnął po narzędzia. Dobrze, że nie było Józka. Lubił pracować w ciszy, sam na sam ze zmarłym.

*

Jan Pietrewicz postawił na stole dwa talerze i spojrzał na zegarek. Hanka znowu się spóźniała. Podszedł do kuchenki i zmniejszył gaz pod garnkiem. Sprawdził ziemniaki widelcem. Były miękkie, powinien zlać wodę.

Znowu to samo, przeginała. Rozejrzał się po kuchni w poszukiwaniu komórki. Leżała na parapecie. Nie chciał być namolnym ojcem, ale przecież się umówili. Ile jeszcze razy ma odgrzewać jej obiad? Rozumiał, że wybrała pracę z nienormowanym czasem, ale obowiązują jakieś zasady. Jest telefon, można przecież uprzedzić.

Zadzwonił. Po chwili wysłuchał jej nagrania.

– „Jeśli nie odbieram, to pewnie pracuję i piszę świetny artykuł, więc zostaw wiadomość. Jeśli będzie tego warta, na pewno oddzwonię".

Zirytował się.

– Miałaś być godzinę temu. Czekam na ciebie z kolacją. Zapomniałaś, że się umówiliśmy? Mam już tego powyżej uszu.

Rozłączył się i od razu pożałował, że się uniósł. Może rzeczywiście robiła coś ważnego? A jedzenie? Pamiętał siebie w jej wieku, też nie przywiązywał wagi do pór jedzenia, jeśli coś go pochłaniało. A miał swoje hobby, które pasjonowało go do dziś. Majsterkowanie, robienie czegoś z niczego. Najchętniej siedziałby na działce całymi dniami i budował, a to grill ze złomu, a to łódkę z odpadów. Uśmiechnął się do siebie. Przecież nic się nie stało, najwyżej zje zimne.

*

Po odwiezieniu Kuby postanowili wpaść do Felicji. Zielarka mieszkała w trójkącie Szczebra–Płaska–Studzieniczna i to z nią chcieli najpierw porozmawiać. Interesowały ich jej spostrzeżenia na temat sąsiadów i mieszkających w pobliżu turystów.

– Nikogo nowego w okolicy nie ma, wiedziałabym – stwierdziła z przekonaniem. – U Holendra są turyści od paru dni, ale oprócz jednego małżeństwa to starzy bywalcy.

– A to małżeństwo? Wiesz coś o nich?

– Właściwie nie. Jego spotkałam parę razy, biega po lesie, taki typ komandosa. A ona jest w ciąży i niewiele się rusza. Macie jakiś trop? – zapytała z troską.

– Nie możemy o tym mówić, ale powinna pani mieć się na baczności – ostrzegł Karol.

– A kto się na mnie, starą, połasi? – Zaśmiała się szczerze. – Poza tym mam tu najlepszego obrońcę. – Spojrzała na psa leżącego u jej stóp na werandzie. Fred popatrzył jej głęboko w oczy, gdy dotknęła jego karku. – Wbrew pozorom potrafi pogonić niechcianych gości – spoważniała – ale prawdę mówiąc, świadomość tego, co się dzieje dookoła, nie jest przyjemna. Na noc się zamykam, choć nigdy przedtem tego nie robiłam. Ludzie też się boją.

Spojrzała na łąkę, gdzie właśnie zachodziło słońce. Felicja wstała powoli i odgarnęła z czoła opadające włosy. Pies też się poderwał.

– Wybaczcie, ale muszę iść na łąki, słońce już zachodzi. Niektóre zioła zbiera się po zachodzie.

Julia też wstała, a za nią Karol.

– Oczywiście, też musimy jechać.

Karol wręczył zielarce swoją wizytówkę.

– Gdyby zauważyła pani kogoś obcego lub coś panią zaniepokoiło, proszę od razu zadzwonić, nie zważając na porę. Wszystko może być ważne.

– Dobrze, na pewno dam znać.

Kiedy odchodzili do samochodu, Karol o czymś sobie przypomniał. Przystanął na chwilę.

– A! Gdyby widziała pani starego vana z napisem „pogotowie elektryczne", proszę natychmiast dzwonić.

– Dobrze, obiecuję.

*

Tomek z Włodkiem sprawdzali już piąty domek. Każdemu właścicielowi wciskali jakiś kit tłumaczący ich wizytę i przyglądali się uważnie mężczyźnie, oceniając, czy nie wygląda i nie zachowuje się podejrzanie.

Wychodzili właśnie z dopiero co zbudowanego domku typowo letniego. Gospodarze, już nie najmłodsi, przyjeżdżali tu z Białegostoku na weekendy. Domek, który miał być ich odskocznią na emeryturze, kończyli własnym sumptem, co zabierało trochę czasu i pieniędzy. Policjanci pożegnali się z gospodarzami i szli w kierunku samochodu.

– Nie wydaje mi się, żeby ten facet mógł kogoś zamordować – ocenił Włodek.

– Mnie też nie. Chyba skończymy na dziś, co? Stara mnie zabije, od rana mnie nie ma, a dzisiaj niedziela.

– Powinna chyba zrozumieć? Przecież mamy śledztwo w sprawie seryjnego, giną kobiety.

Włodek spojrzał na kolegę i pożałował, że to powiedział. Tomek miał zrezygnowaną minę.

– Niby rozumie, ale jak przychodzi co do czego, to... A, szkoda gadać. Masz mapę? Co tam jeszcze mieliśmy?

Szkarnulis wyjął mapę terenu z licznymi punktami oznaczającymi działki i domki. Pochylili się nad nią. Włodek wskazał jeden z punktów.

– Przydałoby się sprawdzić jeszcze to miejsce. Działka jest jakiś kilometr stąd. W samym lesie.

– Taaa, całkiem na uboczu. Lepiej tam zajrzeć. Niedługo się ściemni, załatwmy to szybko.

Po jakichś dziesięciu minutach stanęli przed ogrodzeniem, za którym stał pokaźny drewniany dom letniskowy.

– Fiu, fiu, fiu, niezła ta buda – stwierdził Tomek.

Rzeczywiście, dom zbudowany z bali w stylu góralskim prezentował się okazale z modrzewiowym gontem na dachu, jednym z najdroższych. Podeszli do furtki, ale była zamknięta. Dom wyglądał na pusty.

– Co robimy? – zastanawiał się Tomek. – Nikogo nie ma.

– Obejdźmy ogrodzenie, może gdzieś dalej znajdziemy jakąś dziurę i uda się przejść?

– Chcesz znaleźć dziurę w nowym ogrodzeniu? Czyj to dom?

– Właścicielką jest kobieta zameldowana w Łodzi. Mam jej nazwisko w papierach, coś na K.

– No to co my tu robimy? Kobieta przecież nie morduje.

– Ona nie. Ale nie wiesz, czy komuś nie wynajęła.

Szli wzdłuż ogrodzenia. Z tyłu domu jedna ze sztachet wyglądała na obluzowaną.

– No proszę, i mamy słabe ogniwo.

– Przecież się nie przeciśniesz – zauważył Tomek.

– To przejdę górą. Lepiej sprawdzić ten dom.

– Uparty jesteś. Dzwoniłeś do tej właścicielki? Skąd wiesz, że wynajmuje?

– Nie wiem, ale wykluczyć tego nie można.

Tomek pomógł mu przeskoczyć płot. Włodek spojrzał w okna i nie dostrzegł najmniejszego ruchu.

– Podejdę tylko i zajrzę do środka. Ty zaczekaj.

– No dobra.

Podbiegł w stronę domu i próbował dojrzeć cokolwiek wewnątrz, ale niewiele było widać przez opuszczone rolety. Zaklął w duchu.

Podszedł do bocznych drzwi, które musiały prowadzić do garażu. Nacisnął klamkę. Bez rezultatu. Nic nie wzbudzało podejrzeń. Po prostu dom zamknięty na czas nieobecności właścicielki.

Z boku garażu zauważył niewielkie okno i zajrzał. Ciemno. Poświecił latarką i zobaczył pusty garaż z półkami pod jedną ścianą. Wrócił do ogrodzenia.

– I co?

– Nic nie widać. Okna zasłonięte, garaż pusty. Nikogo nie ma. Wracamy.

Kilka prób później udało mu się przedostać przez płot.

*

Po niezbyt przyjemnej rozmowie z szefem, a później upokarzającym spotkaniu z komendantem poszła do matki. Z jednej strony nie mogła przyznać się do porażki, z drugiej – najchętniej by się wyżaliła. Przecież to nie jej wina, że ktoś podrzucił Piotrowi tę cholerną komórkę.

Ale kiedy tylko zobaczyła nienagannie ubraną i ufryzowaną matkę z Pusią na rękach, odeszła jej ochota na zwierzenia. Zresztą co za idiotyczny pomysł? Jak mogła w ogóle o tym pomyśleć? Jakby nie wiedziała, jaka ona jest.

Patrzyła teraz na nią, jak cały czas coś mówi, i wyobrażała sobie, że siedzi przed nią wielkie ptaszysko przypominające indyka. Dopiero po jakimś czasie zaczęły docierać do niej słowa.

– Rozmawiałam dziś z ojcem, pytał o twoje śledztwo. Nic mu nie powiedziałam.

Patrzyła na nią, nie rozumiejąc, aż matka to zauważyła.

– Nie słuchasz mnie. Nie powiedziałam mu, że cię zawiesili. I dobrze. Teraz cię przywrócili i wszystko wróciło do normy. Ojciec nie musi o wszystkim wiedzieć.

Westchnęła i po raz pierwszy się odezwała.

– Nie musi.

– Co ci jest?

– Nic. Zmęczona jestem. To trudne śledztwo, trup ściele się gęsto. Codziennie coś wyskakuje, a policja nie ma żadnego tropu.

– Za bardzo się przejmujesz, to tylko praca – powiedziała matka lekceważąco, głaszcząc psa.

Nie mogła tego dłużej zdzierżyć.

– Co ty mówisz? Czy ty siebie słyszysz?! To tylko praca?! Przecież giną ludzie, jak możesz być taka obojętna?!

Wstała i wybiegła do przedpokoju, odprowadzana szczekaniem Pusi.

– Co cię ugryzło?! Dokąd idziesz? Miałaś zostać na kolacji – krzyknęła za nią Violetta.

– Nie jestem głodna! I ucisz tego przeklętego psa.

Wyszła z domu, zostawiając matkę lekko oniemiałą. To był bezsensowny pomysł, żeby tu przychodzić.

*

Beata i Jesse siedzieli jak zwykle przed domem na tarasie i popijali nalewkę. Tego wieczoru towarzyszyła im tylko Basia Urbańska, reszta gdzieś się rozpierzchła; nie mówiąc już o Dance Zembalskiej, która wyjechała na dobre.

Wokół panowały cisza i spokój, dobiegało ich tylko cykanie świerszczy i kumkanie żab znad jeziora.

– Ależ te żaby koncertują. Coś pięknego – zachwycała się Beata. Mimo że tu się wychowała i znała te koncerty od dziecka, wciąż robiły na niej wrażenie. – Zdrówko! – Wychyliła kieliszek, a Basia i Jesse poszli w jej ślady.

Holender sięgnął od razu po karafkę i ponownie napełnił szkło.

– Dobra ta dereniówka w tym roku – przyznał.

– Rzeczywiście pyszna. A gdzie Zygmunt? – zapytała milczącą od jakiegoś czasu Basię, która niby obojętnie wzruszyła ramionami.

– Znowu miał spotkanie, tym razem w Białymstoku. Powinien już być. – Spojrzała na zegarek z lekkim niepokojem.

– Nie rozumiem go. Przyjechaliśmy na urlop, a on ciągle pracuje i załatwia biznesy.

– Niektórzy mężczyźni nie potrafią wypoczywać. Zwłaszcza biznesmeni.

Jesse spojrzał na nią i pokiwał głową.

– To fakt, sam miałem z tym problem, jeszcze w Holandii. Ale kiedy spotkałem Beatę, wszystko się zmieniło. – Zaśmiał się.

– Żal mi tej Danki. Rozstawać się z mężem, kiedy spodziewa się dziecka. Niewesoła sytuacja. Beata powiedziała na głos to, o czym myślała przez prawie cały czas.

Sama nie miała wciąż dziecka i bardzo za nim tęskniła. Ale coś było nie tak. Postanowili z Jessem, że pójdą po sezonie do lekarza, żeby się przebadać.

– Ale Adam to w porządku facet, nie wiem, o co jej chodzi. – Jesse stanął w obronie Zembalskiego, choć przecież nic złego o nim nie powiedziała.

– W sumie nie nasza sprawa. Nie dogadują się i tyle – podsumowała Basia. – Może lepiej, że rozstaną się teraz. Nie ma sensu tkwić w związku, jeśli nie ma miłości.

– Jednak dziecko powinno mieć ojca. – Beata stała przy swoim.

– No tak, ale czy za wszelką cenę? Poza tym nikt nie powiedział, że Adam nie będzie chciał wziąć udziału w wychowaniu tego dziecka.

Na podwórko wjechał obcy samochód; po chwili Beata rozpoznała komisarza, który już u nich był. Zaniepokoiła się. Czyżby znowu stało się coś niedobrego? Kiedy to się wreszcie skończy? Wykańczała ją nerwowo ta sytuacja z Szułowiczami, a potem z kolejnymi morderstwami kobiet.

Z samochodu wysiadła też ta policjantka.

– Dobry wieczór. Przepraszamy, że o tej porze, ale służba nie drużba. Proszę sobie nie przeszkadzać.

Jesse wstał, żeby ich przywitać.

– Zapraszamy, proszę siadać – odezwała się Beata, jak zwykle czyniąc honory domu, choć niespecjalnie miała ochotę dowiedzieć się, co mieli do zakomunikowania.

– Dzięki, ale my tylko na chwilę. Chcieliśmy zapytać, kto dokładnie u państwa teraz mieszka.

– Ci sami państwo, co wcześniej. Wyjechała tylko jedna osoba, pani Zembalska. Reszta została i nikt nie przybył – poinformowała ich Beata.

Komisarz wyjął mały notesik i zajrzał do niego.

– Czyli państwo Urbańscy, Zembalscy i pan Artur Wenet, tak?

– No tak – potwierdziła.

– Czy są w domu?

– Nie. Wszyscy gdzieś wybyli.

– Aha. No dobrze. Gdyby zauważyli państwo gdzieś w okolicy vana z napisem „pogotowie elektryczne", proszę od razu do mnie zadzwonić. – Podał Beacie swoją wizytówkę. – Przepraszamy za najście. Już nas nie ma.

*

Felicja wracała zamyślona z łąki z naręczem wrotyczu i piołunu, którego ostatnio było coraz mniej. To ją martwiło, bo lubiła zwłaszcza piołun, cenne ziele, głównie na dolegliwości układu pokarmowego. Oczywiście należało wiedzieć, w jakich proporcjach go użyć, by się nie otruć.

Szła skrótem przez las, gdy nagle Fred biegnący przodem przystanął i postawił uszy. Rozejrzała się, by sprawdzić, o co mu chodzi, i zobaczyła jadący leśną wąską drogą samochód.

Kiedy dostrzegła napis „pogotowie elektryczne", znieruchomiała, a potem odruchowo cofnęła się i schowała za drzewem. Z nerwów upuściła zioła i zaczęła szukać telefonu w kieszeniach. Znalazła i wtedy uświadomiła sobie, że nie wzięła ze stołu wizytówki komisarza Nadziei. Do Julii też nie miała numeru. Zresztą tu i tak nie było zasięgu.

– Ale ze mnie gapa – powiedziała do siebie na głos.

Fred spojrzał na nią zdziwiony. Pozbierała zioła i prawie biegiem ruszyła w stronę domu.

*

Piotr Sawko z Leszkiem Ranuszkiewiczem również sprawdzali domostwa w przydzielonym im obszarze. Na koniec zostawili sobie leśniczówkę Szułowiczów. Ona także znajdowała się wewnątrz trójkąta i dla świętego spokoju należało i do niej zajrzeć. Jechali tam niechętnie; na samo wspomnienie ostatnich wydarzeń wciąż cierpła im skóra.

Obeszli budynek. W oknach domu było ciemno, wokół panowała śmiertelna cisza. Leszek sprawdził drzwi, były zamknięte na klucz.

– Nikogo tu nie ma i nie było od czasu zamknięcia śledztwa. Janonis na pewno długo tu nie zawita – stwierdził Piotrek.

– Nie ma co się dziwić. I zostanie z tą leśniczówką, przecież nikt nigdy jej nie kupi ani tu nie zamieszka po tym wszystkim. Ale tu cisza, słyszysz? Tak jak wtedy, brrr...

Przystanęli na chwilę, żeby posłuchać.

– No, nawet ptak nie przeleci, jedźmy lepiej. To miejsce jest naznaczone... tyle ludzi zginęło – powiedział przejęty Piotr i szybko ruszył w stronę samochodu.

– Chodź, zajrzyjmy jeszcze do szopy – zaproponował Leszek.

– Pogięło cię? Przecież nikogo tu nie ma, wracamy do domu.

Piotr otworzył drzwi samochodu i wsiadł, Leszek przystanął, wahając się. Wrodzone poczucie obowiązku kazało sprawdzić, w końcu nie wiedzieli, czy nikogo w środku nie ma, choć było to raczej nieprawdopodobne.

Naglące spojrzenie Piotra i dźwięk zapalonego silnika sprawiły, że wsiadł do samochodu. Odjeżdżając, nie usłyszeli dobiegającego z szopy słabego jęku.

*

Stał przy drzwiach szopy i obserwował z jej wnętrza dwóch mężczyzn obchodzących leśniczówkę. Wiedział, że to policjanci, pamiętał ich z komendy. Zastanawiał się, po co tu przyjechali. Sprawdzali, czy drzwi w leśniczówce są zamknięte. Kobieta w vanie, mimo że zakneblowana, jęczała. Poszedł do niej i przytknął jej nóż do szyi. Wybałuszyła oczy ze strachu. Przyłożył palec do ust i szepnął:

– Zamknij się, bo pożałujesz.

Uspokoiła się, a on wrócił do drzwi. Policjanci szli w stronę swojego samochodu. Zadowolony uśmiechnął się pod nosem.

I wtedy jeden z nich, który jeszcze nie wsiadł do samochodu, zwrócił się w stronę szopy, tak jakby zamierzał pójść w jej kierunku.

Stężał na moment. Niepotrzebne mu były komplikacje. Po chwili jednak facet zrezygnował i wsiadł do wozu. Kobieta zaczęła krzyczeć, ale z vana dochodził tylko stłumiony jęk. Wkurzył się i wrócił do niej.

– Uspokój się. Nikt nam nie będzie już przeszkadzał.

Wracali asfaltową drogą przez mroczniejący coraz bardziej las. Karol jak zwykle prowadził i słuchał przemyśleń Julii na temat seryjnego. Zmęczenie dawało mu się już we znaki, ale sama jej obecność działała na niego ożywczo.

Julia, pogrążona całkowicie w obsesyjnym świecie seryjnego, ciągnęła swoje rozważania. Zwrócił znowu uwagę na jej piękny profil i długą szyję, która odsłoniła się, gdy Julia podniosła z karku włosy, żeby się ochłodzić.

– Odwołuje się do żywiołów, muszę jeszcze zgłębić temat, ale mam wrażenie, że to teatralizacja. Tym sposobem usiłuje nadać morderstwom większą rangę.

Zerknął na zegarek: było po dziesiątej.

– Późno się zrobiło.

Julia jakby dopiero teraz się przebudziła i wróciła do rzeczywistości.

– Boże! Zupełnie zapomniałam o Kubie. Co ze mnie za matka.

– Przestań się obwiniać. W takich okolicznościach każdy zapomniałby o bożym świecie. A poza tym dzieciaki na pewno świetnie się bawią.

Zadzwonił jego telefon, jakiś nieznany numer.

– Komisarz Nadzieja, słucham.

– Panie komisarzu! Widziałam tego vana! – rozpoznał głos zielarki.

– Pani Felicja?
– Tak.
– Gdzie go pani widziała i kiedy?
– Jechał leśną drogą w kierunku Szczebry jakieś pół godziny temu. Nie mogłam się do pana dodzwonić!
– Pewnie nie było zasięgu. Dziękuję pani!
Karol rozłączył się i spojrzał na Julię wymownie.
– Dzwoń do chłopaków, niech dokładnie sprawdzą, kto mieszka w Szczebrze i okolicy, i niech tam przyjadą! Zielarka widziała vana pół godziny temu, zmierzającego w tamtym kierunku! Jedziemy tam!
Zawrócił i dodał gazu, choć na tej drodze nie mógł się za bardzo rozpędzić.

*

Pękła już druga butelka nalewki i Beata odzyskała dawny humor. Niedługo po wizycie policji dołączył do nich Zygmunt Urbański i nastrój Basi też się poprawił. Jesse na widok pustej butelki wstał.
– Przyniosę jeszcze nalewkę. Taka ciepła noc, można posiedzieć.
Basia na przemian z Beatą opowiedziały Zygmuntowi o tym, co się działo.
– Czego właściwie chcieli ci policjanci?
– Pytali, kto u nas teraz mieszka, czy pojawił się ktoś nowy. I czy nie zauważyliśmy czegoś albo kogoś podejrzanego – relacjonowała Basia.
– I czy nie widzieliśmy jakiegoś vana z napisem „pogotowie elektryczne".
– Pogotowie elektryczne? – zdziwił się Urbański.

– No właśnie, dziwne. Nie powiedzieli, o co im chodzi.

Wrócił Jesse z butelką. Przystanął i zmarszczył czoło.

– Czujecie? Jakby dym?

– Chyba w głowie masz dym! – Beata się roześmiała.

Ale Basia też coś poczuła; zaczęła wąchać i wstała, patrząc w kierunku lasu.

– Jezu! Pali się!

Teraz wszyscy poszli w jej ślady i dostrzegli czarny dym unoszący się prosto do nieba.

– To chyba leśniczówka się pali! Dzwońcie po straż!

8 LIPCA, PONIEDZIAŁEK

Przed leśniczówką kręcili się ludzie z ekipy dochodzeniowej. W pewnej odległości na uboczu pod lasem stały samochody policyjne, karetka i kilka wozów strażackich. Drewniane zabudowania przy leśniczówce zostały doszczętnie spalone; w miejscu, gdzie kiedyś była szopa, stał spalony wrak vana Szymona Borka.

Najbardziej wstrząsające wrażenie robiła znajdująca się na środku podwórka pozostałość stosu z chrustu i drewna, z którego wystawał drewniany słup. Do czarnego kikuta przywiązano ciało kobiety, zwęglone całkowicie od pasa w dół; górna część nie zdążyła spłonąć. Głowa, mocno poparzona, ogołocona z włosów, zwisała bezwładnie. W miejscu piersi dziewczyny widniały czarne rany.

Ze zgliszcz unosił się wciąż dym i drażniący powonienie swąd spalenizny. Julia z Nadzieją byli tu od paru godzin, kiedy ogień szalał na dobre, a straż nie zdążyła jeszcze dojechać. Potem przyjechali chłopcy i strażacy. Niedawno dołączyli Kałdun i Szablewski. Komendant ze zgrozą patrzył na stos i spalone ciało, prawie się nie odzywał.

W oddali za policyjną taśmą zebrali się okoliczni mieszkańcy, między innymi Hryszkiewiczowie i ludzie od Holendra. Na ich twarzach malowały się prawdziwa zgroza i strach. Stali w milczeniu, nieruchomo, niektórzy głośno się modlili.

Nadzieja w innej części podwórka rozmawiał ze strażakiem Poradą, obok stał Kałdun, a jego zwykle pewna siebie postawa objawiała teraz całkowitą niemoc.

– Nie zdążyła całkiem spłonąć. Może uda się ją zidentyfikować – powiedział bardziej do siebie niż do Porady komisarz.

– Jeszcze chwila i zacząłby się jarać las. Cud, że się nie zajął, wszystko wyschnięte jak pieprz.

Podszedł do nich Dziemianiuk, który rozmawiał z gapiami.

– Nikogo nie widzieli, nic nie słyszeli, dopiero jak się zaczęło palić – oznajmił i odszedł.

– Z oględzin wynika, że vana oblano benzyną, stos też. Dlatego tak dobrze się paliło.

– To co? Możemy ją zdjąć? – spytał Longin, który właśnie przyjechał.

Komisarz spojrzał na Poradę.

– Technicy skończyli, a pańscy ludzie?

– Moi też.

Szablewski kiwnął głową i oddalił się, by pokierować akcją zdejmowania ciała.

Piotr Sawko z Leszkiem Ranuszkiewiczem stali przy swoim samochodzie. Leszka dręczyły wyrzuty sumienia od momentu, kiedy usłyszał o pożarze i śmierci kolejnej dziewczyny.

On musiał tu być, kiedy przyjechaliśmy.

– Tak? A widziałeś kogoś? – zaatakował go Piotrek. – Coś słyszałeś? Bo ja nie. Mógł przyjechać zaraz po nas.

Leszek nie był tego taki pewny. Wiedział, że Piotrek próbuje sam siebie przekonać, że nic nie mogli wtedy zrobić.

Spojrzał na niego, po czym odgarniając włosy z czoła, mruknął pojednawczo:

– Może i tak. Ale nie mogę sobie darować, że nie wszedłem do tej szopy.

– Coś ci powiem, Leszek. Przestań dzielić włos na czworo, bo zwariujesz. Nikogo tu wtedy nie było i tyle.

Wkurzony Sawko odwrócił się na pięcie i odszedł, zostawiając markotnego Ranuszkiewicza. Leszek spojrzał w kierunku leżącego już na ziemi ciała, a właściwie tego, co z niego zostało.

Myślał o tym, co by się stało, gdyby jednak wszedł do szopy. Czy udałoby się ją uratować? Może nawet złapaliby tego przeklętego seryjnego? Piotrek miał rację, nie może o tym dłużej myśleć, bo zwariuje. Musi przyjąć to, co się stało, i wmówić sobie, że nic nie mógł zrobić.

Podszedł do grupy otaczającej ciało spalonej kobiety.

Patolog Szablewski, jak zwykle z potarganym włosem i z okularami zsuniętymi na czubek nosa, przeprowadzał w skupieniu wstępne oględziny zwłok. Zaczął od tego, że zamknął szeroko otwarte oczy ofiary, w których wciąż można było dostrzec zastygłe przerażenie. Perorował bardziej do siebie niż do stojących nad nim policjantów:

– Od pasa w dół ciało praktycznie zwęglone, nie da się ustalić, czy była penetracja. Jak widać, mamy znowu okaleczenie. Usunął jej tym razem obie piersi. – Spojrzał w górę i odszukał wzrokiem Julię, stojącą obok komisarza i Włodka Szkarnulisa.

– Z każdym morderstwem jest coraz bardziej okrutny i pozwala sobie na więcej. Przyczyna zgonu pewnie taka jak poprzednio? Uduszenie? – upewniała się Julia.

Longin pokazał zasinione ślady na szyi i kiwnął głową.

– Na to wygląda.

– Należało się tego spodziewać, zabójca rzadko zmienia swój *modus operandi* – stwierdziła.

– Żyła, kiedy ją podpalił? – dopytał Włodek.

Szablewski spojrzał teraz na niego; w tym czasie Tomek Dziemianiuk przyglądał się intensywnie twarzy zmarłej.

– Na to pytanie odpowiedzą nam jej płuca, a to dopiero po sekcji. Ale nawet jeśli przeżyłaby duszenie, wykrwawiłaby się z powodu ran. – Longin wskazał na miejsca po usuniętych piersiach.

– To chyba ta dziennikarka... Tak, to Hanka Pietrewicz. Jasny gwint! Biedna dziewczyna.

– Pewny jesteś? – dociekał zaskoczony Karol.

– Tak, pamiętam ją dobrze.

– Przynajmniej znamy jej tożsamość.

Włodek patrzył na dziewczynę ze smutkiem. Pamiętał ją z konferencji prasowych. Pierwszy raz ofiara okazała się prawie jego znajomą i trudno było mu zachować zwykły dystans i w miarę zimną krew.

Julia wskazała na rozchylone usta ofiary. Szablewski skojarzył, o co jej chodzi. Nachylił się do poparzonej twarzy dziewczyny, by lepiej się przyjrzeć, czy ofiara ma coś w ustach. Po chwili zyskał pewność i spojrzał na Julię.

– No to mamy wszystkie elementy, jest ziemia. – Wstał.

– A! Nie mówiłem jeszcze, że pod paznokciami Borka znalazłem bawełnianą niebieską nitkę. Niestety, żadnego DNA. Mam nadzieję, że chociaż ta nitka was na coś naprowadzi.

– To by się zgadzało. Facet, który przyjechał na komendę jako niby-Borek, miał na sobie niebieski kombinezon. A więc mamy dowód, że to on zabił Borka, żeby podszyć się pod niego i założyć nam podsłuchy.

W tym momencie zadzwoniła komórka Julii. Wyświetlił się nieznany numer. Odebrała.

– Witaj, Julio...

Usłyszała zmieniony przez modulator głos i od razu włączyła nagrywanie, pokazując Karolowi, że dzwoni morderca. Włączyła tryb głośnomówiący. Wszyscy ucichli, patrząc na nią w napięciu.

– Wybacz, że dzwonię tak wcześnie, ale domyślam się, że jeszcze nie śpisz. Chciałem zapytać o wrażenia. Mam nadzieję, że ci zaimponowałem. – Roześmiał się złowieszczo. – Czy teraz zasługuję na miano nieprzewidywalnego i pozbawionego skrupułów seryjnego?

Julia za wszelką cenę próbowała opanować buzujące w niej emocje. Odpowiedziała lodowatym tonem pełnym pogardy:

– W tym, co robisz, nie widzę nic godnego podziwu. Twoje czyny świadczą jedynie o tym, że jesteś żałosnym, pożałowania godnym mięczakiem, w którym nie pozostało nic z człowieczeństwa ani z mężczyzny...

Przerwał jej gwałtownie.

– Ty głupia suko! Nie wiesz, z kim masz do czynienia! Jeszcze zobaczysz, na co mnie stać! – Rozłączył się, a jego ostatnie słowa pobrzmiewały w uszach zebranych policjantów przez dłuższą chwilę.

– Co to było?! Ale z niego popapraniec – stwierdził Tomek.

– Wkurzyłam go. Nie mogłam mu kadzić, bo tego właśnie oczekiwał.

– Wyprowadziłaś go z równowagi. Może dzięki temu popełni wreszcie jakiś błąd – skonstatował Nadzieja.

*

Pietrewicz obudził się nagle i stwierdził ze zdziwieniem, że zasnął w kuchni przy stole z głową na blacie. Przed sobą wciąż miał pusty talerz po obiedzie, obok stały szklanka po wypitej kawie i popielniczka pełna petów.

Od razu wszystko wróciło. Przypomniał sobie narastający niepokój i oczekiwanie na Hankę. Musiał przysnąć. Wstał i pobiegł do pokoju córki.

– Hanka! Jesteś?

Pokój nie zmienił wyglądu od wczorajszego dnia, Hanka na pewno nie spała w swoim łóżku. Nasiliło się zdenerwowanie i jakiś irracjonalny strach. Wrócił do kuchni i stanął bezradnie na środku. Powiedział do siebie z rozpaczą:

– Hanka... Gdzie się łajdaczysz?

Usiadł znowu za stołem i objął głowę ramionami. Chciał wierzyć, że nic złego jej nie spotkało, że może znowu poszła na jakąś imprezę, może zgubiła telefon albo jej się rozładował. Było wiele możliwości.

Jan sięgnął po telefon i sprawdził, czy ma jakieś nieodebrane połączenia albo esemesy. Mogła przecież dzwonić, kiedy spał.

Nic takiego nie znalazł.

Zadzwonił do Hanki, ale usłyszał tylko sekretarkę. Wyglądało na to, że komórka została wyłączona albo się rozładowała. To dodało mu nadziei. Na pewno jest proste wyjaśnienie, a Hanka zaraz pojawi się w drzwiach.

Przypomniała mu się Maria, koleżanka z redakcji córki. Znalazł jej numer i zadzwonił.

– Halo? Dzień dobry, nie za wcześnie? Tu Pietrewicz.

– A tak, dzień dobry.

– Pani Mario, ja... nie wiem, co robić, Hanka nie wróciła na noc.

*

Od rana chodziła zmartwiona, telefon od ojca Hanki sprawił, że jej obawy o bezpieczeństwo koleżanki tylko się wzmogły. Parzyła właśnie kawę, gdy do pracy przyszedł Bartek. Nie było jeszcze dziesiątej, więc pora dość wczesna, zwłaszcza jak na niego.

Chłopak od razu zasiadł przed komputerem, ale myliłby się ten, kto by sądził, że niczego nie zauważył. Wręcz przeciwnie, Bartek dość szybko zorientował się, że coś nie gra.

– Co jest? Stało się coś?

– Mam nadzieję, że nie, ale znowu się martwię o Hankę. Rano dzwonił jej ojciec, nie wróciła na noc do domu.

Postawiła przed nim kawę i sama usiadła przy swoim komputerze. Najwyższy czas zabrać się do pracy, miała jej dzisiaj naprawdę dużo.

– Nic nowego, znajdzie się – stwierdził.

Bartek jak zwykle się nie przejmował, podchodził do tematu z młodzieńczą dezynwolturą, a wyobraźnia nie podpowiadała mu nigdy tych najgorszych scenariuszy. Czasami mu tego zazdrościła.

Weszła w swoją pocztę, by sprawdzić maile.

– O! Dostałam od niej wiadomość. – Ucieszyła się, że Hanka dała jakiś znak życia. – Wysłana o dwudziestej trzeciej pięćdziesiąt... Boże! Co to jest?! Czy ona zwariowała?

Zastygła w zaskoczeniu, nie rozumiejąc nic z tego, co czytała. Zaciekawiony Bartek podszedł do niej i przeczytał na głos treść zaskakującego maila, a w miarę czytania zaczął się coraz bardziej wygłupiać:

– „Veni Creator! A więc przybyłem! Jam jest Stwórcą i Niszczycielem! Uruchomiłem Trzeci Żywioł, by posiadł jej ciało, odwieczne naczynie Zła. I odrodzi się z ognia, który ją oczyści. I powstanie niczym Feniks z popiołów". Jakieś jaja, żarty się jej trzymają.

Bartek wrócił na swoje miejsce. Siedziała nieruchomo, nie wiedząc, co o tym sądzić.

– Co to ma być? Nie rozumiem. Nie przesyłałaby mi takich bzdur, to nie w jej stylu. Zadzwonię do niej, może odbierze.

*

Pietrewicz wycierał twarz po goleniu, za godzinę powinien stawić się w pracy. Nie wiedział, co robić. Chyba powinien rzucić wszystko i zacząć jej szukać. Nigdy wcześniej nie zrobiła mu takiego numeru, żeby nie uprzedzić go o tym, że nie wróci na noc. Zawsze informowała, dokąd idzie i kiedy mniej więcej wróci.

Ubrał się i wszedł do kuchni. Przez okno zobaczył kobietę i mężczyznę podchodzących do drzwi. Po chwili rozległ się natarczywy dzwonek. Co to za jedni? Świadkowie Jehowy czy jacyś domokrążcy? Musi ich odprawić, nie miał teraz czasu na jakieś próżne gadki szmatki. Otworzył drzwi.

– Pan Pietrewicz?

– Tak, a o co chodzi?

– Komisarz Nadzieja i psycholog policyjna Julia Wigier. Możemy wejść?

Nie spodziewał się tego. Może Hanka miała wypadek? Że też nie wpadł na to od razu. Przecież pierwsze, co powinien zrobić, to zadzwonić do szpitala.

Wpuścił ich do kuchni, ale czuł, że ci ludzie nie przynieśli dobrych wiadomości.

– Chodzi o pańską córkę.

– Gdzie ona jest?! Czekam od wczoraj, nie wróciła na noc! Miała wypadek?

Kobieta patrzyła na niego z wypisanym na twarzy bólem i to mu się nie spodobało. Zdenerwował się jeszcze bardziej.

– Co z nią?! Co się stało?! Mówcie, bo nie wytrzymam.

– Pańska córka... podejrzewamy, że pańska córka nie żyje – wydukała wreszcie kobieta, a on poczuł się, jakby dostał cios między oczy.

– No co pani? Co pani mówi, to niemożliwe! Hanka... Hanka... to niemożliwe, na pewno się mylicie.

– Panie Pietrewicz, rzeczywiście nie mamy stuprocentowej pewności. Dlatego powinien pan jechać z nami, żeby...

– Nie macie pewności, ale ja mam! To nie ona. Na pewno gdzieś poszła, młoda dziewczyna, to mogła gdzieś... jak to młoda.

Wpatrywał się w ich twarze, jakby chciał tam znaleźć choćby odrobinę wahania na potwierdzenie, że się mylą. Usiadł ciężko na krześle, podskórnie czuł, że wiedzą, co mówią.

Musi z nimi iść, żeby się upewnić, że nie chodzi o Hankę. Wstał i poszedł w stronę drzwi.

– To jedźmy.

*

Karol wysłał go razem z Leszkiem Ranuszkiewiczem do domu kultury, bo jak ustalili, dziennikarka była tam poprzedniego wieczoru na wernisażu.

Tomek wciąż czuł na sobie swąd dymu i palonego ciała. Na wspomnienie tej nocy aż się wzdrygnął. Nie było chwili, żeby się wykąpać i zmyć z siebie ten obrzydliwy fetor, a świadomość, że ma na sobie drobinki spalonej dziewczyny, nie poprawiała mu samopoczucia.

Weszli z Leszkiem do budynku i skierowali się w kierunku biura dyrektor Rajskiej. Kobieta siedziała za biurkiem i coś pisała na klawiaturze.

– Dzień dobry, aspiranci Dziemianiuk i Ranuszkiewicz z policji. Pani Krystyna Rajska?

– Tak.

– Przepraszamy za najście, ale chcielibyśmy porozmawiać z kimś, kto organizował wczorajszy wernisaż.

Spojrzała na nich trochę zdziwiona.

– Dobrze panowie trafili, to ja otwierałam wczoraj tę wystawę. Zamieniam się w słuch. Czy któryś z moich ludzi nabroił? Bo podczas wernisażu nie doszło do żadnej burdy.

– Nic z tych rzeczy. Chcieliśmy zapytać, czy zna pani dziennikarkę Hannę Pietrewicz i czy wczoraj tutaj była.

– Oczywiście, że ją znam. Pracuje po sąsiedzku, mamy właściwie stały kontakt z dziennikarzami. Hania była wczoraj, rozmawiałyśmy nawet chwilę przed jej wyjściem.

– Była sama?

– Przyszła sama, ale w trakcie dołączył do niej dziennikarz z Warszawy, przedstawiła mi go.

– Jak się nazywał?

- Oryginalnie. Artur Wenet.

Tomek z Leszkiem spojrzeli na siebie znacząco. Zauważyła to.

- Czy pani Pietrewicz wspominała, dokąd wybiera się po wernisażu? Wyszła sama? - zapytał Leszek.

- Nie, nic nie mówiła. Wyszła z tym dziennikarzem. Ale dlaczego mnie o to pytacie? Nie możecie z nią porozmawiać?

Zadzwoniła komórka Tomka. Odszedł na chwilę, po czym wrócił i oznajmił:

- Przepraszam, musimy lecieć. Pilna sprawa. Dziękujemy pani.

Zostawili zdziwioną Rajską i wyszli z budynku. Po drodze rzucili okiem na obrazy. Tomek pomyślał, że nie kupiłby żadnego z nich do domu.

W drodze na parking wyjaśniał zdezorientowanemu Leszkowi, co się dzieje.

- Wracamy do leśniczówki. Dzwonił Nadzieja. Komórka Hanki jest włączona, sygnał dochodzi z tamtych okolic. A Wenet mieszka przecież po sąsiedzku, u tego Holendra.

Był coraz bardziej nakręcony; czuł, że tym razem trafili.

- Wszystko pasuje, stary! Mamy go! Kojarzę tego Weneta z konferencji prasowej. Podejrzany typek.

Tomek odpalił i ruszył z piskiem opon, aż kilka osób spojrzało na nich ze zdziwieniem.

*

Kiedy Szkarnulis ustalił, że komórka ofiary wciąż jest włączona i loguje się w okolicy leśniczówki, a Dziemianiuk powiedział, że dziennikarka wyszła z wystawy z Wenetem, wszystko zaczęło wskakiwać na swoje miejsca, niczym ostatnie puzzle dopełniające obraz.

Julia siedziała obok, kończąc rozmowę z kolegą ze stołecznej.

– Warszawa potwierdza: Wenet to dziennikarz niezwiązany etatowo z żadną gazetą. Czterdzieści trzy lata, rozwiedziony. Był karany w wieku siedemnastu lat za gwałt – oznajmiła.

– Pasuje do twojego profilu: wiek, wolny zawód, wyższe wykształcenie. Mieszka w trójkącie, pewnie przyjeżdżał tu w dzieciństwie albo po prostu często tu bywa i zna teren – z ożywieniem wyliczał Karol.

– To fakt, facet pasuje jak ulał. Ten gwałt też wiele mówi. Od tego zaczynał. Tylko dlaczego nie wyłączył tej komórki?

– Sama mówiłaś, że to typ narcyza. Jest pewny siebie, przecież cały czas wodzi nas za nos! Może dzięki temu, że go wkurzyłaś, zapomniał ją wyłączyć? Mówiłem, wyprowadziłaś go z równowagi i wreszcie popełni błąd. To się tak zawsze kończy.

– Racja – powiedziała bez przekonania.

*

Po kolejnym horrorze Kłodowski wrócił do komendy zupełnie rozbity. Już widział te nagłówki gazet, słyszał słowa krytyki padające z ust wszystkich swoich zwierzchników.

Po morderstwie Szułowiczów, sprawie szybko rozwiązanej, przeżył krótkie chwile chwały. Ale zaraz potem zaczęły się kolejne morderstwa. Mają już trzy ofiary, prawie dzień po dniu. Giną młode kobiety, są mordowane w koszmarny sposób i to wszystko w rozpoczynającym się właśnie sezonie. Jakby jakieś złe siły sprzysięgły się przeciwko niemu.

Za chwilę wieść rozniesie się w mgnieniu oka i wszyscy turyści uciekną. A przecież sezon trwa u nich tylko te dwa miesiące, lipiec i sierpień. A właściwie półtora miesiąca, do połowy sierpnia, bo później pogoda już nie taka.

I to jego obwinią o to, że w sezonie ludzie nie zarobią.

Kiedy zadzwonił Nadzieja, nie miał ochoty odbierać. Ale musiał się przełamać. Na szczęście okazało się, że komisarz chyba namierzył tego popaprańca. Jeśli udałoby się szybko zamknąć sprawę, byłby znowu bohaterem. Na myśl o tym humor poprawił mu się zdecydowanie.

Kończył rozmawiać z Nadzieją, gdy do gabinetu weszła Pawluk. Na jej widok spochmurniał.

– No, komisarzu, obyście go dorwali, najwyższy czas. Dzwońcie, jakby co.

Rozłączył się i spojrzał pytająco na Monikę.

– Dzień dobry, komendancie. Mamy jakiś postęp w sprawie?

– Nie powiedziałbym, że mamy. – Spojrzał na nią bez sympatii. – Pani udział praktycznie nie istnieje. Czekaliśmy na panią na miejscu zbrodni.

Pomyślał, że to młode pokolenie ma jednak nazbyt dobre samopoczucie i zero samokrytycznego myślenia. Odszedł od okna i usiadł za biurkiem.

– Tak, wiem, ale zatrzymały mnie ważne sprawy w prokuraturze.

– A cóż to za sprawy, że są ważniejsze od kolejnego zabójstwa? Na szczęście, według wszelkich znaków na niebie i ziemi, Nadzieja dorwie za chwilę tego potwora.

Obserwował, jak informacja robi na niej wrażenie. Usiadła nieproszona na krześle naprzeciwko jego biurka.

– Znają jego tożsamość?

– Owszem, owszem, pani prokurator. To dziennikarz z Warszawy, niejaki Artur Wenet.

Wydawało mu się, że prokuratorka jakby zbladła, może było tu zbyt duszno. Ciągle nie mieli tej cholernej klimy.

*

Z budynku komendy wyszła na nogach jak z waty. Ledwie zdołała opanować cisnące się do oczu łzy. Bała się, że nie da rady dojść do samochodu i zaraz wszyscy się zorientują, że coś z nią jest nie tak.

Była załatwiona na amen! Jej cała kariera, która tak dobrze się rozkręcała, zaraz się skończy, i to wielkim skandalem. Już słyszała te złośliwe komentarze kolegów z pracy i policji, ale najbardziej przerażało ją to, co powie matka, nie wspominając już o ojcu.

Wsiadła do samochodu i wszystko puściło. Nie udało jej się utrzymać dłużej emocji na wodzy. Walnęła kilka razy w kierownicę, po czym oparła na niej głowę. Wiedziała, że powinna czym prędzej stąd odjechać, żeby ktoś nie zauważył jej teraz w tym stanie. Ale nic nie widziała przez gwałtownie napływające do oczu łzy.

Dopiero po kilkunastu minutach zdołała się jako tako opanować, odpaliła silnik i uciekła z tego miejsca, byle dalej.

*

– Chyba go nie ma, zresztą nie widziałam jego samochodu – powiedziała żona Holendra, kiedy zapytali ją o Weneta.

Stali na tarasie razem z Julią, po chwili dołączyli też pozostali: Włodek, Tomek, Piotr i Leszek.

– Jak to go nie ma? Ale mieszka tu?

– Mieszka, lecz czasem zdarza mu się nie wrócić na noc. I zdaje się, że od wczoraj go nie ma.

– Wie pani, gdzie może być?

– A skąd! To dorosły człowiek, nie spowiada mi się. Kiedyś skomentowałam, że nie wrócił na noc, to tak mnie zrugał, że drugi raz nie ośmieliłabym się tego zrobić.

– Proszę nas do niego zaprowadzić.

– Pan Wenet ma oddzielny domek. Będziecie chcieli wejść?

– Tak. Ma pani drugi klucz?

– Zaraz przyniosę. – Poszła w kierunku wejścia do domu, mrucząc pod nosem: – Boże, żeby takie rzeczy, to już przekroczyło wszystkie granice... Z mordercą pod jednym dachem, koniec świata.

*

Skończyła rozmowę i opuściła rękę z telefonem, nie mogąc się ruszyć. Bartek patrzył na nią przestraszony. Wstał od biurka i podszedł do niej.

– No mów! Co się stało? Coś z Hanką?

Nie mogła wydobyć z siebie głosu. To, co usłyszała, przechodziło ludzkie pojęcie. Rozum nie chciał przyjąć do wiadomości strasznego faktu. Usiadła w fotelu z poczuciem, że w głowie ma wielką dziurę, przez którą ulotniły się wszelkie myśli i uczucia.

– No powiedz! Co z nią?!

Maria nabrała powietrza i wreszcie wydobyła głos z głębi krtani:

– Hanka... Ona nie żyje, została zamordowana. Nie pojmuję.

Bartek usiadł z wrażenia, złapał się za głowę.

– Nie! To niemożliwe! Jak?

– Nic nie wiem, jej ojciec... nie był w stanie rozmawiać. Boże! On miał tylko ją.

– To ten seryjny?

Spojrzał na nią, wciąż przerażony, i nagle jakby coś skojarzył.

– Słuchaj! Ten mail! Musimy zgłosić policji, że przysłała nam coś takiego. Może to jakiś komunikat? Może ma jakieś znaczenie?

*

Policjanci otoczyli niewielki parterowy domek Weneta, a komisarz Nadzieja wraz z Julią i Beatą stanęli przed drzwiami. Karol wyjął broń. Ubezpieczali go Włodek i Leszek. Nadzieja wziął klucz od napiętej jak struna Beaty i wsadził go do zamka. Ze zdziwieniem stwierdził, że drzwi były otwarte.

– Dziwne, on zawsze zamyka drzwi. Jest na tym punkcie przewrażliwiony, zupełnie jakby coś ukrywał. Nie wpuszczał tu nikogo, nie mogłam nawet posprzątać – stwierdziła zaskoczona Beata.

Weszli do środka, najpierw Nadzieja, a za nim Ranuszkiewicz. Sprawdzili, czy nikogo nie ma. W pomieszczeniu, a właściwie dużym pokoju z kominkiem, małym aneksem kuchennym oraz łazienką, nie było żywego ducha. Kiedy się co do tego upewnili, schowali broń do kabur.

– Włodek, dzwoń po ekipę. Pani Beato, proszę podać koledze namiary na Weneta – komenderował Nadzieja. – Czym on jeździ? Pamięta pani numer rejestracyjny? Zajmijcie się tym chłopaki, trzeba go jak najszybciej namierzyć.

Do Karola podeszła Julia. Nałożyli rękawiczki.

Wnętrze okazało się nieoczekiwanie ciemne, ponieważ okna były niewielkie. Poza tym domek stał w lesie, więc drzewa skutecznie przesłaniały światło. Miało to swoje dobre strony w czasie upałów, w domku panował przyjemny chłodek.

Pod jednym z okien stało sporych rozmiarów sosnowe biurko zawalone gazetami, książkami i notatkami. Pod ścianą zobaczyli niezaścielone łóżko, a przy nim, na podłodze, książki i czasopisma. Na krześle i łóżku walały się części męskiej garderoby. Ogólnie panował tu niezły bajzel.

Karol z Julią rozglądali się z zainteresowaniem, szukając jakichś dowodów na to, że trafili do jaskini lwa, czyli seryjnego.

Profilerka przeglądała papiery na biurku, a wśród nich leżące tam gazety. Natknęła się na „Głos Augustowa" i artykuły o morderstwie Szułowiczów, a także dwóch pierwszych ofiar seryjnego, napisane przez Hankę Pietrewicz. Co za ironia losu – pomyślała Julia.

– Ma tu wszystkie artykuły o Szułowiczach, Agnieszce Zaleskiej i Bożenie Hryszkiewicz.

Karol podszedł bliżej i przejrzał gazety.

– Wygląda na to, że zbierał informacje na temat tych zabójstw. Ale dlaczego interesowali go Szułowiczowie? – dociekał Karol.

– Może z zawodowej ciekawości? Może pisał coś na ten temat. Szkoda, że nie ma tu jego laptopa.

Karol podszedł do łóżka, by sprawdzić, czy może Wenet nie schował go pod kołdrą lub poduszką. On sam tak by właśnie zrobił. Kiedy zajrzał pod łóżko, jego wzrok przyciągnął jakiś przedmiot. To był nóż typu kukri. Napięcie się wzmogło i ciśnienie też. Poczuł przyśpieszone bicie serca.

– No i proszę! – krzyknął z satysfakcją. – Zdaje się, że takim nożem okaleczano zwłoki ofiar, tak twierdził Longin. – Przyglądał się ostrzu. – Są na nim ślady krwi.

Spojrzał prawie szczęśliwy na Julię, a wtedy wszedł Włodek i zameldował:

– Ekipa w drodze. Poszła informacja o samochodzie Weneta. Jak tylko gdzieś się pojawi, nasi go wychwycą. Telefonu nie odbiera. Za chwilę będę wiedział, gdzie się loguje.

Karol kiwnął głową i podał Włodkowi nóż z zaschniętymi śladami krwi.

– Zabezpiecz.

Trochę niepokoiło go milczenie Julii i brak oznak entuzjazmu, który on odczuwał.

– Przesłuchajcie wszystkich mieszkańców.

– Chłopaki już to robią – odpowiedział Włodek.

Karol spojrzał na niego z zadowoleniem.

– Świetnie. Napiłbym się kawy, Julia pewnie też. Ledwie patrzę. Może da się coś zorganizować?

– Tak, pani Beata już parzy, sama zaproponowała.

Gdy Julia zajrzała do szafy, na jednej z półek zauważyła telefon. Wzięła go ostrożnie i pokazała Karolowi. Nadzieja nie miał wątpliwości:

– Założę się, że to komórka Hanki, z której do ciebie dzwonił.

*

Po rozmowie z komendantem Monika nie wróciła już do prokuratury. Nie wiedziała, co ze sobą zrobić. Była tak zdenerwowana, że cała się trzęsła. Musiała jak najszybciej skontaktować się z Arturem. Poszła do hotelowej restauracji, w której wcześniej bywała z Piotrem, i usiadła przy najdalej odsuniętym od ludzi stoliku.

Wyciągnęła komórkę i drżącymi rękami próbowała wybrać numer Weneta. Zadzwoniła, ale usłyszała jedynie, że abonent jest czasowo niedostępny. Przestraszyła się jeszcze bardziej. Skoro nie odbiera, to może podejrzenia policji są uzasadnione?

W panice wykasowała jego numer z telefonu. Myśl, że policja odkryje jej związek z Wenetem, paraliżowała ją. Nie usłyszała kelnerki, która podeszła do stolika.

– Czym mogę służyć?

Aż podskoczyła na dźwięk głosu dziewczyny i spojrzała na nią nieprzytomnie.

– Kawę proszę.

– Dużą, małą, z mlekiem czy bez?

– Albo nie! Brandy, podwójne.

Kelnerka kiwnęła głową i odeszła, a ona czuła się, jakby tonęła, brakowało jej tchu. Poczuła, że po plecach płynie jej strużka potu.

Gdzie on był? Dlaczego nie zadzwonił? To niemożliwe, żeby zabijał te dziewczyny. Niemożliwe. Chociaż... był przecież zupełnie inny niż wszyscy dotychczasowi faceci, których poznała. A co, jeśli policja ma rację? Nie, nie chciała o tym nawet myśleć.

*

Szukał jej wszędzie. Znalazł w końcu śpiącą w jego samochodzie na tylnym siedzeniu. Chciał jak najszybciej podzielić się z nią dobrą nowiną. Wciąż znajdowali się na terenie agroturystyki, technicy kończyli już zbieranie i zabezpieczanie śladów. Znaleziona w szafie komórka okazała się rzeczywiście komórką Hanki Pietrewicz. Tak jak podejrzewali.

Wsiadł do samochodu i usiadł obok śpiącej Julii. Przyglądał się jej przez chwilę z przyjemnością, aż żal mu było ją budzić. Sam też czuł nieziemskie zmęczenie, ale napędzała go jeszcze adrenalina. Perspektywa złapania seryjnego uskrzydlała go i dodawała mu sił.

Julia otworzyła powoli oczy i uśmiechnęła się na jego widok. Odwzajemnił uśmiech, delikatnie odgarniając niesforny kosmyk włosów opadający jej na czoło.

– Mamy Weneta. Był już prawie pod Warszawą, skubany. Wiozą go do nas – oznajmił spokojnie. – Podrzucę cię do domu. Prześpisz się i wrócisz na przesłuchanie. Dam ci znać.

Wiadomość o Wenecie ożywiła ją.

– Właściwie to już się przespałam, jest okej.

– Nie ma mowy. Musisz złapać więcej snu. Od wczoraj jesteś na nogach.

– Ty też.

– Ja to co innego.

Pocałował ją w czoło i przesiadł się za kierownicę. Uruchomił silnik.

*

Maria siedziała zdołowana w komendzie. Wieści o tragicznej i niespotykanie okrutnej śmierci Hani wstrząsnęły nią do głębi. Chyba do końca życia nie otrząśnie się z tego szoku. Przepytywali ją dwaj młodzi policjanci.

– Czy Hanka Pietrewicz dobrze znała Artura Weneta?

– Znała, ale nie powiedziałabym, że dobrze. Wiązała z nim duże nadzieje – rzuciła ze złością.

– Co pani ma na myśli?

– Hania była ambitna i chciała się stąd wyrwać. Trochę jej matkowałam. Mama Hani zapiła się, jej ojciec to solidny, dobry człowiek, ale bez matki, wie pan, było ciężko. Hanka zawsze chciała coś sobie i całemu światu udowodnić. Wenet namieszał jej w głowie. Zwodził obietnicami, że załatwi jej pracę w Warszawie. A ona i bez niego daleko by zaszła. Miała pazur i ochotę na życie, karierę... – Mimowolnie popłynęły jej łzy, gdy przypomniała sobie Hankę opowiadającą z entuzjazmem o jakiejś sprawie. – Nie podobał mi się ten facet.

– Dlaczego?

– Poznałam go kiedyś, wpadł po Hankę do redakcji, ale się minęli. Nie zrobił na mnie dobrego wrażenia, a znam się na ludziach. I mam intuicję.

– Umiałaby pani konkretniej powiedzieć, co z nim było nie tak?

– Był jakiś dziwny, śliski... cały czas grał, próbując zrobić na rozmówcy wrażenie. Tak się zachowują ludzie w rzeczywistości słabi i zakompleksieni. Ja się na to nie łapię. Ale Hanka była w niego zapatrzona. Próbowałam ją ostrzec, jednak nie słuchała.

*

Jasne płomienie strzelały wysoko, ogarniając ciało dziewczyny przywiązanej do słupa. Jej głowa zwisała bezwładnie, aż nagle podniosła się i pokazała się twarz. To była twarz jej matki. Oczy pełne przerażenia i bólu patrzyły wprost na nią, jakby mówiły: ratuj! Ratuj mnie! Potem rozległ się rozdzierający krzyk, a płomienie ogarnęły tę piękną twarz, która zaczęła czernieć i ulegać deformacji.

Julia obudziła się gwałtownie, nie wiadomo, czy z powodu snu, czy na dźwięk targanego porywami wiatru, trzaskającego raz po raz okna. Leżała na łóżku w ubraniu, przykryta kocem. Za oknem padał ulewny deszcz, a po niebie przewalały się grzmot za grzmotem.

Usiadła na łóżku, nie bardzo kojarząc, gdzie jest. Przed oczami wciąż miała twarz matki i jej przerażone oczy. To było bardzo wyraźne i przejmujące doznanie. Początkowo nie mogła się połapać, co zdarzyło się naprawdę, a co tylko jej się śniło.

Dźwięk telefonu sprowadził ją na ziemię. Sięgnęła po komórkę.

– Grzesiek? Poczekaj chwilę.

– Jasne.

– Już jestem – wydyszała do telefonu, gdy tylko udało jej się zamknąć lekko wypaczone okno.

– Mam coś o tym twoim Durtanie. Ciekawa i tajemnicza postać. Dokopałem się do tajnych akt w archiwach. Wychodzi na to, że facet na pewno działał w Służbie Bezpieczeństwa. Do siedemdziesiątego dziewiątego roku w pionie trzecim, zajmującym się ochroną operacyjną przemysłu, konkretnie chodziło o stocznie. – Zawiesił głos, a ona, poruszona, sięgnęła po papierosa.

– To on – powiedziała szeptem do siebie.

– Co mówisz?

– Nie, nic. Wiesz może, co się z nim teraz dzieje?

– Trochę pogrzebałem, nie było łatwo. Musiałem na to konto wypić z kumplem, a on ciągnie na potęgę. Moja wątroba dostała nieźle do wiwatu. – Zaśmiał się. – Część akt Durtana zniszczono, widać, że ktoś zacierał ślady, ale jak się umie szukać, to można znaleźć to, co zostało między wierszami. W osiemdziesiątym trzecim dał nogę na Zachód. Mieszkał w Paryżu, potem w Wiedniu. Ale uwaga, wrócił w dziewięćdziesiątym czwartym. I odtąd jest biznesmenem pełną gębą. Podobno działa w deweloperce.

– Robi wrażenie – skomentowała w zamyśleniu.

– Też tak myślę. Masz jeszcze dla mnie jakieś zadania?

Zawahała się.

– Nie chcę przegiąć, ale mam jeszcze jedną prośbę. Chodzi o Artura Weneta. Spróbuj ustalić, co robił i gdzie był podczas tamtych zabójstw. Wiesz, tych, o których mi mówiłeś: w Warszawie, we Wrocławiu, w Sopocie i tak dalej.

– Złapaliście go?

– Tak, i wiele wskazuje, że to on, ale nie mamy dowodów. Brak alibi na tamte zabójstwa bardzo by nam pomógł.

– Oki. To biorę się do roboty.

– Grzesiek! Dziękuję.

– Nie ma sprawy.

Rozłączył się. Siedziała nieruchomo, przetrawiając informacje. Telefon znowu się odezwał.

*

Przez Augustów przetaczała się gwałtowna burza, wiatr szarpał nieliczne drzewa rosnące przy budynku komendy, obrywając gałęzie, a lejące się z nieba strugi wody szybko utworzyły kałuże niczym jeziora. Wycieraczki nie nadążały z usuwaniem wody z przedniej szyby radiowozu wjeżdżającego właśnie na policyjny parking.

Eskortujący Weneta policjanci wyskoczyli z samochodu i wyciągnęli skutego dziennikarza. Artur przystanął i rozejrzał się spokojnie. Spojrzał w niebo, wystawiając twarz do deszczu. Nie sprawiał wrażenia przestraszonego.

W tym samym czasie na parking wjechała Monika Pawluk. Kiedy już miała zamiar wyjść z auta, zobaczyła Artura i szybko się cofnęła, ale zdążył ją zauważyć. Ich spojrzenia na moment się spotkały.

Wenet dyskretnie skłonił się w jej stronę z uśmiechem. Siedziała nieruchomo jak zahipnotyzowana. Policjant pchnął aresztowanego mężczyznę i poszli w kierunku budynku. Spanikowana Monika odpaliła silnik i odjechała.

*

Tym razem dzwonił Karol. Była już gotowa do wyjścia z domu, w którym roztaczała się słodka woń.

– Kolejny list? To zacznijcie przesłuchanie beze mnie, dołączę w trakcie. Zaraz będę.

Stała w salonie, a zapach piekącego się ciasta przywołał automatycznie obrazy z dzieciństwa. Wróciły na moment szczęśliwe i beztroskie chwile jej życia, spod których jednak często wyzierały tęsknota oraz poczucie zagrożenia i osamotnienia.

Z kuchni wychyliła się Roma i przerwała ciąg wspomnień.

– Znowu wychodzisz? Przecież nic nie pospałaś.

– Muszę. Godzinkę przedrzemałam, i to we własnym łóżku. Zawsze coś.

– Jutro operacja, pamiętasz?

– Oczywiście. A gdzie Kuba?

– U Inki. Tereska z nimi jest. Potem przywiezie dzieci, bo ma coś do załatwienia. Piekę szarlotkę.

Ciotka zrobiła konspiracyjną minę. Julia była już prawie przy drzwiach, ale cofnęła się jeszcze i ucałowała ją w policzek.

– Co ja bym bez ciebie zrobiła? Dzięki, że jesteś. Wiesz, chyba wpadliśmy na trop zabójcy mamy.

Roma jakby znieruchomiała na chwilę i spojrzała Julii głęboko w oczy. Julia nie wiedziała, czy jej się zdawało, czy zobaczyła w nich nadzieję.

– Co ty mówisz? Naprawdę?

– Tak mi się przynajmniej wydaje.

– Byłoby wspaniale. Należałoby wreszcie zamknąć ten rozdział.

– Też tak myślę.

Uśmiechnęły się do siebie i objęły. Julia miała wrażenie, że zrobiło jej się lżej. Nie była z tym wszystkim sama, zarówno Roma, jak i ojciec pokładali w niej nadzieję, że dojdzie do prawdy. Świadomość tego dodawała jej sił, bo determinacji nigdy jej nie brakowało.

– A co z tym seryjnym? Jak wam idzie?

Wzruszyła ramionami.

– Wygląda na to, że go dorwaliśmy. Właśnie jadę na przesłuchanie.

*

W pokoju przesłuchań siedzieli Wenet i komisarz Nadzieja. Przy drzwiach stał mundurowy. Karol zamierzał wyciągnąć z aresztowanego całą prawdę, choćby miał spędzić tu z nim cały tydzień. Opanował emocje i zaczął bardzo spokojnie.

– Dlaczego uciekałeś?

– Nie przypominam sobie, żebyśmy przeszli na ty. Chciałbym się dowiedzieć, czy jestem o coś oskarżony, a jeśli tak, to o co.

Bezczelność dziennikarza wkurzyła Karola, ale nie zamierzał tego po sobie pokazywać, by nie dawać mu satysfakcji. Czuł, że o to właśnie chodziło Wenetowi.

– Gdzie pan był i co robił dzisiejszej nocy?

Wenet spojrzał mu w oczy, a na jego twarzy pojawił się lekko kpiący uśmiech.

– Byłem w Augustowie. Z kobietą. Co robiłem? A co się zwykle robi z kobietą?

– Radziłbym podejść poważnie do przesłuchania. Jest pan podejrzany o potrójne zabójstwo: Agnieszki Zaleskiej, Bożeny Hryszkiewicz i Hanny Pietrewicz.

Nadzicja wpatrywał się uważnie w twarz przesłuchiwanego. Wenet wydawał się autentycznie zaskoczony, z jego twarzy zniknął uśmieszek. Świetnie gra – pomyślał Karol.

– O czym pan mówi?! Hanka zamordowana? Nie. Wkręca mnie pan.

– Proszę odpowiedzieć na pytanie.

– Pan mówi poważnie? Jak powiedziałem, tę noc spędziłem w Augustowie z kobietą. Nie mogę podać jej personaliów. Rano wyjechałem do Warszawy.

– W jakim celu?

– Wezwał mnie mój wydawca. W tej sytuacji chcę adwokata.

Karol wstał i wyszedł bez słowa, zostawiając zdziwionego dziennikarza. Przed lustrem weneckim spotkał Kałduna z Julią, Szkarnulisa i Dziemianiuka. Przysłuchiwali się zeznaniom Weneta.

– A to skurwiel! Będzie teraz zgrywał niewinnego – irytował się jak zwykle komendant.

– Ale widać, że nie ma alibi. Taki cwaniak, a nie przygotował sobie żadnej wersji. Nie spodziewał się, że go dorwiemy – stwierdził Dziemianiuk.

– Co myślisz? – Karol zwrócił się do Julii.

– Jedno jest pewne. Wypadł wiarygodnie, kiedy usłyszał o śmierci Hanki.

Komendant kiwnął głową.

– Bo to dobry aktor jest, trzeba go tylko przycisnąć.

Karol spojrzał na Julię.

– Przyciśnijmy go razem.

– Dobrze. Chodźmy.

Wrócili do pokoju, gdzie Wenet siedział ze wzrokiem wbitym w sufit. Na widok Julii ożywił się.

– Miło, że przyprowadził pan piękną kobietę. Może mnie wreszcie rozkujecie? Ręce mi zdrętwiały.

Komisarz kiwnął na mundurowego, żeby go rozkuł. Uwolniony dziennikarz wyciągnął ręce, masując zbolałe nadgarstki i nie spuszczając oczu z Julii.

– Niech zgadnę. Pani jest tą profilerką, która rozkminiła sprawę Szułowiczów? Julia...

– ...Wigier. W pańskim domku znaleźliśmy komórkę zamordowanej wczoraj Hanki Pietrewicz. Jak pan to wytłumaczy?

Julia położyła przed Wenetem zabezpieczony telefon. Spojrzał na niego i zawahał się.

– Nie mam pojęcia. Ale gdybym był zabójcą, raczej nie zostawiałbym dowodów w swoim miejscu zamieszkania, nie sądzi pani?

– Niekoniecznie. Po prostu nie spodzicwał się pan, że wpadniemy tak szybko na pański trop. Jest pan zbyt zadufany w sobie, a to najczęściej gubi ludzi.

Patrzył na nią coraz intensywniej.

– Tak mnie pani ocenia. Skąd pani tyle o mnie wie? Przecież się nie znamy.

Nadzieja rozłożył na stole znalezione w domku Weneta gazety z artykułami na temat zabójstw.

– Jak pan wytłumaczy swoje zainteresowanie morderstwami popełnionymi w Augustowie?

Na twarz Weneta wrócił kpiąco-drwiący uśmieszek.

– Interesuje mnie zbrodnia, ciemna strona życia. Zbieram materiały do książki i to cała tajemnica.

– A może zbierał pan artykuły, żeby napawać się swoimi postępkami?

Spojrzała na niego prowokacyjnie, a Karol położył na stole nóż znaleziony pod łóżkiem dziennikarza.

– Był pod pańskim łóżkiem – powiedział dobitnie. – Takim samym nożem okaleczano ofiary. Znaleźliśmy na nim ślady krwi, jeszcze nie wiemy czyjej. Co pan na to?

– Nóż z reguły kojarzy się z krwią. Podejrzewam, że taki nóż znajdziecie u połowy tutejszych mężczyzn. Ten nie należy do mnie. Znalazłem go w pobliżu domku. Miałem zapytać sąsiadów, czy może któryś go nie zgubił, ale zapomniałem – odpowiedział z wyczuwalnym w głosie rozdrażnieniem.

– Wierzę, że potrafi pan niejedną rzecz interesująco wytłumaczyć, więc chętnie posłucham, co pan ma do powiedzenia na temat swojego alibi na czas trzech zabójstw. Proszę się zastanowić, co pan robił i gdzie był w tych dniach. Damy panu czas na przypomnienie sobie wszystkich szczegółów.

*

Monika chodziła po salonie w kółko niczym uwięziona lwica w klatce. Po powrocie do domu zdenerwowanie tylko wzrosło, a wewnętrzny dygot rozsadzał ją od środka.

Podeszła do barku i nalała sobie prawie pełną szklankę whisky. Najchętniej upiłaby się tak, żeby o niczym nie pamiętać i nie myśleć. Nie myśleć o konsekwencjach, schować się w mysią dziurę, po prostu zniknąć.

Nigdy jeszcze nie doznała takiego upokorzenia i wstydu, mimo że na razie nikt nawet nie wiedział, że w ogóle znała Weneta. Ale dowiedzą się prędzej czy później, a wtedy będzie naprawdę skończona. Pani prokurator kochanką seryjnego mordercy! Widziała oczyma wyobraźni te nagłówki w prasie. Boże! Jak w ogóle mogło do tego dojść, a ona jak mogła do tego dopuścić?

Pociągnęła potężny haust alkoholu i usiadła bezradnie na kanapie. Nie widziała żadnego wyjścia z sytuacji. Aż podskoczyła, kiedy zadzwonił telefon. Na wyświetlaczu pokazało się nazwisko najmniej pożądanej osoby. Kłodowski. Dopiero po dłuższej chwili zmusiła się, żeby odebrać.

– Pawluk, słucham – powiedziała zbolałym głosem.
– Co się z panią dzieje? Mamy Weneta! Komisarz Nadzieja już zaczął go przesłuchiwać. Powinna pani przy tym być.
– Tak, wiem. Ale źle się czuję, mam jakąś niedyspozycję żołądkową.

Po chwili ciszy komendant, sapiąc, odrzekł z niezadowoleniem w głosie:
– No cóż, trudno. Proszę się kurować, już my tu go przemaglujemy. Jak pani stanic na nogi, proszę do nas wracać.

Odetchnęła z ulgą i wlała w siebie kolejny łyk whisky. Opadła na kanapę, myśląc ze strachem o tym, co ją czeka.

*

Wszyscy zgromadzili się w konferencyjnym przed tablicą ze zdjęciami dwóch ofiar i zaznaczonym terenem, na którym operował seryjny. Na tablicy wisiało też zdjęcie elektryka Szymona Borka, a teraz Nadzieja zawieszał zdjęcie dziennikarki.

Włodek pod każdym ze zdjęć zamieścił treść listów od mordercy. Zebrali się, żeby odbyć krótką burzę mózgów, omówić kwestie śladów i dowodów w przerwie przesłuchania.

– Szczwany z niego lis, zresztą udowodnił to nie raz. Pobierzcie jego DNA. Były wiadomości z laboratorium? – pytał komisarz.

– Tak. Dzwonili przed chwilą. Krew na nożu nie należy do człowieka. Na komórce brak odcisków palców. Została dokładnie wytarta. Na nożu znaleziono odciski Weneta i jeszcze czyjeś, ale nie ma ich w bazie – zameldował Ranuszkiewicz.

– Jak to? Co to ma być, do cholery? – denerwował się Kałdun.

– Weźcie odciski od wszystkich mieszkańców agroturystyki – rozkazał Nadzieja. – Piotrek z Leszkiem, jedźcie tam natychmiast.

Sawko z Ranuszkiewiczem wyszli z pokoju.

– Prawdę mówiąc, na razie nie mamy żadnych dowodów. Kolega z komendy stołecznej sprawdza, co robił Wenet w czasie wcześniejszych zabójstw, tych w Warszawie, we Wrocławiu i tak dalej – oznajmiła Julia.

– To dobrze. – Karolowi udzieliło się zdenerwowanie komendanta. – A co w ogóle mamy? Co znaczą te listy? Może w nich kryje się jakiś przekaz?

Podszedł do tablicy, Julia również. Kałdun obserwował ich w napięciu.

– Wszystkie zostały napisane przez tę samą osobę. Autor nawiązuje w nich do żywiołów: ziemi, wody, ognia. Brakuje żywiołu czwartego: powietrza.

– To znaczy, że będzie jeszcze czwarta ofiara? – dociekał Szkarnulis.

– Niewątpliwie. – Spojrzała na komendanta, który jęknął, gdy to usłyszał. – Z tego, co się zdążyłam zorientować, w kabale jest mowa też o piątym żywiole, żywiole ducha.

Zaczęła rysować pentagram, wpisując na końcu każdego ramienia od prawej w dół nazwy żywiołów w kolejności zabójstw: ziemia, woda, ogień, powietrze. Na samej górze wpisała nazwę: duch.

– Te cztery pryncypia wywodzą się z piątego, ducha. On jest żywiołem nadrzędnym. Żywioł ducha prowadzi wszystkie inne żywioły w człowieku do osiągnięcia równowagi między pozostałymi. Duch jest ponad ciałem, wiąże się z rozwojem duchowym. Sądzę, że do tego nawiązuje morderca. Uważa w swoim chorym mniemaniu, że w ten sposób zbawia świat? I siebie? Że wprowadza jakiś ład. Pisze w ostatnim liście: „I odrodzi się z ognia, który ją oczyści. I powstanie niczym Feniks z popiołów". On w ten sposób chce swojego odrodzenia.

— Pokrętne to wszystko – mruknął Kałdun, kręcąc głową.

— Pokrętne, bo on jest nieźle pokręcony – skomentował Szkarnulis.

Do pokoju wszedł podekscytowany Tomek Dziemianiuk.

— Chodźcie, szybko! – zawołał i wyszedł. Wszyscy ruszyli za nim.

Przeszli do części biurowej. Tomek stał już przed laptopem, na którego ekranie wyświetlały się zdjęcia Moniki Pawluk w łóżku, a potem selfie Weneta w tym samym łóżku przy śpiącej Monice. Przyglądali się temu w milczeniu, zaskoczeni i zupełnie zbici z tropu.

— To zdjęcia z komórki Weneta – oznajmił Tomek, uprzedzając pytania.

Na reakcję Kałduna nie trzeba było czekać.

— Koniec świata! Ale nam się trafiła prokurator! Swołocz... Dlatego jej nie ma, udaje chorą, bo się boi, że prawda wyjdzie na jaw.

— Czy to znaczy, że spała z mordercą? – dopytywał Włodek.

— Wenet twierdzi, że był z kobietą w Augustowie w noc zabójstwa Hanki Pietrewicz, a więc krył prokuratorkę, to jej nazwiska nie chciał ujawnić.

— Co może dobrze o nim świadczyć – stwierdziła Julia.

— Trzeba ją sprowadzić. Jeśli potwierdzi, że spędziła z nim tę noc, będzie miał alibi. – Karol spojrzał bezradnie na Julię i kolegów.

Kałdun wciąż kręcił głową z niedowierzaniem.

– Zaraz, zaraz – odezwał się Włodek. – Spał z nią wcześniej. Datownik pokazuje datę wcześniejszą, czwartego lipca, godzinę siódmą trzynaście. A może znowu z nami pogrywa, nie chcąc zdradzić nazwiska kobiety. Może uknuł to sobie w drodze? Wiedział przecież, że sprawdzimy jego komórkę i znajdziemy te zdjęcia.

– Co masz na myśli? – dopytał komendant.

Karol z Julią już zrozumieli.

– Sugerujesz, że nie chciał zdradzić jej nazwiska, udając, że z nią był również tej nocy. Ale na co liczy? Przecież ona może nie potwierdzić jego wersji – głośno analizował Karol.

– I pewnie tego nie zrobi, nawet jeżeli z nim była. Ale jej zaprzeczenie nie będzie wiarygodne, bo już jest skompromitowana. To możliwe, jest wystarczająco przebiegły, żeby namieszać nam w głowach – stwierdziła Julia.

*

Adam czuł się koszmarnie. Po wyjeździe Danki znowu sporo wypił z Hubertem. Teraz dopadł go kac i nie dawał się skupić. Wrócił dopiero o świcie i wtedy dowiedział się o pożarze i kolejnym morderstwie.

Siedział zmarnowany na kanapie, a naprzeciwko jakiś policjant, chyba Sawko, tak się przedstawił, pobierał jego odciski palców.

– Co pan robił wczoraj wieczorem i w nocy?

Adam spojrzał na niego niezbyt przytomnie, po czym westchnął ciężko.

– Pokłóciłem się z żoną, wczoraj wyjechała. Nie chciało mi się tu siedzieć, więc pojechałem do Augustowa. Powałęsałem się, coś zjadłem i wróciłem. Później byłem u leśniczego Dąbka, może potwierdzić. Siedzieliśmy przy ognisku i piliśmy. Prawdę mówiąc, zalałem pałę na amen.

Policjant patrzył na niego badawczo, ale chyba uwierzył w jego wersję. Zresztą gołym okiem było widać, w jakim jest stanie.

– Przy ognisku, mówi pan? No dobrze, sprawdzimy.

Policjant wstał i zabrał swoje akcesoria, a na odchodnym powiedział:

– Proszę się nie oddalać, nigdzie nie wyjeżdżać. Możemy pana jeszcze wezwać na przesłuchanie.

Adam pokiwał głową. W tej chwili marzył tylko o jednym: żeby przytulić głowę do poduszki i przespać tego gigantycznego kaca. Nie miał siły ani ochoty myśleć o niczym, a tym bardziej o cholernej Dance czy jakichkolwiek innych sprawach.

*

Komisarz Nadzieja z Tomkiem i Włodkiem podjechali pod dom Moniki Pawluk. Musieli jak najszybciej z nią porozmawiać, by poznać jej wersję. Mimo że była skompromitowana, to kwestia potwierdzenia alibi Weneta na noc zabójstwa Hanki Pietrewicz była kluczowa.

Wchodząc na posesję, zauważyli światło w oknach, a na podjeździe samochód. Zadzwonili do drzwi. Po dłuższej chwili, kiedy nikt nie otwierał, Karol zaczął się niecierpliwić.

– Co, do cholery? Śpi czy co?

– Może naprawdę jest chora? – stwierdził Tomek, choć sam w to nie wierzył.

Karol zadzwonił jeszcze kilka razy, po czym nacisnął klamkę. Drzwi się otworzyły. Weszli do środka, nawołując, ale i tym razem nie było żadnej reakcji. Kiedy znaleźli się w salonie, od razu w oczy rzuciło im się przewrócone krzesło, a na podłodze leżąca pusta szklanka. Na beżowej wykładzinie widniała mokra plama. Szkarnulis nachylił się i potarł o nią palcem. Powąchał.

– Alkohol.

Rozglądali się zdezorientowani. Na komodzie leżała torebka Pawluk, obok kluczyki od samochodu i komórka. Komisarz zauważył lekko uchylone drzwi balkonowe.

– Włodek, sprawdź górę, ty ogród. – Karol wskazał Tomkowi drzwi balkonowe. – Ja rozejrzę się jeszcze tutaj.

– Może się upiła ze strachu i śpi na górze – stwierdził Włodek, wchodząc na piętro.

– Pewnie tak.

Karol zastanawiał się, co się mogło stać. Raczej nic wielkiego, chyba rzeczywiście się upiła. Nie było śladów obecności osób trzecich. Zostawiła torebkę i telefon, więc musi być w domu.

Sprawdził butelkę whisky, była opróżniona do połowy. Jeśli rozpoczęła tę butelkę dzisiaj, to musiała być w stanie poważnie wskazującym i rzeczywiście mogła gdzieś zasnąć.

Po chwili wrócił Włodek.

– Nie ma jej.

Do salonu wszedł Tomek.

– W ogrodzie czysto.

– To co robimy?

Karol wzruszył bezradnie ramionami. Nie miał pojęcia, co się mogło z nią stać. Widocznie gdzieś poszła po pijaku, co tłumaczyłoby zostawioną torebkę i telefon.

– Wracamy na komendę. Trzeba podzwonić do rodziny i znajomych. Może jest u kogoś.

*

Po powrocie do biura Karol kolejny już raz tego dnia stanął przed weneckim lustrem. Wcześniej poinformował Kałduna, że nie znaleźli prokuratorki. Zrobiło się późno, minęła ósma, ale nie mogli pójść do domu. Sprawa, która początkowo wyglądała na pewną, teraz zaczęła się rozłazić w szwach jak stary płaszcz.

Nadzieja obserwował przeglądającego się w szybie Weneta, który sprawiał wrażenie znudzonego, a nie zdenerwowanego czy przestraszonego, jak można by się spodziewać. To jeszcze bardziej podkopywało wiarę Karola, że mają właściwego człowieka.

Kiedy przyszła Julia, weszli do pokoju przesłuchań i usiedli naprzeciwko dziennikarza.

– Co pana łączy z Moniką Pawluk?

Na pytanie komisarza i dźwięk nazwiska prokuratorki na twarzy Weneta pojawił się szeroki, lekko ironiczny uśmiech.

– O! Nareszcie. Sprawdziliście mój telefon. Zdjęcia chyba mówią same za siebie. Zgłodniałem, panie komisarzu. Od rana nie miałem nic w ustach. Żyjemy w demokratycznym kraju i chyba należy mi się jakiś posiłek? Nie wspomnę już o telefonie do adwokata.

Karol kiwnął głową w stronę mundurowego, a ten do niego podszedł. Szepnął mu na ucho, żeby wysłał kogoś po pizzę.

– Ma pan rację. Zaraz dostanie pan coś do jedzenia. Czy to z panią Pawluk spędził pan tę noc?

– No cóż. Mleko się wylało, więc nie ma sensu dłużej tego ukrywać. Nie chciałem robić jej kłopotów. W końcu jako prokurator naraża swoją karierę. A tak pięknie zaczęła się rozwijać. Głównie dzięki pani. – Wenet spojrzał lubieżnie na Julię, ale nie zrobiło to na niej żadnego wrażenia. – Zresztą najlepiej sami ją spytajcie. Ups... niezręczna sytuacja. Pani prokurator może zaprzeczyć, nawet na pewno to zrobi. Nie wie o zdjęciach, więc nie będzie chciała się przyznać do seksu z podejrzanym o trzy zabójstwa. – Roześmiał się głośno i szczerze.

Zarówno Julia, jak i Karol próbowali nie dawać po sobie znać, że jego luz i bezczelność ich wkurzają i zbijają z pantałyku.

– Co pan zrobił wczoraj po południu po wyjściu z domu kultury w towarzystwie Hanny Pietrewicz? – odezwała się Julia.

– Poszliśmy na kawę. To malarstwo było słabe, trochę się na tym znam. Hance też się nie podobało.

– Dokąd poszliście?

– Nad Nettę, nie pamiętam, jak nazywa się to miejsce.

Do pokoju wrócił mundurowy z pudełkiem pizzy i położył je na stole. Nachylił się do ucha Karola i coś mu szepnął. Wenet przysunął do siebie pudełko i je otworzył.

– Nie przepadam za pizzą, plebejskie jedzenie.

– Miał pan szczęście, że koledzy akurat zamówili pizzę i się z panem podzielili. Inaczej czekałby pan na jedzenie przynajmniej godzinę – poinformował wkurzony Nadzieja i dał znać Julii, że wychodzą. Wenet dodał jeszcze:

– Przydałaby się popitka. Tak na sucho mam jeść?

Nadzieja zirytowany do białości przystanął.

– Pan wybaczy, ale piwa ani wina nie podajemy. Serwujemy wodę, reflektuje pan?

Rozbawiony Wenet patrzył na niego, jakby cieszył się, że udało mu się rozdrażnić komisarza.

– No cóż, skoro nic innego nie macie.

Kiedy wyszli, przed lustrem czekali na nich wszyscy wraz z Sawką i Ranuszkiewiczem.

– Bezczelny gnojek – rzucił przez zęby Karol.

– Gada, co mu ślina na język przyniesie – stwierdził komendant.

– Od razu widać, że sobie pogrywa, to w jego stylu – dorzucił Tomek.

– Dobra, jest coś nowego?

– Są wyniki z laboratorium. Odciski z noża należą do Adama Zembalskiego, mieszkającego u Holendra. Wczorajszy wieczór i noc spędził podobno przy ognisku u leśniczego, Huberta Dąbka. Twierdzi, że pokłócił się z żoną – relacjonował Sawko.

– A co z Pawluk? Wiadomo coś?

– Matka jej nie widziała, rozmawiała z nią tylko przez telefon, i to rano. Sarnowski w ogóle się z nią nie kontaktował, cały dzień siedział w biurze poselskim – raportował Ranuszkiewicz.

Karola dopadły znowu bezsilność i poczucie beznadziei. Oddalił się w stronę toalety, rzuciwszy na odchodnym:

– Za chwilę wszyscy w konferencyjnym. Zróbcie kawę, nie pójdziemy szybko spać.

Wpadł do łazienki i kiedy upewnił się, że jest pusto, walnął z wściekłością kilka razy pięścią w drzwi.

– Jasna cholera! Co za szambo!

Próbował złapać oddech. Tylko nie to! Nie chciał znowu doświadczyć ataku paniki, ale czuł, że się zbliża. Zaczął przeszukiwać kieszenie spodni, lecz nic nie znalazł. Przypomniał sobie, że nie wziął tabletek.

– Zachciało mi się, kurwa, nie brać...

Odkręcił kran i czekał, aż woda stanie się lodowata, jeśli to w ogóle było możliwe w taki upał. W końcu włożył głowę pod kran.

Trzymał ją tak z minutę, by poczuć, że wreszcie się uspokaja. Musi się skupić. Zmęczenie, nieprzespana noc i stres nie pomagały, ale nie było wyjścia. Każda minuta była na wagę ludzkiego życia, jeśli to nie Wenet był sprawcą. A istniało pięćdziesiąt procent szans, że nim jest. Tylko pięćdziesiąt procent.

Wrócił do swoich ludzi, wśród których była Julia. Popijała kawę i chodziła po pokoju zatopiona we własnych myślach. Szkarnulis z Dziemianiukiem rozmawiali o czymś przed tablicą.

Wszyscy spojrzeli na niego wyczekująco. Zaczął bez zbędnych wstępów:

– Jak wybiera swoje ofiary? Drogą internetową raczej nie, bo nie znaleźliśmy śladów na Fejsie czy w poczcie mailowej dziewczyn, nic podejrzanego nie było w aplikacjach randkowych Bożeny. Więc jak? Na chybił trafił?

– W przypadku pierwszej ofiary, Zaleskiej, musiał podszyć się pod klienta, więc dokładnie wiedział, czym ona się zajmuje. Myślę, że dobiera je starannie i obserwuje. Przyczaja się i w odpowiednim momencie atakuje, jak myśliwy – odpowiedziała Julia.

– Każda z dziewczyn z tytułu swojego zawodu miała kontakt z wieloma osobami: Agnieszka w agencji nieruchomości,

Bożena w sklepie i w internecie, to samo z Hanką. Każdy mógł do niej zadzwonić, nie budząc podejrzeń – dorzucił Włodek.

Do pokoju wszedł Leszek Ranuszkiewicz i zameldował:
– Szefie! Zgarnęliśmy z Piotrem Zembalskiego i Urbańskiego. Żaden nie ma porządnego alibi na tę noc, a na wcześniejsze zabójstwa też nie bardzo.
– Są już na komendzie?
– Tak. Co zrobić z Wenetem?
– Na razie dajcie go na dołek. Zembalskiego zaraz przesłuchamy. Na drugi ogień weźmiemy Urbańskiego.

Karol dopił kawę i spojrzał na zegarek. Było pięć po wpół do jedenastej. Spojrzał na Julię i jej bladą twarz. Chciał jej powiedzieć, żeby jechała do domu, że powinna się przespać. Ale wiedział, że się nie zgodzi, no i wolał, by była obecna przy przesłuchaniach.

Przed pokojem stali Ranuszkiewicz z Sawką, który trzymał znaleziony u Weneta nóż. Podał go komisarzowi. Za lustrem widzieli Zembalskiego rozglądającego się po ścianach.

– Szefie, Włodek właśnie sprawdzał telefon Pietrewicz i znalazł w kontaktach namiar na tego ptaszka. – Leszek Ranuszkiewicz spojrzał w stronę lustra. – Czyli się znali.
– Dobra robota, chłopaki. Dzięki.

Julia z Karolem weszli do środka, usiedli naprzeciwko przesłuchiwanego i się przedstawili. Karol położył na stole nóż kukri, już drugi raz tego wieczoru. Zembalski na jego widok spojrzał na Karola zdziwiony.

– Czy ktoś mi wreszcie powie, co ja tu robię? Jestem o coś oskarżony?
– Na razie nie. Musimy porozmawiać.

– I po to mnie tu ściągaliście? Jestem na urlopie i mam chyba...

– Tak, wiemy – przerwała mu Julia. – Czy poznaje pan ten nóż?

Ponownie spojrzał na kukri i wzruszył ramionami.

– Właśnie taki zgubiłem. Więc to może być mój nóż.

– Są na nim ślady krwi – stwierdziła Julia.

– Owszem. Już mówiłem jednemu z waszych, że ostatnio często odwiedzałem leśniczego Dąbka. Takim nożem pomagałem Hubertowi sprawiać dzika. Możecie go spytać.

– Już pytaliśmy – przyznał Nadzieja. – Rzeczywiście, potwierdził to. Do której był pan wczoraj u leśniczego?

– Nie wiem. Rozstałem się z żoną i dużo wypiłem, aż w końcu padłem. Nie wiem o której.

– Mam tu zeznania Dąbka, który stwierdził, że zaprowadził pana do domku gościnnego około dwudziestej drugiej i tam zostawił. Ale kiedy zajrzał do pana rano, o siódmej, nie zastał tam pana.

– No tak. Około szóstej się obudziłem i postanowiłem pobiegać, żeby wypocić alkohol. Pobiegłem nad jezioro, wykąpałem się i wróciłem do siebie, no i tam dowiedziałem się o pożarze i tej biednej dziewczynie.

– Nóż miał pan przy sobie? – zapytał Nadzieja.

– Wydaje mi się, że tak. Mogłem go zgubić już na terenie agroturystyki.

– Często bywa pan w tych stronach? – dopytywała Julia.

– Tak. Przyjeżdżam tu od jakichś dwunastu lat. Teraz pierwszy raz z żoną, ale ona jakoś nie zagustowała w tej okolicy.

– Wie pan, jak nazywała się ta „biedna dziewczyna"?

Zembalski poruszył się i rzucił niepewnie:

- Podobno to była lokalna dziennikarka.
- Nazywała się Hanna Pietrewicz. Znał ją pan?

Zembalski jakby się zawahał.

- Nie, no skąd!
- To ciekawe, bo ona pana znała. W jej telefonie znaleźliśmy pański numer telefonu pod hasłem „Adam Zembalski". Dlaczego pan kłamie?

Zembalski patrzył na nich wystraszony. Julia wstała, a za nią Nadzieja.

- Damy panu chwilę na refleksję. Po powrocie przestaniemy bawić się w kotka i myszkę.

W biurze czekali na nich wszyscy wraz z komendantem. Tomek Dziemianiuk był wyraźnie podekscytowany.

- Facet skłamał, znał ją! No i ten nóż. Mógł spokojnie zabić dziewczynę w nocy. Wcześniej ja uprowadził, zamknął gdzieś, poszedł do leśniczego, żeby zapewnić sobie alibi, a nad ranem zrobił swoje – analizował Tomek.

- I świetnie pasuje do profilu: wiek się zgadza, wykształcenie też, jest w związku, choć nieudanym, i przyjeżdża tu od lat, a więc doskonale zna teren – dorzucił swoje Szkarnulis.

- Sprawdźcie, co robił i gdzie był podczas dwóch pierwszych zabójstw. Mieszka w sąsiedztwie Hryszkiewiczów, więc na pewno poznał Bożenę.

Julia słuchała tych analiz, ale wyglądało na to, ze wciąż się nad czymś zastanawia.

- Wszystko to prawda, co mówicie, ale osobowościowo lepiej do profilu pasuje jednak Wenet. Zembalski nie jest narcyzem ani trochę, niestety.

- A może tylko tak się dobrze kamufluje? – Włodek usiłował zawalczyć o swoje przekonanie, że Zembalski to seryjny.

Wyraz twarzy Julii wskazywał jednak, że nie bardzo w to wierzy. Kałdun, tylko przysłuchujący się do tej pory, teraz dorzucił swoje trzy grosze:

– Jest jeszcze ten trzeci gagatek. Któryś z nich to na pewno nasz narcyz. – Spojrzał na zegarek. – Późno już, idę do domu. A wy róbcie swoje. Jestem już spokojniejszy, w końcu mamy trzech podejrzanych, nie jest źle.

Patrzyli za odchodzącym komendantem. Karol pomyślał, że oni powinni zrobić to samo. Należało zebrać siły na dalsze dochodzenie i złapać parę godzin snu. Jeszcze tylko wróci do Zembalskiego, a Urbańskiego przesłuchają rano. Do tego czasu Monika Pawluk pewnie się odnajdzie i będą mieli jasność co do alibi Weneta.

*

Oprzytomniała i stwierdziła, że leży na zimnej podłodze i nie może się ruszyć. Ręce i nogi miała związane, a usta czymś zaklejone. Włosy zjeżyły jej się ze strachu. Nie pamiętała, co się stało i w jaki sposób znalazła się na tej podłodze. Gdzie w ogóle jest?! Dopiero po chwili pamięć zaczęła wracać i nawiedziło ją wspomnienie kompromitacji związanej z Wenetem.

Pamiętała, że piła, a potem? Co się zdarzyło później? Stała w pokoju i ktoś zaszedł ją od tyłu... A potem ogarnęła ją ciemność. Ta nicość, w którą wpadła, okazała się o tyle wspaniała, że zniknęły wszystkie problemy i to przenikające każdą komórkę jej ciała poczucie wstydu. Ów stan był w gruncie rzeczy przyjazny, właśnie tego wtedy pragnęła: zapaść się pod ziemię, zniknąć.

Ale wróciła znowu i znalazła się w zupełnie odmiennej sytuacji. Czuła przerażenie; powoli docierało do niej, że jeśli leży tu związana, nie wróży to nic dobrego. I choć nie chciała dopuścić do siebie tej myśli, podświadomość już wiedziała, że jest w rękach seryjnego!

Ale jeśli Weneta zatrzymała policja, to kto ją porwał? Chyba że zrobił to zupełnie ktoś inny... Nie seryjny? Na ułamek sekundy wstąpiła w nią nadzieja. Może chodzi tylko o kradzież? Może o okup? Przecież nic nie wie na pewno. Czuła jednak, że tak nie jest, że to musi być sprawka seryjnego, nie wierzyła aż w takie przypadki, by w tym samym czasie, kiedy seryjny morduje kobiety, porwał ją ktoś żądny pieniędzy albo zwyczajny złodziej. Jedyne, co było pozytywne w tej sytuacji, to to, że Wenet nie jest mordercą i fakt, że się z nim przespała, nie splami jej honoru i nie zaszkodzi w karierze.

Zaczęła się wiercić. Powinna się stąd wydostać, dopóki jest sama. Musi być przecież jakieś wyjście. Zawsze jest. Tak mówił jej ojciec i choć nie był najlepszym z ojców, to jednak jej imponował.

Usiłowała wyplątać się z więzów, ale szybko się okazało, że jej wysiłki są daremne. Ręce i nogi miała związane zaciskową opaską z plastiku, beznadzieja. Próbowała coś zobaczyć, lecz panowała taka ciemność, że nie była w stanie stwierdzić, gdzie jest. To musiały być garaż albo piwnica, bo nie widziała żadnego okna. Najgorsze, że strasznie chciało jej się pić. Dopadły ją apatia i poczucie beznadziei.

9 LIPCA, WTOREK

Zastępca prokuratora generalnego Dominik Pawluk w eleganckim szarym garniturze dopełnionym atrakcyjnym krawatem chodził nerwowo po gabinecie komendanta KPP w Augustowie, co chwilę zerkając na drogi zegarek.

Kiedy żona zadzwoniła wczoraj po południu, że Monika, jego jedyna córka, zniknęła, trochę się zmartwił. Nie dowierzał jednak, żeby spotkało ją coś złego. Zakładał, że może gdzieś baluje, choć córka nigdy nie była lekkomyślna ani skłonna do zabawy. Przynajmniej tak wynikało z tego, co o niej wiedział.

Ostatnimi laty widywali się bardzo rzadko, siedział przeważnie w stolicy. Violetta dawała mu zanadto w kość, żeby mógł z nią wytrzymywać na co dzień. Niedawno poznał inną i układało im się naprawdę nieźle. Jednak nie kwapił się do wzięcia rozwodu. Na samą myśl o przeprawie z żoną robiło mu się słabo. I po co to komu?

Zaczął się na serio denerwować, gdy Violetta zadzwoniła ponownie w nocy. Sytuacja nie uległa zmianie ani na jotę: nie było żadnego kontaktu z Moniką i mimo że policja jej szukała, nikt nie wiedział, gdzie jest ani co się z nią stało. Niepokój był tym bardziej uzasadniony, że w okolicach Augustowa grasował seryjny zabójca. Wczesnym rankiem

Pawluk obudził się zlany potem. Miał koszmarne sny i odczytał je jako zły omen.

Ubrał się i wsiadł w samochód. Jeśli nawet to byłby fałszywy alarm, i tak chętnie odwiedzi Augustów i zobaczy się z córką, której dawno nie widział. Był zadowolony i dumny z tego, jak szybko rozwikłała i zamknęła sprawę poczwórnego morderstwa rodziny Szułowiczów, o której zrobiło się głośno nawet w Warszawie.

Dojechawszy na miejsce, pierwsze swoje kroki skierował do domu Moniki, ale płonne były jego nadzieje. Nikogo nie zastał. Telefon do Violetty też nie zmienił sytuacji. Więc postanowił zaatakować policję.

Do pokoju wszedł Kłodowski, na jego twarzy pojawił się zawodowy, oficjalny uśmiech. Podszedł i podał mu dłoń.

– Witam pana prokuratora w naszych skromnych policyjnych progach! – zawołał wylewnie.

– Witam, komendancie. Pan się domyśla, dlaczego tu jestem? Co się stało z moją córką? Szukacie jej? Macie coś?

– Oczywiście, szukamy. Wszyscy moi ludzie od wczoraj są na nogach, a jak pan się orientuje, za dużo ludzi nie mamy.

– I co ustaliliście?

Pawluk obserwował, jak Kłodowski podchodzi do biurka i sięga po telefon, po czym włącza wiatrak stojący na biurku. Dopiero teraz dotarło do prokuratora, jak jest gorąco. Komendant coś bełkotał przepraszająco.

– Niestety, nie dorobiliśmy się jeszcze klimy. Śledztwo prowadzi komisarz z Warszawy, świetny fachowiec. On najlepiej wie, jaka jest w tym momencie sytuacja, bo przecież co chwilę wszystko się zmienia. – Podniósł słuchawkę do ucha. – Przyślijcie do mnie Nadzieję. – Spojrzał na prokuratora zadowolony.

No tak, mogłem się tego spodziewać – pomyślał Pawluk. Zawsze lubił się wyręczać innymi. Jak on się tu w ogóle utrzymał tyle lat?

Komendant wskazał mu fotel naprzeciwko biurka, lecz prokurator nie zamierzał siadać. Jego złość narastała powoli, ale systematycznie.

– Nie zdążyłem zaproponować, może kawy się pan napije? Mamy nowy ekspres.

– Co wy mi tu o jakimś ekspresie pierdolicie?! – Pawluk nie wytrzymał. – Moja córka zaginęła! A ja mam spokojnie pić kawę?! Lepiej dajcie tu tego Nadzieję jak najszybciej.

*

– Znał pan Agnieszkę Zaleską, chciał od niej kupić domek. Bożena Hryszkiewicz mieszkała po sąsiedzku, więc miał pan sposobność – podsumował Nadzieja.

Siedział znowu w pokoju przesłuchań, tym razem z Dziemianiukiem przesłuchiwali Zygmunta Urbańskiego, trzeciego z podejrzanych.

Przyjechał do komendy już o siódmej rano i nie miał serca ściągać Julii o tak wczesnej porze. Przeanalizował na spokojnie sytuację i miejsce, w jakim znajdowało się śledztwo. Kiedy przyszli jego ludzie, zabrał się do przesłuchań. Najpierw wziął na tapet Zembalskiego, który w końcu przyznał się do znajomości z Hanką Pietrewicz. Twierdził, że była to przelotna znajomość, ale według nich Zembalski mógł być seryjnym, nawet jeżeli nie był dostatecznie narcystyczny.

– Sprawdziliśmy pańskie alibi z poniedziałku pierwszego lipca, kiedy zamordowano Zaleską. Przyjechał pan z rodziną do van Dijków około jedenastej, to wiemy na pewno, bo widział was komisarz Nadzieja. Ale po południu, przed szesnastą, wyjechał pan na spotkanie do Suwałk. Wrócił pan do agroturystyki dość późno, bo po dwudziestej pierwszej. Sprawdziliśmy. Pańskie spotkanie z niejakim – Tomek zajrzał do notatek – Łukaszem Jabłońskim trwało niecałą godzinę – stwierdził Dziemianiuk. – Rozstaliście się o szesnastej trzydzieści, tak powiedział Jabłoński. Więc miał pan wystarczająco dużo czasu, żeby przyjechać do domku, którym był pan zainteresowany, zabić Zaleską i porzucić ją w lesie. Co pan na to?

Urbański słuchał tych wywodów nieporuszony, z zimnym spokojem pokerzysty. Trudno było go rozgryźć.

– Poszedłem do galerii w Suwałkach, kupiłem parę pierdół dla żony i córki, potem poszedłem zjeść. W co wy chcecie mnie wrobić? W morderstwo? Dzwonię do mojego adwokata. Mam tego dosyć – oświadczył.

Do pokoju wszedł policjant, podszedł do Karola i poinformował go dyskretnie, że wzywa go komendant. Nadzieja niezadowolony wstał.

– Prowadź dalej przesłuchanie – rzucił do Dziemianiuka.
– Zaraz wracam.
– Okej.

Odprowadzany wzrokiem przez Urbańskiego, słyszał, jak Tomek zadaje kolejne pytanie.

*

O dziwo po tak drastycznych przejściach zeszłej nocy – znalezieniu spalonego ciała dziennikarki – Julia spała spokojnie i bez snów. Pewnie to przez zmęczenie. Czuła się zregenerowana i wypoczęta, choć już w chwili, gdy otworzyła oczy, wróciła myślami do śledztwa.

Zeszła na dół, a tam odkryła, że Kuba, ubrany, siedzi na kanapie i wgapia się w komórkę. Z kuchni wyszła Roma z koszykiem pełnym jedzenia. Oboje byli gotowi do drogi. Przypomniała sobie, że ojciec ma dzisiaj operację.

Roma uśmiechnęła się na powitanie.

– Dobrze, że wstałaś. Miałam już pójść cię budzić. Moja profesor od serca, wiesz, Irenka Horecka, zna tego profesora, który będzie operował ojca. Dała mi do niego telefon i uprzedziła go, że zadzwonię. No i przed chwilą z nim rozmawiałam. Jaki to kulturalny człowiek! Klasa! Powiedział, żeby najlepiej przyjechać jutro.

– Też jestem tego zdania. Dzisiaj będziemy jedynie czekać na korytarzu. Nie cierpię tego.

– Niby tak, ale można by porozmawiać z lekarzem, dowiedzieć się, jak poszła operacja. Nie wytrzymam siedzenia w domu – mówiła Roma.

Kuba oderwał się wreszcie od telefonu, podszedł do Julii i przytulił się do niej niespodziewanie.

– Ja też chcę jechać do dziadka.

– A nie wolałbyś pojechać z Inką i jej babcią na wycieczkę? Chcą ci pokazać akwedukty w Stańczykach – zaproponowała Julia synowi i czekała na jego reakcję. Wczoraj taki plan podrzuciła Teresa.

– Akwedukty? Łał! Nigdy na żywca nie widziałem i nawet nie wiedziałem, że tu jakieś są.

– To właściwie wiadukty, nie prawdziwe akwedukty, ale robią wrażenie. A w taki upał lepiej być w plenerze, niż siedzieć w szpitalu. Pojedziemy do dziadka razem po operacji.

Jutro z samego rana, co ty na to? – Spojrzała na Romę, pytając wzrokiem, czy się zgadza.

– W sumie masz rację. W końcu mam telefon do tego profesora i mogę zadzwonić pod wieczór, żeby się dowiedzieć co i jak – odparła ciotka i wróciła z koszykiem do kuchni.

Ciszę przerwał dzwonek telefonu Julii. Zobaczyła, że dzwoni Grzesiek.

– Mam pilny telefon, odbiorę na zewnątrz.

Wyszła z domu i stuknęła w zieloną słuchawkę.

– Cześć, Grzesiek! Co dla mnie masz?

– Sprawdziłem ci tego Weneta.

Poczuła, że na dźwięk nazwiska skoczyło jej ciśnienie. Ciało czekało w napięciu.

– No i?

– Nie mam dobrych wieści. W czasie zabójstw dokonanych w Warszawie i we Wrocławiu gościu przebywał w Buenos Aires, a więc nie mógł ich popełnić.

Nie tego się spodziewała. Szukała w myślach momentu, gdzie mogła się pomylić co do dziennikarza.

– A te zabójstwa na pewno miały ten sam *modus operandi*?

– Na pewno. Sprawdziłem dokładnie raporty. Wszystkie ofiary to blondynki w wieku między dwadzieścia a trzydzieści lat, wszystkie uduszone w ten sam sposób, no i miały usta pełne ziemi. To jest jak podpis.

– To fakt. Przyznam, że facet spełniał praktycznie wszystkie kryteria z profilu. Gdyby nie to alibi, aresztowalibyśmy go i oskarżyli o te zabójstwa. Zostali nam jeszcze dwaj inni, ale tych nie jestem już taka pewna.

– Sprawdzić ci ich?

– Jakbyś mógł. Nie chciałam już nadużywać twojej uprzejmości.
– Przestań. Nie ma sprawy. Poza tym to śledztwo w sprawie seryjnego, który morduje od lat. Musisz go powstrzymać, a ja chcę ci w tym pomóc. Odezwę się. Podaj mi tylko ich dokładne dane.

Kiedy się rozłączył, stała chwilę bez ruchu. Nie rozumiała, jak mogła aż tak się pomylić. Co prawda opadły ją wątpliwości co do winy Weneta, kiedy znaleźli nóż i telefon ofiary w jego domku, ale zrzuciła to na karb pewności siebie zabójcy i tego, że nie spodziewał się, że go tak szybko namierzą. Jednak dotychczasowe posunięcia seryjnego wskazywały wyraźnie, że to nad wyraz przebiegła jednostka, wyprzedzająca ich o kilka ruchów.

Powinna jak najszybciej poinformować Karola i resztę, że to nie Wenet jest seryjnym.

*

Włodek przyjechał na komendę o wpół do ósmej. Sądził, że nikogo jeszcze nie zastanie, ale okazało się, że komisarz Nadzieja już działał w swoim biurze. Właśnie poszedł z Tomkiem przesłuchiwać Zembalskiego. W tej sytuacji Włodek postanowił jeszcze raz przejrzeć laptop pierwszej ofiary i listę jej klientów.

Wypisał nazwiska osób, które ostatnio kontaktowały się z Zaleską w sprawie kupna domku: Piotr Sarnowski z Augustowa, wynajmujący pokoje w agroturystyce Zygmunt Urbański z Warszawy, Anastazja Walasiewicz z Białegostoku. Zauważył, że przy jej nazwisku był dopisek Zaleskiej: „z synem". Wcześniej jakoś nie zwrócił na to uwagi. Odrzucił

Walasiewicz, bo była kobietą. Co to znaczyło „z synem"? Powinien do niej zadzwonić. Wybrał więc numer, ale po chwili odezwało się nagranie: „Nie ma takiego numeru". Zdziwił się. Spróbował jeszcze raz i sytuacja się powtórzyła.

– Co, u licha? Zły numer? – powiedział do siebie.

Do biura wpadł Tomek.

– Włodek! Chodź do konferencyjnego, przyjechała profilerka. Komisarz zwołuje wszystkich.

– Już. Już idę.

Wstał, ale wciąż myślał o tym telefonie. Czyżby kobieta podała Zaleskiej świadomie zły numer? Coś tu nie grało.

Kiedy wszedł do sali, wszyscy już tam byli. Włodek zamknął drzwi i komisarz od razu zaczął mówić:

– Wenet to nie nasz sprawca. Ma alibi na wcześniejsze zabójstwa popełnione w Warszawie i we Wrocławiu, co go eliminuje. Kolega Julii sprawdza teraz alibi Zembalskiego i Urbańskiego na te poprzednie zbrodnie. Póki co będziemy ich cisnąć, ale równolegle musimy wrócić do początku. Proponuję cofnąć się do zabójstwa Borka i jeszcze raz sprawdzić monitoring. Mam wrażenie, że za szybko odpuściliśmy i coś przeoczyliśmy.

Włodek był zaskoczony, inni koledzy też. Karol tymczasem podszedł do tablicy ze zdjęciami ofiar, listami od seryjnego i wypisanymi miejscami i datami poprzednich nierozwiązanych zabójstw zgadzających się z *modus operandi* poszukiwanego przez nich seryjnego:

2013 – Warszawa, Warszawa

2014 – Wrocław

2015 – Zielona Góra

2017 – Sopot

2019 – Lądek-Zdrój

– Zastanawiam się, skąd wiedział, że zadzwonimy akurat do tego elektryka. Kto powiesił na naszej tablicy ogłoszenie z namiarami na Borka? Czy policja współpracowała z Borkiem wcześniej? – Komisarz mnożył pytania.

– Nie mam pojęcia – szczerze przyznał Tomek.

Karol spojrzał w kierunku Leszka Ranuszkiewicza.

– Leszek, obdzwoń wszystkich u nas, którzy mogą coś na ten temat wiedzieć!

Ten skinął głową i zaczął zbierać się do wyjścia, ale zatrzymał go głos profilerki.

– Tak czy owak, są dwa wyjścia: albo ogłoszenie wisiało tu od dawna i seryjny je u nas zobaczył, albo sam je powiesił. W obu przypadkach musiał być na komendzie! Trzeba jeszcze raz przejrzeć monitoring. Ale tym razem zacząć wcześniej.

– Od kiedy? – spytał Piotrek.

– Przynajmniej od połowy czerwca – poinstruował Nadzieja. – Przejrzyj każdy dzień, sprawdź, kto zbliżał się do naszej tablicy ogłoszeń.

Piotrek Sawko razem z Leszkiem już mieli wyjść, kiedy Nadzieja ich zatrzymał.

– Jeszcze jedna sprawa. Rozmawiałem dzisiaj z ojcem prokuratorki Moniki Pawluk. Wiecie, że wczoraj zniknęła i do dzisiaj nic o niej nie wiadomo. Nie dała znaku życia. W tej sytuacji istnieje obawa, że być może została uprowadzona przez... sami się domyślacie. Nie musi tak wcale być, ale wykluczyć tego nie możemy. Tym bardziej powinniśmy przycisnąć gaz do dechy.

Włodek nie spodziewał się takich rewelacji. Nawet przez głowę mu nie przeszło, że Pawluk mogłaby zostać uprowadzona, i to przez seryjnego. Jednakże patrząc na to, jak działał – podsłuchiwał policję, podrzucał innym telefony – rzeczywiście nie można było tego wykluczyć. Im dłużej o tym myślał, tym bardziej wydawało mu się to prawdopodobne. Zwłaszcza że Hanka Pietrewicz nie miała być ostatnią ofiarą. Zgodnie z tym, co wywnioskowała Julia z treści listów, powinni się spodziewać przynajmniej jeszcze dwóch ofiar.

Leszek z Piotrem wyszli.

– Szefie, ja bym docisnął tego Zembalskiego. Ta jego niby przelotna znajomość z dziennikarką wskazuje na niego jak nic – uruchomił się Tomek.

– Dobrze. Przyciśnij go.

Zadowolony Dziemianiuk także wyszedł, zostali tylko w trójkę. Julia Wigier podeszła bliżej tablicy; widać było, że nad czymś rozmyśla. Obserwowali ją przez chwilę.

– Zastanawiam się, dlaczego tak przyśpieszył. Wszystkie zabójstwa z przeszłości, przynajmniej te, o których wiemy – wskazała na listę wypisanych miejsc – zdarzały się mniej więcej w rocznych odstępach. Zaczął w dwa tysiące trzynastym roku i wtedy zabił dwie kobiety w odstępie półrocznym. Potem nastąpiła przerwa i następną ofiarę mamy w dwa tysiące czternastym, potem w piętnastym, siedemnastym i dziewiętnastym. Od tamtego czasu znowu cisza, aż do teraz, kiedy zaczął zabijać co kilka dni. Oczywiście możemy nie wiedzieć o wszystkich ofiarach, nawet na pewno nie wiemy. Ale to jest zastanawiające.

Rzeczywiście, profilerka miała rację. Też na to zwrócił uwagę.

– Coś musiało go wkurzyć – powiedział Włodek.

– Też tak myślę.

*

Przed opuszczonym domkiem letniskowym, w niewielkiej odległości od niego, na łące wylądował bocian. Przechadzał się dostojnie, szukając pożywienia. Wokół panowała sielska cisza, a po chwili przerwała ją kukułka.

Monika liczyła w myślach dobiegające kukanie: osiem, dziewięć, dziesięć, jedenaście. Kukułka zamilkła. Monika słyszała kiedyś od babci, że w ludowych wierzeniach liczba kuknięć oznaczała liczbę lat życia w szczęściu, więc może jednak uda jej się stąd wydostać.

Nie wiedziała, ile godzin minęło, zanim w pomieszczeniu trochę pojaśniało i wreszcie mogła stwierdzić, gdzie się znajduje. To był garaż, jak podejrzewała, i stał w nim samochód. Pod jedną ze ścian dostrzegła jakieś półki. Udało jej się podczołgać bliżej drzwi. Położyła się i zaczęła walić w nie nogami. Liczyła na to, że może ktoś ją usłyszy, a może drzwi się poluzują i otworzą. Po jakimś czasie osłabła, a z jej oczu spłynęły łzy bezradności.

Leżała tak, zmęczona, słysząc tylko ciszę. Pragnienie stawało się nie do zniesienia. Musi zająć czymś myśli, żeby odwrócić uwagę od swojego katastrofalnego położenia.

*

Violetta siedziała sztywno na kanapie, obok na poduszce leżała Pusia. Dominik przemierzał salon w tę i z powrotem, rozmawiając przez telefon.

– Tak, będę bardzo wdzięczny, jeśli przyjmie pan to zlecenie. Policja kręci się w kółko, chodzi o moją córkę, rozumie pan?

Obserwowała go w napięciu. Stwierdziła, że wygląda świetnie w tym garniturze. Chyba był nowy, bo wcześniej go w nim nie widziała.

– Koszty nie grają roli. O której może pan być w Augustowie?

Głaskała Pusię bezwiednie.

– Dobrze. Czekam.

Dominik rozłączył się i poluzował krawat. Też niezły – oceniła w myślach. Choć ona sama by takiego nie wybrała, a on tym bardziej. A więc ktoś mu go kupił. Pewnie jakaś kobieta. Czuła, że kogoś ma.

Mąż zdjął marynarkę i spojrzał na nią, a ona pod tym spojrzeniem stopniała. Wciąż na nią działał.

– Napijesz się?

– Jak możesz teraz pić?! Powinieneś jej szukać! – krzyknęła, choć wcale nie miała zamiaru, i od razu tego pożałowała.

– Niby gdzie? Wziąłem najlepszego detektywa w kraju! Będzie tu wieczorem.

– Do tego czasu wiele może się zdarzyć! Przecież ona...
– Nie skończyła, bo przeraziło ją to, o czym pomyślała.

Dominik nalał sobie whisky i wypił wszystko jednym haustem. Patrzyła na to z niesmakiem.

– Myślisz, że nie wiem?! Ale co mogę zrobić?! Ona może być w tysiącu miejsc, a ja nie jestem duchem świętym, żeby wiedzieć, gdzie jej szukać! – krzyczał coraz głośniej, dając upust swej frustracji.

Niestety, Pusia, nieznosząca krzyków i wyczuwająca ludzkie napięcie i agresję, zaczęła szczekać na cały regulator, co jeszcze bardziej wkurzyło Dominika.

– Do kurwy nędzy! Zrób coś wreszcie z tym psem! Bo mu łeb ukręcę i wreszcie będzie spokój!

Jego słowa dotknęły ją do żywego. Wzięła suczkę na ręce i przytuliła ją do serca. Tak bardzo kochała to stworzenie. W oczach stanęły jej łzy, ale nie chciała okazywać przy nim słabości. Niedoczekanie jego. Poszła w stronę schodów na piętro.

– Idź! Idź! Potrafisz tylko gadać i pouczać! Sama rusz dupę i jej szukaj, jak jesteś taka mądra!

Tego było już za wiele. Przystanęła i odwróciła się w pół kroku.

– A ty?! Co ty potrafisz?! Rozkazywać i nic więcej! Nigdy cię nie było, kiedy byłeś potrzebny. Siedzisz w tej Warszawie i masz gdzieś własną córkę, nie mówiąc o mnie!

Ledwie zdołała skończyć, a łzy wbrew woli poleciały jej z oczu. Uciekła na górę, Pusia cały czas szczekała. Violetta nie chciała, żeby ich spotkanie tak się potoczyło, ale co mogła zrobić? Teraz martwiła się o Monikę.

*

Siedzieli w biurze przed laptopem Piotra Sawki. Oglądali nagranie z monitoringu, na którym jakiś mężczyzna zrywał coś z policyjnej tablicy ogłoszeń i przyklejał do niej jakąś kartkę.

Mężczyzna, ubrany w strój leśnika w zielonych barwach, z czapką z daszkiem nasuniętą na oczy, stał bokiem do kamery. Daszek skutecznie zakrywał jego twarz, kiedy facet wchodził do komendy.

– To musi być on! Wyraźnie unika kamery, cwaniak – stwierdził Włodek.

Karol zapamiętale wpatrywał się w nagranie i miał wrażenie, jakby gdzieś już widział tego faceta, choć nie miał pojęcia gdzie.

– Możesz przybliżyć, żeby zobaczyć, co konkretnie przykleił? – poprosiła Piotra Julia.

Sawko spełnił jej życzenie i pokazał się ziarnisty, rozmazany obraz. Z dużym trudem udało im się jednak odczytać treść kartki: „Pogotowie elektryczne. Szymon Borek" z podanym numerem telefonu. Na dole nagrania widniała data i godzina zdarzenia: trzydziesty czerwca, godzina szesnasta siedem.

– Był tu na dzień przed zabójstwem Zaleskiej. – Piotr powiedział głośno to, o czym wszyscy pomyśleli.

– Już wtedy miał plan, w którym nie zostawiał miejsca na przypadek. Z góry wiedział, że założy nam podsłuch, żeby trzymać rękę na pulsie i kontrolować nasze ruchy – skonstatowała Julia w zadumie.

– Łudziłem się, że monitoring jednak coś nam da. – Karol nie krył rozczarowania.

– Przynajmniej zyskaliśmy pewność, że działa metodycznie – pocieszająco stwierdziła Julia.

Drażniła go własna niemoc. Wstał od biurka i zaczął chodzić po pokoju.

– Jeśli czegoś nie znajdziemy, Pawluk zginie – rzucił.

Wyszedł na korytarz i udał się w kierunku toalety, czując wzbierającą w nim falę strachu. Nie widział, że Włodek podszedł do swojego biurka, jakby na coś wpadł.

Karol wszedł do łazienki i jak zwykle najpierw sprawdził, czy nikogo poza nim tam nie ma. Podszedł do umywalki i spojrzał w lustro. Znowu nie zabrał z domu tabletek. Odkręcił kran i przemył twarz zimną wodą. Musiał pohamować frustrację.

– No myśl, człowieku! Bo będziesz ją miał na sumieniu! – krzyknął do lustra.

Wychodząc, spotkał zaaferowanego Włodka i idącą za nim Julię.

– Szefie, jest dziwna sprawa. Sprawdzałem tę Walasiewicz z listy klientów Zaleskiej, którzy chcieli kupić domek. Wtedy ją odpuściłem, bo to kobieta. Ale teraz okazało się, że żadna Anastazja Walasiewicz nie jest zameldowana w Białymstoku. Mało tego, podany numer telefonu jest lipny. Na liście Zaleskiej znalazłem dopisek „Anastazja Walasiewicz z synem", wcześniej mi to umknęło.

Karol spojrzał na nich uważnie. Czy to, co usłyszał, miało jakieś znaczenie? Był dziwnie przekonany, że tak.

Wrócili do biura. Nadzieja dostrzegł Kałduna siedzącego przy jego biurku i wystawiającego twarz w kierunku wiatraka. Gdy komendant zobaczył, że coś się dzieje, podszedł do nich i zaczął przysłuchiwać się, o czym rozmawiają.

– To mi wygląda na działanie seryjnego – stwierdziła Julia.

– Właśnie. Pewnie zadzwonił do Zaleskiej, mówiąc, że nieistniejąca Anastazja Walasiewicz, niby jego matka, chce kupić domek, a on dzwoni w jej imieniu. Podał też lipny numer telefonu, żeby nie zostawiać śladów. Wiedział, że kiedyś możemy sprawdzać ten trop – głośno analizował.

– No i jak wcześniej, trop prowadzi donikąd – westchnął Włodek.

Przysłuchujący się im Kałdun nad czymś się zastanawiał.

– Anastazja Walasiewicz? Znałem taką, kiedy będąc kawalerem, mieszkałem z rodzicami w Gorczycy. Miała dom na skraju wsi, właściwie w lesie. Ale już dawno nie żyje.

– Przypadek? – zastanawiał się Włodek.

– Może tak, może nie, ale sprawdźmy. Czy ta Anastazja miała jakieś dzieci? – dopytywała Julia.

– Córkę, parę lat starszą ode mnie. Ładna była, ale szybko wyprowadziła się z domu i wyjechała chyba do Warszawy. Potem moi rodzice przenieśli się do Augustowa i już jej nie spotkałem.

– Włodek, sprawdź tę córkę Anastazji. Pamięta szef – zwrócił się do komendanta – jak ona miała na imię?

– Jadwiga. A co? Myślicie, że co? Że miała coś wspólnego z...? – zirytował się. – Zajęlibyście się czymś konkretnym. Przecież ten prokurator mnie powiesi za... Przepraszam panią – zwrócił się do Julii – ale to ponad moje siły! Liczy się czas, a my jesteśmy w czarnej dupie!

Nadzieja kątem oka zarejestrował, że Włodek już sprawdzał bazę danych. Na szczęście miał swój rozum i nie przejmował się ględzeniem komendanta. Kiedy do biura wrócił Dziemianiuk, Kałdun spojrzał na niego pytająco.

– I co? Wycisnąłeś coś z tego Zembalskiego?

Tomek wzruszył ramionami i podał mu podpisany protokół z przesłuchania.

– Nie bardzo. Cały czas utrzymuje, że poderwał tę Hankę w Augustowie i był z nią na imprezie u jej znajomych. To było na dwa dni przed tą wystawą w domu kultury.

– Czyli nic na niego nie mamy! Na tego drugiego też nie. Trzeba ich wypuścić, może doprowadzą nas do Pawluk. Ramuszkiewicz, Sawko, bierzecie obu panów pod obserwację! – rozkazał Kałdun.

*

Wsunął się bezszelestnie przez drzwi balkonowe do salonu. Ludzie są jednak zupełnie pozbawieni wyobraźni – pomyślał, uśmiechając się pod nosem. Jakby sami się prosili o kłopoty. Tym lepiej.

Przystanął i nasłuchiwał przez chwilę. Z kuchni dobiegała cicha muzyka z radia i dźwięki przestawianych garnków. A więc było bezpiecznie.

Rozejrzał się, lecz w zasięgu wzroku nie było tego, czego szukał. Dostrzegł damską torebkę na krześle. Przeszukał ją, ale też nic. Lustrował wzrokiem każdy mebel i wreszcie! Telefon leżał na tapczanie, trochę wsunięty pod poduszkę.

W tym momencie usłyszał szczekanie tego cholernego psa. Wziął komórkę i natychmiast dał nura w kierunku drzwi balkonowych. Wychodząc, przymknął je za sobą.

Udało się. Oddalił się szybko od budynku.

*

Próbowała coś ugotować. Niepokój o Monikę powodował, że nie miała apetytu, ale wiedziała, że Dominik na pewno będzie chciał coś zjeść. Jednak nie przychodził jej do głowy żaden pomysł, co mogłaby zrobić na obiad. To powinno być coś prostego, żeby nie musiała długo stać przy garach. Nie lubiła gotować i chyba nie umiała. Czuła, że jej obiady niezbyt smakowały Dominikowi i Monice. Ale jedzenie nie było przecież najważniejsze. Najlepiej byłoby usmażyć schabowe, tyle że musiałaby wyjść do sklepu, bo od dawna nie kupowała wieprzowiny. A Dominik uwielbiał schabowe. Tak, chyba wyjdzie, żeby je kupić.

Nagle śpiąca na krześle Pusia uniosła łebek, nasłuchując, a po chwili zaczęła ujadać, na razie jakby ostrzegawczo.

Violetta stężała na myśl, że mąż się obudzi i znowu będzie na nią wrzeszczał. Na dodatek Pusia poleciała do salonu. O co jej chodzi? Poszła za nią. Psina stała pod drzwiami balkonowymi i nadawała jeszcze głośniej.

– Pusia? Co tam zobaczyłaś? Znowu kot z sąsiedztwa? Daj spokój. Chodź do mnie.

Pusia jeszcze przez chwilę szczekała, ale potem podbiegła do niej i wskoczyła jej na ręce. Przytuliła serdecznie małe ciałko. Z piętra dobiegł ją wrzask męża.

– Prosiłem! Zrób coś z tym psem! Próbuję choć chwilę się zdrzemnąć, prawie wcale dziś nie spałem!

Na szczęście Pusia już się uspokoiła. Violetta wyjrzała jeszcze na zewnątrz, ale żadnego kota nie zauważyła. Pewnie dawno uciekł.

Usiadła na tapczanie, przytulając psinę z całych sił. Nie zdążyła się dzisiaj nawet porządnie uczesać, wyglądała jak siedem nieszczęść. Nie miała jednak na nic siły.

– No już, kochanie, nie bój się – szeptała Pusi na ucho to, co sama chciałaby usłyszeć. Zaczęła kołysać się bezwiednie, wpatrując się tępo w jeden punkt, po twarzy znowu płynęły jej łzy.

*

Chyba zasnęła, nie wiedziała, ile czasu już minęło. Dookoła wciąż panowała cisza, lecz zrobiło się gorąco. A więc pewnie już blisko południa – pomyślała Monika. Musi działać, nie może tak bezczynnie leżeć. A gdyby przesunąć się jakoś w stronę samochodu i pocierać opaskę na rękach o blachę tablicy rejestracyjnej? Warto spróbować. Zaczęła się czołgać na plecach w stronę samochodu. Na szczęście podłoga garażu była gładka, więc udało jej się dobrnąć do celu dość szybko.

Cały czas czuła straszne pragnienie, ślinianki zupełnie jej wyschły, a język zmienił się w kawałek drewna. Z czoła spływały strużki potu, łaskocząc ją w twarz, i nawet nie było jak się podrapać czy wytrzeć. Ale postanowiła na nic nie zważać, stawką było jej życie.

Po kilku próbach udało jej się usiąść, opierając się plecami o przód samochodu. Sapała ze zmęczenia. Poczekała, aż uspokoi jej się oddech.

Wówczas wyciągnęła skrępowane z tyłu ręce, szukając krawędzi blachy tablicy. Kiedy wreszcie na nią natrafiła, zaczęła pocierać opaskę. Zdawała sobie sprawę, że szanse, aby to cholerstwo się przetarło, są znikome, ale postanowiła działać. Lepsze to niż nicnierobienie.

*

Wyszedł z budynku komendy przygnębiony. Razem z Julią kierowali się do samochodu. Karol przystanął w pół drogi.

– Nie mamy żadnego tropu, a facet może właśnie ją morduje! Może już... – Nie skończył myśli i spojrzał na Julię.

– Uspokój się. Trzeba się skupić. Jeszcze nie przegraliśmy. On stracił podsłuch i to na pewno wybiło go z rytmu, częściowo utracił też panowanie nad sytuacją. A tego na pewno nie lubi.

Zadzwonił jej telefon. Julia zerknęła na wyświetlacz.

– Jakiś nieznany numer.

Spojrzeli na siebie, przeczuwając, że kolejny raz dzwoni seryjny.

Kiedy odebrała i usłyszała w słuchawce zmieniony przez aplikację głos, natychmiast włączyła tryb głośnomówiący.

– To on! – szepnęła.

– Witaj, Julio! Piękny mamy dzień, przyznasz chyba? To szczęście móc z tobą porozmawiać, mieć świadomość, że jesteś tak blisko, praktycznie na wyciągnięcie ręki.

Rozejrzeli się oboje, sprawdzając, czy gdzieś nie ma faceta rozmawiającego przez telefon, ale nikogo podejrzanego nie zauważyli.

– Gdzie jest Monika Pawluk?! Co jej zrobiłeś, popaprańcu?! – krzyknęła rozwścieczona Julia.

Odpowiedział jej makabryczny śmiech.

*

Przystąpił do kolejnego etapu realizacji swojego planu. Chodził wokół fontanny w parku miejskim w samym centrum Augustowa. Słysząc zdenerwowanie w głosie Julii, zaśmiał się z satysfakcją.

– Rozczarowujesz mnie, Julio. Tracisz panowanie. To do ciebie nie pasuje. Czyli wiesz już o prokurator, brawo. Mam ją i z przyjemnością wkrótce się z nią zabawię.

Rozłączył się, wrzucił telefon do wody i szybkim krokiem się oddalił. Dobra robota – pomyślał. Policja jest w dupie, a biedna Julia obgryza paznokcie z nerwów. Tyle jest wart jej profesjonalizm, koń by się uśmiał.

Pogrywa z nimi, jak chce, a oni tylko reagują na jego działania, i to z opóźnieniem. Rozpierała go duma, że tak łatwo dają się wodzić za nos. Był lepszy, dużo lepszy od nich wszystkich. Górował nad nimi inteligencją i precyzją działania.

Nie widział, że siedzący na ławce młody bezrobotny mężczyzna obserwował go spod oka, popijając piwo. Tylko on zauważył, że wyrzucił telefon do fontanny.

Kiedy odszedł, mężczyzna z szybkością geparda dopadł do wody, dla niepoznaki pochlapał się wodą, niby dla ochłody, i jednocześnie wyciągnął komórkę.

Odszedł na swoją ławkę, oglądając z radością zdobycz i wycierając ją skrawkiem koszuli.

*

Wrócili od razu do biura, licząc na to, że uda się namierzyć telefon, z którego dzwonił seryjny. Włodek już działał i wkrótce zawołał triumfalnie:

– Mam! Logował się w centrum miasta! Chyba w parku.

– Jedziemy tam, może nam się poszczęści! – krzyknął Karol, biegnąc w stronę drzwi.

– Numer należy do niejakiej Violetty Pawluk! – dodał jeszcze Włodek.

Nadzieja aż przystanął z wrażenia.

– Co? To chyba matka Moniki Pawluk. Tomek! Jedź do niej natychmiast, sprawdź, czy wszystko u niej w porządku. Jakim cudem miał jej telefon?

Wszyscy ruszyli do wyjścia, wsiedli do samochodu i w trzy minuty byli na miejscu. Wyskoczyli, zaparkowawszy byle jak, i pobiegli w kierunku fontanny, rozdzielając się z Włodkiem. Na miejscu szli już spokojnie, uważnie obserwując każdą osobę. Było tu sporo ludzi, najczęściej kobiety z dziećmi i turyści. Ale nikogo podejrzanego.

– Na pewno go już tu nie ma, ale może ktoś go zauważył? Popytajmy – stwierdziła Julia.

Podeszła do kobiety z dzieckiem wstającej właśnie z ławki, żeby odejść. Nadzieja zwrócił uwagę na młodego mężczyznę, przypominającego trochę menela, bawiącego się drogim telefonem. Coś mu nie pasowało. Podszedł do niego.

– Przepraszam, komisarz Nadzieja z KPP w Augustowie. To pański telefon?

Mężczyzna popatrzył na niego wystraszony.

– A czyj ma być? Mój.

– Mogę zobaczyć?

Karol wziął telefon, który był jeszcze wilgotny.

– Wpadł do wody? Nie wiadomo, czy coś da się z nim teraz zrobić.

– Ja tylko...

– Tak, wiem. Wyjął go pan z wody. A widział pan, kto go wrzucił?

Mężczyzna spojrzał zaskoczony na Karola i kiwnął głową. Karol odetchnął. Była jakaś szansa!

*

Wrócili na komendę i posadzili Kułacza, bo tak się nazywał znalazca komórki, przed laptopem. Leszek Ranuszkiewicz próbował z jego pomocą stworzyć portret pamięciowy seryjnego. Za nimi Włodek Szkarnulis rozmawiał przez telefon. Karol z Julią i Kałdunem szeptali o czymś w korytarzu.

– Oczu nie widziałem, miał taką czapkę z daszkiem mocno naciągniętą, tak że zasłaniała połowę twarzy.

Leszek westchnął ciężko, ale nie odezwał się, klikał tylko w klawiaturę.

W końcu na ekranie pojawił się portret mężczyzny w czapce, któremu widać było jedynie nos i usta. Kułacz spojrzał z zadowoleniem na efekt ich pracy.

– Tak, tak właśnie wyglądał.

Wszyscy zaciekawieni podeszli do laptopa.

– Wiedziałem! Znowu nic! Cwany skurwiel! Nawet świadek nie jest w stanie nam pomóc! – zdenerwował się Karol.

Włodek skończył rozmowę i podszedł do zebranych, zerkając na portret.

– Szefie, można? Bo sprawdzałem tę córkę Walasiewiczowej, Jadwigę. Ona faktycznie opuściła Gorczycę gdzieś w początkach lat osiemdziesiątych. Trafiłem na jej ślad w Warszawie, kiedy się zameldowała na Dolnym Mokotowie w dziewięćdziesiątym pierwszym. I tam mieszkała do śmierci. Zmarła w dwa tysiące dwunastym. Mieszkała z synem Olgierdem Walasiewiczem.

Słuchali go z zainteresowaniem i pewnym zaskoczeniem. Julia najszybciej zareagowała.

– W jakim wieku jest teraz ten syn?

– Ma czterdzieści jeden lat.

– Wiekowo pasuje. Pierwsze niewyjaśnione morderstwo odnotowano rok po śmierci Walasiewicz, w dwa tysiące trzynastym na Mokotowie właśnie. Jeśli to on, miał wtedy trzydzieści lat. Pewnie zaczął już wcześniej, tylko nic o tym nie wiemy. Komendancie – Julia spojrzała na Kłodowskiego – mówił pan, że matka Jadwigi mieszkała w Gorczycy. Czy ten dom jeszcze stoi?

– Chyba tak. Dawno tam nie byłem.

– A więc jedźmy, sprawdźmy na miejscu! – zawołał Karol pobudzony nowym tropem.

W parę minut zebrali się na dole i wsiedli w dwa nieoznakowane samochody. W pierwszym jechali Nadzieja z Julią i Kałdunem, w drugim zaś Szkarnulis, Ranuszkiewicz i Sawko. W drodze Julia zadzwoniła do Grześka.

– Mógłbyś sprawdzić niejakiego Olgierda Walasiewicza? Wiek czterdzieści jeden lat, powinien mieć meldunek w Warszawie. Sprawdź, gdzie jest zameldowany, czym się zajmuje. Jednym słowem, dowiedz się jak najwięcej. Tak, możliwe, że to jego szukamy. Aha, czyli to nie oni. Dobrze, że ich wypuściliśmy. W porządku, to czekam na wieści, dzięki. – Rozłączyła się. – Urbański ma alibi na czas zabójstwa w Lądku-Zdroju w dwa tysiące dziewiętnastym. Był wtedy w Niemczech. A Zembalski w dwa tysiące trzynastym, kiedy zginęła pierwsza ofiara, pływał po oceanach w jakimś rejsie dookoła świata.

Kłodowski słuchał relacji Julii zasępiony, podobnie Karol. Wyglądało na to, że niepotrzebnie stracili dużo czasu na Weneta, Urbańskiego i Zembalskiego. Nie wiedzieli nic i trzymali się teraz nikłego, niepewnego tropu, z którego nie wiadomo, czy w ogóle coś wyniknie. Nie napawało to otuchą.

Na horyzoncie pojawiły się czarne burzowe chmury. Kałdun spoglądał przez okno.

– Zaraz będzie burza. Skręć tu, w tę boczną drogę. Pojedziemy skrótem.

Zrobiło się ciemno, a drzewa rosnące po obu stronach drogi zaczęły się coraz mocniej kołysać, targane porywami wiatru. Na szybę spadła pierwsza ciężka kropla, a za nią następna, aż nagle nastąpiło prawdziwe oberwanie chmury. Samochód zwolnił, wycieraczki nie nadążały ze zbieraniem wody. Karol, który prowadził, wgapiał się teraz usilnie w jezdnię przed sobą, bo deszcz przesłaniał całą widoczność.

W końcu doczołgali się jakoś do Gorczycy i kierowani przez komendanta, dotarli na skraj lasu, gdzie stał stary, podpiwniczony drewniany dom mający lata świetności za sobą. Dawno nikt go nie odnawiał, zielona kiedyś farba zdążyła poobłazić, tworząc tylko gdzieniegdzie małe wysepki koloru. Okna zabito deskami.

Przyglądali się domostwu przez chwilę, siedząc w aucie.

– Może wyjdę sam, sprawdzę co i jak. Nie warto, żebyście zmokli – zaproponował Nadzieja, a Kałdun chętnie na to przystał. Julia kiwnęła głową.

Wysiadł z samochodu i podbiegł do drzwi. Po chwili przybiegli do niego Piotrek Sawko z Leszkiem Ranuszkiewiczem i Włodkiem Szkarnulisem.

– Dom wygląda na opuszczony, ale ktoś założył nową kłódkę – stwierdził Karol i to dodało mu otuchy.

– Sprawdzimy od tyłu, może uda się wejść – zaproponowali Leszek z Piotrem.

– Poprosiłem Tomka, żeby zadzwonił do ewidencji gruntów i budynków, a potem sprawdził księgi wieczyste. Zadzwoni, jak tylko ustali, do kogo należy ta buda. A u Pawluków wszystko w porządku oprócz tego, że zginęła komórka. Pawlukowa twierdzi, że miała ją w domu i nie wiadomo, jak i kiedy telefon zniknął – relacjonował Włodek.

Po chwili dołączył Kałdun, który widząc, że długo nie wracają, postanowił się przekonać, o co chodzi. Niebo przecięła błyskawica i po paru sekundach bezpośrednio nad nimi rozległ się grzmot. Piotr z Leszkiem wrócili.

– Od tyłu się nie wejdzie.

Kłodowski spojrzał na kłódkę.

– Rozwalcie to i wchodzimy, bo czas ucieka i zaraz przemokniemy do suchej nitki!

Włodek pobiegł do samochodu po młotek i zamrażacz do metalu w sprayu. Kiedy wrócił, zamroził kłódkę i rozwalił ją jednym uderzeniem młotka. Komendant był pod wrażeniem. Kolejny grzmot zapędził ich do środka. Dobiegła do nich również Julia. Z korytarza weszli do dużego pokoju o wystroju typowym dla lat osiemdziesiątych. Przez szczeliny desek w oknach wpadało tu tylko skąpe światło. Zaświecili latarki w komórkach.

Karol dostrzegł na meblościance i stole grubą warstwę kurzu. W rogu pokoju stał piec kaflowy. Nadzieja nie zauważył żadnych zdjęć, przynajmniej na wierzchu. Nad starą kanapą, przykrytą spraną buroszarą kapą, wisiał kiczowaty święty obraz, a obok zegar z kukułką. W meblościance za brudną szybką stały smętne szklanki w metalowych koszykach. Zaskoczył ich ten widok.

– To jak powrót do przeszłości – stwierdził Karol.

– Żebyś pan wiedział, komisarzu. I co spodziewacie się tu znaleźć? Przecież tu nikogo nie ma. I dawno nie było.

Leszek z Piotrem poszli sprawdzić górę, a Włodek piwnicę. Julia zaglądała do szuflad w meblościance.

– Jeśli wnuk Walasiewiczowej jest naszym zabójcą, to pewnie tu bywał. Ktoś przecież założył tę kłódkę. Może znajdzicmy jakieś ślady, które nas do niego doprowadzą – odrzekła Julia.

– E! To jak szukanie wiatru w polu – stwierdził jak zwykle sceptycznie Kałdun.

Karol miał już zamiar przejść do kuchni, ale zderzył się w wejściu z Włodkiem, który wybiegł zaaferowany z piwnicy.

– Szefie, natrafiłem na coś na dole!

Przez szpary w oknach przedostało się światło kolejnej błyskawicy.

– Chodźmy – rzucił Karol i poszedł za Włodkiem.

Zeszli stromymi schodami w ciemność. Przyświecało im tylko światło telefonów. Kałdun, sapiąc, wlókł się z tyłu. Włodek poprowadził ich do niewielkiego pomieszczenia bez okna, gdzie na podłodze leżał zjedzony w połowie przez myszy zmurszały stary siennik. Omiótł latarką ścianę, z której na wysokości około półtora metra wystawał metalowy bolec, a z niego zwisał pordzewiały łańcuch. Nad nim wisiał drewniany sporych rozmiarów krzyż. W kącie zauważyli zardzewiałe metalowe wiadro.

Kałdun zareagował od razu w swoim stylu:

– Co to jest, do cholery?!

Odpowiedziała mu Julia, prawie szeptem.

– Ktoś kiedyś był tu przetrzymywany.

Karol podszedł do siennika i go kopnął. Od razu tego pożałował, bo buchnęły z niego kłęby kurzu. Ale przy okazji siennik się przesunął, dzięki czemu odkryli, że coś pod nim było.

Komisarz wyciągnął to coś, co kiedyś musiało być misiem, a teraz stało się prawie bezkształtnym brudnym strzępkiem materiału bez oczu, z jednym uchem.

– Wygląda na to, że dziecko.

– Jezusie Nazareński! – krzyknął Kałdun. – Chyba nie chodzi o Jadwigę?! Stara Anastazja to był kawał nabożnej cholery, ale żeby trzymać dziecko w piwnicy na łańcuchu?! To nie jest na moje nerwy.

Julia skierowała światło na kupkę ziemi obok siennika. Dotknęła jej, a potem wzięła garść ziemi do ręki i wówczas stało się coś, czego nie umiała później sobie wytłumaczyć. Przez jej głowę przebiegły obrazy.

Zobaczyła kilkuletniego chłopca przykutego łańcuchem do tej ściany. Siedział na sienniku i bawił się misiem, kiedy nagle ktoś wszedł. Chłopiec cofnął się pod ścianę wystraszony. Na jego spodniach wykwitła ciemna plama, a na podłodze pojawiła się po chwili kałuża. Zobaczyła starą, zniszczoną życiem kobietę, która podeszła do dziecka i wyszarpnęła z jego rąk misia. Krzycząc, odrzuciła zabawkę w kąt piwnicy, a chłopcu kazała uklęknąć pod krzyzem we własnym moczu i się modlić. Ten ze łzami w oczach złożył ręce i powtarzał słowa modlitwy. Kobieta na koniec sięgnęła do kopczyka ziemi usypanego obok, wzięła garść i wcisnęła ją w usta chłopca. Próbował się wykręcić, ale przegrał tę walkę.

Julia wyrzuciła ziemię z ręki i wizja się skończyła. Spojrzała przerażona na Karola, ale on nie wiedział, o co jej chodzi.

Do pomieszczenia wpadł Leszek Ranuszkiewicz. Przystanął na widok siennika, krzyża i łańcucha, by zaraz zameldować:

– Na strychu są ślady czyjejś obecności.

Z ulgą opuszczali miejsce, gdzie jeszcze teraz wyczuwało się nieprzyjazne i złowrogie wibracje. Szybko znaleźli się na strychu, gdzie też okna pozabijano deskami. Tylko w jednym ich nie było, dzięki czemu rozległa przestrzeń poddasza sprawiała bardziej przyjazne wrażenie. Za oknem wciąż lało i raz po raz waliły pioruny.

Strych był prawie pusty, ale pod oknem leżał nadmuchiwany materac, a na nim starannie złożony śpiwór. Pod ścianą stała stara komoda, na niej miska i dzbanek z wodą, obok kostka mydła. Na sznurku rozciągniętym między drewnianymi filarami wisiał gruby, dobrej jakości ręcznik frotté.

Na drewnianej ścianie namalowane zostały dwa wielkie pentagramy: jeden z dwoma wierzchołkami do góry i drugi, odwrócony, z jednym wierzchołkiem ku górze.

Nad pierwszym napisano drukowanymi literami, czerwoną farbą, słowo PROFANUM, nad drugim, białą farbą, słowo SACRUM.

Pentagram PROFANUM został opisany słowami:
lewy górny wierzchołek – ZIEMIA,
prawy górny wierzchołek – OGIEŃ,
prawy boczny wierzchołek – WODA,
lewy boczny wierzchołek POWIETRZE
i dolny wierzchołek – DUCH.

Do każdego ze słów przyporządkowane zostało zdjęcie żyjącej dziewczyny zrobione z ukrycia: ziemia – Agnieszka Zaleska, woda – Bożena Hryszkiewicz, ogień – Hanka Pietrewicz, powietrze – Monika Pawluk. Pod słowem „duch" została przyczepiona fotografia Julii.

Na ten widok wszyscy zamarli w bezruchu.

Pentagram SACRUM, z jednym wierzchołkiem na górze, miał również analogicznie opisane wierzchołki:
górny wierzchołek – DUCH,
prawy boczny – WODA,
lewy boczny – POWIETRZE,
prawy dolny – OGIEŃ,
lewy dolny – ZIEMIA.

I pod tymi słowami zostało przypięte zdjęcie każdej z dziewczyn, ale już po ich śmierci. Brakowało tylko zdjęć Moniki i Julii. Nadzieja patrzył struchlały to na fotografię przedstawiającą Julię, to na nią. Ona też wyglądała nietęgo, choć po chwili się opanowała.

– A więc mam być kolejna. Nie sądziłam, że się do tego posunie. Nie doceniłam go.

– Skurwiel! Niedoczekanie jego – pomstował Kłodowski.

– Proszę się nic nie martwić, nie damy zrobić pani krzywdy.

– Po moim trupie – dorzucił Włodek.

Julia uśmiechnęła się blado. Mężczyźni byli bardziej wstrząśnięci i oburzeni niż sama Julia, która choć poruszona, robiła dobrą minę do złej gry.

Zaczęli przyglądać się uważnie zdjęciom i pentagramom, Kałdun podszedł bliżej.

– A to co? Satanista jakiś?

– Nie, nie satanista. – Julia jako jedyna chyba rozumiała już, na co patrzy. Zaczęła wyjaśniać: – Tu mamy w pigułce jego sposób myślenia. Pierwszy odwrócony pentagram i żyjące dziewczyny, włącznie ze mną, jak widać, są dla niego sferą profanum, gdzie żądze i emocje stoją nad rozumem i duchem. Drugi pentagram, tak zwany biały, odzwierciedla sferę sacrum, czyli siłę boskości. On uważa, że odbierając kobietom życie, zbawia swoje ofiary i siebie, i może sądzi, że staje się bogiem? W jednym z przekazów mówił: „Ja jestem katem i duchem, i stwórcą". Teraz te słowa stają się bardziej zrozumiałe.

Mocno zbulwersowany Kałdun patrzył na nią z niedowierzaniem.

– Co za jełop! Co za bzdury!

– Tak, bzdury, ale ma to swoją wewnętrzną logikę. Podejrzewam, że ostatnio coś musiało nim wstrząsnąć, stąd ta cała pseudofilozofia i tak szybkie zabijanie. Przedtem pozbawiał życia bez planu, teraz ofiary starannie wybrał i wszystko zaplanował, ubrał też w swoistą ideologię. Nie ma zdjęcia Moniki Pawluk, więc jest nadzieja, że ona jeszcze żyje.

– Tylko gdzie ją przetrzymuje? Tu znajdziemy jego DNA, ale nie mamy żadnej wskazówki, jak go dopaść ani kim jest.

Błyskawica znowu przecięła niebo i grzmot odezwał się zaraz po słowach Karola, jakby moce niebieskie chciały podkreślić wagę jego wypowiedzi i grozę sytuacji.

– Dzwonię po ekipę! – zawołał Kałdun. – Niech zdejmą odciski, zbiorą DNA! Jeśli był kiedyś notowany, dowiemy się, co to za jeden.

– Jeszcze nie teraz. Tylko go spłoszymy i możemy nigdy nie złapać. Zabił tyle dziewczyn i nie zostawił żadnych śladów. On tu wróci, musimy się tylko przyczaić. I jednocześnie szukać Moniki. Najlepiej zostawić tu ze dwóch ludzi na czatach – radziła Julia.

– Może i racja – zgodził się komendant. – Sawko i Ranuszkiewicz! Ukryjecie swój samochód i zasadzicie się na niego.

– Tak jest!

Szkarnulis w tym czasie pstrykał zdjęcia wszystkiego, co tu znaleźli, potem zajrzał do szuflad. W jednej z nich coś było.

Nałożył rękawiczki. Podeszli do niego. Na dnie szuflady leżało skórzane etui. Wyjął je i podał Julii.

W środku znaleźli ułożone w porządku chronologicznym, czyli kolejności zabijania, piętnaście dowodów tożsamości. Ostatnimi były dowody Agnieszki, Bożeny i Hanki.

Policjanci spojrzeli na siebie, Włodek znowu robił zdjęcia.

– Jego trofea. Jest tu więcej ofiar, niż ustaliliśmy. Grzesiek mówił o sześciu wcześniejszych zabójstwach, a dowodów jest piętnaście. Straszne żniwo – stwierdziła Julia.

– Czyli jest jeszcze sześć innych ofiar, przynajmniej teraz poznaliśmy ich nazwiska – dodał Karol.

Włodek otwierał następne szuflady. Jedna okazała się pusta, a w trzeciej znalazł zdjęcia wszystkich ofiar z miejsc zbrodni.

– Jezu, co za czubek. Robił im zdjęcia, żeby co? – Komendant nie mógł pojąć.

– Żeby napawać się tym, co zrobił, mieć poczucie dominacji, bo to jest chyba jego główna potrzeba.

Włodek zajrzał do ostatniej, czwartej szuflady. Tu też znalazł zdjęcia, ale tym razem były to zdjęcia obrazów.

Zaskoczeni oglądali je jedno po drugim. Ranuszkiewicz ożywił się na ich widok.

– Już gdzieś je widziałem...

– Gdzie? – dopytywała Julia.

– W domu kultury! Tak, na tej wystawie, na której była ta dziennikarka Pietrewicz.

– Znawca sztuki? – zastanawiał się Włodek.

– Czyja to była wystawa? Ktoś wie? – indagowała dalej profilerka.

Żaden z nich nie kojarzył.

– Trzeba to ustalić – orzekł Karol.

*

Siedziała wciąż oparta o samochód, omdlałych rąk z tyłu prawie nie czuła. Nie wiedziała, czy jej wysiłek przyniósł jakiś efekt. Czuła wykańczające zmęczenie.

Nagle usłyszała czyjeś kroki i dźwięk otwieranego zamka w drzwiach prowadzących z garażu do domu. Struchlała. W drzwiach stanął mężczyzna w kominiarce.

– Pani prokurator – powiedział uwodzicielsko. – Długo na panią czekałem i wreszcie się spotykamy.

Przeszedł ją zimny dreszcz, a z gardła wydarł się niekontrolowany jęk. Mężczyzna zbliżył się do niej, w jego ręku dostrzegła dziwny nóż. Wytrzeszczyła oczy, które po chwili wypełniły się łzami. Oddech przyśpieszył, serce waliło jak oszalałe, na skroniach i czole znowu poczuła krople potu. Zaczęła wyć ze strachu i choć bardzo chciała, nie umiała tego opanować. Pierwotny, atawistyczny lęk opanował jej ciało i wolę i nic nie mogła na to poradzić.

Mężczyzna nachylił się do niej i wyszeptał:

– Proszę o jeszcze trochę cierpliwości. Obiecuję, że szybko wrócę.

*

Wracali do Augustowa, zostawiwszy w Gorczycy Leszka i Piotra. Burza przycichła i oddalała się, a deszcz wyraźnie zelżał. W samochodzie obok Nadziei usiadł tym razem Kłodowski, z tyłu zajęli miejsca Julia i Szkarnulis.

Profilerka kończyła rozmowę z dyrektorką domu kultury.

– Dziękuję pani za informację. Do widzenia. – Rozłączyła się i przekazała wyniki rozmowy: – To była wystawa... Olgierda Wolińskiego. Nie rozumiem, jak mogliśmy to przegapić.

– Chcesz powiedzieć, że to on jest seryjnym? – z niedowierzaniem zapytał Karol. – Przecież... – Nagle coś do niego dotarło. – Jezu, to on. Ten facet z monitoringu, do kogoś był podobny. Męczyło mnie to, a teraz wskoczyło!

– Idealnie pasuje do profilu – analizowała Julia. – Ekiertowa wspominała, że kochanek Anny Janonis był artystą, nie powiedziała tylko w jakiej dziedzinie. Malarz ma wystawy w różnych miastach, jest mobilny. Ekiert mówiła, że to „typ, który podoba się kobietom, z dużym wdziękiem" i mieszka w Warszawie. Przyjeżdżał do Augustowa niby jako turysta i wtedy poznał Annę.

Do Szkarnulisa zadzwonił telefon. Nadzieja też zaczął kojarzyć fakty, poszczególne części puzzli zaczęły składać się w obraz.

– Cały czas się gdzieś przewijał w tle, był na komendzie, na pewno podczas obu konferencji, nawet zamienił ze mną słowo. Ale przecież był z Anną, ona chciała rzucić dla niego rodzinę!

– Jedno nie wyklucza drugiego. W profilu wyszło mi, że zabójca może być w związku. A po jej śmierci przeżył szok. Wściekł się, stąd ten zwrot.

Kałdun przysłuchiwał się im i był coraz bardziej rozdrażniony. Włodek się rozłączył.

– Zaraz, zaraz, o czym wy tu?! A co z Walasiewiczem? Jeszcze chwilę temu to jego podejrzewaliście!

– Bo to ta sama osoba – stwierdził Szkarnulis. – Właśnie dzwonił Tomek. Ustalił, że obecnym właścicielem domu Anastazji Walasiewicz jest Woliński. Pewnie po śmierci matki przyjął nazwisko ojca. Albo po prostu je zmienił.

– Pamiętam, że zatrzymał się w jakimś hotelu. Włodek, dzwoń jeszcze raz do Tomka, niech sprawdzi wszystkie hotele i prywatne apartamenty – zadysponował Karol, a Włodek od razu to zrobił.

Po paru minutach podjechali pod hotel, w którym zameldował się Woliński. Julia z Karolem weszli do budynku, Nadzieja podszedł do recepcji, gdzie za ladą stała miła dziewczyna. Dyskretnie pokazał blachę.

– Komisarz Nadzieja z KPP w Augustowie. Wiem, że w państwa hotelu zatrzymał się Olgierd Woliński. Czy go zastałem?

– Nie, pana Olgierda nie widziałam od jakichś trzech dni. Ale jeszcze sprawdzę.

Spoglądała w laptop przez chwilę.

– Pokój jest opłacony z góry do końca tygodnia. Pan Woliński uprzedzał, że może go nie być albo będzie wpadał tylko na chwilę. Prosił, żeby nie sprzątać podczas jego nieobecności.

– Aha, w takim razie musimy wejść do jego pokoju.

Dziewczyna spojrzała na niego zaskoczona.

– To ja może zawołam kierownika.

*

Po krótkim odpoczynku wznowiła pracę nad plastikiem krępującym jej ręce. Musiała wykorzystać ten czas, dopóki jej porywacz nie wróci. Nieoczekiwanie poczuła, że się wreszcie udało. Nie mogła uwierzyć w swój sukces. Uwolnione i obolałe dłonie opadły na ziemię.

Uszczęśliwiona przełożyła je do przodu, zerwała taśmę z ust i wzięła głęboki oddech. Teraz próbowała uwolnić nogi. Rozejrzała się po garażu, ale wokół nie dostrzegła żadnego ostrego narzędzia, więc zaczęła manipulować przy opasce wiążącej jej kostki.

Wtedy usłyszała jego kroki dobiegające z wnętrza domu. Sparaliżowało ją. Wydawał jej się znajomy, ale nie kojarzyła, gdzie mogła go widzieć. Nie zdążyła ukryć, że wyswobodziła ręce. Seryjny podszedł do niej z uśmiechem i wymierzył jej siarczysty policzek, z taką siłą, że upadła.

– Nie pogrywaj ze mną, nie lubię tego.

Pochylił się nad nią, z zadowoleniem obserwując jej przerażenie. Złapał ją za kołnierz bluzki.

– Wstawaj. Nadszedł czas. Przejdziemy się.

Pomógł jej wstać, przeciął więzy u nóg i ująwszy ją pod ramię, poprowadził w stronę drzwi. Słaniała się na nogach, które odmawiały jej posłuszeństwa. Głowa cały czas pracowała, obmyślając sposób ucieczki.

W pewnym momencie postanowiła zaryzykować i wyśliznąwszy się oprawcy, zaczęła uciekać w stronę drzwi. Kiedy do nich dopadła, on dobiegł do niej i chwyciwszy ją jak drapieżne zwierzę swoją ofiarę, ugodził nożem w ramię. Krzyknęła przeraźliwie i złapała się za krwawiące miejsce.

– Coś ci powiedziałem! Nie fikaj więcej, bo pożałujesz!
– wrzasnął wprost do jej ucha.

*

Kierownik doprowadził ich do drzwi z numerem 024 i otworzył.

– To ten pokój. Zostawię państwa.

Julia uśmiechnęła się do niego z wdzięcznością.

– Dziękujemy panu.

Zamknęła za sobą drzwi. Weszli do pokoju, który wyglądał na niezamieszkany. Zaczęli przeszukanie.

Zajrzała do szafy, gdzie wisiały trzy letnie garnitury, a na półkach ułożone były starannie T-shirty. Na podłodze stały trzy pary lekkich skórzanych butów, obok leżała niewielka sportowa torba.

W środku znalazła używany osobisty ręcznik, strój do joggingu i lokalną gazetę z artykułem Hanki Pietrewicz o zabójstwie Szułowiczów. Z bocznej kieszonki torby wyciągnęła dwie wizytówki.

W tym czasie Karol rozglądał się po pokoju, zajrzał do łazienki, a potem przeszukiwał kosz na śmieci i biurko.

– Nic, jakby tu nie mieszkał – stwierdził rozczarowany.

– Prawie nic, ale coś jednak jest. Dwie wizytówki: Krystyny Rajskiej, dyrektorki domu kultury, pewnie dała mu ją przy okazji wystawy, i druga, właściciela Perfect Yachts, Stefana Kirowskiego. Woliński chce kupić jacht? Może warto sprawdzić ten trop. I tak nie mamy innego.

Przed hotelem czekali na nich Kałdun z Włodkiem. Kiedy Karol wspomniał nazwisko Kirowskiego, Włodkowi zapaliła się czerwona lampka.

– Jak? Kirowski? Sprawdzaliśmy z Tomkiem dom letniskowy w lesie pod Studzieniczną. Należał do Ilony Kirowskiej. Kobieta była zameldowana w Łodzi.

Zastanawiali się, co to oznacza.

– Coś tam było? W domku? – spytał komendant.

– Nie wchodziliśmy do środka. To był ostatni domek i zrobiło się późno. Zaglądałem przez okna i obszedłem dom. Na pewno nikogo tam nie było. Nie mogliśmy się przecież włamać, ale...

– Ale co?

– Nie wiem, ale domek miał dobre położenie. Na zupełnym odludziu.

– Nie wierzę w przypadek – oznajmiła Julia. – Skoro Woliński miał wizytówkę tego Kirowskiego, to może się jakoś wiązać. Zadzwonię do niego.

Julia odeszła na kilka kroków. Po chwili już rozmawiała. Patrzyli w jej stronę wyczekująco.

– Komendancie, musimy sprawdzić ten domek. To w jego stylu, może tam trzyma Monikę Pawluk – przekonywał Karol.

Kłodowski patrzył wciąż na Julię, ale kiwnął głową.

– Poczekajmy, co powie pani Julia.

Podeszła do nich podekscytowana.

– Ilona Kirowska to jego córka. Kirowski poznał Wolińskiego niedawno, na pogrzebie Anny Janonis. Anna była przyjaciółką Ilony z liceum i przedstawiła jej Wolińskiego jeszcze w zeszłym roku. Może Ilona powiedziała mu o swoim domku letniskowym albo zaprosiła do niego Annę z kochankiem.

– Dobra, jedziemy tam. Dzwonię po posiłki. Włodek, prowadź, nie ma chwili do stracenia – zadysponował Kałdun.

– Obyśmy się nie mylili.

Wsiedli w pośpiechu do samochodu. Karol czuł przypływ adrenaliny. Miał przeczucie, że tym razem są na właściwym tropie. Żeby tylko nie było za późno.

*

Stał na tarasie i patrzył w rozgwieżdżone niebo. Wokół rozpościerał się cichy las, zatopiony w księżycowej poświacie.

– Wspaniała oprawa – pomyślał i zaczerpnął pełną piersią krystalicznego powietrza.

Kątem oka spojrzał na prokuratorkę. Leżała bez ruchu, zakneblowana, ze skrępowanymi rękami. Wciąż była nieprzytomna. Uśmiechnął się pod nosem.

Zabawę czas zacząć. Wyciągnął telefon. Porozmawia sobie teraz. Bawiła go ta nieudolna profilerka, co do której początkowo tak się pomylił. Sądził, że ma godną siebie przeciwniczkę, tymczasem okazało się, że to miernota. Chętnie nasyci się jej bezradnością. Niech wie, z kim ma do czynienia. Szkoda, że nie może jej powiedzieć, że będzie następna, ale już niedługo. Zaczął wybierać numer, który zdążył zapamiętać.

*

Jechali tak szybko, na ile pozwalała im leśna, asfaltowa na szczęście droga. Musieli też liczyć się z tym, że w każdej chwili z lasu mogły wyskoczyć jeleń, sarna, łoś lub dzik. Julia siedziała obok prowadzącego auto Karola i w napięciu wpatrywała się w samochód jadący przed nimi, w którym siedzieli Włodek z komendantem. Modliła się w duchu o to, żeby trop, który podjęli, nie okazał się błędny.

Wtedy zadzwonił jej telefon. Wyświetlił się nieznany numer. Czuła, że to znowu on.

– Słucham?

– Piękna noc, prawda? – usłyszała w słuchawce zmieniony głos seryjnego.

Karol spojrzał na nią i po wyrazie jej twarzy już się domyślił. Przełączyła telefon na tryb głośnomówiący.

– Znowu za tobą zatęskniłem, Julio. Spójrz w niebo, zobacz, ile gwiazd. Czyż kosmos nie jest piękny i przerażający jednocześnie?

Poruszyła się nerwowo, poczuła napływ złości.

– Gdzie ona jest?! Co jej zrobiłeś?! – wykrzyczała.

– Mam ją tutaj, jest nieprzytomna. Za chwilę rozpocznę kolejny taniec śmierci. – Roześmiał się złowieszczo, ale ona odetchnęła z ulgą.

A więc kobieta jeszcze żyła. Tylko czy zdążą na czas? I czy jadą w miejsce, gdzie ją przetrzymuje?

– Odkąd odkryliście podsłuchy, zabawa straciła trochę swój powab. Ale na szczęście przegapiliście pluskwy u pani prokurator. Przyznaj, że was zaskoczyłem. – Seryjny zawiesił głos, oczekując potwierdzenia z jej strony, ale ona zdążyła już się opanować i nie zamierzała go zadowolić.

– Jesteś żałosny – powiedziała dobitnie. – Kreujesz się na nie wiadomo jakiego stwórcę i niszczyciela, a tak naprawdę jesteś zerem. Słyszysz? Nieudolny bełkot o żywiołach, koń by się uśmiał. Nędza, sztampa, banał. – Mówiła bez emocji, licząc na to, że ugodzi go do żywego. I chyba jej się to udało.

– Licz się ze słowami, dziwko! Jeśli nie robi na tobie wrażenia moje dzieło, to pamiętaj, że masz dużo do stracenia! Ty będziesz następna, a po tobie twój syn! Kuba, prawda? Miły chłopak, z dziećmi jeszcze nie próbowałem.

Rozłączył się, a ona zadrżała, słysząc ostatnią groźbę. Z oczu popłynęły jej niechciane łzy, co dało upust długo tłumionym emocjom.

– Dorwę gnoja, wydrapię mu oczy! – wrzasnęła. – Żałosne zero!

– Uspokój się, już dobrze. Złapiemy go razem. – Karol spojrzał na nią ciepło i z jakąś stanowczością, która podziałała uspokajająco. – A póki co wytrąciłaś go z równowagi, mamy szanse zdążyć – stwierdził i zadzwonił do Włodka.

– Włodek, przed chwilą na telefon Julii dzwonił seryjny. Zadzwoń do operatora, może uda się go namierzyć.

*

Nagle się ocknęła. Przez dłuższą chwilę nie mogła sobie przypomnieć, co się stało i gdzie jest, ale kiedy zobaczyła chodzącego po tarasie wściekłego Wolińskiego, wszystko wróciło. Przeszył ją zwierzęcy strach. Widziała spod przymrużonych oczu, że seryjny wyjmuje z telefonu kartę SIM i ją połyka. Musi coś zrobić, nie może dać mu się zabić. Na razie na nią nie patrzył, więc zaczęła sprawdzać wiązania na rękach. Poczuła, że tym razem to nie była plastikowa opaska zaciskowa, tylko sznurek. W serce wstąpiła nadzieja. Nie był związany za mocno, pozwalał na minimalny ruch, więc może uda się jej go rozwiązać lub poluzować tak, żeby wyzwolić ręce?

Usłyszała wściekłe pokrzykiwania Wolińskiego.

– Bezczelna suka! Popsuła mi całą przyjemność! Sztampa i banał! Głupia cipa, pomyliłem się co do niej! – Stał odwrócony do Moniki tyłem. Nie ustawała w próbach poluzowania sznurka.

– Nieważne. Nie będę się nią przejmował.

Nagle podszedł do niej. Znieruchomiała.

– No, Moniczko! Zabawimy się. Mamy czas, nasza policja błądzi jak dzieci we mgle, nikt nas tu nie znajdzie.

Nachylił się nad nią i pogłaskał ją po zakrwawionym policzku. Zajęczała jak zranione zwierzę, a jej oczy zrobiły się wielkie z przerażenia. Ale on wyprostował się i ponownie stanął do niej tyłem. Wzniósł twarz i ręce ku niebu. Zauważyła w jego tylnej kieszeni nóż kukri, którym wcześniej zranił ją w ramię, a potem w policzek. Sznurek krępujący jej przeguby był już na tyle luźny, że mogła wyswobodzić ręce. Teraz tylko musi wybrać dogodny moment, nie będzie miała już lepszej okazji.

– Przybądź, Duchu, i wstąp we mnie! – usłyszała jego dziwaczne modły. – Spraw, bym godnie dokończył Dzieło Odrodzenia, do którego mnie wyznaczyłeś!

Zbliżyła się do kawałka metalowej rurki leżącej w pobliżu. Taras był chyba niedawno wykończony, bo leżały na nim nieuprzątnięte do końca pozostałości po kładzeniu gresu. Ścisnęła z całej siły metal i spięła się w sobie do skoku.

Podbiegła z niesamowitą energią do Wolińskiego i uderzyła go z krzykiem w tył głowy metalową rurą. Zaskoczony mężczyzna zachwiał się i upadł na kolana, chwytając się rękami za głowę, ale tego już nie widziała, bo rzuciła się do ucieczki. Wpadła do środka domu, szukając w ciemności schodów. Dojrzała je i pobiegła w ich kierunku. Już była przy nich, kiedy usłyszała:

– Droczysz się ze mną?! Jak chcesz...

Jego głos dodał jej sił i zaczęła zbiegać stromymi schodami, gdy nagle potknęła się i upadła. Jej ciało staczało się, obijając się boleśnie. Leżała przez chwilę na dole, co wykorzystał Woliński, który właśnie rzucił się w pogoń. Obok niej upadł nóż, który wysunął się z jego kieszeni. Błyskawicznie sięgnęła po zdobycz i kiedy oprawca się zbliżył, dźgnęła go z całej mocy w nogę.

Znowu zyskała przewagę. Uciekła na parter, zostawiwszy mężczyznę z nożem wbitym w łydkę.

*

Było już ciemno, gdy podjechali pod dom letniskowy Ilony Kirowskiej. Z samochodów wysiedli Karol z Julią, Kałdun, Szkarnulis i mundurowi. Komisarz pierwszy zauważył światło palące się na piętrze. Podniósł rękę, żeby zwrócić uwagę reszcie.

– Ktoś jest w domu. Podchodzimy cicho. Jeśli to on, nie możemy go spłoszyć.

Wyjęli broń i zaczęli zbliżać się do ogrodzenia. Kiedy weszli na posesję, usłyszeli wyraźnie dźwięki dobiegające z wnętrza. Nadzieja wskazał policjantom kierunki, w których powinni się rozejść, żeby otoczyć dom. W absolutnej ciszy podchodzili coraz bliżej.

*

Woliński dogonił ją kolejny raz na parterze. Utykając z krwawiącą nogą, dopadł jej na środku salonu, kiedy właśnie rzucała krzesłem w oszklone drzwi balkonowe. Przeraźliwy hałas tłuczonego szkła wdarł się w nocną ciszę.

Gdy poczuła jego ręce na plecach, odwróciła się i z całej siły kopnęła go w ranną nogę, drapiąc boleśnie po twarzy. Dało jej to przewagę tylko na parę sekund. Przesunęli się w pobliże stołu znajdującego się na środku salonu. Wolińskiemu udało się zacisnąć ręce wokół jej szyi.

Nagle poczuła, jakby ktoś odciął jej tlen. Rozpaczliwie wcisnęła mu z całej siły palce do oczu, a wtedy on poluzował uścisk. Próbował pozbyć się jej palców, ale nie ustępowała, co jakiś czas drapała go długimi paznokciami po policzkach, ryjąc w nich krwawe bruzdy. W pewnym momencie zabrał jedną rękę z jej szyi; odetchnęła, ale nie na długo. Zaraz potem nastąpił atak. Woliński roztrzaskał na jej głowie duży szklany wazon. Osunęła się na ziemię, a w oczach jej pociemniało.

Kiedy oprzytomniała, siedział na niej okrakiem, próbując dusić. Brakowało jej tchu, ciało miała wiotkie i słabe. Jedną ręką szukała na podłodze czegoś, czym mogłaby go zranić, czując zarazem, że jego uścisk staje się coraz mocniejszy. Obraz mężczyzny zaczął tracić kontury, kiedy wreszcie jej ręka natrafiła na spory kawałek szkła. Ostatnim wysiłkiem woli zmusiła ją do zadania ciosu. Ugodziła Wolińskiego w oko. Usłyszała rozdzierający krzyk i uścisk na szyi zelżał.

Odkaszlnęła, łapiąc powietrze, potem jeszcze raz i jeszcze. Ostrość obrazu wróciła i Monika zobaczyła zalaną krwią twarz napastnika. Wykorzystała ułamki sekund, kiedy trzymał się za oko, i odepchnęła go z całej siły, wyślizgując się spod niego. Uciekała w stronę rozbitych drzwi balkonowych, kalecząc sobie bose stopy. Ale nie czuła już bólu, instynkt przetrwania i adrenalina robiły swoje.

Woliński jednak znowu się pozbierał i w mgnieniu oka znalazł się przy niej. Złapał ją wpół i wtedy na zewnątrz pojawił się komisarz Nadzieja mierzący prosto w Wolińskiego. Widok policjanta dodał jej sił i wiary, że wyjdzie ze wszystkiego żywa, ale seryjny nie zamierzał się poddawać. W jego ręku błysnął zakrwawiony nóż.

Za Nadzieją stanęła Julia Wigier, która również celowała w głowę mordercy. Ten na jej widok próbował się uśmiechnąć, co sprawiło, że jego twarz nabrała jeszcze bardziej upiornego wyglądu.

– Mamy towarzystwo, Monisiu! – wysapał przez zęby.
– Witam słynną profilerkę! Jednak się pozbieraliście, ale niestety za późno!

Prokuratorka usłyszała głos seryjnego tuż nad uchem. Przeszedł ją kolejny raz zimny dreszcz.

– Rzuć nóż! – krzyknął Nadzieja.

Woliński w tym samym momencie zamachnął się, chcąc podciąć jej gardło, i wtedy padł strzał. Kątem oka zarejestrowała, jak siła pocisku odrzuca zabójcę, a ręka z nożem zawisa w powietrzu przez parę sekund. Wywinęła się z jego uścisku, a Woliński padł na ziemię.

Monika spojrzała w kierunku Julii, która właśnie opuszczała pistolet i biegła do niej. Objęła ją i wyprowadziła na zewnątrz. Dopiero teraz zaczęło do niej docierać, że to już koniec, że jest po wszystkim. Zachwiała się, a jej nogi zrobiły się jak z waty. Usiadła na trawie podtrzymywana przez Julię. Poczuła na policzkach gorące i słone łzy.

– Już jesteś bezpieczna – usłyszała słowa profilerki.

Wtuliła się ufnie w jej ramię, sprawiając wrażenie małej, bezbronnej dziewczynki.

W tym samym czasie Nadzieja z Włodkiem dopadli leżącego na podłodze salonu Wolińskiego trzymającego się za broczący krwią bark. Jego twarz wykrzywiała się z bólu w potwornym grymasie, sprawiając, że wyglądał jeszcze bardziej makabrycznie.

*

Robiło się jasno, wstawał nowy dzień, który zastał je w kuchni w znakomitym nastroju. Z Julii powoli schodziły stres i ekstremalne napięcie, którego doświadczyła tego dnia i tej nocy, zanim dopadli wreszcie seryjnego. Wróciwszy do domu, zastała czekającą na nią radosną Romę, która przekazała jej dobre wiadomości o ojcu. Operacja przebiegła bez żadnych problemów, rokowania były świetne.

Ciotka wyciągnęła butelkę osiemnastoletniej szkockiej whisky The Glenlivet Single Malt, którą wszyscy w tej rodzinie uwielbiali, a ojciec zawsze trzymał na specjalne okazje. Uznały, że udana operacja i schwytanie najgroźniejszego seryjnego ostatnich dziesięcioleci, a może nawet w całej historii polskiej kryminalistyki, spełniają wszystkie kryteria.

Piły właśnie trzecią kolejkę i nie mogły się nagadać. Julia opowiedziała Romie o wydarzeniach tej nocy, a ta słuchała raz z przerażeniem, innym razem z dumą ze swej wychowanicy. Później temat zszedł na sprawę zabójstwa mamy Julii.

– Jestem pewna, że go dorwiesz. Widzę przecież, co potrafisz – stwierdziła w pewnej chwili Roma.

Julia spojrzała jej w oczy i się uśmiechnęła.

– Tak, potrafię, ale ważniejsze chyba jest to, że wreszcie jestem gotowa. Nawet nie sądziłam, nie podejrzewałam, ile mi da rozmowa z ojcem. No i materiały, które u niego znalazłam. Najważniejsze, że wreszcie zaczęliśmy o tym w ogóle mówić! Tyle lat, tyle lat straconych. Ale chyba musiało tak być – westchnęła.

Roma przyglądała jej się z troską.

– Też tak myślę. Oboje potrzebowaliście czasu, musieliście dojrzeć, uporać się z własnym bólem. Praca ojca na pewno nie pomagała. – Roma podniosła szklankę z whisky. – Za wasze pojednanie! – Wypiły po łyku. Whisky przyśpieszała krążenie, cudownie rozgrzewając od środka.

Julia pomyślała, że nadszedł wreszcie taki dzień podczas jej urlopu, kiedy nic nie musi, jutro, a właściwie już dzisiaj, może spać do oporu.

Usłyszała czyjeś kroki na schodach. Po chwili w kuchni pojawił się zaspany Kuba. Patrzyły na niego zaskoczone.

– Kubuś, dlaczego wstałeś? Przecież dopiero dochodzi czwarta! – zapytała Julia, a on podszedł do niej i się przytulił.

– Bo tak głośno gadacie, że słychać was na górze. Dlaczego nie śpicie?

Spojrzały na siebie rozbawione.

– Bo świętujemy dwa wielkie zwycięstwa. O jednym już wiesz, operacja dziadka się udała i wszystko będzie dobrze. A drugie: twoja mama ujęła bardzo groźnego przestępcę. Dlatego z radości siedzimy tu i popijamy bardzo szlachetny trunek.

Kuba spojrzał na opróżnioną do połowy butelkę.

– Tylko się nie upijcie z tej radości. Dzisiaj jedziemy do dziadka.

– Nie upijemy się i zaraz zbieramy się do łóżka. Trzeba złapać parę godzin snu – stwierdziła Julia i pocałowała syna w czoło.

*

Tydzień po ujęciu seryjnego, którym okazał się artysta malarz Olgierd Woliński, wszyscy ścigający go policjanci wraz z przydzielonym ostatecznie do tej sprawy prokuratorem Rafałem Paprockim zebrali się w budynku policji w pokoju konferencyjnym.

Julia ostatni raz stanęła przed tablicą, na której wciąż wisiały materiały ze śledztwa; na stole leżały pozyskane dowody w sprawie. Spojrzała na salę i wpatrzonych w nią mężczyzn, słuchających jej z uwagą. Kontynuowała swój wywód:

– Anastazja Walasiewicz zmarła w tysiąc dziewięćset dziewięćdziesiątym piątym roku, jej córka już od lat nie mieszkała z nią, ale przyjeżdżała i zostawiała u niej swojego syna Olgierda. Nie wiemy, czy wiedziała, że jej matka więzi chłopca w piwnicy, kiedy ten stawał się nieposłuszny. Ustaliliśmy, że Anastazja była typem samotniczki opętanej na punkcie religii. Któryś ze świadków tak właśnie o niej powiedział: opętana. Nie wykluczałabym, że matka Olgierda była podobnie traktowana w dzieciństwie jak jej syn.

Zauważyła, że Kałdun poruszył się na krześle niespokojnie.

– To dlaczego się na to zgadzała? Dlaczego nie zerwała z matką całkowicie? – zapytał poruszony.

– Syndrom ofiary? A może upodobniła się do matki? Dotarliśmy w Warszawie do osoby, która pracowała w przedszkolu, z którego Jadwiga została wydalona za znęcanie się nad dziećmi. Nie znaleźliśmy ojca Wolińskiego, nie wiemy, kim był. Być może sam Woliński tego nie wie. W każdym razie, jak zwykle w takich przypadkach, wszystko zaczęło się w dzieciństwie. Dwie silne kobiety, mocno zaburzone, może socjopatki lub nawet psychopatki, wychowały na swoje podobieństwo psychopatę, który nienawidzi kobiet. Mordował je, żeby poczuć nad nimi władzę.

Sięgnęła po rozłożone przed nią dowody tożsamości ofiar. Wybrała sześć.

– Jego trofea! Dowody tożsamości ofiar. Znaleźliśmy ich piętnaście. O sześciu ofiarach nic nie wiedzieliśmy. Teraz, panie prokuratorze, znamy ich personalia, więc będzie można coś ustalić.

– Czy sądzi pani, że Woliński będzie współpracował? Dobrze by było, gdyby wskazał miejsca, gdzie ukrył ciała.

– Mam nadzieję, że tak. To typ narcystyczny, lubi zwracać na siebie uwagę, chwalić się swoimi, jak to nazywa, „dziełami", więc powinien współpracować. Ale jest bardzo przebiegły, trzeba na niego uważać. Kiedy planuje pan przesłuchanie go?

– Jak najszybciej, ale na razie czekamy, aż przewiozą go ze szpitala do aresztu. Przeszedł dwie operacje: usunięcie kuli z barku i usunięcie gałki ocznej.

Kłodowski wstał z krzesła, uśmiechnął się do niej i przemówił do zebranych:

– Pani Wigier zaskakująco dużo nam pomogła. Sam się dziwię, ile potrafi wywnioskować z takich śladów psychologicznych. – Roześmiał się krótko. – Jeszcze niedawno uważałem to za stratę czasu, wróżenie z fusów. Przyznaję się bez bicia! Nie miałem racji! Człowiek uczy się przez całe życie. Ale muszę powiedzieć, że i moi chłopcy dali radę, zwłaszcza Włodek Szkarnulis się spisał. – Kałdun zwrócił się do Karola: – No i oczywiście warszawka! Ten cholerny Nadzieja! Komisarzu! Dziękuję, dobra robota!

Podszedł do Karola i uścisnął mu rękę, po czym poklepał go po plecach.

*

Płynęli łódką ojca po zupełnie pustym o tej porze dnia jeziorze Rospuda. Półleżąc, Julia wpatrywała się w czyste niebo i obserwowała spod półprzymkniętych powiek majestatyczny lot myszołowa. Czuła błogą beztroskę, jakiej nie pamiętała od lat. Spokój natury wokół i cisza przerywana jedynie miarową pracą wioseł, za którymi siedział Karol, jeszcze to uczucie intensyfikowały.

Nie myślała o niczym, koszmary śledztwa wydawały się odległą przeszłością, jakby nigdy nie miały miejsca i były tylko złym snem. Liczyło się tylko *hic et nunc*, osławione tu i teraz. Docierało do niej, jak natura pomaga w osiągnięciu stanu graniczącego z medytacją, w którym ludzkie sprawy przestają być istotne, a zieleń lasu i majestat świerków, sosen i dębów, chłód i głębina wody, bezkresny błękit nieba, ptasie krzyki, trele, świergoty, bzyczenie owadów i energia słońca sprawiają, że jej świadome „ja" stapia się z naturą, stając się jej nierozerwalną częścią.

Płynęli w milczeniu. Zanurzyła rękę w przyjemnie chłodnawej wodzie.

– Jaki tu spokój. To wręcz nieprawdopodobne – powiedziała w końcu cicho. – Dlaczego wcześniej tego wszystkiego nie dostrzegałam? – zapytała siebie. Spojrzała na Karola, który przestał na chwilę wiosłować. Przyszła jej ochota, żeby wskoczyć do wody, by poczuć jej przyjemny chłód na całym ciele. W jednej chwili ściągnęła szorty i T-shirt, a na zdziwione spojrzenie Karola rzuciła zalotnie:
– Popływamy?

– Myślałem o tym samym.

Poszedł szybko w jej ślady i wkrótce oboje znaleźli się w wodzie. Patrzył na nią z zachwytem. Zanurkowała na dłuższą chwilę, a gdy się wynurzyła, był przy niej. Przyciągnął ją do siebie, a ona mu się poddała. Całowali się namiętnie, zdejmując niepotrzebne resztki odzieży. Dopiero teraz, całkowicie naga, poczuła zupełne uwolnienie z wszystkich niewidzialnych więzów, które ją ograniczały. Pierwszy raz od długiego czasu poczuła się w pełni szczęśliwa.

Kiedy w końcu wrócili na brzeg i leżeli na ręczniku, poczucie szczęścia i wolności jej nie opuszczało. Starała się odpędzić myśl, że jednak trzeba będzie wrócić do rzeczywistości.

Karol całował jej oczy, kiedy zadzwonił telefon. Spojrzał w kierunku łodzi.

– Nie, nie odbieraj. Nie chcę jeszcze wracać.

Komórka ucichła.

– Co będzie teraz? – zapytał.

Przez chwilę nie odpowiadała, ale dźwięk telefonu, chcąc nie chcąc, już sprowadził ją do cywilizacji.

– Muszę wrócić do Warszawy, a potem do Gdyni i zamknąć sprawę mojej mamy. Jestem już blisko. Później...

Znowu zadzwonił telefon. Tym razem wstała i poszła w kierunku łodzi.

– Może to dzieci. Chyba jednak trzeba wracać.

Wyjęła komórkę z plecaka i spojrzała na wyświetlacz.

– Jakiś nieznany numer. Odebrać?

– Jak już tam jesteś...

Patrzyła, jak Karol kładzie się na wznak i wpatruje w niebo. Odebrała.

– Witaj, Julio – usłyszała głos Wolińskiego, tym razem niezniekształcony, i zamarła. – Nie spodziewałaś się mnie usłyszeć, co? Chciałem ci tylko powiedzieć, że dopóki żyję, nie zaznasz spokoju.

Stała nieruchomo, nie mogąc wydusić z siebie słowa. Poczucie szczęścia, wolności i spokoju, ten idealny stan, którego przed chwilą doświadczała, został zburzony w jednej chwili.